MEMORY HOUSE
记忆坊文化

不逢不若

可我此生

得遇见你

却是最大的幸运

不逢不若

I CAN'T BE ME WITHOUT YOU

十四阙▲著

CONTENTS

目录

在她订婚这一天，
重逢她以为不会再相遇的人。

十年，
断断续续，
偶尔会想起的这个人。

〇一
不等式

“我昨晚又做梦了。

“我已经很久没有做那个梦了。

“人来人往的大街上，我匆忙地走着，突然发现自己没穿衣服。

“从前的梦，只是下半身光着。而昨晚，全身都是赤裸的。

“我很窘迫，想找地方躲，见院子里晾着衣服，就偷了几件，躲进一旁的小屋，手忙脚乱地穿。

“然后我想，可算有衣服了。正当我松口气走出屋子时，发现外面站满了人，男女老少很多很多人，都在看我。他们看到了我偷衣服。但这不是最糟糕的，最糟糕的是，我一低头，身上又光了……”

四月的风从半开着的窗户吹进来，带得柔软的白纱帘悠悠荡荡，阳光落到原木色地板上，令整个房间显得格外清透和惬意。

方若好用左手抓着右手手腕，平躺在浅米色的布艺沙发上，闭着眼睛，声音不高不低、柔软平静，比春风更舒缓。

反而是坐在一旁单人椅上的心理医生，眉头微蹙，将手中厚厚的本子往前翻了大半本。

“你上次做这个梦，是三年前。”

“确切来说，是三十六个月零九天前。”

“那对你来说，是很糟糕的一天。你最尊敬的老师去世了。那么这次，又有什么糟糕的事发生了吗？”

方若好闻言沉默。

心理医生提笔写了几行字后，说道：“可以不说。”

“不是糟糕的事。”方若好终于睁开了眼睛，一瞬间，如漆黑夜空中亮起的第一颗星星，如漫天莲叶中探出的第一朵荷苞，她原本木然而疲惫的脸，一下子有了鲜活的气息。

她朝心理医生笑了一笑：“应该算是好事——今天，我要订婚了。”

今天，是一个很重要的日子。

贺老爷子贺豫会在贺氏集团的年度庆典上，宣布将昭华影业全权交给长孙贺小笙，并公布长孙的婚事。而方若好，就是那位幸运的未婚妻。

几乎可以预见媒体会如何报道这桩婚事，她会成为传说中一步登天的灰姑娘，平民嫁入豪门的又一个奇迹。

她的自考学历，她的单亲家庭，她的植物人母亲，她的求职经历……会被一一挖出来放在闪光灯下曝晒。

她见不得光。

在众目睽睽下，她会变成没有衣服的姑娘，一心只想躲藏。

贺氏是她千辛万苦找到的一件衣服，她要好好地穿起来，用力拽住，顶过这拨狂风暴雨，就能看到晴天了。

过了今天，她就不会再做那个梦了。

只要过了今天，她有了名分，就能彻底摆脱那个噩梦了。

这是最最重要的一天。

大理石雕成的举瓶女神披着一身月华，将水源源不断地倒进喷泉池内。

方若好挽着贺豫的手臂走向露天的主会场，灯光将她的影子投映在水中，被五颜六色的灯带点缀得娉娉袅袅。

人群随着二人的走近而围涌上来。

“恭喜，老爷子。”

“恭喜贺老。”

“恭喜恭喜……”

贺豫一边回应，一边为方若好引荐宾客。方若好乖巧地跟在一旁，有种自然而然的亲昵。

角落里有人小声嘀咕：“那就是贺少的未婚妻？什么来历背景呀？”

“普通上班族，据说十七岁就进昭华实习，从临时网宣一路爬上来的，人称拼命三娘，又漂亮听话，颇得老爷子赏识，就收家来了。”

“哟，挺励志，麻雀变凤凰呀。”男客打量着方若好玲珑有致的剪影，暧昧地笑了起来，“别说，挺漂亮，不比小明星差，就是胸小了点。”

“说穿了就是给小笙那傻白甜找了个厉害的媳妇呗。”百事通同伴揶揄地眨眼。

“这小子真好命！啥都不愁坐躺收钱。”

“人可雄心壮志着呢，说继位后要大展拳脚，赚个百亿出来。”

“百亿？业内三大龙头去年的纯利也不过十几个亿，他一来就要翻十倍？不愧是京城四傻之一。”男客的视线在方若好的臀部流连，玩味地摸了摸下巴，“哈士奇上阿富汗猎犬，嘿嘿……”冷不丁被人撞了一下，手中的香槟顿时洒了一身。

男客还在发愣，对方已道歉：“对不起，我的错。”说着递来一方洁白的手帕。

而他的同伴看见来人，眼睛一亮：“这不是颜三公子吗？”

那是个十分英俊的年轻男子，身材高大，衣着得体，未语先笑，让人一看就心生好感。

“真是很抱歉。”

男客见对方如此礼貌，也不好发作，只是看着自己被弄污了的衣服，还是有些不快。而他的同伴已拽住他的手臂，脸上挤出讨好的笑容说：“没事没事，擦擦就好了。小陈啊，这位是颜苏，颜博士的三子，长居海外，所以你不认识，呵呵。”

“啊，就是那个颜锐实验室……”男客一惊，连忙上前跟他握手，“你好你好！久仰令尊大名……当然，还有令堂……”

要说富贵人士最怕什么，答案只有一个——生病。

而颜锐实验室，差不多是国内顶级的独立医学实验室，行业渗透率高达百分之十八，拥有世界最新的顶级检测技术。

因此，是万万不能得罪的。谁也说不准自己哪天就会需要用到他们。

而这位从没公开露过面的三公子，显然是个脾气很好的人，不但递上了手帕，还留了电话，表示愿意承担洗衣费用，再三道歉才转身离开。

男客不由得赞道：“颜家家教真好啊，名不虚传。”

同伴注视着颜苏的背影，却是疑惑：“他不是在霍普金斯大学任职吗？怎么回来了呢……”

而那边，颜苏已朝贺豫和方若好走了过去。

贺豫第一时间看到了人群中最高的他，欢喜起来："小颜！"

方若好闻声转头，人流向两旁退开，时光的画布就此轻轻扯开，行走其中由远而近的那个人，面容逐渐清晰。

两人的目光在空中交集。

方若好简直不敢相信："颜、颜……"

颜苏走到距离她三步远的位置，立定，先是回应了贺豫的招呼："您好，贺伯伯。"

咦？他叫老爷子伯伯？岂非身份高了自己一辈？

就在方若好心中嘀咕时，颜苏将目光再次转向了她："嗨，老同桌。"说完他便笑了。

棱角分明的五官，一笑起来，左脸颊上便露出个酒窝，显得亲切可爱——一如当年初见的模样。

"你们两个是同学？"贺豫饶有兴趣地打量着二人。

"嗯。高一时做过半年的同桌，抄了她不少卷子。"颜苏说着伸出手。

方若好连忙回应，交握的一瞬，下意识去看他的手腕——空的，没有戴表。

他……不再戴手表了吗？

方若好怿然。

这是……命运吧？

在她订婚这一天，再遇她以为再也不会相遇的人。

十年，断断续续，偶尔会想起的这个人。

偶尔带着隐晦心情隐身登录社交网络看一眼对方状况的这个人。

最痛苦时靠着反复抚摸他的手表才能获得些许力量的这个人。

为什么……就这么突然出现了呢？

方若好忽然警觉——这会不会是老爷子对她的考验？让她彻底断了过去，才能踏入新生。

"好久不见。"她轻轻地说，然后，把手抽回来，用波澜不惊覆盖了所有的心旌摇曳。

颜苏看着她欲言又止。

这时后方有人叫他："小颜！"

贺豫笑着说："去吧，你太久没回国了，去跟叔叔伯伯们打个招呼。"

颜苏只好露出抱歉的表情，转身离开。

方若好以为老爷子会问些什么，但贺豫什么也没说，只是带着她继续跟客人们寒暄。

大厅的挂钟，慢慢地走到了九点半。

贺豫的表情逐渐不太好看："小笙还没到？"

李秘书在二十四摄氏度的恒温环境里用手帕擦了擦汗："说是路上堵车，应、应该很快就到了……"

贺豫冷哼了一声："那我休息会儿。"

方若好连忙同李秘书一起，将他扶到一旁的休息室内："我先去给您煎药。"

贺豫靠在沙发上点点头，有些疲惫地闭上了眼睛。

方若好便去了后堂厨房。

老爷子有喝中药的习惯，虽然没什么用，但心理上有依赖，每晚都要喝一服所谓的"安神汤"才能入睡。

三年前，方若好成了他的专属煎药师，也因此引来了许多非议，最经典的莫过于："看她给老爷子灌的那些迷汤，老爷子都选她当孙媳了！"

方若好把手洗干净，戴上帽子和手套，将中药拆开，细细梳理好，放入冷水中浸泡。

老爷子始终认为，一样东西，哪怕再无效，把仪式做到极致，就成了道。

琴棋书画花酒茶如此。

中药，亦如是。

方若好一开始只是为了讨他喜欢，才将每个细节都做得一丝不苟，做久了，便觉出些趣味了。

看植物在水中舒展，看水被火苗煮沸，看颜色一点点变浓，药香一点点蒸腾，那些浮躁的、焦灼的、抑郁的心绪，也仿佛跟着挥发掉了。

实是非心静不能领悟其中妙处。

她今天的心绪非常不宁，所以急需借助此事来平复。

偏偏怕什么，来什么。身后一个声音忽然响起："在煎药？"

是低沉悦耳的男低音，刚才她已听过一遍。

方若好的手下意识地按住料理台台面，脊背挺直了。

那脚步声由远而近，停在咫尺的距离："这几年，提起贺伯伯，有三件令人津津乐道的妙闻。第一件是他的台阶，据说想去家里拜见他老人家，得先爬足一百九十九级台阶，比登山拜菩萨还累。第二件是他的药田，他有一块地，专门用来种植草药，药效非凡。"修长的手指伸过来，拈起散落在桌上的一块三七，轻轻抚摸。

方若好没有回应，低头继续做事。

颜苏便笑着歪头睨她："你猜第三件是什么？"

方若好还是不回应。

"是他有一个当今最好的煎药师。"颜苏说着想将三七放回纸包中，却被方若好拦住，将那块三七扔进了垃圾桶里。

"药不过二手。这是规矩。"

颜苏立刻做了个举手再也不乱碰的动作："Sorry,sorry."（"对不起，对不起。"）

方若好继续煎药，素白的脸上没有任何表情。

颜苏端详了她一会儿，叹了口气："我本以为老同桌再见，不会如此冷淡的。"

方若好只好问："这次回国做什么？"

"你猜。"

他笑着扬眉的样子真是好像当年。方若好的眼神不禁有一瞬的恍惚。

就在这时，厨房的门被人撞开了："我可爱的小好好呢？等急了吧……哟嚯——"身穿丁香色手工西装，却染着一头银发的年轻男子倚在门边，冲二人吹了一记长长的口哨。

方若好意识到，她跟颜苏的距离，委实太近了。

但此时再分开，反而显得刻意。因此她没做解释，回头继续盯着药罐。

"啊呀呀，颜家的小叔叔啊！"她的未婚夫显然认出了颜苏，笑吟吟地抬手打招呼，"我们小时候见过的。在……"说到这里还刻意瞥了方若好一眼，"方家。当时方伯伯和沈阿姨还有如优都在。"

颜苏看向方若好，见她脸上依旧没有丝毫表情，这才回应道："你好，小笙。"

"到点了，我该上台接受昭华的金印了。小好好，差不多了就过来啊。"贺小笙露出个识趣的表情，扭身离开。

厨房里一下子安静了下来，只有火苗舔食罐底的声音。

颜苏收起笑容，陷入沉默。他微笑时，眼眸灿灿宛如少年，可一旦不笑，就显得有些冷淡。

方若好眼见差不多了，关了火。

颜苏突然开口："这些……真的是你想要的？"

方若好的心"咯噔"了一下，右手手腕突然隐痛起来，必须用左手紧紧握住，才能遏制那种深入灵魂的悸痛。

她深吸口气，有些不悦：“我应得的。”

是啊，这一切都是她应得的。

她赌上青春，搭上情感，甚至付出了健康的代价，才走到这一步，被贺家认可，接纳她成为他们的一分子。

今天，就是贺家给她名分的日子。

她，就是等会儿要被推到世人面前的贺氏新成员。

一想到这点，手腕的疼痛似乎削减了。

方若好将药一滴未洒地倒入碗中。

颜苏忽地说了第二句话：“现在收手还来得及。”

方若好眼中怒意一闪而过，蓦然转身，看到对方鼻梁和嘴唇间凹下的人中线，棱角分明。

方若好开口：“你知道有个词叫交浅言深吗？”

“我以为……”颜苏的眸底似有叹息，“我们是过命之交。”

方若好一噎。

他曾救过她。

为了救她，他被车撞，住了好久的院。

可是、可是、可是……那又如何？

命运在十年前就已产生分歧，他和她终究是两条路上的人。非议、规劝，对她而言都是无用之物。她没有时间也没有精力应付这些。

方若好的嘴唇抖了半天，终究一个字都说不出来，只好捧着药离开。

她走得很快，高跟鞋在大理石地面上“嗒嗒”有声，像穿上水晶鞋的灰姑娘，急着赶赴王子的舞会。

当她回到大厅时，台上的贺小笙正好从贺豫手中接过标注着贺氏掌权者的黄金印，一西一中，一老一少，画面相映成趣。

底下掌声如雷。

贺小笙捧着金印走到话筒前清了清嗓子：“谢谢！谢谢爷爷对我的信任和栽培，也谢谢在座的各位为我见礼，我知道，我此刻接过的既是荣誉，也是责任。未来，我将继续引领昭华走向辉煌，为中国影业的发展做出贡献，让中国成为最大的文化输出国。永远前进——这是贺氏的宗旨，也是我的毕生追求。谢谢！”

方若好垂下眼睫，也不知是哪个庸才给写的演讲稿。

不过显然，贺小笙是意识不到这一点的。因为能被邀请来参加庆典的都是有利害关系者，他们只会捧场，鼓掌越发卖力。

“好了，下面，我要为大家介绍一个人，一个很重要的人。”贺小笙眨了眨眼睛。

人群笑了起来，纷纷转头朝方若好看过来。

“哈哈，看来不少人已经知道了。没错，我要介绍我的未婚妻给诸位认识，她就是——”贺小笙的目光也落在她身上，挥了挥手，“若好……”

方若好将药交给一旁的秘书，提着裙子朝贺小笙走过去。

身体的每个细胞都在欢腾鼓舞，但脸上不动声色。

一步两步三步，她走得跟刚才一样稳。

永远前进——这不是贺小笙的标语，而是她的。

世间再没什么能阻挡她前行。

方若好在一干羡慕嫉妒恨的目光中，走到了贺小笙面前。

刚要开口，贺小笙忽然挑眉问：“若好，你姐姐呢？”

方若好一怔。

紧接着，贺小笙的目光就不在她身上了，而是再次看向了大门口，一脸欢喜：“如优！快过来！”

大厅入口处，不知何时站了一个人。

肤白如雪，发如鸦翅，眉眼已然绝色，再加上胸前海瑞温斯顿的孔雀蓝时计，在芯木色长裙的烘托下，她艳到极致，也媚到了极致。

方若好的心沉了下去。

贺小笙索性朝那丽人走去，握住她的双手，将她带回台上。

“方如优，我的未婚妻，我们的婚期定在十一月十九日，到时候会提前给大家发请帖！”贺小笙大声说。

底下不知谁带头鼓了掌，其他人纷纷跟着应和。

方如优则嫣然一笑，伸手拉住方若好，将脑袋朝她肩膀上歪了歪：“大家好，我叫如优，这是我的妹妹若好。我们两人将在昭华一起负责‘镕裁’影视投资计划，挖掘更多的好片佳作，今后请大家多多关照。”

掌声如雷。灯亮如昼。

虽然没有邀请媒体，但人人举着手机在拍摄。不出十分钟，有关此事的八卦花絮就会传遍网络。

贺小笙，与方如优。

不是贺小笙与方若好。

方若好于此刻想起颜苏那句“现在收手还来得及”，他必定早知道会发生这样的转折，所以看她的眼神才会那么怪异。

一时间，不能动，不能言。

只感到方如优搭在她肩上的那只手，滚烫如火，直要将她烧成灰烬。

不管多不甘心，终归是输了。

输得措手不及。

输得一败涂地。

方若好平视前方，闪光灯此起彼伏，视线所及一片苍茫，失去了所有颜色。

就像十年前的那个夏天。

姹紫嫣红，在她眼中，灰飞烟灭。

妈妈，你看。

你让我的人生如此屈辱卑微。

我以为我已经挣脱了，我以为只要足够努力，就可以改变未来；我以为只要足够优秀，就可以得到认可。但我飞了十年，争了十年，最终躲不过命运的诅咒。

噩梦没有结束。它会继续重复上演。

在我和方如优之间有一个大大的小于号。

终此一生，我都无法与伊对等。

画这个小于号的人，是你，妈妈。

“这次中考模拟考的最后一道不等式，全班只有一个人解出来了。”课堂上，数学老师虽然一脸恨铁不成钢，但目光落到得意门生脸上时，还是带着赞许的，“方若好，一百二十分，满分。”

方若好站起来，走向讲台。第三排第四桌有个穿蓝衬衫的男孩抬头瞪了她一眼，满脸不爽。

方若好看在眼里，却没计较，只是笑了笑，十四岁的年纪，虽未长开，但眉眼弯弯，宛若清晨白露，满目清灵。

蓝衬衫男孩怔了怔，冷哼一声别过头，耳根却慢慢地红了。

方若好走到讲台前接过试卷。

数学老师轻声对她说：“下课后来办公室一趟，我有话跟你说。”

她点点头，回到座位，试卷被同桌一把抢过去：“让我看看怎么解的！天啊……这么七弯八绕的，怎么想出来的？！”

后桌则拉了拉她的马尾辫：“这下年级第一又是若好了吧？班长看起来好生气呀。”

“班长当然生气啦，每次考试都输给女孩子。若好，你这成绩妥妥上一中，去了市里头可别忘了我们呀。”

蓝衬衫男孩隔着两排课桌回头，显得很惊讶：“你要去市一中？”

方若好还没来得及说话，同桌已抢着回答：“对了班长，你也要回市里读高中的吧？你们两个倒是有可能继续当校友呢。”

蓝衬衫男孩皱着眉头若有所思：“为什么想去一中？”

“我知道！”这次是后桌抢答，“陌北老师在那里！”

贺陌北是他们初二时的班主任，由于业绩出众被调去了市重点当了特级老师。他对方若好来说是个很重要的人，临行前他把自己的笔记全给了她，鼓励她好好读书，考去市里。

“这个县城，还是太小了。飞出去，你不应该只困在这里。”贺陌北望着学校围墙外的溪流，如此感慨。他这话既是对方若好说的，也是对自己说的。

方若好听进了他的话，从此越发用功。其实她并不是特别明白其中的意义，只不过，对好孩子来说，有个尊敬的师长指出了清晰的道路，那么，就朝着这个方向走下去好了。

良好的品行，完美的成绩。市一中离她只有一步之遥。一切看上去都顺理成章。

然而，当她下课后去老师办公室时，却被告知她的中考志愿意向书上，第一志愿“市一中”被划掉了。

数学老师显得很不解：“你让妈妈签字的时候她没说为什么吗？”

方若好怔怔地看着意向书，她昨天把意向书交给妈妈签字，过了一会儿妈妈说签好了，然后塞进了她的书包。她也没再看，今天一早直接交了上去。此刻才知，妈妈不但签了名，还划掉了她的第一志愿。

为什么？

她十分不解。

午休时顾不上在学校吃饭，方若好骑着自行车匆匆赶回家。

她远远看见自家便利店外，停了一辆轿车。

方若好眼睛一亮——爸爸回来了！

朴素无华的黑色大众，车牌号没错，是爸爸的车子！

便利店门上挂了“停止营业”的签牌，方若好便绕道去了后门，偷偷拿出钥匙，猫着腰进去，想给爸爸一个惊喜。

结果，透过玻璃窗看到客厅里跟妈妈对坐的人，不是爸爸，而是两个陌生人。

一个是三十多岁的女人，短发，穿西装，五官非常有特点，从头到脚气场强大。另一个是四十岁左右的男人，毕恭毕敬地站在女人身后，看上去像是助理。

她的妈妈罗娟，则低着头，摸着右手上的戒指。

——这是妈妈紧张时的一贯表现。

感知到客厅内奇异的气氛，方若好停下脚步，没有进去。

“我希望你能慎重考虑，就算不是为自己，也为了你的女儿。”女人说着，将一个信封推到妈妈面前，“我一直都知道你，但从来没有管过。因为我知道有些事情既然能开始，就也能结束。你现在有房子，有店铺，女儿又很聪明懂事，衣食无忧的，为什么不重新选择一下生活方式？虽说时代不同了，笑贫不笑娼，但在这个小县城，还是人言可畏的吧？”

方若好看见妈妈因为这番话整个人剧烈地颤抖起来。可她对面的女人还是那么平静，平静得甚至带着怜悯：“显成马上就要调去A国了，短则三年，长则十年。临行前他交代我帮你安排好后路。”

“他为什么不自己来？”罗娟吃力地憋出这么一句。

女人便笑了：“因为还有其他更重要的人需要他亲自去告别。”

罗娟露出崩溃的表情，哽咽出声：“我、我要见显成！”

女人啧啧轻叹，眉眼嘲讽：“这么多年了，还不肯放手吗？”

“我跟了他这么多年，不能就这样一句话打发我，我、我要讨个说法！”

女人挑眉：“是吗？那在这之前，你是不是也得给我个说法？”

罗娟整个人重重一颤，抬眼再看她时，多了许多说不清道不明的情绪：“对、对不起……我当年是真、真的爱他，而且这么多年也没想过要跟你争什么，没破坏你们的家庭，真的！我知道你也有个女儿，她念书很好，在一中上学。为了避嫌，不给你们添堵，我都不让我家若好报考一中……”

轰隆隆，仿若平地惊雷，下面的话她便再也听不清晰。

方若好浑身僵硬地站在客厅外，脑海里翻来覆去，都是那一句“我都不让我家若好报考一中”。

原来……是这样？！

有些东西就像蒙尘玻璃后的风景，把玻璃窗擦干净了，就能看到里面的真相。

难怪爸爸总是出差常年不在家，偶尔回来也待不了几天。

难怪妈妈如此懒散，明明开着便利小店却三天打鱼两天晒网，丝毫不为生计发愁。

难怪亲友不往来，邻里关系也淡薄……

那些在之前想不明白的事情，在此刻通通有了答案：妈妈，是小三。

眼前的这个女人，才是爸爸的妻子。

一时间天旋地转，脊梁骨阵阵发寒。

客厅内传出罗娟撕心裂肺般的哭声，过不多时，女人带着男助理走了出来，一眼看到了愣愣地站在客厅外的方若好。

目光交集，方若好悸颤，对方却是不动声色地将她从头打量到脚，然后微微一笑："好好劝劝你妈。也该长大了。"

男助理打开门，女人优雅淡定地走了出去，自始至终保持着大家风度。

因此，衬得追出来嘶声大吼的罗娟越发狼狈："你们不能这样对我！这肯定不是显成的意思，是你瞒着他来的对吧？他不会这样对我的！绝对不会……"

黑色汽车绝尘而去，倒是几个路人，被哭声吸引过来。

罗娟不得不将便利店门重重甩上，沿着墙壁滑坐在地，泣不成声。

她在一瞬间老去了十岁。

而方若好站在五步开外，望着生命中最重要的亲人，视线朦胧。

她是她的妈妈，是她在这个世界上最最重要的亲人。她知道她好吃懒做虚荣软弱，她知道她自恃美貌不思进取，她知道她胸无大志得过且过……她见过她最隐私的样子，自以为对她十分了解。

然而，此时此刻，再看眼前这个哭得毫无形象毫无尊严的女人，却觉得陌生得可怕。

罗娟哭着哭着，突然回过神来，惊诧地叫道："若好，你怎么在这里？什么时候回来的？"

方若好什么话也没说，只是慢慢走过去，把她扶起来。

"若好……你听妈妈解释，那个女人说的不是事实！你爸爸不会丢下咱们的，对，我不相信！我要给显成打电话！"罗娟颤颤巍巍地放开女儿的手，去客厅打电话。

方若好看见她拨按键的手一直在抖，拿着话筒呆滞了半天，回头两眼无神："打、打不通……若好，爸爸的电话，打不通。"

当然打不通。

对方既派正室出马与你了断，又怎会让你再找到他？

方若好感觉自己的眼眶酸酸的，有温热的液体一个劲地想要涌出来，却又被她生生压下。

"若好，我们可怎么办啊？"罗娟捂脸，害怕得战栗。

怎么办？

你有店铺，有房子，有女儿，衣食无忧。正如那个女人说的，为什么不重新选择一下生活方式？

但方若好知道，这种话，妈妈是绝对听不进去的。

很多人选择不应该的生活方式，并不是他们不知道孰是孰非，而是，不愿更改。

初夏午后，炎热的阳光照得便利店外的街道明晃刺眼，从落地玻璃窗看出去，阳光如雪，一片苍茫。

那天下午她还是回去上课了，并在上课前，把志愿书重新交给了老师。

志愿书上，第一志愿、第二志愿和第三志愿全被划掉。然后，填上了同一所中学。

“妈妈让我告诉您，她弄错了。事实上，我只准备报考市一中，其他学校都不在我的考虑范围之内。所以，拜托您了，老师。”

方若好将志愿书双手交呈，将腰弯下，深深鞠躬，带着被践踏后的伤口、崩裂了又重新补好的自尊，以及因为受到压制而反弹膨胀得不可收拾的骄傲。

我不逃。

我的人生，我的选择，凭什么，仅仅只是为了避嫌，为了那么龌龊又可笑的原因，就要放弃？

如果我的人生就在这件事上放弃了，那么此后，需要退让需要放弃的将会更多，我会被这样一次次的放弃逼进尘埃里。

所以，不可以。

所以，对不起，妈妈。

方若好从老师办公室退出来时，上课的铃声响了起来。她沿着长长的走廊慢慢走向教室，白的墙壁白的地板白茫茫的天与地。

十年后的方若好，在一片闪光灯中想了起来。

她的世界，是从那天开始，失去了所有颜色的。

只是万万没想过，历史会重演。像一个好不容易爬回岸上的溺水之人，在最后一刻，被水草再次拖入水中。

身体的每个毛孔就此被绝望淹没，潮湿冰凉。

视线中，仿佛在人群中再次看见了颜苏的脸。

嘲笑我吧。方若好想，现在，你可以尽情地嘲笑我了。

贺小笙和方如优的婚事果然很快席卷了各大媒体门户网站。

贺豫沉着脸，耐着性子等宴会散场，等宾客们都走光后，第一时间将手里的龙头拐杖朝长孙身上抽了过去：“很好！”

站在贺小笙身边的方如优立刻抢前一步，用自己的后背挡了这一下。

苦肉计什么时候都是有效的。

老爷子虽然怒不可遏，但见此情形，第二下就没再继续。

在场的贺家成员纷纷上前劝阻。

“老爷子，消消气！”

“是啊，爷爷，息怒啊！大哥事先不告诉您是有苦衷的！”

“爸，事情已经发生了，先想想怎么解决吧。”

众人的七嘴八舌里，贺小笙一改玩世不恭的模样，直勾勾地盯着贺豫说：“爷爷，我喜欢的人，是如优！”

“长大了，翅膀硬了，敢在我面前玩花样了？”贺豫犀利的目光在贺小笙和方如优脸上一扫，冷笑起来，“这事还没成定局。”

方如优脸色苍白，早已不复先前巧笑嫣然，她什么也没说，只是抱住贺小笙摇了摇头。

这样的柔软，无疑是一针强有力的催化剂，受到刺激的贺小笙豁了出去：“都什么年代了，就算是父母也不能干涉我的私事。我喜欢谁，要娶谁，是我的自由。只是尊重您是长辈跟您报备一下。您能祝福自然最好，您不同意也没关系。如优，咱们走！”

贺小笙说完，牵了方如优的手就走。身后，果不其然响起龙头拐杖跺地的声音。

“滚滚滚！”贺豫气得直喘气。这时，浓重的中药味扑鼻而至——梅子青刻花牡丹碗，被两只手小心翼翼地端平了，呈递到他面前。

端碗的方若好面色平静，只是目光深邃，声音低柔：“药重新热过了，喝药吧。”

贺豫看着她，目光微暖，将碗接过慢慢饮下。

贺小笙和方如优正好走到门口，闻声回头，贺小笙看着方若好的眼里满是不屑，方如优却笑了笑：“妹妹，老爷子这边还请你美言。我们先走了。”

贺豫怒骂：“滚！”紧跟着一阵咳嗽。方若好连忙为他顺气。

等贺豫喝完药，那两人也走得没了影。他靠在沙发上闭目挥了挥手：“人多，烦。你们也都滚。”

面对这位出了名的脾气古怪的家主，众人不敢挑战权威，纷纷离开，不多会儿，就散了个一干二净。

方若好留下来把药渣倒了，洗净药碗收好。等她再次走到贺豫面前时，他睁开眼睛，一改先前的暴躁，目光深邃平静：“你怎么想？”

方若好很认真地想了想，才回答：“小笙和如优应该是取得了小股东们的支持，才这么做的。”

贺豫冷哼一声：“一帮吃里爬外的东西，就顾着那点蝇头小利，全不把家族的整体利益放在心上。要不说还是计划生育好呢，省得那么多杂七杂八的亲戚，七大姑八大姨也敢想入非非，合计起来引狼入室、与虎谋皮！真当沈家那尊大神是好请的？”说到这里，他瞥了方若好一眼，“你比我更清楚沈家的手段。”

方若好什么也没说，只是低眉敛目，神态恭敬。

“这一步是我没顾虑周全。小笙话已经放出去了，‘镕裁’的项目方如优势必会掺一脚，昭华要乱上一阵子了。”

方若好低声说：“我不怕。”

贺豫感慨：“我知道你不怕。当初就是看中你这倔强不肯服输的性子，才把你收到身边培养的。”

“您对我有再造之恩，若好没齿难忘。放心吧，我会守住昭华的。”方若好如此保证。还有一句话，她藏在心中没有说出来，那就是——

我不逃。

十年前，我没有逃。

十年后，也不会。

〇二
红毛衣少年

方若好站在昭华传媒集团的大门前，仰望直入云霄的摩天大厦。在早晨煦暖的阳光下，银蓝色玻璃墙面流光溢彩，宛如一面镜子，照耀着这个纸醉金迷的大都市。

她想起自己第一次进市一中的情形。

在十余丈宽的栅栏前，她带着委屈、带着无助、带着抑郁抬起头，却看见太阳从云层里钻出来，明亮的光一点点爬上校门，映得眼前的世界万木葱茏、生机盎然。

——那个早上于她而言，像是一场重生。

因为擅自报考了一中，妈妈为此大怒，不肯给学费，最后她不得不打电话向陌北老师求助。老师给她汇了一笔钱，资助她上学。

收拾行囊离家的那天，妈妈拦在便利店前，说如果她敢走出去就断绝母女关系。她望着披头散发、仪容不整的母亲，很想问一句——难道你要我的人生跟你一样吗？

但最终没有问出来。

她不是那种叛逆傲慢的孩子，会用言语反击伤害大人。她只是低头，拉紧书包，没有理会妈妈的歇斯底里，没有听见妈妈的口不择言，默默地走了出去。

从县城到B市，要坐两个小时的汽车。车上有人抽烟，于是她一个劲地流眼泪。那人最后诧异地看了她一眼，把烟掐掉了，但她的眼泪还是没有停。

到B市后，联系不到老师，她只能在车站等。天渐渐暗了下去，广场上行人来去匆忙。有黑车司机过来招揽，问她去哪里，她不敢说话，怕被欺骗。就这样一直等到晚十点。她隐约觉得老师不会来了，再等下去也不是办法，就去公交站牌前查看地图，寻找能到一中的公车。

地图错综复杂，正在仔细辨认，身后一人撞上来，撞得她向前栽倒，鼻子撞上橱窗，疼得她眼冒金星。

方若好回过身去，只见十几个不良少年正朝站牌围拢。而那个撞了她的人，“砰”地倒在她脚边。

方若好吓得脸色苍白。

这种事情并不是初见，初中时，班里的男生就有出去跟邻校坏男生们打架的。以往见到，她都远远避开，这一次，却是身在圈中无处可退。

再看地上躺着的那个人，穿着一件红毛衣，依稀有血从他衣服下流出来，似乎受了伤。

围上来的不良少年们冷笑起来。已经很晚了，这个站台又比较偏僻，远远地有行人路过，也忙不迭地避开了。

“你，跟他一伙的？”一个黄头发戴鼻钉的少年问方若好。

方若好摇头。

“那闪开！”不良少年们很有原则地让出一个小口来。

方若好一边胆战心惊，一边却又犹豫不定。就这么走掉吗？任由这个人躺在地上？他……会被打死的吧？这些人，当街行凶，不怕吗？她是不是应该去报警呢？

思绪紊乱，她捏紧书包，刚想离开，地上的红毛衣里伸出一只手，抓住了她的脚。

光裸的脚踝被温热血红的液体碰触到，方若好终于忍不住放声尖叫。

不良少年们面面相觑，不明白她为什么突然跳脚。

这时公交车驶进站，售票员推开车窗大声喊，不良少年们不得不退散避让。而红毛衣少年趁这个空当突然跳起来，一把抓住方若好的手冲上车。

不良少年们一时间没反应过来。等他们有反应时，车门已经合上，开出站台。

他们在后面拼命追赶，拍打车窗。

司机压根没理会，吹了一记响亮的口哨后，回头瞥了二人一眼：“去医院吗？”

红毛衣少年将鲜血淋漓的手在衣服上擦了擦，红色液体一下子就被擦掉了。他的手干干净净、整洁白皙，手腕上还戴了一块很好看的表。“谢谢师傅，我没有受伤，是毛衣褪的色。”顿一顿，他看向方若好，又微微一笑，“吓到你了，对不起，对不起。”

晚十点半，五彩斑斓的街灯一盏盏划过车窗，投影在他脸上。少年的眉眼在绚丽夜景中，宛如流光里的一块白玉，素白温静。

那是方若好，第一次，遇到颜苏。

他被不良少年们围堵，逃往站台，撞到了她，故意装晕，最后还把她一起拖上车，给予她这个初来乍到的外乡客一次惊心动魄的体验。

当颜苏听说她的目的地是一中后，为了表达歉意，非要亲自带她去一中。

就这样，午夜十二点，方若好站在了市一中的校门前。

黑色栅栏铁门紧闭，花岗岩门柱上有一盏灯，照着“B市第一中学”的招牌。她看得目不转睛。

“你是这届高一的新生？”颜苏问道。

方若好点点头。

“现在才来报道？军训都过了。”

她知道。因为妈妈的阻挠，她足足来晚了两个星期。

颜苏打量了她几眼，展颜一笑：“我走了。再见。”

方若好下意识想要叫住他，但迟疑了一下，还是没有叫。作为陌生的路人，送她来此已经仁至义尽，她又何必给他增添麻烦？

颜苏的红毛衣消失在长街尽头。方若好去拍警卫室的门，因为没有学生证，门卫不肯放行。她取出录取通知书，却被对方质问：“这么晚还在外头溜达是想做什么？你家长在哪里？电话多少，我要通知你的家长！”

方若好匆匆逃出警卫室，一口气跑到百米开外，才停下来。

进不去学校，又不知道能去哪里。全然陌生的城市，在晚上像个巨大的怪兽，正张开嘴巴，等着将她一口吞噬。

她抱紧书包，往围墙根处缩了缩。

初秋的夜，晚风寒冷。她出来得匆忙，又被妈妈阻挠，只来得及往书包里匆匆塞了几件内衣。如今，连个御寒的外套都没有。

扪心自问，如此孤注一掷，连回头路都没有，真的是对的吗？却久久没有答案。

这时，一道影子覆在了她脚上。

方若好顺着影子抬起头，又看见了红毛衣。

颜苏去而复返，在她面前蹲下来，用两只手托着下巴，眼睛一眨不眨地看着她。他的目光太过专注，令她极为不安。

“离家出走？”她听见他这样问。

算是吧……方若好讷讷点头。

颜苏笑了起来，眉眼弯弯：“真巧。我也是。”

方若好不知道该说点什么。

于是颜苏又问：“无处可去？”

方若好再次点头。

颜苏又笑了：“真巧。我也是。”然后他便在她身边坐了下来。

他就那么靠着围墙，坐在地上，朝她眨了眨眼睛：“一起露宿街头吧。”

方若好呆住。她是情势特殊，怎么这个人也无家可归？

“其实这个位置不错，明天正好可以看日出。”

颜苏没有骗她。

迷迷糊糊地熬过五个小时后，天边泛出灰白色的光，云层本是黑色的，一点点薄下去，旭日带着暖意来到人间，照到哪里，哪里就有了色彩。

她从膝盖上抬起头，望着百米外的校门，看着它一点点变亮，看着它一点点热闹，展现出友好欢迎的姿态。

昨夜的拒人千里仿佛只是一场错觉。噩梦过去了，一切就都好起来了。

“学校开门了！”她欣喜地向共患难者传递消息。

一扭头，身边哪里还有颜苏的身影。

只是背上，有样东西随着她的扭动落下来。

——那是一件鲜红的毛衣。

方若好收回思绪，走进昭华大厦。

创立于一九九一年的昭华传媒原本只是贺氏用来洗钱的，由于贺老爷子眼光独到，投资影片《万万不可》而一举成名，此后《风声消逝》《惊》《借名》等一系列电影的票房成功更是稳固了它在电影领域的王者地位。贺老爷子身体不佳退休后，将公司交由长子贺新醅打理。贺新醅本人虽然平庸，但在父亲的指点下，一鼓作气将投资运营领域扩展到了电影、电视剧、艺人经纪和娱乐营销等多个领域。

人们总说时势造英雄。在方若好看来，却不过是富人更富，穷人更穷。

那样傲人的出身，雄厚的财力，广阔的人脉，丰富的资源，只要别太昏庸，成功概率很高。

可惜——

方若好走进宽敞明亮的一楼大堂，迎面是一幅与墙等高的巨幅油画。老爷子坐在中间的太师椅上，周围围了一圈子孙，看起来其乐融融，却引得她眼神嘲弄。

可惜，贺豫的身体每况愈下，撑不了多久了。他在时，是枚定海神针，让一切看起来风平浪静，他一走，内忧外患迟早爆发。

在更新换代比手机还频繁的娱乐领域，站在金字塔顶端的昭华又能持续威风多久呢？一如她走过的走廊，两边墙壁上悬挂的都是旗下最当红艺人的照片。上周还在的明星，这周已被替换了好几个。

所以，日本有句经典名言："漫画家都是消耗品，编辑才是常青树。"换诸传媒，便是"艺人都是消耗品，经纪人才是常青树"。

方若好握紧自己的右手，眼神由感慨转为坚毅。

走廊尽头有八部电梯。其中两部是专梯。专梯前站了两个人，看见她，主动打招呼。

"妹妹来得好早。"打招呼的正是方如优，她穿着简单的V领毛衣和牛仔裤，扎了个高高的马尾，脸上化着淡妆，看起来休闲随意。

相比之下，一丝不苟地盘着头发、穿着白衬衫黑西裤的方若好，像个不折不扣的上班族——还是地位低下的那种。

因此，跟方如优站在一起的贺小笙只看了她一眼，便把目光转回了电梯上，神色淡漠。昨夜之后，假面撕毁，以前人前还会装一装亲昵，如今连普通礼节都懒得给。

也不能怪他。

贺小笙身为贺新醅的独子，要风得风要雨得雨，偏偏在婚事上被祖父强加指定，少年心高气傲，怎肯屈服。

所以才虚与蛇委，假意妥协，却在最关键时刻，偷天换日，公告天下真命天女另有其人。

这是方如优的胜利，也是他的胜利。

方若好心底泛起一丝苦笑。对贺小笙，她是真心想嫁，只不过，谁都不会相信。

这时电梯到了。方如优歪头而笑："妹妹，一起？"

"不用了，谢谢。"方若好走到一旁的普梯前，划出界线。

方如优没再说什么，挽着贺小笙进了专梯。电梯门合上的一瞬，她露出一个意味深长的眼神，看得方若好心头一紧。

这样的眼神，她丝毫不陌生。

在她与方如优十年的交集中，屡屡出现，宛如嘲讽，又恰似警告——偏偏，以一种怜悯的表达方式。一如十年前沈如嫣出现在罗娟面前时，也是这样优雅从容，兵不血刃。

幸好这时普梯到了，方若好低头走进去，刚要按键，一堆人飞奔而来，呼啦啦涌进电梯，将她挤到了最里头。

与此同时，议论声此起彼伏——

“有人跳地铁，作孽啊，害咱们生生迟到半小时！”

“是啊，十点还得开会，还有三分钟，都不够时间打印资料的！”

“你们听说了吗？昨天贺总公布未婚妻了，居然不是方若好呢！”

“早知道啦，群里大伙儿都在说呢！之前老爷子带方若好过来时，一副准太子妃的模样。”

“爷爷喜欢的，孙子未必喜欢呀。要是我，也选方如优，门当户对，美貌过人。相比之下方若好算什么呀，刻薄冷血又阴险，小老婆生的就是小老婆生的，风度气质差了人家正牌大小姐一大截……”

该同事正说得兴起，一个扭头，就看见自己口中刻薄冷血阴险的人站在身旁，顿时脸色一白。

其他人纷纷留意到了角落里的方若好。

顷刻间，电梯内安静无声。

过了好一会儿，才有人怯怯开口：“方、方小姐……”

方若好淡淡地“嗯”了一声。

众人忐忑之际，电梯到了，大家忙不迭地涌出去。原本熙熙攘攘的空间一下子又只剩下她一个人。

方若好按下顶层的按键，将背抵靠在墙壁上，仰起头。

头顶的灯光渲染出橘黄色的光圈，温暖而温柔。

有人说过：“当你害怕的时候，就看看灯光。一圈圈的光晕，其实是天使头上的光环。你的一切，人们看不见，但天使都知道。他们在默默地守护你。”

二十五岁的女人，其实已经不相信什么天使了。只是，这句安慰太美好，美好到她时不时就会想起来，美好到她此刻看着那些光圈，所有情绪慢慢消散，归复平静。

电梯在顶层停下。方若好直接去了会议室。

最顶层的大会议室设计得独具匠心，全玻璃天顶让空间格外明亮。贺老爷子说过，开会的时候一定要敞亮，在明晃晃的太阳下面，人们不容易消沉。

此刻会议室内已经坐满了人。方若好进去时，很多人表情古怪。她扫了一眼就知道原因何在——以往属于她的那个位置，被方如优坐了。

那些目光隐含期待，等待一场钩心斗角的好戏上演。

然而，方若好只是走过去，随意选了一个空位坐下，于是那些期待纷纷变成了失落。

方如优“哗啦哗啦”翻着桌上的资料，最后将文件夹在桌子上顿了一下，吸引住所有人的目光后，起身嫣然一笑：“既然人到齐了，咱们就开会吧。首先自我介绍一下，方如优，二十六岁，狮子座，偏爱亮闪闪的物件，不喝咖啡会死，乐盲，人生格言是……”

方若好在心中默默接了后半句：“辛巴，你看，阳光照到的地方，都是我们的王国。”

和十年前校会上的开场白一模一样。

这样的自我介绍无疑是有趣且平易近人的，因此，一番话说完，在场众人都笑了。

“从今天起我将接手镕裁基金，和你们一起努力。第一期拟定投资五十亿，预计二〇二五年累计收益率达到百分之五百二十三。”方如优说着，打开投影屏，开始了她的具体陈述。

方若好看出她是有备而来，这么详尽的方案，绝非两三天就能做出来的，而镕裁计划在一周前才通过股东会签批，也就是说，在那之前，方如优就看准了这个项目，决定从她手上抢过去了。

“……我们在首批计划中要制作二十七部电影，买断这些影片的发行权，其中十部直接制作成蓝光影片。这是巨大的工作量，希望大家本月内每人给我三个以上的可实施项目。有问题吗？”方如优环视众人，受到一连串高回报数字的激励，众人被调动起了积极性，纷纷雀跃地回应没问题。

方如优将目光最后转向方若好：“若好，你呢？有问题吗？”

方若好摇头。方如优的方案确实没有任何问题，她挑不出毛病来。

“那好，散会。”方如优合上文件夹。

众人纷纷退场。方如优一边整理资料一边吩咐路过的秘书：“李秘书，请帮我把办公室安排在贺总办公室旁边，好吗？”

李秘书停步，为难地看了方若好一眼。昭华总裁的办公室在次顶层，占据了整整一楼，之前贺老爷子为了带方若好，特别隔出一个小间给她。因此，方如优的这个请求，明显别有深意——要不，也给她隔出一间；要不，让方若好让位。

“有问题吗？”方如优仰头。被她明亮的目光一盯，四旬出头的李秘书不由得一慌，连忙摇头：“没、没问题。我这就安排人给你布置房间……”

一声椅子划过地板的尖锐声音打断两人。李秘书回头，看见方若好起身，抱着资料开口：“把我的给她。我换到三十楼去。”

“啊？这……可是……”

“没事。反正我暂时也不需要跟贺总即时沟通。我去整理一下，十分钟后你搬进来。”

方如优笑得明媚：“妹妹，你真好！”

方若好点点头，不再说话，径自离开了会议室。

当众人都离开后，方如优的脸沉了下来。

“不哭不闹，很难对付呀。”坐在主席座上从头到尾一言不发宛若旁观者的贺小笙，轻笑着说。

方如优冷笑：“她有个外号叫摩羯，你知道为什么吗？”

“她是摩羯座的？”

“西方神话中，摩羯是既可陆生又可水生的‘魔鬼’，适应性极强。方若好也是，平日里不声不响，但给她一丝机会，她就能紧紧抓住。”

贺小笙叹息：“当年她只不过是在爷爷为孤儿院剪彩时递了把剪刀，就变成了他的特别助理。”

“所以我一直奇怪，”方如优说到这里，笑得狡黠，“她为什么不干脆嫁给贺老爷子算了？”

贺小笙低头，声音古怪：“也不是没有这种可能……”

“喂喂，我只是说笑的。”

“万一是真的呢？”贺小笙抬起头，盯着她，“万一老爷子真的犯糊涂娶她呢？”

方如优的笑容慢慢消失了：“那么，我会放低底线，做一些我本不想做的事情。”

贺小笙面色微变：“如优！”

方如优的眼底风起云涌，那是许多许多厌恶，还有深入骨髓的憎恨：“小三都不许有好下场。不许。”

方若好整理完私人物品，用时不多不少，正好十分钟。

她抱着笔记本电脑和一盆细辛草下楼。由于方如优的空降，她的职务变得十分尴尬。贺豫给她的临时头衔是总裁助理，本想借着镕裁基金起来后正式任命她为项目经理，但现在贺小笙摆明了想用方如优把她挤走。

方若好慢慢地走着，边走边思考该如何应对，不期然听见三十楼的茶水间内传出说话声，而内容又跟她有关——

“新老势力要打架，眼看就要变天啰。我比较看好方如优，你们呢？”

“当然是方如优了。学历、资历、身价、美貌度，统统超过方若好不知多少倍！方若好怎么跟人家比啊？虽然老爷子喜欢她，但老爷子毕竟年纪大了，还能分多少精力给公司？以后还是得看小贺总的。方若好千算万算，把什么都安排好了，独独没算好爱情，呵呵。”

“好可惜，其实我还蛮想看她赢的。比起门当户对来说，灰姑娘的发家更令人期待啊。”

“别逗了。灰姑娘可是正牌大小姐，被后妈和继姐们迫害才落魄的。方若好算什么？二奶生的女儿……”

方若好听到这里，伸手敲了敲门，然后推门走进茶水间。

里面的同事面面相觑。

方若好径自走到水龙头前，一边给细辛草浇了点水，一边慢条斯理地开口：“办公室生存守则一，隔墙有耳，不要公开说会得罪人的话。”

几个说她坏话的同事立刻煞白了脸。

“二，得到上司递过来的橄榄枝后再站队。”

众人眼神闪烁。

“三——”方若好关上水龙头，朝众人淡淡一笑，“要给别人台阶下。所以，我可以当作什么都没听到。”

众人脸上露出了羞愧之色。

方若好走出去，轻轻将门带上。门后传来纷乱的叹息。

其实这些人没有真正的恶意，此刻的八卦不过是局外人的闲聊。可一旦她和方如优的战争真正打响，一旦明确了利害、敌我，这些人的立场就会显得重要和可怕，到时候会有多少人肯站在她这边呢？

仿若大战前夕，阵前点兵，却怅然发现，身后空空，孑然一身。

十年后如是。十年前，亦如是。

虽然在学校外露天坐了一夜，但由于年轻，她并未觉得有多疲惫。方若好在校园里按着路标指引找到了陌北老师的办公室。一位好心的女老师帮她联系了贺陌北，半个小时后，双目赤红、一脸憔悴的陌北老师匆匆赶来，看见她，松了口气。

原来昨晚他正要去车站接她时，儿子贺源西突然高烧。等将儿子送到医院打好针再去车站，方若好已经走了。

“真是对不起，幸好你没出什么事，否则……”贺陌北连声道歉，眼神中满是愧疚。

老师真的是个好人。方若好淡淡地想。然而，当儿子和学生有冲突时，老师还是会选择优先考虑儿子。这是人之常情，没法指责什么。只是，对年仅十五岁的她而言，还是处理不当了。他本可以开着手机，或者另派人去接她。昨夜若非遇到那个红毛衣男孩，自己会怎样，方若好没有勇气想象。

然而，这些想法，只是一闪而过。她默默低头，没说话。

“我带你去你所在的班级。”贺陌北转身带路。方若好跟上去。

名声斐然的市一中，因为建校较早，都是老式建筑，四四方方的青砖墙面和郁郁葱葱的树木，令这所百年名校显得古朴素雅。早七点，刚好是早读时间，沿着洒满阳光的紫藤架走过长廊时，耳中全是琅琅读书声。

长廊的尽头，是教学楼入口，从门洞进去，迎面一堵公告墙，东西两侧是教室。A班在西侧的第一间，方若好经过公告墙时第一眼就看到了方如优的名字，排在年级成绩排行榜的第一名——一千零四十五分，比满分只少了五分，想必是扣在了语文上。

贺陌北留意到她的异样，也朝榜单上看了一眼，点头说：“一中学霸很多的，你要努力。”

方若好没说话，她的目光被最后一名吸引了过去。这张榜单太神奇，有个一千零四十五分的学霸不算，还有个一百四十五分的学渣。九门功课加起来才一百四十五分，此人是怎么进一中的?

看了看名字，颜苏，倒是很别致。

贺陌北打开A班的门，里面很快安静了下来。二人走进去，无数目光转向方若好，带着好奇与打量。

贺陌北示意她自我介绍。方若好走到讲台旁，刚要开口，目光扫到最后一排角落里的少年，顿时睁大了眼睛。

少年大大咧咧地靠着椅背睡得不省人事，身上还盖了张试卷。

方若好对他久久凝望，令周遭同学开始好奇，有好事者上前推了少年一把：“三哥，醒醒！”

少年顺势从椅子上一头栽下去，眼看就要掉地上，身体一个奇异的扭曲，又坐回了椅子上，晃晃脑袋，茫然睁眼。

旁边几个女生“扑哧”笑出声。

少年迷离地看着推他之人：“有事？”

该男生无奈，小声提示："自我介绍了！"

少年怔了怔，忽地起身，大步走到讲台前，清清嗓子开口："在下颜苏，颜真卿的颜，苏东坡的苏。本是你们的学长，那个，众所周知的原因，现在是你们的同学。总之，要打架找我，要逃课带我，有好吃的想着我，考试记得丢小抄给我。以上。"

教室里安静了几秒钟，然后爆发出哄堂大笑。

颜苏眨眨眼睛，显得很自得。

叫醒他的男孩拍桌，笑得上气不接下气："谁叫你自我介绍了，是新来的同学要自我介绍，哈哈哈哈哈……"

同学们笑得更大声，方若好也忍俊不禁。

颜苏扭头看见她，眼睛一亮。方若好上前一步刚想帮他化解尴尬，颜苏却伸过手，哥俩好地揽住她的肩膀，笑眯眯地说："方若好，本市中考状元，你们强有力的竞争对手，身体原因没能跟大家一起参加军训，所以现在才来报道。好了，认识完毕，咱们回座位吧，你坐我旁边。"

方若好还没反应过来，颜苏已拉起她走向教室后排，贺陌北出人意料地没有阻止。

坐定后，颜苏朝她凝眸一笑："又见面了，流浪的小孩。"

方若好从书包里取出红毛衣递还给他："你不是也一样？"

两人目光交集，因为有了共同的秘密，而变得与众不同起来。

"未来三年请多多指教。"颜苏说，停一停，补充，"尤其是考试，就靠你了。"

方若好汗颜。

高一生涯就在颜苏这个非同寻常的要求下开始了。

跟同学们相处一段时间后，再加上住宿生之间的八卦，方若好对颜苏有了更多的了解。颜苏本是二年A班的，因为打架受伤，旷了小半年的课，刚病好就赶上了考试，考了个华丽丽的一百五十分，校方既惋惜又痛心，开会讨论后让他留一级，就这样留到了她这班。

"听说他家很有背景，爷爷是大官。"

"这样的，谁敢打他？还把他打得住院？"

"之前不知道啦，就是因为搞出这个事情来，才爆出来原来他家这么厉害。动不得。"

"家里厉害有什么用，自己不上进，也不过是个纨绔子弟。对吧，若好？"

宿舍女生讨论着，把话题转到正在做练习卷的方若好身上。

方若好抬起头，“嗯”了一声，又低下头去继续做。这些八卦听一耳朵就可以了，深谈的话，她没有时间。一中跟她以前的初中完全不一样，所有人都是百里挑一的尖子生，她虽顶着中考状元的头衔进来，但这段时间上课，感觉还是很吃力。

这就是市重点跟县重点的差距吗？每当方若好想到这一点，就感到难言地焦虑。她没有忘记是向老师借钱才得以入学的，更没有忘记母亲在她上车前气急败坏地说：“我等着，我等你哭着回来找我认错的一天！”

这条路，已经没法回头。所以，必须要更努力、更刻苦地走下去。

方若好“唰唰唰”飞快地解着方程式，同寝室的几个人见状彼此交换了眼神，不再深谈。这时寝室的电话响了，一人接起来，听了几句后转向方若好：“若好，贺老师叫你去办公室一趟。”

方若好连忙放下笔，起身出门。

她一离开，室友们就议论起来——

“方若好好像很穷，你们发现没有，她一共就两套衣服，去食堂吃饭也都打最便宜的菜。”

“应该吧。但她挺用功的，宿舍里有这样一个人，大家压力都很大呀。”

“是呀是呀……”

议论声依稀随风飘进耳中，方若好没理会，匆匆下楼，赶往教学楼。

一进办公室，就见几个老师围在一起议论什么，贺陌北见她来了，招手说：“若好，过来。”

其他几名老师打量她。

“这位就是方若好同学？”

“还不错，你们觉得呢？”

方若好一头雾水地走过去。贺陌北将一份文件递给她。方若好一看，是全市高中英文演讲比赛的通知单。这个比赛历史悠久，已经举办了四十九届，今年是第五十届，因此上头很重视。每所中学派一名学生代表参赛，得奖者可去美国做一年的交流生，食宿费用全免，还能得到一大笔奖学金。

方若好的心“怦怦”狂跳起来，明白了贺老师叫她来的目的。

贺陌北说：“我觉得这个机会很适合你，要不要试试看？当然，你得先通过校内的选拔赛……”

“我要参加！”未等他说完，方若好已抬头做出了决定，眼睛闪闪发亮。

“那么，加油。”贺陌北说到这里，脸上闪过些许担忧，“对了，刚得知这个比赛方如优也参加。她很厉害，你要多下点功夫在演讲稿上……”

老师的嘴巴一张一合，似乎还说了些什么，但方若好已听不清了。

一中很大，不同年级在不同的教学楼上课，方若好入学近一个月，却一次都没遇到过那位拥有传奇历史的学霸“姐姐”。只不过，该来的终究会来，而且，以一种猝不及防的方式。

一时间，她仿佛再次听见母亲在那个女人面前唯唯诺诺、敬畏又谄媚的声音：“我知道你也有个女儿，她念书很好，在一中上学。为了避嫌，不给你们添堵，我都不让我家若好报考一中……”

眼中依稀有泪。不明原因，莫名委屈。

最终，化成了不服气。

——来吧。

“写什么呢，这么认真？”

午休时间，方若好在修改她的演讲稿时，身旁的颜苏睡醒了，忽然伸过手来，抢走她的笔记。

“别捣乱。”方若好忙抢回来。

颜苏凑到她身旁看了几眼演讲稿，哈哈一笑：“Very、very、very（意为“非常”）！一眼看去好多very！”

方若好脸上一红。她的演讲稿主题是《高中三年，我们学什么》，通篇措辞激昂，积极奋进，最适合演讲时的状态，也因此导致修饰词频繁出现。她现有的单词量，明显匮乏。

“用extraordinary，比very拉风一百倍。”

方若好将信将疑地拿出字典查“extraordinary”的意思。颜苏在她身旁伸了个大大的懒腰，悠闲地将两条长腿伸到前排靠背上，双手环胸向后靠，一边调整舒服的姿势继续睡，一边说：“演讲比赛办了那么多届，什么题材论点都已不新鲜了。想要拔得头筹，就得令人耳目一新。不仅是立意，还有组词。把important换成significant，set换成establish，此外什么better and better、good、great能不用就不用吧……”

不得不说，方若好有点被惊到。

颜苏以前成绩如何，她并不得知。光从这一个月的同桌相处看，这家伙基本从第一节课睡到最后一节课，要不就索性缺课，怎么看都是一副不良学生的作风。但他只扫了她的演讲稿一眼，就说出了这样的指点，顿时让她萌生出“此人深藏不露”的震撼来。

似乎察觉了方若好的心态，颜苏睁开眼睛，对她微微一笑：“其实这些都是培训机构英语老师的教学名言，随便上网一搜就有了。”

方若好低下头，原本觉得写得不错的演讲稿，忽然间变得乏善可陈起来。她没有电脑，不怎么上网，更没听过培训机构的课。这些城里孩子很轻易就能得到的教学资源，于她而言，都是店内昂贵的礼服，买不起，也没有机会穿。

在贺陌北还在县城教书的时候，方若好有次帮他批改试卷，看见他在看一篇论文。论文的题目是《寒门再难出贵子》。大意是“在拼爹的年代，寒门出贵子的概率已经越来越低。国家教育投入的严重不足和城乡教育资源的分配不公，令投入差、师资力量弱的学校的学生，一开始就输在了起跑线上”。

就是这篇论文，让贺陌北最终决定卖掉房子花二十万元为自己捐一个前程，也让此刻的方若好胆战心惊。

光成绩好，是没有用的。

教室外的布告墙上，除了成绩榜，还有各种活动报道，书画、乐器、舞蹈各种大奖都被一中的学生们拿到手软。离谱的是，方若好还在上面看到了摄影、骑术、射击、击剑等奖状。这里的学生每人都不止一技之长。那么自己呢？

扪心自问，方若好怅然发现：似乎除了念书，她，什么都不会。

而即使是念书，理科还好，文科尤其是英语，成了她最大的一块短板。应付考试也许够了，但要比赛，远远不够。

方若好的脸色越来越白，手不由自主地捏紧了笔记本。

颜苏收起漫不经心的轻笑：“怎么了？被打击到了？”

方若好突然扭头，问他：“哪里可以上网查这些？”

“网吧。”

“我未成年。”

“那么，跟老师申请一下，去学校机房。”

话音刚落，方若好已抱着本子快步走了出去。颜苏张了张嘴巴，想要叫住她，但最终没叫，只是眼眸沉沉，若有所思。

方若好在机房里查了个天昏地暗。一个全新的世界在她面前打开，她像渴了很久的人，将那些知识源源不断地喝下去。可惜，学校的机房是有时限的，每天只开放两个小时。眼看校内选拔赛的日期越来越近，而她的稿子还没改好，方若好正着急时，某天上学，颜苏突然把一个包包递给了她：“给你。”

方若好接过，打开一看，里面是台红色的笔记本电脑。

她一惊，刚要拒绝，颜苏已背上书包起身：“今天不舒服，班长帮我请个假吧，走了。”

对他的迟到早退已经习以为常的班长应了一声，埋在书本里连头也没抬。只有方若好，望着他走远的背影，心里涌起一种难言的情绪，有点感激，有点羞涩，还有点不知所措。

放学后，她把笔记本带回寝室，发现旁边的小口袋里还有网卡，插上就能上网。开机后，桌面异常简洁，除了必要的几个程序外，还有一个名叫“点我”的图标。

双击“点我”，里面是一本电子书，首页上整整齐齐罗列着近百个链接，什么《英文写作技巧》《浅谈有趣的英文典故》《英文演讲时的注意事项》等。

一想到这是颜苏特地为她做的电子书，心底那种难言的情绪再次出现，令她气息紊乱。

他为什么这样一次次地帮她?

即使是亲哥哥，也不一定能做到这个地步。更何况他们只是同学，虽然同桌，但颜苏更喜欢跟男孩子们玩，一下课就跑得没影，要不就在睡觉，很少交谈。

可他对她的事情这么上心。

带她来学校，因为担心她独自露宿街头而特地回来陪伴，把自己的外套给她穿，如今，又帮她准备演讲比赛。

一次两次是意外，那么第三次呢?

方若好不敢想下去。

当晚，终于改好演讲稿的方若好却睡得很不踏实。

她反反复复地做梦，梦见去参加演讲比赛，可不知为何沿途总会出现各种阻挠，令她心急如焚。而当她好不容易扫清障碍来到会场门前时，妈妈突然出现，像巨人一样挡住了入口。

方若好醒来时，脸上一片冰凉，全是无声的眼泪。

晨曦透过窗帘的缝隙照在她睡的上铺上，枕头旁摆放着颜苏的笔记本电脑，红艳艳一如他喜欢的毛衣颜色，它用浓墨重彩驱散了那个阴冷焦灼的苍白梦境。

方若好抚摸着笔记本电脑，深吸口气，翻身下床。

走进教室时她在脑海中把如何向颜苏道谢的话构思了几十遍。

但最终没有派上用场。因为，颜苏又因为打架被送进了医院。有知情者说，这回估计又要躺几个月了。

〇三
劳力士 1680

校内选拔赛在一周后的周六上午十点正式开始。

方若好竭力让自己不要太紧张，但走进可容纳千人的大礼堂时，感觉脚是踩在棉花上的，虚浮得厉害。

礼堂里已经坐满了人。大家都在议论谁能夺冠。方若好走到贺陌北身边坐下，贺陌北鼓励她："演讲稿我看了，写得非常有新意。只要发挥正常，应该没问题的。别紧张。"

其实，从小到大她也参加过很多演讲比赛，早已不会紧张。只是，今天的这场比赛不一样。

今天，是她和方如优正式见面的日子。

也是决定她能否去美国交流学习的关键一役。

无论多不甘心，都不得不承认，有时候，命运真的是由"一件"事情决定的。而对方若好来说，这件事情就是——赢得比赛。

选手一共六人，学生会成员捧着签纸过来，方若好抽中了第二个。眼看掌声响起，第一人上台开始演讲，她松了口气。

她比方如优早上台。这是好事。无知者方能无畏，如果让她先看过方如优的演讲，她不知道自己还能不能保持镇定。

第一人很快演讲完了，发挥正常，没有失误，但也不算精彩。下面轮到方若好，方若好默默地做了三个深呼吸后，才起身上台。

一双双眼睛投注过来，宛如墨空中的星光。她幻想自己是在星空下说话，天地浩渺，万物俱静。

她用英文做了开场白："我来念这所高中，我的母亲很不赞成。她认为学校太远，回家不便，而在我老家的学校，走路回家十五分钟，交通便利。那么，我为什么非要来这里？要住校，要自己洗衣服，要拼了命地念书得奖学金？与其说我的演讲内容是'高中三年，我们要学什么'，不如说是'我为什么坚持来最好的学校念高中'。答案只有两个字——境界。"

是啊，她不顾母亲的阻挠，放弃入其他高中的机会，固执地只来市一中，并不是因为方如优也在这里，而是她知道，这里不一样。这里的世界，跟她原来所在的世界，不一样。

如果说出身是一道起跑线，那么学校是另一道起跑线。

出身是无法更改的，但是学校，还可以努力争取一下。她已经晚了很多年，但是幸好，她还赶得上最重要的高中。在这三年，为进入一流大学做的准备里，不仅仅只有成绩，还有其他方方面面——知识面、个人能力、阅历、资源、人脉。而这一切，比成绩更重要。

沈如嫣，也就是方如优的母亲，是个多么聪明的女人。在得知自己的丈夫出轨，且有个比如优小一岁的女儿后，并没有第一时间发难，而是以"你的事情我不管，但你得给我体面"为由，让方显成把罗娟打发到县城里，并承诺不让这对母女进城。

罗娟不知她的居心，安于享乐，不思进取了十几年。到头来，除了一点钱，什么也没得到。她一辈子都只能窝在那么个小县城里开便利店，人生失去了提升的可能。

如今，轮到方若好。

幸好，我不是母亲。我跟她不一样。纵然懵懂年少，但我深知，学习有多重要，环境有多重要，未来有多重要。

所以，我一定要争取到去美国的机会。

我要打败你。

我要赢。

方若好嘴里流畅地说着演讲词，目光则朝台下第三排第二个穿白衣服的女孩子飘了过去。

她早从布告墙上见过方如优的照片，知道她的长相。

即使心中别扭，也不得不承认，方如优拥有过人的美貌。她长得比沈如嫣更美，而且正是最最美好的十六岁，像一朵嫣然盛开的蔷薇，明艳多姿，更因为出身优渥，眉宇间带着三分天生的高雅，有别于同龄人。

她那么那么优秀。

优秀到几乎令方若好绝望。

眼底有薄薄的雾气升起来，方若好就那么专注地凝望着台下的方如优，一字字，异常分明："国学大师王国维先生说，人生三大境界，总结起来是三个词——求索、奋发、顿悟。之前的十五年，我一直在求索，现在，是奋发的时候，我期待在这里能够找到顿悟，告诉我，也告诉所有的人——高中三年，我们要学的，是什么。谢谢。"

方若好鞠躬。底下掌声如雷。

王国维在《人间词话》中说——

古今之成大事业、大学问者，必须经过三重境界。

第一境界：昨夜西风凋碧树，独上高楼，望断天涯路。

第二境界：衣带渐宽终不悔，为伊消得人憔悴。

第三境界：众里寻他千百度，蓦然回首，那人却在灯火阑珊处。

方若好引用过来做了这场演讲的收尾，彼时的她并不知道，会一语成谶。

方若好回到座位上时，贺陌北一脸与有荣焉地对她说："如果我是评委，肯定给你满分！"

她红着脸，羞涩地笑了笑。

但下一刻，她就笑不出来了。因为第三位演讲者，正是方如优。

礼堂立刻爆发出比之前更热烈百倍的掌声，甚至有男孩子们在集体吹口哨。方如优大大方方地朝那些男孩挥了挥手，脚步轻快又优雅。

她在台上立定，笑着看向方若好："之前的演讲实在太精彩了。诚然，人生三大境界——求索、奋发、顿悟，现在的我们正在经历第二境界奋发，但从某种角度来说，这其实是个很有趣的陷阱……"

方若好的心顿时沉了下去。

与她的慷慨激昂不同，方如优太随意轻松了，还接着她的演讲稿往下发挥，对同一个主题进行深入挖掘。如果说，方若好的演讲是为一间屋子打好了坚固的地基，勾勒了整体的轮廓；那么，方如优则是将精致有趣的家具、个性亮眼的点缀搬进了屋子，使得这间屋子充满了情趣。

而最令人震撼的是她的发音，带着胸腔共鸣的天生好嗓音，加上华丽的牛津腔，每个单词都像教学磁带里的一样清楚标准。

她站得很随意，笑得很随意，手势很随意，表情很随意。

当方若好把台下的观众当星空视若无睹时，方如优却在与他们对话，眼里满满的都是他们。

“作为同学，我们像长跑竞赛里的同一批参赛者，每个人都在奋不顾身地往前跑，生怕比别人慢，都想当第一。我们被要求念同样的课本，解同样的题目，接受同样的试炼，大人们恐吓说不奋发就会输掉——然而，真的是这样吗？”

方如优笑吟吟的眼神，闲散的表情，在下一瞬，突然变化，激情爆发：“是谁规定的终点？谁画下的轨道？谁定制的规则？谁裁决的胜负？这个世界这么大，有那么多路没有走过，那么多风景没有看过，凭什么我们就要困在这个狭小的跑道上麻木地奔跑，美其名曰发奋？不，这不是我们想要的生活，更不应该是我们想要的生活！人生不是长跑竞赛。这个世界上有无数运动。找到自己喜欢的，适合的，远比盲目的奋发更重要！所以，人生三大境界真正的次序应该是——求索、顿悟和奋发。”

方如优停了下来。大堂内一片安静。

但每个人的情绪都被她调动起来了，每张脸上都流露出亢奋和欢喜。

这才是学生们最爱听的话：叛逆、热情、骄傲。

这才符合高中生演讲的定义：鲁莽的、粗糙的，却拥有耀眼得让人目眩的生命力。

相比之下，方若好的演讲却是那么理性、现实、功利，像长辈自以为是的劝诫和建议。

在座的听众会更喜欢哪个，一目了然。

最最重要的是，方若好的演讲在先，方如优在后，就变成了一场对比鲜明的漂亮反击。

方若好的手难以抑制地颤抖了起来。

贺陌北担忧地看了她一眼：“结果还没出来，还有机会的。”

方若好在心中苦笑。她知道。正如她知道方如优是自己的姐姐，方如优肯定也知道她的身份。正如她想在这次演讲上战胜方如优，方如优一定也想借此狠狠地给这个同父异母的妹妹一个下马威。所以，她才刻意接着她的命题说，并全盘推翻她苦心构筑的房屋建筑，告诉大家，之前的屋子腐朽老旧，其实根本不适合居住。

可笑的她一度还觉得，方如优是在给她的命题锦上添花。

方若好低下头，眼睛里一片水光，因为狼狈，更因为挫败。

此后的三位参赛者在方如优之后，显得十分平庸。就像吃了一道龙虾大餐后，又上了几盘青菜，被大家不冷不热地略过了。

接下去是投票环节，每个人写一个号码投递到学生会的投票箱内，由公开唱票来分出名次，决定谁能胜出。

方若好浑身僵直地坐在位置上，听着唱票人口中一遍遍地报出方如优的名字，心里空荡荡的，不知究竟是何感觉。

“方如优，一票。”“方如优，一票。”“方如优，一票……”

完全是一面倒的投票结果。

身后的同学们在低声说话。

“看来肯定是方如优了。”

“是啊，优势太明显了。最重要的是，她一站到台上就闪闪发亮。就算是不爱听演讲的人也愿意看她啊！”

有时候，美貌也是一种武器，不分年龄，不分场合。

方若好低头看了看自己廉价的牛仔裤和衬衫，忽然有点想笑。老师资助的钱交了学费和住宿费后所剩不多，因为赌着一口气不肯屈服回家，所以吃最便宜的饭菜，买最便宜的生活用品，过着室友们都在背后轻视笑话的拮据生活。追究这一切的罪魁祸首，却是她的生母，为了一己之私断送孩子前程的无知妇人。

怎不令人发笑?

“没事吧？”贺老师在一旁担忧地看着方若好。

方若好摇摇头，回了一个大大的笑容：“老师，我没事。我心里有数了。”

——经此一事，我越发清楚地看到了自己现在的处境。现在的我，没有足够的实力跟人争。我一直以来所向披靡的学业优势，在这里荡然无存。老师说得对，一中的每个人都很优秀，以为还能够像以前一样拔得头筹的我，很天真。

幸好，一切才刚刚开始。

从某种角度来说，清醒得这么早，也是一种幸运。

想通了这一点的方若好，没再坐下去，而是站起来跟贺陌北告别。既然已经知道此战失败，不如省下等候结果的时间回去念书。她的时间比其他人都要珍贵，经不起丝毫浪费。

方若好平静地离席，往大堂外走。

经过第三排时，一支圆珠笔忽然滚到她脚边。

她下意识弯腰去捡。

一只手从旁边伸过来，跟她的手一起按在了笔上。

方若好转头，心“咯噔”了一下——是方如优，近在咫尺的方如优。

这样的距离，连她脸上的绒毛都看得一清二楚，鼻息间，闻得到对方头发上飘出的玫瑰花清香。画面像是被刻意调慢的镜头，一帧一帧动作着。

她看见方如优朝她一笑，眉毛弯弯，唇角微翘，说道：“谢谢。”

“不客……”她下意识地回答。但没等她说完，方如优又更靠近了几分，几乎贴着她的耳朵，用只有两个人能听见的声音轻轻加了一句：“谢谢你来到一中，给我羞辱你的机会。我的——妹妹。”

方若好的脸，“唰”地白了。

方如优果然知道……知道她是谁，知道她的身份，也许还知道她现在的处境。

这次的演讲，她是故意的。

方若好怔怔地看着这张近在咫尺的脸，对方的眼瞳甚至清晰倒映出了她的脸，方如优明明在笑，眼睛里却没有一丝笑意。

再然后，她直起腰来，手中的笔在手指上漂亮地转了几个圈，看起来又跟之前一样懒散悠闲。

方如优坐回到第三排第二个座位上。旁边的同学们立刻你一言我一语地说道：“如优如优，她是刚才在你前面演讲的那个高一的女孩子啊！”

“喂，小学妹，领略到学姐的厉害了吧？不过你也是很有才华的，加油吧。”

“有如优在，其他人根本不可能有机会的嘛！老师们还非要弄个什么公开选拔，浪费大家的时间……”

方若好一步步地往外走，那些议论声在她身后慢慢变远变模糊，再也听不到。

但好奇怪，为什么前面的道路也变远变模糊了，怎么看都看不清楚呢？

她咬着嘴唇，努力睁大眼睛，想要看清路，双脚机械般往前走的后果，就是有一级台阶没踩好，眼看就要栽下去时，一个红影闯入视线，“啪嗒”一声，紧跟着，她的身体被某股力量稳稳托住了。

“不好好看路，想变得跟我一样啊？”带着调侃的熟悉声音在耳后响起，眼前模糊的视线瞬间清明。

有时候，眼泪会瞬间消失，不过是因为一个人的出现。

方若好回头，呆呆地看着扶着她的颜苏。他的脸在红毛衣的映衬下，显得明亮又温暖。

视线往下，她看到那打着石膏的右腿和躺在地上的一根拐杖。

刚才的“啪嗒”声，大概就是拐杖掉地的声音。

颜苏见她站稳了，松开手，弯腰捡起地上的拐杖。

这时，大堂里的票数已经统计完毕，结果出来了，第一名果然是方如优，掌声顿起，一片喧嚣。

颜苏扭头看了讲台一眼，微微皱眉，再看方若好一眼，低声轻哼：“在我的帮忙下还输了，你啊，这么没用，考试到底还指不指望得上啊！”

方若好“扑哧”一声笑出来。

在老师安慰她时，她一心想哭；在这个人揶揄她时，她却丝毫不觉得难堪和失落，反而有一种难以言表的轻松。

颜苏，这个莫名其妙出现在她生活中，与她产生离奇交集的男孩，就是有这样神奇的力量。

方若好开口说：“我饿了。”

颜苏扬了扬眉毛。

“虽然演讲比赛输了，但还是要谢谢你借我电脑。我请你吃饭。”见颜苏眼睛一亮，她慌忙补充，“不过我很穷，只能请你吃与我目前生活费的十分之一等值的饭菜。”

刚说完，一个声音远远传来：“三哥！”

方若好唇边的笑意消失了，回头，见方如优朝这边小跑过来，马尾在她脑后一荡一荡。

“三哥！你的腿没事了？这就出院了吗？”

一句话，透露出了足够的讯息——这两人很熟稔。

果然，颜苏笑吟吟地回答：“医院那种破地方，我提前出来的。别告诉我爸。”

“好。不告诉叔叔，但我要告诉阿姨。”方如优俏皮地眨了眨眼睛。不得不说，这个动作她做起来一点都不做作，很是赏心悦目。

因此，颜苏也眨了眨眼睛：“别拐弯抹角了，要什么贿赂直说吧。”

“不是贿赂，是奖励！我刚赢了演讲比赛。”方如优的目光若有似无地在方若好身上扫过，笑得越发明媚。

方若好自觉后退了一步：“你们聊，我先……”“走”字还没说出来，手臂就被颜苏拉住。她动了一下，没有挣脱开。

颜苏没看她，只是望着方如优说：“知道了。礼物下周一送上。”

“一言为定！”方如优并不纠缠，见好就收，然后转向方若好，“对了，学妹，刚听贺老师说你想去美国当交换生？早知道刚才我就让你了。这样，我到时候问问名额能否转让，我暂时没有出国的打算，如果可以转让，就让给你吧。”

这般笑里藏刀，字字伤人。

方若好不禁想：真像。方如优，跟沈如嫣真像，不愧是母女啊……

幸好自己不是妈妈。

面对沈如嫣，罗娟输得溃不成军。轮到她时，她却能低低地说一句：“谢谢。”

方如优的目光闪了闪，露出若有所思的神情，刚想说什么，远处一群同学喊她：“如优如优，快走啦——”

“同学们在叫我，先走了。三哥保重，代向叔叔阿姨问好。”方如优摆手离开，快步走到那堆人中间。

一个高个女生盯着槐树下的方若好和颜苏，微微皱眉：“那新生怎么跟颜苏在一起？”

方如优状似无意地说：“好像说是要给颜苏补课什么的……别管别人的事情啦，走，我请大家吃饭！”

“呸，人家颜苏什么家世，用得着她一个高一生给补课？借口罢了，真拙劣。”高个女生不满地嘀咕，一边走一边频频回头，目光如刀。

方若好虽然没听到她们的话，却能察觉到带着敌意的眼神。颜苏在学校属于很受欢迎的类型，男生崇拜，女生倾慕。虽然成绩糟糕，但他性格太好，幽默风趣会撒娇会卖萌还会耍赖，老师们对他也讨厌不起来。因此，对上那个女生目光的瞬间，方若好就明白了，然后开始警醒：自己跟这样一个万人迷是不是走得太近了呢？

她往旁边走了两步，想要拉出距离，结果，却被颜苏一把拽住：“走。”

“去哪儿？”

颜苏露出夸张的惊讶：“不会吧，刚说的话就不算数了？不是说请吃饭吗？”

“哦……是。”

十分钟后，方若好带他走进了一家超市。

颜苏虽然诧异，但没说什么，帮她提购物篮，看她将黄瓜、胡萝卜、生菜、火腿、玉米粒、酸奶和蝴蝶面一一放入篮中。

提着这些东西从超市出来后，方若好又去宿舍取了热水和餐具。

当两人最终在校园的小亭子坐下后，颜苏终于忍不住问道：“你不会是想自己做吧？”

方若好把蝴蝶面倒进热水瓶里，塞好瓶盖。她用小刀将洗净的黄瓜、胡萝卜、生菜和火腿切丁装进碗里，看时间差不多了，把热水瓶里焖熟的蝴蝶面夹出来拌进去，倒上酸奶和玉米粒，红红绿绿装了两大碗，卖相出人意料地好看。

做完这一切后，方若好把勺子递给颜苏："吃吧。"

颜苏定定地看了她五秒钟后，才接过勺子，舀了一勺放入口中。酸奶的醇滑、玉米的清甜、生菜的爽脆糅合后，变成了一种特殊的美味。他细细咀嚼着，一时间，眼神有点迷离。

"能接受这个味道吗？"久久得不到评价，方若好有点担心起来。

颜苏似从某种恍惚中惊醒，勾着唇角说了三个字："小清新。"

"你受了伤，需要忌口。小清新刚好适合你。"

"那倒也是。"颜苏一边说着一边大口吃了起来，"对了，为什么想去美国当交换生？"

"因为免费。"

颜苏的动作顿了一下，视线落到一旁的购物袋里，里面装着购物小票，这一顿午饭，加起来成本二十元八角。

如果这真是方若好生活费的十分之一的话，那就是说，她的生活费只有……二百零八元。

颜苏默默地看着方若好。眼前的少女穿着普通得不能再普通的衣服，齐耳短发，皮肤很白，眉目深邃，并没有多漂亮，却给人一种很特别的感觉。

就像……

就像……青草。

青草分明是很脆弱的东西，其实比花朵更不堪折，但每个人看到青草的时候，都会忘记它的脆弱，只看见迸发的生命力。

方若好亦如是。

她刚输了那么关键的一场比赛，就在他走到大堂门口看见她的那一刻，她双眼噙泪分明想要哭泣，下一刻，却对着他"扑哧"一下笑出来。

之前初见时也是。明明被自己连累，硬拖上车，惊愕得不行，但下一刻就十分信任地跟着他来一中，哪怕被拒在门外无处可归也没有哭，只是坐在街边等天亮。

她身上有一种沉淀的、安静的坚强。

因为这样的坚强，他不由自主地转身回去，陪她在街边待了一夜。方若好并不知道，他……其实是认识她的。

很早就认识她了。

"不过现在没去成也挺好的。言语不通、习俗相异，就算克服和习惯了那边的教学模式，再回来还是得参加国内的高考，肯定完蛋。"方若好自嘲地笑笑，"最最重要的是，我会害怕。"

“害怕？”颜苏微笑，“敢在街上坐一整夜的你，还会害怕？”

方若好低下头，沉默了好一会儿才轻轻说：“那晚……因为你在，才不害怕。如果你不在，虽然害怕，但会忍住。因为我已经习惯了。”

习惯了父亲长年累月不在家，习惯了母亲粗心大意疏于照顾，习惯了什么事情都自己决定，习惯了什么结果都自己承担。在这样反复习惯的过程里，害怕与否，已经变得不重要。

颜苏凝望着她，眼底涌动着奇怪的情绪，最后，一个字一个字地说：“下次，当你害怕的时候，就看看灯光。一圈圈的光晕，其实是天使头上的光环。你的一切，人们看不见，但天使都知道。他们在默默地守护你。”

方若好的心猛然一跳。一股暖流因着这么一句话流入五脏六腑，像熨斗一样，所到之处，所有情绪的褶皱都被熨平了，变得说不出的舒服。

她回望颜苏，两人视线交集，一时间，静默无言。

最后，还是颜苏一扬眉毛，打破静谧：“当然，如果白天的话，就看看太阳。”

“扑哧。”方若好又笑了。

十年后，方若好从浴室洗完澡出来，走到客厅的摇椅上坐下，望着落地玻璃窗外的夜景时，想起她和颜苏的这段过往。

墨黑的窗外，灯火璀璨，绚丽的、缤纷的，映在她眼睛里，明明那么热闹，却没有一点声音。

她的眼底依稀有了泪光。

她伸手拿起椅旁的小盒子，里面是一块劳力士1680，因为黑色表盘上的“Submariner（潜水艇人员）”字样是红色的，又被表迷们称为“红水鬼”。

手表已经很旧了，不但满是刮痕，水晶玻璃上还有蛛网般的裂痕，日期视窗中的数字是二十四，而时间也永远停在了十二点四十二分。

十年前的十一月二十四日下午十二点四十二分，被这只表以碎裂的方式就此铭记。

方若好给自己倒了一杯酒，对着碎裂的红水鬼举杯饮下。

有无数心情起伏，感激的，悲伤的，无奈的，委屈的，在对着那个人时，那个长大了的红衣少年时，却一个字都说不出来。

十年时光将感激和思念沉淀成了魔物。

他一出现，那魔物就在她心中嘶吼咆哮。

方如优的进攻来势汹汹，她满身疲惫，充满敬畏，只想专注去赢，哪有心力应付别的东西。

一念至此，方若好将手表放回盒子里，郑重地盖上。

就像将心中的魔物再次封印。

镕裁计划的二次会议，在一周后的周一上午十点准时开始。

开会前，雷厉风行的方如优通知大家该拿出第一个可实施项目了。因此会议一开始，就有积极者争先恐后地打开PPT开始报告。

“最新得知，新锐导演汪善的新片换了编剧，之前因为恐怖题材的问题被国家新闻出版广电总局勒令修改了四次，原来看好的投资人们觉得不靠谱纷纷撤资，如果这次剧本能够通过的话，我们刚好可以独投。”

有人立刻反对：“万一这次也不过怎么办？改这么多遍都没通过，基本就上黑名单了。”

“我打探过了，审批不通过是因为讲的是轮回报应诅咒，触了雷点。目前正在全面禁拍此类片子，但如果这部能通过审核，将会是今年国内唯一一部上映的恐怖片。在拥有固定看影人群和没有竞争对手的双重保障下，百分之八百的回报率是必然的啊。”

方如优被说服，沉吟了一下后拍板：“好的。那么小宋你去跟进这个项目吧。签下来，然后，把成本控制在三千万以内。”

“汪导给的数字是一千五百万。”

方如优冷笑：“他从来都是把成本往低了报，然后在拍摄过程中不停坑爹地让投资人追加，到最后拍出来总成本往往翻了七八倍的主儿。总之三千万，多一分唯你是问。下一个——”

方若好坐在不起眼的角落里，静静地望着方如优，心情复杂。

像回到十年前的演讲比赛时，难言的挫败，隐约的嫉妒，以及……不得不承认的欣赏。

她真的很优秀。又优秀，又努力。

明明之前从没接触过娱乐圈，没有参与过此类风投，但此刻，坐在总负责人席上的方如优如此精明老到，不但对预算成本估计得非常精准，连导演的私人恶习都了如指掌。

方如优从来不是徒有其表的大小姐。她是市一中的学霸，后来是全省理科状元，进了国内最好的大学后，又去了全球最好的大学深造，才二十四岁就拿到了双硕士学位。

方如优曾十分愤怒地对她说：“你不服气？你觉得你已经够努力，你觉得我赢你只是因为运气？别开玩笑了！我的成绩不是天上掉下来的，是无数个通宵熬夜念出来的！你在念书时，我也在！你睡觉了，我还在！我比你更努力！你输给我，是实力，而这实力，是我一点点累积出来的！”

想到这里，方若好心中难言地叹息。

而会议还在继续。

“……虽然李明翰导演那边明确表示不想要国内的资金注入，但是该片有四分之一的情节需要在国内取景，如果我们想办法做点手脚，他到时候就算不想要，也不得不妥协了。”

一言说完，会议室里的大伙儿都露出心知肚明的笑容来。

方如优的表情却很严肃，皱着眉沉思了好一会儿，才开口：“不，这个片子咱们不掺和。”

众人惊讶。

“可是方小姐，这部影片是奔奥斯卡去的，我们都深信李明翰有拿奖的实力。昭华投资过很多大卖之作，但那是奥斯卡，如果能拿到那样一个奖，我们等于朝国际又迈进了一步啊！”

“是啊，方小姐！这块蛋糕咱们不啃，也会被别的公司啃掉的。”

“别的公司我不管，但镕裁不可以。”方如优的声音很平静也很坚定，“君子爱财，取之有道。中国好不容易出了这么一位国宝级的导演，且正在事业上升期，我们不能为了一己之私拖他后腿。比起赚钱，我认为，给华人导演一片能够让他们茁壮成长的净土也很重要。否则，一味功利化的结果只会是民族文化的枯萎，到时候大家都没得赚。”

会议室内安静了好一会儿。

众人脸上有羞愧的表情，还有些许激动。那是一种圣洁的信仰和最初的梦想被唤醒的激动。

方若好看到这里，不禁笑了笑。

方如优还跟十年前一样，哦，不，她比十年前更进步了。梦想在她手上就像观音手里的杨枝甘露，点到何处，何处就万物滋长，唤起众人心中那久违了的激情的同时，也赢得了他们的尊重。

相信这次会议后，再没人会小觑这位空降过来的总裁未婚妻。她在这个位置上，暂时坐稳了。

方若好反省，其实这种驭心之术她也懂，但如果换她今天坐在方如优的位置上的话，她是不会说的。

因为，说不出来，也因为，不想说。

梦想，是个沉甸甸的名词，有人可以说得很轻松，有人却是想都不敢想。她是后者。

这时，该讲的人大部分都讲完了，方如优的目光终于朝她看了过来：“若好，你的项目呢？”

所有人的目光齐刷刷跟过来。

方若好慢慢地做了个深呼吸，然后起身，把自己的PPT投影到大屏幕上。

“机会”。

PPT的第一页上，两个字黑白分明。

“我没有现成的项目，但我觉得，与其寻找现有的影视公司筛选他们现有的项目，不如自己创造项目。现在的大导演们都已经老了，创造力逐渐枯竭，而新生导演在老一代的打压下，基本没有出头之日。我们给他们一个机会，挑选有潜力的新人导演签下来，给他们五年拍四部片的任务。不管赚不赚，都坚持五年。五年后再决定去留和薪资。这样，通过镕裁的培植，他们会成长为昭华未来二十年的顶梁柱，也会成为中国未来二十年电影文化的核心力量。”

方如优谈梦想，她就跟大家谈机会。

比起梦想，机会要现实和功利得多，但是，正是这样现实功利的东西，因为稀少而变得可遇不可求。每个人都可以有梦想，但不是每个人都会有机会。

给人梦想的镕裁和给人机会的镕裁，哪个更受欢迎？方若好自己也十分期待。

方如优的目光从大会议桌的主位上飘过来，投递在方若好脸上。

两人的目光没有丝毫偏离地相遇。

沧海桑田，水去云回。

时光无论怎样流逝，命运却从来没有放过她们。

她们永远在对立面上。

“我不同意。”仿佛过了一个世纪那么长久的静谧后，会议室里响起方如优清越、清雅、清楚的声音。

“这个想法很好，但有各种实施上的弊端，而且时间太长，与我们第一期计划的三年回报率冲突。所以，我不同意。”方如优盯着方若好，一个字一个字地说。

方若好笑了。

果然是，意料中的答案啊。

〇四 牺牲的棋

方若好下了出租车，走进贺宅大门。

迎面而来的是长长坡道，一百九十九级台阶，拾级而上，弯弯曲曲地通往坐落在凝碧山半山腰的褐色主屋。

所有车辆全都停在山下，想要进屋，必须步行。

这种宛如去深山老庙朝圣般的辛苦方式，曾令家族诸多成员叫苦连天。在生活节奏恨不得一秒掰成两秒用的都市，浪费十分钟在走路上，明显是不符合现代人习惯的。

但是没办法，贺豫是权威，他的话就是圣旨，众人不能反抗，只能私下念叨。

对此诟病，贺豫心中也十分清楚。站在主宅二楼的阳台上，目视族人气喘吁吁地爬台阶上山，是他晚年为数不多的乐趣之一。

他曾笑眯眯地对方若好说："你看，上山的人都有求于我，所以哪怕汗流浃背，哪怕胸闷气短，都不得不苦苦忍耐。"

方若好说："也有对您无所求的。"

贺豫回头，用一双布满皱纹但越发精光四射的眼睛深深看了她一眼："那类人，不可能也不需要来我的住处。"

一句话让彼时刚接触这个古怪老头的方若好心头一凉。

诚然，如果是平等的合作伙伴，可以去公司；如果是贺豫求人，可以去对方的住处；而能不辞辛苦来到这里的，只剩下有求于他的了。

我是不是也有求于他呢？方若好扪心自问，答案是肯定的。只是其中的原因，不足为外人道罢了。

方若好一边回忆一边调整呼吸，让身体适应上台阶的节奏。没多会儿，额头就冒出薄薄的汗。

她的身体受过伤。三年前，为了救贺豫，她将他推开的同时用血肉之躯去挡一辆飞驰而来的摩托车，造成肺部破裂和右手桡骨远端骨折。肺部经过治疗后已经愈合，右手则不得不植入钢板。不知是不是心理作用，一年后取掉钢板后手腕偶尔会隐隐疼痛，而剧烈运动时也会感觉胸闷气短气息不稳。

方如优曾为此嘲讽过："将来你终会后悔。因为这个世界上，没有任何事情值得牺牲健康去换取。"

这就是方如优跟她的不同。

对方如优来说，所有资源与生俱来，她只要做到自身足够优秀，就能取之不尽、用之不竭。而对方若好来说，前行路上一片荒漠，草木不生，命运没有给她任何机会，还给了她一个毕生都无法摆脱的尴尬身份。

方若好深呼吸，努力将这些纷杂的思绪甩出脑海。

怨天尤人没有用。这个道理，她在很多年前就已经懂得了，不是吗？

当她快走过一半台阶时，身后响起轻快的脚步声。方若好闻声回头，发现另有两人从山下快步走上来。

走在前面的是个三十岁左右的英俊男子，眉眼深邃，不苟言笑，穿着浅灰色风衣、白衬衫，系深灰色领带，头发剃得极短，腿很长，行动带风。

方若好是认识他的。

谢岚！

睿天传媒的执行总裁！他怎么会来这里？

如果说昭华是业内的领军者和中流砥柱，那么睿天绝对是后起之秀。一批才华横溢不知天高地厚的小伙伴一头闯进娱乐圈，以黑马的姿态脱颖而出，先是收购中国香港影视股份借壳上市，抢在昭华之前成为内地第一家上市娱企；又借用英美财团注资睿天的消息令股票暴涨，成为股权转让市盈率最高的公司，创下吸引国际资金之最。其崛起速度简直绝无仅有。

就此现象，贺新醅曾无不担忧地征询过父亲的意见。贺豫当时呵呵笑了几声，说："你知道华夏五千年的漫长历史中，最坚韧不拔的东西是什么吗？"

骨子里是个文艺青年的贺新醅回答："艺术？政治、法律、宗教、经济都会随着朝代湮灭，唯艺术永生。"

贺豫看他的目光就像看着捏歪了的瓷器：“是家族。没有哪个国家像中国一样重视家族、血缘和亲情。这种传承方式，经过了五千年的淬炼后，被证实是最适合国人的抱团方式。”

贺新醅明白过来：“您的意思是，睿天不是家族企业，所以不足为患？”

一语成谶。

伴随着巨大利益而来的，是阴暗丑陋的人性。几个创始人开始钩心斗角、争权夺势。随着几位创始人或入狱或病逝，睿天股票一路下滑。谢岚，便是从那时开始崭露头角，受命于临危之时，挺身于动荡之际，励精图治，大刀阔斧，将一个支离破碎的烂摊子重新规整，再次出发。

如今的睿天，虽不复当年盛景，但也在平稳发展中。贺老爷子评语：“谢家的小子不错，今后十年，就看他和巅峰娱乐的陆阿吾了。”

至于贺小笙，老爷子呵呵呵。

贺小笙对此十分不满，觉得爷爷一直看不起自己，心中越发铆足了劲要做出一番成绩来，好打一打这老家伙的脸。

方若好就是他朝贺豫发起斗争的第一步。

方若好觉得自己真是无辜。不过，站在局外人的角度看，她也觉得贺小笙不足以与谢岚和陆阿吾齐肩。

贺小笙是温室栽种出来的名花，怎敌得过在外界自然风雨中脱颖而出的大树？尤其是，谢岚肯吃苦，陆阿吾没节操。

说到陆阿吾，也是个妙人，人送外号“陆小奸”，自称对电影电视一窍不通。国外什么片红，就照搬过来换个壳抄一遍，号称“影视圈的山寨之王”。虽遭无数人唾弃，但人家大把大把赚钱。而且其人十分紧跟潮流，投拍了一系列“鸿篇巨制”，牢牢把握市场动向。

比如最近杀医案件层出不穷，他就立刻拍了一系列歌颂赞美医生的片子，号召大家要理智对待医生；再比如网络恶搞文化流行，他就立刻拍了一系列微电影，荤段子、敏感话题层出不穷，大大满足了无聊上网族们的看热闹心态。赚没赚钱且不说，总之做的事情那叫一个夺人眼球。他还有微博，喜欢自黑，总跟网友互动，号称“最平易近人的土豪”。

相比之下，谢岚却是十分低调，鲜少曝光，据说其人性格沉闷不喜说话，唯一的爱好就是工作。

虽同在圈中，但这还是方若好第一次这么近看见他。

黄昏的阳光下，他的皮肤看起来有些苍白，似乎有病在身。

联想到来这里的都是有求于贺豫的说法，方若好不禁在心中想：谢岚来做什么呢？他要求老爷子什么？

谢岚走得很快，没一会儿就赶上了她。方若好朝旁侧了一步，礼貌地让出道路。谢岚这才看了她一眼，目光冷淡，不含丝毫感情，紧跟着越过她，继续上行。

反倒是跟在他身后的另一个头发半秃、大腹便便的中年男人，一边擦着额头的汗一边朝她笑了笑：“方小姐，好巧。”

这个人，方若好也认得，是谢岚的秘书罗山，算是睿天的老臣子了。在动荡时期他独具慧眼，毅然站在谢岚一派，笑到了最后。

方若好笑着回礼。

罗山的目光落到她手上提着的中药纸包上，开始搭讪：“给贺老爷子的药？老爷子身子还好吧？”

方若好只是“嗯”了一声，没说什么。

罗山感慨：“中药效果好不好，一看医生水平，二就要看药煎得好不好。听闻方小姐是国内最年轻的顶级煎药师，什么时候有空还请传授一二啊。年纪一大，就各种不舒服，还是中药好，中药养人。”

走在前面的谢岚突然停步，回头看了她一眼，眼神微带错愕。而当方若好回视他时，他又很快将头转了回去，冷冷说了一句：“还有三分钟。”

罗山本还想跟方若好聊几句，听到这话连忙加快步伐跟上。

眼见这两人到了主屋门前，被训练有素的管家请进客厅，方若好这才走到台阶的另一边，从侧屋的小门走进去。

里面，是贺家的厨房。

一名中年女佣等待已久，一见她就迎了过来：“方小姐，今天来得晚了。”

“对不起，去取药时堵了好一会儿车。我马上开始煎药。”方若好换上围裙洗完手戴上袖套，在女佣的帮助下，将中药拆包，重新称了一遍。

女佣说：“老爷子最近咳嗽加重了。”

“变天，难免的。再加上大环境的空气越来越差。”

“昨天王女士还来劝老爷子换个住处，去海外住几年呢，被老爷子骂得哭着跑了。”女佣口中的王女士，是贺新醅的妻子、贺小笙的生母王珊。自从贺新醅年前因飞机出事而不幸逝世后，王珊就从宅子里搬走了。

这位阿姨从来无事不登三宝殿，表面看是来探望贺豫，劝他注意健康，估计是想让他彻底放权，好让她的儿子真正成为贺氏的当家人吧？

方若好笑了笑，没掺和讨论。趁着泡药的闲暇，她走到通往客厅的门前，透过玻璃窗朝厅内看去——

谢岚和罗山果然是贺豫的客人。

谢岚在沙发上正襟危坐，挺得笔直，像一张紧绷的弓；罗山则要放松得多，一边喝茶一边笑着，不知在寒暄什么。

贺豫虽然背对着厨房的方向，但方若好看他几乎没碰手边那个最喜欢的茶杯。

唔，看来老爷子也有些紧张。他们在谈什么？昭华和睿天，从某种角度来说是竞争对手，是怎样的大事，会让两家坐到一起如此郑重地商谈呢？

这一谈，就是三个小时。

眼看方若好的药煎好了，谢岚和罗山才起身准备告辞。

方若好端着药站在厨房门边，犹豫着要不要等一等再进去时，就听贺豫叫她：“若好，进来。”

方若好打开门走进去。

谢岚和罗山的目光自然而然地投注在她身上。

贺豫说：“若好，替我送送两位客人。”

方若好把药碗放到他手边，摘下袖套，送两人出屋。

一走出屋子，罗山就转身同她握手：“方小姐！合作愉快！”

方若好呆了一下，没明白到底是怎么回事。一旁的谢岚开口：“再见。”说完他快步走下了台阶。

罗山紧跟着他：“哎呀，别这么着急啊，跟人家多说几句嘛，毕竟以后你们两个要常联系的……”

“十六在家等饭。”

后面的话消失在山风中听不真切。

方若好回身进屋。贺豫微微侧坐着，双手捧碗，一小口一小口地喝着药，目光没有焦距地平视远方，不知道在想些什么。

方若好悄无声息地走到他身旁，静静等待。

在贺豫思考问题的时候，打搅者死。她从来都记得提醒自己不要触犯禁忌。

因此，当贺豫想完，从沉思中回过神来，看见一旁双手垂立、眉目温顺的方若好，便显得很满意。他把空药碗递过来，并在方若好双手接过的时候，说了一句：“你去睿天吧。”

什么？！

——方若好呆住。

第二天的镕裁会议依旧在十点召开。

方若好坐在偌大的会议室内，抬头看了看玻璃天顶外的天空。真不幸，是个雾霾天呢。

这两年来，这个城市的雾霾以几何速度递增着。记得前年，一年大概三四天雾霾；去年，一季度大概三四天雾霾；到了今年，就变成一个月三四天没有雾霾了。

圆圆的太阳隔着白茫茫的烟雾，看上去像个没有煎好的蛋黄，轮廓模糊，颜色暗淡。

方若好忍不住想，贺豫当年在设计这样的全玻璃会议室时，肯定没想过，若干年后城市的天气会糟糕成这个样子。就像他没想过，当他战胜家族里的所有人，否极泰来地站在权力之巅时，会遇到来自长孙的挑战。

昨天，谢岚带来一个消息：由于贺小笙私下泄底，昭华百分之十三的散股已经由方如优之手转入了沈如嫣名下，除此之外，沈如嫣还拥有巅峰娱乐百分之九的股份和睿天百分之三十一的股份。

原本只专注于房地产开发的沈家，这几年来慢慢把手伸到了娱乐领域，尤其是睿天发生危机时，她一口气吞下了近三分之一的股份，成了不可忽视的大股东。

虽然沈如嫣暂时还没表现出她的真实意图来，但控股三家，野心昭然若揭。

谢岚想要摆脱她，而贺豫震惊于孙子的吃里爬外，于是两人决定联手反击。

“今天的会议暂时开到这里，大家还有什么问题吗？没有的话散会。”方如优合上笔记本，正要离席，坐在角落里的方若好抢她一步起身，把一份文件重重拍在会议桌上。

“我有话说！”会议室里，回荡着方若好敲金戛玉的声音。

方如优有点诧异地扬了扬眉毛：“哦？难得妹妹主动发言，想说什么呀？”

“我要辞职。”

放在会议桌上的文件的第一页，“辞职信”三个字粗黑鲜明。

没错，这是贺豫和谢岚合作计划里的，第一步。

方若好，是第一个被牺牲的棋。

命运从没给过她选择的机会。

沙漠里没有绿洲，有的只是一次次头破血流的置换。

上一次，她用右手，换取了贺豫的信任；这一次，用积累了三年心血的事业，孤注一掷，又会换来什么呢？

雾霾的薄光下，方若好勾起唇角，望着难掩惊愕的方如优，笑了笑。

镕裁是你的了，如优。

就像当年，一中是你的一样。

很快就到了期中考试。

方若好越发勤奋。这次考试对她来说很重要，因为考试结果会被张贴在布告栏内。如果说，以往只是追求第一就好，那么这次，她的目标变成了满分。

她想要满分，像方如优一样除了语文，八课皆是满分。

仿佛只要那么做了，就能够稍稍得到些许安慰。

她在课间拼命做练习卷时，颜苏在旁玩魔方。

他玩的方式很奇怪，先闭眼随手打乱魔方，然后睁眼看一下，再次闭上眼睛将之复原。然后睁眼确认，再闭眼打乱。如此周而复始，速度快得惊人。

方若好忍不住在心中嘀咕：这么好的记忆里和空间延展力，为什么不好好念点书呢？

颜苏抬眼，目光正好跟她对上，便挑眉笑："玩吗？"

"不玩。"魔方玩得再溜也不能加分，更何况她还有四十多份卷子没有做完。

就在方若好继续埋头做题的时候，后门外来了个人。那人蹑手蹑脚地走过来，停在门旁往里张望。

颜苏漫不经心地投去一瞥，然后心中一沉。

坐在门旁的男生已殷勤地问了起来："姐姐，您找谁呀？"

在外人看来，三十六岁的罗娟是个非常迷人的女性。她有一双妩媚的大眼睛，丰润的红唇，活脱脱从国产挂历中走下来的模特女郎——也许没什么气质，但五官绝对完美。

颜苏若有所思地看向方若好——相比之下，方若好没有继承妈妈的美貌，却延续了她爸爸的一些特质——聪明，沉得住气，极有干劲。

方若好似有察觉地停笔，回头看向罗娟。

罗娟的眼眶一下子红了，扭身就走。

方若好立刻丢下笔追了出去。

"哇！是找方若好的？快看看！看看！"有好事者赶紧趴到门边探头看，却被颜苏一把拐着脖子揪回椅子上。

该好事者不满地挣扎："三哥。"

颜苏比了个戳目的动作，对方立刻没声了。

教学楼外，方若好在下坡处追上了罗娟："妈妈！"

罗娟脚步一僵，停住了。

方若好心中涌起难言的喜悦："妈妈，您是来看我的吗？"两个月零三天了。她们竟已分别了这么多天。

罗娟目光闪烁，欲言又止。

“我……我过得挺好的。学费、生活费，都有。马上就要期中考试了，如果，我是说，如果还跟以前一样，能考第一的话……”方若好咬着嘴唇，鼓足勇气说，“我们和好吧，妈妈。”

罗娟整个人重重一震，然后伸出双臂将她抱住了。

方若好的心“扑通扑通”跳，仿佛回到小时候，摔倒了，妈妈心疼地过来扶她。那时候她们是那么亲昵。

然而，下一刻，她听见罗娟的哽咽声从头顶上方传来：“为什么……你不是儿子呢？”

哗啦啦一盆水，将人浇了个透心凉。

方若好抬起头，不敢置信地盯着罗娟。

“显成没有儿子，你要是儿子就好了，他就不会不要你，也不要我。没了，现在什么都没了……”罗娟哭着哭着，突然又燃起些许希望，“若好，跟妈妈回家好不好？妈妈只有你了！你不要离开妈妈，我们回去吧！我做饭给你吃，我帮你洗衣服，我伺候你……听话，你一向很乖的不是吗？我只有你了啊……”

被抓住的地方很疼，痛哭中的母亲失了分寸，将她像布偶一样肆意揉搓和摇晃。

痛感却盖过了之前的种种绮思，令理性和冷静重新回到大脑中。

方若好定定地站着，想着自己为什么不哭呢。这种时候，这种对待，应该哭的吧？

“若好，求求你了，跟妈妈安安分分、平平安安地生活在一起不好吗？同样念书，上大学，为什么就非要这里不可呢？不要争，争不过的！”

“为什么？”方若好听见一个平静得几近冷酷的声音发问。慢半拍后才发觉，那是自己的声音。

罗娟愣了愣，一时间接不上话来。

“我啊，是二点五亿个精子里最快、最健康、最幸运的那一个，是作为一个赢家出生的。为什么到了这个世界，反而不让争呢？”

罗娟震惊地瞪着方若好，不过两个月时间，那个她熟悉的温顺乖巧的女儿，怎么、怎么跟变了个人似的？

“妈妈觉得我是在争什么？名分？出身？爸爸的认可？爱？”她每说一个，罗娟的脸就白一分。

方若好心中有无数愤怒，想要喷发，却又生生压住。她深呼吸，对自己说停，停下来，不要失控，不要将矛盾升级。之前的演讲比赛前，颜苏怎么说的来着？对了——

“当你想要说服别人的时候，语速一定要慢。慢，是力量。”

“如果我表现得比方如优更优秀，就能取代她成为方显成的继承者——您是这样想的吗？还是，沈女士是这么想的，所以她威胁了您？”

罗娟又是一抖。很好，看来被她猜中了。

方若好将发抖的手藏到身后，像自然界受伤的幼兽，天生懂得隐藏弱点，笑了笑：“可我从没有这么想过。”

“若好？”

“我只是想好好念书，想在这里念书。”

“为什么非要选这里？！”

“因为这是籍贯所在地内最好的中学。还有陌北老师。”也许……还有颜苏。

“可还有你姐姐！”

方若好的睫毛颤了一下，一个字一个字地说：“她不是我姐姐。”

“若好！”

“我的名字不在方显成的户口本里！我跟方如优毫无关系！”

罗娟快要崩溃：“你说什么？你到底在说什么？！”

“我不会跟你走，我不会转学。我就在这里，我的对手不是方如优，是所有的同龄人。我没有沾方家的好处和爸爸的资源，我是凭自己的实力考进来的，将来也会一直一直凭自己的实力走下去！如果，沈女士连让我在这里读书都容不下，认为是威胁的话，那么，第一，她太看不起我；第二，她太看不起方如优。”方若好刚说完这番话，眼角余光就看到了方如优。

方如优站在距离她们十米远的灌木丛后，那里有一张长椅，她手中还拿着本书，书页中一枚书签伴随着她的起身而悠然落地。

她们隔着经冬不凋的灌木，就那么遥遥相望。

方若好还没来得及有何反应，罗娟已一把拉住她的胳膊：“不行，我不管，总之今天你一定要跟我走！跟我回家！走！”

“妈妈！”方若好连忙抱住一旁的栏杆，“你讲讲道理！”

“你根本不知道沈如嫣那女人有多阴险可怕，我不能让你留在这里！你要有个三长两短，妈妈怎么办？妈妈只剩下你了啊！跟我走，走啊——”罗娟拼命拉扯。方若好在挣扎中再次看见方如优——

静静地站在长椅旁，优雅美丽宛如画中人的方如优。

为什么偏偏是她？

为什么要被她看见自己和妈妈如此狼狈的时刻？

为什么自己明明是凭借实力考进来的，却像是争抢了不该争的东西一样？

方若好心中酸楚，不由得松开了栏杆。

而拉扯她的罗娟用力过度，就那么重心不稳地朝后面倒去——同时倒下去的还有方若好。

她身后就是台阶。台阶并不长，不过十二级。

母女两个就那样猝不及防地滚下去。

天地旋转，由白成黑。突然横空蹿来一道熟悉的人影，一把抓住方若好。

“没事？”颜苏问。

方若好下意识点头，颜苏扶她站稳，又“噔噔噔”跑下台阶去捞罗娟，但已来不及。罗娟躺在地上，脑袋旁有个碎裂的花盆——她滚下去时碰到了台阶旁的装饰花盆，花盆砸在脑袋上，四分五裂。殷红的血慢慢从头发里渗出来，刺得方若好两眼生疼。

长椅后的方如优终于色变，快步跑了过来，看看罗娟，又看看僵立在原地的方若好。

颜苏探了探罗娟的鼻息，抬头朝方如优喊：“快叫救护车！”

方如优的手伸进裤兜，却又停住了，神色复杂。

“快啊！”颜苏急了。

这时候方若好反应过来了，扭头就跑，冲向最近的教师办公室求救。

颜苏让罗娟侧卧，一手抬高她的头保持后仰，一手将衣袖压在出血处止血。做完这一切后，他再次看向方如优。不等他开口，方如优已冷冷地说道：“我恨她。这么多年，我一直希望这个女人死掉。”

“那么你更应该打这个电话。”颜苏的目光里却充满了悲悯，“如果她真的就此死了，你起码问心无愧。”

方如优眼睛一眨不眨地盯着昏厥流血的罗娟，忽然勾唇笑了：“你说得对。这么早死太便宜她了。”然后她从裤兜里取出手机，开始打电话。

因此，当方若好气喘吁吁地带着老师们回来时，看见的就是一辆私立医院的救护车呼啸而来，快速停在了好整以暇的方如优身旁。

救护人员将罗娟移进担架抬上车，方如优朝方若好扬了扬电话：“资源。爸爸的。”

方若好原本苍白的脸，因这一句而几乎崩溃。

你说你从没想过跟我争，也不稀罕爸爸的一切。可是，此刻救你妈妈命的，就是爸爸的资源呢。

方若好，你觉得如何？

罗娟第一时间被送进了手术室内。

方若好等在外面，死死地盯着门上的警示灯，汗水浸透了她的脊背，被空调一吹，森森发冷。

她不得不紧紧地抱住自己，蜷缩在椅子上。

颜苏走过来，将一罐热牛奶塞入她手中："喝一点。手术不知要多长时间，尽量保持体力。"

"谢……谢……"直到此刻她才有暇感激这个人，感激他让自己幸免于难，感激他第一时间给妈妈做了抢救，更感谢他二话没说一起来了医院，陪在她身旁。

颜苏在她身旁坐下，想了想，问："想聊聊吗？"

方若好先是摇头，然后又点头，点完头却又后悔，抬眼看着颜苏，神色复杂。

颜苏笑了，伸出手臂揽住她的肩膀，将她拉近了几分："明白了。那就不聊，休息一下吧。"

他的手按在她的脑袋上，拍了拍，像主人在安抚小狗。

可不知为什么，从他手上源源不断传来的热度，就这样驱散了体内的森寒。方若好情不自禁地将脑袋靠在了他的肩膀上。

明明不打算聊天，可倾诉的匣子不知不觉打开了。

"我的生日是正月初五，爸爸从来不来，妈妈说因为那天是迎财神日，对经商的爸爸来说很重要。我想，那我就过阳历生日吧。阳历生日是二月十四号，情人节。但每次，爸爸都会提早一天来看我。"

小时候不明白的事情，现在都有了答案。

正月初五，是在过年，要跟正式的家人在一起。

情人节，为了避嫌，更要跟妻子在一起。

手术中的警示灯映在方若好的眼睛里，在依稀的水光中荡漾。

"妈妈从不要求我好好读书，我也很没心没肺地玩，到了初一后，成绩下降了。可妈妈一点责怪的意思都没有，她说无所谓的，女孩子嘛，随便念念然后嫁人就可以了。反正家里不缺钱，不需要我奋发图强。"

因为生的是女儿，不是儿子，母凭子贵的幻想破灭。又因为婚生的那个女儿美貌过人，成绩卓越，怎么看都比自家这个优秀，所以就死了去争的念头。

县城的缓慢节奏，便利店的懒散氛围，一天一天、一年一年地消磨着罗娟本就不多的野心和智商，至此她认了命。

"有一天，我在路上看见一个老太太抱着个三四岁的男孩。小男孩哭闹挣扎得很厉害，老太太抱不住他，只好放下来。我觉得眼熟，想起他好像是语文老师的儿子，就冲过去质问老太太。当时路上好些人都围了过来，老太太就逃走了。我救了小男孩，送他回学校。"

那是她跟陌北老师羁绊的开始。因为这份救子之恩，贺陌北开始对她额外关照，发现她懵懂无知，对自己的未来全无规划后，便用师长的身份进行劝导和纠正。

一个人在成长期中，遇到一个成熟的、睿智的、慷慨的长辈，有多重要呢？

贺陌北的出现，填补了父亲一栏的空缺。

颜苏听到这里目光微动，神色变得十分复杂。然而方若好沉浸在自己的世界中，没有发觉。

“有一天老师给我放了一部电影，叫作《被嫌弃的松子的一生》。里面有句话‘生而为人，我很抱歉’。”

那部电影可谓是她自身意识觉醒的开始。

松子的某一部分，跟她，跟妈妈，竟然是重叠的。爱情是背叛，亲情是讨好，善良是无知，浑浑噩噩的一生。

十三岁的方若好，瞪大眼睛望着屏幕里那个嘴巴夸张噘起的女性，发自内心地战栗。

“女人的青春、美貌、钱，都可能失去。但教育永远都是你的一部分。教育能够转变人的毕生。”贺陌北如此对她说。

于是她一改之前的懒散，开始认真学习，尝到了学习带来的快乐。那种制定目标，拥有梦想，然后一步一步去实现的过程，原来又煎熬又美妙。

后来她才知道那句话并非老师原创，而是一个叫邓文迪的女人说的。

再后来，得知自己是非婚生之女后，她对这句话又有了新的体会。

她像溺水之人，拼命抓着教育的稻草，希望能够改变命运，不至于如松子般悲剧一生。然而，现实给了她重重的嘲笑。

“生而为人，我很抱歉。”方若好靠在颜苏肩上，凝望着手术灯，眼泪无声地流了下来，“只要妈妈能平安，我……愿意转学。”

她不争了。

她不想了。

她不那么固执任性异想天开了。

在稚嫩弱小的十五岁，她选择向命运妥协。

只要妈妈能没事。

“海州刘子固，十五岁时，至盖省其舅。见杂货肆中一女子，姣丽无双，心爱好之……”

十年后的方若好捧着《聊斋》，坐在病房煦暖的阳光里，念书给罗娟听。

十年了，罗娟一直躺在这里，没有知觉。

就在她愿意用一切去换取她的平安时，命运却摇晃着戏弄的爪子，对她说——不，我不同意。

罗娟的手术没有成功。一块花盆碎片卡在了她的大脑深处，手术无法顺利取出。

四个小时后，护士们将她推出手术室，换到了加护病房。

医生告诉方若好，未能脱离危险期，能否清醒是未知数，并委婉地提醒她赶紧缴纳相关费用。

颜苏来得匆忙，没带钱。而罗娟的衣物里，没有钱包，想必是抢救途中遗失了。

幸好贺陌北及时出现，但作为一个刚转校的新老师，他也没多少钱，还要养家，因此堪堪刷了五千块押金后信用卡就爆了。

面对老师为难的脸，方若好连忙说："没关系，老师，我有办法。"

"你有什么办法？"

"我知道妈妈的存折放在哪儿，我回家取。"

颜苏说："我陪你去？"

"不用了。今天已经很麻烦你了。你快回家吧。"方若好看了眼他的黑色手表，五点半，赶得及在天黑前到家。

可当她熬了两小时的车程回到县里，看见的是一片狼藉的家。原来有小流氓知道罗娟今天进城，趁家中没人洗劫了便利店，并把屋子里值钱的东西一扫而空。警察勘察完后，例行劝慰了几句后便离开了。

天彻底黑了下去，方若好坐在凌乱不堪的地板上，想着这一天先后发生的事情，隐隐感到绝望。

眼泪已在医院等待时流干了。此刻两只眼睛又酸又涩，挤不出任何水分来。

她翻查了一下抽屉，存折果然没了，一起失踪的还有一匣子珠宝首饰。也就是说，屋漏偏逢连夜雨，家里一分钱都找不到，而医院那边，妈妈还等着她拿钱救命。

都是她的错吧？

如果不是她非要去一中学习，妈妈不用进城找她，不会发生争吵，就不会摔下楼梯，更不会离开家，家里就不会失窃……

一切的一切，都是因为她没有遵守规则，推倒了多米诺骨牌。现在，惩罚来了。

方若好一遍遍地想：怎么办？我该怎么办？

怎么才能弄到钱？怎么才能救妈妈？

对了！

方如优叫的救护车，说是爸爸的资源，那么，妈妈进院的事爸爸会知道吧？

心中突然升起希望，她摇摇晃晃起身，走到壁挂式电话旁，摘下话筒，用手指按下数字键。

1、3、9……

停住。

干涩的眼眶仿佛要裂开，疼得她浑身战栗。

深吸口气，再开始。

1、3、9……

再次停住。

别这样，若好，想一想妈妈，想一想现在的境遇，除了求那个人，你别无他法。他欠你们的，他应该在这种时候出来承担责任，履行应尽的义务。

方若好用手狠狠揉了把自己的脸，咬牙一口气按下了那串号码。

仿佛一个世纪那么漫长的嘟嘟声后，终于传来那个人熟悉又疏远的声音："别再骚扰我了，不是说好了一切都结束了吗？你……"

"爸爸。"方若好轻轻开口。

对方的声音戛然而止，沉默了几秒钟后，变得磕磕巴巴："若、若好？有事？"

爸爸……竟然还不知道妈妈出事，方如优没有告诉他？！

方若好紧紧地握着话筒，鼓足勇气开了口："您……能借我点钱吗？"

两个小时后，方若好坐着末班车回到市内，坐在一家五星级酒店的大堂里，等着方显成。

来往的客人非富即贵，连服务生都看起来高人一等。偶尔路过时，他们会打量方若好，她朴素廉价的校服和过于稚嫩的年纪，跟这个地方是如此格格不入。

一名服务生礼貌地给她续了杯水。方若好连忙道谢。

服务生说："你可以提供要等的客人的姓名，我帮你电话联系。"

"不用了，他说他很快到。"她只能这么回答。事实是，方显成说让她到这家酒店等着，根本没约几点。

电话中，他太慌乱，而她太卑微。

方若好又等了足足一个小时。抬头看墙壁上的挂钟，马上就零点了。那个人……又说谎了吧？

在自己还小的时候，他就老说谎。说会回来陪她过生日，结果没回来；说会出席她的家长会，结果没有来；说要带她去迪士尼，结果拖着拖着也拖没了。他总是那样，一次次地骗她和妈妈。

所以这一次，肯定也是骗人的。

方若好咬着下唇，握杯的手瑟瑟发抖，因为愤怒，更因为憎恨。

午夜的钟声“当当当当”响了起来，她再也等不下去，决定先回医院。她快要出转门时，一人夹着个包匆匆跑进来，看见她，眼睛一亮：“若好！”

方若好停步，眼神里是浓浓的失望。

这个人，当然不是方显成。而是他的秘书小钟。

小钟快步走到她面前，把手里的包递给她：“对不起，来迟了。方总说让我把这个给你……”

“他，为什么不自己来？”璀璨的大堂灯光下，少女的脸看起来很是苍白，眼神飘忽。

小钟皱了皱眉：“那个，方总有事来不了。所以，他说这钱你先拿着，一时间也没太多现金……”

“妈妈、妈妈……生死未卜。他、他不跟我一起去看看吗？”方若好终于明白了为何在她明确告知妈妈在医院后，爸爸仍将她约在这里见面。从一开始，他就不打算去医院看妈妈。

因为害怕转账会被查到，所以给现金吗？

方若好看着近在咫尺的帆布包，突然一把抓过，用力朝墙上掷去。

包撞到墙上，链子崩开了，里面鲜红的钱币呼啦啦飞出来，飘了一地。

场景几乎称得上壮观。

尽管已是午夜，大堂里人不多，但值班的前台和门童，还是震惊地看到了这一幕。

小钟十分慌张地看着围观的人，瞪着方若好：“你这是干什么？！”

“没什么，只是突然不想要了。”方若好轻轻回答，径自从他身旁走过，推开转门走了出去。

“喂，你等等！那个……”小钟着急。

方若好走出转门后回头看了一眼，小钟在手忙脚乱地蹲着捡钱。

从某方面来说，那些钱比她重要。所以，对方不急着出来拖住她，而是先把地上的钱捡起来。

是啊，钱明明那么重要。

可以让她舒舒服服地完成学业，可以救妈妈的命，还能让一个女人心甘情愿成为别人的情妇，生下没名没分的孩子。

钱那么那么重要。

可是——

十五岁的方若好咬紧牙关，双目赤红地抬头看向外面街道上的灯。

有多重要，就有多屈辱。

太屈辱了。

根本无法承受。

十年后的方若好，坐在病床前，想起当年的一幕，感慨万千。

年轻真好。那么那么骄傲。

又也许，是因为有老师和颜苏的存在，所以她无所畏惧。

她不是孤身一人。她有师长，有朋友，还有少年倔强的傲骨和勇气。

于是她朝命运发起冲击，想力挽狂澜，想做个英雄，顶天立地。

可是……后来呢？

方若好深吸口气，按下心头万千思绪，然后将书翻过去，继续念《阿绣》。所有的聊斋故事里，罗娟最喜欢的就是《阿绣》。故事讲的是一只狐女爱慕书生，假扮书生的意中人阿绣与之欢好，书生后来知道了真相，吓得够呛，狐女便悄然离去，施展神力把真正的阿绣从困境中救出，送回到书生身旁，笑着祝福了他们，并一直暗中庇护着书生和阿绣。

方若好觉得这真是无比讽刺。不过，也许人类喜欢的往往是自己缺失和做不到的。罗娟身为第三者，无法成全方显成和沈如嫣，所以只能在虚幻的故事中寻找慰藉。

“我感汝两人诚，故时复一至，今去矣……三年后，绝不复来。”方若好合上书，望着病床上神态安详得仿佛只是睡着了的罗娟，眼瞳深深，“狐女最终走了，离开了书生和阿绣，所以，你也离开了，是吗？”

病房内安安静静，悄寂无声。

方若好自嘲地笑笑，起身收拾背包准备走人。

有些事情无论多么悲痛，一旦习惯，就会发现没什么大不了的。更何况现在的她，已不再是软弱无力的十五岁少女。

就在这时，房门开了，主治医生李鸣东走进来对她说：“方小姐，你来得正好，关于罗女士的病情，有新进展，请跟我到办公室详谈。”

一语如钟，敲得她心扉一阵震荡。

很难描述这一瞬，是欢喜多一些，还是忐忑多一些。

方若好连忙跟着李医生去办公室。李鸣东大致介绍了一下，说国外有一种新型脑部微创技术，可以取出罗娟脑部的碎片，并通过正电子发射断层成像技术帮助大脑恢复意识。但因为是新进技术，所以风险很高，如果失败，会造成病人提前死亡。

“成功率有多少？”方若好问。

李鸣东迟疑了好一会儿，才回答：“百分之十。”

果然，她的人生中就没有过真正的好消息，伴随着好运来的，总是巨大的风险。

“我需要考虑一下。”

“当然。考虑好了给我打电话。”李鸣东起身送客。

方若好有些僵硬地起身，双脚犹如走在棉花上，感觉眼前的一切都不太真实。手刚触及门把，有人正好由外往内进来，视线相对，不真实的世界立刻又虚幻了几分。

站在门外的，竟是一身白大褂的颜苏！

他为什么会在这里？方若好木然地想着。

虽然她知道颜苏后来在国外学的医科成了医生，也知道他回来了，但会在这所郊区的私立医院撞见，还是让她非常意外。

她看一眼对方胸口的吊牌，证实无误，确实隶属于这家医院。

如果是回国就业的话，以他家的背景，不是应该去公立三级甲等医院吗？

李鸣东看到颜苏，立刻出来迎接：“颜医生，你来了。介绍一下，这位是我们从国外聘请回来的神经外科专家，就是他来为罗女士进行那个复创手术。”

视线中，颜苏的目光既熟悉又陌生，望着她，望定她，最后，伸出手来：“虽然概率很低，但我觉得值得一试。”停一停，又补充，“如果你信任我的话。”

信任他吗？

方若好于此刻想起十年前他陪自己在校门外坐了一夜，演讲前夕借给她的那台笔记本电脑，送罗娟进手术室后长椅上的牛奶和肩膀，还有后来那块碎裂的红水鬼手表……

那是她在青春期收到的来自他人最温暖的赐予。

这份温暖在她骨子里扎了根，以至虽然过去了这么久，都不曾忘记。

而此刻，这个人又站在了她面前，再次朝她伸出了援助之手……沧海桑田，水去云回，时光仿佛回溯到她的十五岁——

她站在一无所知的世界里，遇见穿红衣的他。

〇五
生而为人

“我把房子交给中介挂牌出售了。”两天后，方若好一大早来到学校，告诉贺陌北自己的决定。

贺陌北思索了一会儿，点点头：“这确实是个办法。但是……来得及吗？”

“中介会先给我一部分钱，然后他们找买家，这样除了中介费，他们还能赚到所有的差价。不用担心，三天内就放款。现在就看医院能不能再拖三天了。”

贺陌北有些惊讶地看着方若好。即使遭遇了那样的剧变，她也没有被击垮，精神反而更加亢奋，逻辑清晰，行为明确，完全不像同龄的孩子。

他忍不住更想帮助这样的孩子：“老师这儿还有点钱……”

“不用。医院肯定会通融的。”方若好嘲讽地笑了——是方如优打的救护电话，能第一时间送入手术室，安排上最好的主刀医生，以如此人脉塞进去的病人，她不信会被轻易地赶出来。

“那么，还有什么需要老师帮忙的吗？”

方若好深深看了他一眼：“没有了。我去考试了。”

今天，是期中考的第一天。

方若好特地赶在第一门考试前，把所有事情都处理完，然后强迫自己睡了一觉，精神饱满地赶过来考试。这份毅力，令大人都为之肃然起敬。

因此，她离开后，办公室里其他的任课老师都震惊地围了过来：“她就是那个妈妈在学校出事的学生啊？这样了还来考试？”

“她家没别的大人了吗？爷爷奶奶外公外婆都没有？怎么让个小孩自己忙活？”

“真可怜啊，这么小要承受这么多……”

纷杂的议论声中，贺陌北低头看着自己的任课笔记，看着封面上名字里的“贺”字，百感交集。

有时候，人类需要承担更多东西，只不过是因为他们无法选择出身。

他拿起一旁未拆封的试卷袋走出去。

铃声响了起来，考试开始了。

颜苏在考场中看见方若好，松了口气，眨眨眼睛说：“你可算来了。好担心呀。”

“担心没人可抄吗？”

“是呀，说好了考试罩着我的。靠你了，同桌。”

两人相视一笑，都心知肚明对方说的担心不是指考试，又因为如此默契而心生愉悦。

在整理文具的间隙里，颜苏忽然说：“你知道吗？学校那个台阶，十年来先后发生了二十六起事故呢，且多集中在这三年。”

方若好怔了怔，什么意思？

“弯道设计不合理，且年久失修，不过因为短，大多受伤不重，因此一直没有得到重视。”颜苏说到这里，双目灿灿地看着她，“山穷水尽时，记得勒索学校。”

这也可以吗……方若好无语。

这时贺陌北拿着试卷进来了。她便没再继续深入这个话题。

两天考试一晃而过。方若好每天学校医院两头跑，第三天，中介还是没有打款，她只好回了趟家。

负责对接的中介小哥一脸愁眉不展：“我们也不想毁约，谁知公司资金流会突然出现问题？我们也想你的房子早点卖出去，成交了我才能赚到佣金和奖金呀。”

“当初签约时你们信誓旦旦保证可以，我才选择你们家的。”

“事实是，除了我们家，也没有别的小公司能提前支付房款呀。”中介见苦情牌无效，便开始耍赖扯皮。

方若好忽然发现，自己应付不了这样的局面。她握紧了双手，才不至于露出绝望的表情：“那么，你们打算如何办？”

“我们会尽快找卖家，让卖家先支付你一笔钱……”

“多久？”

“这个就不清楚了。你也知道，咱们小县城房屋置换率低，经济也不是很景气……”

“我家带了底商，位处四通八达的闹市。”

“我知道我知道，要不我们当时也不会跟你签。但是小妹妹，买房卖房真讲缘分的，机缘不到，我也很愁啊！”

“那我就不能独家授权给你们了。”

“随便你。”

谈判至此彻底宣告破裂。

方若好走出中介公司时，再次感到身体发冷。人生还能多倒霉呢？又或者说，倒霉是常态，幸运才是罕见物？

晚上再回医院时，她发现妈妈被推出加护病房，扔在了走廊上。

护士为难地对她说：“医院病房紧张，你们又一直拖欠费用，所以就先让更有需要的病人住进去了。你想办法尽快补上钱，否则只能送回家了……”

方若好听了这话，只觉呼吸艰难，不得不抓紧床柱才能保持站立。

护士狠起心肠扭头离开。

走廊灯光昏黄，还有好几张同样因为没钱而被送到这里的病床。有的有家属陪伴，有的没有，但谁也没有她这般年轻。他们好奇而疲惫地打量着她，却无人过来询问。贫困的土壤里，同情心无法发芽。

方若好注视着戴着呼吸机的罗娟，忍不住想：若是那晚拿了爸爸的钱……

这个想法刚开了个头，就被她生生压住了。

不，不要！我不要为已经发生的事情后悔。那样只是浪费时间。我要想一想，接下去该怎么办。肯定还有解决的办法。肯定有！

脑海里忽又闪过颜苏的那句玩笑话：“山穷水尽时，记得勒索学校。”

真要这么做吗？

可是，如果真要勒索的话，与其勒索无辜的学校，不如勒索……爸爸。

方若好眼睛一亮。

首先，方显成不敢让沈如嫣知道自己还跟罗娟有往来；其次，方显成对她们有亏欠，是最容易也最舍得给钱的人；最后，勒索学校可能会被退学，可勒索爸爸，不用担心他报复。他虽然薄情寡义，但不至于丧心病狂。

方若好越想越觉得应该这么做才对。凭什么让方显成省下那笔钱？既要出轨又生娃，凭什么说断就断？凭什么明明是他的错误，却要她一个未成年人来承担？

方若好想到这里，不再犹豫，抓起书包下楼准备找公用电话催债。结果，刚走到一楼大堂，就看见缴费窗口前有个熟悉的人影。

那人刷了卡，拿了收据转身，看到她，嫣然一笑：“晚上好啊。”

方若好下意识警惕起来——方如优，她来干吗？

“医院给我打电话了。我才知道你们的处境这么……唔，艰难。”方如优朝她扬了扬手里的收据，“不过，现在已经解决了。不用谢。”

方若好的大脑一片空白。一时间，眼中依稀有泪，原因莫名。好半天，她才颤声挤出三个字：“为……为什么？”

为什么你要这样做？为了继续炫耀、施压，还是纯粹慷慨到想帮忙？

“因为我喜欢呀。”方如优朝她走近，笑得越发幽深，“我好喜欢现在这样——罗娟变成了植物人，拔掉呼吸机就会死。可不拔掉，就还能活。她这个样子多躺一天，我就快活一天。能花钱买到这么大的快活，我觉得值。”

方若好整个人都在发抖。方如优却突然握住了她的手：“别生气，这个样子多好。我呢，解恨了，你呢，则应该庆幸，庆幸你妈还活着。我们是双赢。”

方若好的眼泪掉了下来。

明明不想哭，不想在这个人面前示弱，可眼泪不受控制，一个劲地往外涌。方如优说的每个字都像刀，凌迟着她的身体。她却没有丝毫反抗的力气。

“啧啧啧，是不是觉得自己可怜死了？这么小，就要遭遇这么多，被爸爸抛弃，被妈妈拖累，还被姐姐欺负……”方如优抚摸她的脸庞，声音低柔宛如耳语，“但这是谁的错呢？是谁贪慕虚荣只想不劳而获？是谁寡廉鲜耻介入别人的婚姻？是谁坚持生下不被法律保护的子女？又是谁，愚蠢得没有规划好自己的人生，出了事毫无退路？”

别说了！求求你，不要说了！

“是你妈妈啊。一切都是你妈妈的错。谁让你这么倒霉，偏偏投胎到她肚子里呢？”

方若好咬牙，终于发出了声音：“是爸爸的错！”

方如优笑了。

方若好的眼泪流得更急：“为什么你只恨我妈妈，不恨爸爸？就算没有我妈妈，也会有张娟、王娟……”

“你以为没有？”

方若好一僵。

“但那些女人都很聪明，拿了钱就走了。只有罗娟，太贪心，非要给爸爸生个孩子。她坚持认为那是爱的证明……啧啧啧，真、恶、心。”方如优说到这里，笑容消失了。

她从方若好脸上收回手，定定地看了她一会儿：“给你个警告，别再招惹颜苏。他家家教甚严，绝不会允许他早恋，更别提对象是个私生女。除非——你也像你妈一样，什么都想靠男人。”

方若好的脸一下子涨得通红通红。

方如优转身离去。直到她的背影消失在大门外看不见了，方若好还僵立在原地，颤抖得说不出话来。

生而为人，我很抱歉。

生而为人，我很抱歉……

《被嫌弃的松子的一生》里的这句话在她耳边回荡，像诅咒，重复一遍又一遍。

独属于医院的清冷灯光下，方若好慢慢地抬起手，擦掉脸上的眼泪。

晚上十一点半，方如优蹑手蹑脚地回到家，打开大门，正要摸黑上楼时，沙发旁的台灯突然亮了，照亮了坐在沙发上的女人。

方如优的脚步顿了一下，然后收回，扭身回望。

坐在沙发上的，正是沈如嫣。

“这么晚去哪儿了？”

“下晚自习后肚子饿了，就跟同学们去吃了点夜宵……”方如优走到对面沙发坐下，若无其事地绾了绾头发。

沈如嫣严肃地盯着她。

方如优便笑了：“怎么了，这么严肃？发生什么事了吗？”

沈如嫣沉默了一会儿，还是忍不住问：“罗娟出事时，你在场？”

“嗯。我给叫的救护车。”有记录的，瞒不住，索性承认了。

“为什么要掺和此事？”

“巧合？谁让我当时在场。就算我不打，颜苏也会打的。他也在。”

沈如嫣的目光在她脸上搜罗，仿佛想查证些什么：“她的事……妈妈会处理。你不要管。”

“我真没多想。就算不是她，是个路人在我面前晕倒，我也会帮忙叫救护车的，妈妈。”

沈如嫣只好放弃：“好吧。没事了，去睡吧。”

“妈妈你也早点睡呀。”方如优笑嘻嘻地亲了亲她的面颊，然后上楼。

她走到一半时，沈如嫣忽又说道："如优，不要浪费时间和心力在不必要的事情上，目前阶段，你的任务只有一个——好好学习。把目光放得长远一些。未来的路很长。"

方如优按在楼梯扶手上的手紧了一紧，然后回了一个笑容："我知道的，妈妈。"

她走上楼，楼梯口，静静地等着一个人。

方如优跟他目光相对，那人脸上闪过一丝慌乱，随意点个头就要走。方如优低声叫住他："爸爸。"

此人正是方显成。他今年四十六岁，非常英俊，保持着良好的健身习惯，还有一头浓密的秀发，经常出现在财经杂志上，被称作"中国当代富豪中的颜值担当"。

方如优不禁想起小时候最喜欢开家长会，因为爸爸实在太帅，所有人都羡慕她。直到有一天，她发现她的某个老师上了爸爸的副驾驶位……

这样一具好皮囊，为什么里面的灵魂却污秽不堪呢？

方如优一边想，一边脸上绽出了甜甜的笑容，朝他比了个手势："爸爸，来。"

方显成怔了怔，听话地将头凑上前。

方如优在他耳边小声说："我去医院看过罗阿姨了，还帮忙交了医药费。"

方显成明显一惊，刚要说话，方如优调皮地眨了眨眼睛："放心，妈妈不知道。这是咱俩的秘密。"

"如优……"方显成看着女儿天使般的面庞，只觉得心都要化了，"好、好孩子！"

"你的行礼收拾好了吗？确定下周一就走吗？"妈妈不知用什么办法，让董事会通过投票，将爸爸"发配"去A国主持分公司，没个两三年是回不来了。不过在方如优看来，这步棋走得毫无意义。要惩罚一个人，就应该毁掉他最在乎的东西。爸爸最在乎的是女人吗？当然不是。他最在乎钱。

当年他因为钱娶了妈妈。

后来他因为有钱了开始纵欲。

现在，他也是为了保住手头的钱而不得不跟罗娟断了干系。

真讽刺啊，这样的一个人，竟是她爸爸。

"爸爸，我会想你的。"方如优扑入方显成怀中，充满感情地说。我会想……如何报复你。一直一直想着。然后，耐心等待那一天的到来。

生而为人，经历爱恨，每一口带有情绪的空气，都是活着的证明。

我曾爱你。那么那么爱你。

可现在，全都变成了恨。

方若好醒来时，天已经很亮了。

她揉了揉肿胀的眼睛，恍惚了好一会儿才反应过来自己在妈妈的病床旁，背上还被盖了一条毯子。

昨晚，方如优帮忙缴了费用后，她就去跟护士交涉，但ICU实在没床位了，最后挪到了普通病房。

她因为太疲倦而趴在床边睡着了，再醒来时已近中午。

她抹了把脸，给邻床的护工塞了个红包，请她在看顾病人时顺带照顾一下妈妈。做完这件事后，她在心中自嘲了一下。看，钱多有用，多能解决问题。

然后她回学校，早上的课是赶不上了，下午的课不能再耽误。

医院的一切都让她感到窒息，重新投入学业反而成了一种极佳的逃避方式。到校后发现布告栏前围了好多同学——期中考的成绩出来了。

方若好心头一热，加快脚步。不等她走到，布告栏前已有人看见了她，对她招手："若好若好！你是第一名！！"

喊话之人叫龚洁，是她的室友之一。

方若好走上前，人群自然分出个缺口，供她站立。高一年级七个班，密密麻麻四百人里，她的名字在第一个。

"方若好，一千零四十六分。"

比方如优当初的一千零四十五分还多了一分。

这一刻周遭的人和物全都淡化成了虚无，只有这行字，映在她的眼睛里，闪闪发亮。

"女人的青春、美貌、钱，都可能失去。但教育永远都是你的一部分。"

这句话于此时此刻有了更深邃的定义。

我没有了爸爸，也快没有了妈妈，即将失去所谓的家。我没有钱，没有未来，什么都没有。可是，我有完美的学业。

我对父亲所怀抱的希望，对母亲所怀有的爱恋，都像泡沫一样幻灭了。

只有学业还在这里，并且，只要我肯付出，就会一直一直在这里。

"只有这个是我的。"这个结论像一记闪电，劈入方若好的脑海中。人生在这一瞬被分裂成了两截。出身、血缘、童年，洋葱般一层层从她身上剥离，最终留下了一簇核心，幼小而强韧。

方若好的心，因这样的觉醒而战栗。

恍惚中，察觉有人走过来，停在她身边，发出了一声感慨：“不错不错，抱大腿的感觉就是棒。”

方若好转头，看到了红毛衣的颜苏。

她下意识去找颜苏的分数，却被对方拐住脖子往外拖：“为了庆祝有生以来第一次进前百，这次轮到我请你吃饭。”

颜苏也进前百了？

可是……考试时她并没有真的帮助他作弊啊，光凭偷瞄真能抄出高分？还有，有生以来是怎么回事？真的是个学渣的话，是怎么混进一中来的？

然而来不及细究，颜苏已将她拖出了学校。

“时间还早，咱们吃点好的。”他松开手，熟练地在前带路，“想吃什么？川鲁粤苏浙闽湘徽，八大菜系放开了选。”

方若好望着他，忽然想到方如优的警告：“别再招惹颜苏。他家家教甚严，绝不会允许他早恋，更别提对象是个私生女。除非——你也像你妈一样，什么都想靠男人。”

一念至此，好不容易欢快些的心情再次沉入了谷底。

颜苏回头，见她不动，便挑了挑眉：“这么难以选择？”

“我吃过了。不想再吃了。我要回去上课了。”她讷讷地说。

“现在才十二点。”

“还有好多卷子没做……”

颜苏的目光闪烁了几下：“心情还是不好？医药费不是解决了吗？”

方若好蓦地抬起头，震惊地看着他——他也知道方如优代付医药费的事情了？

“抱歉，并非想让你难堪，只是有点担心，所以早上去医院问了一下。”

所以……那条毯子，是他给她盖的？她还以为是同病房的其他人……

方若好怔怔地看着眼前的少年，那个沉积已久的疑惑再次冒出了头：他为什么一次次地帮她？

少年被她一眨不眨地盯着，不知为何，耳根慢慢地红了。他咳嗽一声，试图继续做出若无其事的模样：“既然你不想吃，那我就省啦，别后悔啊。”

眼看他转身往学校走，方若好问：“你不吃吗？”

颜苏随口答道：“谁要自己一个人吃饭。”

方若好有些内疚，正犹豫着要不还是一起吃点吧，忽见颜苏面色一变，挡在了她前面：“你快回学校，右转，第三家烧烤店有后门，从那儿走！”

前方小路上，赫然出现了一群人，一眼扫去七八人，领头的少年黄发鼻钉，赫然是方若好初遇颜苏时在站台所见过的不良少年。

“快走！”颜苏推她。

方若好只犹豫了一秒钟，就照他说的，右转，冲进了烧烤店。店内生意不错，坐了七八桌客人，以年轻男子居多。

方若好跑进后厨，里面三个厨师正在汗流浃背地烤串。一个扭头问：“小姑娘，有事？”

她在心中默念了句“抱歉”，拎起桌上的水盆泼到了烤架上。

“呲”的一声，冒起滚滚白烟。

方若好立刻扭身跑，边跑边喊：“着火啦！快跑啊！”

正在吃饭的客人们乍见厨房内冒出白烟，全都吓得推桌就跑。

方若好夹在人群中指路：“往那边跑！”

大街上，颜苏正在跟不良少年们对峙，突然呼啦啦一群人从饭店里冲出来，就像开闸的洪水一样淹没了他们。

混乱中，方若好抓住颜苏的手，将他逆流拉进烧烤店。厨房里厨师们正在手忙脚乱地善后，见始作俑者竟回来了，又惊又怒：“你还敢回来？哪来的疯子，为什么砸场子？”

方若好反手将房门关上，透过玻璃送餐口看了眼外面的情形，发现黄毛少年们没有追进来，松了口气。

她这才发现自己还拉着颜苏的手，刚要松开解释，颜苏却将她的手握得更紧了些，然后转头朝厨师们一笑：“对不起，我愿意赔偿你们所有的损失。”

一场闹剧，最后以一千二百元的赔偿金收场。

颜苏刷完卡，带着方若好从后门走，方若好很是不安：“对不起，害你赔这么多钱。”

“比住院费便宜多啦。”颜苏不以为意地朝她眨了眨眼，“我的腿还没好利索呢，要再挨揍的话，可就真残了。所以说起来，还要谢谢你。”

“我本想找电话报警的，但之前报警时体验过他们的出警速度……也想过向那些客人求助，可是不良少年们打架，很多人只会看热闹，不一定肯出手……”方若好还在解释，颜苏已揉了揉她的脑袋：“我知道的。你做得很好。及时、有效，也不贵。”

两人相视一笑。

方若好忍不住问：“对方是谁？为什么一再找你的麻烦？”

“啊，那可是一个很复杂的狗血故事啊。”颜苏将手插在兜中，跳上绿化带的小台子，走得懒散，答得随意，“话说某年某月某日，某位正义的少年路见不平，救了个被纠缠的姑娘。纠缠者不依不饶，两人打了一架，双双住了医院。姑娘被缠怕了出国逃难。纠缠者遍寻不着之下，坚持认为是正义少年的错，所以屡屡找碴……”

午后明媚的阳光，照着高高瘦瘦的少年，红毛衣，牛仔裤，手上戴着一块大大的黑色手表，全身上下，无不灿烂。

方若好想，他肯定是个很幸福的孩子，出生在一个很有爱的家庭，什么都不缺，才会养出这样自信乐观正直的性格。

也许是她凝望的时间过久了些，颜苏停了下来，低头，回视着她。

他忽然笑了：“你的眼睛里充满了崇拜。接下去是要告白吗？”

方若好一僵。

他继续笑：“如果被拒绝的话，会哭吗？”

谁、谁、谁要告白了？！方若好想，她的表情一定很精彩，因为颜苏笑得越发愉悦了：“正义的少年是不会让女孩子哭的。所以，请放心大胆地开始你的表演吧——”

方若好的回应是从脚边捡起一颗小石子朝他的右腿扔了过去。

颜苏连忙跳着避开：“喂喂喂，都说了没好利索呀……你真害我致残，要负责任的！”

两人打打闹闹，浑然不知前方街角处，黄毛少年骑在一辆摩托上冷冷地盯着他们。

“在这里啊……”旁边的一个男孩小声说，“阿定，要不算了吧？颜家不好惹，那小子软硬不吃，还滑得跟鱼一样。江唯唯的去向，咱们再找其他途径问……”

“贱人！”黄毛少年的眼睛写满阴戾，转动把手，一踩油门冲了出去。

马达声传过来的时候，方若好还沉浸在喜悦中，浑然不知剧变将至。面朝街角方向的颜苏则第一时间察觉到了危险。对上黄毛视线的一瞬，他看到满满的杀意，他连忙伸臂一捞，将方若好拉上小台子。

然而摩托的冲力超过他的预料，直接碾了上来。

颜苏只来得及将方若好推开，腰腹就被车头撞到，从台子上栽了下去。

方若好放声尖叫。

摩托头一歪，撞上绿化带的树，也倒了。

滚落在地的颜苏和被摩托压着的黄毛两败俱伤。

一样东西跳着滚到了方若好脚边——那是颜苏的手表，受到撞击，表盘碎裂，里面的指针，停止了。

十一月二十四日下午十二点四十二分。

十年后的方若好，站在颜苏面前，注视着他的眼睛。

“我……当然相信你。”

在冰冷残酷的世界里挣扎生存，戒备多疑如我，也是有一个信任的人的。

这个人就是你。

就是你啊，颜苏。

“你到睿天后，就把那个五年计划开展起来吧。”夜里十一点，贺氏大宅中，贺豫从堆积如山的文件中抬起头，接过方若好手中的中药时，这般说道。

方若好点点头，从文件堆里抽出一份，打开来，正是她之前向方如优提议却被否决了的“导演人才五年培养计划”。

“心目中有合适的人选了吗？”老爷子带着几分从容地呷着中药。他的口头禅是“一件事做风雅了，就没人会去在意个中滋味究竟如何了”。

所以他喝药时像在喝茶，每个动作都极尽优雅，以至七大姑八大姨们来拜访时，不明真相的小孩子看见他喝药，都眼巴巴馋得不行，误以为是多么好吃的东西。

方若好经常觉得贺豫身上有中华五千年士族风范的缩影：龟毛的讲究，极端的固执，以及远超常人的洞达敏锐。

可惜，他的这些特质一点也没传给子孙。陆阿吾就公开说过：“贺豫之后无贺氏。”不得不说，一针见血。

方若好收起脑海里的那点感慨，恭恭敬敬地回答：“初步有了三个。年龄都是二十九岁。一个是正统的电影学院导演系毕业，拍了三部片，小有名气。性格莽撞，把合作过的人都得罪光了，所以新片一直没弄起来。”

“你说的是谢望吧。”

不愧是对这个圈子了如指掌的老爷子。方若好点点头。

“谢望可用，但不可重用。还有两个呢？”贺豫一语带过，显然对此人不以为意。

“一个是著名摄影师张慕远。”

贺豫眼睛一亮，给了两字评价：“人才。”

“是。他做了十三年的摄影，之前的几部电影都拿了大奖。业内对他的评价都很好，他性格好，能力强。他想转型当导演，就差一个机会。”

“值得期待一下。还有一个呢？”

“还有一个……”方若好犹豫了一下，“家世背景非常好，自家院线资源，是个富二代。之前主要是投资，玩了几票后来了兴趣，想自己拍电影。二十一岁，胆大妄为，异想天开。”

贺豫“唔”了一声：“为什么你会认为这样的人值得期待？”

方若好低下头，沉思了好久，才抬起头来：“因为羡慕。”

贺豫挑眉。

“有一种人，生来就一帆风顺，要风得风要雨得雨，他们没有经受任何挫折，也无须担心任何失败。他们想要做的事情，只要愿意，就有无数人帮他们完成，因此，他们可以在自己的世界里尽情飞翔。”方若好说到这里，笑了笑，“肆意妄为和盲目冲动都是贬义词，但在电影里，它是一种魅力。”

电影界从来不缺乏天才、怪胎和疯子。缺的是成就他们的机会。

如果真的把这种机会给他们，最终会得到怎样的成果呢？

方若好无比期待。

“虽然我并不看好，不过倒是可以尝试。”贺豫喝完了最后一口药，用温得恰到好处的热毛巾擦了擦嘴唇和手。

这是表示谈话终止的方式，方若好端起药碗退下。

就在她朝门口走的时候，贺豫突然问道：“你今天心情不错，有好事发生？”

方若好脚步微顿，回头，贺豫的眼瞳像是精准的测谎仪，令一切秘密都无所遁形。

“我妈妈的病有转机，有个成功率百分之十的手术，可以帮她苏醒。”

贺豫的目光闪了一下：“百分之十？”

“嗯。”方若好唇角上扬，“这就是我好心情的由来。”

贺豫不再说什么。

方若好离开了。

女佣进来推轮椅，带贺豫回卧室。

贺豫悠悠说道：“一样事情，有人看见十分之九的失败，有人看见十分之一的成功。”

女佣不明所以，迟疑着开口：“有区别？”

“当然。古往今来，成大事者，都是后者。”

通过走廊的落地窗户可以看到楼下的景色：月光和路灯交织的光影中，方若好沿着台阶往山下走。她走路的姿势非常标准，脊背挺得笔直，步伐不紧不慢。

贺豫望着她的背影，眼眸深不可测，又补充了一句：“而输得一败涂地的，往往也是后者。”

方若好开车回家时，来了通电话，一看来电显示，是柳橙。

柳橙是贺陌北的妻子，贺老师病逝后，方若好感念师恩常去劝慰，逐渐有了往来。

她按下接通键，听见柳橙在电话那头泣不成声："若好，源西离家出走了！不知道去了哪里，怎么办……"

源西，贺老师的独子，今年十六岁，性格十分叛逆。每每提及，柳橙都头疼不已。

"为什么离家出走？"

"因为、因为……我有了新男友。"

方若好心中叹息，掉转方向盘，去了柳橙家。

柳橙不是一个人，她的新男友钱豪也在。相比柳橙的焦急，钱豪显得十分尴尬。

钱豪说："我们跟班主任要了同班同学的通讯录，一家家打电话咨询过了，都不知道源西的下落。我们去了几个他平时会去玩的公园、游戏厅、网吧，也没找到人。"

"源西有特别要好的朋友吗？"

"没有。自从他爸爸去世，这孩子就跟变了个人似的，变得很孤僻，跟以前的朋友们也不怎么玩了……都是我的错！"柳橙自责不已，"我应该提早告诉他，让他有心理准备的，今天我跟阿豪一起逛超市，被放学归来的他正好看见，他当着我的面摔了书包就走了……"

方若好打断她喋喋不休的哭泣："报警吧。"

"啊？可是不到二十四小时，警察会管吗？"

"未成年人有特权，走丢了应该立刻报警。"方若好帮她打了110，警察果然十分重视，立刻出警帮忙找人。

如此一番折腾下来，当方若好告别柳橙和钱豪回到家时，已经是凌晨两点了。

她走出电梯，揉了揉酸胀疲惫的脖子，正准备掏钥匙开门，自动感应灯亮起，过道里蹲了个人。

方若好吓了一跳，那人抢先一步出声："是我。"

他站起来，消瘦单薄的身材，个头正好到方若好下巴的高度，巴掌大的小脸，五官异常精致，眉睫深浓，嘴唇棱角分明，显得又秀美又倔强。

方若好已经无数次感慨过这个小孩的美貌，但此刻再见，还是为之惊艳。

贺老师和柳橙都不过是中人之姿，生出的孩子却是如此得天独厚。可惜，徒有美貌，却是个问题少年。

方若好拿出电话，打给柳橙："源西找到了，在我家。你们过来接吧。"

"我不回家！"少年在墙角抗议。

方若好恍若未闻，自行掏出钥匙开门进屋，贺源西便溜溜地跟着进来了。

"我不要回家。"他一路跟着她，顺便拿了罐桌上的饮料喝了一口，再次申明自己的立场。

得到的却是方若好的一个白眼："现在是凌晨两点，明天九点我要去新公司报到上班，我很累，不想跟人争执。要不，你乖乖在这里等着你妈接你走；要不，从我家离开，我没有收留你的义务。"

少年的眼眶一下子红了，愤怒地瞪着她："要不是我爸爸，你早流落街头饿死了。我都知道的！"

"是啊，所以，对我有恩的是你爸爸，不是你。"方若好故意斜着眼睛睨他，眼神充满轻蔑。

贺源西是个被宠坏的孩子。

因为过人的美貌，从小到大，所有见到他的人都对他百般讨好。再加上曾差点被人贩拐走，贺陌北和柳橙对这失而复得的儿子更为溺爱。因此造成他有着这个年纪孩子的通病：自私，认为世界应该围着他转，稍有不满便心怀怨恨。总结起来就是三个字：熊孩子。

贺陌北的去世对他打击十分大，令他原本完美的家庭瞬间有了缺口，让他意识到自己并不是幸运儿，没有得到命运完全的宠爱。再加上柳橙有了新男友，很有可能再结婚，钻了牛角尖的少年就那样想不开地离家出走。然后才发现，自己根本没地方去。想了半天，总算想起了方若好。因为她是爸爸的学生，所以他理所当然地认为她会站在爸爸这边，帮自己唾弃妈妈另结新欢的背叛行为。贺源西就这样找到了方若好家。

而方若好应对熊孩子的方式就是"比你更无礼"。

因为自身经历，她对不懂事的孩子没有任何好感。尤其是贺源西，再这样下去就废掉了。外表再漂亮又有何用？

果然，贺源西在她轻蔑的眼神下涨红了脸，抿紧唇角，呆了半天突然一个扭头，出去了。

在狠狠摔上门的瞬间，他低声说了一句："爸爸会在天上看着你的。"

方若好心中"咯噔"了一下，条件反射般地叫道："站住！"

门已经合上，她匆匆上前拉开，却见贺源西好整以暇地站在门外，一手插兜，唇角带笑，用一种满是嘲弄的眼神睨着她，一副“我就知道你会来追我”的表情。

方若好的视线落到他左手拿着的易拉罐上，伸手把那瓶饮料夺过来。

“这是我的。不许带走。”说完，她把房门“砰”地关上。

通过猫眼，看见贺源西彻底傻了的表情，方若好这才“扑哧”一笑。笑过之后，却又后悔自己有些无聊，她再次把门打开说：“好了。和解吧。”

她将他拉进门。

不知是“和解”一词意外切中了叛逆少年的心病，还是害怕真的被拒在门外无处可去，贺源西再不复之前的随意嚣张。

他坐在沙发上，表情带着几分茫然。

方若好也不理他，开始整合明天要带去睿天的资料，忽听贺源西问：“这是什么表？”

方若好一惊，抬头一看，见他好奇地盯着茶几上的红水鬼，连忙抢在他前面把手表拿回放起来。

贺源西“哼”了一声：“一块碎表，这么紧张做什么。”

方若好不理他，继续工作。

贺源西继续东瞅瞅西看看，忽看到其中一页纸上的字，目光发亮：“你是做电影的？”

“不是。”

“别想骗我，我看见了，这上面写着。”

“那也跟你没有关系。”

贺源西却开始兴奋：“我能去演电影吗？”

方若好一愣：“啊？”

“他们都说我天生是当明星的料！我要是出现在荧屏上，肯定火！”少年晶晶亮的眼睛里与其说写着骄傲，不如说是“无知者无畏”。

方若好心中叹气。同样的十六岁男孩，当年的颜苏和此刻的贺源西，怎么差距就这么大呢?

“你捧我当明星吧！赚了钱五五分！”

“那学业呢？”

“我都要赚大钱了，还念什么书呀？”

方若好慢悠悠一笑，忽地抄起手中的文件夹打了过去，贺源西被打蒙了，好一会儿才想起反抗：“喂，你干什么？疯了？凭什么打我？”

“凭我是贺老师的学生。凭你爸爸救过我！”

“我爸爸也没打过我！住手！喂，我要生气了，我真生气了你打不过我的！我说……哎哟！”贺源西不能还手，只好满屋逃。他身手灵活，最后三两下爬到了衣柜顶上。

方若好跳了好几下都没够着。

贺源西趴在柜顶冲她吐了吐舌头：“嘿嘿，有本事再上来啊……”正在扬扬得意，忽看到方若好眼中的泪花，他一愣。

方若好拿着文件夹站在衣柜前，气息不稳，她的脸上除了愤怒，还有悲伤。

贺源西顿时慌了：“喂，我才是挨打的啊，你哭什么？”

方若好看着他年轻的脸，忍不住想——当年，贺老师看着十二岁的自己时，是不是也是这样恨铁不成钢呢？

那时候的她还不知道真正的身世，还在母亲的温柔谎言里嬉笑玩闹，浑浑噩噩，懵懂无知。

她记得老师问：“不读书的话，将来做什么呢？”

她理所当然地回答：“继承家里的产业开便利店啊！”

那个周末贺老师带她进城，去了沃尔玛、家乐福、永辉等大超市，也去了罗森、711、全家等便利店。她一开始只感到物品丰富令人眼花缭乱，慢慢地，看着各式各样排队结账的人群，看着坐在高脚凳上吃便当的上班族，看着整整齐齐像火车般的购物车，看着一切的一切……

“你感觉到了什么？”

她沉默许久，无法概括。

于是贺陌北吐出了两个字：“文、明。”

便捷的、高效的、多元的生活方式。更高级的文明向初级文明的一次展示：二十四小时内，你所需求的一切，影印、就餐、如厕、快递、购物，我都可以满足。

“你想不想开这样的便利店？”

“我……不知道。”她是真的不知道。她忽然意识到自己并不是真的想开便利店，那只是无意识状态里一种安全的选择。因为世界尚未在她面前完全开启，她像个在新手村里浪荡的玩家，并不知道还有别的地图、别的副本。

如果没有贺老师，她会变成什么样子？

这样的问题，光想一想，就足以让此刻的方若好原谅贺源西。老师……如果还在的话，肯定会好好教他，他就不会变成这样。

“想当明星？为了当明星，可以忍受日复一日的饥饿？可以忍受汗流浃背的训练？可以在未成名时忍受寂寞，成名后忍受谩骂？”

柜顶上的贺源西一怔。

果然，他并没有真的想过这些。

“三百二十六——这是三年来昭华签过的艺人数，他们都很漂亮，勤奋，豁得出去，也有人捧。但红了的连二十个都不到，站在顶点的只有两个。你凭什么认为没有身材，不会唱歌、跳舞、演戏，甚至连念书的痛苦都无法忍受的自己，能当明星？”方若好抬起头，眼中满是轻蔑，“就凭你这张连表情控制都不会的乏味的脸吗？”

“你！”贺源西颇有几分雌雄莫辨的脸涨得通红通红，气得再也说不出话来。

就在这时，门铃响了，方若好去开门，柳橙和钱豪来了。

贺源西从衣柜顶上跳下来，与面对方若好时的嬉笑怒骂不同，变得毫无表情，无论柳橙怎么抱着他痛哭流涕，都一言不发。

方若好在旁看着，觉得他长着两张面孔。也是，双子座。一半阴郁，一半跳脱。

柳橙哭了一阵，向方若好道谢，带贺源西离开。

贺源西忽然回头盯着她，低声说：“你等着。”

方若好挑了挑眉。

当晚，不知为何，她做了一个梦。

梦见美剧《权力的游戏》里的布兰变成了贺源西。少年紧抿的薄唇，在皮裘大衣的衬托下成了镜头里最闪亮的存在。

因此，当方若好醒来，看着穿透窗帘的晨曦时，不由自主地想到——让贺源西参演电影，其实是可行的。

虽然他身上确实有百分之九十的缺陷，但也有百分之十的优点。如果从艺的话，其实已经够了。

一件事情，有人看见百分之九十的失败，有人看见百分之十的成功。

对方若好来说，她从来只看得见希望，也只允许自己看见的是希望。

〇六
信仰的神龛

到睿天后，工作进行得非常顺利。

罗山殷勤地将她引入新办公室——不再是依附于总裁的临时隔间，而是敞亮精装修的大房间。

色彩对比强烈的红黑两面墙，清一色的银白家具，充满了现代时尚感设计。与墙等高的博古架上陈列了各种睿天出品的电影周边，比起一本正经的昭华，显得青春张扬、活力四射。

不得不说“企业文化”四个字，睿天做得非常突出。

这是年轻人的领域。而年轻，是睿天最大的特色。

方若好在办公室等了一会儿，谢岚便来了，礼节性地寒暄后，又匆匆离去。

罗山在一旁解释：“总裁虽然不怎么喜欢说话，但人很好，不难相处。你熟悉了就知道了。”

“嗯，好。”方若好微笑。

“照说你第一天进公司，应该一起吃个晚饭的，但他要回家给十六喂饭，所以……”

这是方若好第二次听到“十六”这个名字，好奇之下问道：“十六是？”

“他的猫。”

好吧，方若好嘲弄地想，这也不算什么。

名人对宠物的怜爱会引发公众好感。谢岚此举无疑能在女性心中大大加分，看公司里所有仰慕着他的女员工就知道了。

第二天的立项会议上，方若好递上自己的计划报告书，没有遭到任何质疑和阻挠就通过了，成了该项目的负责人。

接下去的融资、选导演也按部就班地开始了。她总觉得如有神助，一切都顺利得不可思议。

方若好向贺豫汇报时，贺豫老谋深算地微笑。

从他的笑容里，方若好得知了一个信息：这一切肯定是谢岚跟贺豫事先商量好的。

贺豫要让睿天跟昭华打擂台。而与其让不知根底的对手横空出现，不如派个知根知底的自己人去。这样万一情势对昭华真的有害时，还能够及时撤离止损。

"市场的繁荣，需要靠百家争鸣。一家独大迟早会变成夜郎自大。我绝不会犯这样的错误。"这是贺豫曾经对她说过的话。

所以，他在彻底衰老之前，还在布局。为贺小笙找谢岚做对手，就是今后昭华能否继续前行的最关键的一步棋。

可是，谢岚又为什么要同意这一点呢？他就放心贺豫老狐狸放一枚这么重要的棋子在他身边？是被逼到绝境不得已而为之的冒险，还是对掌控这枚棋子成竹在胸的自信？

方若好在心中揣度了很久，还是没有答案。她决定继续看。

看这一盘暗潮汹涌的棋局，究竟会走到怎样的地步。

罗娟的手术定在一个月后。

五个导演人选已签约，资金也都洽谈顺利，就等挑选好的剧本开始投拍，正好有一段松缓期。

因此方若好去请假时，罗山一下子给了她一星期的假期："这么重要的手术一定很耗费心神，就多休息几天吧。反正目前也没特别好的本子，不急于一时，你先忙好家事，忙好了，才能全身心地投入到工作中来，不是吗？"

这么长篇累牍的安慰，报批到谢岚那儿，批示就一个字："嗯。"

方若好想，此人果真是极不爱说话。共处一个多月了，他对她说的话加起来都不超过十句。而且他比贺豫还要工作狂，到得比她早，走得比她晚。真是越优秀的人越努力。偷懒和放松，于他们这个阶层的人而言，都是奢侈品。

手术前一天，方若好再次给罗娟读《阿绣》。

"女曰：'郎视妾与狐姊孰胜？'……"念到这里，她看着罗娟。

十年植物人生涯，令罗娟的美貌荡然无存。

她如今骨瘦如柴，肤色蜡黄，四肢也有很大程度的萎缩。

妈妈生平最爱美，若苏醒了，看见自己变成这个样子，估计会伤心。再对比沈如嫣，她在去年年会上见过一面，徐娘半老，风姿绰约。

人生的际遇，就是如此不公平。

方若好放下书，走过去将额头抵在罗娟脸上，轻声呢喃："但我不嫌弃你。我一点也不嫌弃你……只要你能醒来，你会拥有一个全天下最最孝顺的好女儿，你的余生会过得很幸福很幸福。我保证。"

我保证再不像小时候那样顶撞你，一意孤行。

我保证再不像小时候那么自私，把自身的挫败全归咎于你没有给我一个好的出身。

我保证敬你爱你宠你，让你不会再寂寞。

我保证。

她亲吻了一下罗娟的额头后，起身正要走，撞到了来查房的颜苏。

颜苏例行检查后叮嘱了护士几句，对方若好说："要回去了吗？"

"嗯。"

"我的车限行。不知道你方不方便送我一起回城？"

方若好心头一颤。这段时间，因为要洽谈手术事宜，他们频繁见面，但都有旁人在场，没有独处的机会。

而今，颜苏终于找了个借口，来准备一场私底下的谈话。方若好其实并不想答应，但他太自然了，自然得让拒绝变成一件很困难的事情。

因此，最后颜苏还是坐上了她的车——黑色大众，低调朴实，却看得颜苏眉心微皱。

再看车牌尾号——214，是她的生日。

"我犹豫了很久，还是觉得应该告诉你。就算手术能够使阿姨苏醒，但醒来后的她……"

"神经功能障碍，智力受损，需要更长时间的恢复期。"方若好淡淡地回答。

颜苏苦笑了一下，也是，优秀学生如她，怎会不做功课。

"即使如此……仍要坚持吗？"

方若好握着方向盘，目视前方，晚上的街灯一盏盏地从她瞳中划过，像一双双天使的眼睛，一直一直注视着她。

方若好忽然笑了。

“颜苏，你查过我的吧。”

颜苏一怔。

“十年前那场车祸，你被撞伤入院，转去A国治疗，再后来留在那边上学。你有没有试图向人打听过我呢？”

颜苏沉默了好一会儿，才点头“嗯”了一声。

“那么，你就该知道，我是怎么坚持到现在的。当年那么困难，穷途末路，我都没有放弃过，现在，怎么可能放弃呢？”

颜苏的手慢慢地在腿上握紧：“我……我住了很久的医院……”

“我知道。”

“我出院后四处打听你，但你退了学，跟失踪了一样。”

“我知道。”

“我找人查罗娟的转院讯息，也一无所获。”

“我知道。”

“当我再得知你的消息时，你已成为贺伯伯的秘书，出现在昭华。”颜苏说到这儿，转过头，深深地看着她，“现在说这话其实很不合适，但这么多年，我一直记挂你。”

“嘎吱——”

方若好刹车，将车停了下来。她的手在方向盘上松开，再握紧，然后转头，回视颜苏：“我知道。”

我有很多小号，用来登录你的社交网络，默默注视着关于你的一切。

我知道你住在什么医院，接受怎样的治疗，如何努力才一点点地恢复行动力。

我知道你隔着万水千山依旧是意气风发的少年，被鲜花掌声和爱包围。

我知道你曾发过一条状态：“在哪儿呢？”下面的配图是你的红水鬼手表。

我知道你还在情人节时发过一张生日蛋糕的配图。

我知道你曾寻找我，惦念我。

可我丝毫不敢回应。

因为……

因为你不知道，在十一月二十四日那天，把你送到医院，守在手术室外时，你的母亲，曾对我说过什么话。

方若好跟着救护车来到医院时，整个人都还在恍惚状态。救护车旋转的红灯伴随着呼叫声一直围绕着她，久久不散。随行的警察本想向她求证一下案发经过，见她如此模样，也只好暂时放弃了。

她被安置在外面的椅子上等待，恐惧得整个人都在发抖。万万没想到继母亲之后，颜苏也出了事。

是诅咒吗？

跟她有关联的人，全受到了诅咒，危在旦夕。而她毫发无伤地站在一旁，眼睁睁地看着这一切发生。

然后颜苏的父母便来了。

父亲是个高挑沉默的中年人，身上还穿着白大褂，胸前别着“颜锐实验室”的铭牌，一副刚从实验室过来的仓促模样，身旁还带了几个医生。母亲则截然不同，妆容精致，衣着得体，戴着一副金丝边眼镜，看上去极为干练。

颜父出示了铭牌后，跟他来的医生们便被允许消毒入内了。颜母等在外面，沉思片刻后，来到方若好面前。

“介意我坐在这儿吗？”

方若好连忙摇头。

颜母便在她旁边坐了下来。近距离看，颜苏长得非常像她，都有一双微微上挑的丹凤眼。这种眼睛笑时显得缱绻多情，不笑时就格外冷淡。

如今这双眼睛，就没有笑，而是打量着她，目光闪动若有所思。

方若好下意识地捏紧手指，有些紧张地开口：“那个，是对方突然骑着摩托冲过来……”

颜母淡淡地打断了她：“事故现场的监控拿到了，我们已经知道是什么情况了。”

方若好无言。

“提鱼从小心眼好，爱打抱不平，所以老惹一些不必要的麻烦。”

方若好愣了愣：提鱼？颜苏的小名吗？

“之前那些也就罢了，但他大了，有时候，他纯粹出于正义感做某些事，但落在旁人眼中，就跟感情扯上了关系。江唯唯就觉得提鱼喜欢她，才帮她；周定也以为提鱼喜欢江唯唯，才揍他……一个麻烦的误会，对不对？”

原来黄毛的名字叫周定啊，那个被骚扰的女孩叫江唯唯……方若好有些慢半拍地想：可是，颜母为什么要跟她说这些呢？

颜母注视着她，忽然笑了笑——笑容里却没有丝毫温度：“我跟沈如嫣是从小一起长大的闺密。”

方若好顿觉全身血液都冻结起来了。

“如嫣有段时间神经衰弱，每天都要大把大把吃药，总跟方显成吵架，如优就躲到我家来。提鱼跟她青梅竹马，很关心她，就问她怎么了。”

方若好愕然抬头，震惊地看着颜母。

“提鱼带着如优去看过你妈妈和你。不过你可能不知道。唔，大概是三年前的事。”

三年前……也就是说，她和颜苏的初见其实并不是车站站牌下。在那之前，他早就见过她。

他早就知道她是方显成的私生女，是方如优憎恶的妹妹。

可他一次次地帮助自己……为什么？

“提鱼心软，善良，喜欢一切弱小的小动物，总想做英雄，帮助无助的人。他这性子让我又自豪，又担心。而现在……我的担心，成真了……”颜母转过头，望着手术室紧闭的门，眼眶红了，“这是他第三次进医院。一开始言语冲突，后来肢体冲突，再到恶意车祸，伤害升级了，也就是说，如果不能将一切在此终结的话，下一次他会没命。”

方若好想了一下，确实如此。周定就像一个不定时炸弹，谁也不知道他下一次什么时候爆炸，又会造成怎样的伤害。

颜母却又将视线转回来对准她：“所以，为了杜绝伤害，不管周定这次会被警方如何处理，我都打算让提鱼转学出国。”

方若好的心颤了一下：颜苏……要离开了吗？

“虽说父母债不累子女，但是作为如嫣的朋友，无法直视令她痛苦的根源；作为提鱼的母亲，不想他卷入可预见的麻烦中。你，能理解吗？”

方若好呼吸微窒，终于明白了她的意思。

颜母认为，跟周定一样，她也是个不定时炸弹，给颜苏带去的只有麻烦。而且，还是个让人很讨厌的麻烦。

“我看过你的成绩，你是个聪明的女孩子，跟你爸爸一样有进取心，将来必定会出人头地。但是，我不希望我的儿子成为你进取的一部分，与其真到那一天逼迫你们分手，不如趁着还没发生的时候及时遏制。”颜母说到这里，露出愧疚之色，“请原谅我把话说得这么直白，我无意伤害你。我只是想保护提鱼。”

方若好抿紧唇角，一字不发。

“接下去，我想对你提几个请求。在提鱼住院期间，不要再来看他。转学后，不要联系他。可以吗？”颜母说着从包里取出一张卡，“作为报酬，我愿意支付令堂的医疗费用——提鱼昨晚管我借钱，试图替你解决这桩麻烦，我说过，这孩子总是这么好心。”

方若好重重一震，盯着那张卡，赤红的眼里几乎要滴出血来。

颜母等了许久，都没等到她接卡，便若有所思道：“我明白了。这件事让你的自尊心无法接受是吗？也对，如果要钱的话，你早找方显成要了。那么，我提供另一种帮助吧。”

信用卡被收回，换成了一张名片——颜锐的名片。

“这是国内目前最顶尖的独立医学实验室，拥有丰富的医疗资源，能够提供医院、医生、检测、器械等全方位的帮助。令堂的病，非常微妙，也许换一个好医生，能马上苏醒。”

不得不说，这句话的诱惑力太大了。大到此刻的方若好，根本没法拒绝。

虽然接过名片就意味着答应颜母的请求，但在颜苏和妈妈之间，她只能选择妈妈。

方若好颤抖地接过了名片。

不知是不是错觉，在她做出选择后，颜母眼中的神色并不得意，而是更多的愧疚：“我很抱歉，让你这么难过。”

方若好低着头，紧紧地攥着名片，像是攥着她最后一件衣服。

颜母沉默了一会儿，起身准备走人。

方若好忽然开口：“谢谢……”

颜母停步，回头——少女站在空荡荡的座椅中间，天花板上投递下来的冷光在她身上交织出重重阴影，瘦小、苍白，看上去荏弱不堪。可她抬起脸，巴掌大的脸庞上一双眼睛深黑深黑，有一种对比强烈的视觉冲击。

“我，我真的很感激，遇见颜苏……和您。谢谢。”

您本可以不必跟我解释的。您偷偷将颜苏转院，出国，离开。无能如我，是找不到他的。

您本可以不必提供帮助的。对待您闺密心中的一根刺，不落井下石已是仁慈。

您本可以不必跟我道歉的。这个世界上，骨肉至亲如我父，只有欺骗我、忽视我；如我母，只有打压我、为难我。更何况一个外人。

颜苏的心很柔软。您不也是吗？

面对这样的您和他，不再有交集，大概便是我仅能做的祝福了。

我这般不祥，带给周遭人的只有悲剧。

生而为人，我很抱歉……所以，谢谢。

方若好转身低着头一步步地走了。

她没有再回头。

她的手插在衣兜里，左边的口袋里有一块表。那是她带走的唯一一件有关颜苏的物品。

自那后，颜苏再没来学校。

人们对他的病众说纷纭，有的说他残疾了，有的说他一直昏迷，有的说他挂了。慢慢地，再也没人提及他了。

母亲一直昏迷着，颜母帮她转院换了别的医生。

方显成去了A国，临行前发了条短信给她，让她好好照顾自己。她面无表情地看完后，删了短信没做任何回应。

县城的房子终于卖掉了，用来支付后续的医疗费用。

很快到了期末考试，学业是她最强大可靠的朋友，在那样的境地中依旧公正慷慨地给予她回报：高一年级期末考试完毕，她总分一千零四十七分——又前进了一分！

当她走向公告墙时，看到了也在那儿看成绩的方如优。两人视线相对，方如优这一次，罕见地没有笑。

高二年级栏里，她的名字已不在第一，而是一分之差，屈居第二。

方如优一言不发掉头就走。她的好友们立刻跟了上去，七嘴八舌地劝慰。

“没事吧，如优？”

“别不高兴啦，偶尔发挥失常而已……”

“是语文换了新老师，太苛刻了，给如优的作文扣了五分……”

方如优加快脚步冲了出去，好友们只好停下来，彼此面面相觑，感慨道：“看来如优真的受了很大的打击呢……”

她的确深受打击，却不是因为一分之差输给别人，而是，遭遇了这么多事情，方若好竟然还能考得那么好。

在她被一系列的胜利搞得飘飘然失去警惕时，那个贱人的女儿正以光速追上来，仿佛在对她说：“就算我妈退出战场又如何？接下去，是你和我的战役了。”

送走爸爸的那天晚上，她回家时看见妈妈破天荒地在喝酒。

她走过去，看着半醺状态的妈妈，问：“不开心吗，妈妈？”

沈如嫣望着远方的灯火，半晌才回答：“我去了市第三医院，罗娟不在那儿了。看来你爸爸还是没死心啊，还在偷偷替她们做安排……”

方如优的心沉了下去。

“我有些后悔。”沈如嫣红着眼睛，被酒精蒸腾出许许多多情绪，“当年发现罗娟生了个女儿时，就该让一切终结的，可当时心慈手软，想着是个女儿，她们又去了县城。穷人可以不需要懂如何做人，因为他们没有选择。而我们是有选择的人，所以，能选择同情的时候，一定要选择同情，而不是……恨。”

方如优定定地凝望着妈妈，难过得无以复加。她的妈妈，这么好，这么这么好，却被爸爸祸害成了什么样子？！

“我只想着我没事的，我不怕罗娟那种女人，胸大无脑，以色侍人。可是，我忘了你。如优，我一念之差，给你留下了最可怕的对手。妈妈很后悔……”

方如优连忙否认：“不不不，方若好是很聪明，很会念书，可是我比她更优秀，我才不怕她呢！她怎么可能是我的对手？”

沈如嫣伸手抚摸着女儿的头，用一种呆滞得近乎冷酷的声音缓缓说：“人生就像大海求生，你很幸运，一开始就有一块浮木，而更多人浸泡在海水中挣扎前行。你觉得他们不成威胁，但说不准哪天，他们就把你的浮木抢走了……现今社会的资源是有限的。对那些以为可以凭借不入流的手段改变阶层的人，那些将来会危害到你的利益的人，最好的办法就是一开始便将他们扼杀在摇篮中。你看所有的故事里，给主角成长机会的人最终都没好下场。”

方如优只觉得心在发颤：“你想做什么，妈妈？”

“你很快就知道了。”

方如优飞快地奔跑着，跑进了一中最漂亮的一栋建筑楼，三分钟后，她平稳了呼吸，换上甜美镇定的笑容，敲响了校长室的门。

“您好，校长，我母亲让我问问您，之前说的那个捐助新实验楼的事情，您考虑得如何了？”

方若好拎着水果走进校职工宿舍。

期末考后，高一年级就放寒假了。她联系好了给一个初三生补课，地点在妈妈现在住的医院旁。如此一来，可以看顾妈妈和补课打工两不耽误。

临行前她去跟陌北老师告别，答谢他一直来的悉心照顾。

宿舍楼高六层，没有电梯。陌北老师家在最高层。因为他来得较晚，资历最浅，所以分到的是一个最差的三十平方米开间。他的妻子柳橙是个善良却平庸的女人，在二十四小时药店上班，为了补贴家用，经常上晚班。儿子贺源西正是猫嫌狗厌的年纪，贺老师提起他就唉声叹气，更焦虑的是，虽然他是一中的老师，但想把儿子塞进一中附小，也很困难。

三十三岁的贺陌北正处于中年男子最煎熬的阶段，年轻时的雄心壮志已快消磨光，事业处于胶着期需要累积，而下一代的教育包袱已沉甸甸地压了上来。不过短短半年时间，他就苍老了许多，真是可怜天下父母心。

方若好走上六楼时，听到隔音效果不佳的墙那头，传来柳橙因为愤怒而显得有些尖厉的声音："为什么？李主任那边不都说好了给源西留个内部名额吗？为什么变卦了？"

方若好下意识停步，立定了。

贺陌北的声音一如既往地温文，因此也就听不清楚。不知他说了些什么后，柳橙失声哭了出来："怎么能这样？学校想劝退方若好，找不到理由，凭什么拿你出气？"

一股冷流从后颈处流下脊椎，她手中的水果顿时变得沉若千斤，有些拎不动。

"你的职称报上去没批时我就觉得奇怪，现在还连累了源西！不行，这个我接受不了，我去跟他们说……"房门被猝不及防地打开，站在楼梯口的方若好手一抖，几个橘子从塑料袋里掉出来，跳着滚下了楼梯。

推门而出的柳橙跟她打了个照面。

贺陌北追出来："别这样，也不一定跟若好有关……"话说到一半，他也看到了门外的方若好，顿时停住了。

六目相对，都很尴尬。

贺陌北最快反应过来，上前接过方若好手中的袋子："怎么来了？快进屋再说。"

方若好先把橘子捡回来，才低头进了房间。

小小的开间里堆满了东西，是那种无论怎么收拾都无可避免会显得凌乱的家，虽然只有一扇窗，但有个小阳台，除了晾晒衣服还用来做饭。此时快近午时，炉上的锅里飘出猪肉炖白菜的浓香。一个小男孩踮着脚站在锅旁，正在偷吃。

阳光明艳，并不吝啬地照进阳台，给小男孩镀了一层金边。乌密整齐的妹妹头下，是一张异常小巧精致的脸，眼睛占据了三分之一，又大又亮，睫毛更是像把小扇子。

他叼着片肉转头，看见来客人了，下意识把锅盖盖上，再一看是方若好，当即吹了记口哨走过来："哟，杨白劳又来借钱啦？"

贺源西早不记得三岁时方若好从人贩手中救了他的事情，对此刻的他而言，方若好是个总惹爸妈起争执的麻烦精。

方若好没有回应他的嘲讽，径自把水果放在一叠书上，然后抬眼看着依旧尴尬的柳橙："可以说说……是怎么回事吗？学校……在为难老师吗？"

贺陌北连忙说："跟你真的没什么关系……就算没有你，今年的职称晋级也轮不到我，别放心上。”

柳橙沉默。对着十五岁的孩子，她真是说不出自私刻薄的话。

“那么……附小名额的事呢？”

“这个好！这是个好消息！谁要去那种打鸡血的集中营！”贺源西歪在沙发上抄了个篮球在手上玩，满脸都是不在乎。

柳橙瞪着他，从他身下扯出刚叠好还没来得及放入衣柜的衣服：“天天就知道没心没肺地玩，面试时一首诗都背不出来，你爸不得不舰着脸去送礼。你要是跟王老师的儿子一样乘法口诀倒背如流，我们用这么愁吗？”

“可王小胖丑啊！”贺源西眨了眨眼睛。

方若好心中感慨：这年头的孩子真早熟啊，这么小就知道美丑了。尤其是贺源西，特别清楚自己有多美貌，并且有意识地利用这一点。

“有颜的人生是开挂的。”他又扬扬得意地补充。

“你从哪儿看来这些乱七八糟的话？”

“电脑里啊。”

柳橙气得又去瞪贺陌北：“都让你少给他玩电脑了，这是看了多少不该看的东西啊！”

“我要批试卷，不给他，他闹腾啊……”贺陌北苦笑着，转向方若好，“所以你看，也跟你没关系。是他资质不够，附小没要他……”

看着眼前充满生活气息的一家子，方若好心中翻腾着一种异样的情绪，有点羡慕，因为她记忆中自己的家里，父亲这一角色从来是缺失的；又有点悲伤，因为他们是如此和善的好人，为了开解她而小心翼翼地粉饰太平。

她，真的是个错误的产物，天生命带不祥。

谁跟她过于亲近，只会不幸。

变成植物人的妈妈是那样，被逼转学去国外的颜苏是那样，如今，轮到了老师……

方若好紧握手心，泛起微笑，笑着在贺陌北家逗留了十五分钟，谈了谈寒假计划，然后假装若无其事地自然告别。

走出职工住宿楼后，她出发去车站。严寒的一月，纵然艳阳高照，校园景色仍然一片萧条。她行走在草木枯萎的校园小径上，强撑的笑容退去，委屈的眼泪升起，一时间，愧疚难言。

尤其是，在被她撞破屋内的对话后，老师和师母所表现出的那种体贴，他们拼命解释一切跟她无关，反而令她更加无地自容。

就在她低头默默前行时，前方的路面上，忽然多了一个人影。

方若好慢半拍反应过来，抬起头，看见了方如优。

方如优正站在离她三步远的小径中间，脸上依旧挂着甜美亲昵的虚假笑容：“你好呀，头牌学妹。”

高二和高三因为学业繁重的缘故，都没有像高一一样这么早放假。所以方如优手中抱着厚厚一叠试卷，看样子是要去教室，却不知为何，刻意拦在了她面前。

方若好想了想，中规中矩地回了一句：“学姐。”

方如优的目光笑吟吟地落到她的背包上：“回家了？”

“嗯。”方若好点了下头，硬着头皮绕过她继续走。一步、两步、三步……身后果然传来方如优悠悠然的声音：“恩师家出了那么大的麻烦，而你能这么坦然自若地回家，心挺大呀。”

方若好的呼吸一下子停住了。

她听出了所有的画外音。

下一刻，她转过身，直勾勾地盯着方如优：“是你吗？”

“什么呀？”

“是你做的手脚吗？入学名额，还有评职称……”

“一栋实验楼换来拨乱反正的红利。要知道，走后门弄来的名额，取消也很正常。至于评职称，只能说他实力不够啰。”方如优大大方方地承认了，她本就是为了这一刻而来，想看看方若好在师生情和学业前程中如何两难，而方若好压抑表情下掩藏不住的愤怒很显然取悦了她，“下一步你是不是想问为什么？为什么我要跟贺陌北过不去？你这么聪明，难道猜不到？”

方若好看着这张如花笑靥，不知道自己该做何反应，因为无论什么反应，似乎都是在进一步取悦方如优。

方如优忽收起虚伪的笑容，正色道：“罗娟转院去了哪里？”

去了郊区的一家私立医院。但方若好拒绝回答。

“是爸爸安排的吧？”方如优眼中有痛苦一闪而过，变成了冷嘲，“怎么，有我帮忙交医药费还不够？也是，我只肯让你妈住最便宜的病床，药都是国产的，哪比得上爸爸那么周到。是去住单间用进口药，找大牛医生了吗？”

方若好犹豫，想澄清事实，可那样一来，又将牵扯到颜苏……怎么澄清？说她为了妈妈，跟颜母做交易放弃了颜苏吗？

“嘴上说不稀罕爸爸，事到临头还是选择向现实妥协了啊。跟你妈妈一样，毫无自尊心，毫无廉耻心，用别的女人的丈夫、别人爸爸的钱，就这么心安理得吗？”方如优愤怒地叫了起来，“可那是他的钱吗？那是我妈妈的钱！姓沈！姓沈！不姓方！”

方若好张了张嘴，却一个字也说不出来。妈妈的住院费，是用卖房子的钱付的。可那房子，确实是爸爸买给她的。从某种角度来说，方如优说的并没有错。

方如优盯着她，一字一字道：“你们，真让我感到恶心。”

“你……”方若好沉默了好长一段时间后，才轻轻开口，“想要我怎么做，才能不去为难贺老师？”

方如优面色微变，神情严肃了起来。

四目相对，一阵风来，吹起她们的头发，凌乱地、浮躁地，往前飞。

“我……”方如优凛冽的目光透过凌乱的发丝，像小刀一样一点点凌迟着她的心脏，“我希望你回到你本该待的地方，跟你那个曾在洗浴中心接客、现在躺在病床上没有知觉的妈妈一样，卑微丑恶地活着。这样，才能弥补我和我妈因你们而受到的屈辱和伤害。”

方若好的指甲紧紧扣在了手心里。

“可是我已经来了。”

“是啊，那么，我就只能狠狠地、主动地、不惜一切地，把你踩回去了。”夕阳下，方如优漂亮的脸上没有丝毫暖意，“小三都不许有好下场。小三的孩子，也一样。”

“轰隆隆——”

忽然下起了倾盆大雨，豆大的雨点敲打在车窗上，肆虐的雷声和水声将外面和车内空间隔离。整个世界仿佛只剩下了她和颜苏两个人。

方若好将额头抵在了冰凉的侧窗玻璃上。

十年前的那个寒假，她最终没能挺住来自婚生嫡女的压力，在宿舍痛痛快快地哭一场后，踩着夕阳的余晖去找校长，用主动转学为条件换回了贺老师的利益。

“我没有再上高中。我知道方如优能把我赶出一中，也就有办法把我赶出别的学校。在贺老师的帮助下，我一边照顾妈妈一边自学，以社会人的身份参加高考。幸运的是，中国很大，还是有权势无法操控的领域。公平公正的高考，给了我一线生机。”

但在媒体的爆料中，她的这份经历被当作是污点的证明，证明她曾经是个不良少女，高一就退学了。

方若好深吸口气，停止了回忆，转头看向副驾驶位上的颜苏。她和他的距离这么近，可在她眼中，他们之间也隔着一个不等式的符号，身份无法对等，心态便无法平衡。

颜苏，你不会知道——

在那些被现实打压得几乎无法呼吸的日子里，你的社交网络是我唯一的光。

握着你的手表，想到你为我抵挡的灾祸，我便没有了消极颓废的借口。

我把遥远的你放在信仰的神龛之上，从中汲取奋斗的力量。

我不敢靠近你。

我不能靠近你。

我远远地、艳羡地，并满是祝福地望着你。

可你回来了，带着我无法拒绝的理由，再次出现在我的生命中。我没有喜悦，只有恐惧。

害怕悲剧重演，我的命中，越美丽的东西，我越不可碰。

“颜苏，我什么都没有，只剩下希望。妈妈，就是我唯一的希望。”她凝望着他的眼睛，笑了一下，“所以，拜托了。”

颜苏回视着她，片刻后，伸出手——似乎想要碰触她的脸颊，但最终轻轻地落在了她的头发上——就像十年前那样。

“好。”

周一早上十点，手术正式开始。

大雨持续了一夜，到早上时终于停止了。

方若好坐在手术室外，阳光透过落地玻璃窗照在了她身上。她忍不住想，以往几次等在手术室外，可都没有阳光。所以，这是一个吉兆，对吧？

她没有干等，打开平板电脑开始筛选邮件。策划部又发来了一堆新项目，有个剧本光第一句话就吸引了她——

“我刚想自杀，就被捕了。”

往下看，是一个不良少年追求梦想的励志故事。

在滑冰上极有天赋，被师长们寄予厚望的十四岁少年阿东，在比赛前夜参与斗殴被打断了一条腿，并且因为触犯纪律被赶出了滑冰队。

祸不单行，父亲家暴将妈妈打死，入了狱。他自暴自弃成了小混混，被警察汪大海屡屡刁难。

为了报复汪大海，阿东去他家行窃，看到儿童房里摆放着冰鞋，墙上竟然还贴着自己曾经得奖的照片。这时汪大海起夜正好心脏病发作，本想偷了东西就走的阿东，在最后一刻心软叫了救护车。

回去的路上阿东魂不守舍，生命中似有什么东西被唤醒了。他去训练营看了队友们的训练，在他浑浑噩噩之时，他们都在飞速成长。

自卑、后悔、绝望等一系列情绪席卷而来，少年放声大哭，决定自杀。这时汪大海带着警员们赶来，以盗窃罪将他逮捕。他被审问到底从汪家偷了什么时，沉默许久，才回答——是照片——从儿童房墙上撕走的照片。

原来汪大海的儿子生前是阿东的粉丝，因此汪大海才处处针对堕落了的他。故事最后，阿东走出派出所，汪大海追出来，递给他一双冰鞋。

故事到此结束，没有交代阿东是否改邪归正、重新振作，但整个结局透露着明媚的气息——希望的气息。

剧本不长，就三万字。方若好读完后，在心里得出结论，虽然故事老套，但找好了演员和导演，会很有渲染力。家暴、斗殴、运动、浪子回头，都是颇具观众代入感的好看元素。

她在项目栏里打了个勾，写了个C的评分，放入待选名额中。

刚做完这件事，电话突然响了，是同事。

方若好接起来，听见那头气急败坏地说："经理，不好了！基金那边股东们要撤资！"

"为什么？"方若好震惊。

紧跟着，她的手机就被打爆了，来的全是坏消息。

什么股东甲在跟播出端媒体顾问进行数据分析之后，认为五年计划不可行，决定退出；股东乙跟导演谢望发生矛盾愤怒退出；张慕远被别家公司挖角了，愿意支付赔偿金，但合作彻底泡汤……

一连串的事情，全部集中到一起，铺天盖地地朝她轰炸下来。一时间，方若好只觉自己手脚冰寒，不知身在何处。

在凌乱如麻的头绪中，有一个事实无比鲜明地浮出水面——

这一切，是有预谋的。

有人刻意布置好，诱她入局，让她以为一切都顺理成章，成功指日可待，然后给予她狠狠一击。

那个人，会是谁？

方若好苦笑。除了一个人，一个恨她入骨的人，没有第二人。

电话再次响起，是贺豫。

贺豫的声音听起来苍老了许多："方如优两个月前跟谢岚见面。谢岚求购沈如嫣手中的睿天股份，方如优的条件是——把你从昭华弄走。"

于是谢岚就演了一出戏：假装要对付方如优，从而获得贺豫的支持；然后一招釜底抽薪，把方若好调离。方若好离开了昭华，等于离开了贺豫的保护伞，睿天想怎么整她，方式多得很。

方若好在一瞬间想明白了整个计划。

“我……我竟不知，我如此值钱。”值得方如优不惜用睿天三分之一的股份来陷害她。

贺豫沉默了很长一段时间，才再次开口：“谢岚还是不够心狠。”

是啊，他如果够狠，就不应该让计划在这个时候暴露。现在暴露，最多损失签约费和前期启动基金。他应该更有耐心，等到导演们的电影都开拍了，等到电影都赔了个一干二净时，再来找她麻烦。那时候，才是真正的万劫不复。

“你有什么想法？”贺豫问，“要报仇吗？”

方若好眼瞳深深：“用钱砸人，只为出一口气，是有钱人的作风，不是商人的。我是商人，我只追逐利益，只考虑如何止损，如何反亏为赢。”

贺豫又沉默了一会儿，回答了一个字：“好。”

方若好挂断电话，走到玻璃窗前，没有眼泪，也没有悲伤，甚至连疲惫感和麻木感都显得微不足道。

阳光透过玻璃照得她周身明亮，她想幸好，幸好阳光对她如此公平。

手术室的灯灭了。

她整个人一惊，仓促回身，看见颜苏从手术室里走出来，摘掉口罩一脸汗水地望着她，勾起唇角轻轻一笑：“幸不辱命。”

方若好的眼泪一下子掉了下来。

有时候，眼泪会瞬间消失，是因为一个人的出现。

又有时候，眼泪会最终流下来，是因为在这个人面前，无须遮掩。

半闭合的窗台形似高塔
路面上有一朵朵伞花
楼的正前方，是宽宽广场
绿色草坪间，砖铺的小路长长
人们提着书本和电话
总是来去匆忙
寂寞的球场里，光秃秃的球架
一任野草肆意生长
扶椅的油漆逐渐掉光
无人坐下，休憩，欣赏

大人们总有呆滞目光
默默低头，不微笑也不说话
是谁在用麻木，坚持理想
又是谁把希望
寄托到看不见的地方
每个人都有自己的，人生方向
而我坚决不要，和疲惫的他们一样

我们在漆黑海上，仰望星光
我们在低谷深渊。奋发坚强
任何一个理由都可以
考验我们的心脏
把理想和信念装进行囊
一步步地，背井离乡

磨难与痛苦，只会令我更加坚强
风雨过后，从来都是明媚阳光

方若好从一中离开时，在最后一期黑板报上留下了这么一首诗。

方如优在黑板前静静站了很久，最后，拿起黑板擦，面无表情地把上面的字迹一一擦去。

〇七
当局者迷

“玻璃碎片已经顺利取出，但阿姨暂时还没有苏醒。接下去我们将进入放射断层成像阶段，三个月一疗程，希望能跟今天的手术一样顺利。”颜苏的手术服自胸口到后背，全被汗浸成了深蓝色，额头还有汗珠源源不断地滚落下来。可他的语调不轻不重、不紧不慢，带着安抚人心的巨大力量。

无论多么焦灼，只要听到这个人说话，就会平静下来。

方若好红着眼睛点了点头。

颜苏伸手，似乎想帮她擦眼泪，但手到中途僵了一下，改为揉自己的肚子：“饿，等我，请我吃饭。”

说完，根本不容她拒绝，转身飞奔离开。

护士将罗娟推进加护病房。手术的缘故，罗娟剃了光头，没有干枯不洁的头发后，平静的睡容反而显得精神了几分。

方若好在床边握着她的手，轻声呢喃：“妈妈，今天本来很糟糕……但是，因为你，我感到好开心。”

当她在巨大的黑洞里面对种种压力孤立无援时，颜苏为她点亮了一簇火，那火光摇曳晃动，微弱得似乎随时都会熄灭，但最终，火苗点着了蜡烛，再把蜡烛放进可以遮风避雨的灯罩里。

如此一来，只要蜡烛没有烧尽，光芒就会一直持续。

一直一直在她面前闪耀。

这真是……十年来……最好的一刻了。

没多会儿，房门被礼节性地敲了两下，紧跟着颜苏探进头来："我好啦，走吧！"

他换了便服，鲜红色的套头衫，灰蓝色的牛仔裤——与初见时一模一样的装束。

方若好的眼神恍然，心中升起难以描述的亲切感。

颜苏冲她眨了眨眼睛："怎么？想不到脱去白大褂后，我就能从严肃禁欲帅医生摇身一变，成为如此青春靓丽的美少年？"

"少年，你忘了刮胡子……"

两人并肩走出医院。在大门处颜苏停步，回身朝她一摊手："吃点什么？"

"看你这么胸有成竹地往外走，我以为你心中早有去处。"

"我刚加入这个医院两月，对这附近不熟。"

"我也不熟。"她每周来，都只是待半天，从没在医院附近吃过饭。

两人大眼瞪小眼了半天。

颜苏眼中涌动着难以描述的神采："不如你做？"

"啊？"

"我至今都还记得你当年请我吃的蝴蝶面。"颜苏露出很回味的样子，舔了舔嘴唇。

有些东西，一旦重复，就变得意味深长。

一个小时后，当方若好站在她家的厨房里，洗着玉米和黄瓜时，脑海里一片混沌。她想了很多很多。

她的人生，是从十五岁时开始发生天崩地裂的巨大改变的。

那明明是最不堪回首的一段记忆，带着锥心刺骨的伤痛，像封口埋缸的失败卤菜，发酵出酸臭腐败的气息。

偏偏，有些零零碎碎的光，格格不入地缤纷闪耀。

颜苏是。贺老师也是。

尤其是颜苏，因为相处的时间太短，反而显得每个细节都是那么美好。

十年前，为了谢谢他借她电脑，她亲手做饭；十年后，为了谢谢他为妈妈做手术，她又一次做着相同的食物……这样一个人，跨越了十年的距离，让场景重叠。

可她明明反复提醒和告诫过自己，不要跟他太靠近……

恍惚间，面熟了。方若好捞起来盛进盘内，托着两荤一素一汤一起走进客厅。

单身女子的住所，一切都尽可能简便，因此沙发就是餐椅，茶几就是餐桌。她把食物一样样放到茶几上时，颜苏正在书架前打量里面摆放的相框。

相框只有两个，里面分别装着小学毕业和初中毕业的合照。

穿着统一校服排列成行的学生们在老师的带领下，顶着阳光站在最具代表性的建筑前合影，每个人都面无表情——分明是最模式化到单调的照片，却被如此重视地摆放起来，在一眼就能看到的地方。

颜苏的心“咯噔”了一下，紧跟着听到方若好叫他吃饭。转身，他看见茶几上明显丰盛的主菜时，先是一愣，继而笑了起来：“还是十分之一生活费的标准吗？”

白灼基围虾、黑椒蚝油牛肉丝、清炒豌豆苗和排骨玉米萝卜汤，差不多是二百元的标配。看似比当年好了太多，却仍是让人感到诧异——工作这么多年，难道她的生活费只有两千元？

抬头，映入眼帘的是方若好清秀的脸庞，光洁的肌肤看不出愁苦的痕迹，像所有衣食无忧、一帆风顺长大的姑娘。然而，他知道在她身上曾经发生过什么事情，知道她遭遇过怎样不公的对待，以及此刻的平静之下承受着多么天翻地覆的压力。

“尝尝吧。也许已经不是你记忆中的味道了。”方若好将筷子递给他。

颜苏什么也没说，接过筷子捞起面条放入口中。不得不说，真的不是记忆中的味道了。

这些年，味蕾过度享受，普通食物早已乏善可陈，可是，一碗这样的面条，因为加工者是她，便被赋予了不同的含义。

方若好有些紧张地看着他。

颜苏把每道菜都尝了个遍，才给予回应：“唔，这盘虾，到饭店怎么也得卖百来块吧；这个排骨汤，太赞了，有机黑山猪的标准；还有这个牛肉丝，嫩得舌头都化了，绝对是神户牛肉级别的，光这么几条就得五百元以上了……啊，一顿饭吃掉了近一千，好罪过啊。”

方若好“扑哧”一声笑了：“反正我也没给你包红包。这顿饭抵了。”

“那不行。我收红包都是五位数起的。”颜苏的表情正经到不能再正经。

方若好笑了一会儿，终于问出了最想问的问题：“碎片取出后，妈妈苏醒的概率大了许多吧？”

颜苏夹虾的筷子顿了顿：“十年前确实如此。现在，不好说。”

方若好明白了他的意思。如果当年能够及时将那片玻璃取出来的话，就不会压迫到大脑神经，也许就不会造成昏迷。十年了，虽然碎片取出来了，但长年累月的压力已让周边细胞畸形生长，能否醒来变成了未知数。

颜苏看着表情一下子黯淡下去的方若好，心里轻轻叹了口气。明明有无数种温婉方式可以安抚她，但他最终还是选择，说出实话。

因为两人都不说话，屋子里一下子安静了下来，他正琢磨着说点什么时，方若好的手机在桌上振动了起来。

之前路上因为不停响，她调了静音，这一次，她索性拔掉电池。

“不接？”

“接了也解决不了任何问题。”她完全想得出来那些给她打电话的人准备说什么，也知道接下去很长一段时间都会被这种焦灼烦躁充斥。她虽然有去解决问题的勇气，却不代表此刻要忍受各种路人甲乙丙丁的骚扰。

颜苏定定地看着她：“也许你该接一下，没准是好消息。”

“山穷水尽的时候才需要柳暗花明。现在，还不到时候呢。”方若好笑了笑，笑出了陌生的气息。

颜苏忽然觉得，眼前的这个女孩子，毕竟是跟十年前不一样了。

吃完饭后，颜苏要回医院，而方若好要回公司，两人在大门处友好告别。

颜苏似乎想对她说些什么，但最终没有说，只是笑着摆了摆手，便搭乘计程车离开了。

方若好看到他光秃秃的手腕，忽然想起一事，飞奔回屋，从抽屉里取出那块红水鬼。

十年，终于可以将之修复，送回给它的主人了。

很舍不得，但是，就当作是体面周全地再次断了彼此的关系吧。

方若好深吸口气，将手表塞进包中，打算等手术彻底结束，就把修复好的红水鬼还给颜苏，然后就不再见面了。

她深吸口气，极力将状态调整过来。她没有时间沉溺于悲伤，因为等会儿去睿天，还要接受一场非常残酷的战役。

但当她开到一个十字路口，看到时间快指向下午四点时，想了想，掉转方向盘，去了跟睿天截然相反的一条路。

半个小时后，她开到一片高档住宅区，并在门卫要求出示门卡时，报出了谢岚的名字。

几分钟后，对讲机那头，响起谢岚低沉的声音：“请她进来。”

她将车子开进小区，按照门卫的提示到了F栋。

临湖的二层浅灰色建筑，掩映在绿树繁花间，大门处没有门铃，而是用麻绳拴了个铜铃，用手一拉，发出清脆悦耳的声响。

谢岚很快来开了门。

他穿着一身白色的家居服，拖着拖鞋，完全有别于平日里的商界精英打扮，手里还拿着个陶瓷猫碗，正在搅拌类似肉糜一样的食物。

她没有猜错，这个时间点，谢岚果然不在公司，而是在家——喂猫。

谢岚的表情因为深沉而看不出太多情绪，他凉凉看她一眼，便示意她进屋。

方若好跟进去。

屋里的风格跟主人一样，简约、严谨、冰冷。黑色和灰色为主的家居里，基本看不到什么柔和的装饰物。

一只看起来不太纯的美短折耳猫正蹲在餐桌上，神态傲然地等待食物，见方若好进去，便用蛇一般的瞳孔充满威严地打量她。

谢岚抬腕看表："你有十分钟时间说话。"

"三个问题。"方若好也不废话，"你觉得百分之三十一的睿天股份重要，还是未来二十年的可持续稳步发展重要？"

"拿到股权后，再来谈未来的二十年。"

方若好笑了："第二个，沈如嫣狠，还是贺豫狠？"

谢岚皱了皱眉，思考了五秒钟："这不是谁更狠的权衡，而是——谁能狠得久一些。"

血色终于从方若好脸上退去，谢岚说中了最关键的地方。如果贺豫不是这个年纪，身体没有这么糟糕，谢岚也好，沈如嫣也罢，都不敢如此阴他。

"最后一个……"方若好紧盯他的眼睛，"你……为什么要给我留退路？"

她不相信，方如优仅仅只是这样就会满足。

没错，她是被骗出了昭华，又在睿天搞砸了这么大个摊子，但正如贺老爷子说的，谢岚还不够狠，或者说，暴露的时间还是有点早。他应该再等半年，等到大厦轰然塌陷，变成一片废墟，而不是刚打完地基，就收手喊停。

与其说是谢岚沉不住气，不如说是他刻意放水。

虽然到睿天才两个月，跟这位上司的接触也不频繁，但不知道为什么，谢岚就是能够给她一种"柔软"的感觉。

就像此刻，他坐在爱猫面前有一下没一下地搅拌着肉糜。

而十六明显等得有些不耐烦，用爪子"啪"地扇了一下他的手。

即使这样，谢岚也没生气，揉了揉十六的脑袋，这才转向她，低叹一声："你当初在会上说，五年人才计划是'机会'。"

“是。”那是她抛出的最有分量的诱饵。

谢岚乌黑的眼瞳深不可测，声音宛若飘在水上，悠悠荡荡：“所以，这也是我给你的‘机会’。五年，你会变成什么样子，我很期待。”

方若好哑然。

她万万没想到，竟是这样的理由。

在她以上帝之姿挑选导演开展这个计划的同时，自己竟然也成了被命运选中的人，她不再是旁观者，而是作为一个当局者，去迎接这场充满挑战的“机遇”吗？

谢岚真的只给了她十分钟，十分钟后，他以“你在，十六不肯吃饭”为由将她赶出门。

方若好开车离开时，整个人还沉浸在哭笑不得的状态中，想着这都是什么烂事啊，又想着时间不早，还得去给贺豫煎药。不知贺老爷子当着她的面，又会说些什么。

结果，就在她走出常去取材的中药铺时，一辆骚包到死的亮粉色吉普“嗖”地停在了她面前。

这真是方若好见过的最大胆的汽车改装，沿途收获无数路人惊恐到唾弃的目光。但驾驶者丝毫不以为意，打开车门跳下来，把烟扔在地上用脚踩灭，然后不满地抬头瞪她：“果然在这里能抓到你！搞什么啊，今天老子好不容易能在早上九点起来，赶去参加会议却发现五个导演就我一个到了，公司里现在一堆流言蜚语，你得给我个解释！”

这是个非常年轻的男孩，不羁的凤梨头，身材又高又瘦，五官并不多么出众，但浑身上下透着一种难言的“帅气”。

方若好看着他，轻轻叹了口气：“果然，只有你是挖不走的……”

只有他，这场“机会”的入局者，二十一岁的富二代——林随安。

当初，他是五名导演中最不被看好的一个，方若好之所以挑他，也是投机成分居多。结果，他成了唯一一枚能够置身事外从而被留下的硕果。

林随安听了这话，却是瞪眼：“你当没人来挖老子？只不过……”

方若好赶紧接话：“只不过价码太低，林少怎么看得上呢！是吧？”

林随安“哼”了一声：“上车，我送你去贺老头那儿。”

“我开车了。”

林随安有些不屑地看了眼她的大众，虽不耐烦但做了让步：“算了，那坐你车去。我有话跟你说。”

“那你的车呢？”

“扔这儿，回头来开。”

“这里不许长时间停车的。”

“放心，交警都认得我的车。”

这倒也是，颜色如此可怕的吉普，以及那8888的车牌号，换谁都过目难忘。

方若好开车带林随安前往贺宅。

林随安盯着她，表情突然十分严肃：“你跟方如优这么不合？她拼了巨资也要整你？”

“换了古代，我们就是嫡女和庶女的关系。你说呢？”

“手足相残，幼稚死了。我爹有七八个情人，四五个私生子，我也没怎样。”

“他们不分你家产？”

林随安冷笑：“分就分呗。从别人手里接过来的钱，又怎比得上自己赚的钱香？未来路那么长，各人各造化，天下这么大，钱哪赚得光？有血缘的人不想着一起赚外人的钱，反而闷起来内斗，蠢没边了！”

方若好心悦诚服。

有一类人，真的、真的是天生的幸运儿。他们不但拥有最好的出身，还能拥有天生洒脱的品性。真不知是怎么教育出来的。

她用眼角余光看到他骚粉色、贴满碎钻的手机壳，又觉得平衡了些——唔，还是有缺点的。

“你接下去准备怎么办？”林随安问道，“四个导演跑了，投资商也都撤了，上亿资金缺口，消息一出，睿天股票狂跌……谢岚可以趁机低价收购散股了，他真是横竖都不亏。”

“是啊，他还美其名曰给我最后的‘机会’，等我渡过这个难关好重振睿天的股价呢。”一个两个，都是老狐狸。

林随安皱眉：“你需要多少钱？”

“怎么？林土豪要英雄救美？”

“别逗了，你算什么美？”林随安看她的眼神里全是不屑，一如看着她的大众车一样，“而且，当初我签给你的时候就说过了，能不用我自家的钱，我当然不用自家的钱。从你这儿刮钱还来不及呢，还想我倒贴？”

“那你找我，难道只是来八卦我和方如优相爱相杀？”

林随安非常难得地沉默了。

如此一来，方若好反而惊讶：“难道还有我不知道的更糟糕的消息？”

“唔……嗯。”

“说吧，我做好心理准备了。”

“方如优……是我的……初恋。”

方若好几乎是立刻踩了刹车，车身猛地停住的同时，她愕然转头，看见林随安依旧平视前方，面沉如水，显得跟平日里完全不一样。

他一个字一个字地说道：“直到今天，也没能忘掉。我找人把想拍的项目送到她手上，被拒绝了。所以我才跟你签。想的是，一部她看不上的片子，最终却红了，那场景想必会很有趣。”

说到这里，他转过头，看着方若好：“尤其是，经由一个她最讨厌、最忌讳的人之手。”

是谁说有人要风得风要雨得雨的？方若好收回之前的想法。

再天之骄子，再一帆风顺，遇到一个“情”字，还不是摇身一变，成了痴儿怨女。

如优对她如是。

林随安对如优，亦如是。

“你想拍的是哪部？”

“剧本不是发给你了吗？《滑冰少年》！”

方若好惊讶——这么巧？！

到贺宅后，方若好停好车，问林随安要不要一起去拜见贺豫，林随安看了眼那一百九十九级台阶，耸肩：“我才不找那罪受。”说完潇洒离去。

方若好提着药包上山，刚走到侧门，女佣便神色异样地迎了出来。

“我又迟到了，对不……”她还没来得及道歉，女佣已压低声音说：“少爷和如优小姐来了！”

方若好心头一震——来得好早！怎么，这么急不可耐地来验收成果了吗？

“老爷叫他们来的。而且老爷吩咐，你一来，就去书房找他们。”

尽管如此，方若好还是梳理完药材，浸泡妥当后才上楼。

贺豫的书房在二楼最左边的位置，厚厚的波斯手工地毯和封闭性良好的红木门吸掉了所有声音，四下里一片静寂，完全听不到里面的动静。

方若好敲了敲门。

方如优来开的门，看见她，露出一个标准的迷人微笑：“妹妹来了。”

书房里，贺豫正在跟贺小笙下围棋，橘黄色的灯光落在祖孙二人身上，画面说不出地温馨，怎么看都是一幅共享天伦的和睦景象。

贺豫朝她投来淡淡一瞥：“若好，把我保险柜第三格第六个牛皮袋里的东西取来。”

方若好应了，走到一旁的书架前，将书架推开后，墙上有个巨大的内嵌式落地保险柜。她在感应器上输了密码按了手指后，“滴”的一声，柜门开了。

看到这一幕的方如优和贺小笙都有点变色。

贺老爷子的保险柜，只有两个人能打开。从前是他自己和贺新醅，贺新醅去世了，不承想竟把他的名额给了方若好。

贺小笙想到这里，眼中怒意涌现。

贺豫用拐杖点了点棋盘：“该你了。”

贺小笙强打精神，继续下棋，正要落子，一旁的方如优笑吟吟地说：“虎口朝下是不是会更好些？”

贺小笙迟疑了一下，审度棋局，然后果然改下在了边角，如此一来，做成了双虎之势，之前一直僵持的局面豁然开朗了起来。

他感激地朝方如优眨了眨眼睛。

贺豫什么也没说，只是沉吟许久，才下了一子。

而贺小笙见局面已开，乘胜追击，没多会儿，就把贺豫逼到了绝境。

这时，方若好已取回了文件袋，贺豫点点头：“给你姐姐看。”

方如优接过文件袋，只看了第一页纸，脸色大变：“爷爷！您——”

“这是发给各大媒体的通稿。如无意外，明天一早就会刊登。”贺豫不紧不慢地下着棋。

贺小笙好奇地探头看，也吃了一惊，他一把夺过那些文件，其中几页飞散落地：“爷爷您要重回昭华？！”

方若好捡起地上的一张散页，看见上面写着“贺豫重出江湖，娱媒风云再起”的字样。

距离贺小笙掌权才不到半年，贺豫就要重新执政？唔，好一出年度大戏。看来，贺老爷子这次真的被惹恼了呢。

贺小笙着急地说：“爷爷！您的身体还没康复，怎么能够强行工作？”

“我觉得我现在挺好的。”

“但是爷爷，您已经把昭华全权交给了我，现在又……”

“放心，你的职位不变。只不过，以后所有重要文件都需要我亲自审批，比如转让百分之十三的股份什么的。”贺豫慈祥地笑了笑。

方如优轻轻搭住明显急躁的贺小笙的肩膀，脸上再度恢复了优雅从容的笑容：“爷爷兴致这么好，咱们做晚辈的，不该扫兴。能够跟在爷爷身边学习，是我一直以来的梦想。没想到还能有实现的一天。”

贺豫笑眯眯地望着她："袋里的文件都看完了？"

他明显意有所指，方如优心中一沉，连忙将牛皮袋倒拿抖了抖，把最后几页纸也抖出来。而当她看到那几页纸，脸上的笑容终于挂不住了，像个面具"哐啷"一下碎掉了。

贺豫的眼神由微笑转为冷漠："这是解约书。方小姐不再是昭华的一分子了。"

"什么？！"贺小笙抢过那几页纸张，"爷爷你要解雇如优？！"

"我希望方小姐能自动离职。所以，明早九点，别忘了把辞职信送到我办公桌上来。"

"爷爷你不能这样！如优是我聘请的！公司跟她签了三年！"

"那就赔点违约金。"

"我不同意！不能解聘如优！她、她好歹也是咱们的股东之一！"

"咦？"贺豫挑了挑眉毛，"拥有百分之十三股份的不是沈如嫣女士吗？她把股份转到方小姐名下了？"

方如优的脸煞白煞白，她咬着下唇，没再说话。

贺豫笑了笑："沈女士如果愿意来公司上班，我非常欢迎。或者，等她把股份转让给方小姐了，方小姐再以股东身份等候昭华的通知好了。"

贺小笙气急败坏："爷爷！你为什么这样对如优？因为方若好吗？"

方若好对这番人事调动真的一点都不知情，真是躺着中枪。不过，感慨之余也很震惊，她在电话中明明拒绝了贺老爷子的暗示，表示这件事情要自己处理，没想到贺老爷子还是挺身而出，快刀斩乱麻，雷厉风行地做出了反击。

如此莽撞，如此刚烈，如此不留情面——这完全不像他的行事作风。

贺豫的目光胶着在棋盘中，他用枯瘦的手指拈起一颗白棋，慢慢地放进局内。那一片白子立刻全死了。

但正因为死了一片，空出了那一片后，反而可以看到其他几路的生机来。

"你输了。"贺豫很平静地说，"你我之间，棋艺孰高孰低并无定论。但在下棋时会听旁人意见更改棋路的人，永远是输家。"

贺小笙涨红了脸，突然大叫一声将棋盘掀翻，狠狠踩了几脚，然后拉着方如优就走。

"等等，小笙……"方如优挣扎。

"等什么？你还没看出来吗？"贺小笙在门边停下，瞪着贺豫和站在一旁从头到尾一言未发的方若好，笑得凄厉，"他疯了！他被这个女人蛊惑得连亲孙子都不在乎了！既然如此，也别怪我这个当孙子的不尊重老人！"

贺小笙不由分说地拉着方如优出去了。

他们的脚步声很快消失在了柔软的地毯那头。

四下里又静了下来，一点声音都没有，方若好从来不知，原来“安静”二字会让人如此憋屈难受。

她想了想，慢慢蹲下身，把地上的棋子一颗颗捡起来。

贺豫打量着她，从她光洁的额头，看到小巧笔挺的鼻子，再到棱角分明的嘴唇。如此年轻的一张脸，却在暗黄色的光影里，有着跟他一样沧桑的气息。

这真有趣。

“知道我为什么最终决定亲自出手吗？”

方若好摇了摇头。

“因为我老了。”贺豫说这话时声音并未有太大起伏，却听得人心头一酸。

“我老了，护不了你多久了。这次归根结底是我的疏忽，连累了你。所以，我犯的错，我来解决。”

方若好心中一紧：“老爷子！”

贺豫看着她的目光无限温柔，温柔得就像透过她在看别的什么人：“我知道你为什么会来到我身边，也知道你为什么会一直任劳任怨地伺候我这个老头。”

方若好咬着嘴唇，浑身难以遏制地开始发抖，右手手腕隐隐约约又疼痛了起来，她不得不伸手紧紧按住。

“是为了陌北吧？”

方若好一下子哭了出来。

“你是在替陌北尽孝吧？”贺豫将视线转向窗外，窗外夜幕深沉，雾霾的缘故没有一颗星星，连月亮都模模糊糊，几乎看不清楚，于是，他的眼瞳也浑浊着，变得不再清晰，“陌北跟新醅，都走了三年了……”

方若好哽咽难言。

没错，她的恩师，她最最尊敬、热爱、信任、依赖、胜似父亲的陌北老师，姓贺。

贺陌北，是贺豫的私生子。

他和她，拥有着同样的被唾弃和被怠慢的命运。

也许正因如此，当年贺陌北才会那样无怨无悔不顾一切地帮助她。希望她走出被诅咒的命运，不要重复自己的痛苦。

但最终他还是抱憾而去。

方若好带着要帮老师完成临终遗愿的心情靠近贺豫，最终一步步地走到了他身边。她为他煎药，帮他处理各种琐事，而他也逐渐介入她的人生，成为她命运的主宰。

她本以为是她在替陌北老师照顾贺豫，经此一事，却发现，好像是贺豫在代替陌北老师守护她。

一时间，她心绪难宁，满是不安。

“若好，别恨你爸爸。”贺豫轻轻地说，“就像陌北不恨我一样。”

方若好感到自己的呼吸，停止了。

“焦生，章丘石虹先生之叔弟也。读书园中。宵分，有二美人来，颜色双绝。一可十七八，一约十四五，抚几展笑。焦知其狐，正色拒之。长者曰：‘君髯如戟，何无丈夫气？’焦曰：‘仆生平不敢二色。’女笑曰：‘迂哉！子尚守腐局耶？下元鬼神，凡事皆以黑为白，况床笫间琐事乎？’……”

方若好从书中抬起头，看着床上的罗娟，情不自禁地想：你爱他吗？你爱方显成吗？你是用什么样的心态在便利店一日复一日地等他呢？当你看见他的妻子女儿时，心中又是什么滋味呢？是不是跟这个故事里的狐女一样，觉得不过就是一场你情我愿的游戏，有钱，有欢愉，便足够了呢？

可若与爱无关，为何分手时又哭成那个样子？

方若好始终无法理解妈妈，或者说这类女性的心态。

贺豫曾说过：“男人和女人，从生物学上看，有本质的区别。雄性物种的本能是追求数量，尽可能地繁衍后代；雌性则是追求质量，为了繁衍出更优秀的后代。所以，男人想要控制物种冲动，比女人想象的艰难。”

她当时忍不住反驳：“但生而为人，应该跟动物，不一样。”

贺豫静静地看了她一会儿：“人无完人。你若能试着理解这一点，看待人生，就会有不一样的境界。”

那次对话就此结束。贺豫没能说服她——虽然贺豫可算是她此生所遇的最睿智的长者。但他明显在男人出轨一事上，过于想当然了。

岁月奔流，几乎是一眨眼间，就变成了如今这个“笑贫不笑娼”的时代。达官贵人的私生子们，各种张扬嬉笑，生怕别人不知道自己的父亲是如何了不得的大人物。

可她没这么“幸运”。

贺老爷子没见过她的十五岁，也没见过贺陌北的前四十年人生。

她和他是如何屈辱不堪地顶着“私生子女”的牌子，在歧视、不屑、憎恶的目光中挣扎着活下来，一层层的伤口结了痂，重重交叠才生出坚固的盔甲，顶着精心画出来的人皮，继续行走在阳光下。

贺陌北是圣人，所以能无私地资助和帮助她，也能宽容地体谅父母。但她不是。

她是一株阴湿腐殖土中长出的细辛，看似性温能入药，但其实有毒。

“颜医生来啦？”门廊外依稀传来护士雀跃的招呼声。

方若好的手颤了一下。

五分钟后，当换好衣服的颜苏带着一群医生护士过来查房时，罗娟的病床旁已空了。

只有一本翻开的《聊斋》，静静地躺在椅子上。

颜苏扭头似乎想问，但目光闪烁了一下，最终放弃。

清晨七点半，方若好从跑步机上下来，洗了个热水澡，吹干头发，换上纯黑色职业西装，对着镜子涂上了浆果色口红。

她的眉眼本就偏深邃，女王色一出，越发显得犀利。

三年前，她还是个对化妆一无所知的姑娘。高考前就进镕裁兼职，高考后也陆陆续续地做着网宣工作，那时候的她，自卑又寒酸，买不起化妆品，更不想惹人注意。

直到贺豫将她提拔到身侧。

贺豫带她一起上班，对她的第一条要求就是——化妆。

“你以为我喜欢梳背头、穿唐装、拄拐杖？”贺豫说，“发油难受，唐装扣子多，拐杖还死沉死沉的。但你出现在别人面前，就在传达信息。按照你们年轻人的话说，就是你的发型、你的衣着、你的配饰，甚至你用的香水，都在向对方展示‘人设’。他们会根据这些为我打上‘古板’‘难缠’‘权威’等标签，为我节省很多麻烦。”

说到这里，年已七旬的老人笑了，笑出了罕见的俏皮：“那么，身为我的特别助理的你，打算向别人传递什么样的‘人设’呢？”

大数据时代里，“人设”是如此重要，尤其是在娱乐至死的娱乐圈。

无论背地多么狼狈，出现在外人面前都要毫无伤口。现代都市里，身居高位的女性都不得不穿起盔甲，才能拥有更持久的行动力。

方若好对着镜子里的女王投去冷冷一瞥，然后慢慢地，昂起了头颅。

一个小时后，她扶着贺豫的手臂走下车，迎着晨光走向大厦，沿途收获无数的震惊目光。

银蓝色落地门在她面前缓缓打开——

昭华，我回来了。

〇八 命定的宿敌

“天啊，方若好回来了！老爷子也回来了！”

“老爷子重新出山了？！”

“方若好不是去了睿天吗？怎么又回来了？”

“听说她在睿天摔了个大跟斗，亏空了几百万。老爷子全替她兜了！这是真爱啊！”

“那方如优怎么办？她来上班了吗？”

“还没来呢。贺总也还没来。前阵子他们都一起出现的，听说同居了。”

“方如优可是个花花公主呢。”

“真的？！”

“真的，上学时换男朋友跟换衣服一样，贺总却是纯情小公子呢。在方如优之前，也就跟方若好走近过，还是假的。”

“啧啧啧，这么一比，感觉还是方若好好一点啊……”

茶水间里永远不缺少八卦。或者说，出于职场人际的考虑，不得不利用这个空间和时间来社交。

只不过这一次被贬低的对象，变成了方如优。

据说现代女性最看不惯三种人：小三、滥交者和穷人。而现代男性就简单多了，他们只看不起一种人：女人。

靠在窗边等水开的中年女职员忽然眼睛一亮，兴奋招手：“来咧来咧，方如优来咧！”

茶水间里的众人连忙围上去看。

吉姆西“特工一号”像个大块头硬汉，雄赳赳气昂昂地停在了楼下的专用停车位里。方如优从驾驶座上跳下来，一改从前的休闲风，卷了头发，穿了套笔挺的白色西装，像从新闻节目里走下来的主播女郎——成熟、干练、正派。

然后她打开后车门，扶着一个女人走下来。

“你们看，那个是她妈妈吧？成如投资集团的沈如嫣？”

“母女齐上阵……”某女职员喃喃，将视线转向另一头——那边的玻璃对着楼下大堂，方若好正搀扶着贺豫在等电梯，“PK这边的爷孙俩，你们说谁能赢？”

某男职员接话：“一边是星耀联钻石，一边是王者带青铜，不好说呀。”

议论声中，昭华的大堂里，沈如嫣和方如优，终于跟贺豫和方若好相遇。

一黑一白，仿佛命定的宿敌。

方若好的注意力却不在方如优身上，她注视着沈如嫣。这些年她一共就见过她三次：家中初见，去年某个晚宴，以及现在。

依旧是短发西装，良好的身材管理和精心的医美护理，令她看起来像方如优的姐姐。

成如投资是她和方显成的婚姻结晶，房地产巨贾沈家拿出了不菲的嫁妆，沈如嫣则帮助老公将集团扩大到了服饰、连锁酒店、高级会所等领域。十年前，方显成去了A国发展事业，逐渐将事业转移，她也退居幕后，将工作重心用在了打理俱乐部上。

成如旗下的成如俱乐部，堪称目前国内最上流的俱乐部之一，富豪榜上的名人们全是该俱乐部的尊贵会员，包括贺小笙的妈妈王珊。

方如优跟贺小笙，就是那样认识的。

方若好忍不住想，是预谋吗？因为贺豫想让小笙娶她，所以方如优出来截和，企图断了她的昭华之路。

在她们眼中，行将就木的贺豫无疑是她最后一把保护伞，摘掉后，就能再次将她踩入尘泥。

她于此刻想起林随安。这个混乱尘世，私生子女的副本这么多，她遇到的为什么不是林随安？

真是……半点都不想跟方如优斗啊，浪费时间，毫无意义，输了不甘心，赢了还心虚。

在方若好打量沈如嫣的时候，沈如嫣则朝贺豫快走几步，搀扶住了他的另一只胳膊："老爷子早啊。有阵子没见了。"

电梯来了，贺豫没做回应，抬腿走进电梯。一行人自然跟了进去。

电梯合起，贺豫才笑了笑，说："沈董事是来移交股权的吗？"

"怎会？是如优年幼不懂事，惹您生气了。我特地带她来向您赔罪的。"沈如嫣给了方如优一个眼神，方如优正要道歉，贺豫打断她："如果是股份的事情，不必，商界竞争，各凭手段；如果是小笙的事，弄错对象了，你们该跟若好道歉。"

方如优面色微变。

沈如嫣则像是刚看到方若好一般，朝她投去一瞥："老爷子说得是。如优，跟方小姐道歉。"

方如优冷冷说道："方小姐，对不起。"

方若好只好硬着头皮回应了一句："没关系。"

这对母女到底想干吗？又准备唱哪出戏？

电梯"叮咚"一声，在次顶层停下。贺豫带头朝总裁办公室走去，并吩咐李秘书："你去通知十分钟后开会。"

李秘书半点惊讶之色都没有地开始打电话。

贺豫带着三人走进办公室，环视一圈后，再次吩咐李秘书："把这把椅子换了，把我原来那把紫檀椅搬回来。"

"是。"

贺豫走到写着"CEO贺小笙"的铭牌前，注视了几秒钟后，伸手"啪"地按倒。做完这一切后，他才转身看向沈如嫣："还有要说的吗？你们还有八分钟。"

"一分钟就够了。"沈如嫣嫣然一笑，"如优，还不快给老爷子送上。"

方如优眼中似闪过一丝无奈之色，慢半拍地从皮包里掏出一样东西，毕恭毕敬地举到了贺豫面前。刺眼的红色，一下子灼热了贺豫的眼睛。

方若好心中"咯噔"一下——喜帖？！

"小笙跟如优打算将婚期提前，就在下周六。老爷子，您可一定要参加啊。"沈如嫣微笑地说。

方若好连忙紧张地去看贺豫，生怕他气坏了身子，但贺豫显然比她更沉得住气，将喜帖接过高深莫测地看了会儿后，随手搁在一旁："没了？"

"没有了。我们先走了。"沈如嫣带着方如优转身，在迈过门槛时又刻意回头一笑，"会议再见。"

也就是说，她本人要列会？女儿被驱逐了，所以换她本人上？

待二人走得看不见后，贺豫才再次拿起喜帖，看着上面的日期沉吟不语。

方若好也直勾勾地盯着喜帖，思绪情不自禁有些飘远。

她进昭华的第一天，就见到贺小笙了。当时他跟在贺新醅身后，来找天后唐翎要签名，红着耳朵手足无措，大家都说从没见过那么纯情的富二代。

然后有一天，她加班到很晚，在大堂门口见外面暴雨，没有伞，也打不到车，正盘算着回办公室将就一晚时，贺小笙经过，都已经走出转门了，又走回来问她：“需要帮助吗？”

她连忙表示不用。但贺小笙以“不能让爸爸的员工因为工作而回不了家”为由，让她上了他的车。

当时另有司机，贺小笙跟她一起坐在后排，问东问西，说的都是唐翎为什么退圈了，那下一个天后人选是谁？

她只是个小兼职，哪里知道公司的核心决策，便问他为什么不直接问贺总。贺小笙抱怨说贺新醅只是个冷血无情的商人，将艺人视作标价的商品。可他是粉丝。粉丝看待明星，跟老板的心态是不一样的。

“我追星，能从明星身上获取爱和力量。我如果成了我爸，从明星身上看到的就只是钱了。这太无趣了。”贺小笙当时的表情至今仍鲜活地留在方若好的记忆里。

从那时起她就羡慕贺小笙。贺小笙身上有很像颜苏的地方——因为被宠爱着长大，所以自己本身也充满了爱。

再后来，她成了贺豫的助理，在老爷子的引荐下跟贺小笙共同晚餐。那时候的贺小笙知道了爷爷的意图，一改从前的和善，变得十分冷淡疏离。

他曾问她：“你觉得婚姻是什么？”

她的回答是：“对大部分人而言，是爱的法定结合方式。对我而言，可能更多的是资源整合方式。”

贺小笙当时看她的眼神很震惊，半天才喃喃说了一句：“难怪爷爷喜欢你。你跟他可真像啊。”

贺小笙却完全不像贺豫，也不像贺新醅，所以他无法接受这样的整合。方若好想，如果她不是那个倒霉炮灰的话，其实是很支持贺小笙的选择的。

选择爱和自由从不是错。

“小笙从小被王珊宠溺着长大，养成了一个废物。”贺豫忽然开口，打断了方若好的思绪，“所谓的废物，就是既没有预知风险的机敏，也没有更改规则的才华，还自我感觉良好。就像家养的宠物，看着千般好，一旦放出野外，没有任何生存能力。”

方若好情不自禁想起了谢岚的猫。

“富不过三代啊。”贺豫感慨万千，然后点了点他的拐杖，“走吧。”

转过身去，才能看到这位老人的脊背已经有些佝偻了。想到他正在无法抑制地衰老，方若好的眼眶便情不自禁地湿润了。

“打起精神来。”贺豫明明没有回头，却仿佛看到了她的软弱，“你必须让所有人以为你能行，你才能真正地行。”

“是。”她摸着心脏回答。

顶楼的玻璃会议室上空一片阴霾。

颗粒物将阳光遮蔽得污浊不堪，秘书不得不开灯，白炽光映得一片惨白。再看到列会的沈如嫣，众人都有些低气压。

九点，贺豫带着方若好准时踏入会议室。

他是老派商人，保持着良好的时间观念，从来不迟到。这在如今的娱乐圈里已经非常难得。

但他的龟毛同样有名。一个项目，换了新生代公司一年就搞定了，到他这儿，基本都要磨三年。近十年来，他都没有再亲自介入某个项目，镕裁可算是破了天荒。

在场众人心中起伏万千。

贺豫落座，方若好坐在他左边，李秘书坐在他身后，递上一叠厚厚的文件。贺豫却没有着急看，而是环视着在座的二十多人。

被他目光扫到，大家都很胆战心惊。

“如果这个项目做不好，那就停止昭华的运营，注销公司吧。”

此言一出，满堂俱惊。

贺豫却依旧面无表情，不急不缓、不轻不重地说：“这几年电影市场大爆发，出现了很多爆款，但昭华一个也没赶上。相反，在二八定律中，我们是巨亏的那一批。有赖于家底厚，才没像小公司一样倒闭。我个人并不看好目前畸形发展的市场，如果再不做出改变，过剩的产能会制造出更多炮灰。”

说到这里，他接过李秘书的资料：“去年一年电影产量共计六百八十六部，五百万元票房以下的电影七十四部，占百分之三十七。昭华所投拍的二十九部电影里，只有一部赚钱。为什么？不专业资金的大量入侵，版权产业链的短板，盲目追求大IP大明星……”

方若好想，这个不专业资金入侵，是刻意说给沈如嫣听的吗？然而沈如嫣脸上没有任何不自在的表情，依旧带着浅笑聆听着。

相比之下，她身后的方如优慢吞吞地做着笔记，显得有点心思恍惚。好奇怪，很少见方如优如此“蔫”，是被老爷子打击狠了吗？

“我不希望有生之年眼睁睁看着昭华衰亡。与其让它苟延残喘，不如早早结束。”

有人终于忍不住举手发言：“可是老爷子，我们去年的营业收入有四十四个亿，同比增长百分之六十七点二。”

“那是因为艺人。比房价上涨得还快的艺人薪酬，令我们账面上的数字显得还挺好看。但这种全民为明星打工的现象，合理吗？”

“不、不合理。但对我们很有利啊……”该男子是昭华旗下经纪公司的副总严维文，伴随着明星薪酬的水涨船高，他的事业可谓春风得意正当时，因此敢于第一个出来反对贺豫。

贺豫淡淡瞥他一眼：“如果连你也觉得不合理，那么离政策强改也不远了。”

严维文面色顿变：“老爷子是听到什么风吹草动了……吗？”

“不出半年必改。自求多福吧。”

严维文大骇。

“总之，今天的会议就是告诉大家，镕裁计划是我们最后的希望。执行好了，这条船继续带着大家乘风破浪。没执行好，沉了算了。我决不允许有人在里面各种捣鬼搞小动作。做好电影！培养人才！让一切靠内容说话！”

众人齐声回应：“是。”

会议进入正式流程。大伙儿一个接一个地开始报告工作，贺豫一言不发地听，偶尔露出冷笑的表情，搞得人心七上八下的。

轮到沈如嫣时，她笑了笑：“我第一次列会，没什么想说的。你们继续。”

方如优似想说什么，被她一个眼神顶了回去。

方若好看到了这个小细节，心中有点惊讶。她一直觉得方如优自信又强大，还带着良好出身养成的骄傲。没想到在方如优跟沈如嫣的母女关系中，方如优是服从的一方。

而她自己呢？在她跟罗娟的母女关系中，除了那一次母亲坚持不让她念一中以外，其实是什么事都顺从她的。

会议结束得很快，贺豫是个不喜欢废话的人，他曾说过自己时间不多，绝不能浪费在闲聊上。众人都习惯了他的雷厉风行，纷纷离开。

沈如嫣是最后走的，经过贺豫身边时微微一笑：“下周六见，老爷子。”

“嗯。”贺豫点头。

如此，这两人也离开了，贺豫示意李秘书：“关门。”

李秘书不愧是跟了贺豫二十年的秘书，自动将这两个字理解为“你出去，给我俩关上门”，然后照做了。

房门被轻轻合上，会议室彻底冷清了下来。

贺豫看着方若好：“按你想做的大胆去做。别管沈如嫣她们。”

“是。”

贺豫站起来，拄着拐杖慢吞吞地走到落地玻璃窗前，注视着三十二楼外的雾霾，过了好一会儿才又开口：“我年轻的时候，其实很能接受西方思想，但一过半百，不自觉就故步自封起来，总想为贺这个姓氏的延续做点什么，把一大家子都安置得妥妥当当。”

方若好知道他只是想倾诉，并不需要回答，因此没出声，静静地陪在一旁。

贺豫其实很孤独。他老了，性格强势，还自视甚高，觉得旁人全是蠢货，久而久之，家人们都不爱跟他亲近。所以，从三年前起，他能说话的对象，就只剩方若好一个了。

“然后，新醅走了，陌北也走了。白发人送黑发人。”

白炽光映照在玻璃上，再折返回他脸上，抹去严苛皱纹，显现出难掩的疲态和沧桑。

不记得是哪次会议上，贺豫说：“老百姓们多仇富，喜欢看豪门的不幸，看到他们比自己过得还不幸，就平衡了。”

连失二子，就是贺氏贡献给世人的一次平衡。

富豪丧子新闻底下的评论很是不堪入目——

“为富不仁，报应了吧？”这是主流观点。

“我不信他没有其他私生子。”还真被说中了！

“那么有钱，再试管几个呗。”围观群众的凉薄，有时候真是直白得让人心寒。

方若好垂下眼睛，收回思绪，继续静静聆听。

“小笙的事警醒了我。富不过三代，皆是因为长辈教养不当。从前我太忙，没花心思在他身上。现在想扭转，已来不及了。儿孙自有儿孙福，随他去吧。”

听这意思，是不再反对贺小笙跟方如优的婚事了？

方若好默然。

沈如嫣带着方如优回到停车场，上车后，方如优握着方向盘，犹豫了好一会儿，还是没有发动车子。

坐在后座的沈如嫣从一堆文件里抬起头："有话说？"

方如优点点头。

沈如嫣笑了："憋很久了吧？那就说吧。"

"妈妈，我……我还没有想好要跟小笙结婚。"

"婚约是你对外公布的。"

"我当时只是想给方若好难堪……"

沈如嫣挑了挑眉："那你做到了吗？"

方如优为之语塞。

沈如嫣注视着她，半晌后，放下手里的文件，神色转为郑重："所以，你想告诉我，你之所以跟贺小笙谈恋爱，也是为了气方若好？"

"那倒不是……"

"我的女儿，沦落到去跟私生女抢男人，真是出息。"沈如嫣大概是医美拉皮拉多了，脸部缺乏细微表情，因此方如优一时间，揣摩不出她这句话的真实意思。

"妈妈，我答应小笙的追求时并不知道贺豫当时想撮合他跟方若好！如果我早知道他跟方若好的关系……"方如优突然停了下来，张了张嘴，最后烦躁地扒拉自己的头发。

"如果你早知道，你也会这么做的。而且，你只会对贺小笙更感兴趣。"

方如优想了想，觉得这话题没法深谈，只好默认。

"我很担心你。"沈如嫣忽然伸出手，抚摸女儿的脸，二十六岁的方如优，无论从哪方面看都是女神级别的姑娘，可她精致如画的眼睛里，看不到幸福的神采，"这些年你一直在换男朋友。只要有一点让你感到不安，你就先他一步提出分手，然后投入下一段恋情。你从没想过认真地跟一个人发展下去……"

"妈妈，对每一个，我都很认真！真的！是他们没有通过我的考验！"

"你为什么要考验他们？为什么要找漂亮姑娘去试探他们？"

"我只想知道，坐怀不乱、洁身自好的君子，在这个时代，到底还存不存在。"方如优越说越火大，"我读过那么多书，都在教导人要立行修身，要仁义明德，要有责任感，要有进取心……难道这些书都只是写给女人看的吗？这个时代的男人一点都不用学习和遵守？！这些年我认识了那么多男人，有钱的没钱的，有颜的没颜的，脑子里想的不是升官发财死老婆，就是吃喝玩乐推妹子……从一而终的一个也没看见！我好失望啊，妈妈，为什么男人都像爸爸那样？"

"小笙也没通过考验吗？"

方如优愣了一下，才悻悻然地说："他通过了。但那是因为他是个傻白甜。"

"聪明的男人心思多，你怕受伤害。一根筋的男人，你又嫌愚蠢……"沈如嫣笑着笑着，忽然悲哀了起来，"对不起。都是妈妈的错，没能给你树立个好榜样，让你从小就没有安全感。"

"妈、妈妈，说什么呢……"方如优莫名地结巴了起来。

"妈妈很喜欢小笙。他是你所有的男朋友里我最看好的一个。他很乖，对你言听计从。他的妈妈很识趣，也会哄着你供着你。我们两家实力相当，联姻对彼此都有好处。"

方如优的脸色变来变去，烦躁地用额头去捶方向盘。

"最最重要的是，他从小很有钱。不缺钱、没有体会过钱的重要性的人，就不会算计钱，起码，不会为了钱，算计你的感情。"

方如优猛地抬头，眼眶发红——这句话意思太明显了！是在说爸爸！

爸爸用感情算计了妈妈的钱，而妈妈则用钱将他调去A国，断了他在国内的所有人脉。爸爸这些年在A国创业艰难，四处碰壁，虽然吃穿不愁，但终归是被剪了翅膀的鸟，再也逍遥不起来。

当年她认为控制爸爸的唯一手段就是钱，没想到妈妈真的做到了。

但做到之后的妈妈，也并没有因此而得到解脱。她依旧每天大把大把吃药，看心理医生，努力工作，再每年去A国住几个月。她和爸爸的关系变得很奇怪，彼此伤害又彼此捆绑，像电影《消失的爱人》里的男女主角，所有人都知道他们已经感情破灭，可他们还是夫妻。

所以方如优反复告诫自己，不要像妈妈那样，陷得太深拔不出来，一旦发现男友有异心，就立刻分手。

贺小笙，却是个意外。

他们其实认识很久了，王珊是妈妈俱乐部的会员，偶尔会带儿子来，有过一起吃饭，并在饭后礼数周全地送她回家的交集，保持着不近不远的距离。

然后有一天，她发现第N号男友劈腿，二话不说分了手，决定去看场电影调整心情。

她坐在最好的观影位上，拿着爆米花和可乐。那是早上十点半，放映厅里几乎没有其他人。

她一边吃一边哭，最后实在控制不住，爆米花撒了一地。

她垂着头，将额头抵在前面的靠背上，任凭长发垂下来，湿漉漉地贴着脸庞。

就在那时，一个声音从身旁传来：“你……需要帮助吗？”

烦死了，滚开！

她心中骂着，并不理会。

身旁便再没动静。

终于哭完了，方如优抬起头，在包包里找纸巾擦脸时，一条手帕忽然横了过来：“这个可以吗？”

她吓一跳——怎么还没滚？！

可等她看清对方的脸时，愤怒立刻变成了尴尬——贺小笙，他坐在隔了一个座位的邻侧，眼中写满担忧。

方如优将手帕夺过来，胡乱地擦着脸，然后又有点生气被对方看见如此狼狈的模样，将用完的手帕狠狠扔在了地上，用脚踩了踩，起身走人。

“哎……”贺小笙似乎想叫住她，但没跟上来。

方如优快走几步，觉得有点不对劲，忍不住回头看了一眼——光线暗淡的播映厅里，贺小笙竟蹲在那里捡掉了一地的爆米花！

方如优更加生气，走回去将他的手一拍，好不容易捡起来的半抔爆米花又掉回了地上。

贺小笙看着她，满脸无奈的样子。

方如优第二次扭头走，这次，贺小笙跟了出来，还对一个路过的保洁人员说：“您好，麻烦进去打扫一下。”

方如优听了这句话，脚步放慢了，心中觉得没劲透了。

无法控制情绪，胡乱迁怒旁人，还纵容自己吃那么多爆米花和可乐……这一切，都太不像她。她本是那么自律的姑娘，每天运动，常年吃水煮鸡肉和生菜沙拉，用一小时化妆卸妆和保养，再用更多的时间看书学习，保持微笑，对每个人都亲切友善，落落大方……

她苦心经营多年的女神形象，就这么崩塌了，还落在了一个认识的人眼里。真是……太没劲了！

方如优咬了咬牙，转回头，走到贺小笙面前说：“对不起。”

贺小笙显得有点惊讶，然后，两眼一弯，笑了起来：“放心。”接着比了一个在嘴巴上系拉链的动作。

贺小笙比她小三岁，读书很废，大学是在国内念的哲学系。当时沈如嫣就点评过：“王珊真是暴发户的女儿，眼光短浅，只知道富二代们都在念哲学系，却不知道念哲学的真正意义是什么。是跟伟大的灵魂对话，是质疑，是反思，是辩证。这是最难最高要求的学科。就贺小笙那样的，进去了也是混时间。”

所以，方如优在心中，是下意识将他划分到草包那一类里的。可看着如此眉目清秀、笑容灿烂的面庞，又觉得应该划分到绣花枕头一类里。毕竟，皮相还不错。

道过歉了，可以友好告别了。方如优正要走人，贺小笙却又追了上来："那个，等一下。"

方如优莫名回头，见贺小笙小心翼翼地从她头发上摘下了一样东西——半片假睫毛。大概是她刚才哭的时候掉了粘上去的。

她这才意识到此刻自己的脸上必定五颜六色一片狼藉，连忙冲向最近的洗手间。对着镜子一看，果然惨不忍睹。

她在洗手间里待了足足二十分钟才将自己重新收拾得精致无瑕，走出来时却发现贺小笙竟然还没走，靠在墙边刷手机，看见她了，便把手机揣起来放入衣兜。

方如优朝他挑眉："等我？"

贺小笙的目光在她脸上转了一圈，然后笑着摇了摇头："没有，刚好刷个视频。再见。"

方如优的心，忽然急促地跳了跳。她阅男丰富，怎会不知他是真的在等她，但是看见她一切如常后便放心了。一念至此，方如优叫住了他："那个……有点饿，要不要一起吃个午饭？"

贺小笙回头，眼神愕然又明亮。

她就那样跟贺小笙开始了交往。贺小笙是个很甜的男孩子，超级爱撒娇，用网络流行语说，就是小奶狗一只。他对任何时政、财经类信息都不感兴趣，只喜欢游戏、音乐和电影。一个玩了十几年《魔兽世界》还没弃游的骨灰级玩家，不过，技术相当一般。也是一个少年时代热衷追星，长大后热衷为喜好买单的土豪型粉丝。

方如优曾问他："明星们知道你是昭华的小少爷时，态度会有什么变化？"

他很认真地想了一会儿后，叹了口气："如果我不表明身份，大多数明星都不搭理我；但如果因为表明了身份，而引起对方态度戏剧性转变，我又会失望。"

"就没有一个表里如一的？"

"有啊。唐翎啊。"说到偶像，他的眼睛闪闪发亮，"无论我是否表明身份，她都不搭理我。"

方如优服气。此君不愧号称京城少爷圈的第一傻白甜。贺豫那只老狐狸，偏偏生出个黄牛儿子和小白兔孙子，肯定很郁闷。

但小白兔有小白兔的好处，绵软，温暖，没有杀伤力。

方如优想到这里，一惊——不知不觉，她跟贺小笙在一起一年了——算是她历次感情中最长久的一个。

可是要走进婚姻，又觉得少了点什么。

这也是她这几天都心神不宁的原因。

妈妈并不想跟贺家做敌人，收购股份也不过是为了让两家未来利益结合得更紧密。但因为触及了方若好，这一场股权变动夹杂了些许私心，导致了贺豫的愤怒。

贺豫对方若好的维护实在是出乎所有人的意料。

那句“他为什么不自己娶方若好算了”的调侃，似乎变成了不可说的禁忌。难道……贺豫真的爱上了方若好？

不是爱情的话，实在无法解释他为什么要那样保护一个毫无血缘关系的女人。

方如优想不明白。她对自己跟贺小笙的婚约，也想不明白。

她的人生似乎在昭华重遇方若好的一刻，再次被卷入了混沌。

为什么方若好没有乖乖地待在泥坑里呢？

为什么方若好还能风光无限地爬起来，轻而易举跟她站在了同个水平线上？

为什么她的人生要再次跟方若好纠缠不清？

如果，跟贺小笙分手，离开影视投资这个圈子，是不是就能彻底隔绝？

可是……凭什么是我退出呢？方如优握紧方向盘，不甘地想。这也是我感兴趣的事业，凭什么要为了贱人的女儿而割舍啊？

“好吧，那就结吧。”方如优当机立断地说。如果婚姻能为她的事业增加筹码，那么，就抓在手里吧。

至于爱情？她热爱梦想，但那梦想里，早就不包含爱情了。

“若好，我这一辈子，有两个女人。和曼云三年，和芷秀十年。她们全都先我一步离开。虽诞下子女，但也聚少离多。跟陌北，更是有缘无分。你可知我是如何看待婚姻的？”

顶层会议室里的谈话仍在继续。贺豫看够了雾霾，终于回过身来，将视线对准方若好。

方若好咬着唇，却再也说不出“资源整合”那样的话了。

贺豫不是方显成，他的私生子，是阴错阳差的一场悲剧。

他是唐山人，跟女友未婚先孕，准备生完孩子再补办婚礼，谁料“7·28”

大地震爆发。当时他正在香港出差，赶回来时已面目全非，父母和两个哥哥全都遇难，女友苏曼云也不知踪迹。

他收拾伤痛，带着表弟们从此扎根香港，在那里重组了婚姻，慢慢发迹。

一九九〇年后他回到内地，强势进军娱乐圈，成果辉煌。

而苏曼云呢？她在地震后为医护人员所救，但伤势过重，贺陌北不得不提前诞生。苏曼云只来得及告诉护士，孩子的爸爸叫贺豫，就撒手人寰了。“豫”字音太含糊不清，护士也没听明白，随手写上了“贺宇”字样。灾后重建人口档案时，找到三个贺宇，人家都不承认。倒是找到了苏曼云尚在人世的姑姑，在B县城开服装店，她勉为其难地收留了贺陌北。穷困忙碌的生活里，姑姑对他颇多抱怨，唠叨曼云不知羞耻未婚先孕，唠叨贺宇始乱终弃不负责任……在没有网络的年代里，地震带走的不止生命，还有信息。

贺陌北就那样跟父亲错过了一辈子。

直到三年前的车祸。

大千世界无奇不有。车祸后的贺陌北，重伤难治，愿意捐赠器官给有需要的人。彼时的贺老爷子正患慢性肾衰竭，需要一个合适的肾脏。

匹配结果合适后，贺豫调查贺陌北的生平，看到母亲栏上写着“苏曼云”三个字时，震惊得一下子从病床上坐了起来。

四十岁的贺陌北与七十岁的贺豫，终于相逢，却是一个等待着死，一个等待着生。

他们两人当时具体说了些什么，方若好不知情。她只知道结局：老师回天无术，离开了人世。贺豫接受了移植手术后，慢慢地恢复了健康。

只是他身边的人都说，手术后老爷子变得更喜怒无常、难以亲近了。

方若好却是这场悲剧的受益者。贺豫将她接到身边，视若亲生，悉心栽培，仿佛要在她身上弥补对贺陌北的亏欠。

她对此诚惶诚恐，也十分不解——为什么是她，而不是贺源西？明明贺源西才是陌北老师的延续啊。

她猜不透这个七旬老人的心思，哪怕她是离他最近的人。虽然外界把他们两人的关系描述得能多丑恶就多丑恶，可身为当事人，方若好深知贺豫对自己并没有男女之情。

从某种角度来说，贺豫是那种能把动物本能控制得很好的人，事业上如此，私生活中亦如此。

陆阿吾曾在微博上说：“圈子里从不跟女艺人有私交的老板，我只认识一个。”大家都猜那个人是谢岚。但陆阿吾说的其实是贺豫。

至于谢岚，他跟唐翎曾有一段情，不过不为大众所知罢了。

而此刻，贺豫看着她，视线专注，却不带丝毫性别色彩。他说："婚姻的本质是控制传承。"

方若好一怔。

"大部分人都凭本能来传承。我和曼云的那段关系便是如此。当时年轻，没想太多，喜欢，就在一起；有了孩子，那就结婚吧。到香港后，朋友引介了李家，为了达到合作共赢的目的，我娶了芷秀，从那天起，传承便变得可控与合法。

"再后来，我想让小笙合法地控制你，来保证你对他提供源源不断的帮助，让昭华在未来还能抵挡外界风雨，继续前行。

"不过他拒绝了。他选择了方如优。他的这桩婚姻，让他从控制者变成了被控制者。他玩不过那对母女，昭华被沈家吃掉，是早晚的事情。"

阴霾的天色和冷白的灯光，在贺豫身上交织出重重阴影。他如此冷静。如此直白。

然而，比起虚情假意的和善，这样的冷酷反而是温柔。

"然后我就想，除了婚姻，还有什么办法可以控制传承。我太自私，又饱受世家思想禁锢。当西方富豪们把钱投资在科技上，解决诸如核扩散、流行病、水资源等全球性重要问题时，我在投电影，想着AI时代来临后，有创造性的产业比没有创造性的产业能活得长久。指望钱生钱，用更多的钱来滋润家族，延辅子孙。我在娱乐至死的领域里，给看电影的人造梦，也给自己造了个梦，跟秦始皇一样以为可以千秋万代……幸好，我现在想明白了。"

所以……他才在今日的会议上，说出了结束昭华这样的话吗？方若好不禁想到。

"可惜我虽然想明白了，却没有大环境支持。中国目前没有科技慈善的土壤，想要冲破格局，走美国科技企业家的路，任重道远。我没有时间，也没有精力，做刨地种树的领头人。我很遗憾。"贺豫说到这里，再次将视线从雾霾转回到方若好脸上，"控制传承太狭隘可笑了。我希望你，作为我的学生，能够比我提前领悟这一点。"

"您希望我怎么做，老师？"方若好发自肺腑地改了称呼。古人一字为师。贺豫教导她，却已有三年。

"镕裁是一个机会，提拔人才的机会。但它也应该是梦想。不过，不是某个导演或者明星或者昭华本身功成名就的梦想，而是，用简单的、浅显的，大众所能接受的方式，传达给他们与世界接轨，与未来接轨，与更高文明接轨的梦想。

哲学是很枯燥乏味的东西，很多人并不愿意去碰触它，但娱乐不同，娱乐很容易被大众接纳。所以，娱乐之中，更应有传承。”

方若好的脸“唰”地红了，似在燃烧。她曾无比坚决地否定过的梦想，在这一刻，灼烧着她的心脏。

“当你把目光投向太阳，投向宇宙的时候，再看自己，再看人类，都会有不一样的见解。若好，你很幸运，你还很年轻，还有很长很长的时间去思考。”贺豫说到这儿，放下了他很少离手的拐杖，将双手慢慢地搭在了方若好的肩上。

方若好只觉自己的心，在“怦怦怦”跳。

像当年被陌北老师带着去看便利店和超市，像陌北老师对她说“飞出去”，像她第一次看见一中公告牌，像她第一次参加演讲比赛受挫……

所有坎坷，皆是视角。视角之外，海阔天空。

方若好心头千言万语，无限心绪，最终只能凝结成这一个字：

“是。”

方若好走出会议室时，从手机相册中翻出贺源西的照片——标准的证件照，剃着平头，皮肤因为军训而晒得黑黑的，浓黑的眉毛上挑，露着一双初生牛犊般不羁的眼睛。她犹豫了三秒钟，还是点了发送。

几乎是立刻，林随安回复道：“我的阿东！”

她打字：“十六岁，没有受过任何相关训练。”

林随安回：“就喜欢这样的白纸，我好慢慢调教。”

方若好笑了，回复：“那么拿出诚意来，明天下午四点半，跟我去一中堵人。”

○九
一秒抉择

贺源西走出教室时，一队女生等在走廊外看他。

他走出学校时，一群女生等在校门外看他。

作为一个自知美貌且被宠爱大的美少年，他的应对方式就是一概无视。绝对不能回应，否则对方只会得寸进尺。要知道，扮演一个对粉丝有求必应的偶像，可比扮演一个冷酷偶像累心一万倍。

高岭之花挎着单肩书包，双手插兜慢悠悠地走着，笔挺的脊柱和迈动的长腿在周遭一群青春痘学生的陪衬下，真是鹤立鸡群。

坐在车内看着他的林随安吹了一记口哨："文艺片出道拿个最小年龄影帝奖，然后大牌商业代言累积个几年，砸几部经典大电影出来，你看怎么样？"

方若好笑了，然后纠正他："青春励志小清新电影出道，迅速组建后援会，刷热搜，当流量，在长残之前尽可能地多接几部大IP制作圈钱——这才是他应该走的路。"

林随安目瞪口呆："你竟对他如此没有追求。"

"是你对他太心存幻想。"说话间，方若好下车，在一群迷妹们的目光中拦住了贺源西的路。

贺源西一看到她就皱眉："干吗？"

"八二分。我八你二，同意吗？"

贺源西的眼睛一下子亮了起来，然后，他当着迷妹们的面跟着方若好上了林随安的吉普车。

迷妹们全都震惊了！有几个连忙用手机拍下照片，发到了校园论坛里——

“惊！校草今天上了一辆丑到人神共愤的车！”

有好事者搜索车牌号后回帖表示：“这是林随安的车啊！林氏影院的小公子！校草一心想进娱乐圈，难道真的被林随安包养了吗？不要啊，呜呜呜……”

半小时后，她们口中的校草，坐在日式榻榻米上，跟所谓的金主吃饭。

林随安双眼冒心地注视着他，从某种角度来说，跟那些迷妹也没什么区别。

贺源西半点不自在的样子都没有，大口大口吃着日本料理，动作不优雅，却带着独有的少年活力。

“会滑冰吗？”林随安问。

“不会。”贺源西理直气壮地回答。

“那……擅长什么运动？”

贺源西很认真地想了起来。

方若好提醒他：“篮球？”她记得他小时候篮球不离手的。

贺源西眼底闪过一丝异色，神情却越发满不在乎：“早不玩了。”

“为什么？”

“跟队友们合不来。”停一停，他补充，“老师也看我不顺眼。”

方若好心想这真是一点都不奇怪。

“那让你演一个滑冰运动员，能吃苦静下心练基本功吗？”

贺源西终于放下了筷子，扭头看着方若好，额外地斩钉截铁：“当然能！”

“你先看一下剧本。你的外形很好，如果能吃苦，我就不再找别人了，咱俩磨合个半年，怎么都能磨出来。”林随安本是个很率性的人，当即很率性地从包包里拿出打印好的剧本交给了贺源西。

贺源西又看了方若好一眼，强调道：“我能吃苦。”

然后他当场看起了剧本。

自入座后一口没吃的林随安至此才松口气，给自己倒了杯清酒，正要小酌一番，却见贺源西“扑哧”笑了。

“脑残吧？明知明天要比赛还去打架？跟龟孙子似的窝角落里眼睁睁看妈妈被打死？爸爸入狱后就去偷东西为生……这谁写的剧本啊，太俗了！”

林随安的脸顿时黑了一半：“我写的。”

贺源西上上下下地打量着林随安，笑得越发肆无忌惮。

“我说你这小孩，是在嘲笑我吗？”林随安不敢相信。

“你呢，没吃过什么苦吧？”贺源西笑嘻嘻地扬眉，“没吃过苦的你，凭什么把穷人的世界想得那么愚蠢呢？”

林随安问方若好：“他什么意思？我这剧本哪里愚蠢了？《灌篮高手》里的三井寿不就这套路吗？！”想当年，他看得是多么热泪盈眶啊！

贺源西一目十行地翻完了三万字，不屑地将本子往桌上一拍：“我不要演这种废物。”

林随安彻底服气了。真是初生牛犊不怕虎啊。身为投资方，多少演员巴结哭着求着要上戏，眼前这个毛都没长齐的小崽子居然敢侮辱他的才华。

他沉下了脸，冷冷地说：“那你想演什么？”

贺源西想了想，重新打开了剧本：“我来告诉你，如果我是阿东。首先，老爸敢打老妈，他死定了。我不是滑冰运动员吗？多年高强度的力量训练，会打不过这种酗酒肥胖的中年油腻男？”

林随安一怔。

“其次，明天有很重要的比赛，我还偷跑出去打架？就算要打架，也要有一个值得信服的理由。比如——”他说到这里，又瞥了方若好一眼，“看见我妈有外遇，揍那个野男人。”

方若好扬了扬眉毛，这家伙，还对柳橙和钱豪的事耿耿于怀呢。

“断腿后，被赶出滑冰队，OK。下一步，我会在伤好后去对手的滑冰队，反过头来挑战把我赶出去的教练和队友们，让他们后悔。有仇不报，有气不出，活得这么窝囊，不如死了算了。”

林随安被噎得说不出话来。

“还有报复警察就去他家偷东西这个，太蠢了！找个未成年援交小妹去‘仙人跳’汪大海，然后发微博人肉讨伐呀。”

林随安张着嘴巴，半天没能合上，半晌后，又问方若好：“他怎么还没进少管所？”

“现在的00后都很厉害。”他们是网络时代成长起来的孩子，心智也许尚未成熟，但见识绝对丰富，还坏得很理直气壮。

“你也跟方如优一样，觉得这个本子不行？”林随安备受打击。

“我给了C。C在我这儿的定义是可以拍，但要大改。”

“怎么改？”

方若好注视着贺源西年轻得几乎看不到毛孔的脸，缓缓说道：“按照00后的、真正的十六岁少年的想法改。他为什么做这件事，为什么自暴自弃，为什么醒悟，又为什么改变。”

事实上，她也很好奇。热血少年追求理想是她那个时代的必杀技，打出这面旗帜来就能让人热泪盈眶。可现在的审美改变了。《周刊少年JUMP》没落了，漫威也流行高富帅了，人们越来越不喜欢看悲剧。在喜剧爽剧甜宠剧当道的今天，说道理变成了一件很假大空的事情。

哪怕《WALL-E》（电影《机器人总动员》）从头到尾开开心心，弹幕上依旧一片“看不懂”；《COCO》（电影《寻梦环游记》）全程热热闹闹精彩纷呈，弹幕上依旧有无数人说主角是“好讨厌的小孩，好想抽他”……

影视圈面临着前所未有的困境——制作人也实在不知道现在的观众们喜欢看什么，尤其是年轻观众们。

方若好看完贺源西，又去看林随安，忽然笑了笑。

林随安立刻皱眉：“你笑什么？”

“故事他改，你拍。我可以接受另类，但我不接受平庸。我说过，电影里，任何特立独行都是魅力。00后和90后，会碰撞出什么样的火花呢？我很期待。”

半个小时后，贺源西离开了，带着合同回去找妈妈谈判。

林随安望着他的背影，忽然心生后悔：“这是魔鬼的儿子吧？现在换人还来得及吗？”

“我劝你选他。”

“为什么？”

“他真的可以走流量。”方若好犹豫了一下，还是说了出来，“他不是魔鬼的儿子，他是魔鬼的孙子。”

“什么意思？”

“他爷爷是贺豫。”

林随安顿时瞪大了眼睛。

“我不同意。”晚八点半，方若好被柳橙的电话召唤到她家。陌北老师病逝后，贺豫对他们母子做了一些安排。明面可见的就是在学校旁换了一套一百二十平方米的大三居，柳橙也从药房打工者成了药房合伙人之一。至于明面不可见的，方若好没问，柳橙也没说。

但方若好以为，贺源西想进娱乐圈，柳橙对如此有优势的发展前景是喜闻乐见的，没想到她会反对。

方若好捧起茶几上的热茶，透过蒸腾的雾气打量沙发对面的母子。贺源西歪躺在沙发上，一副“你替我摆平”的大爷姿态。柳橙则是又严肃又忧虑，肢体语言写满了不安。

“可以问问为什么吗？”

“我不喜欢娱乐圈，不正经。我希望源西好好念书……”

贺源西从鼻子里发出一声嗤笑。柳橙立刻急了：“你一定要好好念书！以前是没条件，没能让你进附小，让你跟一帮不念书的孩子混了那么多年，该学的本领一样没学到，不该学的坏毛病学了一身。现在好不容易进一中了，你一定要改过来！别再想有的没的了！总之我不签字。我不会让你去演戏的！”

贺源西懒洋洋地“哦”了一声，然后用一种挑衅的目光看着方若好。

方若好呷了一口茶，缓缓说道：“那师母希望源西将来做什么？”

“当老师。这是他爸爸生前的心愿。”柳橙的眼眶红了起来，用一种奇异而复杂的目光看了她几眼，“跟别人说不明白。但你也理解不了吗？”

方若好如遭重击。沉默许久后，她起身告辞：“我知道了，此事是我唐突了。对不起。”

贺源西一愣。

方若好走出他们家，按电梯下楼时，贺源西冲了进来：“喂，我叫你来说服我妈，结果你被我妈说服了？！”

方若好静静地打量他。他真的真的长得太好看了。美丽是稀缺资源，应该投身屏幕造福全人类。少年更是。他们的锋芒和青涩全都浓缩在短短几年，很快就会长大，不复存在，因而显得更加稀有。

贺源西已经十六岁了，留给这张脸的少年阶段已经很短了。如果跟这部电影错过，恐怕一辈子就错过了。

她脑海里翻腾着无数想法。在此之前，她已被命运磨砺成了商人，思考问题全部按利益来，那样既简单又省事。可当对象换成贺源西时，陌北老师的脸不由自主地浮现，他看着她，看定她，看到她不得不投降。

“你不想当老师吗？”方若好问。

贺源西盯了她几眼，勾唇一笑：“你知不知道现在的老师们都不批作业了？”

未等方若好追问，他已自动说了下去：“作业给答案，自己订正。上课讲知识点，自己掌握。掌握不好的，自己报补习班。老师们忙着写教案，写教育心得，时不时还得上进修班。学生想出成绩，得自己努力；老师想评职称，更得自己努力……像我爸那种把育人当作第一目标，把师道看得比成绩重要的老师，已经不存在了。现在的老师们自己都累得团团转，哪里还有时间管学生？”

方若好心想，其实在她那个年代，贺陌北那样的老师也是很少的。不过，这臭小孩说得没错，当代老师的生存压力只有更大，起码当年学校还给分房，现在的老师全要自己努力。

“可你衣食无忧，也不想当老师吗？当个纯粹的老师？”方若好又问。

贺源西的目光闪了几下，变得异常冷漠：“我对救赎别人的人生，没有兴趣。”

“那你对什么有兴趣？”

“我想站在一个很明亮但又很遥远的地方，让所有人都能看到我的人生轨迹。我要很多很多爱，也要很多很多恨。无论爱恨，我一直闪耀，被看见，被索取，被无法忽视。”凝视着方若好的眼睛，眉眼锐利如刀锋的少年，如此一字一字地说。

这也是一种魅力吗？方若好情不自禁地想。这一刻的贺源西，真是光芒四射到无法直视。

可正如他所说，他需要一个更高的舞台，否则能看见此刻的他的，也只是周边一些人罢了。

方若好煎好药，捧着托盘走进贺豫的书房时，他正戴着老花镜在用平板电脑看小说。

贺豫的阅读范围极广，经常一边打点滴，一边刷微博、贴吧、知乎、豆瓣、大众点评网之类的新生媒体，按他的话说就是“看看现在大众都对什么感兴趣”，最后他得出了一个结论：“他们喜欢看别人的幸，或者不幸。”前者甜，后者虐。

方若好把药递给他。

贺豫摘下老花镜丢开平板电脑，开始享受他的中药时光。

玻璃窗外的夜色被路灯灯光熏染得像张老照片，呈现出怀旧安逸的风格。每天的这段时间，是贺豫最放松的时候。

因此，方若好趁他心情好提出了问题：“老师，您介意源西当明星吗？”

贺豫抬起头，却是丝毫不惊讶：“有计划？”

方若好拿出了早就准备好的策划案。

贺豫并没有第一时间看，继续慢条斯理地品着他的中药。这段时间他必须完全放松，像给电脑断电休息一样，以等待下一次重启后紧锣密鼓的思考。

方若好知道他的习惯，便拿起笔在策划案上又圈圈画画了几处。如此十分钟后，贺豫终于放下药碗，不等他说，方若好立刻将文件递了过去。

贺豫再次戴上老花镜看。这是一份非常详细的造星计划，分为三段，从出道到转型到最终成就，全部做了预设。

昭华旗下的经纪公司经历了近三十年的风雨始终屹立不倒，可谓是国内造星的行家。而专为贺源西设计的这份计划，更是把方方面面都考虑到了。方若好做了许多功课，如果这是一张考卷，满分一百分的话，她自信可以拿九十九分。

但贺豫看完后，沉默不语。

方若好忍不住问："是有什么纰漏吗？"

"我最近在看娱乐圈类的网络小说，大部分主角的开挂经历就像这份策划案一样，充满了升级的快感。从一张美照引爆微博，到一首快歌或一部影视作品出道，到综艺秀展现多方位萌点聚粉，到演绎IP热剧引发争论，从金马奖到金鹰奖到金棕榈到金球奖到奥斯卡……大满贯后事业爱情双丰收。"贺豫说到这里笑了起来。

方若好想了想，答道："我对源西并没有那么高的期待。"网络爽文嘛，自然是化不可能为可能，否则有什么意思。

"我知道。我并不是嘲笑。事实上这份策划案很好。但把对象换成我的孙子时，又不那么好了，你，能理解吗？"

方若好点点头："您对源西有所要求。"

"对。我希望他不像昭华大堂壁画上的那些明星一样，用'美貌''才华''温柔''敬业'等特质去成全'人设'。他甚至可以是流星，只有一刹那的演艺生命力，但是，一定要具有划时代的意义。当奥黛丽出现时，持续了半个世纪之久的大众审美就被改变了。当费雯丽穿着十六寸的裙子在废墟中回头时，灾难后的民众看到她的眼睛就等于看到了希望。明星的诞生源于需求，而大量的需求意味着什么？"贺豫起身，指了指玻璃窗外的夜，"意味着雾霾。当代的雾霾太严重了，人们急切地渴望有一阵风来，能驱走他们心头的雾霾。"

方若好的手慢慢地绞在了一起。

"不要只把目光放在明星身上。看一看粉丝们。看看他们的伤痛、求索。大环境太糟糕了，生活是很艰难的一件事。"

"I don't want to survive,I want to live."（"我不想生存，我想生活。"）方若好念出了《Wall−E》里的经典台词。

贺豫果然点头："对。"

方若好离开贺宅，沿着台阶一步一步往下走。十月底的B城已经很冷了，尤其入夜后，风不但能生生把枫叶吹红，也能吹红人的鼻子和耳朵。

方若好将风衣的领子往上拉了拉，正要向自己的车走去，旁边的一辆出租车按响了喇叭。

方若好一怔。

出租车的后门开了，颜苏下来跟司机说了句什么，便让出租车开走了。

颜苏走到她面前："嗨。"

"来拜访老爷子？"

"不是。在等你。"颜苏自然而然地拉开她的副驾驶座车门坐了进去，"上车说。"

方若好的心"咯噔"了一下，手下意识地伸进衣兜。左边的衣兜里，静静地躺着那块红水鬼手表。说来真是天意，两个小时前她刚从表行取回修好的手表，两个小时后就遇到了它的主人。

其实她一直在刻意避免跟颜苏见面，可他总是有办法出现在她面前，让她没办法拒绝。

她只好上车："找我……有什么事吗？"

"作为老同桌，又是救命恩人，此刻还是令堂的救命恩人。能不能对我热情一点？比如活泼可爱地问一下：'颜医生，我妈妈的病情怎么样了呀？'"

方若好忍不住去看颜苏的脸——其实跟少年时比，他的变化很大，原本满是胶原蛋白的脸变得轮廓鲜明，眉眼鼻唇都有了成熟男子的深度和厚度，可那闪烁在眼睛里的狡黠，还真是一点都没变。

方若好的手指，在衣兜里暗暗地扣紧了表带。

见她表情僵硬，颜苏叹了口气："好了好了，不逗你了。找你真有事。第一件——加微信。"他说着掏出手机，点出扫码页面递到她面前，"打你电话总不接，用你手机搜索微信号竟不存在，想联系你可真不方便啊……"

方若好看着二维码上的昵称"提鱼"和一件红毛衣的头像，一时间，不知该做何反应。

颜苏挑了挑眉，见她的手机正插在车上充电，索性拿了起来。

方若好吓一跳，连忙一把夺回来。

颜苏连忙解释："我没有冒犯的意思。没有你的允许，我不会打开的……"更何况有密码，根本也打不开。

方若好的额头却冒出了冷汗。她听见自己的心脏"咚咚咚咚"，跳得急促而尴尬。不能扫微信！她的微信，有两个，一个是工作微信；一个是小号，用来偷窥他的朋友圈。她不能确定，现在停留在页面上的会是哪一个。

一时间，车内的气氛异常。

最后还是颜苏先放弃："好吧，那就微博。"

微博也不行！她继续紧张。

“那……QQ？FB？Ins？喂，总不至于要用短信联系你吧？”

方若好连忙说道：“短信挺好的！也能发图，还有发语音的狗狗猫咪……你试过没？”

颜苏似笑非笑地看着她，但他依旧是个不会让女孩子尴尬的好男人，尤其是不会让她尴尬，当即从善如流地用手机短信自带的小狗给她发了一句语音：“洞拐洞拐我是洞幺，收到请回答。”

方若好这才用汗涔涔的手划开屏幕，先切到微信窗口看了一眼，还好，是工作号，然后打开短信，看见了那只贱兮兮的狗狗。

颜苏朝她歪了歪头，一副“你也这样回复我啊”的期待表情。

方若好不得不用猫咪回了一句“我收到了”。

颜苏显然来了兴致，连忙又发了第二句：“洞拐洞拐，有一个好消息，还有一个坏消息。你想先听哪个啊？”

方若好觉得这种明明就在对面还要浪费通讯资源的行为实在太傻了，为了避免再继续傻下去，她投降地打开工作微信页面，将二维码展示给颜苏看。

颜苏哈哈一笑，加了她的好友：“早加不就好了。干吗神秘兮兮的。”

“坏消息是什么？”方若好问。心理医生告诉她，好消息和坏消息同时来临时，一定要先听坏消息。因为，损失带来的痛苦比收益带来的快乐要深刻。而人们对后听到的消息又比先听到的消息印象深刻。所以，将好消息放在坏消息后，能够冲淡前者的深刻度。

“坏消息是你接下去会很忙，当然我知道你的工作已经够忙，但是你会更忙，要进行一系列的语言训练、肢体功能锻炼、心理疏导等辅助工作。”颜苏笑着朝她眨了眨眼。

方若好的眼睛一下子睁到最大，几乎不能呼吸。

颜苏连忙打手势引导：“喂喂喂，呼气！快呼气！然后吸气……好，呼气，慢一点……太震惊了吗？”

方若好的呼吸慢慢地恢复了过来，眼睛却一下子湿润了：“妈妈……妈妈醒了？”

“对的，这就是我要告诉你的好消息——罗娟女士醒了。”

车灯上方的光落在颜苏脸上，方若好忍不住想，她怎么会觉得贺源西是绝世美颜呢，明明、明明世界上最美的男人，就在眼前啊。

“今天凌晨罗女士对刺激开始有所反应，两个小时前，睁开了眼睛。我帮忙检查过了，目前有意识，但失语、肢体活动障碍……”

颜苏的话还没说完，车子猛地发动，向前蹿了出去。

“等等，我还没系安全带！别这么快，慢一点！不着急这一会儿……拜托慢点！我的心脏快承受不住啦……你是想谋害救命恩人吗？！”

半个小时后，方若好驶入医院停车场。颜苏下车时，脸色苍白，腿都在抖。

方若好没有注意到，径自冲进了住院部大门。

颜苏扶着车，默默地深呼吸，待神色如常了，对着倒车镜看了一下自己的脸，这才走进去。

方若好已在病房中，握住了罗娟的手。

“妈妈……能看到我吗？”

罗娟看着她，缓缓眨动着眼睛，目光却是呆滞的。

颜苏解释：“她目前只是意识恢复了，但语言、行动、认知等精神功能还需要很长的时间才能恢复。”

“我知道！我知道！谢谢……谢谢……”方若好泣不成声。

在接受心理治疗的时候，医生曾说：“你内心最大的不安感源于你的母亲。不仅仅因为她跟你爸爸的关系，还有她在沈女士面前的卑微。如果她是一个嚣张的破坏者，身为女儿，感受到的就是另一种状态。你潜意识里还认为她是因为你才变成植物人的。这件事把母亲赋予子女的那种天生的安全感剥离了，所以你才会频繁梦见自己没有衣服。”

而此刻，妈妈醒了。她的衣服……回来了。

颜苏静静地靠在门旁看着她们，没再说话。

他的唇角止不住地上扬。作为医生，早已习惯生死。可每一次成功，依旧珍贵。

颜锐曾说：“那些追求感官刺激的人都应该来体验一把医生做手术时的快感。肾上腺素不停泵入心脏时的紧张、忐忑、奔放、肆意……追名逐利哪有跟死神赛跑有意思？”

只有类同的病症，没有类同的手术。每一次手术，都是一次新体验。

罗娟这起更是。

他在少年时亲眼看到了她的病因，又在成年后凭借自己的能力将她唤醒……这种被岁月沉淀过的缘分，令眼前的一切更具意义。

想到这里，颜苏悄悄打开门退了出去，把空间还给久别重逢的母女，然后用手机发了一条新的朋友圈——

“每当觉得PET（正电子发射型计算机断层显像）技术已经达到顶峰时，突破性技术浪潮就会源源不断地冲过来。新晶体和超高速电路令二十世纪八十年代放弃的TOF-PET（飞行时间-PET）在二十年后归于可行，并获得临床验证。而全身PET系统的射散符合和随机符合亦将指日可待。”

底下第一条回复：“说人话！”

于是他又回了一句：“医学，是最棒的东西。”

“电影，是最棒的东西！”林随安在会议室里，举了举手中的矿泉水瓶，喝了一大口，“不过短短一百多年的历史，就把传承几千年的文化、哲学、音乐、戏剧来了个大满贯融合，就像火锅一样，你爱吃的菜，你偏好的口味，通通可以一顿就吃到！我爱电影！”

“那电视剧呢？”方若好一边工作一边搭话。

“哦，那个回钱太慢了。”

方若好不禁笑了。她就知道，对此人而言，情怀什么的只不过是金钱蛋糕上的装饰品。

林随安打量着她，忽道：“你是不是谈恋爱了？”

“什么？”

“看上去跟从前不太一样。虽然你一直是个踩不死的小强，但现在可以冒充蜜蜂去采花了。”

“真抱歉破坏了你的爱情想象。事实是——我妈妈醒了。”

“你说的是……植物人……阿姨？哇，恭喜恭喜！”他肃然起敬。

方若好从兜里摸出手表看了一眼：“所以，加快速度。我两个小时后还要回医院。”

林随安眼尖，立刻伸手按住了她的表：“哟，红水鬼1680。成色不错啊。”

方若好刚才的举动完全是下意识的，这会儿才反应过来她还揣着这块表，明明昨晚就应该还给颜苏的，但太激动给忘了。

这会儿再看到它，就有点舍不得了。仿佛这么还给他的话，彼此的羁绊也将宣告结束。真纠结啊……

林随安朝她飞了个媚眼：“女孩子不适合这种表啦。开个价，转给我呀。”

方若好的回答是迅速将它塞进了口袋。下次吧。下次再见颜苏，一定还给他。

林随安还准备纠缠，微信响了，打开来后，一堆美少年的照片。

方若好奇道：“这些是？”

“备选阿东。我总不能在你那位贺源西一棵树上吊死。”

方若好点点头，也打开了微信里的一堆照片。

林随安问："这些是？"

"备选导演。我也不能在你这一棵树上吊死呀。"方若好学他的口吻说。

林随安"啐"了一声："歪瓜裂枣们。哼。"忽瞥到一人，他惊呼起来，"还有女的？这个项目是要完蛋了吗？"

"性别歧视？"

林随安摇了摇食指："不不不，我并不歧视女性导演。我只是歧视你挑出来的这位。"

方若好将目光落到档案上：许长安，女，现年三十二岁，X大表演系毕业，曾主演多部电视剧，曾获电影学会奖、最受欢迎女星奖……不过，那是十年前的事情了。后来息影了，再无新作品诞生。

照片里是一张让人过目不忘的美丽的脸，眼睛里写着智慧，嘴唇上带着欲望。

方若好"咦"了一声。这是底下人打包推荐过来的新生代导演人选。可这张脸，真是太熟悉了。

"陆阿吾的小情人，你也敢挖？"林随安朝她竖起了大拇指。

外界纵然不知，身在圈中的他们却是很清楚的。这位许长安十年前息影，跟陆阿吾在一起了。但陆阿吾是不婚主义者，至今没有给她法律上的承诺。十年，从二十二岁到三十二岁，女人最年轻漂亮的时光，就这么被耽误过去了。如今她作为导演的候选者被推到方若好面前，看来是准备转型复出。

方若好立刻给李秘书打电话："联系许长安，看她什么时候有空，方便见一面吗？"

林随安在旁咋呼："喂喂喂，你不会真想用她吧？"

"你我都敢用，她有何不可？"方若好合上电脑，起身走人，顺便将林随安的矿泉水瓶拿走了，"不要再让我看见你在会议上喝酒。"

"哦，不，那是我的生命快乐水！你不能拿走……"

林随安的夸张表演，被狠狠甩上的会议室大门隔绝。

方若好低头看了眼手机，不愧是李秘书，这就联系完了，发来一句话："晚十点。约在维纳斯酒店B1304房间。"

方若好叹了口气。在作息混乱、日夜颠倒为常态的娱乐圈，大部分明星都是越晚越精神。算了，工作狂没有所谓的下班时间。她决定先去给贺豫煎药，再从贺宅赶过去。

经过挂有日历灯牌的大堂时，方若好看见上面的星期五字样，脑海里自然而然地浮起了一件事——

咦？明天就是方如优和贺小笙的婚礼了？！

“来！为我们女神告别单身干杯！”

KTV包厢里，霓虹灯球旋转得每张脸都五颜六色，十几个女孩举杯，将方如优围在最中央。

方如优将杯中的酒一口饮干，然后朝众人抛了个媚眼，将身上的白大衣一把脱掉，露出极为性感的黑色紧身裙来，顿时引来一片捧场的口哨声。

她甩了甩头发，悠悠一笑：“我的惊喜呢？”

“大小姐都着急了，还不快上！”有个画着紫金色眼影的短发女郎冲过去打开房门，一队高大魁梧的男人依次走了进来，白衬衫、黑长裤将肌肉轮廓绷得紧紧的，迎面扑来浓浓的荷尔蒙风。

女孩子们全都兴奋地尖叫起来，并用期待的眼神去看仍然坐在沙发上的派对女主角。

方如优配合地勾了勾唇角，朝男舞者们打了个响指。

舞曲应时响起。舞者们开始跳舞。暗淡的光影，交织出暧昧和狂野。音乐吵得人什么都听不见。

方如优觉得有点头疼，她对这些出卖男色的男人毫无兴趣，但又不想表现得清高离群。尤其是花花公主的名声在外，大家都觉得她应该精于此道。算了，反正不过是看场脱衣舞，没什么应付不来的。

一个男舞者脱了上衣，裸露着形状完美的八块腹肌，跳到她面前，做出了邀请的姿势。

方如优慢条斯理地摇了摇手指。

周围起了一阵嘘声。

“道行不够啊，下去下去，换一个，换一个——”

于是这个舞者离开，下一个舞者过来。

方如优一连拒绝了好几个，引得所有人都更加兴奋了。

她想时间差不多了，可以挑一个共舞，然后结束这无聊的派对，便在下一个舞者过来邀请时，把手放了上去。

口哨声四起。男舞者将她拉入怀中。她技巧性地推开，嫣然一笑，然后转到他身后，随着节拍抚摸他的身体。

女生们再次尖叫起来：“脱光！脱光！脱光——”

方如优伸手解开了男舞者的腰带，大大调戏了一把，并往他的内裤里塞了一把钱后，才挥手说：“不玩了不玩了，我太热了！你们玩吧！”

她趁机离开舞池，回到沙发上。短发女郎连忙靠过来："怎么样？就知道你会选他，这个够正点吧？"

"也就那样吧。"方如优拿起酒杯呷了一口，"昭华里一堆男艺人，各个都比这些人好看。"

短发女郎讪笑了几声："那是，怎么能跟明星比。"忽又暧昧地眨眼，"不过，他们的床上功夫，明星们可不一定比得上。"

方如优睨她一眼："你尝过？"

短发女郎嘻嘻一笑，继续怂恿："最后的单身之夜，别浪费啊。我请客。"

"心领了。我妈要我十二点前回家。最后一天乖女儿，我得演圆满了。"方如优决定告辞，但刚一起身，便觉得一阵晕眩，眼前的视线也模糊了起来。

短发女郎过来搀扶："别这么扫兴嘛……"那大红嘴唇一张一合，后面的话，她却是听不清了。

方若好坐在套房的沙发上，不动声色地打量眼前的女性。

第一感觉——真的很美。毕竟是曾经的国民女神。

第二感觉——很会照顾人。进房间的五分钟里，许长安先是察觉到她热，调低了室温；然后发现她对花粉过敏，移走了茶几上的插花；又为她递上了温度恰好的茶。

第三感觉——许长安起码在这里住了一个月以上。因为台历本上从一号到二十号都有涂画，而且看屋内的摆设，她是一个人住。

"我跟陆阿吾分手了。"许长安淡淡说。

方若好只好干巴巴地回了一个"哦"。

"我想加入昭华，为了表示我跟巅峰娱乐再无瓜葛，所以主动坦白。而且，大家迟早会知道的。"

"唔……可以谈谈为什么想当导演吗？"

"三个原因。第一，年纪大了，我既不想伪装演少女，也不想升级演妈妈。"不得不说，这真是一个残酷的现实。中国有很多很多好的女演员，但留给她们的表演空间少得可怜。

"第二，演员演得再好，也只是一个角色，而导演可以拥有一整部电影。我有很多很多表达的欲望，一个角色不能满足我。"看得出许长安是个精力旺盛的人，套间里摆着画架、拳击沙袋和舞鞋。

"第三……陆阿吾厌倦了我。我也厌倦了这些年的生活。坦白说，我有点迷失自我，想看看能不能通过工作找回来。"许长安的表情控制非常好，起码她在说这话时，方若好没有从她脸上看到任何迷茫，只有冷静和镇定。

方若好忍不住问道："为什么选镕裁？"

"我选的不是镕裁，是你啊。"

这个答案出乎意料。

"我不喜欢方如优。接触过几次，她对我这类……唔，怎么形容呢，被爱情冲昏头脑的地下情妇十分排斥。我也不喜欢那类顺风顺水不知民间疾苦的大小姐。所以，直到镕裁换回了你，我才让人把简历发过去。"许长安一笑，眉梢眼角都带出了妩媚的温柔，"我觉得，我们应该更能彼此体谅、理解和支持。"

不，我不理解。方若好在心中嘀咕，不过没有表现出来，而是公事公办道："那么，给我一个你的计划报告，让我了解你的方向、类型和步骤，再来决定是否合作。"

"当然，今天只是见一面。很多人，是需要直接见面后，才知道是不是同类的。"

"那你觉得我们是吗？"

"当然。我们都是缺爱长大的姑娘，为了所谓的希望会奋不顾身，但又时时刻刻提醒自己不能迷失。"

方若好的心颤了一下。

她没再说什么，戴上防霾口罩起身告辞。许长安将她送出门，帮她按电梯："不好意思让你这么晚回去，其实这段时间我一直在调整生物钟，所以下次，可以约公司的正常上班时间看看……"

电梯门开了，两个人走出来。

方若好下意识地侧避了一步，即使隔着口罩，仍闻到了浓浓的酒味。

女人的脸被长发挡住了，几乎无法自己行走，男人便半抱半扶着她往前走。

女人突然挣扎起来："放、放开！"

男人连忙安抚她："嘘，嘘，没事了，马上到了，亲爱的……"

女人嘴里发出含糊不清的语音。

方若好本要迈进电梯的腿，又收了回来。

男人打开了许长安隔壁的房间，抱着女人走了进去。门被关上，走廊恢复了安静。

方若好盯着那扇门，若有所思。

许长安扬了扬眉："怎么了？"

"方如优……"是她！那个女人竟然是方如优！看身形只是觉得眼熟，一听声音就认出来了。

“是她吗？”许长安眸光流转，却是笑了，“也不奇怪啊。明天结婚，今晚狂欢。”

方若好一想也是，便进了电梯，可心头始终怪怪的，有些乱。

不管不管，方如优的事跟我无关。就算她给贺小笙戴绿帽，那也是他们两人的事。

我什么也没看见，什么也没看见……

这时电梯门又开，一个戴帽子的妹子边打电话边走进来：“……跟我们在一起啊，放心啦，我会好好照顾你的未婚妻的……拜拜，小笙，好好休息，期待明天最帅的新郎。”

方若好诧异抬眼，该妹子的帽檐压得很低，看不清脸。只见她挂上电话后，飞快打开微信发了句语音：“你快一点。拍好后赶紧走人。”

电梯到了一层，对方很快走了。方若好想了想，重新按了十三楼。

她记忆力极好，因此认出了方如优的声音，也认出了此人的声音。这妹子叫沈玲玲，是方如优的一个远房表妹。之所以记得，是因为之前她跟贺小笙“交往”时，经常有意无意地巧遇这个妹子。

再联想起刚才方如优的挣扎和无力，某个可怕的猜测浮上心头——不是狂欢，而是被……下药了？

电梯缓缓上升。方若好内心充满了挣扎。

但当电梯门在十三楼开启时，她的脸上已再无犹豫之色。

她去按1304的门铃，对来开门的许长安说：“你可认识酒店高层？让他们拿隔壁的钥匙，顺便叫几个保安，哦，不，叫几个女保洁过来。方如优很可能是被下药了……”

许长安一怔。而方若好已走到隔壁房间狂按门铃：“开门！方如优你给我滚出来！”

五星级酒店的隔音效果极好，门内什么声音都没有。

方若好索性踹门：“怎么，敢抢我未婚夫，不敢开门？滚出来滚出来，我知道你在里面！”

房门开了，之前见到的男人又惊又怒地探出头：“你谁呀，干吗？”

“方如优呢？”方若好一把推开他，往屋里挤，“她做了什么好事自己清楚，让她跟我说……”

同样的套间，方如优正趴在卧室的床上，盖着被子不省人事。

方若好只看一眼就知道被子底下没穿衣服。再看这个男人，也只是匆匆围了条浴巾。

“你是谁？”

男人瞪大了眼睛：“我倒要问你是谁，就这么闯进来！”

方若好索性摘掉口罩：“我是她妹妹！你呢？”

男人一愣，目光开始躲闪。

方若好拿起包往他身上砸过去：“你对她做了什么？照片呢？摄像机呢？把你的手机交出来！”

眼看男人要还手，方若好抬起高跟鞋狠狠踩在他穿着一次性拖鞋的脚上：“你敢打我试试？得罪我什么下场想过没有？！”

男人一想，顿时㞞了，只好抱头任由她打。

而这时，许长安带着三个虎背熊腰的保洁阿姨回来了，阿姨们看到门内的一幕全都又震惊又兴奋。

方若好见机索性一把扯掉该男子的浴巾。男子顿时尖叫一声，用手捂住了下体。

“你们抓着他。别让他跑了。”光着身子时，一般人不会选择逃跑。男子又气又急，却一点办法都没有，被三个阿姨按在墙上，有个阿姨还揩了几下油。

方若好赶紧搜寻手机、摄影机等录制设备，最后，在方如优的被子里摸到了手机。

她把手机往男人脸上一扫，手机打开了，点进相册，果然一堆不堪入目的照片。

方若好叹了口气，又从一旁的包里找到方如优的手机，用同样的扫脸方式打开屏幕，点开微信，排名第一的就是“妈妈”。她给沈如嫣发了文字微信：“维纳斯B1306，速来！救命！”

男人惊慌失措地看着她：“你要干吗？你到底要干吗？”

方若好没理他，只是对保洁阿姨们说：“女孩的妈妈很快赶来。你们知道怎么跟她说吗？”

阿姨们一脸茫然。

“是你们，发现这个男人鬼鬼祟祟，强行拖扯这个女孩进酒店。你们担心出事，所以控制了现场。不知道该不该报警，所以给她妈妈发了微信。接下去就看对方如何处理。以我对她妈妈的了解，你们应该会得到一大笔封口费。但是，必须是你们的功劳。不要提我。懂了？”

阿姨们的眼睛都亮了起来，拼命点头：“懂了懂了！”

“很好。看好他。”方若好又看了床上的方如优一眼，将两部手机交给其中一个阿姨，转身走出了房间。

许长安一直抱臂在旁看戏，至此跟她一起离开：“就这么走啦？”

“是啊，免得等会儿尴尬。”方若好按下电梯。感谢隔音效果，十三楼闹得如此天翻地覆，走廊里依旧一片静谧，并无旁人。

许长安意味深长地盯着她：“我以为……方如优出事，你会挺高兴，最起码，选择置身事外。”

“你为什么这么以为？”

“明天的婚礼，原本应该是属于你的，不是吗？我对竞争对手可没这么好的肚量。”

方若好的目光沉了沉：“我也想当什么都没看见的。可是，谁让我看见了呢？”

偏偏许长安这个时间把她约到这里来，偏偏对方订了隔壁的房间，偏偏又让她听见沈玲玲的电话……冥冥中似有一只手，强行将她拖到方如优的剧本里来。

电梯到了，方若好走进去，许长安谈兴正浓，也跟了进来：“你有没有想过，你撞破了她的丑闻，她不会感激，反而会更憎恶你。”

“我刚才坐电梯下楼时，脑子里也全是挣扎。最后，我问自己——如果对方不是方如优呢？”

如果对方不是方如优，而是一个陌生的姑娘，遇到了这样的事情，会如何做？

许长安想了想：“确保自己安全后，打电话报警？”

“报警来不及呢？”

许长安领悟：“所以你假装找碴踢门，趁机进去阻止？”

“因为有你在，我才敢动手的。如果没有你，我只会探头看一下然后说找错人了。”方若好摊了摊手，“所以你看，天时地利人和。老天成心安排的。”

许长安笑了起来：“对错先不管，你的判断力和行动力我很欣赏。跟你这样的决策者共事，想必会很愉快。期待合作。”她朝她伸出手。

方若好也笑了，跟她一握。

所以说做好事是有好报的不是吗？起码，她和许长安在利益之外，已初步建立起了信任。

而她之所以选择救方如优，还有两个原因没有说出来。

第一，方如优救过妈妈。虽然她是别有居心，可她送来了最关键的一笔钱，如果没有那笔钱，妈妈可能已经不在了。

第二个原因很难启齿，“施恩”给方如优，让她有种隐秘的快感，像在不等式里找到了某种平衡，可以重新定义两边的大小。

命运多舛如我，却重新唤醒了母亲；天之娇女如如优，却会遭遇这样的陷阱……人生啊……

方若好忍不住抬起头，看向电梯间头顶的灯光。

一圈圈的光晕，是天使头上的光环。

一切的一切，人们看不见，但天使都知道。

天使知道我经历了那么多坎坷，仍保持着善良。

天使知道我心中萌生过很多很多仇恨，但最终选择了压制。

我没有堕落。我守住了底线。

我没有辜负陌北老师和颜苏当年救我时的期望。

这大概便是，改变人生不等式的办法。

一十
提鱼济世

方如优头疼欲裂地醒过来时，房间里该走的人都走光了，只有沈如嫣坐在窗边的沙发上，正在刷手机。

“醒了？”

方如优恍惚了好一会儿，才反应过来：“我怎么在这里？”

“你觉得呢？”

方如优捧着脑袋想，整个人一抖：“我被下药了？！”她连忙掀被子，看见自己穿着衣服，身体也没什么异样，松了口气，“还好还好……”

不对，如果真的什么也没发生，妈妈不会出现在这里！方如优再次警觉，警惕地打量四周。

“别看了。一切都处理完毕了。监控，删了。人，送警扣押了。主使者，在审讯中。证人们给了封口费。现在就剩你这个受害者了。”沈如嫣说着，终于放下了手机，看向她，“有何感想？”

“主使者是谁？”方如优刚问完，自己得出了答案，“玲玲？！”

“放任这样的人留在身边，你选择朋友的眼光越来越不行了。”

“她不是我的朋友。是亲戚。我没得选择。”世上最身不由己的就是“血缘”二字。她压根不想要那样的老爸，那样的表妹，那样的妹妹，可这些人还不是牢牢占据在她的生命中，无法分割？

方如优想到这里就很郁闷，越想越郁闷，忍不住又去挠头发：“所以呢？她为什么要害我？”

“她看不惯你。想看你倒霉。想让你在结婚当天曝出艳照，成为大众的笑柄。”

“啊？”方如优愕然，然后，觉得荒谬。

“你高高在上，对身边人的阴暗内心毫无察觉，还愚蠢到参加告别单身派对，给对方陷害你的机会……坦白说，我对你很失望。”

方如优的心沉了下去。

妈妈是从不发火的，说话总是慢条斯理，鲜有激动愤慨的时候。从前跟爸爸吵架时，也以冷笑和默默哭泣居多。可冷暴力也是暴力。比起争吵家暴的家庭，那种整个屋子寂静无声，所有用人都不敢动作，气氛像冰冻一样的所谓的“家”，给她的整个青春期蒙上了厚厚的阴霾。

她以为随着年纪成长，随着自身越来越有话语权，已经不会再害怕了，可是当妈妈淡淡地说出“我对你很失望”六个字时，心中的疮疤一下子崩裂开来，露出了无数道伤口，每一道都在呐喊着疼痛。

方如优的身体剧烈地抖了起来，揪了半天被子才缓过来，倔强地仰起头：“不管如何，解决了不是吗？我也没少块肉……”

“你不好奇我怎么知道的？”

方如优下床，穿鞋，穿外套，一边收拾自己一边漫不经心地回答：“您老神通广大？玲玲幡然悔悟？那个舞男想勒索更多？”

眼看沈如嫣毫无表示，她预感到了什么，停下了动作：“怎么知道的？”

沈如嫣把自己的手机递给她。

页面正卡在一段视频上，视频是在监控室里拍的，酒店管理者把监控调出来指给沈如嫣看：“这个时间段里，只有这两个人出现……对，是1304的客人……这个……是许长安，还有她的朋友……看，那个朋友在踢门，她进去了……然后许长安找了几个保洁一起过去了……”

解说者的声音断断续续，视频也时快时慢地拖着进度。可方如优还是一眼认了出来，那个所谓的朋友，是方若好。

如果说，刚才妈妈的话只是让她旧伤崩裂，那么，当她看见救自己之人是方若好时，那些旧伤顿时又被撒了一层盐，刺激得她一下子跳了起来：“是她？！怎么是她？！谁要她救！我不要她救！”

沈如嫣眼眸沉沉，朝方如优走近几步，用手拨开她的头发，注视着她的脸。

“让她滚，让她滚，她凭什么……”方如优几近崩溃，这个事实简直比自己真的被性侵了还要残酷。

一记巴掌狠狠地扇在了她脸上。

方如优偏过头，直到脸颊传来热辣的痛感，失控的情绪才稍稳定了些，然后反应过来一件事——妈妈，打她。

这么这么多年，妈妈……从来没有打过她……

方如优睁大了眼睛，不敢置信地望着母亲，却见沈如嫣眼中竟含着眼泪。

“妈妈……”

“她凭什么？凭的就是你无能！”

方如优的血色迅速从脸上退去。

沈如嫣缓缓闭眼，做了几个深呼吸后，才把心头的那股怒意、那种憋屈、那种情不自禁的发泄压下去。

“明天记得去跟方若好道谢。”

方如优颤声挣扎：“妈妈……”

“是你让自己落得如此地步！难堪吗？屈辱吗？我也难堪，我也屈辱！但比起这些，你更应该做的是反省！这一次，有方若好及时赶到，有我为你善后。下一次呢？”沈如嫣的眼睛里，退去了泪光后，满是悲凉，“如优，为什么你要这么轻贱自己？”

“我没有……”

“为什么不拒绝脱衣舞表演？为什么不拒绝酒精？走进婚姻就让你这么难受？难受到要跟一帮你看不上的人找乐子？你有没有想过今晚别人在做什么？我跟你爸爸在整理你的东西，缅怀你小时候的点点滴滴。小笙，在敷面膜，剪头发，为明天成为新郎而努力。甚至方若好，在这个时间点还在工作！你的对手都已经攀上了跟你比肩的高峰，而你不思进取，还在消极逃避！”

“我只是想放松一下……我太紧张。妈妈，我、我也不知道为什么会这么紧张，我、我……”方如优咬着嘴唇，终于哭出声来。

理性上她知道自己需要婚姻，也知道贺小笙会是一段稳定婚姻的最佳人选。

可感性上，她就是恐惧。

恐惧像城市上空的雾霾，看得见，摸不着，你说对生活有影响吧，也没太大影响；可说没影响吧，肯定会积出病。

“我没有要放纵，我没有滥交，我从没劈腿，我都是一段感情彻底结束了才开始下一段的……我、我只是想要最好的。而我、我不知道小笙是不是最好的。妈妈，你爱爸爸！哪怕他是个人渣，你也割舍不下他。可我不是。我找不到一个能够让我这样全身心去爱，愿意为他痛苦的男人。没有！我、我……”方如优突然握住沈如嫣的手，哭得泣不成声，“我可不可以不结婚？我可不可以永远单身？”

沈如嫣定定地看着她，脸上的表情变了又变，分不清是震惊多一点，还是悲伤多一点。

“求求你，求求你……妈妈，求求你……我、我不想结婚……我不要结婚了，不要结……”

方如优拼命摇着她的手哀求，一遍遍地问“可不可以”，最后哭得累了，再加上药剂带来的昏沉感未散尽，最后坐在地上靠着床睡了过去。

沈如嫣被她抓着手，想要抽离，却又被抓得更紧了些。

沈如嫣看着哭得满脸红肿的女儿，忍不住轻轻地问了一句：“难道你从我和你爸爸身上，学到的只是不负责任吗？”

方如优睡着了，无法回答这句话。

沈如嫣叹了口气，将她慢慢地抱上床，盖上被子。时针指向清晨五点半。

天，快亮了。

方若好一大早起来给罗娟洗了脸。这几天晚上她都睡在医院。罗娟偶尔会醒来，看着她，目光有时好奇，有时茫然，但有时会露出善意的笑。

方若好看到这个笑容，便觉得十年艰辛都有了意义。

刚过七点，收到贺小笙的一条群发微信：“非常抱歉，由于新娘方如优突然抱恙，身体状态不佳，暂定取消今天的婚礼。婚礼时间另行通知。感谢各位的关心。”

紧跟着是一张笑容满面的自拍，配字：“真的是身体原因，不是情变。大家不要误会呀。”

方若好放下手机，有点惊讶。她觉得方如优昨天只是一时昏迷，并没有遭受实质上的伤害，不至于影响状态到取消婚礼。难道是有别的什么事发生了吗？

算了，跟她没关系。昨夜是机缘巧合，偏偏在场，不得不救。其他的既然看不见，那就连想都不必想。

既然今天不用陪贺豫参加婚礼，那么等会儿回去工作吧。

方若好刚这么想时，就听到了外面的脚步声——医生查房的时间又到了。

方若好从包里取出手表，表面的玻璃已经更换过了，但没上发条，时间仍停留在二十四日十二点四十二分上。

是该告别的时候了。

她轻轻地抚摸着表盘，心中充满不舍。

身后传来房门被推开的声音。

方若好做了一个深呼吸，鼓起无限勇气回身："早上好，我正打算……"

门口站着的不是颜苏，而是颜锐。

颜锐看了她一眼后，带着身后乌泱泱一拨白大褂走进来："我们今天要看的是一个非常特殊的案例，病人的植物人状态持续了十年，经过手术苏醒了，这是我们这些年来在神经科上取得的最大成就……"

方若好避到一旁。这些人里，没有颜苏。

而再见颜锐，令她想起当年对颜母的承诺，她的手脚不自觉地发寒。颜苏……去哪儿了？为什么没跟爸爸一起？

一群人围着罗娟啧啧称奇，探讨了一堆她听不太懂的话后，颜锐示意众人先去下个病房，并对方若好点了下头："你跟我来一下。"

方若好忐忑地跟着颜锐进了李鸣东的办公室。看见李鸣东在场，这才心中稍安。

李鸣东朝她露出一个大大的笑容："方小姐来了。请坐。"

方若好依言坐下。

李鸣东并不废话，直接开门见山道："是这样的。罗娟女士的意识虽然苏醒了，但目前是重残状态。我们医院对这类病人，一般是如果有希望，就以促醒为工作重点；如果没有希望，就以护理和尽量延长寿命为重点。可这种昏迷了十年后苏醒的，坦白说，我们也是第一次遇见。对这种重残状态该如何治疗和恢复，我们并没什么把握。"

未等方若好提出疑问，他话题一转，声音转为高亢："但是，颜博士来了。他和他的团队对罗女士这起病例非常感兴趣，想将她列为重点观察对象，愿意提供目前国际上最先进的理疗方案，你不用花额外的钱，只要签字和配合就行了。这是一个非常难得的机会，请务必慎重考虑一下。"

方若好看向颜锐，颜锐有一张不怒自威的脸，令人很容易信服。他朝她淡淡地点了点头："这起手术是颜苏做的，我为他感到骄傲。但唤醒只是第一步，病人日后的康复更为重要。我们有技术，有方案，就差一个实验品。"

"颜苏……也会参与后续治疗吗？"

"不，他要回A国。他目前主攻的还是神经外科，以临床手术为主。"

李鸣东在一旁笑容满面地补充："颜医生只是回来做这个手术。耽误了他这么久，我们也很内疚。"

方若好忽然意识到，这是颜苏的父母，对她提的又一次"交易"——我们帮你解决你母亲的后续治疗，请你，离开颜苏。

在意向书上签完字后，方若好离开了李鸣东的办公室，也没回病房，而是走出住院大楼，来到花园中。

此刻的她，急需晒太阳。

初冬的阳光无比暖和，像是能把体内所有的阴郁都蒸发掉。

也许是成年了的缘故，十年前，她面对颜母的交易时虽然心存感激，但委屈极了。十年后，她不委屈也不自卑，只感到深深无力。

有些缘分是注定要散的。

有些人是注定要错过的。

唯一幸运的是，网络时代来了。即使相隔天边，仍能“看见”。这便已……足够了……吧？

方若好将脑袋靠在长椅的靠背上，对着蔚蓝色的天空轻轻地吁了口气。

一辆出租车开过来，停在了路旁。

门开后，西装笔挺的颜苏走了下来，朝她打招呼道：“嗨。”

方若好一僵。

颜苏却误会了她的反应，低头将自己打量了一番后，苦笑着说：“你能理解一个早上六点起来洗头、刮胡子、穿西服，规规矩矩地打车出发，结果却发现婚礼被取消的人的心情吗？”说着他将穿着便服没有化妆的她从头看到尾，感慨道，“还是你聪明，没有白忙活。”

原来他一大早就去参加方如优和贺小笙的婚礼了啊……也是，颜母既是沈如嫣的闺密，以他跟方如优的关系，的确是要一大早到场的。

颜苏自顾自地走过来坐在她身旁，伸着两条长腿，学她的样子晒了会儿太阳，见方若好始终不说话，便问道：“怎么心情不太好的样子？”

“我妈妈……被你爸爸选中，参与术后复健计划了……”

“我知道啊。”颜苏说到这里，明显兴趣盎然，“二十多年了，我总算让他刮目相看了一回。拜你所赐，谢了。”

“你……要回A国了吗？”

“对。”颜苏回答完，才留意到什么似的，再看着她时眼神里多了些了悟，“舍不得我啊。”

他说的是陈述句，不是疑问句。

方若好的心颤了颤。她的手伸入衣兜，慢慢地攥紧了红水鬼手表。

“放心，有微信了，咫尺天涯。”

他将头靠在靠背上，仰着脸，闭着眼睛，任凭阳光和微风亲吻他的脸庞，如此坦荡，如此自然，如此亲昵，却又隔着浮生的距离。

方若好凝视着他，希望自己的眼睛是一支笔，能将这个人的一丝一毫都绘印在脑海里。

十年前的颜苏和十年后的颜苏。

她都不舍得忘记。

可是没有办法再靠近。

也只能这样了。

方若好慢慢地将手表拿出来，刚想还给他，颜苏的手机响了。他看见来电显示后面色明显一变，给了她一个抱歉的表情后便走去远处接了。

他走得很远，她听不见他说什么，只看到他的神色很严肃，还夹杂了些许不耐烦，挂了电话时还默默地出了会儿神。

方若好再次拿着手表向他走过去，颜苏却匆匆说了句："抱歉，我得先回趟我妈那儿。"

方若好的手下意识停住了。

颜苏一边往外跑一边回头对她打手势道："我周一才走呢。明天约你吃践行饭！拜拜——"

方若好站在原地，看着他伸手打了辆出租车离开了。

等出租车消失得看不见了，她才低下头，看着手中的手表，呢喃了一句："又没送出去啊……"

没办法靠近。却又没办法割舍。

历史在重演。

一切都无法掌控，没有理由，没有预兆。

他待她似乎只是个老同学。她却着了心魔。

贺小笙的声音隔着一道门，传入房中："她还没醒吗？"

回应他的是保姆陆姨的声音："还没有呢。我做了饭，您先下楼一起吃吧。"

然后便是两人脚步远去的声音。

方如优躺在自家房间的床上，睁着眼睛看着天花板。柔软的床垫像浮木托住她。她感觉自己漂浮在一望无际的大海上，浑身酸疼，精神疲乏。最最重要的是，看不见希望。

母亲没有答应她的请求，而是选择了向贺小笙坦白。

贺小笙得知方如优被表妹下药后惊呆了，立刻跑去警局质问沈玲玲，这才知道自己若干年前的一天，看见沈玲玲哭，好心递了块手帕给她，就招来了一朵烂桃花。

算算时间，那时候他刚在爷爷的安排下跟方若好出双入对。

沈玲玲哭着说："如果是方若好就算了，我也就放弃了。可你后来为什么偏偏喜欢上方如优？她是个贱货啊！她根本配不上你！你知不知道她有多少个前男友？"

贺小笙震惊到无以复加，气得半天说不出话来，最后只是冷冷地回了一句："我乐意。"便在沈玲玲更大的哭声里走了。

回到方家，方如优紧闭房门，不见任何人。

于是贺小笙取消了婚礼，给所有人发了微信道歉，然后一直蹲在门外等着。

方如优始终没有开门。

妈妈说："你就作死吧，作到什么时候贺小笙厌弃了这段关系，主动离开了你，你才能结束。"

方如优想确实，理亏的是自己，贸然开始了这段不负责任的感情，那么，的确应该把叫停权交给贺小笙。

坦白说，自从交往以来，为了打入昭华，为了打压方若好，她各种哄着他供着他利用他，也挺累的。

当他看见她的真面目后，很快会厌弃她的。

方如优闭上眼睛，自嘲地笑了起来，然而笑着笑着，眼泪无声地流下来。

我怎么会是这个样子的呢？

我从什么时候起变成了这样的人呢？

这样的自己，实在、实在是……太讨厌了啊……

方若好回到公司加班时，发现林随安把修改过的剧本发了过来。同时许长安也寄来了策划书。她把策划书递给李秘书："你召集策划部商讨一下可行度，再问问贺源西的整体包装方案改完了没。周一会上我要看到。辛苦了。"

昭华有两套完善的人力资源系统，以维系二十四小时不间断运营。毕竟，在娱乐圈，夜猫子很多，不分节假日爆料的狗仔也很多。

最惨的是旗下的经纪公司，有时候一个所谓的"凌晨见"，宣发部就全耗在那儿了。即时交流的网络平台，给明星带来了无数曝光率的同时，也带来了无穷尽的麻烦。

相比之下，策划部要好一些，大部分人可以不用坐班，只要保证会议出席和网络在线即可。

最辛苦的是李秘书。贺豫是个工作狂，贺新醅是个工作狂，好不容易在贺小笙底下过了几天松快日子，贺豫又回来了，还带着方若好这个小工作狂。

李秘书接过策划书时心中叹了口气：幸好自己一直单身，拖家带口的还真胜任不了这份工作。

方若好几句话将他打发后，打开电脑开始看《滑冰少年》的修改稿，就在这时，办公室的门被推开了。

贺小笙站在门外，表情莫辨。

职位上他还是CEO，方若好便礼节性地点了下头："有事？"

贺小笙关上门，走进来，在对面的椅子上坐下，盯着她，目光灼灼："我来谢谢你。"

方若好挑了挑眉。

他补充："昨晚的事。"

方若好想，果然沈如嫣想查什么时，是瞒不住的。不过，来道谢的是贺小笙而不是当事人，也算有趣了。

"不用谢。"她继续看稿。

贺小笙沉默了一会儿，还是忍不住又说道："你为什么非要在昭华呢？"

方若好不得不停下工作，抬头看他。

"以你的能力，去哪里都有施展所长的机会。如今已经不是一家独大的时代了，新生的影视公司那么多。你在昭华只是爷爷的特别助理，年薪刚够支付你妈妈的医药费和你的日常所需。你到底在图什么？你明明知道，有我和如优在，我们不会给你任何机会。"

方若好眯起眼睛，每当她露出这种神态时，就意味着要反击。因此，贺小笙快速地打断了她："我说这些不是威胁恐吓，而是真的不明白。你和如优，我都不明白。明明是一家人，怎么就水火不容呢？"

"我希望你搞清楚三件事：一，我先来的昭华，我十七岁就在三楼实习，八年了，而方如优，半年前才刚加入；二，我不需要你们给我机会，事实上，你们在我面前能控制的事情并不多，除了用钱做到的那些，但很多人和事，不是钱能决定的；三，我并不认为我们是一家人，相信你的未婚妻也不这么认为。"

她每说一点，贺小笙的脸就变一下，最后忍不住辩驳："那你昨晚为什么要救如优？"

"我昨晚的所作所为，不是出于亲情考虑，而是一个路人的道义。"说到这里，方若好嘲讽地笑了笑，"否则你以为我是做什么？跟你们求饶？谄媚示好？我不至于，在你和方如优用卑劣手段把我赶出昭华，又跟睿天一起设计陷害我后，还圣母地原谅吧？"

贺小笙的脸涨得通红通红。

就在这时，座机响了："方小姐，一位方显成先生在大堂等您，说想见您一面。"

方若好的心颤了一下，然后一言不发地挂上电话快步下楼。

贺小笙见她走了，自觉无趣，准备离开时，眼角余光看到桌上的一块手表，便又停下了。

这块劳力士潜航者他不是初见，跟方若好交往时曾在她家中见过，它被很慎重地放在一个锦盒中。当时表盘破裂，他还问过怎么不拿去修。方若好说会修的，等时机到了就修。

如今再见，玻璃竟然新换了。那个所谓的"时机"到了吗？

正想到这儿，手表旁的手机亮了起来，蹦出一条短信："【微博】你的微博好友@提鱼济世发布了一条微博，快来看看TA说了什么。"

贺小笙一怔，试着用自己的手机搜索了一下"提鱼济世"，一眼认出头像上的人是颜家的小叔叔颜苏。

颜苏发布了新微博："看不懂磁共振片，一如读不懂人心。"

底下一群似他同事的人回："别扯，你已经是我认识的医生里最会看磁共振片的了！"

"就是就是，颜医生好谦虚啊。"

"这是又遇到什么疑难杂症自我厌弃了？"

"你什么时候回来，还要在国内待多久？"

颜苏一条也没回复。

方若好为什么会把他的微博设为特别关注呢？

贺小笙忽然想起订婚那天，去后厨找方若好时，看见她跟颜苏站在一起，距离极近。某个结论如此突兀却又不突兀地跳入了脑海——

玩暧昧？还是暗恋？这样还想嫁给我，给老子戴绿帽吗？莫名觉得好生气！

方若好在电梯间里不停地深呼吸，但她的手还是一个劲地抖。

这些年来，她从没想起过他。

不怨恨，也不想念。只想当作陌生人，彼此再不用产生交集。

沈如嫣女士也做得十分狠绝，给他在A国的事业发展不停添堵，让他疲于工作，再无春风得意时的潇洒惬意。

可是方如优结婚，他是肯定会回来的。

那么，他特地来见自己，又是为了什么？

方若好将额头贴在冰凉的镜体墙面上，直到电梯门开，才站直了，一步步地走出去。

周末的大堂冷冷清清。除了前台和门外的保安，只有一位客人。

他沐浴在午后的阳光里，眉目有些看不清。坦白说，如果不是知道他的身份，方若好已经认不出他的轮廓了。

原本挺拔高大的身躯，自信满满的仪态，保养得当的仪容，都被郁郁不得志摧折得荡然无存。阳光下的那个人，微缩着肩膀，头发花白，虽然穿着依然得体，但有了一个硕大的肚子，原本棱角分明的瓜子脸松垮成了一张饼，还是张褶子多多的饼。

方若好这才意识到——方显成，已经五十六岁了。

方显成也看见了她，目光一亮。他们多年未见，她在他脑海中，还是个扎着马尾辫、文文静静、有些内向的小姑娘。

可此刻出现在面前的女孩子，齐耳的微卷短发，黑色的职业西装，眉眼凛冽，气场强大。

两个前台小姐同时起身，向她行礼：“方小姐。”

方若好随意地点个头，脚步未停，走过来停在了他面前。她的眼神太镇定了，镇定得让人生出些许寒意来。

方显成不由得有些紧张：“若好……”

方若好想了想，朝他伸出手：“好久不见。”

方显成下意识地同她握了手，然后才回味过来不对劲，等等！怎么一副见客人的样子？

“若好，我、我听说了你的一些事。你有现在这样的发展，爸、爸爸为你感到高兴……”

“谢谢，请坐。Mary，可以倒两杯……茶，龙井茶过来吗？”

方显成顿时一喜：“你还记得爸爸喜欢喝龙井？”

“当然。我的记性一向很不错。”所以，你做过的所有事情我都记得清清楚楚。方若好心中冷笑，却又立刻压抑住了。她并不准备给方显成难堪，尤其是在昭华的大堂里。

两人在沙发上坐下。前台小姐捧来了茶具。方若好示意自己来，熟练地开始沏茶。

她的茶艺和煎中药一样，都是到贺豫身边后才学的。贺豫对她非常满意，因为她学什么都又快又好。

此刻，方显成看着她也是无比欣慰，放下之前的尴尬，变得自然起来：“你姐姐……如优的婚礼取消了。你知道的吧？”

“嗯。”

“不知道她闹什么，忽然说不想结婚。她妈和她的未婚夫，也都惯着她……”

方若好心中“咦”了一声，敢情这位还什么都不知道？他在家中的地位，已经如此边缘化了吗？也许对沈氏母女来说，他只是个符号，用来出席各种重要场合，向世人证明自己的婚姻家庭依旧稳固。

符号化的方显成在别处受了亏欠，就想从她身上得到弥补：“若好，什么时候爸爸能看到你成家？”

方若好抬眼，定定地看着他。

方显成讪讪一笑：“人老了，什么都不多想了，就想着儿女们一切都好。爸爸后天就回去了，今天来见你一面……”

方若好终于忍不住打断他：“你不想看看妈妈吗？”

方显成一怔，慈祥和善的面具出现了许多裂纹：“她、她……不是……去世了吗？”

“谁告诉你的？”

“小、小钟去查过，说、说……”方显成说到一半，抿起了唇，表情变得越发难看。

方若好懒得去猜他到底是被小钟骗了还是被沈如嫣骗了，直截了当地问：“她没死。现在，去看吗？”

“这个……”方显成的手有些不安地抓着沙发扶手。方若好甚至注意到，上面已经长了一些老人斑。

几年前，她看电影《消失的爱人》时，曾想过男主角在那段牢笼婚姻里会如何继续，最终会变成什么样子。现在见到方显成，她知道了答案——

枕边人是毒蛇，维持着表面上的苟延欢笑，在虚伪和恐惧中备受折磨地度过余生。而这个事情最讽刺的，是他一手把枕边人变成了毒蛇。

“不敢去看吗？”

方显成的目光闪了闪，溢出了苦笑：“是不能。”

“为什么？”

方显成犹豫，最终摇了摇头：“大人的事很复杂的。女儿，对不起。”

“是吗？可我觉得很简单啊。”水沸开了，方若好将茶慢慢地注入杯中，“不就是一份协议书吗？”

方显成面色大变，几乎可以说是惊慌失措。

“如果再出轨，或者跟前情人们有任何联系，都会净身出户。”方若好云淡风轻地笑了笑，将茶杯推到他面前，“归根结底，还是钱呢。”

农村出来的凤凰男，一朝飞上枝头做了乘龙快婿，见识了天界风月后，怎么能够允许自己跌回泥潭?

所以，十年前，在私生女最需要爸爸的时候，他只派秘书去打发她。

十年后，他也不敢去医院看望情妇。

方显成的脸红了起来，不知是慌乱还是愤怒：“你竟敢这样跟爸爸说话？！”

“方先生，你不在我的户口本里，不在我的父亲栏里，甚至这么多年，也不在我的生活里。此刻，你坐在这里，只是客人。不该这个态度的人好像是你。”方若好说着，刻意扭头看了远处的保安一眼。

方显成被她的警告激怒，一把将茶泼到了她头上。

一直偷偷关注这边的前台小姐顿时惊呼了起来。保安们立刻冲进来：“方小姐？！”

方若好慢慢拨开湿漉漉的头发。一小杯茶，说多不多，说烫不烫，却足以将心中的最后一点柔软情怀覆灭。

“再见方先生。”她一个字一个字地说。

方显成重重地“哼”了一声后，起身走了。保安们警惕地步步紧跟着他，直到将他送出门外。

前台小姐连忙拿着纸巾过来：“方小姐，擦一擦？”

方若好接过纸巾，擦掉头发上的茶水，也擦掉了眼睛里快要掉出来的眼泪。

我对他早已没有任何幻想，也不存在什么期待。可是，他依旧能够伤害到我，让我这么这么难过。

这真是……太可怕了。

方如优从床上摇摇晃晃地爬起来，走到梳妆台前，在某个抽屉的角落里，翻出了一瓶安眠药。

她给自己服了两颗，准备回床上继续歪躺着时，手机响了，颜苏发来一条短信：“明天回A国，不知何时再见。你休息得如何了？是否方便我去看看你？”

方如优一怔，打开西边的阳台，果然隔着一条街，对面别墅的阳台上，颜苏在朝她挥手。

他们是邻居。是青梅竹马，是同学。

他从小就是大哥哥般的存在，照顾她，陪伴她。妈妈跟爸爸冷暴力时，她会躲去他家，待在他的房间里，看他玩魔方。他还陪她去过县城，假装路人去罗娟的便利店买过东西。

那时候的她痛苦得想自杀，是他拉住了她的手，强行把她带回家。

三哥哥……他们曾经那么那么亲密，却在岁月的变迁中渐行渐远。

十年前她看出颜苏格外关照方若好，气得不行，去颜母苏阿姨那儿告了一状。后来，颜苏出事，苏阿姨果然釜底抽薪地将他送出国，彻底断了他和方若好的联系。

十年后，他回国进修，再相见时已宛若陌生人。她太忙，忙着对付方若好，没有时间修复情意。

人和人的关系有时候真是很功利。接触得多了就亲密了，没有交集了就疏远了。

可有时候又如此神奇。好像此时此刻，远远看着这张脸，儿时的安全感和依赖感全部回归了。

“三哥……”方如优握着电话，一时间热泪盈眶。

颜苏很快过来了。

未等敲门，方如优已打开了门。

颜苏拿着一个打包得很漂亮的盒子，递给她时眨了眨眼睛：“逃婚的新娘，病好些了吗？有需要我效劳的地方吗？”

“你就别打趣我了……”方如优打开了盒子，里面是一个限量版的辛巴PVC，饶是她此刻抑郁到了极点，但看见最心爱的动漫角色时还是心情一荡。

喜欢二次元的人多少有些逃避现实的心理，但他们能从二次元上获取的能量也远超常人所能想象的。

颜苏“唰唰”几下将所有窗帘都拉开，明媚的阳光照亮PVC的同时也照亮了方如优。

“狮子王怎么可以不晒太阳呢？”他说。

方如优忍不住笑了，凝视着辛巴的眼睛，低声说：“你还记得我喜欢这个……那么你还记不记得我为什么喜欢辛巴？”

“你羡慕他在父爱中长大。”

对。这是她童年时对这部动画片最初的理解。

“但我后来更羡慕辛巴，因为他在离开父亲和原生家庭后依旧强大。”并且，最终他甚至回去改变了原生家庭。

相比之下，她弱小又无能，摆脱不了父亲，又处处受制于母亲。光鲜的外表和漂亮的学历未能令她感到安全，她的心依旧笼罩在浓浓的阴霾中，哪里有什么阳光，更无从谈王国。

辛巴，终究是虚幻一场。

“我昨晚被人下药拍了一堆裸照，方若好救了我。”她忽然说，果不其然在颜苏脸上看到了震惊之色，便又笑了笑，“她可真是个小天使对不对？小时候救小孩，长大后救我。”

十年前，颜苏陪她去县城看罗娟，通过窗户看到爸爸和那个贱女人，以及一个跟自己差不多年纪的小女孩的合照，亲亲热热地摆在床头柜上时，她受到了巨大的打击。回去的车上，他们看见照片里的那个小女孩在街上跟人拉拉扯扯，又踹又咬。

她心想真是个野种，那么野蛮、粗鲁、不要脸。

但很快从路人口中得知了真相——方若好揪着的那个老太太是个人贩子，她是在做好事救人。

那时候颜苏坐在身旁，同样盯着车窗外头发散乱、形如疯子般的方若好，从那时起她便知道了——三哥再也不会跟她同仇敌忾了。

“我有时也忍不住会想——她为什么不丑陋一点呢？如果她跟她妈一样虚荣、懒惰、淫贱、无耻，哪怕只是平庸，都好。可偏偏，她长得那么好，又勇敢又善良又勤勉又洁身自好，让我难过。”

讨厌变成了无理取闹。

报复变成了心胸狭窄。

方若好的优秀令她所有的痛苦都仿佛失去了意义。

可是——真的很痛啊！

很痛很痛啊！

“出轨伤害最大的是配偶吗？不是！是女儿！只有女儿！”方如优捂住了自己的脸，“妈妈失去的只是婚姻，而我失去的是整个人生啊！在成长期最重要的起步阶段，三观被砸碎，幸福被摧毁，并且断了前路，让我看不到丝毫希望！”

颜苏悲悯而温柔地看着她。

“我以为长大就好了，长大了就没事了，扛得住痛苦，找得到希望。我一直那么自我催眠着……直到昨天。”方如优自嘲一笑，“原来我跟十年前的那个小男孩一样，在方若好面前，只能是被救赎者。”

我明明什么都比她强。

我动动嘴皮，她就不得不退学。

我撒撒娇，她就被踢出公司。

可最后的最后，我在她面前，依旧是个弱者。

她没有被我打倒。

倒下去的，只有我。

十一 不逢不若

颜苏犹豫了一下，伸出手将方如优拉入怀中，像小时候那样，轻拍着她的后背。

方如优先是一愣，然后慢慢地平息下来，抓住了他的衣袖。

男人的、宽厚的，气息。

原本应是独属于父亲的怀抱。

她确定自己并无恋父情结。可这样的温柔，让她泪眼朦胧。

“三哥……我该怎么办？”我陷入了一个无比混沌的境地，婚姻、事业，全都一塌糊涂。甚至妈妈都对我失去了耐心和期望。接下去的路，该怎么走?

“我小时候，你知道的，并不想当医生的。”颜苏并没有告诉她应该怎么办，而是说起了他的事情，“我有两个哥哥，他们都学医。我就想着，也许我可以做点别的事情，否则一桌子人吃饭的时候，都大谈特谈心肝脾肺怎么切刀实在太恶心了。”

方如优的满腔愁绪，因这句话所描述的情形而崩散。她试想了一下那样的场景，不由得破涕为笑。

“我呢，就想着要不当警察吧，还能惩奸除恶，当个所谓的现代派‘大侠’。所以一直刻意去见义勇为，跟不良少年们打架，打到进了医院。然后，梦想破灭了。”

方如优一惊，抬头，看见的却是颜苏云淡风轻的脸庞。他甚至还对她笑了笑："车祸后有了精神创伤，没法自己开车，坐车也会胸闷气短，再加上在校打架斗殴的前科……所以……"

所以，跟警察失之交臂？

"在国外治腿那段时间，一边复健一边茫然，不知道未来的方向，甚至自暴自弃地想，就算腿恢复不了也无所谓吧，反正也不能当警察了。"

"那后来呢？"

"医院里有很多很多病人，白发苍苍还在积极求生的老人，年纪轻轻却已失去劳动能力的男人，牙齿都没长齐就要每周透析化疗的孩子……你真应该去医院看看。当你觉得自己很痛苦时，很悲惨时，很茫然时，就去看看他们。人类的社会性和生物本能，在那个特定的环境里，暴露得淋漓尽致。"颜苏眼中有很多温柔，温柔得近乎慈悲，"你去看看那些人，就会觉得，经历痛苦是人生的常态。而摆脱痛苦，才是人类一代代为之奋斗的目标。"

方如优一颤，睁大了眼睛。

"坏掉的器官，能摘除就摘除，能替换就替换，能用药物控制就控制。医学最终的目的，是摆脱痛苦，而不是求生。麻醉、吗啡和安乐针，都是出于这个目的而被研制出来的。"

"摆脱痛苦，借助物资、药品、仪器、心理暗示，借助一切所有的可能。我们活着本身，就是在做这件事情。"颜苏将手慢慢地放在她的头发上，"所以，别着急，你有一辈子的时间，去帮助自己。"

方如优怔怔地看着他。所以颜苏最终选择了成为医生吗？那么她呢，她是否能找到自己的救赎方式？

就在这时，房门突被人推开。

方如优转头，看见贺小笙站在门口。他的目光在她和颜苏相拥的肢体上转了一圈，脸色陡然大变。

意识到被误会了，她连忙试图解释："等等！"

然而贺小笙大步冲过来，拳头一挥，朝颜苏的脸揍了过去。

颜苏一个反手，将他的拳头包住了，同时退后三步，拉出距离。

贺小笙气得够呛，索性抬腿踢过去。

方如优简直没眼看，但心口一松，不紧张了——论打架的话，十个贺小笙都不是颜苏的对手啊。

颜苏架住贺小笙的双臂，将他禁锢在了墙上，笑了起来："有话好好说，不要打打杀杀的，小侄子。"

“滚！谁是你侄子！”

“那么……叫妹婿也是可以的。”

贺小笙冷笑起来：“是吗？哪个妹妹？如优还是若好？”

颜苏一怔。贺小笙趁机挣扎着摆脱了他，冲到方如优面前，拉住她的手说：“如优，你别被这个花花公子给骗了！”

颜苏吹了记口哨：“花花公子？我终于得到了这个‘人设’。”

“如优，你不知道吧？这些年，他一直跟方若好暗通款曲！”

方如优诧异地看向颜苏，颜苏耸肩做了个莫名其妙的表情。

“装！你接着装！听说我要跟方若好订婚，你就眼巴巴地赶来破坏。这次我要跟如优结婚，你又来破坏，脚踏两条船这么爽吗？”

眼看贺小笙越说越离谱，颜苏当机立断，决定走人：“我觉得小侄子好像误会了什么。如优，要不你们两个自己谈谈？”

见他脚下抹油要开溜，贺小笙大怒：“不敢承认？提鱼济世！跟你的‘不逢不若’偷偷摸摸玩暧昧这么有意思吗？”

被他叫出网名，颜苏脚步微顿，回头看向贺小笙。

贺小笙以为他心虚，冷哼道：“燕心国际医院8A19床的病人，你很熟吧？如优，你以为他这次回国在忙什么？忙着给方若好的老妈做手术！”

方如优震惊：罗娟住在燕心国际医院？！

“我查过了，你这些天一直出入那个医院，并且成功将方若好那个植物人老妈给弄醒了。啧啧啧，为了讨好方若好，你果然是用尽心思啊。难怪她把你设为特别关注……”

“你在给罗娟做手术？”

“我是她的特别关注？”

几乎同一时刻，方如优和颜苏问道。

“你会不知道？”贺小笙优先回答了颜苏的问题，“医院不是你给她找的吗？你家这么多年一直在偷偷资助她，现在还给罗娟免费……”

颜苏打断她：“你说，我家在资助方若好？”

“如优，你看看，他明明知道你最恨罗娟和方若好，却私底下为她们做了这么多事……对了，他还送给方若好一块红水鬼手表，这些年，方若好可一直珍藏在身边呢！”

方如优跟颜苏都被贺小笙说出的讯息震惊得说不出话来。

颜苏迅速整理了一番思绪，表情变得严肃起来：“我走了。”说着扭身离去。

“你看看，他承认了！他不敢面对你了！”贺小笙正占上风，对手却不战而逃，他满肚子话憋在肚子里，气得够呛。

方如优将目光从颜苏的背影处收回来，移到贺小笙脸上。

贺小笙被她看得心虚起来：“如、如优，我、我真的是怕你被他骗了。他不是什么好东西……就算你不想跟我结婚了，也不能跟他……”

方如优叹了口气：“小笙。”

“干、干吗？”

“你可真是个好助攻啊。”

“什、什么？”贺小笙一脸茫然。

方如优何等聪慧，不过寥寥几语，她从颜苏的细微表情就已推测出来——颜家帮罗娟转院是实锤，但颜苏应该并不知晓此事；颜苏回来给罗娟治病是事实，但未必跟方若好有私情。至于手表、微博什么的，只怕是方若好的一厢情愿。毕竟当年，方若好看颜苏时脸上的矜持和眼底的喜悦，男孩子眼瞎看不出来，作为旁观者的她，却是看得一清二楚。

颜苏是个大大咧咧的人，当年一中多少女生爱慕他，他都浑然不觉，对方若好，也不过是同桌之情，再加一点点怜悯之心。

但现在，少女隐秘心事的气泡被贺小笙戳破了。如此羁绊，怕是情网难逃。

小笙啊小笙，你知不知道自己做了件多么可怕的事？你把我最敬仰的哥哥，活生生地推向了方若好。他若因此真的跟方若好在一起了，我又要大把大把吃药，才能平衡心中的嫉妒和艳羡了。

方如优只觉头疼，安眠药的药性开始发作，她困得要死，索性上床睡了。

贺小笙明明有一肚子的话要说，见她睡下了，只好按捺下来，蹑手蹑脚地在沙发上坐下。

他注视着一尺之远的方如优的睡容，有一种不祥的预感——他要失去她了，很快就会失去她了。

就像当年追逐着唐翎，最终发现唐翎跟谢岚在一起了一样。

不过是，粉丝单方面的热情一场。

颜苏坐在出租车的副驾驶座上，把“提鱼济世”的几百个粉丝过滤了一遍，果然在里面找到了“不逢不若”这个ID。

用的头像是一张太阳的风景图。

他胸口骤然一闷，却不知是因为畏车的旧疾，还是其他。

不逢不若，出自《左传》，意指魑魅魍魉等害人之物，说的是看见不祥的东西时，要躲开，免得跟它相遇。

点入主页，关注“1”是他，粉丝“1”是微博自送的新手指南，没有任何更新，也没有给他评论、转发和点赞，像个假粉。

所在地、性别、生日全是假的。注册时间是……他注册微博的同一天。

颜苏愣了一下，突似想起什么，登了FB，那一天，他发布了“我在新浪开通微博啦，欢迎国内的朋友们关注我”的状态。于是他又筛查FB的好友列表，没有不逢不若，却有个用了同样的太阳头像的“Gaze”。

同样是毫无更新的主页。难怪从没出现在他的互动列表里。

颜苏的心“扑扑”直跳。

“我……我住了很久的医院……”

“我知道。”

“我出院后四处打听你，但你退了学，就跟失踪了一样。”

“我知道。”

“我找人查罗娟的转院讯息，也一无所获。”

“我知道。”

“当我再得知你的消息时，你已成为贺伯伯的秘书，出现在昭华。现在说这话其实很不合适，但这么多年，我一直记挂你。”

“我知道。”

当时他听到以为是敷衍的句子，没想到背后竟有惊涛骇浪的深意。

颜苏定定地看着“Gaze”，中文意为“凝视”。

原来，你一直凝视着我吗，若好？

而你不回复我不联系我，是因为“不逢不若”吗，若好？

方若好没能在方显成带来的悲伤阴影中沉浸太久，因为很快又来了一个访客。

对方是电话通知她的：“若好，我是柳橙。关于源西的事……我们再见个面吧。”

于是她将时间约在一个小时后，约在了办公室旁的会议室里。

“李秘书，给这位女士点杯楼下奶茶店的珍珠奶绿，多放布丁七分糖。”方若好一边交代一边在柳橙对面坐下。

柳橙是独自来的，但透过玻璃窗，可以看到钱豪等在楼下的一辆车旁。车很普通，现代伊兰特而已，但当年的陌北老师，载柳橙的也不过是电动车。

柳橙跟贺陌北是患难夫妻。患难夫妻，柴米油盐下难有浪漫。彼时的柳橙，总是愁眉苦脸的，此刻衣食无忧，便露出独属于幸福女人的娇媚满足来。

方若好注视着柳橙比从前要娇美许多的脸庞，忍不住想：若自己是贺源西，怕是也要失落和生气的。人心就是如此复杂，既希望她幸福，又希望她不要忘记前夫。

“关于源西拍电影的事……我同意了。”柳橙开门见山。

“不继承老师的遗志了？”

“阿豪开导了我很久，我静下心来想了想，他说得对。”

方若好挑眉。

“他说，老师什么时候都能当，哪怕三十岁再去考教师资格证都来得及。但是电影，错过后可能就没有第二次机会了。还说，不让源西去试试，源西不会死心，大人不应该将自己的想法强加给孩子。还有，昭华是不会让源西遭遇娱乐圈里那些……唔，不好的事的，我大可放心。而且——”柳橙说到这儿，抬眼看她，“有你在啊。”

方若好一颤。

李秘书在电梯口等奶茶时，电梯门开了，外卖小哥跟颜苏一起走了出来。

他惊讶：“颜先生……”

“请问方若好在吗？”

“在，在会议室……”

他的话还没说完，颜苏看见一旁开着门的办公室的桌上，放着方若好的相框，便说：“那我去她办公室等她。”

李秘书本想叫住他，但外卖小哥在一旁催促，他只好先接过奶茶，确认确实是珍珠奶绿且加了布丁后，先去会议室送茶。

方若好正把合同推到柳橙面前：“你带回去，找个律师看看，觉得没问题再签。”

“不用了。我相信你。”柳橙拿起笔签了名字。

李秘书将奶茶放到她手边，找机会对方若好说：“方小姐，颜苏颜先生来找你。”

方若好一惊，等听说颜苏进了自己办公室时，更是面色大变，起身冲向办公室——

李秘书内疚地步步紧跟：“对不起，是不是不该让他进您的……”

方若好来到办公室门外——门内的颜苏，正凝视着桌上的手表。

她的心沉了下去，挥挥手，示意李秘书出去，然后走进办公室，关上了门。

颜苏还在看那块表。

方若好忍不住在心中自嘲，脑海中幻想过无数个还表的场景，独独没想到，会是以这个方式。

她清了清嗓子，极力让自己显得镇定和若无其事：“被你发现了啊，那只能还给你了。自己的表，应该还认得出来吧？”

颜苏慢慢地转过头来。

一瞬间，星光落满屋。

方若好呼吸顿止，心中起落犹如过山车。

颜苏将手表拿了起来，放在腕上比了比：“十三岁时第一次潜水，爸爸送了这块表给我。十分喜爱，就一直戴着。”

方若好下意识吞了下唾沫，只觉口干舌燥。

“车祸后没了，以为丢了。自那后，我就不戴表了。”表带轻扣，依旧合适。颜苏盯着上面停止的时间，心中感慨万千。可三步外的那个姑娘是那么窘迫，窘迫得像在等待一场审判。他被这副模样背后所蕴含的东西撩拨得心神荡漾，必须用尽全力才能绷住表情。

十三岁，他第一次遇见红水鬼。

也是他第一次见到方若好。

邻家的方如优脸色苍白地来找他，求他陪她去郊县。她当时的模样太可怜了，浑身都在发抖，让人担心。于是他让家里的司机开车送他们去县城，在一个临街的便利店前停下。

方如优注视着“阿成便利店”的招牌，眼睛布满血丝。

她看了许久后，才下车走进去。便利店里没有人，内室的门半开着，四个人正在里面热火朝天地打麻将。东位上的女人十分美貌，大波浪长发，长长的睫毛，跟旁边的中年臃肿妇女形成极强对比。

颜苏透过麻将房的玻璃窗看到更里面的卧室，床头柜上摆着的全家福照片里，有个熟悉的男人。

那一瞬间，他明白了方如优的表情为何如此绝望，更明白了这个漂亮女人的身份。

他立刻将方如优拖出便利店。拜麻将的黏度所赐，全神贯注在牌桌上的罗娟并没有注意到他们。

几乎是刚一出便利店，方如优就失声痛哭起来。

她哭得太厉害了，坐回车里时还在崩溃。

颜苏只好跟司机比了个手势，示意先不要开车，让她好好发泄一通。自己则下车，想起方如优爱吃糖炒栗子，便去附近转悠看看能不能买到。

走了两条街，才看见有卖糖炒栗子的小推车，正在称重时，感应到一道灼灼目光。

他抬起头，便看见推车后方的建筑物里，二楼的某扇窗户开着，一个小男孩眼巴巴地望着他和糖炒栗子，食指塞在口中起劲地舔着。

男孩大概三四岁，长得好看极了，一边吃手一边流口水，又可爱又可怜。

颜苏向来对小动物没有抵抗力，更何况是如此漂亮的一个小东西，当即朝他挥了挥手："要吃吗？"

小男孩的头从窗口缩回去了。

颜苏笑了笑，不以为意地付了钱，转身正要离开时，就听到一阵急促的奔跑声，回头一看，竟是那个小男孩匆匆朝他跑过来。

颜苏一愣。那孩子已冲到他面前，伸出了手。

颜苏连忙剥了一颗给他，男孩很自然地吃了，一边吃一边伸出另一只手示意还要——一看就是被人投喂惯了的，毫无戒心。

颜苏只好继续剥。如此一连剥了五颗后，他摸了摸男孩的脑袋："好了。不能再吃了，这个涨肚子。快回去吧，小家伙。"

男孩倒也不纠缠，朝他比了个飞吻的手势后便回去了。

颜苏提着袋子回到车上时，方如优已经哭得差不多了，看到栗子果然表情松缓了些。

司机发动车辆缓缓前行。颜苏继续认命地剥栗子。

方如优吃了两颗后，眼泪彻底没了，一语不发地看着窗外，过了好一会儿，才轻轻地说："你看到没有，那个孩子……跟我差不多大。"

颜苏反应过来，她指的是全家福照片里的那个女孩子——方叔叔的私生女。

正当他这么想时，就看见了那个私生女。

司机把车停下，因为前方没路了，许多人围在路口看热闹。而热闹的主体，正是照片里的小姑娘。

真人有些瘦小，比如优大概矮了足足一个头，却是横眉怒目，对着一个老太太又踢又咬。

老太太索性往地上一躺，哭天喊地起来："没天理啊，现在的孩子啊，连老人都打啊……"

"打的就是你！"小姑娘又踹了她两脚，"抢孩子！不要脸！这是你孙子吗？你能生出这么好看的孙子吗？这明明是我老师的儿子！"

小姑娘身后的几个大人紧紧护着一个小男孩。小男孩坐在一位大娘的手臂上，睁着一双好奇的大眼睛，扑扇扑扇地看着这一切。

颜苏心中一紧——这、这不是之前管他要栗子的小男孩吗？！

人群中走出几个大人，将那老太太押着送警局去了。小姑娘拢了把散乱的长发，气喘吁吁地走到小男孩面前："喂，你是贺老师的儿子吧？走吧。我带你回家。"

小男孩定定地看了她一会儿，突然灿烂一笑，朝她伸出双手："抱抱。"

小姑娘便从大娘手中接过他，费劲巴拉地抱着他离开了。

车内的方如优也看到了这一幕，幽幽地说了一句："就是她啊……"

颜苏的注意力却不在小姑娘身上，他满脑子想的都是那个小男孩，当即对司机说："跟上。"

方如优诧异地看了他一眼，但没反对。于是司机开车慢慢地尾随着小姑娘和小男孩。

一路上，只听小姑娘不停叮嘱小男孩，偶尔几句飘进车内，说的是"不可以爸爸妈妈不在家时自己跑出来""外面很危险""不能随便吃陌生人给的食物啊"之类的话。

颜苏盯着座位旁的栗子，耳根慢慢地涨红了。

十分钟后，对方果然回到了糖炒栗子小推车所在的那栋楼里，小姑娘放下小男孩，牵着他的手上楼了，再也没有出来。

方如优没有耐心再等下去，对司机说："咱们回去吧。"

颜苏没有说话。他内心中充满了内疚，以及庆幸。

是他用栗子将这个孩子诱下楼，却没想过要安好地护送对方回去，在他急急忙忙回车找方如优的时候，男孩发生了意外，被人拐走了。

如果没有小姑娘出现，及时阻止了一切，后果会如何，不敢想象。

颜苏忍不住攥紧了手，手心里湿漉漉的，全是冷汗。

方如优曾在罗娟被送医院后质问过颜苏："为什么你要对方若好这么好？"

彼时十六岁的颜苏沉默了一会儿，回答了三个字："她值得。"

她的善良挽救了他的一场灾难，避免他的人生从此陷入永无休止的自责，仅这一点而言，他都不能不对方若好特殊。

而今，二十六岁的颜苏站在方若好面前，看着被她妥善保管了十年的手表，心脏有些不受控制地亢奋，像块融化了的巧克力，苦涩又甜蜜。

这么多年……

她……竟然……喜欢……我吗？

喜欢他的姑娘很多，从医生到护士，从同学到同事。可唯有方若好，是不一样的。

她的喜欢，就像浮在太阳下的云层，软绵绵又沉甸甸，随时都会落下雨来，令他又欢喜又心疼。

颜苏看着手腕上的手表，忍不住想：为什么不早一点知道呢？这么多年……

“你现在才把这个还给我，是不是因为我妈？”

方若好神色微变，果然被他猜中了。在贺小笙道破罗娟住进燕心国际医院是颜家出的力后，他在来时的出租车上给李鸣东打了个电话，从对方口中得到了验证。

李鸣东显得很不好意思：“对不起，之前不知道您是颜锐先生的儿子。因为交流会上被您的演讲征服，所以主动联系您来我们医院交流访问。还奇怪您这么爽快就同意了，原来是看到了罗女士的病例。颜锐先生一直关照我们好好照顾罗女士……”

他确实是在看到燕心送过来的病例中有罗娟之后，才决定接受邀请回国的，还为终于得知了老同桌和她妈妈的下落而兴奋，结果误打误撞地破坏了妈妈的苦心计划。

十年……

她被隐藏起来，消失在他的世界中。

追溯根源，是因为保护欲过度的妈妈，他觉得她像周定一样，会成为他的麻烦。

十年……

他偶尔会想起这位特别的同桌，不知道她妈妈的病如何了，不知道稚嫩如她，如何应对那样无助的困境。

她会令他担忧，令他记挂。

这种担忧和记挂，在经过漫长时间的沉淀和酝酿后，在此时此刻此地，发酵成了情动。

为什么不早一点重逢呢？如果能早一点……

颜苏凝视着方若好的眼睛，心中巨浪滔天，颠簸得他无法自控，一个踏步，上前将她抱住了。

“对不起……”他礼貌地吻了吻她的发心，但紧跟着，无法抑制的情绪涌上来，加重了拥抱的力度。

“给个机会。”颜苏低声说，“也许我们可以重新开始。”

他的声音从头顶上方落下来，像光束落进山缝中，阴生植物敬畏地看着那束光，急切地想靠近，却又出自本能地战栗。

“我……想考虑一下。”

颜苏凝视着她，片刻后，一笑：“好。我明早十点的飞机。希望在那之前可以听到答案。”

方若好开着车前往中药房，沿途刻意绕到汽车站前，十年了，车站的站牌还在原地，却已更换了新的展示屏。

十年前，她初来B城，在这里和颜苏相遇。他十分突兀且强势地进入了她的生活。

车站东行六公里，就是市一中。一群上完自习的少男少女说说笑笑地走出来，身上穿的还是十年前的校服。

十年前，她跟颜苏在这里同窗又同桌。明明是人生中最痛苦的记忆，却因为他的存在，有了深刻的意义。

她将车拐向美食一条街。那家火锅店已不见了，取而代之的是网红奶茶店。原本拥挤的街道也拓宽了近三倍。此地若再发生与不良少年相遇的剧情的话，想要轻松逃脱不太可能了……

方若好慢慢地开着车，一边开一边看，像把十五岁的旅程重走了一遍。

最后，她取了药，来到贺宅前。

下车，步行，上台阶。

天已经暗下来了，路灯映得石阶斑驳。她忽然喜欢上这种前行的方式：大脑加速供血，吸氧能力提高，肌肉专注但精神放松，所要思考的问题似乎也跟着难度下降了。

“给个机会。也许我们可以重新开始。”

日日夜夜向神祈祷的人，忽然间得到了神的回应，会是什么感觉？

大概都如她此刻这般震惊、惶恐与茫然吧。

在成年人的世界里，喜悦是需要精密算计的，计算要为之付出多少代价。

如果真的跟颜苏交往了，如何过他父母那关？颜母在她最无助时帮她铺平了道路，让她得以喘气，没被天价医药费和绝望压垮。救母之恩，却以夺走她的儿子作为回报，方若好自问做不出这样的事。

可如果拒绝……

这个念头刚在脑海中浮现，就让她的心为之一揪。方若好停下步子开始急促地喘气，最后不得不在台阶上坐下来休息。

脚下的世界灯光璀璨，红尘至美如斯。

《行尸走肉》中，男主角的儿子在看一只小鹿时被子弹击中，生命垂危。绝望的女主角质问男主角：“这样行尸走肉的世界，为什么我们要拼命让孩子活着？为什么要救醒他，让他重新面对饥饿、逃亡和绝望？”

这时儿子醒了，下意识地喊疼，但当他看到母亲时，第一反应是兴奋：“你真应该看看，妈妈，那只鹿！它太美了！”

所以，儿子再次昏迷后，男主角回答女主角：“他醒来就谈起小鹿，而不是中枪。他说的是美好的事情，有生命力的事情。无论经历多少苦难都还可以相信奇迹，这就是为什么，要让他活着。”

颜苏就是方若好的那只小鹿。

她经历了那么多不堪的、混乱的、痛苦的变故，可只要看着他，就看见了美好和希望。

怎么舍得拒绝？

方若好在台阶上坐了好一会儿，才抹平脸上的表情继续上山。

她把药端给贺豫时，贺豫坐在阳台的摇椅上，正在看星星。

夜空一片浑浊，但依旧有几颗星星异常明亮。

贺豫指着星星对她说：“那是天狼，那是参宿七，再上面点的是参宿四……雾霾中，也就这么几颗星星了。而有银河之称的娱乐圈，如今想脱颖而出成为巨星级偶像，也比以往更艰难。”

“我对源西……有信心。”

贺豫瞥了她一眼，目光隐含深意：“你应该对你自己有信心。你成功，则他成功。”

方若好心中一凛，应了一句“是”。

“星星不代表天空。天空是属于幕后人员的——决策者、企划者、投资者、制作者、推广者……在看不见的黑幕里，我们向世人推出了星星，让他们看见希望。我们，才是天空。”

方若好由衷地又回了一句“是”。

“你很聪慧，也很谨慎，作为助手非常出色，但不够自信，没有那种睥睨天下的霸气，如果在宫廷剧里，你适合当皇后，却不能当女王。”贺豫说到这里，伸出手，慢慢地放在了她的肩膀上，“但我现在，想让你当女王，把昭华传给你，把电影人的意志传给你。”

方若好抬起头，心跳急促。

灯光里，夜色中，贺豫眼角的纹路带着难得一见的温柔笑意，一个字一个字地说：“不自信，可是不行的啊。”

然后他用大拇指，抹去了残留在方若好右眼角上的泪痕。

方若好心中悸动——老师看见她坐在台阶上哭了，所以才刻意说这番话鼓励她的吧。

不自信，可是不行的啊，方若好。

颜苏抬腕，红水鬼上显示时间已是九点一刻。

一旁站着方如优。方如优坚持来送机，贺小笙便开车带她过来了，他自觉气氛尴尬，离得远远地没有靠近。

方如优看着那块手表，再看看颜苏的表情："你在等方若好吗？"

颜苏"嗯"了一声。

"怎么？还没确定彼此的心意？"

颜苏有些好笑地看了她一眼。

方如优假装不在意地拨了拨头发："暗恋都说破了，不开花结果，还要继续玩暧昧吗？"

"你怎知一定会开花结果？"不知是不是错觉，方如优觉得颜苏这一瞬的眼神笼上了阴霾，"也许是零落成泥。"

方如优便夸张地嗤笑了一声："她又不是傻瓜。你这么好的人，不紧紧抓住，难道送给别的女人吗？"

颜苏笑了笑，没有回答这句话。

方如优总觉得他的心情越来越不好了，不由得也扭头看向进站口——不会吧？方若好真的拒绝了三哥？

明明暗恋多年了，送到面前却又退缩？

忽然有些生气——竟敢拒绝我哥，不识好歹的女人！

时间一点点过去了。

贺小笙忍不住走过来催促："快要关闭通道了。"

"再等等。"颜苏不肯死心。

方如优突地夺过贺小笙的手机，给方若好发了条微信："你在哪里？"

方若好没回复。

于是她又一连串地催促："你怎么不来送机？""你竟敢放颜苏鸽子！""你现在马上过来！"

还要继续催，贺小笙连忙抢回手机："别用我的手机干这么奇怪的事情啊！"

方如优瞪着他："要不是你，什么事都没有！现在三哥烦，我也烦。"

"你烦什么？"

"我烦……"方如优语塞，自觉心情复杂不可解说。她既不想让方若好跟颜苏在一起，却又心疼颜苏，希望他感情圆满。搞什么啊，明明是方若好死皮赖脸地暗恋三哥，凭什么现在三哥成了被选择者啊？

她忍不住又瞪颜苏一眼——男人真是大猪蹄子，一听说有小姑娘暗恋了自己十年，心一下子化了，马上丢盔弃甲地投降了，就不能继续保持高高在上的男神形象吗？

方如优越想越郁闷，事关方若好，她就无法平静，只好一跺脚说："我不管了。我回去了！"

她转身正要走，看见一人，顿时停住。

——方若好匆匆从入口处跑了进来。

她穿得十分正式，浅灰色毛衣，黑大衣，黑皮鞋，围了条墨绿色的羊绒围巾，看上去像要去参加重要的国际会议。

相比之下，穿着漂亮裙子的自己，更像是来给心上人送机的姑娘。

方如优眯了眯眼睛，默默地退到一旁，给自己弄了个"暗中观察"的"人设"。

而这时，颜苏也看见了方若好，大步朝她迎过去。

方若好停在他面前，稳住气息说："对不起，来迟了。"

"没关系。你来就好。"颜苏展颜一笑。

身后催促登机的广播再次响起。方若好和颜苏都听到了，颜苏却无着急之色，只是静静地看着她，目光中含着等待。

方若好咬了咬嘴唇，忽将一支录音笔递给他："上飞机听。"

"好。"颜苏将笔揣进口袋。

他如此淡定，反而让方若好生起狡黠之心："不想知道里面是什么吗？"

颜苏坚定地说："是昨天的问题的答案。"

方若好却摇了摇头："不是。"

颜苏果然被惊到，正要掏笔，方若好按住他的手，说："答案由我现在当面告诉你——"

她踮起脚尖，凑上去吻了吻他的脸庞，用无比清晰的声音说了两个字："好的。"

颜苏怔住了。

一旁的贺小笙睁大了眼睛。

而"暗中观察"的方如优变成了"暗中观察该不该凶"。

方若好落回原地，推了颜苏一把："去吧。我等你回来。"

颜苏提起行李箱走向登机口，想了想，又回头："三个月。"

方若好扬眉。

颜苏眉睫深浓，说得异常郑重：“等我处理完那边的事情。”

方若好“扑哧”一笑：“好。”

然后颜苏便不再回头地离开了。

贺小笙对方如优说：“戏演完了，咱们回去吧？”

方如优狠狠推了他一把，扭头跑掉了，胸口像要爆炸，不幸猜中——亲眼看见方若好跟三哥在一起了，自己果然很生气！

飞机上，颜苏拿出录音笔，迟疑了一会儿，才戴上耳机按动播放键。

一阵沙沙音后，一个男人的声音说：“方小姐来了。”

颜苏一怔。

紧跟着，一个女人的声音响起：“你出去等我们。”

颜苏面色顿变——这是妈妈的声音！也就是说，这根录音笔，并不是方若好的。而是他妈妈在使用！

这是怎么回事？

又一阵背景噪音后，方若好带点嘶哑的声音从远处传来：“对不起，冒昧地邀请您出来见面。我想跟您谈谈……颜苏。”

“哦。”妈妈不冷不热地应了一下。

“沙沙沙”，纸质物的摩擦音被推到近前。“这是我的学历证明、房产证明、收入证明。这是我跟昭华新签的合同，里面允诺，我将获得镕裁五年计划中所有影片百分之一的利润分成。”

妈妈的声音变得困惑：“为什么给我看这些？”

“我想告诉您，我是一个很出色的女人。所以，请您重新看看我。我想跟颜苏发展恋爱关系，并得到您的祝福。”

飞机起飞的巨大轰鸣声从窗外划过，耳膜深处像有调皮的气泡一个接一个升起来。

颜苏缓缓摘下录音笔的耳机，阳光透过玻璃窗落在他脸上。

下方的云层宛如海浪上的白色泡沫，上方的天空无限开阔。而在天空跟云层之间……是永恒的，名为希望的光。

十二
影子人格

“这是我的学历证明、房产证明、收入证明。这是我跟昭华新签的合同，里面允诺，我将获得镕裁五年计划中所有影片百分之一的利润分成。”

周一早上八点，冬日的暖阳已在亲吻咖啡厅的玻璃窗。

方若好将一叠资料推到对座的颜母面前，像一位即将上战场的勇士捧起了他的长剑。

颜母果然被冒犯般皱了下眉：“为什么给我看这些？”

方若好将攥紧的手慢慢放平，鼓起勇气说：“我想告诉您，我是一个很出色的女人。所以，请您重新看看我。我想跟颜苏发展恋爱关系，并得到您的祝福。”

勇士拔剑，有时候不是为了杀戮，而是守护。

“我知道在世人看来，我有一个很糟糕的出身，不漂亮的学历，房子很小，没有存款……这些在谈婚论嫁时会被放到天平上一一挑剔筛选的条件，我都不够好。

“可是，教育给了我出色的能力，凭借这些能力，我能在工作上拥有远大前程。我正在一步步地坚定前行，直到让您觉得足够与您的儿子齐肩。

“颜苏是个很棒的人。我不想跟他再次错过。我渴望与他紧密交集，并渴望这段交集能够被您允许。

“这就是我今天，冒昧地约您出来喝咖啡的目的。”

方若好直勾勾地望着颜母。

她刻意穿了很正式的衣服，化了长辈们不会挑剔的淡妆，呈现出最可靠的自己。

不自信，可是不行的。

工作如是。爱情更如是。

与其跟颜苏在一起后再惶恐不安地发愁如何面对他的父母，不如在正式确定关系之前，先把这个最棘手的问题解决掉。

阿姨，请您看看我。

如果说，当年弱小无能的我对颜苏来说是个不定时炸弹，是会干扰到他远大前程的麻烦，那么现在的我，是不是不一样了呢？

这个社会很现实，喜欢对弱者说三道四，但也很功利，当你成功后，所有的缺陷都会转为美谈。

而我，一直咬牙坚持着奋斗着，不正是为了今天，能堂堂正正地在您面前挺起胸膛吗？

我很棒的！不是吗？

颜母的视线从那堆资料上缓缓滑过，过了好久才抬起来落在方若好的脸上。

方若好依旧保持着脊椎笔挺的坐姿，表情严肃，眼神专注，像穿着隐形盔甲后不惧攻击的武士。可发红的耳背和压在桌上的苍白手指，又泄露了不为人知的脆弱。

颜母在心中无限叹息。

“这么多年……我一直看着你。”

方若好的睫毛颤了一下，眼睛睁得更大了。

“第一年，我看着你，焦头烂额。心想，这个样子……学习怕是跟不上了吧？”阳光照在颜母身上，她已年过半百，不像沈如嫣那般依赖医美，眼睛下方布满了细细的纹理，但看起来慈祥和善了许多，不像当年那般高高在上，“后来，你退学了，得知是如嫣动的手脚时，我很生气。就这个时代而言，剥夺一个人的教育权，跟推他入火坑没什么区别。怎么可以不让一个孩子读书呢？”

方若好紧抿着唇，不知该说什么。

往事历历，辛酸自知。此刻重提，并没有因此而宽慰，反而更加忐忑，不明白颜母说这些的目的。

“然后我看着你，开始自学。就这样，第二年。我心想，卖房子的钱，该花完了吧？该如何继续维生呢？然后我看着你，开始打工，收银员、外卖员、推销员……全干过。”

方若好垂下了眼睛。那段时间很忙，经常口袋里只剩两三块钱。但也是那段经历，给她积攒了许多工作经验。哪有什么人天生谨慎，只不过上的当多了，也就学精明了。

“第三年，我想，这么分身乏术的，高考能行吗？然后我看着你，考上了传媒大学。一年一年，我看着你，想着这个孩子怎么还不放弃？”颜母说到这里，忽然笑了一下。

方若好忍不住想：跟颜苏同样的眼睛，笑起来时，果然也是带着慧黠的。

“若好，你是个好孩子，我承认你已经长成了一位很优秀的女性。如果我有女儿，像你这般，身为母亲，我会非常自豪。”

方若好的手一下子抖了起来。她的意思是……

然而，颜母突然起身，伸出一只手按在了她的肩膀上：“但是，这不代表我希望有你这样的儿媳。”

方若好原本马上就要沸腾的心，“呲”的一下，被泼了个透心凉。

“为什么……”她讷讷地说，“我不明白……”

“你太具攻击性了。那些拦在你面前的障碍，你会一样样地拆除掉。就像我现在，挡在你和颜苏中间，所以，你来攻克我了。”

方若好刚想反驳，颜母按在她肩膀上的手用力了几分，压得她坐了回去：“别着急。耐心听我说完。”

方若好只好继续聆听。

“我毫不意外自己会被你攻克，事实是，这么多年一直看着你，我已经被你攻克了。你是个非常有魅力的女性，我能够理解为什么提鱼会喜欢你。可是，你喜欢提鱼吗？”

“我当然喜欢！”方若好有些生气，因此声音格外坚定。

“那么，在你母亲跟提鱼之间，你会选择提鱼吗？”

方若好沉声说：“我不明白为什么非要在我母亲跟颜苏之间二选一。他们完全可以并存。”

“确实，这个问题失礼了。那么换一下，在工作和提鱼之间，你会选择提鱼吗？”

方若好的心沉了下去。她有些猜到颜母要说什么了。

“提鱼是个很好的神经科医生，他在国外发展得很好。如果跟你在一起，要不他回国，要不你出国。你如果离开这片土壤，就不再具备现在的优势。”颜母说这句话时刻意看了眼昭华的合同，“提鱼如果回国，就很难进一步深造——国内的医疗设备、技术、理念，甚至新药，目前都与世界顶级医疗机构有差距。你们中的一个人要做出部分牺牲。”颜母温柔地看着她，歉然的目光，简直跟十年前一模一样，“提鱼想必是愿意为你牺牲的。那么，你能为他牺牲吗？为了所谓的爱情，放弃你如此辛苦才抓在手中的机会？”

方若好绝望地闭上了眼睛。心中一个声音格外清晰——

不……

好像是……不能……

“作为一个母亲，我其实并不需要多么优秀的儿媳。我更希望她全心全意地珍爱我的儿子，愿意为他牺牲和奉献——当然，我的这个想法很不公平，很自私。但是，这是无可避免的人性。不是吗？”

方若好的心在颤抖，颜母就是有办法把非常残酷的话说得如此厚道。

“你想跟提鱼交往，其实我没有反对的立场。你们都是成年人，恋爱是你们两个人自己的事。但是，恋爱之后呢，走进婚姻吗？不结婚，怎么保证维系一辈子？结婚，要孩子吗？事业、家庭，如何权衡？我可以摒弃个人自私的想法，虚伪地祝福你。但我的祝福，不能解决你们之间的根本问题。你们是两个各自在朝梦想奔跑的孩子，无论抹杀哪一个的梦想，都太可惜了。”

方若好的眼眶红了，眼泪一直在打转，却又依旧固执地不肯流出来。

“除非你们只是玩玩。那么，今朝有酒今朝醉，谁怕谁？可你们是这样的人吗？”

我们不是。方若好在心中咬牙回答。

“所以，你今天来找我，其实没必要。第一，出于私人情感，我想要的是个喜欢家庭生活、热爱孩子的传统女性当儿媳，这一点恐怕改不了；第二，出于律法，提鱼成年了，他可以自主决定跟谁在一起。”颜母说到这里，终于将手收了回去，将杯中的茶一口喝光，“言尽于此。谢谢你的茶。”

方若好低着头，长发垂落下来，遮住了她的大半张脸，看不到表情。

颜母拿起手包，看了眼里面的录音笔，正要走人时，忽听方若好说：“阿姨，你相信爱情吗？”

颜母脚步微顿，想了想：“当然。”

“但我并不相信。”她修长的手指，将长发绾到耳后，露出小小的、雪白的脸，映衬着乌黑乌黑的眼瞳，带着冷然和坚定，像不会消融的冰雪，可此刻，冰雪深处，有火光在跳跃。泓然一点，却让人心悸。

“我并不相信爱情。生物社会学告诉我们，欲望和吸引力都是暂时的。人类之所以选择婚姻，源于孕育子女的需求。繁衍是每个物种的天性。女性独自照顾孩子很费力，所以需要一段稳定的关系来拴住孩子的父亲，担负起共同的抚养责任……”

颜母错愕，很有些始料不及。

“我并不相信爱情。我关注颜苏十年，与其说是爱慕，不如说是信仰。这个世界上，起码要有一类人，是很阳光很幸福地活着的……我看见他过得很好，就像自己的某一部分种子，也在他那里发芽了一般……”方若好抹了把自己的脸，才继续往下说，“心理学上，把这种叫作影子人格。”

“然后？”

“每个人都有身具‘显性’和‘隐性’的人格。情人之间会强烈地感觉到吸引，一部分源于为了追寻完整的自我。因此，会渴望跟拥有自己的‘影子人格’的人相恋。”

颜母站定了，郑重地看着她。

方若好起身，对她笑了笑：“您说得对，我其实不该找您的。我应该去找提鱼，跟他谈谈，看看他想要什么，他更在乎什么，我们能否彼此理解，彼此扶持，三观是否真正贴合……一段好的恋爱关系，可以督促我们共进，让我们都更加优秀也更加幸福。而那个方式，我们会共同去寻找。大千世界，工作上总有解决之法。可想再找个影子人格，不可能了，因为……再没有我的十五岁了。”

颜苏是她的十年。

她的少女期。

她的光。

“我们也许会彼此牺牲一部分，但我们一定会得到更多的。”她一个字一个字地对颜母说。

颜母静静地看了她许久。这一次，方若好没有再低下头，她没有退缩。

于是，最后的最后，颜母从包里取出了一根录音笔：“帮我转交给提鱼吧。”然后便走了。

方若好握着录音笔，后知后觉地感到庆幸。刚刚，如果她就那么放任颜母离开，这根录音笔被交到颜苏手上，被他听见那些话，他会难过吧。

幸好她没有犹豫太久，幸好她没有气馁，依旧鼓着勇气说了最后的话。

否则……就真的失去颜苏了吧？

方若好不由得扭头，透过玻璃窗望着远处上了专车的颜母的背影——以为是只老虎，但其实是只狐狸吧？

是吧是吧是吧？不然谁会准备录音笔这种心机物啊！

因此，在飞机上的颜苏，听完方若好跟他妈的全部对话，正打算停止，却发现方若好的声音又响了起来——

“总之……以上就是送你上飞机前发生的事情。你都听到了？我们前方阻碍重重，谁都不看好呢。不过……”方若好语音一转，变得轻快起来，“我啊，什么都不怕。

“因为，我已习惯了，迎难前行。”

最后一句，说得又张扬又轻松，充满了自信。

向神祈祷的人，竟然得到了神的回应。自此，神光佑体，再不是魑魅魍魉。

颜苏忍不住笑了。可笑容刚起，目光落到旁边的一物上，表情为之一僵。然后慢慢地，变成了凝重，还带了些许头疼。

那是一份厚厚的病例，有好几个人的不同笔迹。

颜苏放下录音笔，拿起病例，目光在上面浏览着，从密密麻麻的病状描述到用药反应，到精神鉴定，最后上移到病人的名字上。

他盯着这个名字，用指关节轻轻捶打自己的眉心，低声喃喃说了三个字：“三个月……”

方若好快步行走在昭华大厦的走廊上，边走边吩咐李秘书：“召集大家开会，我要加快镕裁计划的第一阶段，把时间压缩到一年内。”

李秘书一边记录一边追随，记到这里想了想：“大家会抱怨来不及。”

“所以开会。”方若好一笑，“给他们打鸡血，抑或是，直接杀鸡。”

李秘书目光一闪，看着方若好快步前行的背影，敏锐地发现到她有些不一样了。

开会的通知群发出去后，私交最好的同事立刻发来询问：“太子妃这是又要干啥？”

李秘书想了想，回复了一句：“不是太子妃了。”

“啊？”

“以后叫长公主。”

同样发现方若好变化的还有人精林随安。

“你……”他歪头打量着方若好，“最近又有好事发生？”

方若好从三改的剧本中抬起头：“这次我像什么？”她还记得上次这家伙说她从小强变成蜜蜂来着。

“答应求爱的雌螳螂呗。看似柔情蜜意，其实正举着镰刀等待将对方拆吃入腹呢。啧啧啧，不知是哪个倒霉蛋……”林随安还待挖苦，就被方若好扔过来的剧本砸了一脸。

“剧本不行，继续改。”

他的调侃立刻变成了哀号：“什么？还要改？！我听说许长安的项目可是一次通过的！”

“第一阶段三个名额，你和许长安是被确定了的。你拍喜剧，她拍虐剧，本质上都是励志电影。她探索的是当代女性求学求职中的不平等遭遇，剧本是韩国团队做的，非常扎实出色，我可以发给你学习。”

“免了，最讨厌看哭唧唧的东西了。”林随安拒绝之后，还是不满，“当代女性地位还不够高啊？你每天对我呼来喝去的，我还不是跟孙子似的应着？”

方若好冷眼看着他：“你不是想让方如优刮目相看吗？就这水平，你觉得够了？”

林随安顿时打了鸡血：“你说得对！一个好剧本不改上二十遍怎么行？怎么说都是昭华小太孙的处女秀，我一定会更精益求精的！”

方若好这才满意，将另一份计划书递还给他：“这份训练表没问题。你多费点心思，照看好源西。”

“是。女王陛下。”林随安接过去翻了翻，忽道，“别说，这小子是挺让我意外的。”

“哦？”

林随安翻出手机里的照片给她看，里面是两条布满青痕的长腿：“摔成这样，半点没吱声，喝口水又上了。真没看出这么有毅力。我还以为他第一天就会打退堂鼓呢。”

老实说，方若好也觉得蛮意外，滑动着手机里一张张训练时的照片，他确实练得非常卖力……冷不丁滑到一张方如优巧笑倩兮的照片，林随安连忙抢回手机：“到头了到头了，剩余的别乱看啊！”

方若好看着他，忽然好奇：“你知道方如优的婚事取消了吧？”

林随安脸上那种夸张的表情立刻淡去了，有点闷闷地“嗯”了一声。看到这个表情，方若好便知道，他在意这件事。

不过，贺小笙也好，林随安也罢，恐怕方如优都不喜欢。

理由很简单，他们不能令她痛苦。

不能令方如优痛苦的男人，就像不能让她失手的考卷，她会在得到满分之后索然无趣地丢开。

所以这么多年，方如优的情感始终偏激地放在她身上，她是她所有痛苦的来源。这么想想，还真希望能出现个男人虐虐方如优，好将她的注意力从自己身上移开。

方若好想到这里，点开镕裁第一阶段计划表又审度了一遍。如想加快进程，想顺利实施，首先要解决的问题不是资金，而是方如优。

得想个办法让她不再捣乱才行……

方如优并没有心思给方若好捣乱。

她在给方显成收拾行李时，从一件大衣口袋里掏出了一片假指甲——粉色底图上镶着碎钻和皇冠，带着年轻的、媚俗的气息。

这么多年，他对女人的喜好竟然半点没变。

又或者说，他还是原来的那个他，无论是二十六、三十六、四十六，还是五十六岁。

方如优怔怔地看着那片指甲，不由得想：我为什么要突然孝心发作，亲自给他整理行装？我为什么在折叠衣服时要如此仔细地每一个兜都掏一遍？我是不是潜意识中知道会找到这些，所以才自虐般来寻找结果？

这时洗手间的门开了，方显成擦着湿漉漉的头发走出来："如优啊，你给爸爸的这个洗发水……"

他的话说到一半，看到了方如优手中的指甲片。

这一瞬间，无数情绪从浮肿的、衰老的脸上划过，但最后的最后，转为了镇定和冷漠。

"不要乱翻大人的东西。"他从她手中抓过那片假指甲，随手扔到了一旁的垃圾桶里。

方如优凝视着他，一个字都说不出来。

"行了，你去睡吧，司机会送我，不用你送机。"

方如优木然地起身往外走。

方显成看着她，突然又补充："还有，别成天在家意志消沉。打起精神来，该结婚结婚，该工作工作。这么大的人了……"

方如优搭着门框的手变成了抓扣。

"方家的一切将来都是要你继承的，总这么任性怎么行？别跟你妈一样纠结于小事，眼光要放长远……"

方如优抓着门框，突然"扑哧"一笑。

方显成皱眉："你笑什么？"

"没什么。这些年只有过年才能跟爸爸相聚，听到您这么唠叨我，有点陌生又熟悉的感觉。"

方显成一怔，严父的面具瞬间溃不成军。

“爸爸，您还记得吗？”方如优并没有回头，而是平视着前方的走廊，“小时候您给我一颗糖炒栗子，跟我说，如果能等十分钟再吃的话，就再给我一颗。”

方显成显然也记得，目光被回忆熏染得温柔了起来：“记得。你做到了。”

“是的。那十分钟里，我闻着栗子的香味，忍耐着，一遍遍地告诫自己要等待。我要第二颗栗子，我必须要得到第二颗栗子。因为——我想给您一颗，跟您一起吃。”黑漆漆的走廊，感应灯因为安静而没有启动，方如优注视着它，如在注视深渊，“那是我孩童时期最美好的画面。”

那时候的爸爸还是她的爸爸。

那时候她还不知道在世界的另一个地方，有小她一岁的妹妹。

那时候她没想过，自己那么辛苦省下来的栗子，会被爸爸毫不珍惜地送给别人。

“如优……”方显成朝她走过来，想要拥抱她。但方如优提前一步走向了走廊，感应灯亮了起来，她背对着他说道：“晚安，爸爸。祝您明天一路平安。”

她始终没有回头。

她不会再回头了。

方如优从衣兜里拿出手机，打开邮箱，对草稿箱里存了许久的一封信看了两眼，选择了发送。

第二天下午，坐了十几个小时、精神萎靡的方显成刚下飞机，迎面走来几个警察。他们出示证件后，郑重其事地说：“方先生，您因涉嫌性侵未成年少女，请跟我们回去接受调查。你有权保持沉默，但你所说的一切都将成为……”

方显成十分震惊，面色难看，干巴巴地说道：“我要见律师。”

同一时间的方若好，坐在滑冰场的看台上，拿起矿泉水喝了一口，皱眉对身旁的林随安说：“一直这么多人？”

“一直。”林随安说着翻了个白眼，“这小子可是花孔雀，观众越多，他越来劲。”

台下，贺源西正在教练的指导下试滑一周跳。

台上，一群女孩子在呐喊助威。

方若好生出几分荒谬感：“她们不上学吗？”这群人里，学生居多吧。

“不上学，不工作，不社交。遵守不了三不原则，怎么当好追星粉？”

方若好注视着那些兴奋的、陶醉的、疯狂的脸，不由得想起了贺豫的话：“明星的诞生是源于需求，而大量的需求意味着雾霾。当代的雾霾太严重了，人们急切地渴望有一阵风来，能驱走他们心头的雾霾……不要只把目光放在明星身上。看一看粉丝们。看看他们的伤痛、求索。大环境太糟糕了，生活是很艰难的一件事……”

方若好的目光闪了闪，颓然起身：“行了，你继续看着他。我回去工作了。”

林随安连忙跟着起身：“什么叫我继续？我可是导演，又不是他的老妈子！我说，你想好安排谁当他的经纪人了吗？现在我指了个姓张的小助理跟着他，什么鸡毛蒜皮的小事那个小张都打电话问我，烦死了。”

“我跟严维文谈好了。他亲自带。”

林随安狗腿地恭维：“不愧是小太孙，竟劳动长公主跟严阁老一起照拂，小生这部片子火定了！”

“C。”

“什么？”

“你的剧本，在我这儿的评分依旧是C。”

林随安备受打击。

这时身后人声鼎沸，与此同时方若好的手机响了，她选择先看手机，是颜苏发来的：“洞拐洞拐我是洞幺，收到请回答。”

方若好唇角不禁上扬，刚要回复，屏幕上方覆过来一个黑影。她抬头，看见汗流浃背的贺源西正拦在她前方，手里拎着冰鞋，满脸不满。

一时间，众目睽睽。

林随安悄悄地、慢慢地往焦点圈外挪了挪。他可不想成为疯狂粉丝们的众矢之的，他可披着马甲搜索过了，然后看见一中校园网里关于他包养了校草的八卦满天飞——

“大男人喜欢那么骚包的粉色！”

什么什么什么？谁的内心深处还不是个小公主了？

“此人频繁出入声色场所，但身边从来没有女伴！看到了没，都是男人！”

那是应酬！应酬啊！娱乐圈的应酬是没法避免的啊！

“他色眯眯地坐在看台上看源西滑冰！”

那是担虑的眼神好不好？他是担心摔坏了小太孙，长公主生起气来卡他剧本啊！

看完了几百楼的黑料后，林随安在心中呐喊了一句：老子是个热血直男！然后愤愤然地关闭了网页。

老老实实在幕后当投资人坐着收钱多好，当什么抛头露面的导演？对着明星，因为资历不够，得低声下气、谄媚讨好；对着粉丝，因为资历不够，得敬而远之，忍耐避让……

林随安给自己加了无数戏码在一旁黯然销魂，但事实上，无论粉丝还是当事人，连个余光都没给他，通通只盯着方若好。

“看到没？”贺源西凶巴巴地问。

“什么？”

“我的那个一周跳。”

方若好无言，侧头看林随安，林随安赶紧离得更远了些。他们两个刚才忙着说话，谈的虽是贺源西，但心思没放在他身上。

贺源西看到方若好的表情，更加生气：“十九天！”

这又是什么？

“十九天，我就从零基础到冰上后内接环一周跳了！”

所以，这是在……期待鼓励？

“我证明了我能做到。”贺源西脸上运动的潮红退去后，恢复为冷白，加上生气和严肃，显得五官越发精致。

方若好忍不住伸手捏住他的脸蛋，往两边轻轻一扯：“真的啊，你好棒棒哟！”

“你！”贺源西被她如此糊弄和应对小孩子的敷衍方式气得小脸再次涨红，狠狠拍开她的手，扭头走了。

“看见没？！那个女人居然敢捏源西的脸！捏脸！”

“天啊，她是谁啊？太不要脸了！”

林随安一边听着粉丝们的议论声，一边唇角忍不住上扬。很好，仇恨转移了。晚上有空可以再披马甲上论坛看看了。

方若好并未将这少年的气恼反应放在心上。对她而言，贺源西一向如此情绪化，毕竟是双子座嘛。

林随安送她去贺宅的路上，她忙着给颜苏回信息——

“我想给自己一年的时间。在这一年里完成‘321计划’。‘3’就是三部卖座电影；‘2’是两位优秀导演；‘1’是一名超级新星。为镕裁五年计划打好根基。如果顺利的话，明年我将有大部分时间可以陪你待在A国。所以，你能否忍受这一年的异地恋？”

颜苏的回复来得很快：“不能！”

方若好有点意外又有些甜蜜，正琢磨如何回他时，颜苏又发来一句：“人家一天也不想跟你分开嘛。”其后伴随着各种卖萌表情包。

没想到你竟然是这样的颜苏……

方若好想起了某位学姐传授的恋爱箴言：“如果男神不爱你，他在你面前永远只会是高冷男神形象；如果他爱上你，他就会变成一个幼稚的、任性的、腻腻乎乎的小鬼。”

方若好叹了口气，想回他个表情包，却悲哀地发现手机里没有任何存图。在全网络都流行表情包的年代，一本正经的她依旧像骑士一样捍卫着汉字的尊严。

她只好打字：“那么，起码给我半年时间，电影一旦开拍，我就可以抽身……”还在输入时，颜苏又发来了一句话：“一个好消息，一个坏消息，先听哪一个？”

又玩这梗……方若好只好回：“坏消息。”

“坏消息是，下个月你就要接受我时时刻刻的近距离骚扰了，比如说被要求为我做饭。当然，我愿意回报以男色。”

方若好吃了一惊：“你离职了？！”

“你猜。”

“请不要那么做！”她着急，索性发了视频请求过去，却被对方拒绝了。

颜苏的回复跳出来：“你不问问好消息吗？”

谁有心情问好消息啊！

“好消息就是我的导师史密斯教授，同意我作为霍普金斯之光，前往××医院进行为期半年的交流促进活动，为两国医学界的协作共进发光发亮。从今天起，我允许你敬仰地称呼我为颜求恩先生，谢谢。”

方若好哑然，片刻后，轻声笑出来：“我不相信贵院恰好有这样的交流名额。”

“当然不是恰好。”

“那你是怎么说服他们的？”

“我告诉他，我想做手术。”

“就这么简单？”

“嗯。虽然我在这边能够接触到先进的技术和医学思想，但真正能上手的机会并不多，因为资历不够，能力不够，还有……病人不够。”

方若好明白过来。娱乐圈里有一个共同认知：技术最纯熟的整容医生其实在中国。为什么？因为需求的人多啊！韩国整容业虽然发达，日本整容业虽然高端，但他们的手术数量跟国内庞大的基数相比，远远不及。拿最基础的缝合来说，一个做过一百次的名医，不见得比做过一千次的实习医生强。

所以，排除极个别天赋异禀的医学天才，厉害的外科医生都是一台台手术堆起来的。

而神经外科医生是所有外科医生中最难成长的——最好的成绩、高昂的学费、无数轮考试，以及最长时间的临床煎熬，尤其最后一项，很多天之骄子止步于此。

颜苏才二十六岁，对医生来说，还太年轻了，年轻得像个奇迹。能混上主刀，除了因为他本身的优秀，其家世背景也功不可没。所以，目前阶段的他更需要大量手术来提高技术。

想通这一点后，方若好忍不住笑了。

再回想那天跟颜母的谈话，当时以为巨大无比的抉择难题，就这样迎刃而解。

我们也许会彼此牺牲一部分，但我们一定会得到更多的。

——事在人为。

林随安从观后镜里一直注意着方若好的表情变化，见她终于放下了手机，这才啧啧开口：“公螳螂啊？”

“是啊。羡慕吗？”

林随安语塞，半天后，恨恨地停车：“到了！还有以后不要随随便便使唤我，我是导演，不是司机！”

方若好摆摆手，自顾自上山去了。

林随安却没开走，而是一直注视着她的背影。日和夜的交替之时，黄昏令一切看起来浑浊。

“世间本无事，庸人自扰之啊……”他忽然喃喃，然后一踩油门，开着骚包的车子走了。

晚八点，方如优正在房间里做瑜伽，一连串急促的脚步声由远而近。她的目光凛了凛，绷直了身体，却将腿举得更高。

房门的把手被人从外转动，没转开后，那人索性用钥匙打开了锁，然后踢开门。

为首的是沈如嫣，后面跟着她的男助理，还有陆姨。

沈如嫣沉着脸：“你们下去。”说完，走进来关上了门。

方如优没有停止，继续半月式。

“是你吗？”沈如嫣问。

“什么？”

“你爸爸被抓了……是你干的吧！”

方如优扭转着身体，每个动作都极尽柔缓：“两年前我的一个学姐联系到我，说她妹妹交了个男朋友。问题是，她妹妹才十六岁，而那个男朋友五十四岁。”

沈如嫣不得不扶着沙发才站稳。

“她试图阻止，但妹妹不听。她们的父母已去世，学姐没办法，只好找上我，问我跟我妈也就是您，知道这件事吗？我从照片里看到了爸爸的脸。”

“你当时为什么不告诉我？”

方如优忽然笑：“你真的不知道吗？”

沈如嫣颤抖。

“他这几年在国外过得如何，你真的不清楚？”

沈如嫣的脸色难看到了极点。

方如优换了个姿势，继续保持着优雅的节奏：“出轨，只有零次和无数次之分。什么浪子回头，不存在的。”

“那你就可以教唆别人告你爸爸吗？！”

“首先，我找了个新男朋友给那小女孩，让她知道一段正常的恋爱应该是什么样子的。其次，我让她留存跟爸爸上床的证据，发给我。然后，我就等着。”

“等什么？”

“等到下一个第三者出现。等到爸爸故伎重演，沉浸在跟新情人的热恋中，感到幸福时，旧的那颗，砰！”方如优比了个爆炸的手势。

沈如嫣不敢置信地看着她：“你用了两年时间设计你爸爸？！”

“十年。我等了十年，才等到这一个！未成年，且在成长后对那段恶心的交往充满悔恨，愿意配合我。”

“那你想过我吗？这个事情曝光后，我的颜面，我们家的颜面，我们的股票……”

方如优打断她，眼神深幽：“在你一次次纵容爸爸出轨的时候，想过我吗，妈妈？”

沈如嫣一震。

“你只会迁怒。迁怒我，没有方若好优秀；迁怒方若好，不让她上学；迁怒第三者们，不让她们好过。当然你也迁怒爸爸，可你终归没有断了他的生路。”方如优回到莲花坐，“器官坏了，光药物控制是不够的，只会让其他器官也跟着受损，你该摘除掉坏的那个，换个新的。所以我帮你。”

“你凭什么觉得婚姻是器官，想摘就摘？！”

“你又为什么觉得婚姻不是器官，凭什么不能摘？”

母女两人对望，被彼此的目光刺得遍体鳞伤。

沈如嫣深吸口气，极力维持着最后的高傲："我的字典里，没有'离婚'两个字。"

"我知道你没有。所以我只能让他去坐牢。"性侵未成年人，是重罪。足够方显成把牢底坐穿。

沈如嫣怔怔地看着脸色平静的方如优，不由得毛骨悚然："你怎么会变得这么可怕？我的如优怎么会变成这样……"

方如优做了最后一个深呼吸后，结束了全部的瑜伽动作，起身走到沈如嫣面前——不知什么时候起，她长得比沈如嫣高了。

她低头看着沈如嫣，很平静地说："也许你现在觉得我可怕。但是若干年后你会感激我此刻的可怕的。"

沈如嫣摇了摇头，眼泪流下来。

方如优没有帮她擦拭。该做的她已经做了。接下去的，只能交给时间。

杀伐决断，四个字，说得容易，做起来难。

她也是生生熬了十年，才终于切下了这一刀。

有时候也忍不住想，为什么要由自己来挥这一刀。如果当年，沈如嫣能更看重女儿而不是丈夫，果断干脆地跟方显成离婚，她这十年，是不是就不会如此痛苦？

婚姻中的女性总觉得应该给孩子一个爸爸，给孩子一个完整的家，用这个懦弱的借口一次次地逃避和自我欺骗，骗得自己都信了。

要叫醒一个自我欺骗的人太难了。

幸好，她可以不用重蹈覆辙下去。

她挥出了刀。她行使了结束的权利。她向父权，说了一句"不"。

方如优转身，径自换了衣服拿起包，离开了家。

她没有试图再去说服和安慰母亲，也没有再为自己辩解和喊屈。她开着车走进黑夜，奔赴一段未知的前程。

十三 十年一吻

方若好是第二天才从社交媒体上得知这件事的。

“中国知名富商方显成在A国因涉嫌性侵未成年少女被警方拘留”的新闻瞬间霸占了所有热门头条。

然后贺豫的金句再次被验证了——老百姓们多仇富，喜欢看豪门的不幸。

新闻下面的评论各种讽刺挖苦叫好，并有龌龊者试图人肉出那位“未成年少女”，看看到底是何等国色天香。

方若好有点惊讶，却又不那么惊讶。夜路走多了总会遇到鬼的。只是上次见方显成时，她觉得他已经老了，却忘了老了的人渣还是人渣。

她关掉页面，心如止水地想：跟我没有关系。

方若好收回思绪开始工作，不知为何，却觉得效率大大降低了。

幸好这时，对讲电话那头响起李秘书的声音：“巅峰那边想约你吃个饭。”

她扬起眉：“陆小奸？”

“可能是为了许长安。要答应吗？”

“晚见不如早见。”方若好想了想，问，“陆小奸有什么忌讳吗？”

“他不吃香菜，无辣不欢，抽烟很凶，做事大胆激进，不按常理出牌，暂时不知有什么弱点。”李秘书想了想，又补充了一句，“老爷子对他的评价是‘靠藐视规则、玩弄聪明而获利的小人’。”

方若好十分信任贺豫的判断，在去赴陆阿吾的约时就做好了充足的心理准备。

陆阿吾把饭局定在一家会员制的高档餐厅里。领路的男服务生身高一米九，方若好跟在他身后，情不自禁地思索着，到底什么样的餐厅才会用给客人如此压迫感的服务生。

包厢里已有两人，一个是陆阿吾，还有个看起来仙风道骨的中年男子，正在指点他如何焚香。

陆阿吾把香粉小心翼翼地倒进香盘中，压出一个漂亮的图案。

男子在旁赞许："对，就是这样。陆总很有天赋。"

"哪里哪里，是大师指导得好。"陆阿吾满足地拍了拍手，一抬头，看见方若好，熟稔地招呼说，"哟，贵客到了！来来来，我为二位引介。这位是昭华传媒的方若好小姐。这位是孙逊大师，风水界的高人。"

"哪里哪里，只是喜好这些。"孙逊注视着方若好，目光微闪，忽然别有深意地一笑，"方小姐，久仰芳名，非常荣幸。"

"坐坐坐，两位都是大忙人，能跟我这个闲人吃顿晚饭，是陆某的荣幸。来来来，先自拍一个。"陆阿吾自然而然地拿出手机，打开美图软件。

方若好素知此君喜欢发微博的作风，也不抗拒，将脑袋凑过去落进了取景框中。

陆阿吾拍了好几张合照，才招呼服务生上菜。

"方小姐，长安去了你那儿，给你添麻烦了啊。"陆阿吾取了茶壶亲自为方若好倒茶，"还请方小姐看在我的面上，多多照拂一二。"

方若好摸不准他是真的说好话还是想添堵，便笑了笑："好呀。"

陆阿吾随即开始半介绍半吹嘘孙逊，按他的说法，他能发迹全是这位大师的功劳：是这位大师让他别买××小区的别墅，因为大师亲临现场看过后，认为头顶上方的横梁是赫赫有名的"五花大绑"，住进去后会事业受阻。这位大师又让他把××大街的某个店铺改为饭店，理由是形状如菜刀，适合宰客用。这位大师还帮他推算过若干部电影的上映时间，果然顺风顺水票房一路红……

在他嘴里，这位孙大师简直是国内最牛的风水大师，但性格低调，不好财物，只看机缘，只给对眼缘的人指点迷津。

方若好很礼貌地聆听且不时做出反应——这是工作多年磨炼出的情商，哪怕心中已翻了无数个白眼，表面依旧笑意盈盈。

贺豫曾就这一点夸奖过她："你是个很好的聆听者。这是一桩了不起的技能，要好好保持。"

因此，孙逊显然对她的态度也很满意，举杯说道："方小姐面相很好，颧骨高，有肉包，气势很上进，事业上的走势会非常好。”

“爱情呢？”方若好装出好奇的样子。

陆阿吾立刻凑热闹：“对对，大师帮忙看看我们方大小姐什么时候红鸾星动。”

方若好在心中吐说，真不知此人见到方如优时叫什么，也叫方大小姐不成？

孙逊意味深长地端详了她一会儿，呵呵一笑：“眉尾上吊，自尊心过强，怕是不易妥协。在事业上这性子很好，在爱情中……还是要多多克制脾气啊。报个八字来？”

方若好报上八字。

孙逊掐指算了一会儿，叹道：“怕是不太好。可愿听？”

陆阿吾连忙道：“当然要听！无则提防，有则改之嘛！”

“方小姐的八字啊，日干偏弱格局，七杀有力为忌神，命带寡宿，婚姻不会太顺利。命格又身弱杀旺，容易遇到渣男。切切小心。”

陆阿吾一脸担忧地看着方若好：“大小姐一定要擦亮眼睛，男人都不是好东西，真的。”

孙逊打趣：“尤其是你吗？”

陆阿吾两手一摊：“所以我不结婚，不祸害好女孩们嘛！”

方若好哈哈一笑：“好的。我会谨记大师的话，爱情上多留心眼的。”

孙逊忽又掐指，皱起了眉：“不过……你这八字，跟许小姐的，有点冲撞啊。”

方若好心中一顿：来了来了！绕了这么大的圈子，终于要说正事了！

她提起酒瓶给孙逊满上：“大师请说。”

“如果你们要合作，一定要避开今年，因为你们两个命格的日主都过旺，会对你们造成双倍影响，事倍功半。”

方若好想，这意思不就是说今年不要合作吗？她看了陆阿吾一眼——这家伙，消息挺灵通的，已经知道她要在今年内推出许长安的转型之作了。

陆阿吾见她看自己，连忙解释：“我跟长安虽然分手了，但并没有变成仇人，我真心盼她过得更好，所以特地请大师来帮忙看看。方大小姐权当参考，也不必尽信。”

“确实，风水一说，有时候，跟人的意志是很有关系的。人事万变，推测毕竟只是一时之势。”孙逊果然人符其名，谦逊得很。

方若好再次将他的酒杯斟满：“多谢大师费心，我一定慎重考虑。”

一席饭吃得宾主皆欢。

饭后陆阿吾还想转战二次会，方若好婉拒：“要伺候老爷子喝药。得走了。”

陆阿吾做了个恍然大悟的表情：“哦！看我这脑子，天大地大，贺老爷子喝药的事情最大。那就不耽误方大小姐的时间了，咱们下次再聚。”然后将她一路送上车，挥手看着她离开。

方若好的车走得看不见后，他才收起脸上的殷勤之色，回头问孙逊：“你觉得昭华的这位新接班人如何？”

“贺豫真的会让一个外人来继承家业？”

“有什么不行的？”陆阿吾做了个两袖清风的动作，“比如我，无儿无女，老了不是退位让贤给年轻人，就是全部捐了回馈社会。异曲同工嘛！”

“你若肯走进婚姻安定下来，许小姐……就不会离开你。”孙逊露出些许惋惜之色。

陆阿吾嘲讽一笑：“大师怎也说起了这般俗话？人这一辈子从出生起，就被各种规则约束着，活得这么遭罪。要不就跟规则拼个头破血流，要不就学会夹缝求生，从规则里获利。那种被规则压迫得在樊笼中认命的，都是蠢货。”

孙逊目光闪了闪，没有反驳。

“人类的天性是繁衍？狗屁！谁爱生谁生去，我活这一遭就够了，不准备对人类的未来有所贡献。”

“既如此，为何不跟许小姐好聚好散？”

陆阿吾的目光深幽了几分，片刻后，又哈哈一笑：“家养的宠物，想要自由，可以。但放生后跑去我的竞争对手那儿，带走我看好的项目，这就不厚道了，是吧？她给我添堵，我是商人，不是君子，本能还击而已。”

“这招恐怕没什么效。那位方小姐，表面柔顺乖巧，但我看得出来，我说的话，她一个字也不信。”

“贺老狼手把手教出来的，会是小绵羊吗？披着羊皮的又一只狼罢了。不过她信不信不重要，重要的是让她知道我在关注这个项目。接下去，就看她如何应对了。”陆阿吾眯了眯眼睛，把手机里的合照发到了微博——

“大师说我俩很般配。你们觉得呢？”

他的微博经常提及孙逊，关注他的人大多知道大师的梗。因此，大家看到四旬出头的他跟个漂亮姑娘合影，便开始打趣——

“知道啦知道啦，发个红包庆祝一下吧，老公。”

“不，作为女友，我反对这门婚事！”

“作为男友，我也反对这门婚事！”

“这个妹子有点眼熟……”

“我去！这不是昭华的一姐吗？这是……两家要合作？”

“昭华的一姐不是唐翎吗？什么时候换的？”

“唐翎只是打工的，这是幕后老板！”

“这么年轻？天啊，老公，你跟人家平起平坐，但比人家老了足足一辈啊！”

“抱走我家糖糖，我们糖糖只是个普普通通的艺人，跟如此高大上的饭局扯不上关系。谢谢，不约……”

当网络上因为那张合照而争议不休时，方若好已到了贺宅。煎药的工夫里，她跟贺豫说了一下跟陆阿吾的见面过程。

贺豫听完后，沉思了一会儿：“那么，你的结论是什么？”

“陆阿吾不想让我启动这个项目，起码今年内不想。”

“原因？”

“他跟许长安的私人纠葛是一方面，但更多的应该还是利益。根据两人曾经同居的状况推测，《录取线》这部反映当代女性求学求职困境的电影项目，陆阿吾也很看好。但没想到许长安跟他分手了，还把项目带给了我。”

贺豫点点头，示意她继续。

“根据陆阿吾一贯的作风，他会换个片名巧妙抄袭后抢拍，然后赶在我们完成前上映。”

“那他为什么要提醒你？偷偷拍完，在你满心期待上映时再放出消息不是更好吗？”

“我想大概两个原因。一，他来不及。他没有把握比我快，与其到时候撞车，不如先打击我一下。我犹豫叫停，他就可以继续放心拍摄。二，许长安有版权上的明确优势，就算到时候他上映早，也能用法律制裁他。”

“打电话给许长安。”贺豫批示，“既有此猜测，就问个明白。”

“是。”方若好当即给许长安打了电话，果然从她口中得知，《录取线》这个项目，陆阿吾确实知情，但剧本是她的立意，找韩国编剧团队写了初版，经由她本人亲自润色后，已在两个月前拍了一个三分钟的短片，送往国外电影节参展了。所以，在版权上，不存在纷争。

放下电话后，贺豫悠悠说：“经此一事，许长安想必对《录取线》更有一番深刻领悟。”

是啊，许长安选男人的眼光真是不太好。前男友不但贪她的人，还贪她的项目，分手后还作妖。孙逊给她看面相时说的那些话，应该送给许长安才对。

娱乐圈大概是最迷恋风水八字的领域了，因为在这个行业的成功，更具备不可预测性。很多时候一个演员的走红跟他的实力没有任何关系。一个莫名其妙的理由，一个谁都不看好的项目，恰逢其时就火了。所以久而久之，大家都认可了所谓的“命”。

至于方若好本人，信“命”，却不信“算命”。无数血淋淋的事实告诉她——娱乐圈里所谓的很牛的大师们，最后算得自己都折了……这圈子骗子太多，是个人就能来装神弄鬼。与其信大师，不如信自己。

方若好收回思绪，问贺豫：“您觉得，我要喊停吗？”

贺豫反问她：“你想喊停？”

“情侣关系很麻烦。别的不说，光是到时候电影上映，陆小奸那没节操的把许长安跟了他十年的事一爆，我都能想象营销号会怎么黑——‘打着女权旗帜的女导演，自己却当了富商十年的地下情妇’！”方若好光想一想，就觉得头疼。

“看来陆阿吾今晚请你吃饭的目的，已经达到了。”贺豫微微一笑，却笑得方若好心中一“咯噔”。

“我说过，陆小奸最会玩弄规则，卑鄙总能令他畅通无阻。”贺豫说完，起身走到阳台边。今晚的雾霾特别严重，因此通往阳台的玻璃门是紧闭的。他的表情淡定，看不出其他情绪。但方若好知道，贺豫对她的想法不满意。

“几千年来，这样的人，一直混得很好。没有契约精神，不顾道义，钻空子，耍小聪明……糊涂者被其愚弄，大度者被其利用，而如你这般的，遇到他时，想的也是能躲则躲。”

“对不起，老师……”方若好颤声说，“我错了。我不该怕事。娱乐圈里，永远都是事。绕着事走，永远走不到终点。”

贺豫凝视着她，方若好便又想了一会儿，说道：“我会提前想出办法，解决掉许长安跟他曾是恋人的这个隐患。”

“别光自己想。”贺豫终于补充，“外来的压力是收买人心的最好时机。既然想用许长安，就要让她的心，真正坚定地跟你站在一起。”

“我明白了。”

一串系统自带的音乐后，视频窗口打开了。

颜苏穿着白大褂正站在一张磁共振片前，对她招了招手：“嗨。”

方若好说：“你忙你的。我只是想看看你。”

颜苏便笑了笑：“好。”说罢真的没管她，继续观察那张磁共振片。

方若好深深地注视着画面中的他。他工作的时候跟小时候玩魔方一样，带着极大的兴趣，像是找到了世界上最好的玩具一般心满意足。

他身上总是流淌着源源不绝的能量。

如此过了大概二十分钟后，颜苏突然“唔”了一声，唇角轻勾了一下：“有点意思。”说着关上投影屏的电源，急切地想要走人，突然又想起这边还挂着视频，连忙转回来，正要说话，方若好已提前领悟道："我正好也要睡了。你继续忙你的去吧。"

颜苏眨了眨眼睛："你是不是有话想跟我说？"

"原本有一点。不过现在没有了。"方若好学他的样子眨了眨眼，"因为我被充好电了。"

疲惫的我，不确定的我，只要看着你，就得到了力量呢。

"如果有，发电子邮件给我。我空了会一字一句地回复的。"颜苏确实急着离开，但还是刻意多说了一句，"当然，也欢迎随时召唤我充电。"

"好。"方若好甜甜地应。

颜苏挂了视频。

方若好将目光移到一旁的日历上，还有二十天，距离颜苏回来还有二十天。奇怪，明明已习惯了一个人，也不觉得恋人必须要时时刻刻腻在一起。可直到这一刻，她才真切意识到一句话——

情人怨遥夜，竟夕起相思。

好想把美好的月光亲捧一把与你共享。

因为只有你在的地方，才没有雾霾。

方若好赶在第二天早会前见了许长安一面——她果真如之前说的那样，调整好了时差，赶得上朝九晚五的节奏了，但气色看起来不太好，眼窝下方有粉底也无法遮掩的憔悴。

方若好看着这个样子的许长安，再次庆幸昨天老师的反对态度。如果他放任她退缩，放弃了这个项目的话，她是轻松了，许长安可能会就此陷入泥潭。

目前业内，除了昭华，没有第二家公司有底气有实力跟陆阿吾为敌。昭华，可能是许长安翻身的唯一机会。

身为女性，她其实应该比老师更能体会许长安此刻的心情……方若好在心中自责且唏嘘：可我昨晚只考虑自己，丝毫没有考虑过她的立场。

难怪老师当时说的是"经此一事，许长安想必对《录取线》更有一番深刻领悟"。

因此，她开门见山地说："昨晚陆阿吾请我吃饭。"

许长安笑了笑："我知道。你打电话问我版权的事时，我就知道，陆阿吾出手了。"更何况她还关注着对方的微博，看到了那张号称般配的自拍。

方若好注视着她，许长安耸了耸肩："如果你现在想停止合作，我能理解。"

"下一步呢？"

“什么？”

“如果昭华跟你解约，下一步，你打算如何做？”

“我会把预算改成一千万以内，找新人演员，自己出钱拍。”

“那样很难上院线。”

“那就不上。直接送往国外参赛，或者打包卖给视频网站。赔钱也没关系，只要作品能出来。”许长安没有丝毫犹豫，看来见她前，她便已想好了一切。

方若好叹了口气：“我还以为你会试着争取一下我的友谊的。”

许长安一怔。

“是什么让你觉得我会听陆小奸的，放弃一个这么好的项目呢？”

许长安的眼底绽出了光。晨曦破云，不过如斯。

“你……”她的唇颤抖了几下，忽然有点哽咽了，“我……所有人都说我离开他会后悔的，他也说我有一天会后悔，没有人会找我拍片，我已经老了，娱乐圈里还有那么多小花等着出人头地。我以往的人脉、资源都是他给我的……但我还是咬牙搬了出来……”

方若好起身，走到她身后，安抚地搭住了她的肩：“我知道这有多难。你做得很棒。”

有时候离开一个男人不只是离开一个人，更是离开安定。而动物的本能就是追求一个安定的环境。所以，能够做出这种抉择，真的很不容易。

方若好不禁想起了方显成——他的这起变故，是否也意味着沈如嫣终于决定离婚了呢？

但很快她就知道自己高看了沈如嫣。因为网上有人贴出了沈如嫣的最新一条朋友圈，上面写着：“风雨无惧。”下方地理坐标显示她人在A国某警局附近。

网友们对此的反应分为两大类：一是哀其不幸，怒其不争，多为女性；一是鼓掌叫好，认为患难见真情，多为男性。

总之网络时代，每天都很缤纷热闹。

“严维文告诉我，源西的训练差不多了。现在我的主创人员全齐了，东北那边有个冰上训练基地，愿意免费借场地、道具甚至他们的小孩给我们拍……”林随安有点忐忑不安地等在一旁。

这是他交给方若好的第十稿。老实说，他都已经被磨得没脾气了。不过他现在可一点都不羡慕许长安了，许长安虽然过稿快，但未来肯定跟陆阿吾有场硬仗要打。

方若好看完最后一行字，合上屏幕：“可以了。”

“那边物价便宜，成本能控制得再小一点……什、什么？你说什么？！我过稿了？！”突然收到好消息，林随安反而不敢置信。

“我觉得可以了。台词方面的小问题边拍边调整吧。你可以找大师算命挑个好日子开机了。”

“那就十二月十一日。我生日！大吉大利，万事如意。我这就去动员起来！”林随安开心得不得了，在办公室里转了几圈，给了一连串不要钱的飞吻后便风风火火地出去了。

出门时撞上李秘书，他同样给了对方一连串飞吻：“李秘书，我爱你！”

李秘书先是愣了一下，然后自觉应该做出回应，便僵硬地回了一个飞吻。

“他怎么了？”

“一直吊车尾的孩子，忽然发现自己考试及格了吧。”方若好调侃了一句，恢复正色问，“陆阿吾那边查到什么了吗？”

“确实已经开机了，两个女主演一个是陈菲菲，戏剧学院大三学生，一个是崔朦胧，老牌影后。片名叫《我不知道少什么》。”

方若好心中一凛，由衷地说：“非常棒的片名。”这个名字让人过耳不忘，还带着强烈的感情色彩，简直是自带营销效果。几乎可以预见到时候的宣传通稿会用类似《身为女性，我不知道我比男性少什么》的标题，瞬间就能激起民愤。

而大三新人和老牌影后的配置，也跟许长安这边撞车。真是棘手啊……

“有办法拿到剧本吗？”

李秘书露出一个神秘的微笑，递过来一个U盘。

方若好对他肃然起敬。

“你看了？觉得怎样？”

“像把八块钱的康师傅牛肉杯面，剽窃成了四块钱的庸师傅牛肉碗面。”

方若好越发尊敬，给了李秘书一个赞：“我简直不能找到比这更精准的形容了。”

李秘书谦虚：“其实是几天前家母上网时买了庸师傅，有感而发。”

“虽是剽窃，但分量比我们大，价格比我们低，台词剧情更接地气，面对的观众层更广……”方若好头疼，“真不愧是抄袭之王陆小奸啊……你觉得如果打官司，能赢吗？”

“能是能。但……”

“不值当是吧？”一个官司拖两三年，就算判几百万回来，也远远比不上损失。所以中国人一般不爱打官司。

“好了。此稿止于你我，不要给第三人看。”

“是。”李秘书想了想，好奇，“您不想让许导看看吗？”

“不必。目前阶段让她专心做好分内之事。分外的……我来想办法。”方若好拔出U盘，放在手上旋转把玩着，“庸师傅啊，不知你怕不怕廉师傅呀？”

十二月七日早上十一点，方若好站在接机口一边刷手机一边等待。

今天，是颜苏正式回国的日子，一想到未来起码有半年时间，不用再两地分隔，方若好又是欢喜又是担虑。

她毕竟还没有跟颜苏真正意义上相处过。

隔着遥远的距离看他，自然是处处灿烂无一不好，可一旦近身，很多情侣会因为生活中的小细节而分手。

怕看见他不好，更怕被他看见她不好。

相比之下，单恋真是件简单的事情。

幸好林随安突然给她发来了一堆截图，截的是一中校园网论坛里关于贺源西的一些八卦。之前他也跟方若好提过这些，方若好咨询了严维文的意见，采取了不予理会。毕竟是小范围内自娱自乐，现在就介入管理没有必要。而且，如果不准备走好男孩路线的话，这些八卦都对他将来的发展没有影响。

严维文是这么说的：“我觉得他也走不了好男孩路线。首先，成绩乏善可陈；其次，没有拿得出手的一技之长；第三，他从小就在小范围内是红人，知道他的人挺多的，也知道他性格傲慢、骄纵、孤僻、偏激……”

方若好忍不住问：“总有优点的吧？”

“有。目前为止没跟哪个女孩有过亲密接触。没有黑情史，这点挺好。”

可此刻林随安发过来的截图爆料，完全不是这么回事——

《揭秘那个掐脸的神秘女人！竟跟源西认识多年！》

“披马甲来爆料，那个女人是贺源西老爸的学生，从小就频繁出入他家，小时候经常带着源西玩的。”

胡说八道，我小时候哪里有时间玩？更不可能跟那小屁孩一起玩好吗？方若好在心中反驳。

“果然是青梅竹马啊！难怪我觉得眼熟。你们看看是不是她？”后面的附图是柳橙跟她走在一起的偷拍画面。

“啊，那不是校草的妈妈吗？未来婆婆跟那女人的关系那么好吗？”

“披马甲继续爆料，关系真的很好！还有一次校草失踪，你们记得吧？你们猜他去了哪里？”

“你是说几个月前的晚上他妈给他同班同学们纷纷打电话询问下落那次吗？

我有印象！”

“对！后来他们是在那女人家里找到他的！不要问我是如何知道的，摊手。”

“楼上你到底在暗示什么？你是想说他们两个关系不单纯吗？”

“我什么也没说，我只是说出我知道的。你们爱信不信……”

后面的讨论越说越歪。

林随安刻意发了一条十分严肃的语音过来：“鉴于源西还未出道，为了他将来的公众形象考虑，请你跟他保持距离……”说到后半句，绷不住笑意，从偷笑变成了拍桌狂笑。

方若好默默地将语音掐了。

就在这时，她看见了颜苏——以及，方如优。

他们两个居然是并肩一起出来的！

之前她担心方如优会捣乱时，曾让李秘书留意她的动向，回复是方显成出事当晚，方如优跟沈如嫣大吵一架后就走了，谁也不知道她去了哪里。

没想到竟是出国了。

方如优的气色看起来不错，滑雪服，牛仔裤，似又恢复了昔日的活力。方若好看见她的同时，她也看见了方若好，当即从颜苏手中接过自己的另一只行李箱：“行了，三哥，我自己回去就行。”

颜苏也未多挽留：“路上小心。”

方如优随意挥了下手，推着两个超巨型行李箱走了。

两手空空的颜苏朝方若好展开双手：“不向久别的男友表达欢迎吗？”

方若好想了想，摘下自己的围脖上前，擦了擦他推过方如优箱子的那只手。颜苏失笑：“不会吧，这个也介意吗？”

方若好擦完他的手，随手将围脖围在了他的脖子上，一双大眼睛笑盈盈地望着他。颜苏不禁想起上次送机时的那个吻，心头一热。

“请问——擦干净了，可以抱了吗？”他问。

方若好“扑哧”一笑，紧紧地抱住了他。

“我明早去××医院报到。所以我有一整天时间，等待分配。”坐到车里后，颜苏看了行程表一眼，表情轻松而欢愉。

“跟如优同一班机回来，是巧合吗？”

颜苏歪头打量她：“还在纠结这个啊？”

如果换了别的女孩子，她不会。可事关方如优，她已被坑得神经过敏了。毕竟那位大小姐，可是一直敌视她的。

颜苏换上正经的表情：“其实你不问，我也会说的。不过，你可能需要做点思想准备——关于方叔叔的。”

方若好开车的手没有丝毫动摇：“她去A国看爸爸？”

“不是看。”颜苏眸底似有叹息，“是告。”

方若好“嘎吱”一声，差点把车开到沟里去。

颜苏吓得直哆嗦，捂着胸口缓了缓气，苦笑起来：“我本想到地方安置下来再说的。你偏在车上问……”

方若好将车拐下高速，停在路旁，扭头定定地看着他。

“很震惊？她是作为被害人证人出席的，提供了很多证据……沈阿姨……非常生气……总之这几天，她在那边过得很……受折磨。我妈担心她，让我陪她一起回来。”颜苏想了想，补充，“不过，如果你介意，我下次会拒绝。”

方若好更是意外地看着他。

“我看得懂这个眼神！”颜苏哈哈一笑，“你是不是想说我求生欲很强？”

“不是。方如优是你的青梅竹马，我以为有女朋友了就不管朋友的这种事不会发生在你身上。”因为他天性温柔又热情。

“那可不行，毕竟我的求生欲真的很强。”颜苏笑着笑着，轻轻握住了她的手，“我知道在你身上发生过什么样的伤害，知道你的忌讳和你的底线。我更知道如果我做了什么不好的事，让你伤心了的话，绝对不会有第二次机会。”

方若好的手不受控制地颤抖。

颜苏便将她的手包在了掌心中，一字一字地说：“我很珍惜这唯一的机会，无论付出什么代价都要紧紧抓住。因为……我不想再错过你了。我们浪费了的时间，已经太多了。”

你是个这么勇敢的好姑娘。

你克服了那么大的心结勇敢地朝我走过来。

虽然我又迟钝又软弱，但这样的你，我又怎么忍心让你失望。

所以，我也要努力地朝你走过去。

我克服了许多许多障碍，一些你想象不到且无法承受的障碍，才终于走到你的面前。

没有什么可以再把我们分开了。

“方叔叔的事……别怕。我已经在你身边了。”而这一次，十年后的我，能比上一次做得更好，并且不会离开，不会再受人摆弄。

午后的阳光绚丽如画。

颜苏的喉结上下滑动着，突然凑过去，吻住了他的女孩。

方如优推着巨大的行李靠在停车场的柱子旁刷打车软件，不知是不是因为机场最近在整顿黑车，等了好久都没有私家车接单。而正规的接站处，排起了长长的队伍。一眼望去，足有几百人在等出租车。

“早知道刚才蹭三哥的车走了……就当电灯泡，气死方若好！”她嘀咕了一声，取消订单，正要再次发出订单，眼角余光忽然看到了一辆车——黑色的特斯拉Model X，尾号是5A16。

她没有认错！是那个人的车！

方如优当即拉着行李箱快步走过去。

特斯拉正夹杂在车队长龙中慢吞吞地往前移动，因此，方如优突然出现横拦在前方时，驾驶者也没有震惊，只是停下来，凉凉地看着她。

方如优拍打车窗。

驾驶者沉默了一下，然后放下窗户。

“好巧啊！谢总！正好我有事找你谈，带我一程吧！”方如优根本不给他任何拒绝的机会，自行打开后座将行李箱往里一塞，然后绕到副驾驶座坐下了。

驾驶者谢岚面无表情地看着她，一张脸因为太过冷峻反而看不出怒意。

“上了环路后随便你把我放哪儿。谢了。”方如优系好安全带。

谢岚想了想，开车了。

方如优朝他灿烂一笑。

“十分钟。”他忽然说，“给你十分钟时间说事。”

“十分钟恐怕到不了环线。”

“其他时间保持安静。”

方如优眯起眼睛打量着谢岚。妈妈虽然一度拿到了睿天三分之一的股份，但跟他打了几次交道后决定放权，理由是“不想跟这种长枪一样的人为敌”。

沈如嫣分析过三大传媒的主事者，认为贺豫是剑，正反双向都具杀伤力，还有王者气度；陆阿吾是匕首，诡秘阴险，灵活无比；谢岚则是枪，可攻可守，还能远攻投射。就发展前景来说，她最看好谢岚。但谢岚态度强硬，无法容忍自己的领地里还盘踞着其他物种，逼她撤离。沈如嫣几番周旋，发现讨不到便宜，只好借方若好一事卖个人情，把股份以正常价还给了他，最后只给方如优保留了百分之五。所以，身为睿天的小股东，方如优坐起谢岚的车来，还是很理直气壮的。

如此近距离观察，倒让方如优产生些许好奇：这样一张冰山脸，居然也会谈恋爱，还是跟唐翎那种性感尤物。所以……其实骨子里很闷骚吧？

“我想去睿天工作，可以吗？”她忽然道。

谢岚专注地开着车，脸上没有任何表情变化。

方如优解释说："我想跟贺小笙分手，跟昭华划清界限，但我又不喜欢陆阿吾，所以只能选择睿天。"

谢岚看了眼腕表上的时间，回答："你还可以选择回成如。"

"我跟我妈吵架了，成如是回不去的。"方如优轻描淡写地带过，继续炙热地盯着他，"给我安排个职位，行吗？"

谢岚又看了眼时间："139××××××××。"

"什么？"

"打这个电话，找叶经理，她会告诉你笔试和面试时间。"

方如优明白过来："你要我参加考试？！"

"进睿天都要考试。"

"当初方若好为什么不用？"

谢岚凉凉瞥了她一眼："她是来踩雷的。你也想踩？"

方如优语塞，脸色由白变红，再从红变白，最后"哼"了一声："考试就考试。那个手机号码再报一遍……"

"对数字不敏感，瞬间记忆力不佳，都是扣分项。"

方如优再次语塞。半晌后，拿起电话拨了个号码："钟秘书，帮我查查睿天负责人事的一个经理，姓叶，手机号139开头的。好，等你消息。"

很快，对方发来了一条微信。

方如优打开一看，里面赫然是叶经理的详尽资料："哦，原来她叫叶美娟，四十六岁，手机号139××××××××，喜欢织毛衣、跳交谊舞，有两个儿子，老公也在睿天……"方如优将屏幕朝谢岚摇了摇，"这个应急反应和强大人脉如何，加分吗？"

谢岚看了她一眼，目光闪了闪，说："十分钟了。"

方如优抿唇一笑，不再说话，调整了一个最舒服的坐姿后，靠着闭上了眼睛。

十分钟后，当谢岚将车拐上了环线，想要让她下车时，却发现她已经睡着了。

午后阳光绚丽。

然而她的脸退去了光鲜后，呈现出一种难言的惨白来。睡梦中的眉头不自觉皱起，双手环拥着双肩，是一种紧张自卫的姿态。

谢岚本想叫醒她，手伸到一半，改变了主意。

他将车停在环路旁，发了条讯息后下车，在一棵红枫树下站着。其间有流浪猫路过，他还从口袋里掏出袋猫饼干伺候了一番。

如此过了十五分钟，车内的方如优还是没有醒。

谢岚看表，又发了条讯息，再拔了根草逗流浪猫玩了一会儿。

如此又过了十五分钟，一辆出租车飞驰而来，停在路旁。罗山拖着大肚子匆匆下车，如此初冬还带了手帕擦汗，一溜小跑到谢岚身旁：“谢总！”

“嗯。交给你了。”谢岚揉了揉流浪猫的耳朵后，起身上了他的出租车。

罗山走到特斯拉旁一看，吃了一惊：“方如优？！”

方如优觉得自己走在黑漆漆的走廊里，伸手去开一道道的房门。那些门有的怎么也打不开，有的打开了里面也是黑的，什么都看不见。但她没有停止，继续往前摸索着，去开下一道门。

有一个声音一直在催促她和引导她。

顺着声音的方向一步步地走过去，依稀看见了从门缝处渗过来的光。

她的心中顿时升起无数喜悦，向前奔跑，将门狠狠撞开。

无数的光一下子涌过来，与此同时，脚下一空——

她掉了下去！

方如优猛地一抖，睁开了眼睛。

这才发现自己竟然还在副驾驶位上。

“方小姐醒了？”左方驾驶位传来一个殷勤的男声。

方如优转头，这才发现谢岚消失了，取而代之的是他的秘书罗山。车子不知何时停下了。

“我睡了多久？”不用罗山回答，她已看到了时间，已经是下午四点半了。她竟然睡了足足四个小时？！

“那个……方小姐，谢总让我送您回家，请问怎么走？”

方如优报出一个地址，罗山发动了车子。

方如优拢了把头发，没想到自己居然会毫无戒心地在别人的车子上睡着，更没想到的是谢岚居然不叫醒她，而是放任她睡下去。不得不说，这是她这么多天以来睡得时间最长的一次，虽然梦境凌乱，但好歹是瞬间入睡。

方如优放下手时，看见指缝里挂着好几根头发。她怔了怔，再摸，又摸下几根头发。

她一时间不敢置信地睁大了眼睛。

罗山一边开车一边偷偷打量她，见她盯着手里的头发看，便露出一个讨好的微笑企图搭讪：“方小姐掉头发啊？看来是工作压力太大了，我也是。你看我的头发，都快掉光了……”

“闭嘴。”谁要跟你探讨这种话题！

十四 11241242星

方若好跟颜苏在逛超市时，感觉到有些异样。

为了庆祝颜苏归来，再加上之前的约定，方若好决定亲自下厨做晚餐。于是两人回到她的公寓后换了便服，携手去附近的超市采购。

这是颜苏第二次陪她逛超市。他跟小时候一样，依旧不认识大部分蔬菜，正拿了根茭白问她“这是笋吗”时，方若好察觉到有人在偷拍。

转过头，看见隔着两排货架，有两个神色诡异的少女。方若好当即朝她们走过去。少女们见她靠近，表情越发古怪，目光还不停地往某个方向瞄。

方若好开口：“你们在拍我？删掉。”说着，她径自抓过其中一人的手机，页面果然停留在拍摄中，点开相册，看到她们拍的照片时，却一怔——

她们确实拍到了她，但她不是主角。

镜头的主角是个戴帽子戴口罩的高个男孩，他正远远地凝望着一起推购物车的方若好和颜苏。

方若好一眼认出来——贺源西！

但她转身环顾，却已不见他的踪影。

被抢手机的女孩怯生生地说：“他、他、他走啦……”

“什么时候？”

“就、就两分钟前。”

方若好把照片往前翻，前面还有贺源西训练、骑单车时的偷拍。于是她一口气全删了，再将手机还给该女孩："你们可以走了。"

女孩接回手机，突然换上了生气的表情："有病！"

"就是！真倒霉……"两人手拉着手跑掉了。

方若好无语，一转头，颜苏靠在一旁朝她微笑："其实你应该感谢她们，不然被跟踪了还不知道。"

"那应该只是巧合。"贺源西马上要跟组去H省了，哪有时间跟踪她，估计是来跟她告别的，在超市看见她跟别人在一起，就走了。

"所以，不用放在心上？"

"当然不用。"虽然这么说，但方若好还是给贺源西的助理张晌晌发了条短信，"看好源西，不要让他乱跑。"

张晌晌立刻打回了电话："方姐，你知道他在哪里？我都急死了！我在他家，正帮他收拾行李呢，一扭头，人就没了。我在等林导，林导把我大骂了一顿，也出去找了……"

这下不得不放心上了。方若好放下手机，脸色难看。

颜苏哈哈一笑，见她真的很烦，便勾了勾手指："不就是找个小孩吗？跟哥哥走。"

方若好眼睛一亮。是啊，颜苏总是很有办法的。

"先说好，找到有什么奖励？"

"你想要什么奖励？"

颜苏扭头，目光灼热地将她从头看到尾。方若好心中一"咯噔"，血液瞬间从脚蹿到了大脑，不知为何有些战栗。

颜苏朝她伸出手。

方若好心如小鹿乱撞，眼睁睁看着那只手离自己越来越近，越来越近……然后，蹭着她的右耳过去了。

她感觉右耳耳垂被轻轻地捏了一下。最后，他从她身后的架子上拿了两包烟去结账："等会儿告诉你。"

她只好跟在他身后，一时间，竟不知是松口气，还是更紧张。

颜苏带她去了监控室，以"女朋友被跟踪狂跟踪，有两个女孩告知对方是个戴帽子戴口罩的黑衣男孩"为由，要求查看监控。工作人员犹豫着说要请示上级，那两包临时买来的烟便派上了用场。

"哥们儿，帮个忙。这事真是很烦，我们报过警，警察压根不管，说没人身伤害不立案。可您想想，要真出事了还来得及吗，对吧？好不容易我这次回来了，非抓着这小子不可。您就让我看看他往哪儿走了，我保证不给你们超市添乱。”

工作人员不知是被他的满腔真诚打动了，还是被那两包烟打动了，调出了监控。

只见他们两个进入超市不久，贺源西也进来了，远远地跟了他们五分钟左右，发现有两个女孩在偷拍自己后，就扭头走了。

切换到超市外对着马路的监控上，贺源西往西边的马路去了，两条腿走的。

“沿途追追看，应该来得及。”确定方向后，方若好跟颜苏出去追。

果然，不到十分钟就发现了目标。

马路那头的绿化带旁，是个小型公园，黄昏的余晖中，很多父母带着孩子在玩。其中一把长椅上，赫然坐着贺源西——哪怕全副武装遮住了脸，他也是个很醒目的年轻人——因为伸展开的双腿实在太长了。

颜苏有些艳羡地感慨：“现在的小艺人先天条件都真好啊。”

“谁告诉你他是小艺人？”

“哦，难道已经很有名了？”

方若好来不及多解释，赶紧朝公园跑过去。

一只皮球滚到了贺源西脚下，一对父子冲他招手：“喂，这边这边！”

贺源西捡起球，瞄了玩得满头大汗的父子一眼，却反手一扔——把球扔得更远了。

小男孩一怔，哇哇大哭起来。

小男孩的爸爸只好骂咧咧地跑过去捡球。

贺源西轻哼一声，无趣地起身准备走人，刚走一步，就看见了方若好，以及她身后的颜苏。

他的目光闪了闪，表情却越发骄傲，双手插兜假装没看见她一般往前走。

下一秒，方若好抬脚踢在他的后膝窝上。贺源西眼看要栽倒，连忙伸手在地上一撑，才没有跟大地来个亲密接触。

他一跃而起，喊道：“你疯啦？”

“昭华艺人守则第三条，严禁不报备擅自外出；第五条，严禁外出不带手机无法联络；第九条，严禁在外惹是生非……”方若好每说一句，就踢他一脚。

贺源西想躲躲不开还不能还手，只好硬生生地忍着：“喂喂喂，够了吧？”

方若好拿出手机打给张晌晌：“找到贺源西了，在××大街小公园这边。来接吧。”

贺源西抿紧唇角，不忿地看着她，刚想逃走，冷不丁被颜苏一把搂住：“别走呀，小朋友，不是有事找若好吗？”

“谁找她了？还有你是谁啊，放开我！”

颜苏哥俩好地搂着他，硬是将他重新按在了长椅上：“夕阳无限好，坐会儿说烦恼嘛。”

“你！”贺源西个头虽跟颜苏差不多高，但四体不勤，哪里是打架老油条的对手，被按得一动不能动。

这时方若好挂上电话，站到了贺源西面前，她的影子投到他脸上，他撇了撇嘴，放弃了挣扎。

“说说，跟踪我干吗？”

“谁吃撑了要跟踪你。”

“哦，那你刚才怎么会跟着我进超市？你家离这十站地呢。而且这个时间点，你应该在家收拾行李。晚上的飞机不是吗？”

“你不去吗？”贺源西忽然问。

“去哪里？”

贺源西又抿紧了嘴唇。

方若好想了想，明白了：“你是说拍摄基地吗？我去那里干吗？”

“你不是负责这个电影的吗？”

“我是总策划、挂名制片人，以管钱为主，具体拍摄会有专业监制过去。”

贺源西瞪着她。

方若好忽然伸手摸他衣兜和裤兜。贺源西的脸一下子涨红了：“你、你做什么？”

方若好从他牛仔裤的屁股兜里摸到了手机，一看，果然关机了，当即将手机打开，朝他摇了摇：“去了那边二十四小时开机，不许再玩失踪。”

贺源西忽道：“我不去了。”

方若好眯起眼睛：“你说什么？”

“我听说那边零下二十度了，太冷，不想去了。”

“电影呢？”

“不拍了。”

“出道呢？”

眼看贺源西要说出一个“不”字，方若好气得抬脚要踹，颜苏连忙架住她。

“你别拦我。我揍死他！”

“你凭什么揍我？”

“就凭你敢耍我！”方若好气得够呛。她在工作中遇到的烦心事已经够多了，这蠢货竟还敢添乱。

颜苏笑着将她往后拖：“好了好了，别生气，我跟他谈谈。”

“你跟他谈？”

“我之前没认出来……这会儿想起来了，他是贺老师的儿子贺源西吧？”颜苏放开方若好，凑到贺源西面前对他笑了笑，“嗨，不记得我了吧？”

贺源西别过脸，想了想，又觉得不能示弱，回过头来一言不发地盯着他。

颜苏轻拍了一下他的头，并在他发怒前将他哥俩好地抓起来往一旁走：“来，咱们聊聊人生。”

“你谁呀，谁要跟你……”后面的话消散在了风中。

方若好看出颜苏不想让自己听，便在长椅上坐了下来，疲惫地揉了揉眉心。

如果贺源西关键时刻真掉链子的话……坦白说，她还真没办法。正如林随安说的，昭华的小太孙，谁敢真的强迫他做什么，只能指望颜苏舌灿莲花说服他了。

颜苏将贺源西拽到僻静的角落，确定方若好完全听不到他们的对话后，才松开了他。

贺源西很生气：“你到底想干吗？”

“听着，小家伙，喜欢一个人时，给她添麻烦可不是什么正确的方式。”

“什、什么？”

颜苏抱着双臂，微微一笑。

他虽然什么话都没说，贺源西的脸却越来越红，最后变成了恼羞成怒：“不知道你在说什么！我要回家了！”

“原来是个胆小鬼，亏我还稍稍担心了一下。”颜苏露出轻蔑之色，双手插兜走人。

如此一来，贺源西反而睁大了眼睛，直勾勾地盯着他，眼看他要回到方若好身边，终于忍不住叫住他：“我知道你。”

颜苏停下脚步，回头挑了挑眉。

贺源西的目光落到他的手表上：“我见过你的表，在她家。”

颜苏看着红水鬼手表，心中不由得一甜，便走了回去：“所以呢？连挑战一下的勇气都没了吗？”

“你……你是在鼓励我？”贺源西不敢置信。

“为什么不呢？我觉得你很不错。但你可以更不错的。”

贺源西狐疑地瞪着他。

颜苏又笑了笑。这就是当年那个……因为他的疏忽而差点被拐走的孩子啊。

长这么大了，还跟方若好有了更深的羁绊。世间因果，真是很玄妙。

“你现在放弃，对若好而言，不过是个小屁孩，没了就没了，昭华有的是等出道的小帅哥，你不是不可或缺。但是，如果你已是个超级巨星，再去谈条件的话……”颜苏含蓄地戛然而止。

贺源西的眸光不由自主地亮了起来。

“你自己好好想想。”颜苏拍了拍他的肩膀，转身要走。

贺源西再次叫住他：“喂！”

颜苏回头。

“你对自己可真有自信啊。”贺源西勾唇，有些不满，有些嘲讽，还有些说不清道不明的羡慕，“将来别后悔。”

颜苏笑着摆了摆手，没再说话，心里却在想：小屁孩，等你成了超级巨星，若好都已经跟我回A国了。

方若好起身朝他迎过来：“谈得如何？”

“搞定。他会好好拍的。”

“你怎么说服他的？”

“哦，我跟他说H省的姑娘们个个一米七，大长腿，身材好又彪悍……”

方若好一怔：“他喜欢御姐？”难怪对学校里那些青涩小姑娘从来不屑一顾。

颜苏回头瞥了贺源西一眼，然后对身高一米六五的方若好微微一笑：“对。他喜欢一米七以上的大姐姐。”

贺源西被张晌晌带回去了，方若好叮嘱林随安务必看好他，再有意外概不负责。林随安气得吐血却又无可奈何，最后保证加派两个保镖看着他。

方若好跟颜苏回到家时，天已经黑了。

中午他们随便吃了点面包，这会儿真是饥肠辘辘。

方若好把拖鞋递给他：“抱歉让你跟着我挨饿……”

“放心，身为医生，挨饿是职业生涯的必修课。”

方若好拿了围裙，一笑：“那就劳烦神医大人再修炼半小时，我去做饭。”刚要进厨房，她被颜苏拉住，随即，围裙也被他接了过去。

颜苏抖开围裙，将颈带套到她头上，然后拉开腰带，环过她的身体，帮她打结。在此过程中，两人的身体挨得极近，鼻息间交换着对方的呼吸。

方若好突然想到了他的那句“找到有什么奖励”，脸腾地燃烧了起来。

颜苏的动作很慢，慢得让人备受煎熬。

她正在胡思乱想，却听他轻轻一笑，终于后退了半步。空气中少了他的味道，似乎一下子清冽了回来。

方若好连忙长长吁气。

“别担心。之前车上是一时情不自禁，现在既然正式开始相处了，我会跟着你的节奏走的。”颜苏的声音在这样的距离里听起来真是既君子又温柔。

方若好摸了摸滚烫的脸颊，心想自己真是想太多。结果颜苏的下一句是：“就算你求我今晚不走，就此跟你同居，我虽又羞涩又恐惧，但也一定会配合的。”

“谁要跟你同居了？！”方若好抓起一旁沙发上的抱枕朝他扔过去，“你给我吃了饭就走人！”

颜苏顺着那个抱枕倒在沙发上，哈哈笑了起来。

方若好又好气又好笑地进了厨房，打开水龙头开始洗菜。水声哗啦啦，遮盖了所有的声音，仿佛也在洗涤着她的心情。

她的唇角忍不住一直一直上扬。

洗米，舀两勺；切菜，切两把；筷子，拔两双……

不再是一个人了。

从今天起，她再也不是一个人了。

颜苏完全不挑食，她做什么，他便吃什么，并且饭后主动洗了碗。方若好靠在门上看着他，心里忐忑地想该如何开口，让他回自己家。

“在想怎么赶我走吗？”颜苏背对着她，忽然说道。

方若好问：“你会因此而生气吗？”

颜苏擦干最后一只碗，把手洗了，转过身来，笑盈盈地看着她。

方若好莫名心虚，犹豫了半天，咬牙说：“那要不你留下……”

颜苏径自从她身边走过去，顺便捏了捏她的耳垂：“想得美。就知道你垂涎我已久，但我是这么随便的人吗？”

“……”

“好了，你不是还得去给贺伯伯煎药吗？快走快走，顺便送我回家。”

耳上一暖的同时，她心头一松，弥漫起脉脉温柔。她忽然轻笑出声。

与此同时，她听见颜苏一本正经地数落自己：“小脑瓜不要这么淫邪。”

“对不起，我错了。”方若好拿上车钥匙。

方若好把药递给贺豫，贺豫打量着她：“心情很好？”

表现得这么明显吗？

方若好忍不住摸了摸自己的耳垂，颜苏手指的温度仿佛还残留在上面：“我……跟颜苏在一起了。”

贺豫挑眉：“颜锐的小儿子？”

“嗯……”方若好有些忐忑地抬眼，不知道这位慧眼如炬的老师会给心上人什么样的评语。

谁知贺豫只是点点头，便喝起了中药，毫无细谈的意思。

如此一来，方若好反而忍不住问道：“您觉得……可以吗？”

贺豫忽然笑了：“连小笙都可以，还有什么不可以？”

方若好无语，心道我那不是对婚姻无所期待吗……但现在，有了爱情后，就开始有了期待。有了期待后……就不知不觉地想拿高分了。

“大部分人都觉得婚姻很重要，我也曾经那么认为。但是到最后你会发现，那一点都不重要。世人看我，难道看的是我老婆是谁？还不是看我自己？所以，不必太拿它当回事。”贺豫看了她一眼后，又补充，“好好享受爱情即可。”

方若好嫣然一笑。

“谈谈镕裁吧。第三个导演人选出来了吗？”

“还没有。不想找老手，老手毛病多。但新人太累，事事都得带。我也是挑花了眼。”每当这个时候，她就很想念张慕远，要是他没被挖走该多好啊……

“你得学会分权，很多事不必亲力亲为。昭华是部老机器，更换新的零件固然重要，但重新设置运行程序也很重要。好的程序能让一切更井然有序。”贺豫说到这儿，停了一下，才继续说道，“你让严维文带源西，我虽然觉得欠妥，但没有反对。虽然你跟我思考的方式不同，但我相信你有解决的能力。这就是放权。”

“您觉得严维文带源西，不合适吗？”

“成熟老手带新号，会少绕很多弯路，但也少了很多磨砺。”

“源西身上有一种……怎么说呢，被宠爱的痕迹。磨砺会削减这种痕迹。我并不希望抹杀那种感觉。”

贺豫忽用一种复杂的目光看着方若好，问道：“你喜欢源西吗？”

方若好一怔。

“你很看好他，想把他打造成新一代巨星。但是，你喜欢他吗？”

方若好有些困惑：“还、还可以吧……唔，大概是因为我跟他比较熟，所以对他的性格……”

“你并没有被他的脸迷惑。对吗？”

方若好只好点点头。

“那么，如你这般对他的脸不感冒的群体，就很难喜欢他。美貌是肤浅的，真正能让人魂牵梦萦、疯狂追随的是内在的东西。”贺豫淡淡地说，“唐翎是我亲自挑出来、带起来的。我第一眼看见她，就想跟她上床。”

方若好还是第一次听他说起昭华一姐，不由得精神一振。

“连我都会被她的荷尔蒙吸引，更何况其他男人？所以，我跟她说，你想红？那么，你不能有男人。所有人都想睡你，但没有人能得到你。做好这一点，你就是所向披靡的。”

方若好忍不住想：那谢岚是怎么回事？

“她红了整整十年。然后，她栽了。”贺豫有些嘲弄地笑了起来，“她想转型，想谈恋爱，想走进安定的婚姻。然后，她就开始走下坡路了。”

诚然，虽然唐翎跟谢岚的那段恋情并没有公开，但唐翎身上那种独一无二的吸引力不知不觉就消失了，像一朵被拔掉刺的玫瑰花，虽然依旧艳丽芬芳，但不再独特。

“她为什么会跟谢岚分手？”唐翎跟许长安可不一样。许长安一开始就是陆阿吾捧起来的，唐翎却是事业最巅峰期看上了初出茅庐的谢岚。当时的睿天正是分崩离析之际，谁也没觉得谢岚能力挽狂澜。不过后来的事实证明了唐翎眼光很好。

“唐翎怕猫。”

方若好愣了愣——好吧，这确实是个问题。

“相处的过程中发现谈恋爱原来要付出很多，忍耐很多。最后发现自己还不如一只猫。心态失衡，就此分手。”贺豫讽刺一笑后，转为感慨，“但再回来，可就不再是你的天下啰……”

唐翎目前还是昭华一姐，虽然保持着最高片酬女星的纪录，但在新生代中影响力很低，如老爷子说的那样，辉煌期已经过去了。因此，为她选片也更慎重，生怕票房不好惨遭滑铁卢。

“我用唐翎举例，是要告诉你——试着去喜欢源西。你说他身上具有被宠爱的痕迹。那么，你也应该去宠爱他，并将这一点，进一步挖掘扩大。因为，第一个看见星星的人，不是粉丝，而是造星者。”

方若好听了这番话后，回家的路上看了下记录，发现贺源西的生日是六月六号，还有大半年。幸好圣诞节快到了，那么……

“想为源西准备圣诞惊喜，你有什么好的建议吗？”她发讯息问颜苏。

颜苏很快回复了：“我建议直接放弃给贺源西的惊喜，乖乖准备给提鱼哥哥的惊喜。”

我错了。方若好想，她竟忘了圣诞节也要给恋人准备礼物。正要道歉，颜苏的讯息又来了：“或者，贺源西的惊喜交给我。我的惊喜交给你。如果同意，回1。”

她连忙打：“1。”

“成交。”

方如优在玻璃镜前照了一下自己的仪容，确定没有任何问题后，推开门走了进去。

屋子里坐了三位面试官，居中的那个正是她之前调查过的叶美娟。

她是个对谢岚忠心耿耿的女人，以为他挡御所有不怀好意的狂蜂浪蝶为己任，又也许是更年期的缘故，脾气越发古怪，跟老公的关系十分不好，曾在公司里吵架。谢岚得知后，将她老公开了，为她出了口气。自那后，她越发以谢岚手下第一忠臣自居。

方如优一边在脑海中过了一遍此人的资料，一边走到椅子旁坐下，脸上未带任何表情。她今天刻意穿得朴素，戴了副黑框眼镜，打扮得老气横秋，看上去木讷而乖巧。

叶美娟的目光却并未因此而和善多少，扫了眼她的简历后，冷冷开口：“方小姐身为昭华传媒CEO的准未婚妻，为什么离开昭华？”

方如优在心中暗叹了口气：人太出名就是不好。无论她把自己打扮得如何无害，对方知道她的身份后，还是会本能地戒备。

一念至此，她将双手慢慢地在长裙上攥紧，抬起头时，眼眶微微地红了：“婚事……已经不作数了。”

三位面试官全都一怔。

方如优做出欲言又止的样子，又低下头去攥裙子：“老爷子……贺总，非常不喜欢我。所以……”

一墙之隔的另一间屋子里，罗山看到这一幕叹为观止：“方大小姐应该去当演员。”

单向玻璃镜墙，将面试的一切都展露无遗。

谢岚一边喝着不加糖的苦咖啡，一边看着老气横秋加委屈可怜“人设”的方如优，无聊地转身：“下次不用带我看这个。”

罗山忙叫道：“咦，不是你安排方如优面试的吗？”

“不是。”

“那，要招她吗？”

谢岚停步，回头说："我让她找叶美娟。懂？"

罗山的脑子终于转过了弯："你让娟姐出面当恶人淘汰她啊？"

谢岚面无表情地点点头，正要走入时，上方的扩音喇叭将隔壁屋的声音十分清晰地传了过来——

"那为什么选择睿天？"

"睿天去年投拍电影共七部，两部大爆，全年利润十四点三亿，堪称业内回报率第一。"

"正因如此，我们招人的要求也最严格。方小姐在昭华时间不长，表现平庸，可以说毫无建树。我们凭什么录用你？"

娟姐果然一点面子也不给啊……罗山心中咋舌。

然后就听方如优回答："就凭你们去年只拍了七部电影。你们人手不足，资金链不足，精力不足，本应扩大规模，却只能裹足不前。"

谢岚若有所思地停了下来。

"我们求的不是多，而是精。"

"在保证少而精的前提下，追求数量又有什么不好？"

叶美娟眯起眼睛，冷冷地盯着方如优："那么方小姐觉得自身的优势是什么？"

"我有钱。"方如优索性摘掉眼睛，露出了一个灿然的微笑。

隔壁房间的罗山"扑哧"笑出声来，谢岚冷冷地朝他投去一瞥，罗山连忙咳嗽几声："那个，她也没说错嘛……"

"我是你们最好的选择。因为，比我有钱的，没我懂电影；比我懂电影的，没我有钱。"方如优自信地说。

叶美娟面色阴沉地盯着她，片刻后，合上了履历表："行了，我知道了。你回去等通知吧。"

方如优只好起身，离开了房间。

她感觉并不怎么好。虽然预料到叶美娟会刁难她，但没想到会刁难到这个程度。看来睿天对她成见很大呢。如果进不成睿天，去哪儿呢？要换工作吗？

没了妈妈，没了家族的助力后，真的举步维艰了吗？

方如优走在玻璃走廊里，看着外面的龙爪柳有些出神。据她所知，方若好的镕裁计划都已经紧锣密鼓地开始了。而她，什么都没着落。

在她松懈的时候，方若好再一次地……赶上来，并超过她了。

其实她早就超过她了。

当年，如果不是妈妈用了手段将方若好赶出一中，她早已在学业上击败了她。如今，方若好又一次地在事业上击败了她。

她用尽了卑劣的手段后，还是没有赢。

方如优的眼眶红了起来，不同于之前做戏，这一次，是真的难过了。

人难过的时候就会开始倒霉，魑魅魍魉全趁机过来欺负。

——方如优看着半途抛锚的车子，气馁极了。

风呼呼地刮，偏偏赶上沙尘暴，吹得她灰头土脸，咳了一嘴巴沙子不算，三角警告架还被风刮坏了，怎么也立不起来。

想打电话报修，手机还没信号，死活拨不出去。正气得头疼时，一辆路过的车开过，又倒退回来，停在了她的车前。

方如优透过纱巾定睛一看，5A16！她不由得一愣。

特斯拉的门开了，走下来的，正是谢岚。

谢岚走到引擎前看了一会儿，指挥她："去把警告架放好。"

"我不是不想放……是被风吹坏了……"方如优委屈。

谢岚看了她一眼，从自己车的后备厢里拿出一个递给她。方如优连忙跑去摆在车后方。

再一扭头，谢岚已脱了大衣外套，趴着检查油管和油路。

方如优连忙拿起车顶上的大衣，怕它也被风吹跑。

"应该是电瓶亏电。"他检查了一番后说道，"有备用电瓶吗？"

方如优摇头。

谢岚想了想，从他车上取下一个保温杯。方如优不禁睁大了眼睛：不会吧？他才几岁？就开始保温杯泡枸杞了吗？

谢岚将杯子里的水倒在电瓶上，关闭了所有用电设备。"等十分钟。"他说。

方如优"哦"了一声，忙将大衣递还给他："麻烦你了。"

谢岚先从大衣口袋里取出手帕，仔仔细细擦了一遍手后，才穿上外套。然后两人就干站着，他完全没有要说话的意思。

方如优只好硬着头皮搭讪："我今天去睿天面试了……"

谢岚"嗯"了一声。

"看在你帮我修车的分上，我就加入睿天助你一臂之力吧。"

谢岚被气乐了，他大概也是第一次见到如此厚颜无耻之人，转身就要走人。方如优连忙举手投降："开玩笑的！你帮我修车，我绝不祸害你！应聘一事就此作罢。"

谢岚定定地看了她两眼后，抬腕看表："十分钟了。"

然后他再次打火，只听咔咔声响，车子成功启动了。

方如优大喜："多谢多谢！"

"尽快去4S店。"谢岚丢下这句话后就走了。

方如优开车跟着他的特斯拉。

狂风漫天，天色昏黑，然而特斯拉的两只尾灯闪啊闪，映得前方的世界也仿佛开阔了起来。

"谢……岚……啊……"方如优把这两个字悠悠地吟了一遍，忽觉兴奋。

为男朋友挑选礼物这种事，虽然方若好是第一次做，但并不畏惧，毕竟，电影人从来是想多浪漫就能多浪漫。

方若好默默地准备了一段时间，刚好赶在十二月二十四日完成。

此时《滑冰少年》和《录取线》都已经开拍了一段时间，林随安每天在微信上跟她叫苦，多为天太冷了，冻出鼻炎了，盒饭送到就凉了，H省民风剽悍，动不动就喊打喊杀……被她一律无视。相比之下，许长安要省心太多，每天定时发送拍摄进度，条理无比清晰。

然后这一天中午，林随安发来一条全是惊叹号的微信。

方若好回了一个问号。

林随安发了一张图片过来，里面是十六个全副武装打扮成圣诞老人的人，排成一排站在贺源西面前，周围是乱糟糟的拍摄基地，所有人都好奇地看着这十六个圣诞老人。

方若好连忙发送视频请求过去。林随安接了，把镜头对准了贺源西。

贺源西身上穿着破旧的羽绒服，松松垮垮的牛仔裤，头发凌乱，十分美貌被抹掉了五分，非常符合片中家境贫寒的邋遢少年形象。

此刻，他正皱着眉打量着圣诞老人们，其中一个圣诞老人催促他："亲爱的孩子，选一个吧。"

贺源西突然扭头，看向林随安视频里的方若好："你搞什么？"

方若好心知这大概就是颜苏给贺源西准备的圣诞礼物了，只好硬着头皮笑道："惊喜！圣诞礼物！快选啊。"

贺源西沉默了几秒钟，走过去，指向催促他的那个圣诞老人："就你吧。"

被指名的圣诞老人从口袋里摸出一张卡片："给我一样黑色的衣饰，你才可以进行下一步。"

贺源西再次扭头瞪着视频里的方若好。方若好只好尬笑："闯关游戏嘛，没玩过？"

林随安在一旁插话："喂，你这样很影响我拍摄进……"话没说完，被方若好冷冷的目光瞪了回去。

贺源西想了想，突然伸手摘了林随安的帽子扔给圣诞老人："下一步。"

林随安委屈："喂，那是我的Maison Michel（巴黎著名制帽工坊）！"

这个圣诞老人退后了几步，其他十五个圣诞老人围住贺源西："亲爱的孩子，再从我们中选一个吧。"

贺源西随手点了一个。该圣诞老人也从背包里摸出一张卡片："向离你最近的女性说一句祝福的话，然后继续。"

贺源西皱眉，又回头瞪了方若好一眼。

方若好朝他做了个"加油呀"的手势。

贺源西走到离他最近的女性面前，那是一个群众演员，看穿着打扮是扮演滑冰队的女选手的，年纪很小，见他靠近，脸腾地红了起来。

"平安夜快乐。"贺源西说。

该群众演员结结巴巴地回："你、你也快乐。"

贺源西不耐烦地回到圣诞老人面前，继续选人："你。"

如此，接下去的圣诞老人分别提出了"向离你最近的男性说一句羡慕的话""向穿红衣服的女性说一句赞美的话""向穿黄衣服的女性说一句鼓励的话""亲吻现场年纪最大的女性的手背"等一系列要求。

终于，所有的圣诞老人都轮完了。

贺源西已经忍耐到了极点，沉着脸问方若好："这就是你送我的圣诞礼物？"

方若好无语。

就在这时，最开始说话的圣诞老人拍了拍手，示意所有圣诞老人放下背上鼓鼓囊囊的包袱，堆到贺源西面前，然后又取出一张卡片念道："亲爱的孩子，现在你明白了吗？真正的快乐是赐予他人。这是我们帮你准备的礼物，去吧，分给大家吧。"

方若好扶额。坦白说，如果她不是该事件的当事人的话，估计会觉得这个节目安排很有意思。可现在，她都快被贺源西的目光杀死了。

贺源西脸上的表情变了又变，不知为何，明明很生气，最后却忍住了，蹲下身打开包袱，里面是一袋袋零食、暖宝宝和毛绒玩具。

他把东西一样样地分给在场的众人，每个人拿到礼物后都对他微笑道谢。他原本冻结的表情不知不觉一点点融化了。

最后东西分完了，贺源西回到镜头面前来，直勾勾地看着方若好。

方若好朝他微微一笑："圣诞快乐。"

贺源西目光一闪，抬手按掉了结束键。

林随安急声道："等等呀！我还有事要跟她说啊。"说罢捧着手机挪到一旁继续骚扰方若好。

贺源西低着头默默地出了会儿神，一个圣诞老人忽然走到他面前。

贺源西忍不住有点期待，就见该圣诞老人摘下胡子，朝他伸出了手："哥们儿，给点打车钱让我们回去呗。这么冷的天，我们出来一趟也挺不容易的……"

贺源西一口血顿时堵在了胸口，半晌后，扔出两张大团结。

圣诞老人喜滋滋地接了，招呼其他圣诞老人一起走。

林随安正跟方若好说事呢，一扭头，顿时急了："喂，我的帽子！帽子还我啊！"

其中一个圣诞老人哈哈笑着将团成一团的帽子扔了回来。贺源西一把接住，然后发现，帽子里有东西。

他打开帽子，里面放着一个打包得很精致的小小盒子。

贺源西又是期待又是狐疑地拆开盒子。盒子里是一个漂亮的许愿瓶，柔软的丝带里，静静地躺着一小块陨石碎片。

盒子底部还有张机打卡片，上面写着："星星，只有在天上才闪亮。不要泯然于众，你值得更好的舞台。"

贺源西呼吸一窒，紧跟着，他的心急促地跳了起来。

晚七点，方若好端出最后一道甜品，坐到颜苏面前时，有些后悔。早知道颜苏的圣诞礼物如此有创意又励志，就不把这么珍贵的机会让给贺源西了。

收礼物的人，明明应该是自己才对。

颜苏看着桌上的沙拉、牛排、罗宋汤和提拉米苏，赞叹道："原来你还会做西餐！"

"西餐比中餐好做多了。中餐手感不好时会失手。西餐只要一个好菜谱，严格按照温度、分量要求来操作就可以拿高分。"

"那我就开动了……"颜苏双手合十做了个答谢的动作。

方若好正在心中盘算何时给他礼物时，就听颜苏问："小家伙对我的礼物反应如何？"

"为什么会安排让他发礼物？"

"照理说双子座不该有社交障碍，但那小家伙鼻孔朝天，想必也不会主动亲近同事们。所以给他安排一节社交课，教教他——要对同事友善。"

想到当时贺源西宛如被雷劈了的样子，方若好轻笑出声：“真有你的。”

“好了。想必你和他都对那份礼物还满意。”颜苏优雅地擦了擦嘴巴，看向她，“下面，是不是该犒赏功臣了？”

“好的。”方若好答应得很爽快，扭身从柜子里拖出两个大纸箱。

颜苏换上无比期待的表情，郑重其事地拆开箱子，然后看见里面是一箱子的——

笔！

三菱签字笔将他的眼神瞬间点缀得十分精彩。

颜苏僵了三秒钟后，抬起头说：“作为一个医生，我确实……最喜欢这个。”

“还有下面的箱子，不打开看看？”方若好忍笑。

颜苏便拆开了第二个箱子，里面是——

免洗手消毒凝胶！

“好吧，这也是医生们的最爱……”颜苏喃喃了一句，抬头冲她微笑，“你真是个务实的好姑娘。”

“我好像听出了某人心中的不满。”

“绝对没有。你如此拼命地向我证明自己宜室宜家，想当我的妻子，我很开心。”

方若好被逗乐了，从饭桌的抽屉里取出一份资料推到他面前。

“看看，求婚书都写好啦！”颜苏继续开玩笑，拿起来一看，却怔住了。

这是一份来自美国科罗拉多州博德市空间科学研究所的英文证书。

上面显示方若好注册了一颗白矮星，并为之命名“11241242星”。

“我觉得，这个时间对我们很有意义。那是我……爱上你的开始。”被手表铭记了十年的时间，再次在一颗恒星上得到了延续，“如果，我们一直在一起的话，每年的这天可以一起去看这颗星星。”

礼物，如果是为了铭记而存在的，那么，一颗恒星的名字，大概便是“铭记”的极致了。

方若好朝他凝眸一笑：“我觉得，我不但适合当妻子，也很适合当个浪漫的恋人。对不对……”最后一个字的尾音，缱绻地消失在了覆过来的唇齿中。

“我觉得我们应该再做一点浪漫的事……”颜苏一边说，一边将她抱了起来，向卧室走去。

方若好下意识地扣紧了他的手臂。

颜苏一边亲吻她，一边低低地笑：“别怕。”

才……才不是害怕!

身为成熟的都市女性，她对恋人的相处模式十分了解，终究是要到那一步的……

只是，知道是一回事，亲自体验是另一回事。

她有些神魂颠倒，又有些忐忑不安，情不自禁地蜷缩起了脚趾。

身体，被轻柔地放在了床上。颜苏脱掉外衫，再次覆上来亲吻她，像个老练而耐心的猎人，一点点地解除她竖起的篱墙，诱惑她走入陷阱。

呼吸交缠间，方若好忽然想到了贺豫那句“好好享受爱情即可”，然后便彻底放松了下来。

她开始迎合。

她的主动无疑令颜苏更为兴奋，他深深地吻住她，从温柔变得激烈。正在意乱情迷之际，突然，他的动作停了下来。

方若好喘息着睁开眼睛，见他低骂了一句，在房间里各种张望，与此同时，一滴汗从他额头滑落，滴到了她的锁骨上。

方若好忽然明白过来，“扑哧”一笑。

颜苏顿时泄了气，又僵持了一会儿后，颓然地翻身躺在她的身旁。

方若好忍不住继续笑。

颜苏咬了她一口，闷闷地说：“你没诚意。”

“什么？”她笑。

“你诱惑我，却还不准备好……”最后两个字压在了舌底，含含糊糊。

方若好忍住笑，一本正经道：“我以为，这种东西应该男人准备。”

“我没想到会这么快……”颜苏说到这里，从侧面深深地凝视着她，“我觉得，你并没有完全准备好。”

方若好的心颤了一下。

对感情而言，她还是个初学者，并不知道如何才算时机纯熟，水到渠成。她觉得跟着对方的节奏走就好。有些意外的是，颜苏不像她想象的是个老手，好比今晚，如此良机，却不带着避孕套来。

她又觉好笑，又觉歉然，忍不住说：“楼下便利店二十四小时送货上门。”

“你确定？”颜苏露骨的目光在她身上巡回了一番，正当方若好悸颤时，他支起身来吻了吻她的额头，“算了，不想让人知道门牌号，对你影响不好。下次，下次我一定会好好准备的。”

说到这里，他想起一事，下床从墙角找到自己的衣服，从兜里掏出一物回来捧到她面前。

方若好惊讶："这是？"

"礼尚往来。圣诞节快乐。"

方若好很是惊喜，打开盒子，里面是一只绿水鬼手表。

颜苏亲自为她将表戴上，两只手腕并在一起，赫然是一对情侣表："你我正是红男绿女。"

方若好怔怔地看着红水鬼和绿水鬼并列在一起，不知为何，一时间，泪盈于睫。

颜苏伸出手，捧住她的脸："傻瓜，哭什么？"

方若好一边流泪一边说："我爱你。"

颜苏的手紧了紧，回了她一个无比温柔的吻。

他的声音在近在咫尺的距离里听起来格外低沉虔诚，宛若祷告——

"我是你的。像11241242星一样，永远永远是你的。"

Words are just words 'till you put them with a melody

话语如果伴上优美旋律

Sing them from the tallest tree as a song

如同树上鸟儿唱起了歌曲

Love is just love as you've seen it on the movie screen

爱情就像你从电影里看到的那样

Till the moment that your dream comes along

美梦成真的那刻就能感受到

I can't be me without you

没有你，我无法完整

Don't wanna be without you

我不愿与你分离

——Emily Hearn ***Without You***（Emily Hearn《没有你》）

十五 红与绿

平安夜的夜晚，有人你侬我侬，有人形单影只。

方如优觉得自己一定是被诅咒了，否则，明明刚换过电瓶的车子，怎么开到一半又抛锚了。

街上全是高高兴兴的情侣，商场各种张灯结彩。她坐在车里等维修队，看着外面的热闹，宛如身处另一个世界。

手机再次振动了起来，贺小笙还在不依不饶地给她发讯息，方如优看了眼内容，大多是“我知道你因为爸爸的事心情不好，所以让我陪你”之类的话。

贺小笙为什么就不知道，她根本不想谈论任何关于方显成的事。那件事她既然都做了，就不可能回头，更不允许自己后悔。

方如优抹把脸，索性将手机反扣在了副驾驶位的椅子上，来个眼不见为净。

外面突然传来一阵骚动，她顺着声音扭头看，见天空中飘起了白点。

下雪了。

方如优索性下车，靠车而站。

雪下得不大，接到手心上好一会儿才化。B城的雪是很脏的，融雪后的街道通常都污水横流。

方如优不知怎的想起了有一年的圣诞节，也在下雪，爸爸妈妈要去参加慈善晚会，她在家中发着烧，昏昏沉沉间看见外面在下雪。

有脚步声从门外传来，房门被轻轻打开。她以为是用人，没有回头。

那脚步声越来越近，突然一句“Surprise”（意为“惊喜”）把她吓了一跳。

回头，看见一个超级大的Kitty猫。猫后探出方显成的头。

“爸爸！”她十分惊喜，坐起来抱住Kitty猫。

“喜欢吗？”

“爸爸怎么……妈妈呢？”

“妈妈去参加晚会了，爸爸担心你，所以提前买礼物回来。”

当时她抱着软软大大的Kitty猫，真的是好感动，只觉得爸爸真是天下第一号好爸爸了。

第二天，她上学，在老师的办公室里看到了一个一模一样的Kitty猫。别的老师问：“好大的猫，男朋友送的？”

老师笑得一脸羞涩和甜蜜：“嗯。昨天的圣诞礼物。”

当天放学回家，她就把Kitty猫剪了……

幸好那一切都过去了。

方如优看着掌心中的雪花，淡淡地想。但是，恶心的记忆永远地留在了心中。究竟要到什么时候，才能彻底隔离，不再想起呢？

时间一点点地过去，维修队始终没来。方如优这才想起自己把电话留副驾驶位上了，抓起来一看，果然一连串未接来电中除了贺小笙，还有陌生号码。

她连忙打回去，对方却不在服务区。

方如优只好继续等着。就在这时，她又一次看见了车牌号为5A16的特斯拉。

世界真小啊！方如优精神一振，颇有种宿命的感觉。

她连忙朝那辆车招手。

但是这一次，特斯拉毫不迟疑地从她身边开了过去。

方如优当即拨打谢岚的电话。感谢圣诞夜的热闹，将B城的堵车特色发扬了数倍。特斯拉虽然开过去了，但一时间走不远。

最终，谢岚大概是被骚扰得没办法了，只好接了电话。

“相逢就是有缘！遇见了如此有缘又不幸落难的我，不再帮一把吗？”方如优先声夺人。

电话那边“扑哧”一笑，紧跟着，响起道歉声：“对不起方小姐，是我，罗山。谢总在开车，让我帮忙接电话……”

方如优沉默几秒钟后，挂了电话。

特斯拉副驾驶位上的罗山一怔，委屈地看向谢岚：“我这么不受待见吗？”

“所以才让你接电话。”谢岚毫无同情心地说。

罗山叹了口气，扭头望向后方的方如优："但外面在下雪，放任她在路上……没事吗？"

"这么多人，能有什么事？"上次帮忙，是因为那条路很偏僻，她一个妙龄姑娘跟辆豪车等在那儿不太安全。现在可是平安夜的闹市街头。

"那可不一定啊。"罗山滑动微博新闻，念道，"开跑车的女商人在地下车库被绑架，三十五岁女性某某在广场被劫持绑架，高速应急车道违停民警纠违车内人称被绑架……"

谢岚踩了刹车："下车。"

罗山顿时结结巴巴："我、我随便念念的……我不念了……"

"给你英雄救美的机会。"

"真的？"罗山下意识地看了眼自己的大肚子。

谢岚横扫他一眼，罗山一个激灵，立刻下车了。

方如优拿着电话正在气馁时，忽见特斯拉停了，心中不由得一喜，但在看清下车的人是罗山后，那点欢喜便烟消云散了。

罗山狗腿地跑到她跟前："方小姐，谢总说担心你一个人在这儿不安全，让我陪你。"

方如优一口拒绝："不用了。"

"那哪行啊，最近那个治安啊，可不好了。不信你看新闻，我给你念念：开跑车的女商人在地下车库被绑架、三十五岁女性某某在广场被劫持绑架……"

方如优头上冒出了三道黑线，听着罗山的絮絮叨叨，望着前方还在堵车潮流中龟速前行的特斯拉，暗暗咬牙：好你个谢岚！咱俩没完！

一大早，方若好开车将颜苏送到医院门口。

副驾驶座上的颜苏打了个哈欠。

"精神一点。"

"也对。"颜苏拍了拍胸口的三菱水笔和口袋里的免洗消毒凝胶，"有女朋友送的礼物Buff（增益系魔法），应该精神一些才对。但我还是好萎靡……不行，我也需要充充电。"

说着，他俯过来吻她，纠缠着不肯离开。

方若好一开始任他胡来，后来意识到不对，便推了他一把："医院门口呢，注意男神形象。"

"等我晚上准备充分了，看我怎么收拾你！"颜苏在她耳边故意恶狠狠地说，下车去了。

方若好被他的暗示搞得哭笑不得，目送颜苏走进院门后，正要开车走人，发现有人在看自己。

那是个消瘦的中年妇女，衣着光鲜但满面愁容，头发有大半都白了，站在医院旁的人行道上直勾勾地望着这边。

但当方若好想看得更清楚些时，那名妇人转身离开了。

是认错人了吗？

方若好没把她放心上，发动了车子。

结果当天下班时，她在昭华大厦外又看见了那个妇人。

方若好记性极好，职业习惯的缘故，对人脸识别能力很强，因此发现该妇人坐在街对面的露天咖啡店，一边喝咖啡一边眺望着昭华的大门时，就在心中暗暗地戒备起来。

她走向自己的车，坐进驾驶座，借助观后镜发现妇人果然起身拦了辆出租车。

出租车停在路旁，迟迟没有发动。

方若好试着将车开出停车场，拐上大路。那辆出租车立刻跟了上来。

有点意思……

大概是因为久在娱乐圈的缘故，发现被人跟踪第一反应居然是——狗仔队？可那位阿姨怎么看都不像个记者啊。

方若好一边开车，一边心中盘算，很快有了主意。

她将车开向一个三岔口，打了左闪灯，然后迅速超车，借助一辆大卡车的遮挡换到了右边的路上。

出租车果然被骗过，开向了左方的道路。

方若好掉头，重新回到左路上，间隔着两辆车跟在出租车后。出租车减慢速度，最后停在了路旁。

方若好确定行车记录仪是开启状态后，没再犹豫，一鼓作气朝出租车撞了过去。

她的力道控制得极好，堪堪碰到对方的车辆，将后保险杠撞了一个小凹痕。

出租车吓了一跳，当即打开车门下来查看。

方若好不慌不忙地下车朝他们走过去。

“你搞……”出租车司机刚想破口大骂，看见她的车牌号，瞬间露出了诧异的表情。

方若好上前敲了敲出租车的后车窗：“下来。”

坐在车后排的，正是那个头发花白的妇人，她犹豫了好一会儿，才慢吞吞地下车。

出租车司机试图和稀泥："那个，母女俩有话好好说……"

"她告诉你她是我妈？"方若好轻撇唇角。

出租车司机一怔，明显慌了："她说想看看女儿交了什么男朋友……不是？我说你这就不厚道了吧？我不管你们什么关系，我这车撞成这样了，你们说怎么办吧！"

"打电话报警。"方若好冲妇人微微一笑，"然后，咱们好好聊聊。"

妇人看她的神色极为复杂。

出租车司机看看她又看看方若好，连忙走到一旁叫交警去了。

方若好好整以暇地注视着妇人。如果对方换成个年轻男人的话，她应该不会这么直接。但看对方不过一茬弱老妇，再加上是坐出租车跟踪她，她决定速战速决，花点小钱解决掉未知麻烦——这一点也是贺豫教她的：遇到潜在的攻击时，不要逃避，而应该快速反击。

如果她直接报警的话，无凭无据警察不会处理。但现在有车祸打底，交警怎么也要来咨询一番。再有被撞了车企图索赔的出租车司机在场，不怕妇人逃掉。

"为什么跟踪我？"方若好问。

妇人紧抿唇角一言不发。

方若好挑眉："不说吗？好吧。那只能等警察来了。"她正要给律师打电话时，颜苏的微信过来了："到哪儿啦，司机小姐？"

方若好顿时想起，她本是要去医院接颜苏下班的。颜苏说过这段时间他刚入职，处于摸索阶段，还能正常上下班。等到工作正式开始后，就要忙天忙地没个准点了，言里言外都在暗示她"要珍惜这段难得的时间"。

方若好便用语音把自己这边的事情说了一遍。颜苏原本轻快上扬的声音一下子变得低沉起来："有个大妈跟踪你？给我看看她的样子。"

方若好便拍了张妇人的照片发过去。

微信显示"对方正在输入……"却久久没有跳出什么话来。

方若好突然有所感觉，不由自主看了那妇人一眼——此事莫非跟颜苏有关？

就在这时，颜苏的电话过来了："把地点共享给我。我现在就去找你。"

"你认识她？她是谁？"

"等到了跟你说。"颜苏挂了电话。

方若好把地址共享了过去，心头涌起某种不祥的预感。

交警先到。出租车司机委委屈屈地向他陈述事件经过："那位女乘客上了车，跟我说担心她女儿在外交了不三不四的男朋友，让我开车跟着她女儿，对，就是那辆尾号214的大众。我开着开着，就跟丢了，于是停在路旁想仔细看看。

她就从后面撞过来了……”

交警是个三十多岁的壮汉，脸上带着风吹日晒的痕迹，一脸见怪不怪地做着笔记：“你们三个，身份证件，还有你，驾照出示一下。”

方若好递上驾照和身份证，然后死死地盯着妇人。

妇人没办法，只好从包里掏出了身份证。趁着交警记录的工夫，方若好凑上前去看。

交警瞥她一眼，没有阻止。

方若好瞬间将对方的名字、身份证号和籍贯地址记了下来：冯静秀，五十二岁，本城人。

交警开始询问她：“为什么撞他？”

“我发现这辆车在跟踪我，想报警又怕他们跑掉，索性先撞了再说。还有，她不是我母亲。我不认识这个人。”

交警眼中露出些许钦佩之色，意味深长地看了她一眼后，转头问冯静秀：“你怎么回事？”

“我认错人了。”

出租车司机顿时急了：“不是吧，大姐，我车都这样了，你来这套？”

“我真的认错了。我把她看成我女儿了。”妇人固执地说。

交警问方若好：“你有什么想法？”

“我要看她女儿的照片，是不是真的很像我。”

未等交警问，妇人已一口拒绝：“照片我没带身上。”

“我不相信你手机里没有你女儿的照片——如果你真的有女儿的话。”

“我没带手机。”

“在你包里。”

“你没有权利搜我的包。”

出租车司机在一旁不耐烦起来：“老子才不管你们到底什么恩怨呢！交警同志，是她故意撞我，她全责，对吧？你赶紧让她签字认责啊！”

方若好一笑：“我的律师马上到，你们跟他说。还有，律师到前，这位女士不许走。”

司机气得翻了个白眼，索性回车上坐着抽烟去了。

交警也是头疼。正在僵持时，颜苏坐着出租车赶到了。

他一出现，妇人的表情顿时变了，像一张绷得紧紧的纸一下子浸到了水里一般，软了，扭曲了：“小颜……”

“冯阿姨，”颜苏大步走到二人面前，“您为什么在这里？”

"小颜！"妇人一把抓住他的手，跟抓到了救命稻草一般，"你救救唯唯，求求你，救救唯唯……"

"冯阿姨！"颜苏有些紧张地看了方若好一眼，"这个等会儿再说，先解决这个。交警先生，这是一场误会，我们三个是认识的。我愿意赔偿出租车的所有损失。"

方若好的心沉了下去——她的预感没有错。这个冯静秀，果然跟颜苏有关。

处理完事故，交警和出租车都离开后，颜苏问方若好："我先跟她谈谈，然后再跟你解释，可以吗？"

方若好点头，留在了车里，看颜苏跟那妇人走到几十米外的树下开始交谈。

"冯静秀，身份证号……地址……"方若好把刚才从身份证上看来的资料输入微信对话框，想要发给李秘书。他跟各大狗仔、私家侦探都有关系，不用一天就能查出这个女人的所有资料，但是……

方若好望着颜苏的背影，迟疑了一会儿后，把对话框里的字又全删了。

我得信任他。

不信任会给爱情带来无法想象的灾难。

我先听听他怎么说，再决定。

方若好攥紧手机，心中一片怅然：颜苏，你可别辜负我的信任啊……无论如何，不要骗我……

树下，颜苏跟冯静秀说了好一会儿话，冯静秀又是哭泣又是哀求，颜苏的表情始终很坚定，彬彬有礼却又冷淡疏离。

方若好还是第一次见到他如此冷淡的样子，心中越发好奇，像有只小猫挠啊挠的，挠得她整个人都有些心浮气躁。

最后，颜苏拦了辆出租车将冯静秀送走了。

方若好抬起绿水鬼一看，过去了半个小时。

颜苏抹了把脸转过身，走过来坐进副驾驶位。他平视着前方，似乎酝酿了足够的勇气，刚要开口时，方若好发动了车子："回家再说吧。"

如果要说一件很重要的事情的话，应该在一个彻底安全和能让人放松的环境里，而不是车里。

方若好找了这么个理由，不知道自己是真的这么认为，还是仅仅想再拖一会儿……对不祥的东西，人类总是本能地逃避。

颜苏想说什么，但看了看她的脸色后，伸手开启了车载音乐。轻柔舒缓的音乐里，两人一路无言。

如此回到家，方若好换了拖鞋，脱了外套，还洗了个手。实在没什么可以再拖延的了，她深吸口气，回头看向颜苏：“好了，说吧。”

在此过程中，颜苏一直静静地看着她，至此忽然一笑，伸出手抱住了她。

方若好下意识想要挣扎，颜苏按住她的脑袋，低声说：“抱歉，让你担心了。被跟踪时有没有害怕？”

“有。”方若好抬眼瞪他，“但不是因为那个冯静秀，而是因为你。”

颜苏叹了口气，松开她，拍了拍沙发，示意她也坐下：“好吧，我接受你的审判——你的小脑袋瓜里在想什么，说出来，我一样样地解释。”

方若好坐在了他对面：“那个唯唯，是谁？”

“我在A国时的一个病人，三年前因为颅内血肿而导致反射性癫痫，本来控制得还行，但最近又开始频繁发作。”

“A国？”

“本城人，在国外念书。冯静秀是她妈妈。”

“她病情变重，她妈妈为什么要跟踪我？”

颜苏的目光闪了几下，有些犹豫。

方若好的手一下子握紧了。

颜苏注意到了这个细节，连忙说道：“她叫江唯唯。”

方若好想了好一会儿才想起这个名字：“她就是那个周……”

“对，周定追的那个女孩。”

方若好一时间不知该做何反应。

“十年前，为了摆脱周定的纠缠，出国了。我去了A国后，跟她同校。”

“你们交往了？”

颜苏的表情有一瞬间的凝固，眼神却飘忽起来。

方若好默然。事实上，她并不会天真地认为颜苏这些年的感情史会是一片空白，可她一直在关注他的社交网络，他没有在上面展示任何恋爱方面的线索，所以……

随即想起，自己如今正在跟颜苏热恋，但“提鱼济世”的微博也没有提及此事。所以……

不知为何，心头有些发寒。

正在这时，她的手被颜苏轻轻握住了。颜苏半蹲在她面前，跟她的视线保持着同样的高度，这样的角度里，茶色的瞳仁看起来异常柔软：“她单方面宣布，但我没有同意。”

方若好定定地看着他。

“我刚到A国没有朋友，腿又那个样子，她常来陪伴，走得近一些。但后来我有了理想，便只想着如何读书才能考进霍普金斯。要知道我当时成绩不太好……学医很苦，实习很累，哪有时间谈恋爱？再说……”说到这里，颜苏忽然笑了，露出丁点狡黠的趣味，恢复成她熟悉的那个少年，“我妈连你都容不下，更不可能容下江唯唯。对吧？”

方若好原本纠结在一起的心，因为最后一句话而瞬间松懈。

——不得不说，这句话可比之前所有的解释都管用。

“后来呢？”

“后来我进急诊室实习，有一天晚上，她被救护车送了过来，被打得遍体鳞伤，陷入昏迷。打她的人，就是周定。”

“他也去了国外？”方若好不禁感慨，“真是孽缘！”

“周定因此被判刑，但江唯唯颅内血肿诱发了癫痫，落下了病根，受不得刺激。”颜苏说到这里，表情又变得为难和迟疑。

方若好便“哼”了一声：“所以就把你当救命稻草了？”

“我的错。”

他道歉得如此快，反令方若好更加生气，忍不住推了他一把。颜苏顺势坐在地上，眨巴着眼睛，做出一副无辜的样子看她。

“我来猜猜后面的事情——该女生就此缠上你，要你帮她治病，你拒绝不了，只能听之任之。没想到你现在突然要回国，女生情绪失控，病情加重。她妈妈跑来找你，看到你交了女朋友，就暗中跟踪我……是这样吗？”

颜苏摊了摊手：“大概就是这样。”

方若好慢慢地伸出手捧住他的脸庞，盯着他一字一字道：“还有什么没交代的吗？你只有这一次坦白的机会。”

颜苏举起手：“我发誓，我跟江唯唯真的什么关系都没有。”

方若好松开手，站起身来：“好。那么，接下去你是需要我帮你一起解决这个麻烦，还是……”

“给我七十二小时，我自己解决这起麻烦，绝不让她们再因此事来打搅你。”颜苏说到这里，有些气恼地松了松衣领，“事实上，我上个月一直在处理这件事。我给她引介了最好的医生，也向她父母说明了我要回国的情况，当时江叔叔明明答应得好好的……”

方若好看着他难得一见的焦躁和抱怨，突然笑了。

“我这么倒霉，你还笑？”

“活该。”

颜苏像只毛茸茸的大狗般讨好地凑上来：“都是我年轻不懂事时惹的祸，招惹了不该招惹的人。你别生气，我都招了。”

“坦白从宽，还有第二个吗？”

颜苏做出思考的样子：“好像……还有一个。”

方若好心头一紧。

“借过笔记本电脑给她，帮她把妈妈送去医院，还在小混混寻仇时帮她挡了一下摩托车……”颜苏说到这里，叹了口气，“我也只是随随便便见义勇为一下，没想到她就爱上我了，把我一个坏了的手表珍藏了十年不说，还给我买了颗星星……”

他的话没能说完，方若好已扑过去捂住了他的嘴巴。

“还注册……一堆小号……偷窥我……好可怕……我真是难逃其魔手……”颜苏继续从她指缝间蹦字。

“闭嘴！不许再说了！”方若好扭头想去拿抱枕。

“想让我闭嘴啊……”颜苏悠悠一笑，伸手按住方若好的后脑，将她往下一压，压在了自己的嘴唇上，“得用这个才行……”

两人一起倒在铺了地毯的地上。

冬夜的窗外又飘起了雪，但又有什么关系呢，屋内这么暖这么暖。

One night to be confused

迷茫失措的一夜

One night to speed up truth

吐露真心的一夜

We had a promise made

彼此定下海誓山盟

Four hands and then away

紧握双手暂时分别

Both under influence

汹涌情感袭向你我

We had divine sense

心有灵犀

To know what to say

无须多言

Mind is a razor blade

心似利刃

To call for hands of above, to lean on
向天求慰
Wouldn't be good enough for me, no
难抚我心
One night of magic rush
难以置信的一夜
The start a simple touch
轻松翻开的一页
One night to push and scream
释放解脱的一夜
And then relief ten days of perfect tunes
完美曲调的十天
The colors red and blue
五颜六色的快乐
We had a promise made
彼此定下海誓山盟
We were in love
坠入爱河
We were in love
坠入爱河
——Dabin *Heartbeats*（Dabin《心跳》）

片刻后，沙发后方的地毯上响起了一个迟疑的声音：“你……还没有准备？”

“刚想去买的路上听你说冯静秀的事，吓得连忙赶过去……”某人嘶哑地、委屈地回应。

“扑哧！”

“别笑了。”

“哈哈哈哈哈哈哈……”

方如优走进地下停车场时，听到身后有脚步声。

她本没放在心上，可不知怎的，罗山那天给她念过的新闻就那么跳入了脑海中：开跑车的女商人在地下车库被绑架……

她下意识地拐了个弯，然后发现那个脚步声也跟着拐弯了。

不会吧？一时间，汗毛倒立。

方如优连忙跑，一边跑一边放声尖叫："救命啊救命！"

远远的车库那头，谢岚正开着车在找车位。

坐在副驾驶位的罗山突然指着方如优的方向："那个不是方大小姐吗？天啊，她又怎么了？"

谢岚瞟了方如优一眼，面不改色地继续找车位。

罗山诧异："那个……不管吗？"

"管什么？"

"她在叫救命啊，有人在追她！"罗山看得十分紧张。

"看仔细那人是谁。"谢岚终于找到一个空位，将特斯拉倒了进去。

罗山扭着脖子看了半天，"啊"了一声："是他！"

十几米外的方如优还在奔跑。

身后之人加快速度冲过来一把扣住她的胳膊："如优！是我！小笙！"

方如优惊魂未定地看着他，真是贺小笙。

"你一直不接我电话，我只好拜托人找你，得知你住在这家酒店……对不起，吓到你了，没事了……"

方如优喘了一会儿，狠狠地瞪了他一眼，转身就走。贺小笙跟了上来。

"别生气啦，都是我不好。我也是担心你……你这几天过得好不好？"

方如优心头堆了沉甸甸一堆话，却一个字都说不出来。她似乎已习惯于忍耐和背地里解决问题。无论多么生气，都无法当面宣泄，对方显成如此，对贺小笙也如此。

所以直到坐上证人席的一刻，方显成才知道她有多怨恨他。

而在她这儿已是过去时的贺小笙，仍以为一切有待挽回。

我不应该这样，方如优想，就算妈妈说一切都是我的错，我没资格提分手，也不应该这样浪费小笙的时间。

想到这里，她停下脚步，回头严肃地说："我们找个地方谈谈吧。"

贺小笙的目光突然退缩："如果是分手的话……我不想谈。"

"小笙！"

他的表情又转成了坚定："我不分手。有什么问题，我们都可以一起商量着解决，唯独分手，没得商量。"

方如优交过很多男朋友，也有死缠烂打不肯分手的，她处理起他们来毫不手软，唯独贺小笙……他是无辜的，他没有任何过错……也许唯一的错就是自己不爱他。

可爱又是什么呢?

这一刻的方如优，真心觉得自己挺渣的。

“如优，我知道你为了叔叔的事，心情一直不好，如果你需要单独的空间，我可以配合……”

“不必了。”

“如优……”

方如优的眼角余光看到了前方远远走过的谢岚和罗山，突然涌起一股情绪：“我变心了。我有了新欢。”

贺小笙震惊地睁大了眼睛。

“总之你不要再找我了。我们玩完了！就这样！”方如优说着，一路冲到了谢岚和罗山面前。

谢岚的眉头立刻皱了起来。

贺小笙追过来，目光炯炯地掠过他：“变心是什么意思？新欢又是什么意思？”

“意思就是你看见的——”方如优看了谢岚一眼，突然上前两步，挽住了一只胳膊——却不是谢岚的，是他身旁的罗山的。

“你怎么现在才来接我？我们走吧。”她对罗山说道。

一瞬间，饶是谢岚再怎么冰山脸，都有些崩裂了。

原本纯看热闹的罗山更是被雷劈了，完全无法动弹。

贺小笙不敢置信地看着他头发稀薄的脑袋和身怀六甲般的肚子，眼中蒙上了一层薄光：“你竟为了拒绝我做到这地步……很好，如优，如你所愿。”说完这句话后，他没再纠缠，转身走了。

高挑的背影，在地库惨白色的灯光下显得很是落寞。

方如优望着这一幕，心头百感交集。

偏偏这时候，罗山清了清嗓子，用一种格外温柔的声音小心翼翼地开口说：“如优，那咱们也走吧？”

方如优松开手，抬眼，一记眼刀飞了过去。

罗山打了个寒战，顿时不敢出声了。

谢岚无聊地别开视线，抬腿继续走向电梯间。他一走，罗山也得走，令人意外的是，方如优也跟着走。

三人沉默地进了电梯。

谢岚问罗山：“李明翰什么时候到？”

“说是堵在路上，还要半小时。”

谢岚点点头。这时，方如优的手机响了起来，她如梦初醒般震了一下，才回过神来接：“Hellen，我已买了下午的机票，大概明天一早……”

手机里的声音在密闭电梯里听得很清楚：“如优你不用来了。检方认定证据不足不起诉了。”

方如优的表情一下子变了：“什么？”

“方先生提供了一些证据，证明那小女孩是主动且自愿的，不存在强迫行为……那女孩也改口供说自己是想勒索钱不成……指控与证据出入太大，所以……”

电梯门打开的声音盖过了后面的话。

谢岚看了脸白如纸的方如优一眼，没做停留地走了出去。

罗山虽然有些担忧，但也没什么好说，跟着走了。

电梯门再次合上，只剩下方如优一个人。她听着电话，每个字都像是从遥远的天边传过来的，像是错觉。

放下电话后，方如优打开社交媒体，果然刷出了实时新闻：“成如集团方显成和妻子沈如嫣双双回国，声称性侵指控纯属诬陷……”

配图是两人十指紧扣准备上车的照片。

方如优盯着照片看了许久，其间电梯开开停停，人进人出。她一直贴墙站在角落里，没有动弹。

最后电梯回到了大堂一层，等在外面的赫然又是谢岚和罗山。

罗山抱怨道：“临时换地，这不要人吗？啊，方小姐！你怎么还在这里？”

方如优没有回答。

谢岚按了地下车库层，电梯降到负二层，门开后，方如优却红着眼抢先一步冲了出去。

罗山啧啧感慨：“这位大小姐，真是又倒霉，脾气又不好……”

谢岚的表情却变得有些异样，突然说道：“要出事。”

“什么？”罗山还在茫然，谢岚已快步追了出去。

眼看方如优飞快上了车，开着车子走了，谢岚没追上，便扭身上了特斯拉。

罗山连忙小跑着赶过去，及时上了副驾驶位，没有太拖后腿：“怎、怎么了？”

“先跟上去看看。”

罗山眯起眼睛，意外地瞅了他几眼，忽然不说话了。

谢岚刚将车开出车库，还在张望，罗山已看见了方如优的车：“那边！”

只见那辆最近频繁出事的白色保时捷在一个过大的转弯后，不受控制地偏离道路，朝着路旁的电线杆猛地撞了过去。

“砰”一声巨响，电线杆跟车辆来了个亲密接触。

副驾驶位上的罗山吓得跟着一震，颤声说：“真、真出事了啊……”

谢岚立刻下车过去救人。

车撞得不算严重，但里面的方如优已被一堆安全气囊砸晕过去了。谢岚打开车门，将一脸是血的她抱了出来。

罗山忙帮着将她抬到特斯拉后座上放平，送她去医院。车开到一半，他突然想起：“谢总，那李明翰那边怎么办？”

“到医院后你陪着她。我自己去。”

“什么？又是我？”罗山忍不住吐槽，“明明是你要做好事，每次却让我出头。万一我和方如优真的成了，被贺小笙报复怎么办？”

“想太多。”谢岚平静地说。

方若好关闭电脑时，看了眼手表，已是下午四点半。

距离冯静秀事件已过去了二十四小时，也不知颜苏处理得如何了。

她的手指有些蠢蠢欲动，好想让李秘书查证一下，又觉得此举意味着不信任，十分不妥。

纠结了一会儿后，她给颜苏发讯息：“什么时候下班？”

过了好一会儿，才收到对方回复：“急诊室来了个车祸的病人，你猜是谁？”

未等她猜，他的答案已来了：“是如优。”

方若好微讶。与此同时，手机的新闻推送出了一则新闻——《成如集团方显成和妻子沈如嫣双双回国，声称性侵指控纯属诬陷》。

方若好的微讶立刻变成了震惊。

方若好赶到医院时，手术刚刚结束，方如优被推往病房，罗山在旁跟进跟出。她找到颜苏，诧异地问道：“什么情况这是？”

“没事，小车祸，不严重，都是轻伤。不过有点脑震荡，得看预后。”颜苏管同事要了手术报告，看了一遍后面色缓和了下来。

“我是问……罗山怎么会在这里？”方若好站在病房门口，看着里面正在打电话的罗山。

“车祸时他在现场，把人送来的。”

方若好“哦”了一声，不再好奇地转身问：“那，可以下班了吗？”

“你不进去看看？”

“我看她？我硌硬，她也硌硬。”

“那你这么着急地赶来医院做什么？”

方若好一僵，然后将头一昂：“我来接男朋友的，可以吗？”

“当然可以，但是……要让你失望了。”颜苏歉然地摊了摊手，“我跟医院的虚伪客套期结束了，他们暴露出了惨无人道的压榨本性，安排了一台十五分钟后的手术……”

方若好只好说：“那……祝你首秀顺利？”

“来都来了，不如在这里等我。如果手术顺利，跟我一起吃饭庆功；如果失败，医闹时记得保护我……”颜苏说着，将她推进了方如优的病房里。

方若好无语地回头看他。

颜苏眨眨眼睛，一溜烟地跑了。

方若好只好硬着头皮走到病床旁，方如优还在昏迷，鼻梁骨大概断了，裹着纱布，因为失血，脸色惨白，越发显得上面的瘀青触目惊心。

都这样了，颜苏还说是轻伤？破相可比脑震荡什么的严重多了好吗？！

这时窗边的罗山打完了电话，愁眉苦脸地回过身来，跟她打招呼：“嗨，方小姐。”

方若好问道：“她怎么出的车祸？”

“大概是跟男友分手，同时爸爸获释，悲喜交加下情绪太激动，开车踩错了油门吧。”罗山说着细心地帮忙压了压被子。

方若好想，原来如此。

她大概能够猜出方如优的心情。方如优是个很别扭的人，一方面，她跟她一样，都想摆脱原生家庭里不正常的父母关系带来的阴影；另一方面，她的行为方式无可避免地带着受过伤后变得极端的痕迹。

比如，方如优总是找她麻烦，格外关注她的一举一动，下意识地想要跟她竞争。

再比如，方如优十分憎恨方显成，憎恨到想亲手把他送进监狱。

而现在，那个计划大概是失败了。方显成在沈如嫣的护航下安然无恙地回来了。无法接受这个结局的方如优，选择了自残。

至于她跟贺小笙的分手……还真是一点都不意外。

看着病床上惨不忍睹的方如优，方若好心中不禁萌生出几分荒谬感——方家的正牌公主发生车祸，父母亲友居然都不在身边。陪在一旁的，是一个莫名其妙的罗山和一个她最讨厌的私生妹妹。

方如优醒来后，肯定会更加生气的。

这时罗山的电话又响了，他接起来：“谢总，嗯，医生说没事，就看什么时候醒……谢总啊，我能不能回家一趟啊，就算要我陪床，我也得带点洗漱用品和衣服什么的……就我还有方若好方小姐在……哦，好的，您稍等。”

罗山把电话递给方若好：“方小姐，谢总说有话跟你说。”

方若好有些惊讶地接过来：“您好。”

“我已知会沈如嫣女士此事。她很快会到。”谢岚的声音通过电话听起来时，因为缺乏情绪而显得像个电子音，可说出的话，让方若好心头一暖——这是怕她尴尬，所以特地来提醒吗?

“多谢告知。”方若好把电话还给罗山，立刻走人。

可惜还是晚了。

她刚打开门，就跟十米外匆匆赶来的沈如嫣和方显成面对面地不期而遇。

一时间，尴尬狼狈有之，心虚纠结有之，像装着凡尘俗事的簸箕，一下子被打翻了，扑了满面尘灰。

提鱼同学，都怪你！方若好在心中如此想。

手术室里的颜苏突然扭头，轻轻地打了个喷嚏。

“好了。接下去的你们来。”他退出了无菌手术室，摘掉口罩和手套，擦了擦满头的汗。

外面的示教室内，数名医生护士通过高清术野摄像机的投影屏围观了这场手术。年纪最长的主任医生满面笑容地走过来，拍了拍他的肩：“很漂亮的一台教学手术。”

颜苏谦虚地说：“是您给我机会。”

“想挑战更多吗？”

“这正是我来贵院的初衷。”两人相视一笑。

“今天好好回去睡一觉，明天开始，恐怕你就没有休息时间了。”

颜苏脑中灵光一闪，跟主任告别后，第一时间就去医院便利超市扫了货。将小方盒放入口袋的一瞬，肾上腺素涌入心脏，刺激得他连脚步都轻快飞扬了起来。

去找若好!

然后去外面吃一顿好吃的晚餐。

再然后就可以回家胡搞乱搞了!

这一次，这一次肯定不会再失败了!

方若好站在病房门口，顶着两道视线，注视着方显成。一场牢狱之灾，令他看起来又苍老了几分，扶着沈如嫣胳膊的模样，也带着令人鄙夷的谦卑和谄媚。

如果他不是我爸爸的话，我大概会很瞧不起这个男人吧。

不对，虽然他是我爸爸，但我也瞧不起他。

方若好想到这里，嘲弄地勾了勾唇角，一言不发地准备走人。

沈如嫣见她动了，也终于反应过来，推开方显成快步冲进病房去看女儿了。

方若好跟方显成擦肩而过。

方显成突然拉住她的胳膊："你怎么会在这里？"

方若好还在思考怎么回答时，方显成已沉下了脸："是你教唆你姐姐的吗？"

方若好一愣。

"如优一直是个好孩子，怎么会做出那么离经叛道的事，是你吧？是你在中间捣鬼吧？你为什么要教唆她来陷害爸爸？就因为爸爸当年没亲自去给你送钱，所以你恨爸爸？你现在长大了，翅膀硬了，回来报仇了是吗？"方显成的眼眶赤红，情绪十分激动，忍不住扣住女儿的肩质问。

方若好感应到肩膀上传来的疼痛，心中一片冰凉。

就在这时，一双手伸过来推开了方显成，紧跟着，她被搂进一个温暖的怀抱中："方叔叔，有话好好说。"

来人正是颜苏。

方若好依偎在他怀中，体内那股沁骨的寒气突然间没了。她是一株久经风雨的小草，对磨难早已习惯独自面对。可这般被保护有依靠的感觉，竟是如此好，好得像个屋子，把风雨雷电通通挡在了外面。

方若好看向方显成，这一刻，他也成了玻璃窗外的风雨——变成与己无关的风景，纯粹给生活增添热闹。

方显成看见颜苏，明显一愣，再看他跟女儿亲密的样子，不禁问道："你们两个？"

"我跟若好在一起了。"

"哦，这样啊……"怒意瞬间从方显成脸上退去，换成了笑容，带点小心翼翼、自以为遮掩得很好的谄媚，"挺好。若好这孩子从小性子倔，脾气臭，有你照顾她，我就放心多了。"

颜苏低头看了方若好一眼，微微一笑："我觉得她挺好的。"

方显成语塞。

这时，沈如嫣的声音从病房中传了出来："还站在外面干什么？进来！"

方显成脸皮一红，嘴唇动了几下后，颓然转身进去了。

方若好看着他微微佝偻的脊背，心想如果妈妈此刻再见这个男人，不知还会不会喜欢，不过转念一想，还是不要让他们两个见面好。

颜苏搂着她转身往外走："刚才心里偷偷骂我了吧？"

“什么？”

“我都打喷嚏了。是不是在这儿撞上他们，心里气恼，拿我出气？”

“你知道就好。”

“实在没想到他们这么快就回国了……抱歉让你独自面对这一幕。”

方若好抿唇一笑。

“笑什么？”

“我本来觉得撞到他们挺尴尬的，但是……”

“但是提鱼哥哥驾着彩云出现保护了你，对吧？”

方若好的笑不由自主深了几分。

“那么，为了庆祝我首秀胜利，是不是该给点什么奖励？”最后半句话，贴着她的耳朵，刻意压低了音量说。

方若好的笑容一下子定在了脸上。

颜苏轻轻抚摸她的耳垂，眼中满是缱绻的笑意。

方若好深吸口气，开口：“那个……”

“嗯哼？”

“我……”方若好踮起脚，学他的样子贴着他的耳朵，压低了声音，“那个……来了。”

颜苏一僵。

方若好赶紧开溜：“对不起，我不是故意的！”

跑到一半，她被一只手拉住，回头看见对方又好气又好笑的脸：“你在胡思乱想什么呢？我说的奖励是吃饭！”

方若好挑了挑眉。

颜苏冷哼一声：“饿死了，我要吃饭！”

方若好连忙狗腿：“好的好的，不知提鱼哥哥想吃什么？”

“吃你——”颜苏恨恨地捏了一下她的鼻子，“做的饭！”

方如优迷迷糊糊地醒来，看见方显成和沈如嫣的脸，他们在跟她说话，但说的是什么，一个字都听不清楚。

她想：我一点都不想看见他们。

然后她便又沉沉地睡着了。

此事造成的后果是第二天颜苏上班来看她时，她还没有苏醒。颜苏皱眉，问查房的同事：“照理说不该还不醒。”

该同事给方如优又重新检查了一遍：“一切正常。确实应该醒了。家长来叫叫看。”

在旁陪了一整晚的方显成在沈如嫣的瞪视下连忙走过来，轻唤道：“如优……”想了想，改口，“宝贝女儿，醒醒……”

颜苏看到这里，朝同事使了个眼神。两人走到病房外，颜苏对他耳语了一番，同事沉思片刻，点头道：“有可能。我去跟他们说。”

同事走进病房，将沈如嫣和方显成叫到一旁：“病人现在一切正常，之所以不醒，可能是潜意识中不想醒，需要亲属配合给予一些正面意义上的刺激。”

方显成跟沈如嫣对视了一眼。沈如嫣问：“什么叫正面意义上的刺激？”

“比如，她感兴趣的话题，能让她振奋的事或人。她的男朋友呢？叫来看看。”

沈如嫣当即给贺小笙打了个电话，电话那头沉默了一会儿后，才回答说：“好的，阿姨，我马上来。”

沈如嫣对方显成说：“你去跟如优道歉。”

“什么？我跟她道歉？！她陷害我……”

“道歉。”沈如嫣加重了声音。

方显成没办法，只好强忍怒意走到床边，低声说：“如优啊，爸爸知道错了。A 国的事……不怪你，是爸爸的错。爸爸以后不会再做了。给个机会好不好？”

方如优毫无反应。

方显成在沈如嫣眼神的威逼下，只好硬着头皮又说了好多话。

颜苏远远地站在门旁，看着这一幕，忍不住想：这番话，其实也应该对若好说的。不过也许，如优也好，若好也罢，都已经不在乎方显成的道歉了。

他心中有些怅然，又有些警醒：江唯唯的事情必须彻底结束。

颜苏打开手机，微信里，停留着冯静秀发来的最后一段话：“我们并不想为难你，只求你给她一个希望，最后的希望。求求你，小颜！”

颜苏郑重地回复她：“对不起，阿姨，我不能答应您。给她一个假的希望，是对我、对她和对我们身边人的不负责任。你们应该跟她一起积极寻找新的、真正的希望，从而战胜恐惧。作为医生，我只能治病，不能治心。再次抱歉。”

回完这段话后，没等冯静秀回复，他先后登录FB、朋友圈和微博，更新了自己的动态——

那是一张照片。

两只手腕并在一起，一只戴着红水鬼，一只戴着绿水鬼。

配字：“十年了，我们终于在一起了。”

【未完待续】

图书在版编目（CIP）数据

不逢不若：全2册 / 十四阙著 . — 南京：江苏凤凰文艺出版社，2020.7（2023.2 重印）
ISBN 978-7-5594-3925-3

Ⅰ . ①不… Ⅱ . ①十… Ⅲ . ①言情小说 – 中国 – 当代
Ⅳ . ① I247.5

中国版本图书馆 CIP 数据核字 (2019) 第 151701 号

不逢不若：全2册

十四阙 著

策　　划	北京记忆坊文化
特约策划	暖　暖
特约编辑	朱　雀
营销编辑	杨　迎
责任编辑	刘洲原 白　涵
封面绘图	三　乖
海报绘图	杜　鹃
封面设计	80 零 · 小贾
版式设计	天　缈
出版发行	江苏凤凰文艺出版社 南京市中央路 165 号，邮编：210009
网　　址	http://www.jswenyi.com
印　　刷	环球东方（北京）印务有限公司
开　　本	670 毫米 ×970 毫米 1/16
印　　张	30
字　　数	583 千字
版　　次	2020 年 7 月第 1 版　2023 年 2 月第 5 次印刷
书　　号	ISBN 978-7-5594-3925-3
定　　价	72.00 元（全二册）

MEMORY HOUSE
记忆坊文化

不逢不若

I CAN'T BE ME WITHOUT YOU

下

十四阙 著

江苏凤凰文艺出版社
JIANGSU PHOENIX LITERATURE AND ART PUBLISHING, LTD

目录

CONTENTS

所有坎坷，
皆是视角。
视角之外，
海阔天空。

勇士拔剑，
有时不是为了杀戮，
而是守护。

I CAN'T
BE ME
WITHOUT
YOU

十六 冤家

方若好从微博里刷到这张照片时，有片刻的怔忪。

这是她第一次在颜苏的社交网络里看到“爱情”。

而底下的回复也证明了他的亲朋好友们对此举同样意外——

“Oh no！少女心碎了一地……”

“真的假的？十年前就开始了？这是跟初恋破镜重圆了吗？快私信坦白交代！”

“你回国是因为她吧？说什么提壶济世建设祖国，呸！”

“连男神都有女朋友了，我还是单身狗，嘤嘤……”

方若好看着那些回复，边看边笑，有种“大家都喜欢他，可他是我的”的暗爽感。

可惜，颜苏正式开忙了，连着一周都安排了夜班，想要相聚，只能中午一起吃个饭，还不知道能不能凑准时间。

方若好摸了摸绿水鬼表盘，有些无奈地想：幸好我也很忙。圣诞节过后就是元旦，这一次她决定不再劳烦颜苏，自己订购了一百条红围巾给贺源西让他继续发放。

林随安果然第一时间拍了全剧组围着红围巾合影的照片回馈给她：“一定红！”

贺源西站在最中间位，大大的红围巾裹着他精致小巧的脸庞，不知是不是心理作用，方若好觉得他似乎变得阳光了许多。

“源西演得如何？”她忍不住问。

“大姐，所有情节都按照让他本色演出的剧情走了，要还不行我掐死他！”林随安很暴躁——拍片中的导演暴躁是常态。

于是方若好决定不再刺激他，结束了对话。

这时李秘书敲门走了进来：“方总，那个……‘廉师傅’准备好了。”

方若好看着手表表盘上的日期，挑眉一笑：“那就元旦见吧。”

元旦晚上十点，一条视频微博引爆了热门话题。

那是B城一中元旦会演里的一个小品节目，名叫《不等式》，用荒诞喜剧的表现形式讲述了李八两一生中遭遇的种种不平等待遇。

李八两一出生，爸妈一看是个儿子，顿时哭了：“怎么是男的？淹死淹死！”

他好不容易被爷爷救回来，忍饥挨饿地被爷爷抚养长大。爷爷在家中是奴隶般的存在，常常偷偷抹泪跟他诉苦：“生而为男，命苦啊！”

到了上学年龄，母亲撇嘴：“男孩家的上什么学？养到年纪嫁了就行了。”

他拼死念书，考上大学，招生的老师抬抬眼镜：“男的？算了吧。我们专业更喜欢女生。”

毕业后求职：“结婚了吗？结婚后要二胎吗？你说你一个男人不待家生娃带娃，出来工什么作呢！”

路上被人非礼，路人讽刺挖苦：“一个大男人穿得那么风骚，勾引谁呢！”

李八两实在受不了，决定去跳河，河神赶紧出来阻止他：“我们这是子母河，专门生女娃的，去去，别脏了姑娘们的河。”

李八两气恼地质问上天：“凭什么？凭什么这样对待我，就因为我是男孩？”

一道雷劈下来，把他劈倒了。

下一瞬，他从床上醒来，正心有余悸时，听到外面的哭声：“怎么是女的？淹死淹死！”

李八两错愕，怔坐半天后，摸了摸自己的裤裆。

半晌，他慢慢地勾起唇角，露出了一个庆幸却又让人毛骨悚然的微笑。

小品到此结束，底下掌声如雷。

跟随了社会焦点，选用了男女不平等的立意，让人耳目一新的搞笑反讽手法，再加上是一群半大孩子演的，格外让人感动，发到网上后，立刻引发热议。

一个东西，只要有可争吵性，就代表着热门。

随着各大营销号的鼓吹转发，到了第二天早上，已有二千二百六十万次观看。

方若好刚走进办公室，就接到了陆阿吾的电话："一起吃个便饭？"

"便饭就不必了，喝个咖啡如何？"

"好，地点时间你定。"

"就昭华吧，晚上八点之前都OK。"

陆阿吾挂了电话。等在一旁的李秘书说道："看来打到痛处了。"

方若好莞尔。

《不等式》这个小品是从陆阿吾的《我不知道少什么》里截取了最精华的一小段，重新包装出来的，人物名字完全一样，立意一样，梗一样，唯独剧情不一样。李秘书通过某些手段将本子送到了一中的高一学生手里，再经由学生的加工演绎，安排在元旦会演演出。如此一来，"高明的借鉴方式+非商业性演出+未成年人侵权"，陆阿吾再厉害再有手段，都只能吃下这个哑巴亏。

他的电影已经快拍完了，如今撞名撞梗，改起来势必耽误时间，不改吧，以这个视频的热度，大部分人都看过，到时候上映了势必掀起血雨腥风。

不得不说，这招"廉师傅"颇有贺豫当年借刀杀人兵不血刃的风格。

方若好放松了双肩，将后背往沙发椅上一靠，那悠悠而笑的模样，越发地"长公主"了。

李秘书心头悸然，悄无声息地退了出去，并体贴地关上了门。

陆阿吾来得很快，坐下开门见山地说："方小姐，这招可不厚道啊。"

方若好亲自为他倒咖啡："陆总别急，慢慢说。"

陆阿吾拿起咖啡呷了几口，目光灼灼地盯着她看："你就这么信任许长安？认定了这个项目是她的？"

"莫非另有隐情？"

陆阿吾的神色难得一见地严肃："作家朴秀莹是我邀请来的，我请她和她的团队玩遍了祖国大好河山，建立起了良好合作关系。所有的钱、人、资源，都是我出的。只不过当时负责陪同她们的人，恰好是许长安。我想请问方小姐，这种情况下出的剧本，你觉得应该是谁的？"

“合同上写谁就是谁的。”当时出面跟朴秀莹团队签合同的，恰恰是作为个人的许长安，而不是巅峰娱乐——这也是方若好最大的底气所在。

陆阿吾果然语塞。

方若好笑了笑：“陆总家大业大，不知多少项目哭天喊地地求你看一眼，何苦为难前女友，非要从她手中抢？”

“我这个人吧……”陆阿吾抚摸着手上的腕珠，淡淡说，“特别信命。大师说这个项目是我的滑铁卢，如果扛不过去，就要开始走下坡路了。”

“那你就不应该这时候跟许长安闹翻。”

陆阿吾突然嘲讽地笑了起来：“你以为，一个忍气吞声做了十年温顺宠物的人，是什么让她挺起了腰杆跟我谈判的？”

方若好心头一颤。

“就是这个劫。她知道我信命，知道我多看重这个项目，所以，她主动提议替我招待朴秀莹，背着我用她个人名义跟对方签合同，把版权紧紧捏在了她手中。”陆阿吾说到这里，不怀好意地朝方若好挑了挑眉，“方小姐，她的心计城府，可一点都不比你少。”

方若好沉默了。

“她借此要挟我结婚，要挟不成就拿着项目去投靠我的竞争对手。我能怎么办？我就想着先一步搞出来，不管怎样，先上映了再说。”陆阿吾叹口气，放下已经空了的咖啡杯，“方小姐，我们本可以不必如此针锋相对的。《不等式》这么一搞，我的片子固然会受影响，《录取线》想必也不会好过。”

方若好想了想，回答：“我想，最终一切还是要靠质量说话。”其实负面营销也是营销，畸形土壤上也会开出浮华之花。但能落到经典中，被反复欣赏、提及，甚至十年后还能再映的片子，无一例外全是质量过硬的。

她对许长安有信心。

陆阿吾的这番说辞确实挺有力量，很容易让人产生动摇，仿佛一切都是一个心机女人的图谋算计。但细想之下，又觉微妙。

毕竟真正浪费了十年光阴的人，是许长安，而不是陆阿吾。

贺豫曾说过：“看问题要看核心利益。比起天花乱坠的表面现象，利益得失是鲜明且最能反映问题所在的。”

所以，陆阿吾和许长安的这段恩怨中，许长安息影，没了事业，一切都要从头来过，而陆阿吾一直风生水起、快活潇洒。他们两个谁对谁错，方若好是个外人，无从判断。她所确定的只是：一，版权以法律规定的方式在许长安手中；二，她看好这个项目，需要跟巅峰竞争。

既是竞争关系，又怎会因为对方几句喊委屈的话语就叫停？

陆阿吾也看出方若好完全没有被他这一番推心置腹的话打动，当即不再多言，起身说："既然如此，言尽于此。是我失礼打搅了。"

方若好起身相送。

两人沿着挂满艺人形象的长廊而行，陆阿吾看着挂画上的艺人们，忽然说道："听说昭华小太孙有意出道？"

方若好心中一沉——他这是什么意思？威胁吗？

"那孩子不错，我也看好。"陆阿吾笑眯眯地又说了一句，然后跟他的司机会合，进了电梯。

方若好站在电梯外，片刻后，给张晌晌发了条信息："跟严哥说再招两名保镖跟着源西，千万别让他出事。"

张晌晌委屈地回复："小殿下不喜欢人跟着他。"

"就说我这边受到威胁，让他不想被绑架撕票的话，必须听从命令。"

陆阿吾不是什么正派人士，防人之心不可无。

方若好想了想，又发过去一句话："要不……找女保镖吧。身高一米七以上的长腿姐姐。"

是夜，方若好给贺豫送药时，贺源西突然发来微信："他们说是你特别要求的，给我找这样的保镖。"

附图是两个女保镖的照片，端的是英姿飒爽，一个光头，一个全是文身。

方若好忍不住一乐，把照片递给贺豫看。贺豫看过后没有发表看法，而是把照片往前翻，看到了贺源西的很多剧照。

他一张张很仔细地看着。

方若好这才意识到，贺豫并没有跟贺源西相认。虽然柳橙女士接受了他的某种帮助，但那是未公开的。至于贺源西知不知道自己的真实身份，方若好觉得他可能知道，毕竟张晌晌叫他小殿下，而林随安又是个大嘴巴。可是贺源西从没表示过想要见一见亲爷爷。

这……究竟是怎么回事呢？

贺豫翻到了尽头，然后又倒回来看了一遍，低声说了一句："他真像他奶奶。"

方若好一怔，若有所悟。

是因为贺源西长得太像苏曼云，所以才无法修复成和睦的祖孙关系吗？因为每每见到那张脸，就会想起亡妻。

想不到老师也会有如此情怯的时候。

贺豫伸出手指轻轻抚摸着照片中贺源西的脸，浅灰色的眼睛里神色复杂，没再说什么，把手机还给了方若好。

紧接着他咳嗽了起来。

方若好连忙给他披毯子，摸到他手心里全是冰冰的汗："您最近太累了，休息一阵子吧。"她在公司只负责镕裁计划，而贺小笙最近明显情绪低落，天天行尸走肉般不知在想什么，因此大部分工作全是贺豫亲力亲为。

贺豫像一部年久失修的机器，每天超负荷运转，谁也不知什么时候会突然停止。

如果我再能干一些就好了……方若好内心深深地担忧且后悔。她进昭华八年，大部分时间都在底层消耗，以至被提拔到决策层和管理层后，明显感觉到自身的局限和不足。

也许这便是出身所带来的局限。

像贺小笙和方如优，他们似乎天生就会使唤人，懂得分权和管理。而她，连剧本都操心到非要自己审。

贺豫一口气喝完了中药，从衣兜里掏出一张邀请函递给她："周末这个沙龙，你替我去吧。"

方若好一看，邀请人竟是李明翰。这位国产导演中的瑰宝，被方如优划到"不许沾染"里，是被特殊对待的业界希望，看来他筹拍的新作运营不佳，竟主动向昭华递出了橄榄枝，而且被邀请的应该不止昭华一家。

"这是什么情况？李明翰不是一向不喜欢跟国内资本打交道吗？"他曾在某次影展上公然斥责过国内的大部分影视公司是"食腐肉的秃鹫，外行还爱瞎折腾，把圈子搞得乌烟瘴气"。

这番言论放到网上自然是一片拍手为他叫好的。但业内人的想法就多了。比如方若好，她想的是："说得国外资本多干净似的，好莱坞的八卦黑料一点也不比国内少好吗？"

所以她并不怎么待见这位大导演。

贺豫大概也不怎么待见，淡淡说："业内没秘密，现在肯定一堆人等着看你和陆小奸的热闹。多好，就当免费宣传了，去刷个脸。"

方若好立刻明白了他的意思，不由得赞叹起他的良苦用心。

他让她接下许长安的项目，一方面给了她自信，另一方面是猜出陆阿吾肯定不会罢休。一旦陆阿吾跟方若好形成了竞争关系……陆阿吾是什么人？巅峰娱乐的老大，业内的三大巨头之一，多少人只能通过微博给他留言来建立关系，现实生活中压根没法跟他产生交集。

这样的人的对手，会是简单人吗？

到时候大家会说："陆阿吾跟方若好在抢项目呢。""方若好是谁？""方若好是昭华的新掌权人啊……"

无形中，方若好的地位就被拔高了。

经此一战，不管输赢，她都瞬间成名。

娱乐圈中，名气就是资源和财富。而话题性不论褒贬，都是热度。多少影片为了宣传伤尽脑筋，《录取线》经此一事则在圈内未映先热了。

方若好想到这里，郑重地收起邀请函，正要说话，楼下传来一阵骚动。

倾耳一听，是贺小笙回来了，陆姨正一路追着他问："要不要喝点醒酒汤？那放水吗？"

贺豫拄着拐杖走出去，贺小笙正好走上楼梯，满面绯红，眼神迷离地抬手打招呼道："嗨，爷爷。哟，方娘娘，你也好。"

方若好嘴唇一勾，索性认了："好。"

贺小笙听她回应，当即变本加厉地朝她走过来："恭喜你！娘娘好手段！最终证明了赢家只有你，只是你！我们全都一败涂地！"说着还打了个酒嗝。

贺豫沉下脸："闹什么酒疯？回屋去！"

"爷爷，我是夸你的心肝小宝贝呢，不愧是爷爷看中的人，就是厉害啊！昭华有了方娘娘，大杀四方，万寿无疆！我也可以放心地退位让贤了！"

方若好挑眉："真的？那现在就把CEO的位置让给我吧。来，签合同去。"

贺小笙下意识后退了两步，酒醒了一半。

"啧啧。"方若好鄙夷地撇了撇唇。

贺小笙顿时急了："爷爷！你就看着她这样？！"

贺豫完全懒得理他，转身回屋去了。方若好也想走，却被贺小笙一把扣住了胳膊："你满意了？真有你的，方若好！把我害成这样，把如优害成这样，把大家都搞得一团狼藉，你的目的达到了？"

"我不知道你在说什么。"

贺小笙赤红的眼睛里忽然浮出一层泪光："如优到现在也没醒。医生说她再醒不过来，很可能永远都醒不过来了。她跟你妈一个下场了，你满意了？"

方若好吃了一惊。

方若好第二天午休时去找颜苏吃饭，顺便隔着门看了眼方如优。

颜苏在一旁低声说道：“各项指标都正常，就是不醒。这几天沈阿姨已把能叫的人叫了个遍，企图唤醒她。”

“你试过了吗？”

“试过了。但显然我对她而言不是什么在意的人。”颜苏趁机撇清自己。

方若好被他的求生欲逗乐了，却见他下一秒，目光灼灼地看着自己。

方若好立刻摇头：“不，我可不去。”

“咱俩真是心意相通，我还没说呢，你就明白了。”

“我对方如优的事没有任何兴趣，只希望永远井水不犯河水。”方若好转身要走，被颜苏揽住腰拖住了。

“试一下嘛，你又没损失。俗话说救人一命胜造七级浮屠……”

“放手啊，注意形象！”人来人往的病房走廊，方若好注意到已经有好多护士、病人探头往这边看了，只好妥协，“行了，我去！”

颜苏当即对她灿烂一笑。

“我不要见其他人。”

“明白。”颜苏敬了个礼，推门进去。沈如嫣和方显成连续陪了好几天实在太累，回去休息了，留了秘书小钟和一个保姆照看着。颜苏进去后不知说了什么，两人全部退了出来，一个去了食堂，一个去楼梯间打电话。

方若好趁机闪进房间。

方如优脸上的纱布已经拆掉了，露出青肿的鼻梁和眼窝，看上去真是十分凄惨。

方若好不知怎的，想起了十年前她惊慌无助地下楼想去勒索爸爸，结果看到方如优站在收费窗口前付费的样子。

又想起她从陌北老师家无比悲伤地走出来，结果看到方如优拦在路前方的样子。

两个场景在她脑海中交织着，有些感激又有些怨恨，纠结复杂到了极点。

她慢慢地走到床边。

“我记得十年前，你跟我说——你希望我回到本该待的地方，跟我妈妈一样，卑微丑恶地活着。”

一旁的颜苏听到这句话，表情明显一变。

“你们逼我弃学，赶我出昭华，还在睿天给我挖坑……但结果怎么样呢？”方若好俯下身，对着方如优的脸一个字一个字地说，“我还好好地站在这里，我妈妈也苏醒了，在逐渐康复中。我们过得这么好。”

方如优的眉，似乎轻轻皱了一下。

“而你呢？你想告爸爸，没告成；想拯救你妈，你妈不听你的；你甚至还没了工作，只能逃避地住在酒店里。现如今，又变成了个活死人……方如优，我们两个人之间，被踩到泥底的人，好像是你啊。”

方如优的睫毛蝶翼般轻颤了起来。

有效果！方若好转头看颜苏，颜苏给了她一个鼓励继续的眼神。

方若好接下去的话便说得更无忌惮：“对了，听说你要跟贺小笙分手？你那么辛苦地从我手上抢走他，然后发现抢到的是个徒有外表的草包鸡肋，是不是很生气？没关系，我再给你个机会。我有新男朋友了。你认识的，你的三哥。你要不要再抢一次看看？”

方如优的手指骤然抓紧了。

一旁的颜苏做了个无奈摊手的动作，却仍示意方若好继续。

“方如优，其实你没发现吗？你什么都比不上我。你爸，每天在家恶心你；你妈，跟着你爸一起伤害你；你那么多男朋友，没一个好东西；你那么多钱，却没能给你买到快乐。你优秀的学业已经成为过去时，而你的事业折腾来折腾去，一片空白。听说你还去睿天应聘了？连他们都不肯要你……也是，如果我是你，我也不肯醒，闭着眼睛躺下去，不用面对这么失败的人生……”

“你、你放屁！”床上的方如优突然睁开眼睛，沙哑地喊了出来。

方若好连忙后退。

方如优气得坐起来要打她，连带着氧气罩和输液针一起歪了，手腕瞬间见血。

颜苏连忙上前按住她，帮她重新定位针头：“别激动！小心！”

“你放屁你放屁！你滚！你给我滚！”方如优瞪着方若好，气得整个人都在哆嗦。

方若好啐了一声，扭头闪人。

走到门外，透过门上的玻璃条回头看了一眼，颜苏正在拼命安抚张牙舞爪的方如优。很好，如此活力四射的，肯定没事了。

方若好迈着轻松的脚步，这一次是真的走了。

病房中，方如优宣泄一通后，颓然倒了回去，仅有的一点体力也在刚才的愤怒中被彻底透支，四肢异常疲乏酸软，紧随而至的，还有难言的悲伤。

颜苏冲她意味深长地笑了笑：“为了把你唤醒，我们可是想尽了办法。最后还是若好做到了。你们两个冤家啊……”

方如优侧过头，一言不发。她的昏睡一半是真的，一半是装的，但最终还是被方若好破了功。

“不管怎样，醒了就好。醒了才能解决问题。我去叫同事来为你复查。稍等。”颜苏说完离开，叫回了小钟和保姆。

小钟见她醒了，连忙给沈如嫣打电话。保姆则兴奋地问她想喝什么。

方如优本没有任何胃口，但转念一想，便说想吃栗子粥。保姆立刻回去准备了，只剩下小钟陪在一旁。

方如优问小钟：“妈妈什么时候来？”

“已出发在路上了。不堵车的话大概半小时。”

方如优“嗯”了一声，又问：“我的手机呢？”

小钟从床头柜的抽屉里取出一个收拾得井井有条的袋子，里面装着车祸时从车上抢救下来的物品：手机、钱包、钥匙。但手机已经没电了。

方如优便报出一个号码：“帮我打这个电话。”

小钟拨了号码，几秒钟后，对方接听了：“您好，哪位？”

小钟将手机凑到方如优耳边，方如优说道：“我醒了。”

对方的声音一下子变得结结巴巴：“如、如优？哦，不，方、方小姐，你醒了？！”

“你不来看我吗？”

“啊？哦哦，马上！你等着！”对方惊喜交加地挂了电话。

小钟露出疑惑的表情，方如优冲他挑了挑眉：“新男友。”

小钟连忙收起表情，心中则想这位大小姐换男友的速度果然如传说中一般。亏沈董前几天还拼命把昭华传媒的贺小笙叫来。

方如优没再说话，喝了一大杯水后，又躺下休息了。

如此大概过了二十分钟，沈如嫣还没到，罗山拿着一大束香水百合先到了，还没开口，方如优已坐起来冲他甜甜一笑：“来得好慢。”

罗山表情一僵，很是有些不知所措。

方如优扭头对小钟说：“我有些话要跟他说。”

小钟连忙会意地离开。

罗山手捧一大束香水百合，不知为何有些羞涩：“那个……如、如优，你想跟我说什么？”

“对不起，冒昧地让您过来一趟。”方如优一开口，罗山那满是旖旎遐想的心就凉了一半。

“我妈正往这边来，但我并不想见到她。能否请您带我离开这里……我知道这事挺强人所难且麻烦，但我实在是没什么力气，也找不到别人可以帮忙。”方如优的脸退去了虚伪的表情，虽然鼻青脸肿的，但美人就是美人，光一双眼睛，便能表达出千万种让人心软的情绪。

罗山的手不由自主地攥紧了花束。

十五分钟后，当沈如嫣在小钟的迎接下快步穿过走廊，推开病房的门时，看见的只有一张空空如也的床。

“怎么回事？如优呢？”

“她……”小钟百口莫辩，只好把刚才的事描述了一遍。

“你说有个头发半秃、大腹便便的中年男人，自称是如优的新男朋友？”沈如嫣的脸色十分难看，“把他电话给我！”

小钟交上手机，沈如嫣立刻输入自己的手机里准备拨号，结果号码自动显示出通讯录里已有的记录——罗山？！

罗山开着车，偶尔转头看副驾驶位上的方如优一眼：“方小姐，你还好吗？”

方如优面色惨白，整个人异常虚弱，但仍是摇头做了回应。

罗山的手机响了起来，看到来电显示是沈如嫣，他吓得一哆嗦，连忙静音。

方如优一直在流汗，汗水打湿了她的刘海儿。

罗山忍不住说：“再坚持一下，我联系了谢总的私人医生，医术很棒，医德也很好，保证不会泄露你的行踪。”

“谢谢您。”

“没、没事。应该的。谢总让我好好照顾你……”

方如优朝他露出一个虚弱的笑后，便合上眼睛睡着了。

罗山的手机锲而不舍地响着，他一个也不敢接，如此过了好久，终于停了。紧跟着，沈如嫣发来了短信：“你诱拐绑架我女儿，我要报警了。”

罗山吓一跳，差点撞车。

他想了想，只好给谢岚打电话：“谢总……”

谢岚第一句话就是：“上班时间为何不在？”

“方大小姐醒了，求我带她转院，说是不想见她妈。我一时心软答应了，结果沈如嫣现在要报警，说我诱拐她女儿，谢总，我可怎么办啊？”

电话那边沉默。

罗山着急了：“谢总你给支个招啊！”

“方如优现在在哪里？”

“在我车上。我正准备带她去找王医生呢。”

“你继续去。”

“那沈如嫣那边？”

“不必理会。”谢岚停顿了一下，大概是听到这边急促紧张的呼吸声，便额外补充说，“监控会证明她离开医院时没有受你胁迫。而成年人失踪满二十四小时，警察才会受理。”

罗山一想也对，他明明是在做好事，有什么好担心的，当即准备挂电话：“谢了，谢总。我这就送她去王医生那儿。”

“嗯。因私擅离岗位，扣半月工资。”

“啊？！”罗山听着电话那边的嘟嘟声，再看看副驾驶位上的方如优，半晌后，苦笑了一下，“得咧。你美你有理。他强他也有理。我背锅，我骄傲行了吧。”

方如优再醒过来时，已是晚上。

置身处，是一间环境优雅的病房，墙壁涂成小清新的蒂芙尼蓝色，床单枕套也不是惨白的白，而是温柔的乳白，床头还放着一瓶Esteban（埃斯特班）熏香。

方如优慢慢地活动了一下手脚，起身，发现自己的衣服也被换过了，从××医院的条纹服变成了一件蒂芙尼蓝的连衣裙，胸前用花体字绣着“Suri Wang（苏芮 王）”。

莫非这就是罗山说的那个王医生的私人诊所？

她见床边有拖鞋，便穿上推开门走了出去。

外面异常安静，灯光柔和，走廊里铺着厚厚的地毯，空气中散发着高级熏香的味道。

几道门都关着，没有玻璃条，看不到里面的场景。

方如优一直走到走廊尽头，才看见一扇半开的门，门里一个穿着医生制服的女人正在帮一人注射。

那个人，正是谢岚。

只听女医生对他说：“……太晚了，十月就该来打流感疫苗了……”

方如优想了想，敲了敲门。

谢岚和医生双双回过头来。

女医生顿时笑了：“方小姐醒了？”

她笑起来可真好看——这是跳入方如优脑海的第一个想法。

可是……她跟谢岚挨得是不是太近了些？这是第二个想法。

女医生三十岁左右，有一头特别浓密的长发，右唇角上带着一颗调皮的小痣，一笑一翘，显得依旧少女。

方如优咬了咬嘴唇，走到二人面前，问道：“罗山呢？”

“他回去了。”谢岚用棉签按住针眼，站了起来，“这位是王栩王医生。”

王栩笑眯眯地看着她：“方小姐的身体没大碍，休息两天就好了。”

“谢谢……”方如优有满肚子的话想问，但当着第三人，什么也问不出来。

王栩意识到了她的犹豫，便收起桌上的医疗物品说：“我先下楼了。有事按墙上的铃。”

王栩离开后，谢岚扔掉棉签，放下挽起的袖子，穿回大衣。

他穿衣服的样子实在赏心悦目，以至方如优一直直勾勾地盯着看，直到谢岚穿完了大衣，整好了领子，回头朝她投来诧异的一瞥：“还没想好说什么？那我走了。”

“等等！”方如优连忙拉住他的袖子。

谢岚低头，看着自己被拉住的衣袖，皱起了眉头。

他似乎不愿与人有肢体接触？方如优立刻松手。

“我妈有没有为难罗山？”

“你在乎？”谢岚的瞳孔是浅棕色的，带着常人不及的明锐，很多时候看起来显得淡泊和嘲弄——比如现在。

方如优的脸红了起来：“对不起……我只是，太想逃了。”

那个地方，那两个人，都让她感到窒息。

可她又无处可去……

“我……不知道怎么做才能脱离父母的掌控，但我知道自己必须这么做。所以……请替我向罗先生说句对不起。也谢谢你们车祸时救我。”

方如优说完这番话后深深地鞠了一躬，打算离开。

谢岚望着她，忽道：“你有何打算？”

“我先去某个小镇生活，找个类似补习班老师的工作，跟孩子们相处一段时间，看看能不能找到下一步的方向。在那之前……”方如优犹豫再三，才鼓起勇气问，“你……能不能借我点钱？”

谢岚的目光闪了闪。

“如果动用我的卡和账户，肯定会被我妈查到。想要脱离她的视线，就得先脱离她的钱……”这些年她对妈妈太过依赖，从没想过要分离，所以毫无隐私可言。一朝想要独立，才知道多么困难。

此刻，她站在这个人面前，厚着脸皮借钱，也很艰难。

但还是开了口。

“我一定会还的。包括之前你们垫付的医药费，还有这里的费用……”方如优紧紧地绞着自己的手指，内心满是不安。

谢岚忽然拿起手机，打给罗山：“给我一个你的备用支付宝账号。”

方如优一愣。

罗山很快发来了一个。谢岚把内容展示给她：“从今天起，刷这个号。刷多少还多少一目了然，有什么问题联系罗山。”

方如优记下了账号密码，再抬眼看谢岚时，神色复杂。此君究竟是多么害怕被她黏上甩不开，一次次有交集，一次次拖助理出来背锅。

既然如此，不帮忙不就行了吗？

明明是个热心肠……却端着一副冷面孔……

矛盾而有趣的男人。

方如优失踪了这事，方若好是当晚知道的。

彼时她正在翻看策划部发来的一堆候选导演资料，人才计划中的第三个名额仍空缺着，不过因为有许长安和林随安打底，倒也不是那么着急。

方若好想到这里，又把许长安的拍摄进度表调出来看了一下，进展顺利；再看林随安的，算了……还是不要对他和贺源西的组合要求太高为好。

张晌晌忽在微信里说：“学校发来通知，月中要期末考试。”

“源西复习得如何？”

张晌晌回复：“一个字也没看呢，闲暇时间全练滑冰了……”

方若好不知怎的，火冒三丈，大概源于学霸对学渣的怒火：“废物！就近请老师给突击辅导一下，不管如何，期末考试要及格！”

“来得及吗？”

方若好还在打字，张晌晌那边又跳出一句：“知道了。”然后又跳出一句，“上一句是源西发的！”

方若好的满腔怒火瞬间消失了，想了想，把大棒换成了胡萝卜：“乖。及格了有礼物。”

“嗯。”

“上一句还是源西发的！”

想象着贺源西跟张晌晌抢手机回复的情形，方若好不禁一笑。就在这时，颜苏的视频请求跳了出来。

方若好接了，看见镜头那边一张极度疲惫的脸："急……需……充……电……"

看看时间，晚上十一点半。

"很累吗？"

颜苏露出委屈的表情："有个危重病人刚去世了，手忙脚乱地抢救，写病历，给家属下跪赔罪……还要被沈姨质问如优去了哪里……"

"如优去了哪里？"

"监控显示她跟那个把她送来医院的男人走了，但沈姨给那男人打电话，那男人说在医院门口他们就分开了。"

方若好若有所思。

颜苏见她半天不回应，更加委屈了："喂喂，看看软弱疲惫幼小劳累的我呀。"

"我在想——方如优之前因为不想见她爸妈，才不肯苏醒。被我强行唤醒后，索性逃走了。沈如嫣想找她，恐怕不容易。"

"你觉得她会逃去哪里呢？"

"这我就不知道了。毕竟我们不熟。"

颜苏咧嘴笑了起来。

"你笑什么？"

"你们两个有意思呗。啊，这算不算最大的对手，其实就是最了解你的人？"

方若好瞪着他。

这时颜苏门外似有人在叫他，他回头应了一声后，对她说："好了，充电完毕，干活去了。"

"加油啊。少给病人家属下跪。"

颜苏"啊哈"一笑，朝她眨了下眼，然后，屏幕黑了。

方若好的目光恋恋不舍地在黑了的屏幕上停留着，就在这时，手机跳出了一条陌生人的短信："你好。请问是方若好学妹吗？"

方若好回复："是的。请问您是？"

对方似乎犹豫了很久，才又发来一句："我是江唯唯。"

方若好感觉到有只无形的手，在这一瞬揪住了自己的心脏。

她的眼睛微眯了一下，手指机械地开始打字："哪位？"

一般人介绍自己时，通常都是"我叫某某"，会刻意说"我是某某"的，都是对自己很有底气，觉得对方肯定知道自己是谁的人。

通常而言，这样的自我介绍，是充满试探性和攻击性的。

而面对这样的试探和攻击，最好的办法就是反问一句“你谁啊”。

我凭什么要知道你？你是哪根葱？

对方果然顿时没了声息。

方若好深吸口气，立刻放下手机，去浴室开始洗脸，把每个毛孔都洗得干干净净后，对着一抽屉的瓶瓶罐罐开始涂抹。

这是一个漫长烦琐的过程。

也是一个可以消磨情绪的过程。

这是心理医生推荐给她的一种自我调节方式。理由是：一，步骤足够多，可以耗费很长时间；二，护肤品会对心理有所暗示，因为正在进行一件对自己有利的事情，所以潜意识能够削减不良情绪；三，涂抹的过程像穿衣服，给自己穿上一层层无形的衣服，能够增加自信；四，情绪过去后再做判断，能够更理智一些。

方若好用了足足三十分钟做完了水、眼霜、精华、乳液、晚霜全套，觉得自己又是个刀枪不入的当代成熟女性了，这才回到手机前。

果然，对方发来了新的短信：“可以约你见一面吗？谈谈关于颜苏的事情。”

看时间，是二十分钟前的。

也就是说，这二十分钟里，备受等待煎熬的人变成了江唯唯。

方若好勾起唇角，回她：“明天中午十二点半到一点，昭华大厦旁的茶吧。”既要约战，那么，时间地点该她挑。

对方果然妥协：“好的。明天见。”

方若好放下手机，走到窗边，外面雾霾重重，像她此刻的心情。

颜苏没能真正解决掉这件事。

这件事终于找到她这里了。

她不知道其背后还有多少颜苏没有说明的内容。

就像人们看不到雾霾后藏的到底是什么天气，是晴空万里，还是风雨欲来。

明天我会遭遇什么呢？

我还能信任你吗……颜苏？

十七
亲爱的

方如优搓着手等在路旁。

天太冷了，她身上穿的是从超市里随便买的廉价羽绒服，又沉又厚还不怎么保暖。好处是够大，把帽子口罩一戴，亲妈都认不出来。

她等得不耐烦，给对方打电话：“车呢？”

“对不起，小姐，太堵车了……离您不到两公里，要不您走过来？”

方如优只好同意。她从租车网租了辆别克，准备自己开车去D镇，如此可以确保不被妈妈发现行踪。对方答应十点左右送车过来，却让她等了两小时。

方如优步行去找车，走着走着，觉得好眼熟——这不是昭华的大本营吗？想到很有可能会被人认出来，她便将帽子压得更低了些。

方如优低头走路，一不小心，跟前方的来人撞了一下，那人的包“啪”地落地，东西撒了一地。

“对不起，对不起……”方如优连忙道歉，帮忙捡包，抬头看见对方的脸时，不由得一怔。

那人细声细气地道了谢，没认出她，将包整理好后便走了。

方如优一直盯着那人的背影，半晌后，“咦”了一声。

此时的方若好，推开了茶吧的玻璃大门。

她穿了黑色高领羊绒裙和白色长大衣，拎着跟驼色短靴同色的包，妆容精致，带着不动声色的凛冽。

如果着装真的是在传达“人设”的话，她今天无论听到什么，都不想扮演一个失败者。

不管怎样，先把事情搞清楚了再说。她一边想着，一边走到靠窗的位置上坐下。

手机“叮咚”了一声，李秘书发来江唯唯的两张照片。

一张是中学时代的证件照，未经雕琢的长发大眼，眉眼跟冯静秀有点像，一看就是品学兼优的好女孩。

另一张是大学毕业时穿学士服的照片，已经是个会把七分美貌装饰成十分精致的漂亮女孩了，难怪让小混混周定念念不忘那么多年。

这时，一个人影来到近前。

方若好不动声色地放下手机，看到照片里的脸以3D效果出现在了眼前。不同于毕业照上的清纯明媚，眼前的女孩极瘦，一看就是长年身体不好的那种消瘦，面色蜡黄，眼窝深陷，没有化妆，衣着也十分随意——完全不是为了挑衅而来。

方若好看到江唯唯的第一眼，心就沉下去了。

完了。这是她最不擅长应付的类型。

果然，江唯唯怯生生地坐下后，冲她挤出了一个颤颤的微笑，用毫不掩饰的惊艳目光说道：“方学妹……好漂亮。”

“你好。喝点什么？”方若好决定先做点擅长的活增加底气——比如沏茶。

江唯唯见她已点了一壶铁观音，忙说：“这个就可以。谢谢。”

方若好开始沏茶。在此过程中，江唯唯一直专注地凝视着她，但她的表情很拘谨，大大的眼睛里写满善意，见方若好往她面前的杯子里倒茶，还连忙捧杯接：“谢谢。”

方若好感觉自己又头疼了几分，忍不住伸手敲了敲额头。

不过，这个动作倒是把袖子里的手表露了出来。江唯唯第一时间注意到了这只表，表情有瞬间的变化。

然后，她低下头，小口小口地开始喝茶。

茶吧幽静，音响里放着轻柔的古筝曲，空气中有张无形的大网，绷得方若好浑身难受。

她实在受不了，只好先开口了：“请问——你找我，想谈什么呢？”

江唯唯似吓了一跳，手指一抖，杯子里的茶溅了出来。她连忙说了一句“对不起”，手忙脚乱地用纸巾擦拭水渍。

如此又折腾了好几分钟后，因为方若好一直尖锐地盯着她，她的动作越来越慢，越来越慢……

方若好伸手去拿包：“看来你还没准备好。那下次再谈吧。”

见她作势要走，江唯唯顿时急了，连忙说：“对不起，我实在不知怎么开口……我太失礼了，我不应该如此冒昧地打搅你的……”

“你已经冒昧地打搅我了。那么可否痛快点，不要继续浪费彼此的时间？”

江唯唯睁大了眼睛，露出些许受到惊吓的模样，整个人显得可怜极了。

方若好忽然想起颜苏说过她被周定虐待，留下了后遗症，受不得刺激。她在心中长叹口气，只好重新坐下，抬腕看了看表：“我可以再给你十分钟时间。”

“对不起……”江唯唯的眼眶红了，手指紧握着茶杯，整个人都在发抖。

方若好想：搞什么？还没开始谈就委屈成这样，搞得我是小三一样。

她很生气，脸色就不太好看，绷着一张脸一言不发。

江唯唯怯怯地看了她一眼，更委屈了：“方小姐，你别生气，你一生气，我更不敢开口……”

“如果是无理取闹的事，不开口才是对的。”

江唯唯再次语塞。

方若好只好继续煮茶打发时间。

安静的气氛里，江唯唯果然好受了一些，轻轻说道：“学妹真的……没有听说过我吗？颜苏，没有对你说过我吗？”

方若好沉住气回答：“他说你是他的一个病人。”

“病人……对。我确实是。”江唯唯凄然一笑，“我的病，只有他可以医。”

方若好挑了挑眉，刚想反驳，江唯唯伸出一只手做了个阻止的动作：“先听我说吧。否则，我恐怕再没勇气一口气说完了。”

方若好只好忍耐。

江唯唯又做了好几个深呼吸：“我跟颜苏是高一同学。虽是同学，但平日里没什么交集。当时我的一个初中同学喜欢我，追求我，但他成绩很差，而我是要好好念书的，所以拒绝了他很多次。但他锲而不舍，坚持每天送我回家。”

她说的人是周定吧？方若好想。

“有一次回家，他照旧尾随我时，遇到了另一拨坏男孩，他们是死对头。那帮人嘲笑他，说他连我的手都不敢碰。他被刺激到，就来抓我的手。我很害怕，放声尖叫，可周围的男孩全在笑，吹口哨，说要脱掉我的裙子……”江唯唯说到这里，黯淡的脸上，忽然有了光泽，“就在那个时候，颜苏出现了！”

方若好心中千万种情绪翻腾，像云层，攒积着重量和厚度，等待最后的坠落。

“你能理解那一瞬间我的感受吗？他来了，他嬉皮笑脸地嘲笑那些男孩，驾轻就熟地跟他们打架，一个人对那么多人也没有输……”

方若好打断她：“不好意思，如果我没记错，他因为那次打架断了一条腿，住了很久医院，第二学年不得不留级。”

江唯唯的脸再次变得惨白，眼泪一下子凝结在了睫毛上：“对……都是我的错……是我拖累了他……我想跟他道谢，照顾他，可是他妈妈不让……”

感谢颜母！方若好心想。

“我爸妈也怕我再被那个初中同学纠缠，正好有个外派的工作机会，就带我转学去了A国。我的生活恢复了正轨。我偶尔会想起颜苏，但知道那是不可触及的人，没有过多的遐想，直到……半年后，他竟也来了A国。”

而且还是被你拖累的。方若好心中说。

“世界太小了，我去医院看老师时，看到颜苏坐在花园里晒太阳，我还以为自己认错了。走近了发现，真的是他。我问他怎么了，他说不小心出车祸，腿又受伤了，国内没法治，来国外碰碰运气……你知道的，他总是那么笑嘻嘻的，似乎什么事都没有。我也真的相信了，时常去看他。直到有一天，跟国内的同学聊天，才知道颜苏的腿又是被我那初中同学撞的……”江唯唯说到这里，睫毛上的泪珠终于掉了下来，她拿起纸巾擦拭了好一会儿。

方若好心想，好像已经超过十分钟了，好想起身走人。

“都是我的错，我想好好弥补，就一直陪着他，照顾他，亲眼看着他恢复了健康，又能活蹦乱跳。他那时候想当医生，我想那我也考医学系，跟他一起实现梦想。可惜……医学系太难了，我没有考上。”

方若好想：幸好你没考上……不过，如果是我的话，肯定拼了命也会考上的！

“但我们还是朋友，经常一起出去玩。我以为那便是幸福的极致了，我的人生每天都是充满阳光的。可是……我的初中同学又出现了！那么多年了，他居然还能搞到我在A国的地址，来找我，对我说他如何如何想我。我很害怕，想让他离开，就说了很多决绝的话。我没想到，我真的没想到……他竟然动手打、打……打我……”江唯唯紧紧抓住杯子，整个人都在发抖，显然那是一段非常可怕的经历。

方若好终于无法保持沉默，开口说：“跳过这段，直接说后面的。”

江唯唯抬头感激地看了她一眼，但不知为何，眼神越发悲伤了：“后面的事情，我不太记得了，记忆是混乱的。只知道我在医院住了很久，颜苏是实习医生，跟着他的导师一起为我治疗。他每天都来看我，非常温柔，妈妈告诉我，他是我的男朋友。”

啊？方若好无语。

“我问他是吗，他说是的。”

方若好再次用手指敲起了额头，她的头疼加重了。

“妈妈拿了我跟他的很多合照给我看，说我们感情很好，我心里很高兴，想着要赶紧好起来。慢慢地，我就真的好起来了，可我出院后，就看不见他了。妈妈说他工作很忙，我想他是不是嫌弃我了，就去医院找他，偶尔会找到他，他就陪我吃饭，再送我回家。我心想原来我们之间的相处模式是这样的，也挺好的，我得乖乖的，别太黏人，让他为难……”江唯唯说到这里，眼眶又红了，“可是有一天，我无意中听到妈妈给他打电话，求他来看我。我这才知道，妈妈是骗我的。颜苏根本不是我的男朋友。我的头疼，也不是生病导致的，是被人打的。我想起了之前的事情。”

方若好听到这里，有些同情这个姑娘了。想必是她受创后应激反应太大，冯静秀才编造出谎言来安抚她，但谎言就是谎言，被揭穿后，对她的伤害只会更大。

“我非常生气，气他们骗我，又非常绝望，因为、因为……想起了从前的事情，反而令我更喜欢颜苏了。对不起……”江唯唯注视着方若好，一边说一边流下泪来。

“我知道我不对，我知道我妈也不对。我们不应该像菟丝花一样缠着颜苏，可是，我真的没有办法……我、我不想他就会头疼，我想着他的好时，才会得到平静。你能理解吗？这种感觉……就是、就是……”

“阴生植物遇见了光。”方若好缓缓说道。

“对对，就是这样。明知道不应该的，可是，控制不住；如果连这点念想都没了的话，就活不下去了……阴生植物，也是需要阳光的，哪怕只是一点点。一点点就够了。”

方若好听到这里，基本断定颜苏跟此事无关了。就算他的温柔态度给予了病人不该有的错觉，但是，那不是出自他的本意，而是医生的本职。她在心中松了一大口气。

再看江唯唯时，也顺眼了一些。

怪她什么呢？怪她跟她一样，都无法抗拒那种温柔吗？

“你希望我做什么？”她说了这次见面以来语气最温和的一句话。

“我……我也不知道。我只是想见见你。想看看他喜欢的人，是什么样子的……我妈妈之前骚扰你，对不起，请你别怪她。我知道如果可以，她打算瞒我一辈子的……”江唯唯一边含着眼泪，一边用无比艳羡的眼神凝视着她。

方若好第一次知道，被人艳羡原来是这么难以承受的事。

她的头越发疼了。

一开始以为江唯唯是来示威的，哪知道不是；后来以为她是来扮柔弱装可怜的，没想到她居然是真可怜。

面对这样一个小鹿般的女孩，她根本束手无策。

“那个……时间到了。我该回去上班了。”她只能干巴巴地这么说。

江唯唯连忙站了起来：“对、对不起！耽误你这么久……我送你回去吧……”

“不用了。”

“让我送送你吧……”

“真的不用了！”方若好匆匆扔下钱就走，只想尽快逃离那双泫然欲泣的眼睛。

然而她刚跑出三步远，身后传来“啪嗒”一声，似有重物落地。

然后，她看见面对自己的茶吧服务员脸上露出极为震惊的表情，甚至掉落了手里正在擦拭的茶杯。

她顺着服务员的目光扭头，看见江唯唯倒在了地上，上肢抖动，下肢伸直，牙关紧闭，白色的泡沫不停从她口中涌出，模样看上去极为可怕……

心中一记警钟猝不及防地响了起来——

糟了！

江唯唯的病，还是发作了！

一般癫痫三到五分钟就会停止。但江唯唯直到救护车来，都还在断断续续地发作。

方若好跟着上了救护车，脸上面无表情，心里却已紊乱一片。

我明明没有刺激她……不，我的出现其实就是在刺激她……我明明知道她有这个病，我为什么不躲开？因为我不信任颜苏，我担心他在这件事上有所隐瞒，所以想要自己查证真相……

真相来了，可我没有解决的能力。我既不能帮助她，也不能阻止她，反而导致了这样的结果……

一瞬间，真真是后悔得肠子都青了。

救护车很快到了医院，方若好麻木地跟在一旁，医护人员问："你是病人家属吗？快去通知病人家属！"

她这才如梦初醒，颤抖地给颜苏打电话，要冯静秀的联系方式。

颜苏来得很快，脸上带着熬夜后严重睡眠不足的痕迹，头发也凌乱地翘着。方若好定定地看着他，一个字都说不出来。

"颜医生，你来得正好，这个病人可能需要你的帮助！"某个急救人员叫他。

颜苏点点头，突然快步走到方若好面前，握了握她的手，说了两个字："别怕。"

然后他去了消毒室。

方若好像一具木偶，被那简单的两个字上了发条，重新得以运转。她慢慢地坐了下来，心中一遍遍地想：好了，没事了。没有事了。

因为……颜苏来了。

他来了。

方若好在手术室外没等一会儿，就听一阵脚步声飞快地跑过来，似乎还伴随着呼喊声。

没等她反应过来，头发就被人从后面揪住，剧痛令她不得不站起来。与此同时，她的脸上迅速挨了两巴掌。

"姑姑你冷静一点！"有人上前拉开对方。

方若好这才看清，来人是冯静秀。

"你对我女儿做了什么？你到底对我女儿做了什么？！"冯静秀一边挣扎一边冲她大吼。

方若好下意识地抚摸脸颊，上面火辣辣的，冯静秀那两巴掌，可真没少用力。

"姑姑，别气坏了身子，有话好好说！"拉着冯静秀的年轻姑娘试图劝阻。

"有什么好说的？服务员说了，就是她害的！她害唯唯一直哭，肯定说了什么刺激的话，才害她发病的！"冯静秀朝她扔包，扔手机，扔一切身上可扔的东西，"你这个心思歹毒的女人！没撞死我不甘心，又来折磨我女儿！我打死你！”

医院的保安们赶过来将她们隔离开：“女士，你冷静一下，否则只能请你出去了。”

冯静秀怔了怔，突然坐地，哭天喊地起来：“我可怜的女儿啊，妈妈没用啊，没能保护好你，让你受这么多苦……”

保安们面面相觑，刚伸手，就被冯静秀拍开：“你敢碰我试试？我要告你们！”

“姑姑，您别再叫了，唯唯还在里面手术呢！”年轻姑娘总算说了一句切中要害的话，冯静秀一听，虽然还坐在地上不肯起来，但压低了哭声。

保安们见此情形，也不好强拉，便走到方若好面前说：“你要不要回避一下？”

方若好看着紧闭的手术室大门，摇了摇头：“不，我就在这里。”

冯静秀在旁气恼地叫道：“你别走！你不许走！我女儿要是有个三长两短，我要你偿命！你们看着她，不许她走！”

“知道了，知道了，姑姑，消消气，消消气……”年轻姑娘打了电话，过不多时，呼啦啦来了一群人。

七大姑八大姨围在一起，一边听冯静秀哭诉，一边用同仇敌忾的目光瞪站在角落里的方若好。

依稀听见她们说：“就是她吗？看着不像心思歹毒的啊……”

“这事真憋屈，她也没动手，就说了几句话。到时候警察来了，她不认怎么办？”

“就算法律上制裁不了她，咱们也一人一口唾沫啐死她！”

“希望唯唯没事啊……”

“是啊是啊，可怜的唯唯……”

方若好听着这些或清晰或模糊的话，不知为何，突然有点想笑。

以往看医闹新闻，只觉得莫名其妙，不可理喻。

而今，竟被自己亲身经历了一回。

不过，这些人来后，她反而不那么害怕了。

她对江唯唯确实束手无策，因为那是个不具备攻击性的弱者。可这些人……应付这些色厉内荏的攻击者，她素来擅长。

她迅速给李秘书发了短信，简单描述了一下事情经过。

李秘书来得一点都不比这些人慢，他还带了两个律师和一个医生。

医生第一时间为方若好验伤。

冯静秀见此情形，一下子警觉起来："你们这是在做什么？"

眼看她伸着食指要往方若好脸上怼，律师上前一步挡住："我的当事人莫名受到冯女士的暴力伤害，现在正在验伤。"

"什么？我暴力伤害她？是她伤害我女儿好吗！"

"如果您坚持，可以就江唯唯一事提出控诉。"

"你们以为我不敢？我家唯唯还在里面生死未卜呢！律师呢？我也找律师！"

"对对，不就是叫律师吗？谁没有似的！牛什么牛啊！"

"姐姐别怕，咱们也有人，她逃不掉的！"

一群人正在吵吵闹闹，急救室的灯灭了，大家顿时像被点了哑穴，一下子安静了。

门开后，主治医生先走出来："病人家属？"

冯静秀连忙上前："我、我是她妈妈！"

"病人状况不太好，颅内血肿有扩散和恶化的迹象，目前还在昏迷，没有脱离危险期。这是病危通知书，需要您签字。"

冯静秀一口气没提上来，差点晕倒。

一群人连忙把她扶住。

"我们会继续监控观察，如果超过六小时还不醒，就要进行下一步手术了。"

"唯唯，我的唯唯……"冯静秀突然扭头，朝方若好扑过来，"你还我女儿命！你还我女儿命来！"

律师们连忙挡着她，饶是如此，方若好还是被推了一把，踉跄中慌忙伸手想要扶稳自己的后果，就是手在椅子上重重一挫——

一股钻心之痛顿时从右手手腕处传来，一时间，冷汗立刻流了下来——她的这只手，曾经受过伤的！

李秘书连忙扶住她："方总，没事吧？"

方若好咬着牙，疼得发不出声音。

冯静秀仍不罢休，拼命想要再次扑过来："装模作样的贱人！磕哪儿了？尽管验，咱们法庭上见，看到底谁理亏！"

一个声音突然严厉地响起，镇住全场："够了！"

冯静秀僵了一下，回头，看见颜苏站在手术室门口，摘下口罩，表情十分难看。

她的唇动了几下，气势一下子软了："小颜……"她哭着朝他扑过去，握住他的手，“你救救唯唯，求求你，救救唯唯……”

方若好一眨不眨地望着颜苏，颜苏也一直看着她。

两人的目光越过众人遥遥相对。

方若好眼中一下子有了眼泪。

颜苏的目光闪烁了几下，别过脸，先安抚冯静秀：“阿姨您别再闹了，唯唯还没死呢。”

“你这人怎么说话的？”旁边的七大姑不满。

八大姨也跟着指责：“刚才是你吼吧？吓死我了！”

冯静秀则可怜巴巴地抓着他的手没松开：“她会好的，对不对？你能再一次把她救醒的，对不对？就像当年一样……”

“我会的。”

“真的？”

“真的。但是，你要答应我，别发火，别生气，别想着报复什么的，不管什么事都先放一边，等唯唯渡过这一劫再说。”

“好好好，阿姨什么都听你的。只要唯唯能好起来，我什么都可以原谅的……”

“现在去签字吧。”颜苏拍了拍她的肩，把她交给护士。

随着江唯唯被推出手术室，前往加护病房，一伙人也神色各异地跟着离开了。

颜苏捏了捏自己的眉心，长吁一口气后，抹去脸上的疲惫之色，转身朝方若好走来。

方若好依旧站在原地，无可抑制地发抖。

“对……”她有好多话要说，但是才刚刚开了个口，就被颜苏打断了。

“我连续工作了二十个小时，其中一半时间还在手术室里，现在脑子是沉的，脾气也快到临界点了……”颜苏扯出一道微笑，却让人看到他的眼睛里布满了血丝，“所以，等我醒来再说，好不好？”

方若好只能点头。

颜苏又吁了口气，看了手表一眼：“希望能睡三个小时以上，走，陪着我。”说罢拉着她的手就走。

方若好回头看李秘书，李秘书比了个“我有数”的手势。她放下心来，跟着他来到一间小小的值班室，里面放了两张高低铺，床铺凌乱，堆满杂物。

颜苏把外套一脱，到其中一张下铺睡下了，突然又睁眼看她，朝她伸出一只手。

方若好将手递过去。

颜苏的手指轻轻按过她的右手手腕，揉捏了一番，露出思索之色，突然又下床各种翻找。

方若好连忙说："没事了，已经不疼了。"

颜苏从冰箱里找出一个冷敷包，压在她的脸颊上，这才又上床躺下。

他的眼神是涣散的，偏又极力想要思考。

方若好看得有些心疼，伸手按在他的眼睛上："我真的没事的。别再想了，睡吧。"

"那你别走。"

"好，我不走。我看着你。"

颜苏几乎是一秒入睡，再没有回应，发出均匀的呼吸声。

方若好拉了把椅子在床边坐下，一边用冷敷包压着脸颊，一边打量凌乱简陋的值班室，看着毫不讲究的床铺，最后看到颜苏被过度透支的脸，忽觉心酸。

国内的医疗环境十分艰苦，所有医务人员都是超负荷工作，大家都没有选择地忍受这一切。

可颜苏……是有选择的人。

他是为了她才回国的。

而她呢，都做了什么?

冯静秀在她心里种了一颗毒种，在怀疑和惶恐的浇灌下，再被江唯唯一照，迅速发了芽。

她口口声声说要信任他，但当她接到江唯唯的邀约时，却选择了独自应对。她没有把这一事件告诉他，没有期待过从他那边继续获取信息。归根结底，是她没有自己想象的那么信任颜苏。

她是非婚生家庭出来的孩子，见过父母的畸形关系，又在娱乐圈里耳濡目染，知道太多混乱的男女恋情。所以，骨子里她就是个不相信爱情的人。她不相信有真正的一心一意。她不相信世上有洁身自好的男人。她甚至不相信，自己能够获得爱情。

对颜苏，她的信仰多过信任，依赖多于信赖。

所以，明知江唯唯有病，是个不定时炸弹，她还放任自己去跟她见面，还精心化妆、气势汹汹，像只被挑衅的猫咪竖起了所有毛发一般准备反击。

虽然她最终很好地控制了自己的情绪，没有表露出太多敌意，可还是导致了糟糕的结局。

最后还要让颜苏来收拾残局。

而她，什么也做不了。只能在一旁看着，等着。

如果江唯唯就此死掉的话……

方若好忽然觉得无法呼吸，冷敷包上传来的彻骨寒意，似乎通过脸颊一直渗透到了心里。

如果江唯唯就此死了，她和颜苏恐怕就完了，这件事会横在他们两个中间，成为一辈子的阴影。

怎么办？怎么办？怎么办……

水鬼上的指针一秒一秒地走着，每一秒，都让方若好觉得漫长和煎熬。于是她忍不住抓着颜苏的一只手。只是大浪滔天，这一根救命稻草，还能握住多久呢？

颜苏醒来时，天色已黑。

他一个惊悚，翻身坐起："我睡了多久？"

方若好靠在椅子上发呆，有些慢半拍地反应过来，看着他。

颜苏抬腕看表，松了口气："还好还好。五个小时……"说罢，目光对向方若好，看见她魂不守舍的样子，便笑了笑。

他伸手摸了摸她的脸颊，上面的伤已消退了大半，然后又检查她的手腕，确定没有异样后松了口气，最后慧黠一笑："还是饭点。走吧，你陪哥睡觉，哥请你吃晚饭。"

方若好怔怔地看着他。

多奇怪啊，在这之前她的情绪像被一层黑雾包裹着，又阴冷又潮湿，可他醒来后，万物重新有了颜色。

这是信仰的力量吗？还是……爱情的力量呢？

医院的职工餐厅很大，颜苏带着方若好进去时，很多人冲他打招呼。他一一做了回应，打了四个菜，找了个僻静的角落入座。

方若好一直木偶般跟着他，不知道该说什么，也不知道该如何表现。她的思绪还沉浸在"江唯唯会不会死"上，十分魂不守舍。

颜苏把她的那份米饭拿过去，往自己碗里夹了一半，又熟练地把红烧带鱼里的鱼肚分给自己，鱼尾给她；红烧鸡翅中的翅尖给自己，翅中给她；清炒莜麦菜中的菜根给自己，菜叶给她；蒜蓉西蓝花里的西蓝花挑掉蒜块给她。

"喏，都按你的口味分好了，可别说请吃食堂亏着你。"

方若好提起筷子，食不知味。

颜苏却明显是饿狠了，大口大口扒拉饭，一改从前饭桌上的斯文模样。他吃得这么香，倒让方若好提起了些许胃口，她也跟着吃了小半碗饭。

“这就对了嘛。江唯唯还没死呢。你这会开始哭丧，毫无意义。”

方若好的手紧了紧，迟疑半晌，忍不住说：“你……没有什么要问我的吗？”

颜苏“扑哧”一笑，用手指戳了戳她的脑瓜：“你这张脸上不是写满了答案吗？”

方若好不明白。

“你又心虚又愧疚，心虚于自己偷偷跟江唯唯见面，愧疚于把她弄成那个样子。像个逃课时闯了祸被警察告到家长那儿的倒霉孩子。警察跟家长说赔钱吧，孩子一听慌了，心想完了完了，这么多钱，家人肯定要打死我了……”

颜苏描绘得太生动了，以至方若好这边含着眼泪呢，还是笑了出来。

笑过之后，她却更难过了：“对不起。”

颜苏放下筷子，静静地看了她一会儿，才说：“其实这句话该我来说——对不起啊，没解决好江唯唯的事情，让你这么措手不及。”

方若好整个人一震。

像一场挫败的考试，因为没有及格而悲伤时，突然老师对她说，改错题了，你其实及格了一样。

“江唯唯和冯静秀对你来说都是陌生人，对待陌生人警惕、戒备、反击，都没有错。而我是熟悉并了解她们的人，我没有做好准备，让事态升级了。对不起，吓到你了。”五个小时的睡眠，让颜苏看起来焕然一新。

方若好想，颜苏肯定也很煎熬，所以他选择了睡觉。睡眠让他恢复了理性、温柔和豁达，然后他再用这一面，来对待她。

一个人成不成熟，往往就是经由这样的处理方式来体现的。

“之前说过七十二小时解决此事的我，没能做到。所以，现在是我为自己的错误善后。对不起，然后……可以再信任我一次吗？”颜苏说着，伸出双手，摊在她前方。

方若好慢慢地将自己的手伸了出去。

四只手在餐桌上，交握在一起。

她的眼泪流了下来。

这是她成年后第二次在颜苏面前哭。上一次，是因为颜苏医好了妈妈。这一次，是因为颜苏医好了她。

“茶吧的服务员担心客人在自己店内出事，看见江唯唯的包还在座位上，就找到里面的证件给她妈妈打了电话。冯静秀女士是从她口中听说江唯唯跟你见面，你表现冷漠，江唯唯一直哭，最后晕倒的。”李秘书将一份资料递到方若好桌前，“茶吧的监控显示你们谈了半个小时左右，中途你曾起身要走，全程江唯唯哭得很厉害……如果真的因此追责的话，除非有人能证明你们说了什么，否则，蛮难办的。”

方若好看着资料上的监控截屏，长长叹了口气。

“至于冯静秀打你的伤，太轻了，不足以成为反告的证据。现在就希望江唯唯能够苏醒并康复，让冯静秀打消念头。以上。”李秘书说到这里，眼神里忽然带了点八卦的好奇，“颜医生……真的有把握吗？”

方若好看着手机，微信页面停留在她半个小时前发出的“还好？”上。

六个小时过去了，江唯唯没有醒来。

于是，医院安排了第二次紧急手术。颜苏作为一助进了手术室，至今没有回复。

方若好揉了揉脸：“总之，按最坏的打算做准备，备份监控、手机来往短信、江唯唯以往的病例报告，再找权威医生从医理上做证……”

“好的。”李秘书拿着资料离开了医院咖啡厅。

方若好看表，已经是晚上十点了。她来不及回贺宅煎药，便给贺豫打电话说明情况。

贺豫听完后问：“需要帮助吗？”

方若好心中一暖：“暂时还不用。谢谢您，老师。”

“那么我给你个忠告？”

方若好一怔：“请说。”

贺豫沉思片刻，才缓缓开口：“这个事件虽然表面看是招惹了难缠的爱慕者，但本质上，是一起医患事件。颜苏作为你的男朋友来说，在此事件中无可指责，他没有跟别的女人暧昧不清，也有责任有担当地第一时间维护了你，并在事后没有责怪你，而是安抚你……但是作为医生，他真的问心无愧吗？这是他职业生涯中非常大的一个坎。”

方若好的心颤了几下。

“你需要看到更多他内心的东西，排除爱情后的其他一些问题。正如你选择独自面对困难，他也是。这当然意味着对你的保护，但也意味着对你的保留。”贺豫说到这里，轻轻一笑，恍如叹息，“你还没真正走到他心里。因为，他连对你发脾气，都不会。”

方若好如遭重击。

贺豫的话，一针见血。

从某种角度来说，颜苏其实是个心思挺深沉的人。他的社交网络呈现的永远是快乐风趣，从没有悲伤、难过、抑郁等负面情绪。就像他让冯静秀去签字后朝她走过来的那几步，如他自己所说，当时他的情绪快要崩溃了，可还是没有选择爆发，而是睡醒后再谈。

他更像她的高级进化版，把所有情绪都调整到阳光状态，让人只能看见他的美好。至于脆弱阴暗的一面，被藏起来了，至今没有让她看见。

作为偶像，作为信仰，这当然是最佳状态。但作为恋人呢？

迄今为止，她见到的颜苏宛如萨尔茨堡的树枝，把树枝埋在盐矿中两三个月后拿出来，上面缀满了钻石般闪亮的结晶。恋爱中的人陷入虚假幻想，看见的全是优点，而发现不了结晶下的树枝。

但树枝的结晶会掉落，两个人相处，也总会有纷争、有争吵、有磨合、有取舍。一味宠溺、爱慕和纵容，不足以构成完整的爱情，或者说，不足以支撑恋人们长时间同行。

如果我只满足于颜苏的温柔保护，那么，我永远发现不了他脆弱的那一面，等于没有走进他的心。

方若好轻轻放下了电话，然后起身，她决定去找颜苏。

如此关键时刻，她起码要陪在距离他最近的地方。

示教室的投影屏亮了五六个，有连接高清术野摄像机的，有全景的手术室情形，还有双人显微镜的。

方若好找了半天，才在里面找到颜苏。他站在主刀医生旁，负责协助手术，口罩外的眼神是她从未见过的严肃。

饶是方若好不懂医术，也看得出手术情况不乐观。

因为主刀医生半句闲话不说，擦汗的频率也很高，整个手术室的气氛都很压抑。

大概是晚上的缘故，示教室里的人不多，只有一个实习医生和一个小护士。

小护士感慨说：“这个病人的家长特别难缠，手术可千万要成功啊！”

“怎么个难缠？”

“寻常病人能有一个陪同的就不错了，她有二十多个！这会儿全搁外边等着呢！听说病人的爸爸开工厂，亲戚们全是工厂职工，一号召就都奔这儿来了。”

“李主任真倒霉……”实习医生感同身受地哆嗦了一下。

“李主任还好，颜医生才惨呢，听说病人是他前女友，被他的现女友气成这样的。”

莫名被点名了的“现女友”闻言转头看了那名小护士一眼。小护士却不认识她，继续八卦：“所以病人妈妈发话了，要治不好就让他现女友偿命。”

“长太帅也是烦恼啊。”容貌平平的实习医生很庆幸地摸了摸自己的脸。

就在这时，手术室里起了一阵抽气声。

主刀医生停下了动作，抬头看向颜苏：“你觉得？”

“血肿已大部破入三脑室，网状上行激活系统损伤很重……”颜苏的声音通过摄像机收录再播放出来，干涩得可怕。

他的话方若好虽然完全听不懂，但看小护士和实习医生的反应就知道，情况很不妙。

“我想再试试。”颜苏忽然说。

主刀医生沉吟了两秒钟，让出位置。

颜苏对护士说了句“擦汗”，拿起了吸引管。

时间一分一秒过去，示教室里的两人没再说话，全都目不转睛地看着。方若好也不好发声咨询，只好继续等待。

这是她第一次看颜苏做手术。

上一次，他给妈妈做手术时，她等在门外，没有目睹过程。而这一次，通过全方位各角度的屏幕，她终于看见了他工作时的模样。

医生是个容错率很低的职业，任何一个细小的疏忽和判断错误都会导致失败，而付出的代价是最最珍贵的生命。尤其是外科手术医生，从进消毒室时起，他们就必须调整到最佳状态，并且一直保持高度集中的注意力，不但费体力还费脑力，堪称世界上最苦的工作之一。

而且在国内，他们的收入还很低——尤其对比娱乐圈。

所以，最近很流行的一句网络用语是“劝人学医，天打雷劈”。

可是，此刻的方若好站在示教室里，看着一个个屏幕投递出的画面，却想，娱乐圈号称“造梦大工厂”，然而，比起医院真是差远了。医院才是真正造梦的地方啊。

生病了，只要进医院，就获得了“会康复”的做梦的底气。

绝大多数时候，医生只能陪着病人做梦，给他们开药，给他们做手术，让他们继续拥有“活下去”的希望，只要病人不肯放弃，他们就没有拒绝医治的权利。

等在手术室外的江唯唯的亲友们，都在梦想这场手术能够治好她，让她重新清醒。

等在示教室的她，在梦想江唯唯的苏醒能够解决她的危机。

手术室里奋战的颜苏，在梦想出现奇迹，凭借自己的努力挽回一切。

所有人都在做梦。

可人怎么可能不死呢？

又怎么可能不生病呢？

万物皆有尽头。

方若好刚想到这儿，手术室里传来一个尖锐的声音：“滴——”

实习医生面色顿变：“病人心跳停止了！”

护士下意识地踮起了脚尖。

屏幕里的医护人员迅速开始抢救，拆头架，变换体位，颜苏亲自上手心脏按压，最终还上了电除颤。

一下、两下……

方若好捏紧手心，冷汗一点点地从她脊背处往下滑。

小护士双手合十，开始祈祷。实习医生也握拳叫了起来：“加油啊！继续！加油啊！”

一分钟后，颜苏没有放弃。

五分钟后，颜苏还是没有放弃。

十分钟时，主刀医生抓住了他的手。

小护士突然哭了出来，实习医生迟疑着不知该不该去拍她的肩。

方若好站在一旁，定定地望着这一幕，很好。

梦果然是会破灭的。

现实给了她最坏的答案。

她慢慢地蹲了下去。

可就在这时，手术室里起了一阵欢呼声。

实习医生一把抱住小护士：“恢复心跳了！”

方若好呆滞地抬起头，看见屏幕里的心电图恢复了波纹。

颜苏慢慢地放下电极，目光似有一瞬的恍惚，然后用干涩的声音说：“继续手术。”

手术灯在颜苏头顶上投下了光。

“当你害怕的时候，就看看灯光。一圈圈的光晕，其实是天使头上的光环。你的一切，人们看不见，但天使都知道。他们在默默地守护你。”

方若好不知为何想起了这句话，然后慢慢地、轻轻地笑了起来。

一旁的小护士和实习医生突然注意到了她："你是哪科的同事？"

她连忙站起来，扯了扯身上为了混进示教室而从颜苏的值班室顺来的白大褂，一边抬腕看表，一边推门走出示教室："啊，这个点了，该查房了……"

方若好脱掉白大褂放回值班室，走向等在大厅里的人群。

晚十一点半，大家在椅上睡得东倒西歪，只有冯静秀拿着手机在翻看江唯唯的照片，一边看，一边露出些许温柔笑意。

方若好远远地看着她，对他们来说，冯静秀是难缠的麻烦，但对江唯唯来说，她是个好妈妈吧。

这时手术室的灯灭了，冯静秀第一时间反应过来，连忙起身冲到门前。

主刀医生李主任走出来，脸上的表情十分复杂："对不起……病人脑反射消失，无自主呼吸，我们判断为……脑死亡。"

冯静秀重重一震，目光下意识去找颜苏："小颜呢？让他出来跟我说……"

颜苏从李主任身后挤出来，摘下口罩，问道："要撤呼吸机吗？"

"你浑蛋！说什么呢！"冯静秀大叫着扑了上去，把那些睡着的家属全都惊醒了。

李主任一边拉开冯静秀一边对颜苏说："我来应付，你走。"

"不……"颜苏轻轻将他推开，握住冯静秀的双臂，"阿姨，要撤掉呼吸机吗？"

"你这个骗子！你说能把她救好的！你骗我！"

颜苏没有理会她的哭号，继续沉声说道："如果撤掉，她就真的死了。如果不撤，可以用仪器继续维持生命。但是，跟植物人不同的是，她的脑干功能不可逆。也就是说，不会有苏醒的一天。"

冯静秀哭得天昏地暗，根本没听他说话。

一旁的七大姑八大姨们纷纷指责起来。

颜苏站在旋涡中心，苍白的脸上没有表情，只是一遍遍地问："撤，还是不撤？"

远处的方若好看到这里，抬步走了过去。

她一出现，江唯唯的家属们宛如找到新鱼食的鱼群，立刻分流朝她涌过去，将她围住了。

"你这个杀人凶手！还有脸出现！"

"快报警，报警！要她给我们唯唯偿命！"

方若好顶着劈头盖脸的唾骂，与同样被包围的颜苏目光相对，她微微一笑。

总是独自面对问题……对情侣而言，是错误的方式。

我已经犯过这样的错误。

所以，这一次，该由我们一起来承担、来面对、来解决了。

亲爱的。

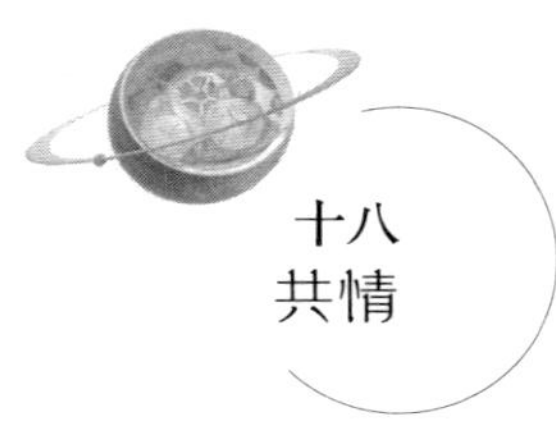

十八
共情

江唯唯的爸爸第二天早上从外地赶来，跟妻子一起选择了不撤呼吸机。他们还抱着最后一点微弱的希望，指望医院这个造梦工厂能创造奇迹。

而点燃这一点微弱之光的原料，则是愤怒。

他们把方若好告上了法庭，并抢先一步动用舆论压力，找某营销号发了微博："听说是小三肆意辱骂原配，原配受刺激被送往医院后脑死亡。"

配的视频正是茶吧里方若好和江唯唯见面，江唯唯哭着倒下去的一段。

很快有人从茶吧的装修风格猜出了地点："这不是昭华大厦旁的那个茶吧吗？我在这张桌子坐过！"

又有人认出了方若好："这女人是不是之前跟陆小奸合影的那个？听说是昭华的高管？"

"狗男女下地狱！不得好死！"卫道士们闻风而至，迅速通过转发回复将话题推到了热门。

紧跟着，爆料十分有层次地推出了——

"小三之母也是小三！"

"一个想嫁豪门却没嫁成的女人。"

"一路睡上去的高管。"

世上没有不透风的墙。

方若好的自考学历、单亲家庭、曾是植物人的母亲、求职经历……果然被一一挖出来放在阳光下曝晒。

一时间，千夫所指，万人唾骂。

李秘书进来汇报时疑惑地问："网上那些……不制止吗？"

"为什么要制止？"

"因为不是事实啊！"

方若好淡淡说："如果只是证明我们不是小三和原配之争，并无意义。因为只有吃瓜群众才关心人物关系，而法律，在意的是真凭实据。我必须要证明江唯唯病发跟我无关，才能彻底解决此事。"

她已不是当年那个总是梦见自己没穿衣服的人。

她的心，在经历了这一系列磨难后，已经不在乎衣服那种浅薄的东西了。外人如何看她，对她一点都不重要。

重要的是，她必须证明自己没有罪，颜苏也没有罪。

"茶吧当时还有别的客人吗？有没有听到我们对话，能够证明我是无辜的人？"

李秘书拿出手机里备份的监控："这里，你隔壁第三桌，有个客人。我正在派人找她。"

画面里，距离她大概五米处，背对监控坐着个女的，穿着蓝毛衣、白裙子。

"有更清楚的画面吗？"

李秘书又调出一张，是大门上的监控拍到的进出画面。蓝衣白裙的女人之外，穿了黑大衣的女人慢悠悠地走进来。

"好，就找她。"方若好拍板。

下午四点半，方若好将车开到了××医院。

颜苏一直没有离开医院，他太累了，直接睡在了值班室。方若好加了那个示教室的小护士的微信，通过她得知，颜苏还在睡。

方若好拿起副驾驶位上的保温饭盒，下车去找他。

刚进住院部，就看见颜苏坐在后花园的长椅上，闭着眼睛在晒太阳。

这画面似曾相识，令她想起方如优和贺小笙婚礼的那天早上，她无比疲惫地在医院长椅上晒太阳时，颜苏坐着出租车，笑盈盈地出现在她面前。

如今，处境对换。需要被安慰的对象，换成了颜苏。

她一步一步地朝他走过去。

让我真正地靠近你吧。

让我也能成为你的力量，你的信仰，你的依靠。

让我走进你的心，哪怕看见的你不那么完美、强大、温柔，都没有关系。

因为我终于可以肯定，我对你不是信仰，而是爱情。

我一直一直，深爱着你。

方若好停在颜苏面前，把保温饭盒放到长椅上，打开盖子。

颜苏闻到香味，缓缓睁开了眼睛。

阳光下，他的茶色瞳孔颜色淡了许多，方若好觉得自己好像是第一次从这双眼睛里看见了脆弱，而不是温暖。

方若好把筷子递到他面前："吃吧。"

饭盒里装的是蝴蝶面。

配菜是黄瓜、胡萝卜、生菜、火腿、玉米和酸奶——跟十年前一模一样。

颜苏立刻笑了——一个条件反射的、遮住伤口和真实情绪的微笑。他接过筷子，立刻大口大口吃了起来，边吃边说："好怀念啊，唔！真是记忆中的味道……就算你这么垂涎地看着我，我也是舍不得分给你吃的。"

颜苏对她的态度丝毫没有变化，还是嘻嘻地笑，说着俏皮的话，甚至连胃口都看起来很不错。

可有什么就是不一样了。

方若好想，那大概是她的心。她的心起了变化，从自己身上移到了颜苏身上，从只想着自己的事到关心他的事，然后就隐约察觉出了不对劲。

颜苏……有些不对劲。

"有什么……想跟我谈谈的吗？"她在他身旁坐下，如是问道。

颜苏挑了挑眉，继续"呼噜呼噜"吃着面："你想谈江唯唯吗？我尽力了。毕竟不是第一次遇到医闹了，放心，我能应付的。倒是你那边……我给我妈打电话了，让她想办法帮帮你，她没联系你？"

"阿姨帮我？怎么帮？"

"不知道。大概是不怎么光彩，但肯定管用的办法吧。"颜苏眨了眨眼睛。

"那么你呢？她怎么帮你？"

颜苏笑了："我不需要帮啊。"

"真的吗？"

大概是方若好的神情实在过于严肃，颜苏怔了一下。正好面条吃得差不多了，他放下筷子，盖好盒子，再用消毒巾擦了擦嘴巴和手。做完这一切后，他双手放膝，坐得乖乖的，像个听话的学生一样看着她："好吧。看来你有很多话要说，说吧，主任给了我两天假期，正好我有很多时间可以听。"

"我想听你说。"

"我真的没什么……"颜苏再次条件反射般笑了起来，笑着笑着，笑不下去了。他沉默了一会儿，招手示意方若好坐到他身边去，然后他躺下来，将脑袋枕在她的膝盖上。

阳光明媚，微风从枫树枝头吹过，泥黄色的树叶稀疏，衬出它上方的天空，碧蓝如洗。

颜苏凝望着蓝天，感受着颈部传来的方若好的体温："我第一次跟着老师救醒江唯唯时，她的情绪非常不稳定，焦躁、抑郁，有自杀倾向。所有人都在拼尽全力救她，她却拉着我的手说'求求你，让我死吧'。"

方若好将手指插入他的头发中，慢慢地梳理着。

颜苏果然露出更加放松的表情，闭上了眼睛："周定囚禁了她七十二小时，那七十二小时里，她遭受的不止肉体伤害，还有精神虐待。想修复回正常人，可能需要一辈子的时间。就这点而言，其实死亡反而是痛快的解脱。"

方若好想起江唯唯当时含泪欲泣的模样，当时只觉她矫情做作，却不想，其实她已经足够克制。

"可是江叔叔和冯阿姨都不肯放弃。他们不舍得。他们卖了房子，搬到厂房宿舍里住，才凑出那么多钱给她治疗。我想，我应该帮忙。因为，死太容易了，给活着的人希望，才是最重要的。"

冯静秀花白的头发顿时跳入了方若好的脑海，这一刻，她的暴躁、蛮横都似乎有了理由。

"在我和老师的精心照顾下，江唯唯慢慢地好起来了。她开始表现出对我的依赖和过度关注。冯阿姨察觉了，来求我，问我可不可以给江唯唯一个希望。我当时答应了。"斑驳的树影在他脸上晃动，颜苏缓缓睁开了眼睛，凝望着她，"就这样三年。三年后，我决定为你回国。"

方若好梳发的手停了下来，片刻后，改去握他的手。

"经过三年的调养，江唯唯恢复得不错。我觉得，我当时真的觉得，我可以撤退了。我跟老师做了病人交接，跟江叔叔和冯阿姨交代了工作调动，他们表示理解，我本想跟江唯唯告别，但冯阿姨说她会转达，不用我亲自出面。我处理好了身后的每一步……才前行朝你靠近。"颜苏反握住她的手，不知为何，眼神却寂寥了。

方若好忍不住将他搂住："我知道……我们在这件事上，都问心无愧……”

“可是……”颜苏忽然轻轻开口，“事实证明江唯唯的创伤是不可修复的。我们三年的努力全都浪费了。甚至现在，让她继续那么躺在ICU里，真的是对的吗？”

方若好想了想，才慎重回答：“我觉得……这是她父母应该思考的问题。你只是医生，不需要为额外的东西负责。”

颜苏凝望着她，忽然轻轻一笑：“你觉得我在承受内疚和痛苦，所以拼命想要开导我，对吗？”

方若好点点头。

颜苏抬起手，抚摸她的脸，从眉毛到脸颊：“不用，真的不用。我并不内疚，也不痛苦。真的。”

他的动作很温柔，方若好却觉得难过。颜苏再一次封上了心，没有放她真正进入。

为什么？

让我分享你的心情，是这么困难的事情吗？

是我……不够强大的缘故吗？

方若好终于察觉到她跟颜苏之间的问题所在了。颜苏能够替她解决所有问题，可是，她连颜苏的问题在哪里都不知道。

“李秘书，有恋人吗？”下午回到公司上班时，方若好情不自禁地问了这样的问题。

李秘书一怔，想了想，谨慎地回答：“有。”

“会跟她分享你的心事吗？麻烦、痛苦、愤怒、迷茫等。”

“这个……怎么说呢，跟少女在一起，是需要一点伪装的，得当女儿来哄，很难表达你的真实想法。当然，她们也不想要理解你，全是从你这儿索取。跟熟女在一起，她确实很关心体贴，但喜欢干涉你，总想你顺着她的意思做……所以，这些情绪还是找男人倾诉才行，喝顿酒玩一玩，啥事都没了。”

方若好琢磨出了一点不太对劲的味道：“你……有很多恋人？”

李秘书脸上露出了精彩纷呈的表情。

“好了，我知道了，出去吧。”

“我至今单身。”他补充了一句。

方若好指了指门。

李秘书走到门边，又回头：“方小姐，我想到一个可以毫无保留地倾吐心事的对象——就是我妈。”

方若好扶额。

李秘书走后，方若好走到窗边，往楼下看。阳光如此明媚，天空难得一见地明朗，可这个城市的色泽依旧迷蒙，明明尽在眼中，却又看不真切。

好像颜苏。

正当她想着他时，李秘书又敲门而入：“方小姐，我们找到茶吧的那位目击者了。”

目击者坐在会议室的沙发中，有些好奇地四下打量着。

方若好隔着玻璃门看她，迅速做出了判断：二十岁出头，追求时髦却又碍于经济原因背着名牌A货包包的白领。

她推门而入。

对方连忙站了起来，神情激动而局促：“你好，方小姐。”

“你好，请坐。”方若好为她沏茶，“不好意思，我太忙了，只能麻烦你跑这一趟。”

“没关系，没关系，我可仰慕你们昭华总部了，总算有机会进来看看……”女孩说着，举起包包上拴着的一个卡通玩偶，“看，我是糖粉呢。”

玩偶是Q版的唐翎，对方竟还是唐翎的粉丝。难怪答应得如此爽快。

“那么，你那天在茶吧确实听到了我跟江唯唯的对话，能为我做证，对吗？”

女孩点点头：“可以是可以。不过我只听到了一部分。不过，我可以证明你从头到尾态度都非常好，没有刺激过她。”

“真是太感激了。”方若好再次答谢，并送了女孩一堆唐翎的周边后，让李秘书将她送走了。

李秘书将对方送上出租车后，回来说：“这下可以稍微安心点了。对了，还有个消息，江唯唯父亲江仲山的工厂经营不善，向银行申请贷款，本来都快审批通过了的，突然被压了。也就是说，他们现在还有更烦心的事情需要处理。”

方若好一怔，想起了颜苏那句“大概是不怎么光彩，但肯定管用的办法吧”。是颜母做的吗？

“总之情况对我们来说很有利。警察那边没有真凭实据，检察院没法公诉，就看江唯唯父母是否提起民事诉讼。当然，就算提起了，我们也不怕。”

方若好轻轻地吁了口气。她怕什么。她连千夫所指都不怕。她只是担心颜苏。

可颜苏……

“我想提前下班。有什么要紧事给我打电话。”方若好想起颜苏有两天的假期，决定去找他，顺便见见颜母，确定一下江父工厂的事。

然后她发现了一个问题——颜苏没有带她回过家，也没有正式把她介绍给父母。

当然这里面有很多原因，他和她都太忙，凑不出合适的时间。她在妈妈的疗养所里倒是见过颜锐几次，他看上去也是非常忙碌的样子。

可是，是否还有什么她不知道的原因呢？

就像颜苏的心未曾向她全然打开一样，他的个人世界也对她封闭了？

抵达颜苏家门口时，方若好还在情不自禁地想这个问题。

她在车里深呼吸。

车窗外的路旁，前后两栋建筑物。一栋是欧式洋房，红砖、白烟囱、黑色雕花拱形门，墙壁上爬着红艳艳的藤蔓植物。另一栋是现代简约风，巨大落地玻璃墙体，流畅线条透露着欠缺温度的冷感。

虽然方若好是第一次来，但她已无数次从照片里见过前一栋建筑——那是方显成的家。

她血缘上的爸爸的家。

而另一栋，自然是颜苏家。

方若好做完心理建设后，熄火，拿了包包下车。

灰白色建筑的大门前，果然挂着“颜”的门牌标志。她按响门铃。

过不多时，一个六十出头的阿姨开了门，还没等方若好说话，她的目光已在她脸上转了一圈，露出一个异常亲切的笑容：“您好。是方小姐吧？”

“啊……是。”

“请进。”阿姨热情地将她引入前院。

院子里只有平坦的绿色草坪，没有其他植物，看上去十分整洁，也十分空旷。

门厅是条长长的走廊，前方一面同地板同色的胡桃木墙，看得出夏天是面瀑布墙，如今正值寒冬，没有开水泵，被阳光一照，在地上落出一条条的横影，行走其中，颇有些时光隧道的错觉。

绕了一个“L”字后，才正式走进屋子。

屋子里的设计风格跟外部一样：冷感，简约，放眼看去没有任何杂物。

“方小姐请坐。我去叫小苏过来。”阿姨笑眯眯地走了。

方若好坐在纯白色皮质沙发上，忍不住思考一个无聊的问题：这种沙发，怎么清理？

过不多时，右方传来脚步声。

方若好转头，看见的却不是颜苏，而是颜母。

她连忙起身。不会吧，那个阿姨口中的小苏，是指她？

颜母亲自端来了茶，放到她面前：“久等了。”

“没、没有……颜苏……不在家吗？”

颜母挑了挑眉：“你没知会他？”

方若好顿时有种被看穿的感觉。没有知会一声就跑到他家来，是她的小小心机。因为她害怕如果提前问颜苏，会被对方拒绝，或者是找借口更换地点。

“其实，我也是来找您的。”她转移话题，“江仲山的服装代工厂的银行贷款出了一些问题，阿姨您知道此事吗？”

“知道。”颜母在她对面坐下，气定神闲。

“是……您做的吗？”

颜母朝她投来一瞥，笑了笑：“虽然我跟如嫣是好朋友，但是我们处理事情的方式并不相同。她喜欢截流，我喜欢开源。如果我来处理一件事，通常是给对方提供一个更好的选择。”

方若好秒懂，确实，颜母的方式，她早就领教过了。那江仲山的贷款是怎么回事？

“只是巧合。或者说，本就会爆发，只不过倒霉地跟江唯唯的事撞到一块儿了。”颜母说到这儿，朝她举了举手里的茶杯，“你真是个运气很不错的姑娘。”

方若好想，好吧，从某些角度来说，自己确实运气很好。比如遇见陌北老师，遇见贺老爷子，再比如，遇见颜苏和颜母……

“那……我没什么要问的了。谢谢您。”看样子颜苏不在家，她还是走吧。方若好正要起身走人，颜母忽然说道：“提鱼去散步了，大概还有半小时回来，你可以在他房间里等他。”

方若好一怔。

颜母的眼神亮晶晶的，真是一双跟颜苏一样慧黠的眼睛。

然后她被带到了二楼。颜母推开其中一个房间的门说：“这就是提鱼的房间。”

方若好道了谢，走进去，放眼所见吓了一跳，而颜母已轻轻合上了门。

如此一来，房间里只剩她自己。

“天哪！”方若好忍不住说道。

这是一个可以拿去直播的少女系房间，所有的摆设都是粉嘟嘟、软绵绵的！

乳白色的圆形软床，浅粉色的被子，缀满流苏的抱枕，毛茸茸的地毯，墙边还放了一个超大的大白公仔。

会不会弄错了？这是女孩子的房间吧？还是那种喜欢童话风格的少女才住得下去的房间！

可是，白色茶几上赫然摆着颜苏的照片！

卡通造型的书架里摆得满满当当的都是医学类工具书！

最最重要的是，白色真皮靠椅上搭了一件红毛衣——就是颜苏常穿的那件！

原来你竟是这样的颜苏吗？！

方若好十分震惊。

再观察下去，就发现了更多惊人的细节：杯子是浪漫唯美的樱花浮雕瓷杯；笔筒里每支笔都是卡通笔帽；台历是义卖的萌宠台历；随手翻起茶几上的一本医学书，里面贴着许多可爱贴画；笔记本电脑是红色的，无线鼠标是薄荷粉的……总之所有的东西都是明艳的、可爱的、温馨的。

方若好睁大眼睛，有些茫然。如果说，颜苏是个骨子里少女心的人，那么可以理解这个房间为何如此风格，可是，无论是同桌时期，还是现在交往中，她都没有发现这一点。

“这太荒谬了……”方若好喃喃道。

她仿佛打开了一个新世界，在这个新世界里的颜苏，过着她截然不知的生活。

方若好走了几步，突然看见了自己的照片！

照片被相框妥善地装着，摆在一个装饰柜的第二层，外面用玻璃门挡着，如果不是正好走到这个位置，很难发现。

方若好打开玻璃门，从柜子里取出相框。照片里是十二岁的她，在街头，她抱着三岁的贺源西，正对面前的老太婆怒目而视。

一瞬的抓拍，大概是早年的旧款手机拍的，像素不高，很是模糊。又因为放在相框里年份已久，相纸边缘都黄了。

左下角是窗户的形状，看起来，是在车上拍到的这一幕。

“提鱼带着如优去看过你妈妈和你。不过你可能不知道。唔，大概是三年前的事。”

颜母曾说的话于此刻回响在耳旁。

就是这次吗？

也就是说，这起改变了她人生命运的事件发生时，颜苏也在场。他还用手机拍了自己，并且这么多年，一直把这张照片保存在家中……

这时，一只手从身后伸过来，将照片轻轻地抽走了。

方若好骤然转身，看见了颜苏。

他穿着一身红色运动服，头发被汗打湿了，脖子上还围着一块兔宝宝图案的围巾，精神看起来相当不错。

他的目光也落在照片上，悠悠道："啊，秘密被你发现了。"

"我发现的真正秘密可不是这个。"

颜苏环视了一下自己的房间，"扑哧"笑了："你是指这些吗？我妈布置的。"

真的吗？方若好表示怀疑："你两个哥哥的房间也这风格？"

"不是，只有我。"

"为什么？"

颜苏的目光闪烁着，一看就是要胡说八道。方若好连忙开口："如果你想说因为你妈盼着第三个孩子是女儿，看你是个儿子非常失望，所以把你当女孩子养，我是不会相信的！"

"这是我妈对外的一贯说辞，你是第一个质疑的人。不愧是我的女孩。"颜苏哈哈一笑，从兜里掏出一个橘子丢给她，"奖励你个橘子。"

方若好接住橘子，想了想，拉着椅子坐下，开始剥皮："不交代一下照片的由来吗？"

"暗恋你多年，被你发现了。"

"说真话！"

颜苏靠在巨大的大白公仔上，专注地看着她。

两人都好一阵子没说话。直到方若好剥完橘子，递给他一半。

颜苏的目光闪了闪，伸手接过了半个橘子，却没有开吃，而是盯着看了一会儿后，问了个很奇怪的问题："为什么分我一半？"

"什么？"

"如此自然地分一半给我，是下意识的行为吗？"

方若好挑眉："你不是我的男朋友吗？任何东西我都愿与你分享。"

颜苏沉默片刻后，笑了，拿起一瓣橘子放入口中："是主观的愿意啊……"

“当然。”

“而我，是没有这种主观的。”

虽然他说得很轻，但方若好还是听到了，不禁一怔。

“我的主观里没有分享。”颜苏又说了一遍，抬起头，脸上是罕见的冷漠。方若好觉得有些眼熟，然后想起，颜母第一次跟她摊牌时，不笑的脸上，满是这种冷漠——礼貌的、疏离的，跟温柔同体的冷漠。

方若好有些预感，自己开始接近真正的颜苏了。

“我的小名叫提鱼，你知道为什么吗？”

“知道。苏在繁体字里，就是草绳提着鱼，意思是让鱼可以落水复活。”

“那么，为什么叫苏呢？”

“难道……不是你母亲姓苏？”

“一般来说，用父母之姓组合为名的，都是第一个孩子。我可是老三。”

方若好猜不出来了，只能睁大眼睛专注地望着他。

“我大哥叫颜盖伦，我二哥叫颜缪勒。按照这个逻辑，我本来应该叫琴纳、芬奇或者哈维什么的……但是，他们最终给我起名苏。因为，在幼儿发育期里，他们发现我不正常。”颜苏说到这里，手中剩下的橘子被他挤破了，渗出些许汁液来。

不知为何，方若好抖了一下，感觉他挤的不是橘子，而是她。

“Impairment of empathy，共情损伤。具体表现在对疼痛、伤心、烦恼等刺激反应迟钝，缺乏对他人的同情心，当然，也不存在分享的意识。”

方若好非常震惊。

颜苏是她在现实中认识的最仗义、热情、乐于助人的人！而这样一个人，居然说他共情损伤，怎么可能？！

“父母发现后非常担心，动用了一切资源来治疗我，希望我能……怎么说呢，活得像个正常人，起码不要反社会。所以，从五岁，可能更小，我就接受心理治疗，最极端的时候还尝试过电击疗法——当然，后来那个被证明是无效的。最后，他们像刷题海战术一样，给我灌输正确的共情反应。举个例子——”颜苏拿起橘子，“当你看到它时，你脑海里自动跳出了‘橘子’两个字。就像把‘橘子’两个字灌输到你的反应中，遇见不对的事情要阻止，看见别人困难要帮助，理解别人的情绪状态，考虑到他们的感受而做出最佳反应……他们给我人为地灌输了这些东西。”

方若好一个字都说不出来。

她想过千万种原因，独独没想过，会是这样。

作为一个被美剧熏陶多年的影视工作人员，共情受损对她来说，并不是一个陌生的事物。很多探案类作品里的高智商罪犯，都具备这个特征，从而实施了一系列的反共情行为。

然而，她万万没想到，颜苏竟也是其中之一。

“你救江唯唯……”

“是被灌输过应该这么做，所以强行自己去做。希望能够通过实施的行为，一点点地最终让自己能够拥有共情的情绪。”

“你在学校里一次次地帮我……也是吗？”方若好的声音在发颤。

颜苏想了好一会儿，点了点头：“是的。”

“你妈妈还跟我说你从小心软，善良，喜欢一切弱小的小动物，总想做英雄，帮助无助的人……”

“一方面是出于隐瞒的目的，她并不愿意别人把我当成怪人；另一方面，虽然我体会不到那种情绪，但是我会去做。她既想让我自我治疗，又担心我因此惹上不必要的麻烦，所以她也一直很矛盾。”

方若好咬着嘴唇，深吸口气，问出最关键的所在：“那么，跟我交往……呢？”

颜苏脸上有迟疑之色：“按照我所学习的应对方式，这个问题，我应该往你喜欢的答案上说……”

“我想听真相！”方若好盯着他。

颜苏放下橘子，开始抚摸手腕上的红水鬼手表。

方若好等了许久，都没有等到答案，眼眶一下子红了：“我明白了……”一股说不出的悲伤像潮水一样瞬间席卷了她，一瞬间，她痛苦得无法再待下去。

她起身刚想走，手被颜苏拉住了。

“女朋友生气时要安慰——你现在是在实施这个理论吗？”方若好回头。

“对不起。”

“我想要的不是对不起。”

颜苏沉默片刻，将兜里的照片取出来，放在她手中：“我第一次见到你时，你做了这件事。”

方若好看着照片里抱着源西的自己，那时候她还没有被陌北老师感激，还没有找到人生的方向，还是个懵懂无知、每天浑浑噩噩的姑娘。

“我在想，世界上真有这样的人啊？明明跟自己一点关系都没有，却还是奋不顾身地去做了。明明这么弱小，人贩子一只手就能推倒她，她却像老虎一样扑过去又抓又咬……我看过无数好人好事的新闻，但在现实中，第一次目睹这样的行为。那个跳动的画面，比一万本书给我的印象还要深。”颜苏抬眼，深深地望着她，“那是我人生中第一次，感觉到——共情。”

方若好愣住了。

“因为那个男孩……贺源西，是被我引出家门的，我没有安全地送他回去，导致他落入了人贩之手，如果没有遇到你，他的命运……我自学习共情以来，一直做得不错。好比一个人能够熟练写字，但其实并不理解字的意思。而在那一刻，我感受到了某些东西。就像写了‘橘子’两个字后，第一次把字跟实物联系在了一起……”颜苏再次拿起橘子，“那一刻我感到了由衷的害怕，还有庆幸……我，开始会为别人的安危而有所悸动了。”

方若好看着手里的照片，忍不住想：这是宿命吗？她、源西、颜苏，还有方如优，原来在那么多年前，就已埋下了因果。

“也是那个时候，如优的眼泪才真正地被我理解。虽然，我主动带她去看你们，但我心中认为这是一件无聊的事情。不就是爸爸有外遇吗？天天哭哭啼啼的何必呢，毫无意义……但那一天，我忽然发自内心地意识到这是一件悲惨的事。”

十三岁，他在人生中第一次真正体验到共情的感觉。从那一刻起，被灌输的所有理论都有了全新的意义。

见到江唯唯落难，出手相救。

见到方若好遇难，出手帮忙。

慢慢地，心像冰雪开始消融。但，终究还是很慢。

所以，江唯唯对他来说不过是他举手帮助过的一个女孩，没在他心里留下更多痕迹。在A国重遇，有了很多交集，也不过是个普通同学。再后来，变成了普通病人。

在外人看来，他温柔热情又豁达，其实不过是，缺乏情绪。

他是一个高级机器人，父母为他穿上了精心打造的完美外衣，让他所有的行为都能得到合理的诠释——完全机械地精准和正确。

“你应该学医的。”父亲曾对他说，“见见生死，也许感受会不一样。而且处事冷静的人，更适合当医生。”

于是，他最终还是当了医生——不是为了救死扶伤，而是知道这样做是对的，是有好处的，也是自己可以做得很好的。

“我在A国住院期内，见过很多很多病人。有一个小女孩，六岁，长得像天使一样，被车撞了，送到医院抢救无效，变成了植物人。她父母离婚了，妈妈是个超市运货员，收入微薄。医生说后续的治疗费用太昂贵了，劝她们放弃。她妈妈一边哭一边摇头，说一定会凑钱的。每周一，她妈妈都会来缴费，每次都伤痕累累，带着劳累工作后的痕迹。可是小女孩还是一天天地衰弱下去了。”颜苏说到这儿，看向方若好，“一开始我注意她们，会把她们想象成你，开始思考——方若好在做什么呢？她妈妈好点了吗？她那么小，怎么照顾她妈妈？”

方若好苦笑了一下：“就像思考你遇到的日常事件，想着如何做出适当的回应。于是发了祝我生日快乐的动态，来伪装思念的情绪——是这样吗？”

颜苏的眼睛垂了下去，他张了张嘴似想说什么，但最终没有说出来。

“我最后问一个问题——为什么要跟我在一起？”

一直以来，她都将他放在神龛之上，默默仰慕，虔诚供奉。她从未想过接近。是他一次次主动地来到她面前，也是他最先说出了交往的请求。

她觉得他是阳光，照亮了她混沌不堪的生命，却忘了问一句——太阳爱她吗？

当然不，太阳不爱任何人。它的温暖，不过是因为它自己的燃烧需求。

“我没有说谎，你真的是我这些年……最牵挂的人。”颜苏伸出手，握住她的。他的手，第一次没有温度，是凉的。

“看到你珍藏着我的表时，我就觉得……就是你——如果我终要跟一个人共度余生。”颜苏手上用力，慢慢地将她拉到了近前，近在咫尺的距离内，“我真的，很努力地在朝你靠近。但是……”

“但是你并不爱我。”方若好不知道自己是鼓起了多大的勇气才说出了这句话。

颜苏凝视着她，一个字一个字地说：“我并不知道爱是什么。但是，我做了所有能够表达爱你的事情。如果你觉得这样的模式是虚伪，是虚幻，是不存在。我只能说……抱歉。”

“我爱你。”

“我是你的。像11241242星一样，永远永远是你的。”

那是她和颜苏最柔情蜜意时的对话。

当时她就应该听出异样。颜苏并没有回她一句“我爱你”。

太阳并不爱人类，星星也不爱人类，哪怕她买下了那颗星星的命名权。

方若好忽然不知道该如何继续对话。她的大脑一片混乱，急需一个漫长的过程去调整和平息。

“我想，我该走了……”她从颜苏手中抽回自己的手。

“你果然并不满意这样的答案……”颜苏直视着她，“所以，你这是要跟我分手吗？”

“我不知道，我需要好好想一想……”方若好几乎是有些狼狈地打开门，快步冲下楼，甚至没能跟正好上楼来的颜母打招呼。

颜母注视着她仓皇而逃的背影，直到看不见了，才回过头来，然后见颜苏站在楼梯口，也在目送着方若好离开。

两人的目光缓缓对上。

颜母轻笑了一下：“看来你没有处理好啊。”

“如果你们灌输的那些理论真的是正确的话——恋爱中，坦诚第一。我做到了。”

“是什么让你领会偏差？恋爱中，怎么可能是坦诚第一？”颜母走过去，将他窝在里面的衣领翻出来，动作细致表情温存，“是爱啊。”

颜苏的表情有一瞬的崩裂。

“明明什么都做到很好了，却还是被指责被埋怨；明明可以继续伪装一辈子，却被妈妈提前拆穿，故意曝光给女朋友；明明是很完美的男朋友，却让女朋友开始退缩……你是不是，觉得委屈呢？”

“我不知道什么是委屈。”

“小骗子。”颜母点了点他的额头，“去洗澡吧。一身臭汗地跟人谈，难怪搞不定。”

颜苏无语，只好转身进屋。

却又听颜母在身后幽幽地说：“提鱼，对不起啊。”

颜苏没有回应这句话，进屋去了。

颜母站在楼梯口，慢慢地靠在了栏杆上。

对不起啊，因为是从医人员，对病症格外敏感，发现你的异样后反应过度。

对不起啊，从小为了让你“正常”而反复折腾，自以为是地制定了一套医疗方法，对你进行打磨修正。

对不起啊，把你变成了我们的实验品，却又没办法对实验的后果负责。

我一直想阻止那孩子朝你靠近。

我觉得你们不合适。

如果你选择的是一个傻姑娘，那么她永远不会发现你的异样，可以一辈子生活在童话里。

如果你选择的是一个视爱情如生命的姑娘，愿意为你牺牲和奉献，那么她永远不会嫌弃你，会更加珍爱你，像我和你爸爸一样为你付出一切。

可你没有。

你选择了方若好，选择了一个极度缺乏安全感，却又坚强独立的女孩。

她会接受虚假的爱情，甘于表面的和谐融洽与你共处一生吗？还是痴情地为爱付出，带着一颗圣母心来救赎你、纵容你呢？

这是你和她都必须要面对的绝境。

对不起啊……妈妈让这一天，提前来临了。

十九
最后一支舞

颜苏躺坐在大白公仔身上，望着窗外的天空。

天慢慢地暗了下去，因为雾霾，夜空里一颗星星都看不见。

那颗遥远的11241242星，更在十四光年之外——就像此刻他和方若好的心，所间隔的距离。

白矮星因为没有热核反应提供能量，因此在发出光热的同时，会以同样的速度冷却，最终慢慢停止辐射死去，不再明亮。

当时方若好在注册这颗星星的时候，大概没有思考过这样的问题。这却宛如一场诅咒，预示了她和他的结局。

“不逢不若……”颜苏低声将这四个字吟念了一遍，然后轻轻一笑，“其实，真正的魑魅之物，是我啊。”

痛苦吗?

似乎没有。他只是感觉到疲惫。就像坚持了二十个小时的手术后，身体的每个部位都不想动弹，更不想继续思考。

他在柔软的大白身上闭上眼睛，却久久无法入睡。

从颜苏家离开后，方若好觉得自己连开车的力气都没有了，于是给李秘书打电话，拜托他开车送自己去贺宅。

李秘书一如既往地高效率，一边开车，一边跟她汇报工作：“《录取线》的拍摄进度十分顺利，但我们是否应该在宣发上增加资金投入，毕竟谁也不知道陆阿吾到时候会做些什么……《滑冰少年》剧组各种状况层出不穷，预算也一直在增加，要不要换个监制？对了，它的名字还没定好，《滑冰少年》这种片名，一看就不是能爆的吧……”

方若好静静地听着，没有做出任何回应。

李秘书不管她，一路说个不停。他的声音在小小的车厢里高低起伏着，让人生出“陪伴”的错觉。

起码不是自己一个人……

这么多年，人来人走，其实严格说起来，自己始终是一个人。

父母没有给她“陪伴”，老师没有给她“陪伴”。本以为男朋友可以一起走下去的，现在看来……

“李秘书。”方若好一开口，李秘书停止了絮叨。

“看过那条微博吗？老公一个月给你十一万，但不回家不带娃不承担其他义务，如果你是妻子，会同意吗？”

李秘书哈哈一笑：“看过看过。底下绝大多数女孩都回复愿意。”

“为什么她们愿意？”

李秘书琢磨了一下回答：“因为……她们赚不到一个月十一万吧。”

“我妈妈……跟爸爸时，爸爸每个月才给她三万。当然，那时候物价跟现在不一样，但也不算什么钱。可是，因为我妈妈如果自己去工作，可能连三千元月薪的工作都找不到，所以，坦然接受了那样的包养。”

李秘书顿时噤声。这是他第一次听方若好提及身世。

“她说那是爱情。可她跟那个男人之间，没有精神上的共鸣，没有事业上的协助，没有柴米油盐，没有同甘共苦，有的只是性。”方若好的眼泪忽然流了下来，“我不想要那样的生活。我发誓绝对不要像她一样！”

李秘书沉默片刻后，低声说：“方总是很优秀的女性，你可以自己赚到足够的钱。”

“那么，我换一下。老公各方面条件都很好，很负责任，对你很温柔体贴，总之表面看来没有任何缺点，但他内心深处，不爱你……这样的婚姻，多少女性愿意呢？”

李秘书想了半天，憋出一个词：“同性恋？”

“不是。没有任何出轨，只是没有爱。”

李秘书叹了口气：“我觉得很多女性会愿意的。但是方总……你不是肯将就的人。”

方若好的心沉了下去。

她也不知道自己想要什么样的答案。她甚至不知道自己会怎么选。这一刻的她是彻底迷茫的。

她觉得颜苏没有错。可她也没有错。

或许错的只是不该开始。

方若好把煎好的药端给贺豫时，一直深深地注视着他。

贺豫笑了起来：“你的眼睛里写满了感激。怎么，是我的忠告起到作用了？”

“我觉得……我是个挺幸运的人。”

“哦？”

“我妈妈，是个没有选择的人。她太穷，又太懒，所以为了钱和富足的生活，选择了放弃道德和尊严。这世界上有很多女孩，都没有选择，过着憋屈困顿的生活，所以她们愿意用十一万的月收入换一个形同虚设的老公。”方若好说着低下头，看着手腕上的绿水鬼手表，“而我，因为老师，摆脱了原来的阶层，总算可以不用考虑金钱的问题了。”

贺豫嘲讽一笑，却不是笑她，而是笑自己：“没有钱的人为没有钱而烦恼。有了钱的人……会发现要烦恼的事情其实更多。”

“对。因为原来有那么多事，是钱解决不了的。”

贺新醅死了时，大众对此事评头论足，一条评论因点赞极多而位于榜首：“他有那么多钱，科技也进步了，再生个呗。没啥大不了的。”

晚年失子的悲伤，为巨大的金钱所覆盖，似乎变成了一种矫情。

可贺豫当时真正的反应是什么呢？他在得知飞机出事的一瞬，精神立刻垮了，倒了下去，身体的各器官也跟着恶化，不得不接受换肾手术。

自那之后，他以肉眼可见的速度迅速苍老。

他有那么多钱。但钱，没有办法挽回两个儿子的命，甚至，也没有办法支撑贺氏家族继续昌盛。

就像她此刻，没有办法用钱解决面临的困境。

“跟颜苏……出现问题了？”贺豫敏锐地瞥了她一眼。

“嗯。”

“解决不了？”

“不知道……”方若好茫然。她是个不甘心的人，不甘心选择虚假的爱情。但她没有信心能治愈颜苏。或者说，她没法为颜苏牺牲得那么彻底。也许就此分手才是最干脆利落的。可是，又不舍得。“对雾霾，人们要不就认命地忍受着生活下去，直到身体器官衰竭；要不，就积极治理但是耗费漫长的时间。那种一阵风刮过来，把雾霾吹走，露出蓝天的方式，除了能让人继续自我欺骗，没有任何意义。”

贺豫注视了她一会儿，忽然说：“第三部电影，选择雾霾吧。”

“嗯？”

“把你的纠结、困惑、烦恼提出来，问问大众他们的选择。两部商业片足够了，该文艺一把了，也许能引起重视和广泛讨论。”

“那……导演呢？”

“当然是李明翰。这种从严肃主题‘环保’出发的文艺片，只有他能驾驭好。”贺豫喝下了最后一口中药，“明天就是那个沙龙了。”

方若好走进举办沙龙的会所时，发现上面贴着“成如俱乐部”的标志。

也就是说，这家位于市中心的中式四合院是沈如嫣的产业之一。

身穿旗袍的漂亮姑娘将她引入其中一个院子，院子中间有一棵巨大的银杏树，这里曾因满地金黄色的落叶美景而上过新闻。

她到得已经算早，但厅堂里已有好些客人了。作为近日风口浪尖上的是非人物，她的出现，瞬间吸引了众人的目光。

窃窃私语声毫不意外地响起。

她环视一圈，没有看到李明翰。倒是陆阿吾第一时间举着酒杯过来寒暄：“方小姐难得参加这样的场合，稀客啊。来来来，合影纪念一下。”

方若好当即展颜一笑，陆阿吾靠近她，趁着自拍压低声音：“看来大家都很好奇咱们的事啊。”

“恭喜陆总达成所愿。”

“哦？何以见得？”

“陆总一向负面营销自己，这次的抄袭和被抄袭风波令这两部电影未映先热，岂非正中你下怀？”

陆阿吾眯眼笑：“你如果好好配合我，没准咱们能双赢一把。”

方若好心想不愧是陆小奸，真懂得随机应变，心里没准都恨得想杀人了，脸上还是如此春风得意的。

两人“咔嚓咔嚓”拍了好几张。

有好事者上前搭讪：“两位可真是相爱相杀啊。”

陆阿吾放下手机哈哈一笑："谁忍心跟方总这样的美人相杀啊。相爱还来不及呢。"

"就是嘛，都是一个圈的，应该互相团结，才能度过寒冬啊。"

"上头真有变动？"陆阿吾表情一凛，连忙招呼对方一旁细说。方若好随意找了个空沙发坐下，等待李明翰。

拜陆小歼所赐，他这么主动过来一示好，大家都安分了许多，不再一直盯着她看了。

一个穿旗袍的少女走过来在她面前跪坐下，开始沏茶，年龄不过十八九岁，非常年轻，眉目灵动，还有一对可爱的小虎牙。

方若好怔了一下，再看她泡的茶，是铁观音——自己常喝的种类。

"方小姐请品茶。"对方熟练地露了一手茶艺，将第一杯双手捧上。

方若好接过茶呷了一口。

对方眼中露出期待："可还入得了口？"

方若好不动声色地放下茶杯："你有什么请求吗？"

"为您沏茶而已，需要提什么请求吗？"

"虽然你穿着此地服务员的衣服，但胸前没佩戴铭牌，鞋子看起来也不合脚，想必是临时换上的。不是服务员却过来献殷勤，还事先调查了我的口味……真的没有诉求吗？"

少女展齿一笑，站起身来："我给好几个人都沏了茶，你是唯一一个识破我的。"

"哦？"

"他们有的给我递名片，问我有没有兴趣朝娱乐圈发展；有的对我不屑一顾；有的跟我拍了合影；还有的给我小费企图从我口中询问李明翰的一些消息……"

方若好想，合影那个估计是陆小歼。

少女从手包里摸出手机："昭华传媒的长公主，名不虚传啊……加个微信吧。"

方若好本想拒绝的，她素来没有加陌生人微信的习惯，但看到对方展示的微信ID，她立刻改变了主意。

对方叫李惜——李明翰的女儿！

两人正在扫码，前方传来声响，众人纷纷起身招呼。方若好抬头一看，是李明翰来了。而跟他并肩同行的人，竟是沈如嫣！

两人相谈甚欢，看来关系匪浅。

李惜的视线在方若好跟沈如嫣身上扫了个来回："不跑吗？"

"为什么？"

"听说成如集团的大小姐失踪了，沈女士最近心情十分不好，这会儿遇到你，怕是会拿你出气。"李惜的眼珠骨碌碌直转。

方若好笑了笑："第一，沈如嫣从不在人前失礼，面子对她来说无比重要。"重要到连老公的强奸案都要打碎牙齿肚里吞，表面继续秀恩爱。

"第二，我身上是非太多，不差这一桩。"

李惜听了眼睛闪闪发亮。李明翰果然第一时间来找女儿："小惜，过来跟诸位长辈打招呼。"

伴随着他和沈如嫣的靠近，站在李惜身边的方若好再次成为众人的焦点。

人群中的陆阿吾眉心一跳，连忙掏出手机看了眼相册，确认自己跟李惜的合影好好地存在里面后，诡异一笑。

沈如嫣看着方若好，果然没有任何表情变化，仿佛只是陌生人。

李惜笑嘻嘻地挽住李明翰的胳膊，指了指方若好："这位也是长辈吗？"

"这位是……"

方若好伸出手："昭华传媒，方若好。老爷子身体不好，由我替他列席。见谅。"

李明翰微微一笑，他是个其貌不扬但有股子特殊魅力的男人，按照粉丝的话说，就是匪气。他经常语出惊人，不怕得罪大众。喜欢他的人很喜欢他，不喜欢他的人很讨厌他。"你好。替我跟贺翁问好。"

两人打完招呼后，李明翰带着女儿去跟别人见面。方若好心中猜度莫非这个沙龙其实是为李惜举办的？果然，不久后李明翰的发言证实了她的想法。

总体来说，李惜小朋友一心想进娱乐圈，但又碍于自身条件无法在好莱坞取得一席之地，而且李明翰也不愿意在自己的电影里强塞女儿，索性让她回国发展。今日就是凭借他的人脉给李惜铺路。

方若好想起李明翰那句"食腐肉的秃鹫"，心想真有意思，他这会儿倒不怕宝贝女儿被这群秃鹫吃了。

她这边心中各种嘀咕，那边沈如嫣走过来，站在了她面前。

方若好朝她微微一笑。

沈如嫣的目光闪了闪，然后回了个微笑："最近……跟如优联系过吗？"

"没有。"是该多么无力，才会指望从她这边获取信息。她跟方如优的关系……没那么亲密吧？

"那么，如果有的话，可以通知我吗？"

“如果她本人不介意的话。”

沈如嫣的唇角抿了起来，带出久在高位的威仪来，盯着她看了半晌：“真的……不是你吗？”

“什么？”

“如优本不是这么不知轻重的孩子。”

方若好哑然失笑：“难怪你跟方显成是夫妻……”两人真是一个德行啊。自家孩子做出让自己不满意的事了，第一反应是她被别家孩子带坏了，而不肯从自己身上找原因。

又或者是，只有迁怒于旁人，才能让自己的心好过一点，才能自我欺骗没有失职。

“可悲的父母。”她忍不住把这句话说了出来。

沈如嫣的表情顿时一变：“无礼的丫头！还轮不到你说这句话。”

“在这个言论自由的年代，我对你和方先生的所作所为评价一句，为什么没有资格？”

“你！”沈如嫣睁大了眼睛。

方若好毫不退缩地回视着她。

沈如嫣垂在身侧的手握了又握，果然还是没能动手，但确实被气得不轻。正在僵持之际，一个人横插进了二人之间：“沈总，借一步说话。”

来人是谢岚。

沈如嫣立刻跟他走了。

方若好忍不住想：谢岚什么时候来的？他赶这个时候介入，是为自己解围吧？

那边，谢岚跟沈如嫣走到僻静的角落中，立定，开口：“请你不要再骚扰我的助理了。他不知道令爱的下落。”

沈如嫣冷笑了一声：“如优亲口说罗山是她的新男友。现在如优失踪了，我找她男朋友要人，有什么问题？”

“你如果真的相信罗山是令爱的男友，是否应该先思考一下令爱为什么抛弃贺小笙，而选择罗山？”

沈如嫣一怔。

“我再说一遍，你对罗山的骚扰已经影响到他的正常工作，我认为这不是他的错误，而是你的。希望你停止。”

沈如嫣再次气得说不出话来。

谢岚行了个礼，转身离开了。

方若好看到两人分开，便朝谢岚走过去："多谢。"

谢岚淡淡瞥她一眼："不是为你解围。"

"不管如何，她这会儿肯定更生你的气。仇恨转移，敬你一杯。"

"我不喝酒。"谢岚依旧一副拒人千里的冷面孔。

方若好不禁一笑。

谢岚看着人群中的李明翰父女若有所思。方若好忍不住问："对李惜有兴趣吗？"

"没有。"

"那就让给我吧。我有部电影想找李导，正不知如何入手。"

"我也有部电影找李导。"还被放了好几次鸽子。谢岚垂下眼睛，压住眼底的情绪。

方若好遗憾："这样啊，那只能各凭本事了。"

谢岚瞟了她几眼。方若好一笑："干吗这样看着我？"

"我给你机会成长，却见你多面树敌。"

"巅峰、睿天、昭华，本就三足鼎立，时敌时友。"

谢岚倒是认可了这句话，淡淡地"嗯"了一声。就在这时，他的手机响了，方若好发誓自己不是故意偷窥，而是角度正好，就那么看见了。

来电显示——方如优。

她心中一惊——敢情罗山是障眼法，真正跟方大小姐有关系的是这位冰山总裁？

谢岚也注意到被她看见了，索性当着她的面接了起来："什么事……知道了。"简单几语结束对话，实在看不出交情深浅。

方若好正打算假装不知道，却听他说："她在当老师。"

"哦。"方如优当老师去了？出人意料的抉择。还有……为什么要告诉她？她对那位大小姐没有好奇心好吗？

谢岚沉默了一会儿，忽又说："所以，你有没有兴趣捐建教学楼？"

方若好定定地看了他几秒钟，面无表情地回答："没有。"

回去的车上，李秘书恪尽职守地向她汇报刚到手的信息："李明翰只有李惜一个女儿，对她十分娇惯，有求必应。李惜整过容，走清纯可爱风，长相在欧美吃不开，更适合在亚洲发展。李明翰觉得日韩艺人地位低，对他们的要求严，不想女儿受苦……"

也是，要论收入、地位、观众宽容度，中国确实全球第一。

“李明翰的电影筹备不太顺利，他想要‘4K+3D+120帧’上映，但《比利·林恩的中场战事》走在了前面，且反响平平。总之他也陷入了迷茫期。这段空档期找他的话，有的谈。”

“再好的技术也是为故事服务的。脱离故事而一味追求高科技，确实很容易陷入迷茫。他真是个两极分化的人。对待女儿的事，如此媚俗。对待电影，却如此虔诚。”

李秘书天外飞来一个问题：“双子座吗？查一下。”于是搜索，最后失望，“摩羯座啊。”

“别管星座了。我找个时间约李惜，看看能不能通过她为我安排一次跟李明翰的私下见面。在那之前，你让策划组根据我关于雾霾、生存和出路的想法弄个初步大纲出来，好见面时有的谈。”

“好的。”李秘书一边开车一边从观后镜里别有深意地看了她一眼。

方若好敏锐地注意到了他的眼神：“怎么了？”

“昨天……昨晚我挺担心你的。现在看见你如此精神抖擞，就放心了。”

方若好怔了怔，不说话。

李秘书连忙道歉：“对不起，我多言了。”

方若好拿起手机，二十四小时过去了，颜苏没有主动给她发来任何讯息。当然，她也没给他发。

他可能在等她的抉择。可她不知道该怎么抉择。

他们的关系似乎就此僵住了，无法后退，却也无法更进一步。

颜苏站在江唯唯的病房外，注视着里面的情形——冯静秀正在给江唯唯念书。

此情此景，不禁让他想起曾经的方若好，也是这样坐在床边念《聊斋》给罗娟听。

他拿出手机，自昨天方若好离开他家到现在，他们没有再联系。他始终没能睡着，索性回医院，要求给他安排手术。

做手术的时间流逝得比较快，两台小手术结束，已是晚上。

天又黑了。

又是一个夜幕沉沉的晚上。

他打开方若好的微信对话窗，手指不停地输入，却又一一删去。

“还好吗？”

“吃饭了吗？”

“在做什么？”

有无数种选择可以作为开场白，哪一种都是情人间日常的聊天模式。但在这一刻，又似乎哪个都发不出去。

思维是放空的，身体也似乎是空的，空得让人无所适从。

还是继续回去准备下一台手术吧。他在心中做出了决定，转身准备离开时，听到旁边的茶水间里有两个小护士在聊天——

“这个人是颜医生的女朋友吧？”

“我看看，对，就是她。被江唯唯妈妈打耳光的那个！她跟陆阿吾怎么搞一起去了？”

颜苏一怔，抬步走进茶水间。小护士们看到他连忙打招呼：“颜、颜医生！”

“我能看看吗？”他彬彬有礼地问。

小护士们连忙把手机递给他。页面停留在陆阿吾的最新一条微博上，是他跟方若好的合影。方若好穿了礼服，巧笑倩兮。两人的脸凑得很近。配字是：“世上骂名有一担，我和卿卿占一半。”

底下回复：“对对对，你们两个全是不要脸的！”

“你俩真绝配，快在一起吧！”

“老公你果然喜欢蛇蝎美人啊，这个世界怎么了？！”

“方贱人还有脸出席晚会？那个被你气死的姑娘还在医院躺着呢！”

……

颜苏拉回到上方的照片，盯着方若好的笑容看了一会儿，把手机还给了小护士。

“通知麻醉师准备手术。”

“哦……好的好的。”

颜苏转身离去，两个小护士对视着。

“女朋友这是……出轨了吗？”

“这样了还要坚持手术，也挺可怜的……你说，江唯唯真的是他前女友吗？感觉不太像。”

“我也感觉不像，可是网上扒得似模似样的。说他高一时为了江唯唯打架，住了一年医院。后来江唯唯出国，他也跟着出国了，念同一所高中呢。后来江唯唯车祸，也是他一直在旁照料……都有照片的！”

“那怎么就分了呢？”

“说是几个月前他应邀回国做一台手术，病人的女儿是方若好，然后就……”

“江唯唯知道后追回国内了？”

“是啊，被刺激得又发病了……唉……”

“颜医生挺渣的啊。”

“是方若好手段太厉害吧。江唯唯那种小白花，一看就不是蛇蝎美人的对手嘛。你看连陆阿吾都对方若好大献殷勤，据说她还曾经是贺小笙的未婚妻，总之私生活乱得很……”

两个小护士一边说一边远去了，没有发现冯静秀不知什么时候走出了病房，站在门旁静静地听着她们的对话。

她眼中有无限恨意。

“杀人凶手……杀人凶手……”她一遍遍地念着这四个字，指甲都将手心抠出了血，“绝不会放过你的！绝不！”

颜苏走出手术室时，已是晚上十一点，他疲惫地脱去手术服，正在洗手时，冯静秀如幽灵般走了进来。

颜苏从镜子里看见她，差点吓一跳：“阿姨？”

冯静秀轻轻开口：“为什么这几天，都不来看唯唯呢？”

“对不起，这几天太忙了。”

冯静秀盯着他，突扯出一个冷笑：“是反正要死了，不对，是已经慢慢在死了，跟丢垃圾一样，赶紧丢掉，懒得再看一眼吧？”

颜苏的唇下意识抿紧：“没有这回事。”

“只要你跟那女人分手，我就原谅你。”

“什么？”

“跟她分手吧，那不是个好女人，不是吗？只要分手，唯唯的事……就跟你无关！”

颜苏定定地看着对方，忽然有些思绪飞扬。

冯静秀伸手扣住了他的胳膊：“你一直很好，那么照顾我家唯唯！是那女人的问题，她出现，她勾引你回国，她让你不要再管唯唯，她逼唯唯发病，她毁了一切……你为什么还要跟她在一起？她不出现的话，什么都是好好的。她是灾星，是祸端，她让我们所有人都这么痛苦……不是吗？”

冯静秀的手又瘦又长，像干枯的树枝，绞得他的胳膊生疼。颜苏低头看着被扣掐的部位，有些呆滞地想——生理上的疼痛，跟心理上的疼痛，一样吗？他的胳膊现在很疼，那么，若心受了伤，是否也是这样的感觉呢？

“小颜，你是个好医生、好朋友、好孩子！我一直很喜欢你，我甚至幻想过你能跟唯唯真的在一起，有你陪着她，她肯定会痊愈的……现在也一样，只要你跟那女人分手，回到唯唯身边，奇迹会出现的！迟早有一天，她会苏醒的！对不对？你说，对不对？”冯静秀的眼睛睁得大大的，看起来十分神经质，与此同时，她的手不停地掐紧，指甲全都隔着衣服抠进了他的肉里。

颜苏觉得自己好像一个在玩角色扮演游戏的玩家，此刻眼前跳出了好几个窗口选项。他可以用一贯的温柔安抚她，也可以用严厉的批评斥责她。隔着一道无形的屏障看，其实眼前的剧情幼稚又可笑，令他萌生出想要退出游戏的厌倦感。

他腻烦了伪装成得体的正常人，用能让旁人赞许的方式解决问题，也腻烦了看对方的眼泪、微笑、愤怒等情绪。

说穿了，这一切跟他有什么关系?

他脑海里转过了无数个念头，每一个都阴暗又可怕，没等付诸实施，他的手机响了——来了一条新微信。

冯静秀的反应却比他要激烈得多，立刻尖声叫了起来：“是她联系你了？不许看！不许回！马上跟她断绝关系！否则我不原谅你们！绝对不原谅你们！还我女儿命来！还我女儿命……”

她拼命地叫，叫声贯穿了整个走廊，引来了值夜班的医护人员。

看到冯静秀拼命掐捏颜苏的胳膊，保安立刻冲过来，冯静秀各种挣扎，在颜苏身上留下了多处伤痕，才被拖出去。

然而她的吼叫声一直没有停歇，时断时续地从远处传来。

一个小护士提议说：“颜医生，让我帮您处理一下吧。”

颜苏站在原地一动不动，脸上没有任何表情。

小护士便大着胆子替他挽起袖子，然后倒抽一口冷气——颜苏的胳膊上爬满抓痕，红肿和瘀青交织在一起，竟是比想象的严重很多。

她连忙拉他到值班室，取了棉签碘酒，细细地处理伤口。

在此过程中，颜苏的目光始终投递在远处，不知在想什么。

处理最深的口子时，颜苏的胳膊瑟缩了一下。

小护士连忙道歉：“对不起，没事吧？”

颜苏终于从远处收回视线，落在自己的胳膊上，说了一个字：“疼。”

“我轻一点。”

颜苏用另一只手按了按心脏的位置：“这里。”

“啊？”小护士一怔，“她打到您的心脏了吗？”

颜苏却又不说话了。

小护士迟疑了一下，轻轻说：“那个……颜医生，您的手机一直在响……没事吗？”

颜苏慢半拍地看着白大褂上的口袋，因为布料很薄，透出里面的显示屏一闪一闪的。

他取出手机，看见一堆微信提示，每一个都是“方若好”。

方若好被雷声惊醒，一头冷汗地从陪护病床上醒过来。

又是那个噩梦。同样的街景，同样的行人，她明明穿着衣服走过，却有人朝她丢鸡蛋。

“打死她！”他们这样喊着，纷纷朝她围挤过来……

方若好睁开眼睛，看见窗玻璃上爬满了水珠。外面下雨了。再看时间，刚过十二点。

方若好起身，走到邻床看妈妈。

罗娟睡得很沉，半点没有要醒的痕迹。她的身体恢复得非常缓慢，到现在还不能行走，也没法自己吃饭，偶尔开口说话，也是含糊不清，让人不明其意。但主治医生说这很正常，十年时间毁掉的技能，当然需要另一个十年来修复。

方若好为她盖好被子，然后走到窗边看雨。

夜雨总是令人感到格外孤独，也让人格外地想喝酒。

明天是周日，难得休息，可以稍稍放纵一下。

于是方若好披上外套走出去。住院部一楼有二十四小时便利店，她买了两瓶红酒拎回病房，一边点了手机自动播放音乐，一边蜷缩在沙发上喝了起来。

手机自动给她放了一首*Don't cry*（《不要哭》）。

她面无表情地听了一半，抬手删掉。

下一首*I am falling now*（《坠入情网》）。

再删！

Just one last dance（《最后一支舞》）……见鬼了，今晚的推送是怎么回事？！

方若好烦躁地删歌，不知是不是酒劲上来了，一直眼花手抖，怎么也点不中，最后自暴自弃地算了，任凭悲伤的情歌一首接一首地往下唱。

她喝了很多很多，多到自己也忘记了。

依稀中似乎还看见了颜苏的脸，她对他笑嘻嘻地抬手，说了句“嗨，机器人”。

然后她便睡着了。

等再醒来，已是第二天。异常明媚的阳光落在她脸上，把她晒得晕乎乎的，她扶着巨沉无比的脑袋起来，发现自己身上竟然盖了被子。

护士正在给罗娟抽血，回头招呼："方小姐醒了？"

"对、对不起！"她一个寒战，瞬间清醒，连忙起身收拾，"对不起，我也不知怎么回事就喝醉了……我没做出什么失礼的事情吧？"

两个护士阿姨对望着，眼睛里都有笑意。

方若好暗叫一声不妙，连忙冲进一旁的洗手间锁上门，一照镜子，脸上干干净净，头发虽然有点乱但并不夸张，睡衣也没有污渍，除了脑袋剧疼以外，没什么宿醉的痕迹。

那为什么护士们会是那个表情呢？

方若好一头雾水地洗漱完毕，习惯性地拿起手机，想要看看李秘书有没有发来信息，结果发现页面排在第一位的竟是颜苏！

她顿时有一种不祥的预感。

用颤抖的手点开对话窗，她一口气差点没吸上来。

对话框里满屏都是她发给颜苏的话。一看时间是凌晨，正是她喝得半醉不醉之时。

"浑蛋！"第一句是这个。

"怎么有你这么浑蛋的人？！"

"为什么不联系我？你所学的应对模式里没有说女朋友生气了要主动请求和好吗？为什么不给我买礼物？为什么不送花过来？为什么要让我自己买酒？"

一连串暴击后，颜苏终于回了一句："你买酒？"

"你这个浑蛋！看到红水鬼时装作不知道不就行了吗？为什么要让我给你机会？为什么为什么为什么？"

"我压根没想过跟你谈恋爱！你这种人怎么能谈恋爱呢？你是神祇啊！天生远离七情六欲，你多牛啊，电影都不敢这么拍！你走下神坛来干什么？你祸害芸芸众生做什么？你放开我放开我放开我，浑蛋！我在底下跪得好好的，你凭什么把我拽到你身边去？"

"你不在。我虽然辛苦，但心是平静的。你一靠近，什么都乱了……"

方若好看到这里扶额，恨不得自杀一万次。

这时颜苏回了第二句话："你在哪里？"

"我在我妈这儿。怎么，你敢来？敢主动求和了？敢跟我喝酒吗？"

颜苏回："好。"

方若好再次将额头往墙上撞。两个护士阿姨抽完血，收拾完屋子，满脸都是揶揄的笑。

方若好硬着头皮问道："昨天……哦，不，今早，有人来过，对不对？"

护士阿姨点头。

方若好忍不住捂住脸。看来那被子，是颜苏给她盖的了……老天，她到底干了多蠢的事！

"我当时喝醉了，吵得很厉害吗？"

"也没有。你就是抱着对方唱歌来着。"

"我唱什么？"方若好的声音都在抖。

阿姨们摇头："那哪知道啊，含糊不清的。好像有一句是'看猫喂油'……"

方若好茫然，这时一个声音从外传来："是'wish to come with you'（希望和你一起）。"

伴随着这句话，颜苏走了进来。

方若好惊悚地睁大了眼睛——他没走？！

"对对对，就是这句！"阿姨们笑着走了出去，还体贴地关了门。

方若好僵立在原地，大脑一片空白。

颜苏静静地看了她一会儿，忽然掏出手机点了几下，一串熟悉的旋律立刻飘了出来——

> How I wish to come with you（wish to come with you）
> 多想和你一起（和你一起）
> How I wish we make it through
> 多想共同继续
> Just one last dance
> 最后一支舞啊
> Before we say goodbye
> 在我们离别之前
> ……

方若好实在听不下去，举手投降："停！我错了。请关掉它吧！"

颜苏是那种笑时缱绻多情，不笑就格外冷淡的长相。因此，此刻他毫无笑意地回答道："不关。"

“大哥！”

“你不是要分手？”颜苏朝她走近一步，做了个跳舞的请求动作，“那跳吧。跳完就放你走。”

“真的？”方若好的心一下子被揪紧了，说不出是痛苦还是解脱。

颜苏伸在前方的手，充满了宿命的意义。

如果抓住，就是分手。

如果迟疑，还有回旋的余地。

怎么办？她该怎么办？

真的分手吗？真的要跟这个人，这个她放在心里藏了十年的人，终结吗？

方若好想她的头实在是太疼了，疼得她受不了，所以眼睛才会跟着模糊起来，什么都看不清……对，肯定是因为宿醉头疼。

再看对方，气定神闲，从他茶色的眼瞳中看不到挽留的渴望。

一股子莫名之火升了上来。

如果恋爱让我如此痛苦，我为什么要恋爱？

方若好咬着嘴唇，一个踏步上前，把手放在了他手中。

手在瞬间被颜苏攥紧，紧跟着，她被他狠狠地搂入怀中。

方若好不甘示弱，也紧紧扣住对方的胳膊，颜苏的瞳孔扩散了一下，似有些瑟缩，但没有发出声。

他带动她开始跳舞。

I look in your eyes just don't know what to say

望着你的双眸，心有千言竟无语

It feels like I'm drowning in salty water

泪水已令我尽陷沉溺

A few hours left 'till the sun's gonna rise

几个小时过后，太阳便要升起

Tomorrow will come it's time to realize

明日终会到来，我们终会清醒

Our love has finished forever

我们的爱已经永远结束

Just one last dance

最后一支舞

Before we say goodbye

在我们离别之前

When we sway and turn round and round and round (When we sway turn around)

我们一次次挥手旋转（当我们转啊转一圈）

It's like the first time (hold my tight oh my love)

就像第一次那样（抱紧我，来吧我的爱人）

Just one more chance

再来一次吧

“后悔吗？”在悲伤的旋律中，颜苏低声问她。

方若好平视着前方：“不。”

颜苏的手有一瞬间的收紧。

手机里的音乐停了，两人站在原地，他望着她，握着她的手，搂着她的腰，而她，望着不可知的远方。

“失，有东西落下的意思。为什么呢？因为你的手没有抓紧，‘手’这个字中的‘亅’分开了，东西就掉了。”

那是多少年前学过的定义，在这一刻被突兀地想起。

“分手，因为手的‘亅’被分开了，所以就‘失’去了。分手，即意味着失去。不想失去的话，要抓紧手，不要松开。”

谁曾这样殷殷劝导，告诉他正确的姿态。

然而这一刻，想起这一切的颜苏，眨了眨干涩的眼睛，没有眼泪。

他慢慢地松开了手。

方若好终于从远处收回视线，看向他。

颜苏俯下身，亲吻了一下她的额头，再没说一个字，转身离去。

直到房门被合上，方若好才从僵滞中惊醒过来，分手了？！

真的分了？！

她下意识地打开门，看见门外放着一大束红玫瑰，足足有上百支之多，占据了小半个走廊。花束旁还放着酒和一个包装得很精美的盒子。

方若好拆开盒子，里面是一条项链，坠子是花体字雕刻的“11241242”八个数字。

“你所学的应对模式里没有说女朋友生气了要主动请求和好吗？为什么不给我买礼物？为什么不送花过来？为什么要让我自己买酒？”

明明、明明是来请求和好的……

为什么不求我?

为什么?

方若好战栗着，再也承受不住，哭了出来。

颜苏从楼下扛着一个巨大的箱子上楼时，看见颜母和苏姑婆正在收拾他的房间。

她们也拿了个小箱子，里面装着一堆玩偶。

“最近流行这些——”颜母一一向他展示和介绍，“这个叫旅行青蛙，出自一款休闲手游；小猪佩奇手表，社会人必备；还有小兔子气囊帽，一抓下面的小爪子，耳朵就会竖起来……”

年已六旬，因单身所以住在他们家，偶尔帮忙干点活的苏姑婆在一旁帮腔：“那个发泄葡萄球最好玩！一挤就让人汗毛直立。”

颜苏把大箱子放在楼梯口，用一种看神经病的目光看着二人。

颜母扬眉：“这眼神是想反抗？有进步。以往你都面无表情的。”

颜苏走进来，双手插兜环视了一圈后，抬起一条腿，将纸箱踢了出去：“有没有更加进步？”

“你是想告诉我，你的叛逆期迟了二十年终于来了？”

“我需要一个空位摆新欢，把这些碍事的都拿走。”

“那是什么？”颜母看向楼梯口的巨大箱子。

颜苏把它扛进屋，踢飞一堆玩偶抱枕后开始拆箱，从里面搬出了一堆零件。

苏姑婆好奇：“这是啥呀？”

颜母立刻认了出来，似笑非笑地“哦”了一声：“看来是分手了啊……”

苏姑婆没听明白：“分手了？是之前来家里的那个姑娘吗？”

“是啊。那姑娘送了一颗星星给他。他现在弄个天文望远镜回来准备睹星思人了。”

“真的？！这个、这个望远镜，能看见那颗星星？可咱们这儿天天雾霾呀。”

“所以，这真是这个房间里最无用的东西。”

颜苏埋头组装，没有回应她们的话。

“不过，买都买了……”苏姑婆打量着望远镜的筒身和支架，“咱们给望远镜做个套吧？”

“好主意。既然是冬天，就别布艺了，用钩针，加毛边。”

“对对，用我最喜欢的红色毛线！我去织了！”承包了颜苏从小到大所有毛衣的苏姑婆兴致勃勃地开发新作去了。

颜母双手环胸依旧靠在大白公仔上，收了笑盯着儿子：“痛苦吗？”

“总这样问有意思吗？”

颜母上前帮忙组装：“你们兄弟三个，盖伦稳重踏实从小有主见，缪勒放飞自我活得多姿多彩，只有你……”

“让您一直担心是吗？”

“是啊。小时候怕你不正常，后来又觉得你太正常，正常得像个假人。我一直反省，是不是对你要求太多，修剪太多，反而让你没了自我……你爸爸的一个同事最近在研究‘为什么神童长大后都无法成为革命者’的命题，结论是他们没有尝试离经叛道。”

颜苏没有回答，继续着手中的工作。

“遵守人类社会的既定规则，而不发明自己的规则，凡事都往‘大人所期许的方向’去做的后果，就是成了世界上最优秀的绵羊。”颜母注视着颜苏的脸，“我把一只狼，变成了一只羊。这是我在心理学的研究和实践中，得到的最大的成果。”

颜苏有些动容，抬起头回视着母亲。

颜母伸手轻轻抚摸他的脸庞：“所以……妈妈现在有个新实验，把羊变回狼，你有没有兴趣参加？”

颜苏的那丁点动容顿时变成了无语。他一言不发，架着颜母的双臂将她推出了房间。

颜母边退边说：“试试嘛！妈妈为你量身定制的心理复健……”

“你只是想写新书。”颜苏说着，“砰”地关上了门。

听到声响的苏姑婆站在隔壁房间门口看着颜母，好奇地问：“你真的有新实验？”

“有啊。已经开始了呢。”颜母盯着紧闭的房门，意味深长地一笑。

颜苏装完望远镜吃个饭再上楼，已是晚上。

他将镜头对向11241242星所在的方向。

虽然由于雾霾，可见度变低，但凭借高桥TOA150的出色折射，摸索了将近三个小时后，他终于找到了它。

一瞬间，心里涌出许多欢喜，他不由得转身，下意识地掏手机想要告诉某个人。

再然后，手指停在了微信的对话页面上。

“我的主观里没有分享。”他已无须再分享。

“分手，因为‘手’的‘亅’被分开了，所以就‘失’去了。分手，即意味着失去。”他已失去把这个心情分享给某人的资格。

颜苏抬起手轻轻地按在心口上，“扑通扑通”，心脏还在跳动，似乎与平常并无不同。

只是发现星星的欢喜被湮灭了而已。

只是星星被湮灭了而已。

这颗白矮星，不过是千万星辰中的一颗，一边燃烧一边冷却，终将湮灭。

这结局无可更改。

可方若好为它命了名，它就有别于别的星星，有了全新的定义。

现在，方若好不在了，那么，它就不是11241242星了。

而用来观察它的望远镜，也真真应验了颜母的那句话——

这真是这个房间里最无用的东西。

一楼客厅的纯白色沙发上，苏姑婆正在钩罩子，颜母坐在一旁看书。

突然间，楼上传来巨大的响声，震得天花板都似在抖。

苏姑婆吓了一跳，问颜母：“是从提鱼房间传来的吗？”

颜母埋首书间，不以为意：“嗯。”停一停，又说，“我觉得你可以不必钩了。”

苏姑婆一怔，突然明白过来：“提鱼把望远镜砸了？！”

周一，方若好强打精神站在镜子前，给自己再次画上女王色口红，穿好刀枪不入的盔甲去上班。

走进昭华大厦时，李秘书正在大堂接电话，看见她，立刻挂了电话神色严肃地走过来。

他们相处已久，早有默契。方若好一看他的表情，就知道出事了。

“目击者突然反悔，不愿出席做证了。”

方若好一怔：“为什么？”

“她说其实她并没有听到你和江唯唯的对话，之前来昭华，纯粹是粉丝朝圣，看看能不能巧遇唐翎。回去后听说做伪证是要坐牢的，越想越害怕，还是不出庭了。”李秘书叹了口气，“这些疯狂又无知的粉丝啊……”

方若好立刻想到了那个女孩的A货包包：“我觉得另有隐情。你派人去查，江唯唯父母这几天有没有接触过她，她有没有突然的不明收入进账。”

“可明天就要开庭了，我怕来不及……”

“就算来不及，我也不想白白被人摆上一道。”

“好的。那明天的诉讼怎么办？”

“医生那边怎么样？”

“那边倒没变故，但他们能起的作用有限。”

方若好沉吟片刻，说：“先这样吧。尽量拖时间找新的证人。”

李秘书欲言又止。

方若好挑眉：“还有什么坏消息吗？一并说了吧。”反正最糟糕的都已经发生完了。

“老爷子调了一笔流动资金出来……跟我说，如有必要，赔钱息事宁人。”

方若好心中顿时一暖，立在原地无法动弹。

不管如何，她不是一个人。她身后还有这个世界上最强大的后盾呢。

她感激地释然一笑，再抬眼时，表情却更加凝重：“谢谢老师。可是——我没有错。李秘书，我想告诉所有人，我没有错。所以，我不赔钱，更不怕事。官司，我要打到底！”

李秘书的神情也严肃了起来，最后行了一礼：“是。”

方若好挺直脊背，大步走过大堂。

高跟鞋敲在光洁如镜的地面上，“噔噔噔噔”。

女人都应该喜欢高跟鞋，因为穿上它时，它要求你必须昂首挺胸，不管脚下多少伤痛，都要自信前行。

二十 反转

周二早上九点半，方若好从车中走下来，外面已围了一圈记者，“咔咔”的快门声伴随着李秘书和保镖们的警告，在她耳边汇集成通往法院大门的交响曲。

她穿了西装长裤，一身灰蓝，戴了副黑框眼镜，头发一丝不苟地盘在脑后，活脱脱都市女精英的模样。

律师本建议她穿得低调柔和一些，加重“无辜”色彩，被她拒绝了。

“张律师不看影视剧吧？现在的大众都不喜欢弱者，如果你是个强者，只要你有合理的理由，更能取得他们的信服和认同。”

她说服了律师，她以这个样子坐到了被告席上，接受原告律师的盘问。

而这一幕，被各大媒体实时报道发在了网上。

因为之前营销号带节奏，围观群众对此案格外关注，一看有新进展，立刻蜂拥而至。

“这女人一看面相就不好，真嚣张啊！”

“钱能通神，不看好这场官司。”

“同不看好。”

“只有抵制资本才能打到资本的痛处！我们一起来抵制昭华出品的作品吧！”不知是哪家对头公司的黑子开始浑水摸鱼，兴风作浪。

李秘书问贺豫是否处理，贺豫冷冷一笑："你觉得他们是正义地只吃这一个瓜吗？所谓吃瓜群众，就是但凡有瓜，都会去吃。而网络最大的好处是，三天之内必有新瓜。"

李秘书想，相比别的喜爱操控舆情的影视老总，贺豫和方若好两人是真的很淡定。

虽然淡定，却不能改变过程。第一次出庭结果，很不理想。

江家找了一堆江唯唯的同学、老师、邻居，证明江唯唯日常生活中是个多么温柔乖巧的姑娘，最大的特点就是"从不跟人争执"，然后又出示医院证明，证明她的病情在此前已恢复得非常好，起码有一年时间都未再发病。虽然方若好这边，也有医生出庭证明反射性癫痫病因复杂，不可控制，但不能证明"方若好的刺激令江唯唯发病"的同时，也不能证明"江唯唯的发病不是方若好的刺激导致的"，一度陷入僵局。

最后，审判长宣布下周二继续开庭。

回去的车上，律师跟李秘书探讨道："现在的舆论对我们非常不利，可能会影响到审判长的想法。我们需要更有利的证据。"

刚说到这儿，李秘书一个急刹车，律师手里的资料散了一地。

方若好打量前方，面色微讶："源西？！"

贺源西站在车的正前方挡道，见车停下了便过来打开后门，硬将自己塞进律师和方若好中间。

方若好问："你怎么在这里？"

"回来考试。"

原来如此。方若好又问："考得如何？"

贺源西不答，而是盯着她看："官司输了的话，会坐牢吗？"

"目前是民事诉讼，只是赔钱。刑事诉讼还没正式开始，如果输了，以方小姐的情况，应该不到三年……"律师插话，却被李秘书一个眼神警告得闭了嘴。

贺源西的目光闪动着，最后"啐"了一声："真没用！"

方若好笑了笑："所以你要抓紧拍戏，趁我没进去还能捧你。"

贺源西不说话了，紧抿着双唇面色阴沉。

这时李秘书接了个电话，转头对方若好说："查到江唯唯的一个表姐确实接触过目击者，目击者没有不明收入进账，但多了一个古驰包，所以才不肯出庭为你做证……要再接触她吗？"

贺源西侧头："什么目击者？"

“是当时在茶吧的一个客人，叫刘晓珊，唐翎的粉丝，本答应了替方总做证的，结果被包包收买了。”

方若好叹了口气：“算了吧。回去再研究吧。还有一周时间不是吗？”

贺源西睨着她，方若好顺手揉了揉他的头发：“考试加油啊，小家伙。”

贺源西拿着手机站在某家外贸公司门外。这是一栋写字楼，出租给不同的公司，一层里大概有七八家之多，因此他往走廊上这么一站，瞬间引起一阵小骚动，为了上厕所而经过此地的女性明显增多。

该外贸公司的前台小姐更是借着电脑遮挡，疯狂往公司群里传八卦：“门口来了个超级帅的男孩子！是谁的弟弟或儿子啊？”

“真的是盛世美颜啊！三分钟内，我要这位美少年的全部资料！”

刘晓珊看到了群里的对话，也跟几个女同事好奇地走到门口。目光刚对上门口那位美少年，美少年便朝她走了过来：“你是刘晓珊？”

“找——你的？！”同事们拖长了语音。

刘晓珊一颗心顿时“扑扑”直跳，声音也变得结结巴巴：“请问你、你是哪位？”

美少年打量了她一番，忽道：“午饭时间了，一起吃个饭吧。”

“啊？这个……可我不认识你……”刘晓珊还在犹豫，同事们已起哄：“去呀去呀！去！去！去！”

贺源西挑了挑眉：“不方便？”

刘晓珊咬咬牙，去就去，吃个午饭而已，光天化日大庭广众的，有什么好怕：“等我一下，我去拿包。”

她飞快地冲回工位，拿起自己的包，女同事们跟过来继续打趣：“晓珊你可真是会保密啊！什么时候认识了那么帅的小朋友啊？姐弟恋啊？”

“别瞎说。”刘晓珊红着脸，拿起古驰包走了出去。

门外，贺源西戴着耳机，靠着墙，双手插兜，曲起一条长腿站着，右肩上还背了一个大背包——活脱脱从韩剧里走出来的美少年。

刘晓珊紧张地咬着下唇走过去：“走、走吧。”

大型商厦的一楼是各大餐厅。刘晓珊心中多少有点警惕，提议就在一楼的某家韩式料理店用餐，美少年答应了。

人头攒动的餐厅，因为他的到来而有刹那的安静。

刘晓珊在这一刻切实体会到了韩剧女主角的待遇。

追星者从骨子里来说都是向往浪漫、憧憬爱情的人。而大部分偶像剧告诉她们——男女主角的相遇，一定有一个莫名其妙的开始。

贺源西拿起菜单：“一份A套餐，你呢？”

“我也一样好了。”刘晓珊拘谨地笑笑。

贺源西看着她包包上的公仔：“喜欢唐翎？”

“啊？啊……是啊！我是糖粉呢，你也是吗？”

贺源西一笑，令刘晓珊在心中尖叫：盛世美颜！盛世美颜啊！

“我不是。不过我是古驰粉。”

“啊？”

贺源西挑眉：“怎么，男人不能喜欢包？”

“哦，不是，当然可以……”刘晓珊打量对方，发现他从头到脚全是价值不菲的名牌，心跳得越发厉害了。

“你这款是二〇一四年春推出的，销量平平，所以不到半年就打折甩卖了。从法国买差不多能半价到手。”贺源西淡淡地说完后，拿起桌上的水杯喝了一口。

刘晓珊的手下意识地抓了抓包，有些自惭形秽，有点羞恼，又不好发作，只好尴尬地笑：“是这样啊，你真懂啊……呵呵……我不懂包的，什么好看背什么。”

“是吗？难怪被骗。”

“什么意思？”

“半价就能买到真包，为何还要花几千买高仿？”

“你的意思是……这个是假的？不可能！”刘晓珊的声音不受控制地尖利了起来。

“你可以去实体店验一下，就知道我有没有看错了。”贺源西勾唇，极为自信地一笑。

刘晓珊的脸一阵红一阵白。半晌后，抬眼盯着他问：“你是谁？为什么约我吃饭？想做什么？不会只是为了来验我的包吧？”

“看我的脸还猜不到吗？”

刘晓珊的瞳孔收缩：“你是……昭华的新艺人？”想来想去，这样的外形，还有对奢侈品的热爱，也只会是娱乐圈的人了。

“你为了江唯唯表姐江小若送你的一个假包，坑了我老板，明明答应替她出庭做证却最终反悔，会不会太傻？”

刘晓珊腾地站了起来。而这时，他们的饭送到了。

“如果我是你，会吃完再走。”贺源西好整以暇地拿起筷子开始用餐。

刘晓珊在马上走人和吃完再走之间犹豫片刻，最后爱占便宜的习惯占了上风，还是坐了下来。

“这就对了。要辣酱吗？”贺源西举起配料瓶。

刘晓珊瞪了他半天，实在没法拒绝这样一张脸，只好说了声“要”。

贺源西为她倒辣酱，倒水，递纸巾。不得不说，虽然她满腹狐疑和怨气，但被这样的美少年伺候着，不但气不起来，还隐隐有种享受的快感。

“我不是被收买，只是多一事不如少一事。”她吃了好几口饭后，忽然开口。

“是吗？”

“我真没怎么听见你老板跟那个江唯唯的对话，你老板从头到尾就没说几句话，全是那个江唯唯在那儿嘚啵嘚，而且我当时心思在刷手机上，就算出庭，也不能改变什么……”

“可收了江小若的包，是真的吧？”

“真的是假的吗？”刘晓珊不由自主地抓起包包看了又看，她没有买过真包，真心看不出区别。

“是假的会去找对方算账吗？”

刘晓珊纠结了好一会儿，烦躁地说：“我也不知道。这都叫什么事啊？我不过是那天刚好去那儿喝了一杯茶，就被卷入这种麻烦里。我既不想为江唯唯做证，也不想为你老板做证，我只想安安静静地继续当我的路人甲啊！”

“大部分人都是你这样的想法。但是——”贺源西的笑意消失了，眼瞳一下子变得极为深邃，“被卷入麻烦的人，该怎么办呢？她也跟你一样，只不过去那儿喝一杯茶，在此之前她都没见过对方，你真觉得她应该为江唯唯的病发负责吗？”

刘晓珊露出些许羞愧之色，抓着那只古驰包，低声问：“你是来说服我出庭的吗？”

“不是。”贺源西忽然笑了，这一笑，竟显得十分阴险。然后，他从放在桌旁的大背包里，拿出插在网状外口袋里的手机，手机背部的摄像头正对准他们两个。

贺源西将手机翻转过来，屏幕是开启着的，一直处于直播中。

刘晓珊惊恐地发现，窗口里此刻正疯狂地刷着字幕。

“我是新艺人嘛。我在做直播呢。今天的直播主题本来是——只要长得帅，就可以随便约陌生女孩吃饭。现在看来……”贺源西瞟了眼直播间的字幕，灿烂一笑，“变成了‘茶吧小三气死原配案’的内幕爆料了呢。”

刘晓珊瞬间面如死灰。

贺源西并没有正式出道，他的微博除了学校及周边的一些狂热粉丝，本没有什么知名度。

而且根据方若好的策划案，他的第一次亮相非常重要，是有一系列配套准备的。

结果，他擅自来了这么一出。

一开始，因为“只要长得帅，就可以随便约陌生女孩吃饭”这个槽点满满的主题而引起女性不满，进直播间的全是想骂他的，结果看见他的脸后，顿时一半人倒戈。另一半人见情况不妙连忙出去拉人，想要继续唾弃这种物化女性的行为，直播就这样扩散出去了。

等到贺源西真约到刘晓珊吃饭，已经蹲了近千人看直播。

正在屏幕里吵得不可开交时，谁知情况逆流而下，突然跟最近最热的“茶吧小三气死原配案”扯上了关系。惊觉第一时间围观内幕的人激动了，连忙录屏发送。

就这样经过层层扩散，到了晚上，几十万人看到了事件经过。

“盛世美颜+物化女性+热点反转”，最终将此事炒上了热门。

三分之一网友赞美自己：“我就知道事情不简单，网上最火的事件果然都会有反转！”

三分之一网友质疑直播真假：“是方若好为了洗清自己故意炒的吧？等二度反转。”

三分之一网友则在疯狂追问：“这个新艺人是谁啊？三分钟内，我要此人的全部资料啊……”

等到晚上方若好在贺宅一边煎药一边听李秘书的电话时，想要阻止已完全来不及了。

她倒药的手一抖，差点白煎。

“我……我跟老爷子谈谈，然后再回你电话。”

挂了电话后，方若好扶额，心中不知该生气还是该感激。贺源西此举，将她前期所有的造星准备破坏了不说，对案件也没有起到实质性的推动作用。就算证明了江家人收买刘晓珊也没用，刘晓珊的证词能起到的法律作用很小。所以她当时没想再争取。

本以为三天后这个事情热度会自然下降的……

方若好趁着贺豫喝完药心情正佳，把整个事件如实汇报了一番：“对不起，老师。我真没想到源西会这样做……”

贺豫拿起平板电脑点开微博热点看了起来。

这时楼下传来贺小笙的暴怒声，一边接电话一边“噔噔噔”上楼：“都多少天了，你们都是废物吗？！跟踪罗山有个屁用？用脚趾想想都知道他不可能真的是如优的男朋友吧？”

方若好回头，正好跟他打了个照面。贺小笙收敛了一点声音：“行了，知道了，你们继续找！”

他挂上电话，大步走进书房来：“爷爷，那个贺源西是怎么回事？大家都在传，说他是我弟弟？！”

方若好想，这位仁兄的消息还真是不灵通啊，这会儿才知道贺源西的存在。

“朋友发他的截图给我，问我他是不是昭华的新艺人。我就想去找严副总问问，结果听一堆人在那儿‘小太孙’‘小太孙’地喊。他谁啊？”

贺豫悠悠道：“他是你堂弟。”

“堂弟？”贺小笙微微松了口气，“不是我爸的私生子就好。那是咱们要捧的新艺人吗？他的直播怎么搞的？”说着，又转向方若好，“是你安排他这么做的吗？”

方若好笑了笑：“贺总最近工作很不在状态嘛，他的资料早报备给您了。”

贺小笙皱眉，还想说什么，贺豫已放下了平板电：“我有事跟若好说，你十分钟后再进来。”

贺小笙看看他又看看方若好，亲疏如此一目了然，他只好带着嫉妒愤恨离开，“砰”地甩上门。

“不用管他。源西此举虽然破坏了你的计划，但目前看来效果还不错。你想好怎么应对了吗？”

“一般而言，有两种选择：一，随机应变，趁热打铁，立刻开始带节奏推他，找首翻唱让他出道，出现在大众面前；二，不做任何回应，直到电影上映前，绝不让他再出现，保持神秘感，等电影上映后再让他正式亮相。”方若好想了想，“您觉得哪种好？”

“你们看着办，不用因为他的身份而有所顾忌。按照网络新生代的话说，要是不红，就回来继承家业嘛！”贺豫难得说了句俏皮话，方若好却听得心中一悸——这是有意把贺源西引入贺氏管理层的意思？

“好，我去跟李秘书交代。”

方若好起身走人，到楼下时，看见贺小笙靠墙等着。

“你可以上去了。”正要越过他继续走，贺小笙一抬手臂，将她拦住了。

“如优……”

方若好想，怎么每个人都管她问方如优，心中有些恼火，不耐烦地打断他：“对，是我教唆方如优告她爸的，是我怂恿她离家出走的，是我帮助她藏匿在外的，行了吧？如果你是问我她的下落，不好意思我不说。”

贺小笙瞠目结舌地看着她。

方若好横了他一眼，转身走了。

贺小笙气得鼻子都歪了：“什么态度？！”

方若好听到了他的这句话，却半点没放心上。贺小笙是只家猫，哪怕它偶尔竖毛发出尖叫声，也是只被剪了指甲阉割了的家猫，做不出出格的事。反而是流浪在外的贺源西，真是毫不可控。

方若好打电话给张晌晌：“源西什么时候考试？”

“明天……”

明天就要考试，今天搞这么大一出，可真够行的！

方若好强忍怒气：“先什么都别说，让他安心考试。考完后带他来见我。”

“是。”

方若好放下电话，看着下方的城市，忽有些不知未来。

官司会输吗？

我会入狱吗？

我的工作和人生，为何都如此辛苦？

贺宅的灯光从她背后照过来，将她的身影拖拉在台阶上。她看着被抽长了拉高了，显得十分高大的影子，竟看出些许独孤天下的味道来。

就这样一级级台阶地走下去，披荆斩棘，走向浮华喧嚣的不夜之城。

蝙蝠侠乐高闹钟顽固地响到第三次时，颜苏终于从床上抬手，将它按掉了。

他坐起来，耷拉着头，过了许久才缓过神来，睁开眼睛，时间已是早上七点半。洗漱完换好衣服下楼时，他听见餐厅方向传来苏姑婆和颜母的对话——

苏姑婆说：“我看网上现在都开始反转支持方小姐了，形势是不是对她很有利呀？”

“网上言论没什么用的。”颜母淡淡回应。

颜苏走向大门的脚步微顿，沉吟几秒钟后，改去了餐厅。

“哟，提鱼醒啦，吃点吗？有包子、油条、豆浆……”

“给我杯热牛奶就可以了。谢谢。”颜苏在颜母对面坐下。

颜母正一边刷手机，一边喝着一杯颜色极为古怪的自制蔬菜汁，看见他，放下手机：“醒了？”

“嗯。”

“你连睡一天一夜，吓坏了姑姑。”

“下次不会了。”

“如果有下次，请你去酒店睡或者直接睡医院，别回来刺激姑姑脆弱的神经。”

颜苏抬眼，定定地看着妈妈。

颜母一边继续刷手机一边问：“干吗？”

“昨天……算了，没什么。”正好苏姑婆捧来热牛奶，颜苏不再说话，专心开始喝牛奶。

颜母看了他一眼，转头继续跟苏姑婆说话：“网上言论确实没什么用，如果再拿不出确切证据，输了民事官司事小，只怕还要担刑事责任。”

苏姑婆震惊：“这种吵架气死人也要坐牢的？”

“当然，如果明知对方有生理疾病，存在被气死的可能性，却积极地、有目的地故意追求结果发生，在主观上属于‘故意’，跟对方死亡之间存在因果关系，就是犯罪。”

“听说昨天出示的短信证明，时间、地点都是方小姐定的。而且救护车上的医护人员也做证说方小姐送江小姐上车时，主动告诉她们江小姐有癫痫病史。”

“对，这是非常不利的两个证据。”

颜苏看着两人：“你们是故意讨论给我听的吗？”

“请别自我意识过剩好吗？方若好是名人，名人谋杀案轰动全城，我们小老百姓吃早饭时讨论讨论怎么了？”

“主要是那孩子太好看了！真是电视里走下来的美少年啊！”苏姑婆在一旁眨着星星眼。

颜苏立刻意识到不太对劲，一把抢过母亲的手机，颜母一怔：“喂喂，你自己有手机！”她当即俯身过来抢，但颜苏已看到了一溜刷“盛世美颜”的表情包，伴随着《昭华新艺人为给老板洗冤出卖色相》《小英雄救美了解一下》等哗众取宠的标题。

而表情包里那个一颦一笑皆活色生香的美少年，正是贺源西。

颜母抢回手机："关机一整天，错过一个亿了吧？"

颜苏不知怎的，想起了那天他跟方若好在黄昏的公园找到贺源西的情景，一瞬间，如有巨浪冲击岩石，溅起水珠无数，每一颗都带着故事。

"砰"的一声，他碰倒了牛奶杯，没喝完的牛奶顿时洒了，泼到衣服上。

颜苏起身，上楼换衣服。

等他离开后，苏姑婆有些担忧地说："咱们这样刺激他，管用吗？"

"谁知道呢……"颜母的视线凝在贺源西的直播截图上，半晌，勾唇一笑，"儿子不给力，只能我这个当妈的出马帮一把了，总不能被一个未成年小孩比下去吧？"

颜苏回到房间，脱掉被弄脏的红毛衣，打开衣柜，从一排虽然全属红色，但色度其实存在差别的毛衣中拿了一件。刚要换上，手表不知为何被勾住了，眼看就要掉地上，吓得他连忙俯身一抄，抢在落地前救下。

额头在这一瞬间，沁出了一层薄汗。

颜苏愣了一下后，慢慢直起身，耳膜里清晰听见自己急促的心跳声——"咚咚咚咚"。

他的目光落到红水鬼上。

想起那个女孩珍藏此物的温柔，他内心深处，像有什么种子扎根生长，叫嚣着要破壤而出。

若好会被卷入这起官司，完全是江唯唯的过错，而追溯根本，是他的责任。

明明是他闯的祸，却如此轻易丢给对方，就此撒手不管。继"男友"的资格失去后，连"男人"的资格也要失去吗？

颜苏抿紧嘴唇，半晌后，拿出手机发了封邮件。

美少年吃饭事件在第二天中午，有了新进展。

原来有一家正规的新闻媒体，采访了"小三气死原配案"中一直隐藏在背后的所谓"丈夫"的母亲。

接受采访的母亲被马赛克遮了脸，但气质高雅，举止得体，说话也是慢条斯理的，显得十分有信服力。

"您好，请问网上聚焦的'茶吧小三气死原配案'是真的吗？"

"我并不明白'小三''原配'一说从何而来。监控视频里的两个女孩确实都与我儿子有关系，但我儿子未婚，不存在法律上的婚姻关系。"

"那是前女友和现女友的关系吗？"

“据我所知，那位所谓的原配，不过是我儿子的高中同学。而那位被污蔑为小三的女孩……”

记者插话：“方若好吗？”

颜母顺势改口：“若好，是我儿子真正的女朋友。”

“所以您认为这不是一起感情纠葛？”

“就算是感情纠葛，也是单方面的。我儿子是个孤僻内向的人，这么多年，只让若好一个人来过我家。现在若好被卷入官司，我非常担心她。还有，很生气的一点是，我莫名被升级做了婆婆。”

“您相信方若好是无辜清白的？”

“我只想说，我不认识那位病发的小姐，她不是我的儿媳、我儿子的原配。我还想问一句——在抹去‘小三’‘原配’两大关键词后，你们还会这么看待茶吧的这起事故吗？”

采访到此结束。

发布媒体本拥有着广大的粉丝群体，因此一出来就上了热门。

“我说什么？我就说有二度反转！看，先是公司艺人，然后未来婆婆，都下场了！”

“就算不是小三、原配，气死人是真的吧？”

“那个男朋友到底是谁啊？是死了吗？女朋友被冤枉也不出现？还要老妈出面澄清。好心建议一下方小姐，这种男友赶紧分！”

“所以最终的事实是单恋男方的某女找人家正牌女友摊牌，然后气得发病挂掉？”

“已经不想再看见这几个人了，爱死不死，爱告不告，能不能不要再出现在首页上污染我们的眼球？”

……

方若好看到这个视频时，心中不知是何感觉。

她万万没想到，颜母会站出来公开支持她。虽然她已做了不予应对网络舆论的决定，但不得不说，贺源西和颜母这两拨反转刷下来后，起码给大部分人留下了质疑的种子。

其实，当初决定不澄清，也有一部分原因是为了保护颜苏。她怕他被人肉被曝光后，被大家攻击。他的职业特殊，本就是高危群体，再加上言论刺激，会给医院带去许多麻烦。后来，发生了分手的事后，出于自尊，方若好更不想澄清。

她习惯了独自面对问题，习惯了背负罪名前行。

之前，背负了妈妈的罪；现在，背负了颜苏的罪。这并不算什么。可是，颜母的这个视频，就像一剂麻药，注入她的伤患处，或许起不到什么治疗作用，却让疼痛立减。

方若好想了想，给颜母发了条讯息，郑重地表示感谢：“看到了网上的采访视频，给您添麻烦了。谢谢。”

颜母的回复来得冰冷无情：“我是不希望有一天人肉到提鱼。”

方若好不知怎的，突然笑了。一笑之后，浮起无限思绪。好想问她一句“颜苏还好吗”，好想知道颜苏在干什么。关注那个人已成习惯。分手后，突然再也刷不到有关他的任何信息，心里空荡荡的，像是缺失了什么东西。

提鱼的社交媒体没有再更新。

甚至连曾经活跃的微信运动，也降到了百名开外。

他不再跑步了吗？还是最近手术太忙了？

其实不过是一切回到原点，继续远远地凝视你，关注你，祝福你而已。

无论如何，我并不想让你就此消失。

方若好犹豫了半天，放下手机。她想她还没有准备好，承担再次靠近的后果。

颜苏坐在李主任的电脑桌前，从里面调出了江唯唯的病历档案，一页页地往下拉。

李主任打开门走进来：“怎么样，有什么新发现吗？”

“还没有。”颜苏紧盯着屏幕，神色专注。

李主任在一旁一边换衣服一边说：“咱们的诊治方案没有问题，换了哪家都挑不出毛病。你不用担心，就算她的家属告，也没用。”

颜苏没有接话。

李主任想了想，掏出手机刷新闻，点评说：“不过，确实难缠啊，这一家子，看看网上这都颠倒黑白成什么样子了……咦，这真是令堂吗？”

颜苏接过他的手机，看到了颜母的采访视频，不由得一惊。

“是她吧？”李主任还在等答案。

颜苏揉眉，显得无比头疼，这时手机响了，显示来了一封新邮件。他打开邮件，越看面色越凝重，片刻后说：“病历我拷贝一份，有新发现。”

“真的？”李主任面容一肃。

贺源西考完试后并没有马上回H省，磨磨蹭蹭不肯走，美其名曰等成绩。方若好一语揭穿他："你是想看周二的庭审吗？"

贺源西咬着可乐上的吸管说："好歹确定一下你还能不能捧红我再走吧。"

"恕我直言，你再自作主张抛头露面，我有多少资源都不够砸。"

"喊，你真的有资源吗？怎么不见你把资源用在自己身上？"贺源西看着被咬得坑坑洼洼的吸管，索性扔了直接喝。

方若好并不想跟他深入探讨"舆情控制"这个话题，而是从他手中夺下可乐："还在拍摄期，控制一下卡路里好吗？"

贺源西瞪着她："烦人。"

"总之周二的庭审不用你来。让张晌晌给你买明天，哦，不，今晚的机票，给我麻利地走人。期末考试如果及格，我会兑现承诺送你一份大——礼。你现在就可以开始祈祷能收到它了。"

"万一我不喜欢你的'大'礼，能换吗？"

"你一定会喜欢的。"

"万一呢？"贺源西直勾勾地盯着她。

方若好想这死小孩怎么这么较真，无奈地说："那就再换一个给你。"

"我来选。"

"OK。"

贺源西这才满意了，转身离开了。张晌晌等在门外，连忙跟上他。

两人走到电梯前，正好电梯门开，贺小笙从里面走出来，目光对上，明显一怔。

贺源西却没理会他，径自与他擦肩而过。

贺小笙愣了一下，眼看电梯合上了才反应过来："堂弟！"想要再追已来不及，他当即冲进方若好办公室，"那个是我堂弟吧？他来找你做什么？"

"谈心。"

贺小笙的满脸疑惑顿时僵住，几秒后，拉把椅子坐下强行转移了话题："是这样的，你知道现在网上有个活动叫'严惩凶手，抵制昭华'吗？"

方若好靠在椅背上看着他，眼睛里还浮现出些许笑意。

"严肃点！我们的年度主打电影马上要上映，现在这个活动闹得沸沸扬扬的，投票赞同的人数居然过了十万！宣发那边非常头疼！"

"需要我做什么？"

"道歉申明。不管如何，先平息一下大众的怒火。正好现在也冒出了一些替你洗白的言论，趁这机会澄清一下吧。"

“不要。”方若好一口拒绝。

贺小笙厉声叫道：“方若好！你不要仗着爷爷疼你就这么嚣张！这部电影我们投了三亿啊，要是砸了就完了！我们要对其他股东有交代！”

“只是发个道歉不能解决问题。真正能结束这场混乱的是无罪判决。”

贺小笙发出一声讥笑：“得了吧，自己人就不用再演了。”

方若好眯了眯眼睛：“什么意思？”

“虽然那个江什么确实不是原配，但确实是颜苏的前女友，你从她手里抢了颜苏，就得做好承受报复的心理准备……”

方若好压沉了声音：“为什么你会认为她确实是颜苏的前女友？”

“他们一块在A国念书的同学们都知道啊。有两个是我哥们儿，我听他们确认的，颜苏这次回来，那女的还蒙在鼓里呢，参加派对时才得知，当场就不行了……”

“当场就不行……是什么意思？”

“就是上个月，在A国就犯病了。”

方若好心中一顿——上次开庭，江家可是口口声声说江唯唯这一年都恢复得很好，再没发过病的。她随即想起颜苏跟她说过，江唯唯病情加重了，冯静秀才跟踪她的，也就是说江唯唯在跟她见面之前，已是个垂危之人了。

“有证据吗？照片、视频、人证，证明她在此之前发过病？”方若好的眼睛亮得逼人，“你如果能搞到，我什么都听你的，让怎么道歉，就怎么道歉。”

“真……什么都听我的？”贺小笙突然心跳加速，这么多年，除了上次订婚中突然摆了方若好一道，他对这个女人一直很憋屈。如今，他这是能翻身做主人了？！

方若好冲他眨了眨眼睛：“看你的了。”

颜苏收到的是霍普金斯大学史密斯教授发来的病历，证实江唯唯在去年十二月，也就是他回国后，再次病发，且有恶化现象，医生建议再次准备手术，但她在手术的前三天偷偷出院回国了。

也就是说，这份资料可以证明江唯唯家属的失职，他们在病人状态极其不稳的情况下放任她放弃治疗单独出门；而且也证实了他们之前说的“一年没有发病”是彻头彻尾的谎言。用谎言编织的巨网，在这一刻，彻底断了一根线。

贺小笙就更厉害了，他直接机票酒店吃喝玩乐一条龙，请了两个女同学来当证人，证明“江唯唯早就不想活啦”。

“江唯唯曾站在十九楼阳台上问过我跳楼是不是死得很难看。”

“江唯唯很可怜的，她跟她妈关系非常畸形，她妈什么都管着她，连她吃药时喝几口水都管，有一次她喝药时只咽了一口水，她妈就在旁边骂她。”

“江唯唯有一次哭，说她的病拖累家里，爸爸卖了房子，公司生意也很差，而她又不可能治好了……”

“江唯唯回国前去监狱看过周定，不过周定不肯见她。于是她写了封信给他……”

律师陪着方若好坐在办公室里，听着两位女同学的证言，听到这一句时，方若好和律师意味深长地对视了一眼。

方若好转向贺小笙：“我要那封信。”

贺小笙刚要撇嘴讥讽，方若好补充了一句：“我用如优的情报跟你换。”

贺小笙的眼睛立刻亮了起来：“一言为定！你等着！”

如此，在周二开庭前，他真的弄到了那封信。

律师在庭上出示了新证物、新证人后，还念了那封信——

“我有很多想要做的事情。

“我想当幼师，给小朋友们一个轻松开阔的童年，不用被强制喝多少水，不用担心受了欺负无人倾诉；

“我想当老师，给学生们一个宽松开明的氛围，不用小心翼翼不敢恋爱，不用焦虑成绩问题；

“我想当护士，帮助医生照顾病患，让他们减少痛苦恢复健康；

“我想当个好女儿，平安健康不让父母头疼，不用他们太辛苦，可以自己照顾自己；

“我想当个好妻子，嫁给喜欢的男孩，为他生儿育女，和他组建家庭……

“我有那么多事情要做，但遇到了你。

“什么都变得毫无意义。

“所有人都要求我‘活着’。

“活着成了我不得不做的唯一的事情。

“我本来以为自己会好起来的。所有人都让我觉得我会好起来。可是，他们骗了我。我也骗了我自己。

“梦终是会醒的。

“现在，是该我好好看看世界的时候了。

“我没什么留恋。我只是想看一眼。至于看后想做什么，不，我什么也不做。感激和怨恨都是活着的证明。而我呢，我想我的生命早就结束了，在遇到你的那一刻。”

律师读完信，整个法庭寂静无声，安静了好几秒。

直到冯静秀失控地尖叫起来：“他胡说！这不是我女儿写的！我女儿才不会去看周定，她恨他怕他都来不及，还看他干什么？她才不是那种寻死觅活的人，她一直在很积极地接受治疗，她很爱我和她爸爸的，她绝对不会自杀的！你们胡说，大家不要上当啊……”

最后，审判长不得不让人把她拖走。

如此一来，形势逆转，审判长宣布明天继续。

“按照以往经验，如果双方都不能再提供新证据的话，明天就会出结果了。我们的赢面大概是一半一半。”律师在回去的车上对方若好如此说。

方若好翻看着庭审资料，页面停在江唯唯在A国××医院的病历上：“这个，也是贺小笙弄来的吗？”

律师一怔：“是快递到事务所的。不是他吗？”

方若好看着上面的主治医生史密斯，这个名字她有记忆，是颜苏在霍普金斯的导师。她当即拍了照片找贺小笙确认：“你怎么弄到这个的？”

贺小笙回复：“什么啊？”

不是他？那会是……

方若好的手指轻轻从资料上抚过，答案压在舌底，一下一下，却如压在她心上一般。

方若好当晚没有回家，而是去了母亲的疗养所。她亲自给母亲洗了澡，抹了润肤乳，将她收拾得干干净净的。

罗娟朝她露出一个善意的笑容。

“妈妈……”方若好坐在床边，“我，能跟你说说心里话吗？”

她从没有跟母亲说过心事，在成长的岁月里，聆听她心事的人，是陌北老师。而陌北老师，听到的也只是一部分而已。更多的东西被她藏了起来，她不敢轻易交付他人。

“这些年发生了很多很多事……我，一直活得非常辛苦。”

回首她这十年，若要总结，最精确的就是“辛苦”二字。

“我……一直在照顾你，拼命地挤压时间、金钱、精力……才换取了你的奇迹。我成功了。但是，正是因为这种滋味已经经历过，知道是什么样的，所以，反而不敢再经历一次了。太辛苦了……如果人生一直需要这么辛苦，真是有点坚持不下去呢……”

“我偶尔也可以选择偷懒和懦弱的，对不对？”

“我也是有选择放弃和逃避的权利的，对不对？”

“所以……我跟颜苏分手了……”方若好说到这里，眼泪缓慢地流了下来，“可是妈妈，此刻的我好委屈……太、太委屈了……”

最委屈的是，所有矛盾来自内力，而非外力。外力可以清晰可见，内力却看不到摸不着，让人无从下手。

因陷入这样的困境而委屈。因无法解决这样的困境而更委屈。

罗娟歪着头不知道在想什么，过了好半天后，伸出手，轻轻地擦掉了她的眼泪。

“笑……”罗娟扯开嘴唇，比了个笑的姿势。

方若好泪盈于睫地看着她。

“要、笑……”罗娟一遍遍地比画着。

方若好学她的样子挤出一个笑容来。

“笑……”罗娟高兴地眯起了眼睛，还拍了拍手。

方若好下意识地握住她的手，感受到这双手传来的热度和活力。十年间，她无数次擦拭过这双手，它本毫无生气，可现在，它是动着的，会反握住她，会给予回应。

她心中突然有什么东西被打开了，像黑漆漆的屋子里透入了一线光，又像一个巨大的石头被推走。

奇迹的魅力活色生香地呈现在面前，被感知，被提醒，被铭刻。

方若好凝视着会自主呼吸、会动、会冲她微笑、会替她擦眼泪的罗娟，母亲的角色在这一刻，重新进入了她的生命。

委屈，被这样的奇迹，慢慢扫去。

“妈妈。”她抱住罗娟，将头慢慢地靠在了她怀中。

门外，隔着玻璃，静静地站着一个人。

那人不知何时来的，也不知站了多久，没有发出任何声音。

看到这里，他转身离开了，并将手中的鲜花随手扔在垃圾桶上，独自拎着酒和礼物盒回去了。

去别的病房拔完针的护士们回来时，看见了垃圾桶上娇艳欲滴的花束。

“谁啊，把这么好的花扔了？拿回去咱们插起来！”

颜苏走到疗养中心门口，看着手中的酒和礼物。

女朋友生气了要主动请求和好，要买礼物、送花、带酒。

鼓起勇气抵达，却再一次遇到暴击。

“如果人生一直需要这么辛苦，真是有点坚持不下去呢……

“我偶尔也可以选择偷懒和懦弱的，对不对？

“我也是有选择放弃和逃避的权利的，对不对？

“所以……我跟颜苏分手了……”

分手，即失去。

已经连请求和好的权利都没有了。

他出了会儿神，思绪起起落落，仿佛在大海中游泳，已经精疲力竭，却没有看见海岸线，

直到一辆车“嘎吱”一声停在他面前。

开车之人下车，冲他勾唇一笑：“好久不见。”

颜苏的目光落在那人脸上，心中微定。

第二天早上十点，审判继续。

方若好坐在被告席上，心中盘算着大概今天能出判决。按律师的说法，双方都欠缺实际证据，就看审判长怎么想，就算让她赔钱也会斟酌着数字来，绝不可能是原告要求的二百万。可她真是一分钱都不想赔。

冯静秀因为昨天大闹法庭，今天被限入了，取而代之坐在原告席上的是江仲山。他是个老实木讷的男人，眼袋极大，一脸愁容。

开庭十分钟后，律师助理快步进来对他耳语了几句，律师精神一振，起身说道：“审判长，被告方请求提交新证人。”

对方律师立刻表示反对。己方律师再三保证这是关键证人，目睹了事件经过，审判长同意了。

厅门打开，一个人走了进来。

方若好看见对方，非常震惊。

而在听众席中坐着看戏的贺小笙立刻站了起来，颤声看向来人：“如、如优！你、你不是当老师去了吗？”

方如优在当老师，是方若好作为取得周定信件的交换条件告诉贺小笙的，同时她也表示自己并不知道她在哪里当老师。贺小笙已派人去查最近三个月的支教人员名单了，没想到此时此刻，她会突然出现在这里！

方如优的长发没了，取而代之的是超短的毛寸，亏得她脸型完美，五官深邃，显得十分利索和精神，高领毛衣搭配牛仔裤、高筒靴，一改从前的娇娇女作风。

方若好不禁心道，这是从芭比公主变成了假小子吗？

方如优在证人席坐下，宣读了保证书后，律师问她："方如优小姐，您确定一月五日中午十二点半，您在案发现场？"

方若好大惊——什么？！方如优当时也在？！

"是的。我在路上撞到了江唯唯，我们是高一时的同学，我认出了她，对她的行踪有些好奇，就跟着她。"方如优说到这里，朝方若好投来一瞥，"当我发现她竟然是跟方若好见面时，就更好奇了。"

"你认识方若好？"

"认识。我们是工作上的竞争对手，我还从她手上抢了未婚夫。"

听众席上起了一片窃窃私语声。

"你们是敌对关系，所以额外关注她们两个的见面，是这样吗？"

"是的。"

"那么你看见了什么？"

"我看见江唯唯找方若好诉苦，说她一直爱慕她的男朋友，很羡慕他们。"

"你胡说！胡说！"听众席上不知是江唯唯的哪位大姑叫骂起来。

律师没有理会，继续问方如优："她们没有语言冲突吗？"

"没有。只有一次，方若好起身说要走，江唯唯哭着说对不起，方若好便又立定听她说。"

"她胡说的，她胡说！监控视频里没有她，她怎么可能在现场？！"江唯唯的大姑继续叫道。

方如优笑着回头看了她一眼，拿出了手机："我有证据。我拍了视频。"

律师申请播放了该视频，视频是从窗外拍的。茶吧那天为了通风额外开了一扇窗户，方如优就躲在这扇窗外，用手机拍下了江唯唯和方若好的对话全过程。距离很近，但角度隐蔽，因此谁也没有发现她，监控也没有拍到她。

视频从两人见面开始，到江唯唯倒下后还在继续，拍下了方若好积极叫救护车的样子，但突然间就没了。

"我本想拍下来发给方若好的男朋友看的，结果拍到这里时来了个电话，手机就停止录制了。"那个电话，自然是租车人员打来的，告知她已经到地方了，问她在哪里。

"你当时为什么没有拿出这段视频呢？"

"我当时正在离家出走，担心被家人发现，所以赶紧开车走了。再后来，我住的地方没有网也没有4G，打电话都很费劲……就耽搁了。最主要的是我并没有把这事放心上，我觉得只是个小意外，连跟她男朋友告状的标准都不够，没想到会变成一起杀人案件。”

听众席上又起了一阵喧哗声。

审判长不得不敲槌让大家安静。

方若好呆滞地望着方如优。她幻想过一万种庭审的可能，独独没想过——最后会是方如优出场，最终决定了她的胜利。

十年时光漫长，浮现出她和她的交集。

她们站在不等式的两端，彼此寻找着变化和发展。

是宿敌，是世仇，是那种只想今生无此人的烦躁。

然而，偏偏一次次地纠结在一起。

她唤醒了她。她为她做证。

真是一段剪不断理还乱的……孽缘啊。

廿一
一生羁绊

方若好一直心思恍惚地坐着，连最后审判长宣布原告败诉都没反应过来，直到李秘书和律师笑容满面地过来跟她握手："恭喜，方总！"

她一激灵，回过神来，再看证人席，哪里还有方如优的身影："方如优呢？"

"做完证就走了。贺总也跟出去了。"作为曾经目睹昭华内部两姐妹争斗全过程的李秘书相当感慨，"没想到如优小姐竟在现场。店内和茶吧门口的监控都没拍到她啊……，你是怎么找到她的？"

"是她主动联系我的……我还在想你们真神通广大，这都找得出来……"律师一头雾水。

方若好脑中一团乱，最后说："我去趟洗手间。你们去停车场等我吧。"

她走进走廊尽头的卫生间，借着洗手来恢复心绪。就在这时，其中一个隔间的门开了，方如优将脑袋探了出来："嗨。"

方若好吓得一抖。

方如优"扑哧"笑了："见鬼了？"说着走到她身旁也开始洗手。

方若好怔怔地看着她，好半天才憋出一句话来："你……没走？"

"走了啊，出去打了个出租车，给师傅一百元让他开去昭华，右门上，左门下，借着车流遮挡重新回到法院，等在这里。"方如优朝她眨了下眼睛，

"怎么样？这手反跟踪不错吧？"

方若好顿时明白过来——方如优一离场，贺小笙自然也离场找她，于是她玩了个障眼法，其实又躲回了法院。如此一来，饶是贺小笙、沈如嫣他们再聪明，也想不到。

看来此人在离家出走这段时间里积累了不少经验。

方如优抽了张纸擦拭双手："行了，礼尚往来，我帮你这么大忙，你也帮我一个呗。"

"你想我做什么？"

"收留我一晚，明早九点会有车来接我回学校。"

"你替我出庭做证，然后又不见了。沈女士会第一个来质问我。"

"我妈那么要脸，最多就是问问你，绝对不敢真冲进你家看。所以，你家，是这个城市目前最安全的地方。"

方若好被说服了。

又或者说，说服她的不是方如优的这番言论，而是她之前替她做证的行为。

方若好把家里的钥匙交给方如优："你自己去吧。××小区F191。"

"你呢？"

"回昭华工作。然后再去给老爷子煎药。大概十点左右回家。家里的Wifi密码是11241242，觉得无聊就上网。"

方如优没再废话，戴上口罩墨镜走了。

方若好又在镜子前站了好一会儿，才去跟李秘书他们会合。

刚回昭华，贺小笙急匆匆地找上她："如优呢？"

"她做完证就走了。你不是跟出去了吗？没跟上？"

贺小笙一脸懊恼："她去哪儿了？你既然联系了她今天出庭，为什么不事先提醒我一下？"

"我并不知道她今天会出现。"方若好很认真地说，"我跟你一样吃惊。"

贺小笙却不信："我帮你做了那么多事，没有功劳也有苦劳，你行行好，告诉我她的下落吧。"

可惜方若好软硬不吃，冲他淡淡一笑。笑得他鼻子都气歪了："好你个方若好，过河就拆桥！你不是答应什么都听我的吗？"

"对啊，仅限于道歉。你想让我怎么道歉？"

贺小笙气呼呼地瞪了她半天，甩门而去。

这时贺源西发来了微信：“礼物。”附带一张期末考试成绩单，基本都是低分掠过，但真的全部及格了。只不过作为曾经的学霸，方若好看到这种分数实在是很碍眼。

方若好闭上眼睛，平缓了一会儿心绪后才回复他：“知道了。三天内奉上。”至于送什么礼物，其实完全没头绪。

她忍不住想起了颜苏，想起他帮她送给源西的圣诞礼物。

要是颜苏还在……这个想法刚冒出头，就立刻被一巴掌扇了回去。

方若好起身，赌气地想，我也是曾经浪漫地送出过星星的人！完全可以自己准备礼物！

不知为何，这个想法却让心情越发郁卒了……

她曾那么精心地为爱情准备礼物，却连半年都没能坚持住就分了手。

世事讽刺，莫过于此。

方若好回到家时，正好十点。推门而入的一瞬，她看到里面有微弱的光，先是恍惚了一下，然后才想起来——方如优在她家里。

然而她的家，已不是早上离开时井井有条的样子了。

客厅没有开灯，只有电视在播放一档综艺节目的微光。依稀可见抱枕、毛毯散落在地上，茶几上摊了一桌子零食，有的拆袋了，有的没有拆，瓜皮果壳掉了一地。厨房那头，方如优正弯腰站在冰箱前捣鼓什么，冰箱的灯光将她的身影拖进客厅。

最后她拎了瓶冰镇啤酒，“踢踏踢踏”地出来：“回来啦。”

方若好目瞪口呆地看着眼前的一切。

方如优穿着她的睡衣，她的拖鞋，脸上还敷着她的面膜，喝着不知哪儿弄来的啤酒，吃着不知哪儿弄来的零食，歪在沙发上继续看电视。

她还是第一次见到如此懒散放松的方如优，简直比早上法庭上看见的假小子还要令她震惊。

“你，可真不见外啊……”她换了鞋脱了大衣挂好包包走进去，看着一地狼藉，很有些无处下脚。

“穷山沟里什么都没有，连肉都要去镇子上称。我已经好久没吃过零食喝过酒贴过面膜泡过澡了。”方如优带着几分酒意感慨。

“为什么会去支教？”

“逃呗。”

“为什么……剃头？”

“你不知道，有些村民真的超级没素质，各种偷看换衣服、洗澡，骚扰女老师……我把头一剃，一凶，再一踹，他们全老实了。”方如优心情极好，因此对她有问必答。

方若好在一旁坐下，感到眼前的一切都非常不可思议。

“那么糟糕的环境，你挺能忍啊？”

“其实也忍不了。但是……”方如优放下啤酒出了会儿神，缓缓说道，“有些村民确实无可救药。可孩子们……真心很好。越小的孩子，越好。下着雪呢，背着书包走十公里，穿林蹚河地来上课，头发和外套上全是冰，十个手指肿得跟萝卜一样，全是开裂的冻疮……看着他们，我就忍了。我心想，想改变大人是很难的，但改变孩子，要容易很多。我多待一天，多鼓励他们一天，多帮助他们一天，也许他们中有的人命运就变了，无可救药的大人就能少一个……”

方若好说不出话来。

她想到了陌北老师。想到了自己，想到陌北老师曾希望源西能够继承他的遗志当老师，可源西进了娱乐圈；原本在娱乐圈中的方如优，却去当了老师……

世间因果，像个首尾相连的圆，充满了不可思议的轮回。

方如优起身摘了面膜，摇摇晃晃地再次走向冰箱：“我还想喝。你要吗？”

“不要……”方若好下意识拒绝，但声音拖到最后拐了个弯，“来一听吧。”

方如优扔出来一个易拉罐。

方若好吓得连忙接住：“别扔啊！打开会炸的！”

方如优回了个放荡不羁的哈哈大笑。

方若好叹了口气，算了，不跟醉鬼计较。她等了几分钟，才打开易拉罐，把冒出来的泡沫赶紧喝掉。

屋里暖气很足，甚至让人有些燥热，冰凉的啤酒入喉后，身体跟着打了个寒战，竟是说不出的放松。虽然明明提醒过自己不要再喝酒，可方若好想，啤酒而已，应该没事的。

几口下肚，她的胆子也大了许多：“你为什么出庭帮我？”

“我没帮你啊。”方如优捧着六七罐啤酒出来，往茶几上一堆，打了个酒嗝，“我只是说出事实而已。”

“只是这样？那为什么这么巧，正好赶上今天？”

方如优突然侧过头，冲她邪魅一笑："你猜。"

方若好心中有根弦，一下子绷紧了。她不得不灌了几大口酒，才干巴巴地说出自己的猜测："是……颜苏吗？"

方如优笑眯眯的，语调格外磨人："哦？你为什么觉得跟他有关？"

"因为能让你放下戒心愿意联络的人不多。颜苏算一个。"还有一个谢岚，因为不知他们两个是什么关系，所以方若好没提。

"是啊……三哥给我打电话时，吓了我一跳呢。"

听到这句话，方若好的心又急促地跳了起来——真的是他？！

"他去了茶吧，观察了你们当时的座位，觉得窗外如果当时停着车，而车上又正好有行车记录仪的话，或许会有新证据。于是就去找了。结果真的找到了一辆车，那辆车的行车记录仪偏偏又拍到了我……照理说我包成那德行，他怎么能认出我呢？我问他，你猜他怎么说？"

方若好的心已经乱了，此时此刻没法思考，便直接问："怎么说？"

"他说他认出了我的鞋。一个穿着二百块钱羽绒服的姑娘，鬼鬼祟祟地躲在窗外拍你和江唯唯，脚上穿的却是一万六千元的鞋。他想，除了我，大概不会有第二个人了。"方如优叹了口气，"不愧是观察入微的医生三哥啊。"

"那他是怎么找到你的？"

"行车记录仪不但拍到了我，还拍到我上了租车行的车。他从车牌号入手，查到我交车时的联系电话，打了过来。"方如优再次叹气，"不愧是曾经想要当警察的三哥啊。"

方若好只好一口接一口地灌酒。

"对了，你们两个怎么不吃晚餐庆祝一下？"方如优突然想起了这个问题，四处张望，"你赢了官司，这么大的喜事，怎么自己回家？"

颜苏还没告诉她吗？方若好抿了抿唇，有些艰难地回答："我们分手了。"

方如优的眼睛一下子睁到最大，过了好一会儿，才撑不住酒意地眯了回去："有点意思。所以，你们两个这算什么？分手了藕断丝连？他背着你帮你洗脱冤名，你背着他跟我打听事实？"

方若好不说话了。

方如优"哧哧"地笑了起来，一脸幸灾乐祸："还以为你苦尽甘来，过得风生水起呢，结果，跟我一样，感情不顺。"

"谢谢，我跟你不一样！"

"得了吧，恋爱都是一样的，分手，也都是一样的。"方如优举起一根手指，信誓旦旦地说，“男人，都不是好东西！”

她真是醉得不清，要不要阻止一下？方若好忍不住想。

“我跟你说，男人全是坏蛋！我爸，你爸，我们爸，更是坏蛋里的坏蛋！”方如优说得兴起，索性踩在茶几上，摇摇晃晃地站了起来。

“喂，你小心点！”方若好想起来拉她，结果一阵晕眩，跌坐回了沙发上。她捧着脑袋想，不会吧，她可是连一听啤酒都没喝完啊。

“表面甜言蜜语，一口一个‘心肝宝贝’‘爸爸最爱你’‘为了你爸爸做什么都可以’‘你想要什么全都买买买’‘爸爸甚至愿意为你挡枪’……”方如优居高临下地站在茶几上，朝方若好咯咯笑，“但事实上，心肝宝贝一堆，最爱也一堆，买的礼物全是情人一份宝贝一份，有时候我真希望来一把枪杀我，看他敢不敢挡！浑蛋！贱人！发情的公狗！”

方若好的眼神起了一系列变化，闷笑了一声：“他对我并不是这样的。”

方如优顿时好奇：“他对你如何？”

“儿时的记忆里，爸爸是很少出现的。偶尔出现，也非常严肃，不怎么笑，跟大爷似的坐在那里什么也不干。妈妈则像小蜜蜂一样忙进忙出地伺候他。妈妈说爸爸工作很累，好不容易回趟家要让他开开心心的……”

方如优嗤笑了一声，但没说话。

“他都叫我‘若好’，没有叫过宝贝、女儿、乖乖什么的……我有一次好不容易鼓起勇气请求他带我去迪士尼，他说行。我第二次再问，他就说，有这事吗？然后用一种不满的目光看着妈妈，妈妈就骂我，让我别任性……”方若好将脑袋靠在靠背上，望着天花板，如望着她不堪回首的童年，“所以，上高一前，我从没有出过县城。”

方如优盘腿坐在了茶几上，学她的样子盯着天花板：“他在家很温柔的，很积极，各种讨好我和妈妈，还偶尔下厨做菜……真是两个样子啊。”

“因为在你家，他是依附者；在我家，他是主权者。”

方如优“啐”了一口：“不要脸的狗东西！在你家找平衡呢！你知道他对外面那些小姑娘又是什么嘴脸吗？是体贴知心好叔叔，是个婚姻抑郁满腹苦恼无处诉的可怜中年男人，是个出手阔绰还有情趣的好恩客……我们怎么这么倒霉，摊上这么个爹？”

方若好认真思考了好一会儿：“因为妈妈无能？”

“说得好！就是妈妈无能！”方如优跟她捧杯，“我一定要给我女儿挑个好爸爸！绝对不让她重复我的悲剧！”

觉得找到了志同道合者的方若好连忙表示：“我也是！”

“我们都要加油！”

“嗯！”两人喝完一听，开了第二听。

方如优歪了歪脑袋：“但三哥真的挺好的啊，你们为什么分啊？”

“一言难尽……大概是我配不上他吧。”

“噗！”方如优竖起大拇指，“有自知之明！”

“别说我了。你呢？你跟谢岚怎么回事？”

“我也配不上他？他把我所有的套路全部咔咔咔——推给他的助理了。”方如优说着说着生气了，找了半天手机，终于从沙发底下扒拉出来。

“干吗？”

“我去问问，我哪里配不上。”

“我不问。我不要再主动联系他了！他不主动来求和，我绝对、绝对不找他！就算他背地里帮我做多少事都没用！”方若好红着眼睛说。

方如优又朝她比了个大拇指，然后拨了谢岚的电话。电话响了三声后，被接起：“有事吗？”

“怎么？没事就不能给你打电话了？”

“就是！”方若好在一旁帮腔。

谢岚听见了：“你跟谁在一起？”

“方若好。怎么，不敢相信吗？”

“让她接电话。”

方如优“哼”了一声，把电话递给方若好，方若好接起来，也咯咯地笑了：“谢总！我是方如优，哦，不，我是方若好。你好吗？十六好吗？你们都好吗？”

谢岚无语。他本想找个清醒的对话，结果又是一个醉鬼。

“算了，你把电话还给方如优。”

方若好“哦”了一声，递还给方如优：“你跟他，好好说。不要怕！我，支持你！”

方如优受了鼓励，瞬间心比天高，胆比地大：“喂，谢岚，我问你啊，我到底哪里比不上唐翎啊？你为什么喜欢她不喜欢我？”

方若好在旁比了比，一脸严肃地说：“她胸比你大。”

“她是隆的！我这才是纯天然！”方如优很生气。

电话那头的谢岚沉默了。

方若好忽问：“你喜欢猫吗？”

“什么？”

“据说，十六不喜欢唐翎，所以他们两个才分手的。你只要能搞定十六，就一定能成功！”

方如优恍然大悟：“是这样吗？！那我明天就去考宠物营养师、驯导师资格证！”

两个醉鬼碰了个杯，只觉前途无限光明。

谢岚忍无可忍，开口道：“你们在哪里？”

“在我家。”“在她家。”方若好和方如优同时答道，然后相视而笑。

“你们两个，现在去刷牙洗脸睡觉。”不等她们反应，他便挂了电话。

方如优听着“嘟嘟”声，眼泪一下子就起来了：“真冷漠啊……”

“要哭吗？”

方如优“哇”的一声哭了。

方若好摇摇摆摆地走过去，坐在她旁边，想了想，刚伸出手，方如优主动靠入了她怀中，继续哭泣。

方若好承受着她的重量，目光落到手上的绿水鬼上，把它摘下一扔，也哭了。

“叮咚叮咚”的声音每隔三秒钟就规律性地响两声。

方若好猛地醒了，意识到是门铃声。她连忙起身，却发现自己居然睡在客厅的地上，一旁还躺着个扭曲成虾米形状的方如优。

屋子里一片狼藉，路过镜子时看见发如鸡窝、脸色灰败、衣服皱得像菜干一样的自己，方若好满头黑线。

门铃声还在继续。

她凑到猫眼一看，竟是谢岚，连忙从衣架上拿了个大披肩裹住自己，然后才打开门：“谢总……”

她想屋里肯定酒气熏天，因为谢岚错愕地后退了一小步，然后捂住了鼻子。

“真是……见笑了……”清醒时的拘谨和规矩重新回到大脑，方若好恨不得有个地洞可以钻。

“我跟她说好九点来接。”谢岚抬腕看表，“还有十分钟。”

方若好想，他跟方如优果然关系匪浅！

谢岚的目光落到客厅里睡得不省人事的方如优身上，开始皱眉。方若好忙说：“我这就叫她起来！”

谢岚“嗯”了一声，转身出去了，虚合上门。

方若好连忙冲到方如优面前，用脚踢了踢她：“喂，起来了！喂！”

方如优迷迷糊糊地睁开眼睛，又闭上了。

方若好只好拿了备用牙刷和毛巾出来为她洗漱。幸亏她多年伺候植物人妈妈，经验丰富，三两下就帮方如优刷了牙洗了脸，心中则嘀咕：同样宿醉，她是鸡窝头、浮肿脸，方如优却因为毛寸看起来还是精神奕奕的，脸也丝毫不肿。真不公平啊！

方如优闭着眼睛任由她摆布，一点都不反抗。

方若好心想此女真是三番两次被酒坑，还一点都不吸取教训……突然脑中恶意涌现，她找出手机给方如优拍了几张宿醉的照片，然后拿着方如优的手机添加了微信好友。

等她全部搞定，突发现腕上空空，心头一惊——我的绿水鬼呢？！

来不及多想，她先去开门跟谢岚说："行了，你把她带走吧。"

谢岚这才进屋，看着靠坐在沙发上明显还在醉梦中的方如优，不满地看向方若好。

方若好委屈："我尽力了呀！"

谢岚不再说话，走过去架起方如优的胳膊，扶着她往外走。

方若好将二人送出门外："走地下车库，直接从小区北门离开。"

谢岚"嗯"了一声。

方如优突然睁眼，回头朝她摆手："记住了没？男人都不是好东西！"

方若好和谢岚两人对视了一眼，都很无语。

谢岚强行将她拖走。方若好吁了口气，飞快扭身冲回屋找手表，然而哪儿都没有，她把屋子彻底打扫了一遍，也没找到手表。

不会吧，就这么没了？难道是她昨晚喝醉了，扔到窗外去了？方若好越想越有这种可能，心头一片冰凉。

谢岚扶着方如优，方如优突然往他身上倒，他伸出两根手指，将她推出一定的距离。方如优一个踉跄往反方向倒，眼看就要一头栽地，谢岚没办法，只好揽住她的腰把她拉回来。

方如优立刻把头枕在了他的肩膀上。

被吃尽豆腐的冰山酷总裁只好忍耐。

如此好不容易电梯到了地下车库，一辆白色面包车开过来，他把方如优推上后座，自己想去坐副驾驶座，却被方如优紧紧拉住。他挣扎了几下没挣开，只好跟着坐在了后排。

方如优立刻将脑袋枕在他的腿上。

谢岚的眼角抽了抽，却还要极力镇定，吩咐开车的罗山：“走吧。”

“她这是喝了多少啊？”罗山一边感慨一边发动车子。

“出小区后随便找个路口放下我。你送她去租车行。”

罗山刚要应“是”，方如优一下子坐了起来：“不行！你，你送我去！”她直勾勾地瞪着谢岚。

谢岚回视着她：“你果然装醉。”

“咦？你说什么？我的头好晕……”方如优“啪”地又睡下了。

但这一次谢岚不干了，立刻将她推开。方如优死赖在他腿上不挪，最后跟个八爪鱼一样将他紧紧地抱住。

谢岚忍无可忍：“还要不要脸了？”

方如优“扑哧”一笑，突然伸出双手捧住了他的脸，手指拂过他的深邃眉眼，从耳根缓缓滑下。

谢岚被她如此挑逗的行为惹得更加生气，刚要骂人，方如优凑过去吻住了他。

前方的罗山从观后镜看到这一幕，吓得心脏都快要停止，心中涌出无数个念头，最强烈的一个是——老板被人性骚扰了，要报警吗？

方如优心中其实也在打鼓，但出乎意料的是谢岚竟然没再挣扎，任由她直驱而入。

她立刻加深了这个吻。

谢岚虽不反抗，也毫无回应，吻到后来，方如优自己也觉出索然无味来，只好松开他。

“你……果然一点都不喜欢我啊……”她的眼眶红了，抬手揉了揉自己的脸，转身坐好。

车子平稳地驶向前方，可她如坐针毡，心中一万个后悔刚才的放浪。本来还能当朋友的，现在……谢岚大概会希望永远不再相见了。

谢岚坐直了，理了理被她弄乱的衣服， 没看方如优，而是朝开车的罗山投去警告的眼神。

罗山连忙低头乖乖开车，不敢再东想西想。

车厢里安静了好一会儿。

方如优看着车外的街景，忽道：“你可以下车了。”

一句话说得罗山十分紧张，连忙去看谢岚。谢岚目光闪动不知在想什么，过了片刻才“嗯”了一声。

罗山靠边停车，谢岚伸手打开车门，却又迟疑了几秒钟，回头对方如优说：“回校后不许再喝酒。”

方如优顿时被充满了电，心中一喜：“你是担心我吗？”

“我投资的教学楼还没建好，不想半途而废。”说完这句话后，谢岚下车了。

方如优目送着他的背影，忽然转头冲罗山一笑。

“你跟着谢岚多年，像我这么主动的女人应该见过不少吧？”

罗山尴尬地扯了个笑容出来：“是……”

“我是唯一被拒绝的吗？”

“确切来说……你是唯一一个贴身成功了的……”

方如优一怔。

罗山不再说话了，继续专心开车。

方如优打开车窗，外面的寒风立刻吹了进来，吹得她打了个寒战。可她的心，又暖又稳。

“罗山……”她迎着风，轻轻地说，“我发现，男人并不全是浑蛋。谢岚很棒。祝他一切如愿，我不会再骚扰他了。”

她并不是真的想骚扰他。

只是第一次遇见这样的男人，像个坚果，无懈可击。

她忍不住想撬开外面的壳，让他露出内核，证明他跟别的男人并无不同。

证明他跟她之前的男朋友们没什么两样。

证明他跟她爸爸一样，无法拒绝美貌女人的投怀送抱。

然而，谢岚总是抗拒，抗拒之下，又藏着温柔。

她越发好奇、好胜，一步步沉沦。

这个满是心机的吻，吻到最后，却让她觉醒，自己所做的一切都很无聊，这种行为，跟那些不怀好意接近爸爸的女人又有什么区别？

对待行事端正又内心温柔的人，不应该这样。

最最重要的是……这样的谢岚，得到了她的尊敬的同时，似乎……也得到了她的心。

我好喜欢他啊。

这想必就是爱吧？

我谈了这么多场恋爱，唯独这段单恋……让我如此踏实，且发自内心地祝愿对方。

只愿他一切安好。

接受与否，交往与否，都不重要。

方如优望着车窗外不断倒退的树木，脸上露出了一个大大的甜蜜的笑。

方若好跟李秘书请了半天假，把屋子恢复到原样，再把自己打理好后，便下楼找手表去了。

结果真在楼下的草丛里找到了碎裂的绿水鬼。

方若好心疼得不行，正要回家，突然发现手上有道诡异的光，顺着光看过去，前方不远处有辆可疑的车，阳光下副驾驶座有东西在闪烁，根据她的经验——是手机的反光。

方若好朝那辆车走过去，对方连忙关上了车窗。

方若好敲了敲玻璃，对方没办法，只好降下车窗，朝她尴尬一笑："方总。"

方若好一看，此人是贺小笙的跟班之一，顿时明白了："贺总让你监视我？"

"不不不，哪敢啊。就是、就是看看……那个方如优小姐，会不会从你家……那个出来……"

被方若好猜中，虽然贺小笙和沈如嫣都怀疑她跟方如优在一起，但他们都拉不下脸直接上门搜，只能派人暗中观察。

"你们看见了什么？"

车里的两个跟班一致摇头："没、没有，我们什么也没看见。"

"真的？"

"真的真的！要看见了什么，我们不早跟贺总汇报了？"

方若好一想也是，要是从窗上看到方如优的影子，贺小笙早杀上门来了，幸好昨晚虽然喝醉了，但没手欠去开灯。

她拉开车后门坐了进去："既然如此，你们送我去个地方吧。"

她的头还是有点晕乎，自己开不了车，索性借他们的车去修表。

两个跟班对视一眼，乖乖照做，把她送到了表行。

服务人员立刻迎了上来："方小姐！又见面啦。"

方若好苦笑着拿出碎裂了的绿水鬼。服务人员顿时乐了："怎么又是水鬼表，您这是专跟水鬼过不去啊？"

"麻烦了。"

"好的，稍等。"服务人员拿着绿水鬼进内屋了。

方若好浏览着柜子里的其他手表，心想要不就送款表给源西吧，毕竟他出道后也需要配备。而且人生中的第一块表，总是充满纪念意义的。

他性子那么跳脱，应该选款稳重点的压一压……方若好正在沉思，门外又走进来一位客人：“您好。我要修这款表。”

声音入耳，她的脊背条件反射般挺直了。

方若好呼吸一窒。

另有服务人员上前招待那位客人：“好的，请这边填写表格。”

那人跟着服务人员去了另一侧，她刚松口气，接待她的那位服务人员从内屋走了出来：“方小姐，您这款绿水鬼没别的问题，换个玻璃就行……”

方若好忍不住扶额。果然，那个本已走远的脚步声，突然停下了。被凝视的感觉从脊背处像触电一样一个劲地往上爬，搞得她整个人又麻又痒。

偏偏，服务人员注意到她的异样，关切地问道：“您怎么了？不舒服吗，方小姐？”

那个脚步声立刻朝她走过来。

方若好咬了咬牙，心想算了，逃得了一时逃不了一世，大概是冥冥中有天意让他们在此刻相遇吧。

她深吸口气，转过头，朝对方笑了一笑：“好巧啊，颜先生。”

那位客人，正是颜苏。

分手二十六天又两个小时，我们终于又见面了。

颜苏的视线落到服务人员手中的绿水鬼上，微微扬眉：“怎么了？”

“不小心掉楼下了……”方若好也看向了他手中的红水鬼，“你呢？”

“不知道为什么突然不走了。”颜苏唇角露出几分自嘲，“真巧……”

的确好巧。

两人的两块表，同时出了故障，让分手了的两个人重新聚在了一起。

服务人员见机忙说：“两位认识啊？那就一起坐沙发那儿等会儿吧。方小姐，你这个换块玻璃很快的。”

方若好看向颜苏，颜苏朝她点点头：“坐会儿吧。”

“好的……”她给自己找了个理由，要为昨天庭审的事情谢谢他。

两人走到一旁的等候区坐下。服务人员上了两杯热茶。

方若好盯着袅袅升起的水汽，尽量让自己的表情显得很坦然：“昨天……”

“喝酒了？”颜苏忽然开口。

方若好震惊，心想自己明明收拾干净了啊，还能看得出来？“啊……嗯……被方如优拖着，喝了一点……真的就两听啤酒，不像上次……”说到一半，又惊觉——我都在说些什么啊？

如果是以往的颜苏，肯定会笑着说些风趣俏皮的话化解她的尴尬。可此刻的颜苏只是望着她，目光须臾不离，表情有些复杂。

方若好有点受不了这种目光，连忙转移话题："方如优的事……谢谢。"

"善后而已。"颜苏淡淡地说，"我惹出来的。"

"老师曾跟我说，人一生中会遇到形形色色的人，有些人是完全不讲道理的。遇到那些人时，如果起了冲撞，不用检讨自己。"方若好朝他笑了笑，"这起事故，说穿了，我们都是受害者。"

颜苏摇了摇头："是我的错。从一开始我答应冯静秀，假扮江唯唯的男友时起，就注定了后续的一连串事件。就算没有你，它也会发酵升级，导致一样崩溃的结局。"

方若好沉默了一会儿："不管如何，事情已经解决了。说起来运气真是不错，对吧？正好赶上方如优在现场，还被她拍了视频证据……"

颜苏"嗯"了一声。

气氛有些尴尬。方若好想，原来分手了的恋人再见时会如此尴尬，竟然找不出可以聊的话题。

"你……接下去有何打算？"她强行找了一个。

颜苏拿起杯子喝了一口茶，才回答："等交流期满回A国。"

当初的半年之约，如今过了一半，时间如此快，也就是说，还有三个月颜苏就要走了。这一走，可能再也不会回来了。

方若好垂下眼睛，遮住眼底的无限心绪，一时间很想抓住什么，却又知道肯定什么也抓不住。

"我……突然想起有事得赶回公司。"她匆匆起身，颜苏跟着站了起来。

方若好跟服务人员约好明天再来取手表，才看向一直跟着她的颜苏："那就……再见了？"

颜苏的唇动了动，最后沉默地点了下头。

方若好连忙走出表行。

贺小笙的跟班已经走了，她走到路边正心不在焉地等车时，一人突然从角落里冲出来，狠狠地朝她撞过来："去死吧！"

方若好刚要往前跌，一只手紧紧拉住她的胳膊，与此同时她的身体被拽入某个怀抱中。

"去死去死去死！"伴随着一连串的诅咒声，方若好感觉到自己的胳膊、后背被人狠狠抓了几把。

而将她抱住的人放开她，抢上前顶住了攻击。

方若好踉跄后退了好几步，才看清眼前的情形——推她之人是冯静秀，救她之人是颜苏！

颜苏抓住冯静秀，冯静秀拼命挣扎："放开我，你放开我！杀人凶手不得好死！"

"您冷静点！"

冯静秀怒火中烧，突然低下头狠狠地咬住颜苏的右手。颜苏露出吃疼的表情，却没有松开她。

方若好看到这里怒火中烧，当即冲过去踹了她的腰一脚。

冯静秀被踹得松了嘴摔倒在地。

方若好连忙检查颜苏的手，虎口被咬破了，正在流血："没事吧？"

颜苏从口袋里掏出纸巾按住伤口，摇了摇头。

冯静秀看着二人，索性躺在地上大哭起来："杀人凶手啊！索性把我也杀了吧！"

有路人报了警，警察正好在附近巡逻，将三人一起带回了派出所。

到了公安局后，冯静秀先掀起衣服下摆露出瘀青的腰给他们看："警察同志你们看看，你们看看！这是被那个贱人踢的！我都这么大年纪了，你们可一定要替我做主啊！"

方若好立刻反驳："是你先从背后偷袭我，要把我推到车流里，如果不是他拉了我一把，你就是谋杀！"

"我没有！我只是走路不小心没走稳啊，警察同志……"

"你还咬了他的手！"

"他一个大男人抓着我，我害怕啊！年纪再大也是女人啊，对不对？警察同志……"

方若好想，她第一次遇到冯静秀时就应该看出来，此人的狡辩功夫是一等一的。

警察被哭声吵得脑袋都大了，当即拍桌道："别吵啦，我们去调监控了，到底怎么回事，自有说法！"

冯静秀这才哭哭啼啼地在一旁坐下了，不时拉把其中一名女警的手，哭诉腰疼。

方若好走到一直沉默不语的颜苏面前，抓起他的手。伤口已经止血了，就是血肉模糊，看着有些瘆人。冯静秀可真是各种意义上的牙尖嘴利。

"我没事。"颜苏低声说道。

"我叫了律师……打算申请人身安全保护令，禁止她继续骚扰跟踪我。"

这次要不是颜苏在，后果无法想象。虽然颜苏给她带来了生命危险，但每次，他都及时出现保护了她。

羁绊如此之深，却落得分手的下场，到底，到底是缺了什么呢？

在她思考这个问题时，颜苏一直凝望着她，他的表情在退去明朗的伪装后，呈现出她无法理解的复杂，令她感到有些压迫感。

“有话要对我说？”她忍不住问道。

颜苏抿了抿唇：“保护令没什么用。”

她一想确实：“但好歹下次再有这种事，一出示保护令，警察就什么都明白了。”

“有个更好的办法。”颜苏说着拿着手机走了出去。

方若好发誓她绝对没有看错，有那么一瞬间，她在颜苏脸上看到了一种陌生的、冷酷的表情，像一只一直伪装成犬的狼，在这一刻，露出了獠牙。

警察很快调来了街道的监控，由于距离太远看得不是很清楚，只见方若好东张西望心不在焉地走到路边，冯静秀跑过她身边时，突然撞了她一下。与此同时，站在表行门口的颜苏飞快冲过来救了方若好，拉开冯静秀……

警察对着监控问冯静秀：“你还说不是故意的？你突然加速朝她跑过去！”

“不是的，我是追公车啊！你看，前面那辆公车，我在追它！谁让她站路旁，我脚又扭了一下……”冯静秀辩解道，“你看，她踹我！她踹我那一脚多清楚啊！我的老腰……”

警察无语，想了想，和稀泥道：“都是小伤，也没出什么大事，要不你们和解算了？”

冯静秀不干：“那怎么行，我就这么白白被踹被冤枉了？”

警察看出这是个刺头，便把目光转向方若好，尝试劝说：“你看，你赔老人家点医药费，再道个歉？”

方若好嘲弄地看着他，什么也没说，却看得对方先不好意思了，警察扭头咳嗽了几声，对冯静秀说：“阿姨啊，您虽然被踹了，但您也咬伤了人家的手啊。要不算了吧。说起来这事还是您先出的错，对吧？”

冯静秀一听，顿时尖叫起来：“怎么就成我的错了？她年轻力壮的，我撞她一下怎么了？那么轻，她自己站不稳往前跌，再说也没跌倒，可我的伤是明明白白清清……”她正在吼，手机响了，看了眼来电显示，按了，继续吵。但对方又来了电话，冯静秀没办法，只好接起来：“小若，我这会儿正忙着呢，有什么事等……”

国产手机声音巨大，因此电话那头的声音一屋子人都听到了：“老姨不好啦，出事啦！工人们闹事，堵着姨夫要钱，说不给工资就抄家啊……”

冯静秀面色顿变：“不都安抚好了吗？让他们再等两天！”

“他们听说官司输了没钱赔，银行又催，就全急了……等等，不许搬冰箱！不许搬！姨夫你说话啊，你倒是说两句，别让他们搬东西啊！”江小若在电话那头大吼起来，“老姨你快回来啊，我们搞不定的！”

“一群废物！”冯静秀恨恨地挂了电话，起身拿包，“警察同志，我家出事了，得马上走。”

“那和解？”

“和解和解！”冯静秀一边签和解书，一边回头恨恨地瞪了方若好一眼，“便宜你了！此事没完！”说罢匆匆走人。

警察把和解书递给方若好：“那你也签个字吧？”

方若好双手环胸，一笑：“不。”

“什么？”

“我没打算和解。出于我的人身安全考虑……”方若好刚说到这儿，打完电话的颜苏走了过来，对警察说：“我们和解。”

方若好一怔，颜苏对她使了个眼色：“签字吧。”

方若好便提笔签了名字，签完后忍不住想，她竟比自己想的更加信任颜苏。

两人走出公安局，颜苏说：“我送你去昭华。”

“不用了吧，冯静秀已经走了……”

“我送你。”颜苏的声音有种不容拒绝的意味。他拦了辆车，方若好只好顺从。

落座后，方若好问道：“她的离开……跟你有关吗？”

颜苏摇头：“不是。银行放贷失败，江仲山拖欠了工人小半年的工资，冯静秀本来指望你的二百万救急，没想到官司输了。消息传出去后，工人们就按捺不住了。”

方若好想，可恶之人必有可怜之处，难怪冯静秀跟疯狗一样死咬着她，原来除了江唯唯，还有钱方面的原因。

“可是，她一天解决不了钱的问题，还会来找我麻烦……”一想到今后要继续应付冯静秀，她就有些烦躁。

颜苏看着她，忽道：“不会了。”

“为什么？”

“以往，有很多原因，让我无法按照真实想法去做。但现在……”他的目光闪了闪，深深地看着她，“我不想再给你带去任何麻烦。”

方若好想：我，好想拥抱这个人。告诉他只要他肯爱我，我不惧怕任何麻烦。告诉他也许真的可以重新开始，就像她和妈妈一样，重新建立母女关系。告诉他在分手的这段时间，我感到的痛苦半点不比没分手时少，除了痛苦，还有更可怕的空虚。

在晨起夜眠生活的种种小间隙里，有突然而至的蓦然一静、乍然一空、清楚一痛。

然而，那么多话在心头涌动，不知为何，一个字都说不出来。

方若好只能沉默。

出租车很快到了昭华，颜苏帮她打开车门：“再见。”

她只好生硬地回了句“再见”，然后离开。虽然脚步并不匆促，但她知道自己在落荒而逃。

下一次。

如果还有下一次宿命般不可抗拒的相遇，那么，我一定鼓起勇气，对你说出所有的心绪。

方若好在心中如此发誓。

廿二
花酒与礼物

方若好到公司后，交代李秘书派人留意江仲山工厂的动向，有什么状况好提前做准备。

李秘书听闻冯静秀在大马路上挂她的事情后，吓了一大跳："方总，需要安排保镖吗？"

"好的。你先从保卫中心那边调个人过来，工资从我账上走。"方若好采纳了这个建议，然后询问电影进程。

"《录取线》一切顺利，下个月就能杀青了，而且预算比计划省了百分之二十！"

方若好翻看报表："不愧是被陆小歼调教过的，效率跟他一样高。李明翰那边呢？"

"李导看了你的构思方案，挺感兴趣的，愿意进一步深谈。"

"是对他女儿加入昭华有兴趣吧。"

"之前您忙着官司，现在可以安排见面了。"

"好的，约明天吧。"方若好在行程表上打了个钩，"《滑冰少年》怎么样了？"

李秘书露出一言难尽的表情。

一看他的样子，方若好心中就有数了，翻开进程报表一看，叹了口气。

“拍摄过程中，群众演员滋事斗殴事件发生了三起，其中最大的一起把摄影器材都砸坏了两台。幸好当时源西回来考试，没有被牵连。有两个主演挨了揍，进了医院。林导非常生气，去找对方大哥讨要说法，差点没能脱身回来……”李秘书一脸严肃地做出判断，“综上所述，个人认为林随安跟H省八字不合，可能需要做个法事……”

方若好又好气又好笑：“我看滑冰部分拍摄得差不多了……让他们回来，剩余的剧情在本地拍，便于控制。”

“好的。”

这时正好贺源西发来一条短信：“礼物！三天了！”

方若好便从相册里找了张在表行拍的手表照片发过去：“青铜大飞，喜欢吗？”

贺源西输入了好一会儿，才发来一句：“你送我……手表？”

“不喜欢？那换一个。”

这次回复得极快：“喜欢！”

没等方若好回复，他又来了一条：“不过，我要两个！”

可真会狮子大开口啊！一要要两个！方若好想了想，算了，起码他喜欢手表，省得继续为礼物头疼了。

“下周见面给你。”

对方又输入了好一会儿才跳出回复：“你要来探班？”

“不是，是你回B城。鉴于你们在H省遭遇的种种不幸，公司决定让你们全剧组都回来。”

“哦。”

方若好没再回复，专心工作了。一旦忙起来，时间过得飞快，等结束时已是星光满天。李秘书效果很高，已将保镖安排上了。保镖是位三十九岁的单身女性，人叫崔姐，因为受伤而从特种部队退役，曾是唐翎的贴身保镖。唐翎这几年十分低调，除了保证一年一部电影之外，拒绝了所有的公开行程，因此崔姐大部分时间都在公司待命。

崔姐一边开车送她去贺宅，一边问道：“方小姐，您是否需要二十四小时贴身陪伴，我这边可以，不知您方不方便。”

“我觉得没到那地步。你只要在我外出时跟随就可以了。”方若好看着她，忽然心生好奇，“唐翎最近在做什么？”

“在减肥。”

方若好闻言哈哈一笑，这可真是女明星永远的事业。她想起一事，给严维文发短信："唐翎下半年有档期吗？"

严维文很快回复："有。今年还没看到心仪的本子。"

方若好便将关于雾霾的剧本大纲发了过去："让她看看有没有兴趣。我明天见李明翰，如果顺利，这个项目想找她。"虽然很多明星本身是不看剧本的，但唐翎是个对剧本十分较真的人，而且她有个很大的优点，从不仗着大牌改剧本。

唐翎有句名言："我都没读过什么书，哪干得了编剧的活呢？"

此语在网上为她吸粉无数。每次遇到明星改剧本的事件时，就有人刷唐翎的"没读过书"表情包。因此，虽然她没有微博，微博上却风靡着她的传说。

至于没有微博，也是公司经过精心研究后决定的，毕竟她的地位在那儿，越少曝光反而越能在银屏上给人惊喜感。

因此很多粉丝猜测唐翎是不是隐婚了，忙着经营婚姻家庭。事实是三十三岁的唐翎目前单身，宅家里用烹饪、占卜打发时间。一开始经纪人还担心她是不是跟谢岚分手打击太大，后来见她能吃能睡还胖得需要减肥，这才放下心来。

严维文随手发了张唐翎的照片过来，应该是现拍的：唐翎穿着家居服正在做一个翻糖蛋糕，玫瑰翻糖捏得惟妙惟肖，看得出手艺相当不错。再加上她一向精致，束发带、家居服和拖鞋都是配套的，脸上的妆感晶莹剔透，配以橘黄色的灯光，整个场景温馨极了，可以直接拿到家居杂志当封面。

方若好脑中灵光闪现，突然翻出手机里今早拍的照片：垃圾堆般的客厅地毯上，半醒半醉的方如优耷拉着脑袋，嘴里强行塞了一把牙刷，泡沫渗出嘴角，滴到了衣服上。

她将唐翎的照片跟方如优的拼成一张，通过微信发给了方如优。

方如优居然很快回复了："想死吗？给我删了！"

"出个价。"

"滚！"

"准备发送谢岚……"

方如优回了一堆省略号后，发来个截图，显示某宝存款一分钱，且还有一堆欠款未还："可怜可怜月薪两千二百元的支教教师吧，穷得都快揭不开锅了！"

方若好一边笑一边问："你怎么有网？"

"堵车，还没到地呢，对了，你换张照片拼！"说着，方如优发来一张照片，是她在山村小学里上课的照片。斑驳的土墙，坑洼的水泥地面，几张长条桌椅，十几个穿着臃肿的孩子坐得笔直笔直，而比他们更笔直的，是站在黑板前的方如优，她拿着书正在做讲解。

孩子们听得十分认真，她也讲得很认真。

阳光从漏风的木头窗缝隙里照进来，空气中仿佛飘浮着点点金沙。

那金沙，将一切渲染得安静明媚。

方若好久久凝视着这张照片，仿佛回到十年前，在一中的演讲台上第一次见到方如优。她站在那儿，自信满满、闪闪发亮。

辛巴……你终于找到属于你的王国了啊。

偏偏这时方如优发来一句话："请把支教女教师的光辉形象，跟不务正业浪费资源在齁甜难吃的翻糖蛋糕上的女明星拼在一起，再发给谢岚。谢谢。"

方若好心底的万千感慨瞬间烟消云散，忍不住笑出声来。

方若好这边严阵以待，每天带着保镖进进出出，见李明翰时不凑巧遇到陆小阡，对方还打趣她："早该带保镖了嘛，方总，咱们这样的活靶子，就算不用来挡刀，也可以拿来挡唾沫啊。"

方若好回他一个假笑："挡刀的保镖好找，挡唾沫的难寻。不如陆总匀几个给我？"

"行啊。四个保镖，换李惜。那孩子演技不错，我挺看好的。"

"你看好的是她爸爸吧？"

"在巅峰沉淀这么多年，是时候向文艺领域发起冲击了，没有小金人在手，光有钱还是不够完美啊。"

"陆总真是气杀同行。"

陆小阡笑眯眯地看着她："反正肯定不会气到方总的……听说《录取线》已经拍完了。"

"哪里比得上陆总，已在后期剪辑中了。"

"国庆上映，到时候我给方总送票。"

"好的。"两人又一阵互相假笑，直到李明翰出现，陆小阡才告辞离开。

李明翰注视着陆阿吾的背影，评价道："就是因为这种人的存在，行业才乌烟瘴气。"

方若好想了想，回答："雾霾不是一个人或者一群人造成的，是全社会共同的责任。"

李明翰的目光亮了起来，严肃的脸上带出了些许笑意，然后朝她伸出手："恭喜沉冤得雪。"

“问心无愧而已。”方若好与他握手。

李明翰是个很有主见的人，具体表现在会议过程中遇到分歧时，他完全没有被她的好口才说服。方若好其实很喜欢这样的人，比起什么都听她的林随安，李明翰的个人风格实在是太鲜明了。这样的人拍出来的电影也会风格独特，而文艺片，要的就是风格。所以最终是她妥协：“好的，那按照您的想法改。”

“方小姐为什么做电影？”临别时，李明翰问了她这样一个问题。

一瞬间，无数个儿时的画面从她脑海中闪过，有许多煽情的理由可以拿出来博取对方的好感，但最终，方若好回答道：“想做能留下实物铭记的工作，而不是日复一日地泯然于大众数据中。”

如果只是为了赚钱，有更多工作可以选择：玩弄数字的金融精英们，每天在数据的海洋里跌宕起伏；从事实体制造业的人们，在机器的流水线上贡献时光……百年后没人会记住他们，甚至连他们自己到了晚年时，也拿不出什么可以证明当年的辉煌。

但电影可以。

一切拥有独特创造力的东西，如音乐、美术、书籍、影视……都可以。

我喜欢这样的独特。我要成为这其中的一分子。

崔姐送方若好去表行的路上，方若好接到了李秘书的电话：“是关于江家的事情。”

方若好在后座下意识挺直脊背。

“昨天江仲山的工厂工人们闹事，砸了他家，各种搬家电。冯静秀赶到后一开始没能控制住局面，爆发了更激烈的冲突，江仲山的头都被打破了……警察们也一筹莫展，最后冯静秀接了通电话，告诉大家今天一早发工资，工人们这才散了。”

“今早发了吗？”

“发了。从早九点开始，工人们排队领到了拖欠半年的工资，工厂复工了。”

“他们从哪儿弄来的钱？”

“这个暂时还不清楚，不过……”李秘书沉默了一会儿，才继续说道，“一个小时前，江仲山和江小若将冯静秀送去了郊区的一个精神病治疗中心。”

方若好惊讶得手机都差点掉下去：“你说什么？！”

“冯静秀住院接受治疗了，也就是说，在她出院之前，都不会再骚扰你了。你安全了，方总。”

方若好放下手机，陷入了怔忪。

“可是，她一天解决不了钱的问题，还会来找我麻烦……”

“不会了。”

“为什么？”

“以往，有很多原因，让我无法按照真实的想法去做。但现在……我不想再给你带去任何麻烦。”

是他。

是颜苏。

肯定是他在暗中促成了这样的结局。

利用拖欠工资煽动工人闹事，将江家逼入绝境，然后再提供贷款解决他们的燃眉之急，而交换条件是——把冯静秀送去治疗。

这是很冷酷的一招。

但也是彻底解决问题的一招。

只是从前的颜苏，绝对不会选用这样的方法的。

是什么改变了他？是因为我执意跟他分手，所以放出了他心中的魔兽吗？

方若好心乱如麻。

这时崔姐停下了车：“方总，表行到了。”

方若好强打精神下车，谁知刚推开表行的大门，就猝不及防地看见了颜苏。

颜苏坐在等候区的沙发上，正在翻杂志，并没有看见她。

如果现在转身走人，还来得及……然而，方若好咬了咬唇，鼓起勇气朝他走了过去。

我不逃。

上次逃走时，我对自己说，再也不逃了。

我不能逃。

这么多年的磨难全都告诉我，逃避永远不能解决问题。只有正面击碎，才有一线生机！

方若好的影子覆在杂志上，颜苏抬起头，目光微亮。

“好巧，又见面了。”方若好说。

“其实……”颜苏合上表行提供的钟表杂志，站了起来，“我在等你。昨天你说过，中午来取表。”

方若好心中一荡，有点心疼，有点难过，还有点说不清道不明的纠结。

“冯静秀……是你安排的吗？”

“嗯……我怀疑她的精神状况出现了很大的问题，所以跟江叔叔约谈，看他是否愿意将她送去医院看护。”

“他们当然不同意。”

颜苏垂下眼睛，沉默了一会儿：“他们没有选择。”

方若好无比艰难地说：“我知道你希望彻底解决冯静秀对我的骚扰和隐藏伤害。她也很可能确实需要精神治疗。但是……别用这样胁迫的方式。我们完全可以走正规途径，用光明正大的方式去解决……”

颜苏注视着她，目光一下子深邃了起来，最后唇角轻扬，竟是笑了。

“觉得我很可笑？”

“不。你很神奇。”因为，你明明亲身经历过那么多不堪的对待，却依旧相信公正，相信律法。

颜苏的眼神宛若叹息，却不知是为她，还是为自己。

只是这一刻，他再次拥有了共情的情绪，似乎能感知到方若好对他的担忧和纠结，又被这样的感知刺激得心脏悸颤，像风吹过山岩的缝隙，发出呜呜的声响。

他的凝视让方若好有些不自在，她强行转移了话题：“红水鬼怎么样了？”

“不知道，说是不明原因，要送回总部返修了。”

真是一个不太好的兆头……方若好暗叹。这时服务人员送来了她的表，她戴上换了玻璃焕然如新的绿水鬼，笑了笑：“起码我这个修好了！”

颜苏点点头。

方若好朝他走近一步，意味深长地说：“我修好了。所以，我现在觉得……似乎可以等等你了。”

颜苏一怔，有些不敢置信地看着她。

他突然道：“你等我一下！”跑了两步，又回头，“就等一下！”然后他冲出了表行。

方若好乖乖立在原地，没到十秒钟，颜苏又回来了。

他的表情非常纠结：“再等我一下！千万别走！”然后又跑走了。

方若好开始诧异：不先回应她的主动求和也就算了，还跑来跑去的，是要做什么？

她好奇地透过玻璃窗看向外面。

只见颜苏飞快地冲到街对面，最后进了远处的某家小店，逗留了两分钟出来了，又进了另一家，如此过了十几分钟后才回来。

回来的时候，他手中捧着一盆花、一瓶酒和一个盒子。

花是栽种在陶盆里的月季，酒是二锅头，至于盒子……方若好伸手拆开，里面还是一张纸，上面写着“求和好契约：本人愿意无条件满足方若好的一项要求，永久有效”，后面签了名字和日期。

颜苏尴尬地摸了摸鼻子：“不知为何金融街这边一家便利店、花店都没有……只好从某家饭店里凑了这些……”

女朋友生气时，要带花、酒和礼物求和好。

他曾精心准备过很多次，都没能用上，这次什么也没准备，机会却来了。

颜苏只能在心中苦笑。

方若好看着月季、二锅头和契约纸条，不由得心神一荡，仿佛阴霾散尽重见阳光。这么多天的彷徨、纠结、后悔、挣扎，都在这一刻烟消云散。

人还是需要爱的，就像阴生植物需要阳光一样。

否则，哪怕土壤再肥沃，水分再充足，长出来的叶子也会欠缺活力。

而对人类来说，活力，才是“活着”的证明。

颜苏把礼物递到她面前，深吸口气说：“和好吗？”

不知为何，方若好的眼睛湿润了。

颜苏顿时慌了：“让你太为难了吗？那、那就算……”

方若好忽然说：“我说一句，你跟着说一句！”

颜苏错愕了一秒钟，点点头。

方若好深吸口气，一字一字说：“若好——”

颜苏眸光微闪，跟着她念：“若、好。”

“对不起，这段时间让你难过了。”

“对不起，这段时间让你难过了。”

“你说给我机会，我来了，来到你的身边。我努力了，所以，未来的三个月，你能不能，也努力一下？”

“你说给我机会，我来了，来到你的身边。我努力了，所以，未来的三个月，你能不能，也努力一下？”

“就像等待罗娟的奇迹一样等待我。”

颜苏定定地看着她：“就像等待罗娟的奇迹一样……”

方若好等待着。

颜苏的眼神忽然起了一系列变化：像煮沸的冷水从底部先冒出气泡，像融化的冰块从中心先出现真空，像毛衣从某一环上开始漏针……

“等、待、我。”

方若好微微一笑：“好。现在，你可以拥抱你的女朋友了。”

颜苏上前一步，方若好做好了被拥抱的心理准备，结果他的手伸过来，却是将她一下子举了起来。

方若好下意识地发出一声尖叫。

颜苏举着她转了两圈。

一旁的服务人员看到这一幕，同时拍起了手。

方若好连忙推颜苏：“快放我下来啊！”大庭广众的，有点丢人啊！

颜苏笑着放下她，顺手脱下外套罩在她头上，拉着她一起出去了，并且没忘带上月季和二锅头。

两人的身影很快消失在门外。

一名服务人员感慨道：“看样子是和好了，不枉那位哥们儿一大早就在这儿等着。这年头谈个恋爱真够累的……”

另一人吐槽：“这年头，送女朋友盆栽花和二锅头还能和好的，也挺少见的。”

方若好到底没舍得扔了那瓶二锅头，把它跟契约纸条一起放在了星星证书的盒子里。然后她站在月季旁拍了张自拍，正想发给颜苏，打开微信，却第一眼看到方如优的名字。

她迟疑了两秒钟，把这张照片发给了方如优一份。

方如优没有回应，想必是进山了。

方若好再点发送时手一抖，错发给了贺源西。刚想撤回来，贺源西已回复了一个问号。

方若好想说发错了，没等她打完字，贺源西又说：“你胖了。需要控制卡路里的看来不止我。”

“呸！我又不需要出镜！看来你是不想活了，等着，下周等你回到B城落到我的地盘上，看我怎么收拾你！”方若好打了一大堆话过去，结果，对方却没了回应。

拍戏去了？方若好看了下时间，也该去煎药了。虽然冯静秀去了精神病院，但崔姐这边没有马上撤离，因此还是崔姐开车送她去贺宅。

崔姐由衷钦佩地说：“之前一直听说老爷子的养生汤是方总亲手煎的，您这么忙，还一天不落、风雨无阻，跟我们保镖差不多了。”

“老师在某方面是很异想天开的，他觉得养生这个东西是玄学的一部分，既然如此，就需要拿出精力。用心栽种的药，会比机器培植的有灵性；用心煎的药，会比电瓦罐煎得好。”

崔姐笑了起来：“这么说也不无道理啊！跟妈妈洗的衣服就比洗衣机洗得干净一样。”

“是啊，但事实上，高温洗涤的衣服可能除污力不足，杀菌肯定比手动强。”方若好刚说完，手机响了，点开一看，贺源西终于回复了：“你戴回那块绿表了。”

方若好“咦”了一声，点开照片细看，果然自拍时把手表也拍进去了。再点开跟贺源西对话中的上一张照片，是青铜大飞的照片，当时她的右手放在柜台玻璃上，是空的。

他竟连这样的细节都注意到了啊……

“对啊，手表昨天摔坏了，今天修好了。”

“哦。”

每当贺源西回复她“哦”字时，就意味着不想继续聊了。方若好便没放在心上。

到了贺宅，煎好药，送上楼时，中年女佣小声提醒她：“老爷子今天情绪不太对劲，方小姐您看看能不能开导开导他吧。”

“怎么了？”

“王女士来过了，不知道说了些什么。”

方若好皱眉，贺小笙他妈又作妖了？

她敲了敲书房的门，捧着中药走进去：“老师，今天没上班，是身体不舒服吗？”

贺豫坐在书桌前正在写什么，然后将它封入袋中，拄着拐杖送进保险箱内，做完这一切后才坐下来喝药。

方若好担忧地看着他。

“没事。王珊在澳门输了一笔钱还不上，正好听说我之前为你的官司调了一笔现金出来，所以来借钱。”

方若好微讶：“王女士什么时候沾上赌博的毛病了？”

“我怀疑是有人唆使，已派人去查了。如果是真的，让小笙早日跟她脱离母子关系。”贺豫苍老的脸上让人看不出怒意，有的只有深深的疲惫。

“对不起……”方若好忍不住说，“您已经够操心了，我还惹麻烦……”

“江家这会儿自顾不暇，应该没什么心思继续告你了吧？”

方若好心头一亮："银行贷款被拒……是老师做的？"

贺豫淡淡地说："那种机器、厂房、管理制度都跟不上时代的旧式工厂，被淘汰只是时间问题。我只是跟银行行长喝茶时随口提了句。"

方若好一乐，心想贺源西从某方面来说，跟他爷爷真是挺像的。

"都说得道者多助，有这么多人帮我，真是对我最大的肯定。"

贺豫抬眼看着她，目光深邃却温和："你一向很好。陌北……把你教得很好。有时看着你，我就忍不住想，要是早十年找到他该多好……"

方若好发自肺腑地说："他是非常非常棒的人。"

"可能真是逆境出人才，事事和顺的新醅和小笙都没能继承我的衣钵……"贺豫忽然盯着远处某个方向出了会儿神，好半天才叹了口气，"我最近总会梦见陌北，梦见他问我什么时候跟他相聚。"

方若好顿时呼吸一紧："老师！"

"我说对不起啊，爸爸还有好多好多事没做完呢。这么老了还惦念着那点理想，其实挺可笑的，但是……想看小笙某一天突然觉醒，想看源西变成超级巨星，想看昭华成为没有雾霾的天幕，孕育出更多闪亮的星星……人类，进化得太慢了，一过七十岁，就什么事情都干不了了，苟延残喘的躯体，承载不了我的野心啊……"头顶上方的一盏灯突然跳了两下，灭掉了，仿佛为了迎合这一瞬的改变，贺豫矮小的身躯也朝一旁倒了下去。

方若好尖叫着扑了上去，抱起贺豫："老师！老师！你怎么了？不要吓我，求求你！老师……来人啊！快叫救护车！"

人这一辈子能进几次医院呢？

方若好盯着医院独有的蓝白色墙壁忍不住这么想。大部分人在中年前都很少进医院。而另一部分人则是医院的老朋友。尤其在输液成风的中国，很多老人的日常消遣之一就是进医院或小诊所来一袋参麦。

但倒霉到要经常跟急诊手术室打交道的，肯定不会太多。

什么时候轮到我自己进去呢？

这个念头在脑海里闪了一下，就自动打碎了。

方若好深吸口气，坐不住了，索性起来踱步，从这头到那头，再从那头到这头。

其实在手术室外等的人并不只有她一个。

得知贺豫出事的消息后，昭华的高层职员几乎全惊动了，匆匆赶来，将急诊室堵了个水泄不通。最后还是急诊科主任发了脾气，大家才退出门外，等在各自的车里。

可惜停车场很快被闻风而至的媒体车辆占领了。几十架大白炮蹲守在各个相关位置上，只等医生出来第一时间抢新闻。

贺豫是谁，粉丝们并不关心，但业内人士关心，明星们自己关心，股民们更关心！他要是倒了，往严重了说，一个时代就结束了。

贺家的族人们陆续抵达，最先到的是同城的，然后是邻省市的，海外的估计在飞机上，只能看着无网手机干着急。

可独独不见贺小笙，听说从昨天开始就不见人影了，没人联系得上他。

倒是他妈王珊王女士，早早来了，坐在椅子上刷手机，表情有些难耐的窃喜。对她来说，公公压在她头上二十年，压得她透不过气来，她巴不得他快点走掉。

手术室的门突然开了，一医生出来道："病人的肾脏发生急性排斥，导致感染性休克。直系亲属在不在？签个字，需要立刻手术！"

王珊看了贺豫的几个堂兄弟一眼，挺身而上："我是他儿媳，婆婆和我老公都去世了，我是最亲近的了。"

"行。"医生示意她过去签字。王珊边签边问了几句话，再回来时，看方若好的眼神都犀利了起来。

"老爷子按时服药了吗？"

方若好一怔，什么意思？

王珊眯起了眼睛，冷冷地说："医生说急性排斥跟免疫抑制药物剂量过度有关。老爷子是不是吃了什么不该吃的药？"

顿时十几道目光齐刷刷朝方若好投来——谁都知道，她是贺豫的煎药师。

"昭华集团创始人贺豫急性肾衰入院，昭华股票狂跌百分之七！"

第二天的财经报道头条便是这个，不过关注者不多，仅限圈内动荡。

但到了下午，一条题为《警方疑贺豫被人投毒》的消息震惊业内，迅速出圈。

紧跟着，八卦微信号迅速推出一篇长文《当代豪门里的武则天》，细数了方若好从十七岁进昭华，到二十二岁成为贺豫私人助理，再到二十五岁被任命为镕裁基金新任负责人的升职史。讲她曾如何被公认为贺小笙的未婚妻，到被姐姐从昭华挤走，去了睿天不到半年，又成功逆袭回昭华的传奇经历。再提出了一个尖锐的问题——贺太宗生命垂危，方媚娘何去何从？

这篇八卦文笔老辣，还很香艳好看，一下子引爆了朋友圈。

微博不甘示弱，立刻爆料了方若好除了是本次投毒案的嫌疑人外，还是之前“茶吧气死人案”的当事人。

“我去，怎么天天都是这个人的负面新闻？她是犯小人了吗？”

“明明是夜路走多了，多行不义必自毙！上次那个茶吧案被她花大钱压下去了，判了个无罪。这次的被害者可是超级富豪！有本事继续砸钱啊！”

“煎药师给雇主投毒？”

“据说这个雇主身家五十亿。难怪难怪。”

“警方还没出结果，楼上的群众都已经断案了，小生也是佩服的……”

网上讨论得热火朝天时，方若好正在律师的陪同下接受警察的审讯。警察做完笔录，实在问不出什么了，只好同意她离开。

方若好走出审讯室时，在外等候多时的颜苏迎了过来：“我提供了药检的证据，可以证明那服中药没有毒性，也跟贺伯伯日常服用的西药并不冲突。他现在还在危险期，肾脏不是我的专长，但我已经让大哥飞回来了，他是这方面的权威。”

方若好点点头。

律师说：“我建议先回家休息，方总您已经两天没合眼了，还有一堆事情要处理啊。”

“医院那边我让同事盯着了。我送你回家。”颜苏揽着她往外走。

公安局门口蹲了一群记者，颜苏跟律师使了个眼神，律师走出去吸引和应付媒体，他则带着方若好从侧门闪人。

崔姐在两条街外接应，将二人送回家。

开到一半，颜苏忽道：“回我家。你那边，想必也蹲了不少记者。”

方若好继续点头。她没说一个字，所有的精力都似在昨夜手术室外的等待中被抽干了，脑海中反复回想着老师最后的话语，难过得连哭都哭不出来。

其实早就知道会有这么一天的。

老师的身体在无法避免地衰老。他自己也多次说过留给他的时间不多了。可如果医生的诊断没有错，真是免疫抑制药过量导致的，那么，是谁做的？是谁要谋害他？还要栽赃给她？

方若好紧紧抓着颜苏的手，几乎颤不成声：“一定要查到凶手是谁！我绝不允许！我绝不允许有人谋害老师！”

颜苏将她搂入怀中，轻轻地拍着她的背：“好。一定能找出来的，别急，贺伯伯会没事的……”

“求求、求求你……”不久之前她还嘲讽地把医院比成造梦工厂，尽给人不切实际的梦想，可这一刻，方若好由衷地觉得，幸好还有这样的梦想，能让她在崩溃前得以喘息，“颜苏，你救救老师，你救救他！”

“交给我吧。一切都会好起来的！”颜苏温柔而坚定地回应她。

方若好抬起头，直直地看着他，眼泪一直在眶中打转。

颜苏摸了摸她的头：“想说什么吗？”

“我在庆幸……幸好跟你和好了。”老天肯定知道她必有此劫，所以才给她机会跟颜苏和好，让她不必独自面对如此可怕的一幕。

方若好以为自己会睡不着的，结果，在车上就枕着颜苏的肩睡着了。

颜苏没有叫醒她，轻轻将她抱下车，经过客厅的时候，正在一边织毛衣一边看电视的苏姑婆下意识回头看了一眼，一看之下大吃一惊。

她连忙放下针线上前：“怎么了这是？”

颜苏朝她比了个嘘的手势，苏姑婆看清方若好的脸，连忙点头。

颜苏抱着方若好上楼进了自己房间后，对站在门口看热闹的苏姑婆说：“麻烦借一套您的睡裙，再帮她换上。”

苏姑婆的眼珠骨碌碌转了几下：“借什么睡裙，你的睡袍就可以用。而且老婆子我不行啰，一到晚上就眼花手抖，腰还特别疼，不行不行，伺候不了人，你自己解决吧……”一边说着一边捶着腰下楼去了。

颜苏无语，只好把门关上，将方若好轻轻放在床上，脱掉了她的鞋子。

正要脱外套时，方若好抑郁地抽泣了几下。颜苏的手立刻停住了，望着她。

方若好的眉间有三道竖纹，一皱眉就出现，如此年轻就出现在脸上，显然是常年皱眉形成的——她一直过得很辛苦，不幸的事情似乎一直在她身上发生。

小时候，是家庭畸形，她没有得到儿童应有的宠爱。

后来，好不容易遇到好老师知道发奋上进了，却遭到来自亲妈的刁难。

再后来，独自离家进城求学，承受着忙碌学业和拮据经济的双重重压。

再再后来，妈妈变成了植物人，她也被逼退了学。

一般这样都应该堕入尘泥了吧？

可她没有，她挣扎着从泥潭里爬了出来，一步一步继续往上走。

幸好这个时候贺陌北老师的恩泽再一次护佑了她，他去世前给她铺了一条通往贺豫的捷径。

在世人眼中，她是平步青云，飞到枝头成了凤凰。

可贺豫其人喜怒无常又精明果断，从他对待王珊和贺小笙的态度上就可知，想要取得这样的人的青睐，是非常不容易的事情。贺陌北只是铺了一条路，是方若好凭借自己的能力最终留在了贺豫身边，成了他的继承人。

之前，她跟方如优斗。

后来，她跟别的公司斗。

单枪匹马，一路逆境，打碎牙齿，擦去血污，仍要策马直前。

好不容易交个男朋友，还是个爱无能，只会用伪装粉饰爱情。

不但没能给她幸福，还制造了一连串麻烦……

颜苏深深地注视着方若好，心中一遍遍地问：为什么？

为什么这个样子的你，会爱我呢？

为什么如此糟糕的我，会被你如此宽容地爱着呢？

你总说我是你的信仰，陪伴你度过了最困难的岁月。

但你并不知道，你的存在才是我生命中的奇迹。

我像一缕孤魂，游离于这个世界之外，用旁观者的视角，学到优雅的语句、高级的兴趣、恰当的应对，陪所有人玩一场虚情假意的人生游戏。

可你出现了，不肯让我单纯地只当一个NPC（Non—Player Character的缩写，一般指“非玩家角色”），非要将我的魂拽入游戏，让我感受到除了自己以外的他人的情绪。

你给我喜怒哀乐。

你令我苦乐交错。

你让我如此……心疼。

颜苏伸出手按在心脏处，感觉到里面传来的阵阵疼痛，真实得让他几乎无法面对。

他用大拇指揉开方若好的眉头，在上面落下轻轻一吻：“睡吧。晚安。”

他给她盖上一条毯子，离开了房间。

楼下，苏姑婆正在跟颜母八卦：“他们什么时候和好的？”

颜母正在搅拌一种青紫杂色的蔬菜汁，听见脚步声，两人双双回头。

苏姑婆说道：“提鱼啊，你给人家换好衣服没啊……”没等她说完，颜苏已出门了。

“这么晚了去哪里啊？”苏姑婆下意识地追到门口，有些着急，“这么晚了能打到车吗？他没事吧？”

颜母端起蔬菜汁喝了一口，一向淡定的脸上头一次露出了担忧的表情。

方若好是被蝙蝠侠乐高闹钟叫醒的。她有片刻的怔忪，因为入目的一切都柔和得不可思议：阳光，白纱帘，像被云朵包围的粉色软床……

然后她一个鲤鱼打挺跳了起来——这里是颜苏的家！

她睡了多久？老师怎么样了？！

方若好连忙找手机，发现竟被关机了，开机的同时，她穿上鞋，迫不及待地要往外走。刚冲到楼梯口，正遇到苏姑婆端着早餐上楼："醒啦？吃点早饭呀。白粥、油条、榨菜好不好啊？最开胃口了……"

方若好连忙收步，有些尴尬，这时手机跳出了颜苏的一连串微信留言——

"已接到大哥，现在一起去医院。"凌晨三点半发的。

"贺伯伯病情暂时已得到控制。别担心。"一个小时前的。

"已查知贺宅的李姓女佣有巨额不明收入。我跟律师一起过去等候审讯结果。"十分钟前的。

方若好的心，因这一个接一个的短信慢慢放松了。她朝苏姑婆不好意思地笑了笑："谢谢……麻烦您了。"

"提鱼让你别急着去，现在都在等消息，去了也要等。你好好吃饭，洗个澡再去都来得及。"

"给你们添麻烦了……"尤其是颜大哥，十几个小时的飞行已经很累，一下飞机就被接去了医院。

方若好歉然地回到颜苏房间吃早餐，苏姑婆并不离开，而是坐在一旁笑眯眯地看着她吃。

"方小姐啊……"

"叫我若好就可以了。"

"若好啊，你属什么的呀？"

"呃……羊。"

"啊呀，属羊可怜啊。难怪你遭这么多罪……"苏姑婆十分同情地说，慈祥地拍了拍她的手，"不过马羊六合是绝配呀！互相旺，最好再要一个马宝宝和羊宝宝……哦，不行，那太远了，还要十年呢，那就猪宝宝，猪羊合，没几年就是猪年了！要抓紧啊，过了这个村可就要等虎年了！"

"啊？"方若好想，这是变相催婚加催生吧。一定是的！

幸好这时手机又响了，她连忙借看手机躲避尴尬，一看信息，是方如优发来了一张照片。

之前她给方如优发了在月季旁的自拍，方如优就回一张她站在月季花海中的自拍。

从数量上看，她只有寥寥几朵，方如优却有上千朵之多……莫名觉得输了呢……

“你又上热门新闻了！话题女王，在下佩服！”方如优又发来了这么一句话。

方若好回复她：“你有网啦？”

对方直接发了视频邀请过来。方若好打开，看见方如优戴着帽子行走在街道上，背景有很多古民居。

“我在镇上扫点货，一刷新闻又看见了你。老爷子怎样了？”

“还不知道。我等会儿过去。”

方如优打量着她：“你在三哥家？！”

“这都认得出来？”

“废话！那个大白公仔还是他考入医学院后我送的呢！你们什么时候和好的？”

“两天前。”

方如优叹了口气：“你那边都复合了，我这……算了，修身养性，清心寡欲，阿弥陀佛……”

“我被人污蔑投毒杀人，你反而关注感情问题？”

方如优翻了个白眼：“你杀谁也不会杀贺豫，既然是清白的，我有什么好担心的？”

方若好也翻了个白眼，没好气地说：“谢谢你这么信任我！”

“行了，挂了，这个月快没流量了，我得省着点用……”

“什么？你竟然会担心流量问题？”

“一个月工资只有两千二百块啊！”

方若好气得立刻给她充了一百块手机费。

方如优接到短信通知，立刻夸张地抹了抹并不存在的眼泪：“好人一生平安。祝你早日沉冤得雪。”然后毫不留恋地挂了。

方若好看着黑下去的屏幕：不，我给你充钱是让你继续保持视频的！她不死心地回拨回去，对方却不接。

方若好想，这大概就是传说中的冷酷无情吧。

她无奈地放下了手机，却见苏姑婆在对面满面笑容：“是如优啊。两姐妹感情真好呀。”

不，不是您想的那样！

方若好给崔姐打了电话。等她吃完早饭洗完澡，崔姐就到了。

颜苏在公安局，那边暂时没有进展，她决定先去医院看老师。

崔姐平稳地开着车，方若好跟李秘书视频会议，交代了一下工作上的事：“接下去的一段时间我都要在医院度过，公司那边就麻烦你了。找到小笙了吗？”

“我们查到前天他买了前往X市的机票，现在应该在X市，但还没有开机。”

X市？那不是如优所在的地方吗？难道贺小笙查到如优的下落追过去了？

方若好连忙给方如优发了条短信提醒她，并告诉她如果见到贺小笙赶紧催他回家。

方如优回了一个字：“唉。”

她便回了一个问号。

“在谈判。稍等。”

方若好一惊：这是已经撞上了？

她没有猜错，此刻的方如优确实被贺小笙堵在了一家杂货铺前。

方如优收起手机，看着对方，忍不住笑了笑：“真神通广大啊。”

“跟我回去吧，如优。”贺小笙深情款款地说。

方如优注视着他，心中没有感动，只有失望。也许是因为经历了一连串的事情，她看待事情的方式不同了，又或者是见了太多苦难，对痛苦的理解有了深层次上的提高。她以前看贺小笙，觉得他是个傻白甜；现在看贺小笙，就是一个懦弱、没有责任感、没有担当、永远长不大的男孩。

“你这两天都没开手机吗？”

“手机没电了……来得匆忙，没带充电器……”贺小笙委屈。

方如优便将自己的手机点开，把头条新闻页面展示到他面前。

贺小笙的眼神瞬间错愕，他捧住手机飞快地浏览了一遍，脸色由白转红，又从红变白，最后颤声说：“又是方若好！怎么总是她！”

“快回去吧。”方如优由衷地劝道。

“你跟我一起回去！”贺小笙来拉她的手。

方如优甩开：“别闹。我跟学校签了一年，不能走。”

“有什么不能的？我给你赔赔偿金。你跟我回去，阿姨和叔叔都很担心你……”

他不提爸妈还好，一提，方如优的脸一下子沉了下来：“我不会跟你回去的。贺小笙，请你认知一下事态的严重性好吗？你爷爷被人下毒生死未卜，方若好再次卷入案件，昭华群龙无首……多少事等着你去处理？你却在这儿跟我纠缠不清？”

“在我心中，你比他们都重要啊！”

方如优无比失望地看着他，沉默了好一会儿才轻声说：“每次都用我来当作逃避责任的借口，你是真心爱我吗？”

“什么？你说什么？”

“你遇到了这样的事情，是不是又开始六神无主了？你不知道该怎么处理，所以潜意识中不想回去，于是想拽我一起走。因为按照以往的相处模式，我会帮你做决定，你只要服从就可以了……”

贺小笙十分不解：“这是爱啊！是我对你完全信任，不是吗？！”

“你也该为自己的人生做决定和负责了啊，小笙！”

“你到底在说什么，如优？跟我回去吧，我们还跟以前一样好，你不想见叔叔阿姨就不见，我会一直陪着你的……”贺小笙急切地抓住她的胳膊。

方如优狠狠地甩开，抬步就走。

贺小笙追上去，再次拖住她。

“你真要在大街上这样纠缠不清吗？你爷爷还在加护病房躺着呢！”

贺小笙被这句话击中，整个人重重一震，他的眼眶红了起来，半晌后，带了些许哭音：“别这样对我，如优……求求你，不要跟我分手……正如你说的，我爷爷出事了，方若好也出事了，昭华肯定乱成一团，我妈肯定又会来逼我……如优，只有你能帮我对付我妈，就算看在过去的情分上，回来帮帮我。我需要你……”

方如优望着眼前这个委屈得快要掉眼泪的男孩，心中一片凄凉，最后深吸口气：“我有条件。”

贺小笙大喜：“你说！”

“第一，我们分手了，不可能复合！你只能以昭华总裁的身份雇佣我当你的个人助理，帮你处理接下去的一系列事情。”

贺小笙犹豫了一会儿，决定先答应了再徐徐图之，便咬牙点头：“行！”

“第二，你立刻雇个新老师替代我，学校还差个图书馆，一并捐建了。”

“没问题！”

“第三，既然你请我回去，那么，就要全部放权给我，你可以过问、建议，但最终决定权以我为准。”

贺小笙再次迟疑……

方如优冷笑：“不同意就算了。”

眼看她又要走，贺小笙立刻拍板：“我同意！只要你肯回到我身边，我什么都答应你！”

方如优心想，如果是部偶像剧的话，这大概是很浪漫的一句台词。然而发生在现实里，却只让她深深地无奈。

她爸爸是个没责任没担当的男人。

小笙从某种角度来说是他的翻版，除了不花心。

她明明发过誓绝不找这样的男人，却偏偏人在局中，逃不掉。又或者是，贺小笙可以没责任没担当，但她不可以。

经过这段时间的蜕化和转变，她已经不是从前的她了。

就算真的想结束，也该彻底解决完自己当年留下的隐患才行。

方如优想着想着，眼神慢慢地坚定了起来，她给方若好发去信息：“谈完了。”

“怎么样？他几点能回来？”

方如优在脑中迅速计算了一遍，回复：“给我们八个小时。”

“你们？你也回来？”方若好敏锐地领悟到了她的言外之意。

“没办法啊，某个不争气的倒霉鬼再次身陷牢狱之灾，本已解甲归田的女王我只好重新出山，坐镇华山号令江湖啊。”

“那么女王，能把我那一百元话费还回来吗？”

“你已被移出对方的朋友圈。你们不再是朋友了。”

廿三
万籁俱寂

方若好轻声笑出来，慢慢地放下手机。

崔姐从观后镜里看了她好几眼。

“有话想说？”

“之前挺担心您的，见到您后，觉得自己的担心挺多余。方总心态很好。”

方若好错愕了一秒，心中像被一只毛茸茸、软绵绵的兔子滚过，放松而柔软：“谢谢你，崔姐。你的担心可一点都不多余。”

她已经不是一个人了。

有那么多那么多人陪在她身边，支持她，保护她，安慰她，撑起了一把牢固的巨伞。

她再不是当年那个风雨凄迷中独自前行的小姑娘了。

车子很快抵达医院。方若好来到加护病房前，发现走廊里放了张折叠床，一个人正睡在上面，脸上还敷了个干掉的面膜。

听到脚步声，他突然睁开了眼睛。

方若好连忙后退半步：“对不起，我吵到您了吗？”

那人摘掉面膜，起床站了起来：“是我很抱歉，睡着了。等我五分钟。”说着便离开了。

方若好跟崔姐对视了一眼。崔姐看着那人的白大褂："是医生吗？"

方若好叹了口气："是大哥。"

"啊？"

五分钟后，对方果然回来了，刮了胡子，打理了头发，整个人干干净净、精神抖擞，看不出丝毫疲倦。

他的五官跟颜苏并不相像，更像其父颜锐，四方脸，戴眼镜，却又不像颜锐那么严肃，显得四平八稳，而且是个异常精致的男人，袖扣领针一应俱全。

有种教书先生拿了明星"人设"的微妙违和感。

"鄙人颜盖伦，是提鱼的长兄。"他伸出手。

方若好正要回应，却见那只手越过她，伸向了崔姐："您好。"

崔姐愣了愣，一头雾水地跟他握了手。

"怎么称呼？"

"崔……柔柔。"崔姐很讨厌自己的名字，因此才让大家直呼其姐，此刻不得不说出名字，显得有些不太高兴。

偏偏颜盖伦十分没有眼色，还恭维道："真是人如其名，幸会幸会。"

方若好想，他难道没看出崔姐脸都黑了半边吗？她连忙赶在崔姐发飙前抓住颜盖伦的手，握了握："大哥好，我是颜苏的女朋友，叫方若好。"

颜盖伦淡淡地"嗯"了一声，将手从她手中抽走，看向崔姐道："跟我来吧，我给你们汇报一下病人的情况。"

方若好连忙拉着崔姐跟上。三人进了一旁的医生办公室。颜盖伦打开投影屏，把资料倒了出来，开始讲解。

方若好打开手机录音，这是多年跑医院养成的习惯，很多时候医生说的话非常晦涩难懂，当时记住了回头就忘了，所以录下来好回去慢慢搜索咨询。

颜盖伦看了她一眼，没有阻止，而是说得更详细了。他是个一板一眼的医生，会把病症说得十分仔细，最后问："明白了吗？"

崔姐看他盯着自己，便摇了摇头："不明白。不过方总肯定……"

"哪里不明白？"颜盖伦打断她。

崔姐愣了愣："哪里都不明白……"

饶是方若好心事重重，见到这一幕，也哑然失笑。这两人在一起，莫名有种黑色喜感。

颜盖伦想了想，点点头："是我的错。这样，你试着提提看关心的问题，我尽量用最简单的话解释一下。"

"呃……老爷子真的是中毒吗？是那个什么什么过量吗？"崔姐虽听不懂

那些医学用语，但提出了最关键的问题。

“恰恰相反，病人体内转氨酶上升幅度远高于胆红素，免疫抑制剂血药浓度偏低，淋巴细胞百分比偏高……”颜盖伦及时打住，总结道，“意味着免疫抑制剂减量，甚至漏服了，而不是过量。”

“真的？！”崔姐松了口气，看向方若好，“太好了，起码不是方总的中药的问题了！”却又有点不放心，“那为什么会少服漏服啊？”

“那就需要警察去查问了。”颜盖伦终于看了方若好一眼，“提鱼去忙这个了。”

方若好心乱如麻地点点头。不是中毒，而是减药——老师是个生活规律得像时钟一样的人，而且头脑敏锐，比年轻人记性还好，绝不会忘记服药，也就是说，还是有人对他的药动了手脚。

是谁？到底是谁？！

崔姐又问道：“那么，老爷子什么时候能醒？能好吗？”

“恕我直言，希望非常渺茫。我们正在全面监护，但病人的年龄和身体机能都不足以支撑他的下一场手术。”

方若好垂下眼睛，绞着双手一言不发。

颜盖伦问崔姐：“还想知道什么？”

“我没有了……方总，你呢？”

方若好揉了把自己的脸，打起精神：“我去看看老师，然后去跟颜苏碰头。”

她穿上隔离衣消完毒后走进ICU（Intensive Care Unit的缩写，即重症加强护理病房），贺豫躺在病床上，身上插满了管子，无法自主呼吸。这一瞬间，她仿佛回到十五岁，走进ICU，看见妈妈变成了植物人一样。

但比那时更悲伤。

因为，她对罗娟虽有母女之情，却心怀怨愤；可贺豫，是她的恩人。

方若好握住贺豫的一只手，半蹲下去，慢慢地将头靠在了床上。

“老师……您不是还有好多好多事没做完吗？小笙还没有成熟，源西还没有出道，昭华还没有渡过难关……您有这么多事情要做啊，别睡太久啊……我还想跟老师一起并肩作战啊……”

求求您，醒过来。不要走。

不要走啊……

颜盖伦跟崔姐站在门外看着这一幕。颜盖伦的目光闪烁着，忽然开口说：“鄙人前年离婚了，没有儿女。”

崔姐紧盯着窗户内没什么反应。

颜盖伦想了想，又说："鄙人近些年遇到很多学术上的困境，想要回国跟父亲沉淀一段时间，所以接下去可以有很多时间留在国内。"

崔姐下意识地"哦"了一声。

"那么，你觉得我们可否以交往为前提……吃一顿午饭？"

崔姐终于听懂了，收回视线，将他上下打量了一番。正好这时方若好收拾完心情出来了，崔姐便说道："我还在工作中，不方便。"

颜盖伦锲而不舍："那晚饭也可以。"

崔姐给了他一个假笑："晚饭也不方便。再见。"说罢拉着方若好快速离开。

方若好听到了最后一句话："颜大哥约你吃饭？"

"他有病！"

方若好莞尔，颜苏跟她讲过一些颜大哥的逸事。

"颜大哥跟你同岁，两年前因老婆出轨离婚了，平时作风正派，无不良嗜好，又是医界大拿。崔姐可以考虑一下的。"

"我才不要！我可受不了会做面膜的男人！快走快走！"

方若好想世事真是奇妙。颜盖伦竟然是个如此直接大胆的男人，会对人一见钟情。而最神奇的是，崔姐居然拒绝了他！

颜苏静静地坐在公安局大厅旁的椅子上，注视着来往的人：有头疼忙碌的警察，有嬉皮笑脸的二进宫，有惶恐不安的家属，有神情麻木的罪犯……医院和公安局，从某种角度来说挺像的。进来的人，都怀抱着希望——

希望能洗脱罪名，希望能侥幸逃过，希望被伸张正义，希望下次再也不用来这里。

颜苏想，得多倒霉才能一而再、再而三地跟医院和公安局扯上关系？不逢不若啊……真像一个恶意的诅咒呢。

就在这时，他的脸上一暖——一罐热牛奶贴了过来。

颜苏抬头，看见了方若好。

"喝一点。"方若好的第一句。

"想聊聊吗？"第二句。

十年前，罗娟的手术室外，颜苏就是带着一罐热牛奶出现在方若好面前的，用这两句话真正走进了她的内心世界。

似曾相识的场景，令两人都想起了当年的时光，他们不禁相视一笑。

颜苏拉着她的手一同坐下来："睡得好吗？"

“嗯。你没睡吗？”

“身为医生，熬夜和挨饿是职业生涯的必修课。”虽是这么说，但颜苏撒娇地将脑袋窝在她肩上，闭上了眼睛。

“还有什么必修课吗？”

“我的余生就剩下一堂必修课——”颜苏睁开眼睛，极近距离地凝视着她，“学习如何爱……”还没说完，方若好已用一根手指按住了他的嘴唇：“太肉麻了，在公安局呢，注意点形象啊，提鱼哥哥。”

“如何爱病人。”颜苏固执地说完了最后两个字，朝她眨眨眼，“你想太多。”

方若好忍不住笑了。

颜苏伸出手指按在她眉心的川字纹上，笑意下的眼眸越发深沉：“好想让你多笑笑。”

“我见到你就会笑。”方若好很认真地说道。

“还会哭。”

“对。光会让你笑的是钱，光会让你哭的是洋葱。只有让你又哭又笑还割舍不下的……”方若好由衷地感慨，“才是恋人。”

颜苏的目光闪动着，过了几秒后，学她的口吻斥责：“太肉麻了，在公安局呢，注意点形象啊，若好妹妹。”

方若好再次轻笑出声，反将头靠在了他的肩膀上，两人静静地依偎了一会儿。

盯着紧闭的审讯室的门，方若好慢慢地收起笑容：“我见到你大哥了。他跟我说，老师很可能挺不过今晚。我不能让他带着屈辱走。”

“你想怎么做？”

“跟我一起找出凶手，然后，让他受到法律的惩罚。”

颜苏搂紧了方若好的肩膀，久久，“嗯”了一声。

他其实有很多办法可以取得想要的结果。

他有很多资源可以令事件变得更加简单。

可是，他注意到方若好在这种时候，说的是“法律的惩罚”，而不是“应有的惩罚”。她在求助的同时，也在告诫他——不要再像对付冯静秀那样走捷径。

从小到大，他都是一个人行走在悬崖边，内心深处经常会抑制不住地想要往下坠落。可爸爸妈妈编织了无数根绳索拖拉着他，让他不会掉下去的同时，也让他无比窒息。

然后方若好来了，她砍断了那些绳索，让他得以自由的同时，她走在了他身侧，用自己的手拉着他的手。

手跟绳索，是截然不同的东西。一个温暖柔软，一个条条框框。

如此一来，他想坠落，会被她阻止。

除非他忍心推着她一起坠落。

他自然是不忍心的。

不得不说，方若好找到了一个更高明的跟他相处的办法。

这时审讯室的门终于开了，女佣被一名女警押着泪流满面地出来了，看见方若好便嘶声叫了起来："方小姐！我真的是被冤枉的！求求你帮帮我！我没有毒老爷子，我也不知道那笔钱哪里来的，求求你……"

方若好没有回应，只是异常严肃地审视着她。她很快被带走了。

律师走过来说道："现在的情况是，第一，李玉香对账户里莫名多了十万块表示毫不知情，她没开通短信提醒，近期也没检查存折；第二，警方搜查发现贺豫的免疫抑制药被换成了形状相似的维生素片，上面只有你、贺豫和李玉香三个人的指纹，李玉香不承认是她换的；第三，贺宅监控显示这一周内只有五个人来过，分别是你、贺小笙、王珊、李玉香和送菜工，警方现在已经去找王珊和送菜工回来问话了，但送菜工是不允许上楼的，能接触到药物的机会很少。"

方若好皱眉："警方怀疑是王珊吗？"

"对。因为她前阵子在澳门欠了大额赌债，且在案发当天跟贺豫起过冲突。"

方若好抬腕看表，事情牵扯到王珊，而贺小笙还要五个小时才能到……

"我去趟公司查些东西。提鱼你先回家休息吧……"

颜苏坚持："我回医院休息。"

"好，保持联系。"方若好叫上崔姐回昭华，车上跟李秘书通了个电话，交代他查一些东西。李秘书应下后，说道："刚接到严总的电话，林导带着贺源西他们回来了，刚下飞机，这会儿正往公司赶。"

"源西还好吗？"

"林导让他一起回公司，他没反对。"

"好。他到了你看着他，等我回来再说。"方若好挂上电话，想起一事，让崔姐绕道去表行先把青铜大飞买了，刷卡的时候心都在滴血，这大概是她人生中送出的最昂贵的礼物了。但想到他即将面对的事情，又觉得送怎么贵的礼物都不过分了。

方若好买好表，抵达昭华时已近中午。林随安跟贺源西都在会议室里。贺源西低头刷着手机，林随安则对李秘书唾沫横飞地大倒苦水，并且口音里明显带了H省腔：“二十二年来第一次长冻疮哇！啊呀妈呀，那给我痒得咔咔一顿挠……”

方若好走了进去。

林随安立刻停止了聒噪，贺源西更是第一时间抬起头来，直勾勾地望着她。

“林少回来了？辛苦了。”方若好和颜悦色，林随安叹气：“可不咋的，给我累够呛……”

“那就休息休息，先把给董事会的报告写了吧，解释一下为什么预算超出那么多。”

“哈？”林随安的笑容顿时僵在了脸上，叹了口气，“我就知道你会提这个……真是的，我又不是故意的，没多少钱的事儿……”一边念叨着一边出去写报告了。

李秘书一看方若好的表情，十分识趣地说：“我也处理工作去了。有事叫我。”

他体贴地关上会议室的门，把空间留给方若好和贺源西。

方若好走到贺源西面前：“跟我一起去看你爷爷吗？”

贺源西摇了摇头：“暂时不想。”

“为什么？”

“加护病房不允许随便进的，我去了也只能隔着玻璃看，而且他还没醒……”贺源西停了一下，打量着她，“你还好吗？”

“你指投毒嫌疑吗？没事，我已经习惯了。”方若好拉了把椅子坐下，决定跟他好好谈一谈，“源西，你听我说。”

贺源西专注地看着她。

“我看了一下进程表，你剩下的戏份如果顺利的话，一周就能拍完。我建议你专心把片子拍完……”眼看贺源西面色微变要说话，方若好抬起一只手阻止了他，“为什么呢？因为第一，目前的势态比较复杂，大人们会处理，你没必要跟着走；第二，《滑冰少年》对我来说很重要，尤其这个时候，我希望起码工作上能尽量顺利；第三，老师万一真的去世了，贺小笙一个人是撑不起公司的，你身为贺家的嫡系血脉，必须尽快成长。老师曾向我透露过这方面的意思，他希望你能加入管理层来。”

贺源西的目光不停闪烁，最后抿紧了唇，说了一个字：“好。”

方若好松了一大口气，她好怕这小孩又叛逆发作跟她对着干啊，当即笑着招招手："把手伸出来。"

贺源西伸出手，他有一双骨肉均匀的手，带着少年独有的清瘦白皙，指甲修剪得干干净净，看着十分赏心悦目。

方若好从包里取出表盒，打开其中一个，拿出手表亲自给他戴上。

在此过程中，贺源西乖乖地坐着任由她摆布，整个人异常安静和温顺。

方若好替他戴好表，吹了记口哨："帅！很配你。"说着将第二个没拆封的表盒递给他，"喏，第二个。"

贺源西的目光掠过她手上的绿水鬼，没有接，淡淡地说："不用了。"

"嗯？"

"退了吧。"

"为什么？你不是要两个吗？"

"突然不想要了。"

方若好握紧手，在心中默念了N遍"双子座，双子座，不要跟双子座置气"，才能强笑着点头："也好，给我省钱了。"

贺源西起身："我走了。"

"去哪儿？"

"去拍戏。"

"别呀。"方若好叫住他，"饭点了，先吃个饭再走呀……"

贺源西停步，刚要说话，方若好的手机响了，她接了起来："提鱼……嗯……是吗？你不补觉吗？好的，等会儿见。"

贺源西眯了眯眼睛，等方若好挂上电话后，说道："看来你找到一起吃饭的人了。"

"一起呗？"

"不。我急着红呢。"贺源西没好气地抛下这句话后，去隔壁房间一把拐住林随安的脖子，"走了，进棚。"

"什么什么？我还在写报告啊……"

"我替你写，走了。"

"真的？你是我祖宗！"林随安连忙跟他勾肩搭背哥俩好地走人了。

方若好在走廊上看到这一幕，真是哭笑不得，半晌后，她给张晌晌发了条短信："源西的女保镖一起回来了吗？"

"回来了。合同还有三个月呢。要提前结束吗？"

"不用，我就随便问问。"方若好便又随便问了一个问题，"源西跟保镖姐姐们相处得如何？”

虽然那两人形象剽悍，一看就是不好惹的霸王花，但好歹真的是细腰长腿身材一级棒。

“长公主慧眼识人、料事如神，给小太孙挑的保镖自然也是极好的。”

“说人话！”

“源西跟那两位女壮士可合得来啦，有一次我还看见他去给大花买卫生巾！”

方若好一怔——已经好到可以买那么私密的东西的地步了吗？“大花？”

“就是有文身那个。”

“他更喜欢大花？”

“那倒未必。他也经常跟不愁一起抽烟的。”

这是什么混乱的关系！方若好皱了皱眉，发过去一行字：“禁止源西再抽烟！”发完看着没拆封的手表，她本以为贺源西要两个表，是要跟某人戴情侣表，很可能就是其中一名女保镖，结果他又反悔不要了。是觉得不适合女性佩戴吗？还是脚踏两只船不知该送谁好呢？

“他怎么不管我要三个？”这样不就全解决了吗？不过一想到价格，还是算了吧。只要一个，挺好的。

贺源西坐在保姆车里，用手机飞快地打字。

林随安在一旁递蘸了番茄酱的薯条，他递一根，贺源西吃一口，配合得天衣无缝。

林随安凑过去看了眼手机上的报告书：“写得真快，写得真好。辛苦辛苦！”

“剧组齐了吗？”

“主创们都在，放心，B城是俺们的大本营，要啥有啥，睡一觉起来，立马开拍。”林随安说到这里，犹豫了一下，“不过……你真不去医院看看老爷子吗？”

“他没有醒。”

“我知道，但也得看两眼啊，万一那旮……啊呀，呸呸呸！”林随安自扇乌鸦嘴。

贺源西停止了打字，垂下眼睛沉默了一会儿。

林随安一边想着美少年哀愁起来都这么好看，一边安慰：“我扯犊子呢，老爷子肯定啥事没有，有方总他们守着，妥了。”

“四年前有一天上学时，妈妈哭哭啼啼地把我从学校叫出去，带我去医院，说看爸爸最后一眼吧。我到了医院，看到他插满管子躺在病床上，虚弱地冲我笑，我扭头就跑了。”

林随安一愣。

“我在家里锁着门打游戏，我妈在外头叫一夜我都没应。第二天，妈妈说行了，你可以不用逃避了，你爸走了。我陪她去医院，送爸爸去殡仪馆，看着他被推进炉子里火化，变成了小小的盒子。然后妈妈办了葬礼，很多人来祭拜他。他们都夸我沉得住气，在痛不欲生的妈妈身边的我，显得那么冷静可靠。”贺源西的目光闪了几下，“然后，方若好来了。”

“方总……可不得劲吧？”林随安试图搭话，但贺源西明显沉浸在自己的世界里，没有理会他的话。

“她管我妈要了钥匙就走了。葬礼散场后，我们精疲力竭地回到家时，发现她做了满满一桌菜，在家里等我们。”

“这事办得敞亮！”林随安不死心地继续用H省话刷存在感。

“我妈吃不动，说头疼去睡了。就我跟方若好两个人吃。她什么都不说，吃完后洗了碗就要走。我不想在家待着，便也出去了。我们两个在学校里散步，那时候我家还在职工宿舍住。她看着来来往往的学生们，突然感慨说：‘能遇到陌北老师，是我这一辈子最幸运的事。你也好幸运，能有那么棒的爸爸。’”贺源西的手一下一下地抠着牛仔裤上的洞，“我说我没爸爸了。当我说出这五个字时，原本正常的世界突然崩溃，我突然发现爸爸不在了的事实——再没有人陪我去学校的操场跑步，他不会再骑着自行车去给我买冰棍，不会再气喘吁吁地陪我玩篮球，并且耍赖非说比分不对……我在那一刻号啕大哭……”

林随安吓得赶紧找纸巾，正要递过去，贺源西转过脸来，一双眼睛清冷清亮，虽有些红，但没有眼泪。

“自那后我再不打篮球了。”

林随安结结巴巴地说：“哦哦，这样……那个，你溜冰也挺有天赋的，不如以后就玩这个呗。”

“我长这么大，第一次哭得那么惨，方若好在旁边，最后说了一句‘你这个小家伙啊’……”贺源西将手张开，看着明明已经完全长开却仍显力量欠缺的手，眼眸沉沉。

林随安在旁感慨：“可怜啊，那么小就遭那罪……”

贺源西的表情起了些许变化，有些错愕还有些生气地瞪着他。

偏偏林随安没注意到，继续说：“现在也是，都没成年呢，又要经历一次……没事，以后咱俩就是老铁，有哥罩着你！”话音刚落，贺源西已冷冷说道：“停车！”

张晌晌连忙停车：“怎么了？”

贺源西将后车门推开，对林随安说：“下去！”

林随安一愣：“为啥？”

“等你什么时候改了口音再跟我说话！”贺源西把他推下车，无情地关了车门。

车子一溜烟走了。

林随安愣愣地站在原地，半天才反应过来：“能耐了嘿！敢推导演？！”

方若好去医院找颜苏用午饭，再回到病房前时，方如优和贺小笙提前到了，正缠着颜盖伦打听情况，贺小笙的反应跟崔姐如出一辙：“我爷爷真的是中毒吗？”

然而，颜盖伦对他的回答只有特别简单的两个字：“不是。”

“他们都说是方若好下毒啊！”

“不是。”

“那我爷爷还能醒吗？”

“不知道。”

眼看贺小笙就要发火，方如优连忙说：“好的，我们知道了。谢谢大哥。”说着拉他走到病房前。

贺小笙不满：“什么态度啊他？”

“颜大哥嘴笨，但医术很硬，你少说两句，别惹他生气……”正说着，方如优抬眼看见了方若好和颜苏，连忙招手，“正找你们呢！查到谁投毒了没？”

方若好当即交代了一下目前的状况，贺小笙果然不干了：“什么意思？现在你们是怀疑我妈？我妈怎么会缺钱呢，管我要不就行了吗？为什么要去找爷爷？”

“王女士在澳门一晚上输了B城的三套房。她不想给房，就折合成一点二亿给了现金。”

贺小笙目瞪口呆：“怎么可能？那爷爷给她了吗？”

“当然没有。老师骂了她一顿，监控拍到她气呼呼离开的画面。”方若好看向方如优，“你怎么看？”

“不是我看不起王珊，就她那胆，连鸡都不敢杀，更何况人。但李玉香是服侍老爷子三十年的老人了，一向老实可靠，怎么可能为区区十万就害他。”方如优说到这里瞪着方若好，“反而是你，最说得通。”

“为什么？”

“因为老爷子走了你受益最大啊。”方如优轻飘飘的一句话，瞬间引起了贺小笙的警觉：“爷爷立遗嘱了吗？”说着掏出手机走到一旁打电话去了。

方若好跟颜苏交换了个眼神，颜苏点点头，进办公室找他哥去了。方若好示意方如优跟她走到一旁的露天阳台。那里摆了个自动饮料机，还有长椅，正适合坐下长谈。

方若好问方如优：“喝点什么？”

“咖啡吧。一上午折腾死我了。”方如优一边说一边揉捏着自己的肩膀。

“来得挺快。”

“正好有朋友的私人飞机在附近，就送我们过来了。这事闹得挺大，我看股票还在跌……”

“嗯，那个不重要。”方若好把咖啡扔给方如优。

“喊，就你觉得不重要。小笙一路上接了无数个股东打来的电话，全跟热锅上的蚂蚁似的。”

“你回来了呀。”方若好嘿嘿一笑，“成如投资不就是靠哄抬股价出身的吗？”

“我说你怎么这么殷勤给我买咖啡！把我当财神爷了是吗？”方如优作势要拿咖啡砸回去，方若好连忙躲，方如优将她扑在长椅上，用咖啡罐敲了敲她的头。

方若好笑了。

“被砸还笑，傻吗？”

“不疼，所以笑啊。”

方如优怔了怔，注视着压在身下的这张笑脸。好奇怪，她们并没有真的和好，也没有为过去正式道歉，可经过那个醉酒的夜晚后，一切都不一样了。

她们仿佛天生就该在一起说说笑笑，打打闹闹，吵架再和好，和好再争吵……

方如优心中感慨，手上却没停，继续敲了两下，凑成了三记：“悟空，晚上记得来为师房间。”

“师父，给钱吗？”

“需要还吗？”

“这个我说了不算，得贺总跟你谈。”方若好眼角余光看见贺小笙回来了，便把话题引到了他身上。

贺小笙拿着手机，目瞪口呆地看着压在一起的两人："你们在做什么？"

方如优爬起来，打开咖啡喝："某人企图色诱我哄抬股价，贺总怎么看？"

贺小笙表情难看地冷笑了两声："我怎么看？我也想知道，我还有没有权利做主。"

"什么意思？"方如优扬眉。

"意思就是——"贺小笙大步走到方若好面前，"爷爷上个月立了新遗嘱，要把昭华的股权一分为二，留给方若好和贺源西。因为贺源西没有成年，所以他那部分也由方若好暂时代理——你别说你不知情，方、若、好！"

方如优张了张嘴巴，却没能发出声音。她下意识地去看方若好，方若好依旧保持着半靠在长椅上歪斜的姿势，脸极白，眸极黑，形成一种强烈的视觉对比。

贺豫是个做事看似不近人情，其实内在逻辑缜密的人。四年前他在接受换肾手术前立了遗嘱，然后保持着每年元旦修改一次的习惯。

也就是说，他在今年元旦例行公事地修改完遗嘱后，不到两个月时间又改动了。这十分不符合他的"内在逻辑"。

方若好第一反应是："不可能！"

第二反应是："遗嘱是被动了手脚？"

她腾地站了起来，生气地说："老师还没去世，遗嘱内容是如何获知的？！"

贺小笙一怔。

方若好立刻给贺豫的专属律师打电话，贺小笙一看，又急又怒："怎么，就许你撺掇爷爷改遗嘱，不许我查？而且爷爷这基本属于意外事故，可以提前公布遗嘱了……"

方若好气得一下子回转身，扇了他一耳光。

贺小笙顿时被打愣了。

方如优也吓一跳。她认识方若好多年，还是第一次见她发脾气动手打人。

"老师没死！没有！没有死！"方若好咬着牙，眼中升起一层泪光，气得整个人都在抖。

贺小笙有些心虚地别过视线，还想说什么，方如优掐了他一把，贺小笙的眼泪顿时也起了："疼疼疼……"

"口没遮拦，活该！"

就在这时，一连串脚步声飞奔而至。颜盖伦、颜苏以及几名护士神色焦灼地冲向贺豫所在的加护病房。

颜苏路过她时匆忙说了句：“贺伯伯心跳停止了。”

方若好的脸“唰”地白了。

最可怕的事情还是发生了。

万物在这一瞬间寂静。力量在这一刻缺失。

方若好双腿一软，跪在了地上。方如优连忙过来扶住她。

方若好抬眼，从她眼中看到了自己的脸，软弱而陌生。

方如优想了想，将她抱入怀中：“哭吧。”

“还没死，还有希望的，我不哭！”

然而，方如优再次说道：“哭吧。”

“我没喝酒。我不哭。”方若好倔强地说。

方如优看着她，心中忽然有些难过——她是如何被训练出遇事不哭的性格的呢？答案是一次次的磨难。

这时，病房的门开了，颜苏来到方若好面前，握住了她的一只手，轻轻地说：“哭吧。”

方若好的眼泪一下子流了下来。

然后，整个世界暗了下来，她什么也不知道了。

意识昏昏沉沉之际，方若好仿佛再次见到了贺陌北老师。

她好像以成人之躯回到了初中时代，坐在老师家的客厅里刚看完《被嫌弃的松子的一生》，哭得泪流满面。

贺陌北走进来，看见她这个样子，便拿了纸给她：“别哭啦。”

她非常错愕。一边想着老师不是去世了吗，一边问：“您怎么在这里呢？”

“这里是我家，我当然在这里。”贺陌北说着，朝厨房喊了一声，“爸爸，可以吃饭了吗？”

“好啦好啦。”伴随着这个声音，贺豫端着饭菜从厨房里出来。

她吓得顿时停止了哭泣，起身愣愣地看着眼前的一切。

贺豫把饭菜端上桌，贺陌北坐下来，两人似乎都忘记了她的存在，开始吃饭。

“爸爸，这个汤太淡了啊。”

“怎么可能？我可是天下一级厨师，带着诚意精心做出来的饭菜！”贺豫倔强地说。

“真的很淡啊。”陌北老师撒娇，“放点酱油吧。”

“这么难伺候，你自己做饭去！”贺豫虽然这么说，但还是起身去拿酱油了。

方若好看到这里，忽然意识到她在做梦，可梦境中的一切，是这般美好。

夕阳从窗外照进来，铺了柚木的地板泛着暖黄色的光。贺豫和贺陌北头碰头地围着一张小桌子吃饭，有说有笑，互相嫌弃。

她忍不住问：“源西呢？你们不带源西一起吃饭吗？”

贺陌北诧异地扭头看了她一眼：“源西不是跟你一起吃饭吗？”

贺豫也放下了筷子，朝她微微一笑：“回去吧。”

她顿时情绪激动，开始哭泣：“老师！”

“快走快走，没多做你的饭！”贺豫嫌弃地挥手。

“老师！”潜意识里一个声音告诉她，如果离开，就再也无法相见。她不忍心离开，她还有好多话要说。

贺陌北也好，贺豫也好，从某方面来说，都是她人生中“父亲”般的存在。

她怎么舍得离开父亲？

正在她悲泣得不能自已时，贺豫突然生气扔了筷子：“你这个死丫头，你不替我报仇，在这儿磨磨蹭蹭哭什么？！”

一语惊醒梦中人。

方若好睁开了眼睛。

映入眼中的不是惨白的病房，而是装饰精美的天花板。

看到上面独有的郁金香花纹时，她立刻明白了——这里是昭华？！

她睡在昭华顶层常年为贺豫准备的套间内！

“醒了？”在沙发上小憩的颜苏一个激灵也醒了，连忙朝她走过来。

“我怎么了？”

“你只是太累了。现在有没有好一点？”

方若好抬腕看表，已是晚上八点了。她连忙掀被下床。颜苏问：“干什么去？”

“我还没来得及跟老师的遗体告别……”

“那边我哥看着，不急于一时，你现在有更重要的事情要做。”颜苏的表情很是严肃，“冯律师来了。贺家的……亲戚们，差不多也都到了。”

方若好的心沉了下去——遗嘱！

如果贺小笙说的都是真的，可以想见遗嘱宣读后会掀起怎样的腥风血雨！

老师为什么要这样做？这都不像老师的行事作风！他就算真想把昭华留给她和源西，也会有其他更稳妥的方式，不至于一下子让她变成众矢之的。

是因为……被人提前害死，所以没能完全布置好吗？

方若好去洗手间简单梳洗了一下，前往贺家成员聚集的大会议室。

颜苏在会议室外止步，拍了拍她的手："我在外面等你，有事叫我。"

方若好点点头。

次顶层的大会议室里，如今坐了三四十个人，难得一见地人声鼎沸，大家都在议论纷纷，贺小笙跟王珊坐在一起，被很多人包围着，贺源西独自一人窝在角落里刷手机，谁也不理会。方如优不知去向。

方若好一眼扫过，了解了个大概，迈着不紧不慢的步子走进去。

人群因为她的到来而瞬间安静。

所有眼睛都紧盯着她。

她的出场真可谓是万众瞩目。

王珊忍不住尖声说道："三十多人等你一个。可真够大牌的啊。"

贺源西则放下手机，起身迎接她。

王珊又说道："对嘛，赶紧讨好昭华未来的女主人，以后我们可都得仰仗着她给口饭吃了。"

贺小笙忍不住说："妈……"

"你闭嘴！"王珊瞪着他脸上残痕未退的巴掌印就来气，"连女人都打不过！我留你在老爷子身边伺候，你就是这样伺候的？他宁可把财产留给一个外人也不给你，你这个废物！"

贺小笙顿时无语。

在场的冯律师一看不妙，连忙起身："既然大家都到齐了，那就开始宣读遗嘱吧？"

众人没有异议，冯律师便从公文包里取出一个牛皮袋，上面的封印确实是完好无缺的，他当着众人的面用剪刀剪开口子。

贺源西伸出一个小指头，试探性地碰了碰方若好。

方若好察觉了，立刻抓住了他的手。

贺源西目光一闪，垂眼看向两人握在一起的手，长长的睫毛覆住了表情。

"本人贺豫，七十一岁，患有严重的心肾疾病，随时可能发生意外，故特立此遗嘱，表明我对所有财产在我去世之后的处理意愿……"冯律师的普通话说得很好，回荡在会议室里，显得格外庄严肃穆。

"一，本人名下房产，除了××山的独栋别墅留给孙子贺小笙外，全部捐赠给慈善机构……”

第一条就引起了轩然大波。

王珊尖声喊了起来：“凭什么？！老爷子有三十多处房产啊！凭什么捐了？！”

冯律师严厉地看着她：“王女士，控制一下情绪，否则请你出去。”

王珊只好恨恨地坐下，其他人也纷纷露出不满的神情。

“二，本人名下昭华传媒的百分之五十一的股份，全部留给孙子贺源西，鉴于贺源西未成年，由方若好代为管理。在此其间，由方若好担任昭华CEO，无须股东会商议。”

第二条虽然跟之前传闻的不一样，但也足够令人不满。

所有人都看向了贺源西。方若好立刻挡在了贺源西前面。

贺源西将视线从手移到前方她的后背上，刚想动，手上传来她的重重一握，她示意他不要轻举妄动。

贺源西的目光闪烁着，再次垂下眼睛，真的不动了。

那边王珊刚要暴跳，被贺小笙一把按在椅子上，与此同时，贺小笙高声说：“贺源西是我堂弟，可有证据证明？”

“有。这是两份亲子鉴定，一份是贺老爷子跟贺陌北的，一份是贺陌北跟贺源西的。”

贺小笙接过鉴定书，看到日期是三年前，再看向方若好身后的贺源西时，眼神变得十分不善：“所以全天下都知道我多了个弟弟，就我自己上个月才知道？”

王珊嗤笑了一声：“还不是你没用？！”

贺小笙的手握紧松开，但他还是比王珊要沉得住气，把鉴定书还给了冯律师：“行了，继续念吧。”

“三，本人名下的基金、股票、存款，将全部用于贺氏信托基金，根据教育、医疗、购房、创办公司等情况，由家庭成员申请，经托管人核实后方能支取，在四十岁之前，这些限制将一直有效；四十岁后可随意支配。”

在场的贺家人全都面面相觑，看得出大多数人都很不满意。

“另外，本人额外为贺小笙准备了一年二百万的可支配资金，以保障生活所需，不得转赠他人。若他死亡，这笔资产将自动捐赠给慈善机构……”

贺小笙紧抿嘴唇一言不发。王珊却是越听心越凉。也就是说，老东西一死，她什么也捞不到，而身为嫡孙的贺小笙，也不过是分了套房子和一年二百万的零花钱！

冯律师一口气读完了遗嘱，环视众人：“你们还有什么不解的吗？”

众人一拥而上，七嘴八舌地质疑遗嘱的真实性、有效性，更有好事者过来貌似关心实则挑唆：“小笙啊，你说说老爷子是不是糊涂了啊，这遗嘱安排得也太匪夷所思了啊！”

方若好却在心中松了口气：老爷子并没有把昭华送给她，而是给了源西。虽然她一向以贺豫的学生自居，但还没脸大到觉得昭华是她的。

只是如此一来，源西会很辛苦，一下子成了众矢之的。这屋子里没有一个善男信女，他们全都虎视眈眈地想要扑上来吃掉他这只未成年的小羊。

尤其是贺小笙，他等于失去了一切，会甘心吗？

还有那个对老师的药动手脚的人，是谁？会是这些人中的一个吗？

方若好一个人一个人地看过去，看着此刻他们丑态毕出的模样，竟生出一种错觉：好像谁都有可能。

王珊忍耐许久，终于忍不住，起身朝贺源西走了过来。

方若好拦住她：“你想做什么？”

“野种！”王珊歪头朝贺源西吐了口唾沫，出乎意料的是他反应十分灵敏，一下子闪开了，那口唾沫吐到了他身后的墙上。

方若好生气了：“王女士！请你自重！”

“真有你的，方若好，眼看老头子年纪大了靠不住了，就马上找了下家。这个这么年幼，可不是什么都听你的？”

方若好转向冯律师：“我可否请保镖进来？”

冯律师点点头：“已经宣读完了，请便。”

方若好立刻给崔姐发了信息。王珊大怒：“你什么意思？”

“你如果敢动我和源西一根手指，我们法庭见！”说到这里，方若好故意露出个充满恶意的笑容，“你还有钱跟我打官司吗？”

“你！”王珊气得要动手，被贺小笙抱住：“妈，你少说两句！”

“你放开我！都是你没用，才会被人抢了家业，你这个败家子！废物！你给我去抢回来啊，昭华是你的，这些统统都是我们娘俩的啊！”

贺小笙默默地忍受着王珊歇斯底里的捶打，一声不吭。最后还是方如优快步从门外走进来，一把拉开王珊：“差不多得了啊，阿姨。”

“就是你！就是因为小笙没选方若好选了你，才失了老爷子的欢心。你不是离家出走逃了吗？你还回来干吗？我们母子俩说话轮不到你插嘴！”

方如优愣了愣。

在此之前，王珊对她一向和颜悦色、巴结有加，如今撕破脸，竟是什么恶毒的话都往她身上扔。

方若好正有点担心时，却见方如优转头看向贺小笙，什么也不说，似笑非笑的。贺小笙的脸涨得通红，硬着头皮上前："妈，你有事说事，别迁怒他人，这跟如优有什么关系？"

王珊虽有满腔怒火，但终于想起了方如优的身份背景，万一真按照遗嘱说的分了家，到时候自己跟儿子还得依仗方家，她只好忍下这股火，转身继续对方若好发难："我不承认这份遗嘱有效。你们休想这么轻易地得到昭华！"

"对！我们也不承认！"好事者见机闹事。

方若好笑了："恕我直言，你们承不承认没用。你们如果不满意，可以向法院提起诉讼。"

"我们会的！法院判决之前，你别想这么容易就接手昭华。"王珊放下一句狠话后，又瞪了贺小笙一眼，拿起包包想办法去了。

她一走，其他人见方若好态度坚决，没什么好谈的，也纷纷走了。

方若好问冯律师："这份遗嘱无懈可击吗？"

"除非他们能证明这份遗嘱是假的，或者立遗嘱人当时神志不清。"冯律师别有深意地看了贺小笙一眼，"没什么事的话我先走了，还有一系列流程要走。"

"辛苦了。谢谢您。"方若好将他送出门口。颜苏趁机跟了进来。

方若好看着剩下的五个人，想了想，说道："小笙，我们谈谈？"

贺小笙却凄然一笑，摇了摇头："没什么好谈的。成王败寇罢了。"说着也要走。

贺源西忽然开口："是谁害死爷爷的？"

贺小笙脚步顿停。

贺源西的目光从在场众人中一一扫过，最后落在他身上："真有意思。一个人被谋杀了，他的所有亲人聚集一堂，只想着怎么分他的钱，而不是想着赶紧找出凶手为他报仇。"

贺小笙涨红了脸回头："你懂个屁！你怎么知道我没在查？"

"那你查到了什么？"

"这个……"贺小笙心虚地别过视线，"暂时还没结果……"

"果然是个废物。"

"你说什么？你有什么资格说我？你这个野种！"贺小笙气得当即扑过去要揍他，被颜苏一把扣住手腕，轻轻一折。他顿时惨叫一声，蜷缩着蹲了下去。

颜苏俯下身，注视着他的眼睛："道歉吧。"

"我去你大……"贺小笙骂了半句，颜苏手上用力，他的声音顿时拐了个调。

颜苏微微一笑："道歉。"

他虽在笑，却让贺小笙不寒而栗，咽了咽口水，结结巴巴地说："对、对不起。"

颜苏松手："乖。"

贺小笙连忙捂着手跳开好几步，面露恐怖之色："如优，我们走吧。"

方如优指了指方若好："她要跟你谈。"

"没什么好谈的，她想怎样就怎样吧。我都认还不行吗？"贺小笙说着一溜烟跑了。

面对这个结局，方若好真是又好气又好笑，心想就这尿样，难怪老爷子对他彻底失望。她忍不住又回头看贺源西，只见他素白的小脸上看不出任何表情。

他好像一直这样，平日里再怎么嚣张叛逆，遇到大事从不慌张，当年陌北老师过世时，也是沉着冷静得像个大人一样照顾妈妈，处理后事。如果她是贺豫，也会选源西。

方若好便朝他笑了笑："去医院吗？送老爷子最后一程。"

贺源西抬头，定定地注视着她，许久后才点了下头。

廿四 夜半明火

谁知到了医院，一行人却被告知贺豫生前签署了遗体捐赠，要将遗体无偿捐献给颜锐的实验室用于研究，所以早在心跳停止的那一刻便送走了。

方若好震惊地看向颜苏：“你不知道这个事？”

颜苏也很震惊：“我当时忙着送你回昭华，大哥也完全没提这事……对不起，我这就安排你们过去看贺伯伯。”他拿起手机打电话，不知电话那头说了什么，他的眉头一下子皱了起来。

最后，他挂了电话，回来说道：“遗体已进入流程，一时半会儿出不来，约了三天后的十点，可以吗？”

方若好心想，有捐献遗体这么大的事，贺家所有成员却都忙着去听遗嘱，而没有陪同在老师的遗体身边，送他最后一程。一想到其中的冷暖悲哀，方若好的眼眶不由自主地红了。

“对不起……”颜苏愧疚地握住她的手。

一旁的贺源西看着这一幕，嘴唇动了动，最后别过头说：“三天后就三天后吧。我走了。”

方若好忙问道：“你是回家，还是回剧组？”

“回剧组。”

“你不用勉强的。”

“不勉强。回家的话……妈妈会哭，看着烦。”贺源西目光闪动，显得很是抗拒，“总之我没事。爷爷……对我来说，是个陌生人。”

也是，他跟贺豫虽是爷孙，但没有实际相处过，感情不深。而且突然发生这样的变故，莫名成了昭华的继承人，他也需要一段时间慢慢沉淀和接受。

“行，那让你的两个保镖，叫大花和不愁是吗？让她们陪你回剧组。”

“你呢？”贺源西看着她。

方若好还没想好怎么回答，颜苏已走过来拐住贺源西的脖子，拖着他出去了：“小孩子问这么多干什么？专心拍你的戏去……”

贺源西冷冷地说：“你对我最好客气点！就算我是个小孩子，也是个不好惹的小孩子！”

颜苏笑了：“是是是，小陛下。”说到这里时，他的表情有一瞬的变化，但很快便恢复了，“您还是临幸后宫去吧，这儿的政务，奴才们会处理的……”

“你……”贺源西想说什么，目光落到他的手腕上，发现他没戴那块红水鬼，顿时一怔。

他这一走神，就被颜苏强行送出门了。

远远的两个女保镖迎上来，颜苏拍拍源西的后背，把他交给了女保镖们。

贺源西跟着女保镖们上了保姆车。

方若好隔着玻璃窗看到这一幕，心中稍安，继而自嘲地叹了口气：“都过了本命年了，怎么还流年不利呢……”

过了年，她就二十六岁了，但这短短几个月发生的事，简直比过去十年加起来还要倒霉。

颜苏走回来，听到这句话后摸了摸她的头：“摸摸毛，吓不着。”

方若好看着他，几秒钟后，伸手拥抱了他：“我不怕。”

我不怕。因为，有你在啊。

真的真的每一次劫难发生时，你都在呢。

虽然选择权在我，但你从未退缩过。你总站在我能看到的地方，等着我。

方若好没有选择休息，而是回公司，如此动荡时刻，正急需她坐镇。于是颜苏跟她分开，去公安局继续蹲守消息了。

昭华CEO的人事调动果然引起了不小的震荡。虽说“长公主”的“人设”已经深入人心，大家都知道贺小笙是个傀儡太子，但没想到的是老爷子这么狠，竟然直接剥夺了他的继承权，还把一切都给了另一个从没公开介绍过的孙子。

一时间，八卦满天飞。

当天下午三点半，王珊带着几个股东过来闹事，一群人拍桌子吵得不可开交，眼看情势无法控制，方如优突然出现。

她不但出现了，还带着另外几个股东的授权书，声称愿意支持贺豫的决定，让方若好接掌昭华。

如此一来，王珊带来的几个小股东只好噤了声，灰溜溜地走人。

贺小笙搬着箱子从CEO办公室离开时，暴怒的王珊一直追着他骂。

方若好和方如优远远地看着这一幕，方若好忍不住问方如优："你不过去帮忙？你好像跟我说过，小笙请你回来就是帮他搞定他老妈的？"

方如优叹了口气："我连我妈都搞不定，还帮他？"

方若好一怔："跟你妈见面了？"

"不然呢？你以为我怎么弄来那些股东的授权书的？"

方若好乐了："你是怎么说服你妈的？"

"我一把鼻涕一把眼泪地哭着认错，说自己独立出去了才知道生活多么艰苦，连个肉都吃不上，住的地方全是老鼠蟑螂，还有臭虫咬胳膊……我妈一听就心软了。"方如优似笑非笑，调侃的面容下却是眼眸沉沉，"这次出走让我彻底明白了一件事：独立不是话语权。真正的话语权还是钱。我如果想让她彻底听我的，就得比她更有钱。所以，我先帮你站稳脚跟，将来，若有一天我跟父母终有一战时，希望你也能……帮帮我。"

方若好震惊："你还要告爸爸？！"

方如优颇具深意地看了她一眼，笑了笑，没说什么，双手插兜走了。

方若好目送着她的背影，心想如优跟她果然不一样。她对方显成无比失望，但并不怨恨。从某方面来说，她对这样的出身认命了。如优却不肯原谅父亲。

究其根本，大概是她从来没有爱过方显成，而且她有陌北老师和贺豫，"父亲"一职被很好地补偿了。

可如优没有。

如优太爱方显成，爱之深，恨之切，无法脱离。

而且，她的生活中没有人可以取代方显成。所以，她比她更痛苦。

方若好觉得自己好像离如优又近了一步。

如此到了下班时间，颜苏突然发来一条信息："王珊向法院提起诉讼了！"

“什么？”

“她翻出了今年元旦贺伯伯立的一份公证遗嘱。而最新的遗嘱是自书遗嘱，所以一切应以公证遗嘱为准。”

方若好一怔。

“你看，立遗嘱的时间是二月十九号。”郑律师把遗嘱的复印件推到方若好面前，指了指上面的日期。

方若好在脑海中迅速过了一遍：“那天是贺新醅的忌日！”

“对！老爷子那天没有办公，跟贺小笙还有王珊去祭拜贺新醅了，一直到晚上八点才回家。她有好几位证人可以证明当天老爷子没有跟冯律师见面。而八点后，冯律师的妻子证明他按时下班回家了，不可能参与到这份遗嘱的见证。”

“我记得自书遗嘱不需要见证人。”

“这就是问题所在。”郑律师取出另外几封遗嘱的复印件，“你看，每年元旦贺先生立的遗嘱，都有两名见证人。今年元旦这份，甚至经过了公证。也就是说，公证过的这份法律效力最高。自书这份，或许会被判定无效。”

方若好越看越心惊。她一开始就觉得这份遗嘱立得莫名其妙，现在细想，确实不符老师的性格。他就算要立新遗嘱，也会找见证人，就算当天没机会，后面还有一个月时间呢，足够重新公证了。

“如果证明这份自书遗嘱无效，会怎样？”

“那就一切按照公证过的遗嘱处理。”郑律师挑出公证过的那份遗嘱，“昭华百分之四十的股份留给贺小笙，百分之十一留给贺源西，源西成年前由你负责他的部分。此外其他家产一一分给贺氏家族的成员们。没有捐赠给慈善机构这项。贺小笙能够凭此拿到大概四十五亿的遗产。”

方若好沉吟片刻，看向一旁陪着她的颜苏：“你怎么看？”

“我觉得这场官司输的可能性很大，你要做好准备。”

是啊。那天是次子的忌日，可以成为老爷子立遗嘱时神志不清的证据，又加上自书没有见证，几分遗嘱并存的前提下，以公证遗嘱为准。

郑律师问：“听说自书遗嘱公布时，王珊就不承认它有效，这是否说明——她事先知道公证遗嘱的内容？”

“她很缺钱。”颜苏补充。

“对，她很缺钱，她急着从贺豫先生处搞钱，所以她知道了公证遗嘱的内容后，给他换了药，造成了他的提前死亡。但没想到冯律师公布的遗嘱是另一份，她一分钱都分不到。她只能动用一切办法让这份遗嘱失效。”

方若好点点头：“你们说得很顺理成章。但，有一个极大的漏洞。”

“什么？”

“老师是个很严谨的人，他不可能不知道新遗嘱的法律效力不如上一份，他有一个月的时间可以弥补上这个漏洞，为什么不做？”

郑律师皱了皱眉：“你坚持这一点是漏洞？”

“以我对老师的了解，这一点是最大的问题所在。”

“可那是你以为的。法官不会这么想。贺豫是一个七十一岁的老人，身体非常不好，经常住院，亲属们都认为他喜怒无常、脾气暴躁……”

方若好叹了口气。确实，外人眼中的贺豫，跟她所知道的贺豫，实在是差很多。

颜苏看看她又看看郑律师：“所以，你们的前提都建立在凶手是王珊上？”

方若好一怔：“什么意思？”

颜苏笑了笑：“我随便说说，你们也随便听听就好。如果，我是凶手——”他的神色有了一点变化，像镜子里倒映出的明明一样却角度完全相反的脸，“我会在动手前，先不想我要得到什么，而是我做了这件事后怎么才能不被发觉。”

方若好立刻听懂了他的意思——作为嫌疑人，王珊太明显了，只差没在脑门上贴一个“我是凶手”的标签。

“我要贺豫死，我要换掉他的药，那么，我起码要有三道保护。第一道，李玉香。我给她账户汇一笔钱，让她看起来像是被人收买了，才给老爷子换了药。但这个汇款行为也许会被追踪到。那么第二重保护就是，汇款人是王珊。只有汇款人是王珊，才能转移警方的视线。”

方若好连忙给李秘书发短信：“给李玉香汇款的账号追查出是谁了吗？”

“第三重保护，躲藏在王珊背后的我。当然，这是最少的步骤，如果可以，我甚至愿意加上第四、第五重。但鉴于做得越多，破绽越多，尤其是拥有高科技的现代，想要不为人知地杀人，实在太难了。那么，到此为止。王珊，有杀人动机，有杀人条件，最后，我会给警方几条实际证据。比如，她给李玉香汇款；比如，她有购买维生素的记录；比如，她被逼债……”颜苏说到这里时，李秘书的短信来了——

“查到了，是贺小笙的支付宝。他非常震惊，他不知道自己打过这笔钱。”

方若好心中一紧，真的都被颜苏说中了！

颜苏看了短信内容后，笑了笑，继续说道："我做完这些，等着贺豫死。他死了，遗嘱公布了，我突然发现，跟我所知的不一样。怎么办？我当然要煽动王珊去闹，去证实那份遗嘱无效——你们觉得是这样吗？"他语调一转，声音低沉了几分，"不。这不符合我的智商。这个时候，才是'我要得到什么'的关键所在。我要得到什么？我为什么要弄死贺豫？两种原因：一，为了增加利益。我是他的竞争对手，我需要他死，需要昭华垮掉。"

方若好不禁想起了陆小歼，他一直没做什么，也没对贺源西下手，是因为他有更直接的目标贺豫吗？

"二，为了止损。贺豫做了阻碍我的事，我不得不杀了他。我会买通一个人换掉他的药，我还会扔出一份不合逻辑的遗嘱，让贺家的人忙着吵架没有心思专注于其他。"颜苏说到这里，拿起自书遗嘱的复印件反复看了几遍，"我认同若好的想法，我觉得这份遗嘱有问题。"

方若好一震，连忙凑过去一起看。

"为什么？"

"我觉得你是最了解贺豫的人，你认为他不会犯这样的错误，那么他就不会忘记公证。所以，这肯定是假的。而且，只有'我'伪造了这份遗嘱，才符合作为凶手的我的逻辑。"

方若好突然脑中闪过一丝灵光，目光定在了日期上："这里！'19'！"

"'19'怎么了？"

"老师的签名确实跟他本人一模一样，肉眼看不出有什么问题。但是这个日期，'1'和'9'分开看都是他的笔迹，但连在一起时，老师会有一个连笔上的巧妙变化。"方若好起身去办公室的文件架上翻了一会儿，找出一份以往的合同，拿了过来。那上面的日期是6月19日，正好也是一个"19"。

郑律师眼睛一亮："写得像'4'！"

"对！我曾就这个问题提醒过他，写得太像'4'了，容易造成混淆。他当时一笑置之，说是多年的老习惯了，改不了。"方若好对比了自书遗嘱上的日期，"而这个'19'，写得不像'4'。反而像是分别对照他所写的'1'和'4'，仿照着写的。"

"看来有必要联系一下冯律师，核实这份遗嘱到底是怎么回事……"郑律师说道。

颜苏摇了摇头："你怎么知道冯律师没被'我'收买呢？"

"你的意思是，凶手杀了老师，买通冯律师，弄了这一份假遗嘱出来……

他的目的是什么？”

“这份假遗嘱的受益者……是你和贺源西，对吧？”

“对！难道他的第三重保护是我？想用这份假遗嘱，把杀人的罪名往我身上栽？”方若好不寒而栗。如果这份遗嘱是假的，那么谁会编造这么一份假遗嘱呢？只会是遗嘱的受益者。贺源西，或者她。贺源西是个未成年人，没有那么大的能耐，那么唯一的嫌疑人就是她了。而且她还有机会给贺豫换药！

颜苏的目光闪烁着，不知为何，表情看起来有些微妙：“我还有一些想法，但是需要核实一下，才能告诉你们。”说着，他站起身来，看了看时间，“我得回家一趟。若好，我明天早上再来找你好吗？”

方若好连忙起身：“我送你下楼。”

送颜苏下电梯的过程中，方若好咬了咬嘴唇：“是有什么话不方便当着郑律师的面说吗？”

“也不是。主要我还没想好，而且也不一定是我想的那样。我怕我说了，会让你更加心慌意乱。你现在要面对的事情，已经够多了。”

方若好定定地看着他。

颜苏被她看得没有办法，只好叹了口气，将她搂入怀中：“我发誓不会做违法的事情……我答应过你的，放心吧。明早就有结果了，不管我有没有猜中，都会第一时间告诉你。相信我。还有，今晚让崔姐陪着你，别让我担心。因为，对我来说，只有你安全了，我才能全神贯注地去查清真相。”

方若好只好点点头，送他上了出租车，然后叫上崔姐一起回家。

这一晚上过得心乱如麻，总有一种不祥的预感。

方若好睡不着，只好在卧室里一遍遍地走圈。

如此大概到了凌晨两点的时候，她听见隔壁也有动静，崔姐也没睡？

方若好过去敲了敲客房的门，崔姐衣衫整齐地来开门，果然没有睡。

“对不起，吵醒你了吗，方总？”

“太好了，起码不是我一个人失眠……”方若好露出一个苦笑。

崔姐善解人意地说：“方总压力太大了。”

“那你呢，你为什么睡不着？”

崔姐犹豫了好一会儿，才开口说：“我有个秘密，埋心里有一段时间了……觉得应该告诉你。”

方若好诧异地扬了扬眉毛。

“我之前给唐翎当保镖时，曾在她家的小区见过王女士，跟一个年轻的男孩举止亲密地走进某栋楼……”

“什么时候的事？”

“半年前。”

方若好心中震惊——难道王珊有了男朋友？那个男朋友很有可能就是教唆她赌博欠下巨款然后给老师换药的人？！

“王女士什么时候沾上赌博的毛病的？”

“我怀疑是有人唆使，已派人去查了。如果是真的，让小笙跟她早日脱离母子关系。”

——那是贺豫病发前，她和他的对话。

她记得老师当时在写一封信，然后当着她的面放进了保险箱里。找出那封信看看，也许会有线索。

一念至此，她立刻穿衣服：“崔姐，跟我去个地方！”

“哪里？”

“贺宅！”

崔姐开车将她送到贺宅。坐落在半山腰的贺宅乌漆墨黑，警方暂时封锁了现场，但无人看守。

方若好有贺宅的钥匙，直接开门走了进去，刚要打开大厅的灯，崔姐突然制止她，给了她一个警惕的手势。

方若好屏息聆听，发现楼上有声音！

会是谁？凶手吗？

两人对视了一眼，崔姐比了个跟着她的手势，方若好点点头，拿出手机打开了录音功能。两人摸黑顺着楼梯慢慢走上去。

书房里透出些许灯光，紧跟着，响起了王珊的声音：“快点啊！这都半天了，还打不开？”

方若好心中一紧，偷偷探头往里看——

只见王珊用手机当手电筒照着书架方向，一个人正蹲在那儿捣鼓什么。

方若好立刻明白了，他们也想到了老爷子的保险柜！正在试图开启！

就在这时，走廊那头传来关门声，崔姐连忙拉着方若好躲到一旁的绿萝盆栽后。一个人拿着手机边照路边走过来：“姗姨，没在小笙房间发现什么……”

手机的光映在那人脸上，方若好认出了他——是贺小笙的两个跟班之一，曾蹲在她家楼下监视她，后来又送她去表行的那个人！

那人走进书房，给保险柜加了点亮：“元哥，还没打开啊，行不行啊你？”

“闭嘴！”蹲在柜子前的人架了个笔记本，飞快地输入指令。

方若好看到这里，给崔姐比了个等待的手势。她倒想看看，王珊到底想要什么。

如此大概又过了五分钟，“滴”的一声，保险柜的柜门自动弹开了。王珊大喜，连忙上前把柜子里的东西都掏了出来。

里面有大量珠宝、现金，跟班看得眼都直了，颤声道：“姗姨啊，这些珠宝真的都能拿？万一被发现了会被判刑不？”

“判个屁！这宅子都留给小笙了，柜子里的钱当然也都是小笙的！”

“可是……”

“少废话！赶紧装了。”王珊的目标却明显不在珠宝上，径自将里面的文件袋拿了出来，快速翻看。

就在这时，方若好的手机突然响了起来——系统提示她电量只剩百分之二十！

方若好一惊，忙不迭地按掉提示，可屋内的人都听见了。

开锁的那人一个扭身冲了过来：“谁！”

崔姐立刻将方若好推开，上前跟他打了起来。

方若好转身就跑。

王珊看到了她的脸，尖声叫道：“是方若好！别让她跑了！”

另一个跟班想追，被崔姐缠住。崔姐以一敌二，虽然未落下风，但一时间无法抽身。王珊跺了跺脚，索性自己追下楼。

方若好冲到大门口，突然停步，转身等着她。

“你跑啊！怎么不跑了？”王珊追得气喘吁吁。

方若好伸手“咔嚓”按亮了开关。灯光亮起，将大厅的一切都照得纤毫毕现。王珊在一瞬间看到了方若好的脸——一张可恶的、奸诈的、笑得十分阴险的脸。

“我为什么要跑？”方若好挑了挑眉，“深更半夜入室盗窃的人，好像是你。”

“什么？我、我、我这是进自己儿子家！算什么盗窃！”

方若好随手点了播放，手机里传出她刚才录下的声音——

“姗姨啊，这些珠宝真的都能拿？万一被发现了会被判刑不？”

“判个屁！这宅子都留给小笙了，柜子里的钱当然也都是小笙的！”

“可是……”

“少废话！赶紧装了。”

王珊的脸顿时黑了半边，扑过来就要抢手机：“臭婊子敢阴我！”

方若好是个遇事攻击型选手，具体表现在她看见冯静秀咬颜苏时，会第一时间冲上去踹对方的腰。这会儿王珊来抢手机，她第一反应不是逃，而是抬腿一脚踢在对方的肚子上。

王珊一声惨叫跌在了地上，当即叫人：“你们两个是死人啊，快下来啊！”

只听“哐当”一声，一个跟班下来了——却是被崔姐一脚踢下楼的，在楼梯上滚了好几圈，倒在地上呻吟不起。

另一个跟班心神一恍惚，被崔姐抓住手臂反剪在了身后：“疼疼疼疼！”

崔姐架着此人走下楼，顺便踢了踢地上那个：“怎么处理？”

“报警。”

王珊顿时急了：“你敢？！”

方若好立刻用行动证明了她敢，她拨打了110。王珊顾不得再喊疼，连忙起身试图阻拦：“都是一家人，有什么不能内部解决的，非要闹到公众面前？”

“你错了。第一，我跟你不是一家人；第二，我是公众人物，最不怕的就是曝光。”眼看王珊又要靠近，方若好示威地抬了抬脚，王珊立刻站在原地捂着肚子不敢动了。

方若好几句话报完警，那边崔姐也找了绳子把两个跟班捆了起来。方若好过去“咔嚓咔嚓”对着口袋里都是珠宝的两人一通拍照。

跟班顿时心如死灰：“方、方小姐，我、我们都是听命行事的……”

“我知道。所以警察来了，我会为你们说情的。”

王珊气得浑身都在发抖：“警察来了我也不怕！真正应该害怕的人是你！谋财害命，篡改遗嘱！贱人！”

方若好给崔姐一个眼神，崔姐立刻过去把她也绑了起来。

方若好上楼找到王珊的包，从里面取出她从保险柜里拿出的资料，一看，老师写的那封信果然在里面。她拆开牛皮袋，里面赫然是王珊这些年私下挪用公款、贪污受贿、吃里爬外的证据。此外还有几张她在澳门街头跟一个年轻男孩拥吻和在赌场豪赌的照片。

这个男孩就是王珊的男朋友吗？

她的心剧烈地跳动了起来！连忙掏出手机给这些资料拍照。

就在这时，楼下突然传来尖叫声。

方若好连忙收拾好资料下楼，看到厨房方向着火了！

崔姐熟练地从走廊墙壁上取下备用灭火器，接通水管刚要扑火，里面却没有水。她骂了一句，返回客厅给跟班们松绑。

王珊跺脚："先救我！先救我！"

崔姐没理她，先救近的。可惜之前绑得太紧，一时半会儿解不开。这时方若好背着王珊的包冲下来，打开客厅某个柜子拿出剪刀。

两名跟班先后被松绑，而这时厨房里的火已冲了出来。

"救我救我！"王珊急得满头大汗。

方若好把背包塞给崔姐，拿着剪刀跑过去替她松绑。谁知刚解开绳索，王珊就狠狠推了她一把："去死吧，贱货！"

方若好始料未及，一个踉跄向前栽倒。跌倒的瞬间，火苗舔舐过来，她脑海中只有一个想法——完了！

就在那时，一股白色粉末喷在了她身上。

方若好摔下去，摔进了一片白粉中，呛得她眼泪鼻涕一起流了下来。

一个人冲过来，用衣服罩着她往外拉。方若好只觉眼睛火辣辣地疼，完全看不清东西，一边流着泪一边被架着跑，终于冲出了屋子。

紧跟着，那人把她带到花园的水池前，打开水龙头往她脸上冲。

方若好下意识要闭眼，那人喊道："睁眼！"

方若好一怔，条件反射般睁开了眼睛，任凭冰冷的水冲洗眼球。

如此过了好一会儿，眼睛上的灼热感终于消失了，听到崔姐跑过来说："不行，火太大了！几个消防栓居然都没水！我打了火警电话！"

"嗯。人没事就行。"那人握住方若好的胳膊，问，"好点了吗？"

方若好抹了把脸，转头看向对方，怔怔地不说话。

那人顿时紧张，俯身检查她的眼睛："看不见吗？还疼吗？"

方若好觉得眼睛刺痒，好想揉，那人立刻阻止："别动！继续冲洗。"

于是她又冲了好一会儿，但视线依旧是模糊的，看东西只有个大概的轮廓。

"走，去医院！"那人看急救无效，便把她背了起来，准备下山。

崔姐跟在后头说："王珊跑了！"

"没事，跑不了。"那人不以为然地说。于是崔姐不再说话了。

方若好伏在对方背上，感受到他的体温和呼吸，心头只觉得异常安定。

果然每次每次，你都在啊……

你都会在的，颜苏。

"对不起……"她讷讷地开口，十分愧疚，"你让我等消息，我却自己深更半夜出来……还差点没命……我睡不着，忽然想到某个线索，就更睡不着了……我没想到会在这里撞到王珊，更没想到会失火……有崔姐在呢，我本来觉得挺安全的……”

颜苏的心，在她孩童般的检讨中不由自主地软了：“下次一定、一定不要自己涉险。”

“绝对没有下次！”方若好连忙保证。

颜苏严肃的表情这才淡去，笑了笑。

“我的眼睛……会瞎吗？”

“需要做裂隙灯检查看看角膜是否水肿，上皮是否完整……对不起，当时太着急了，抓个灭火器就过去了，没想到是干粉灭火器。”

“不怪你，是我太心软……有些人真是不能怜悯啊……”冯静秀是。王珊也是。她是倒了什么霉，才会遇到这两人？

颜苏没说什么，下山台阶实在太多，又体力透支，背着她很是吃力。

方若好给他擦了擦额头的汗，忽然想起一个问题：“为什么消防栓会没有水呢？”老师是个很居安思危的人，绝对不会忘记给消防栓年检的。

“当然是有人故意关了水阀。有人想让你和王珊一起死。”

方若好心中一沉，而这时，山下传来了消防车和警车的鸣笛声。

警察这次不但来得不慢，还顺手抓住了跑到山下神色慌张的王珊等人，将一伙人全部带回了公安局。

方若好因为眼睛的关系，被先送往医院急救了，检查后被告知角膜没有受损，模糊应该只是暂时的，医生让她好好休养。

等她再被送回公安局时，颜苏已经做完了笔录，跟郑律师一起等着她。

方若好向负责此案件的赵队长老老实实交代了全过程，并提供了音频、照片以及从保险柜里找出的证据，赵队长十分重视，立刻提审王珊。

方若好出来时，发现外面的大厅里多了个人——方如优推着一个满是食物的推车，正在给大家分热气腾腾的早饭：“警官吃点啥？油条豆浆？有！要咸的还是甜的？咸豆浆？有品位！这位大哥吃点啥……”

方若好因为看不太清楚，最后还是靠声音辨认出是方如优的。颜苏拉着她在某张小几旁坐下。她问：“如优怎么来了？”

“我告诉她的，让她带点早饭来。她倒好，全公安局的早点都包了。”对方如优的长袖善舞，颜苏也是彻底服气的。

方如优分完了众人的，终于推着车子来到近前：“小瞎子，你要啥？”

方若好完全不想接这个话。

“那就菠菜鸭肉粥吧，清肝明目的。”方如优将一碗热腾腾的粥放在她面前，“要喂吗？”

“谢谢，我还没瞎！”方若好立刻证明似的抓起勺子自己吃，吃了一口发现不对劲，正琢磨着呢，就听方如优说：“还说自己没瞎，菠菜鸭肉粥没有了，给你的是皮蛋瘦肉粥。”

方若好气得咳嗽了起来。

颜苏连忙帮她拍背，并警告地看了方如优一眼。

方如优哈哈一笑，从推车的口袋里掏出衣服：“行了，给你带了衣服，走，去洗手间帮你换。”

方若好想起自己在火海和干粉中滚过，又被水龙头冲了半天，肯定无比狼狈，连忙起身跟她走。

方如优这次没再嘲笑她，把她领到洗手间换衣服。

方若好沉默着。不知为何，这种被照顾的感觉让她非常……手足无措。实在是太陌生的一种体验了。有人帮她穿裙子，拉拉链，梳头发。

而那个人，还是她曾经以为会永远是敌人的方如优。

方如优用毛巾擦着方若好的脸，也觉得有点点异样。尤其是方若好的眉毛和刘海儿都被烧掉了大半，脸上还有大片红肿，抹了黏糊糊的浅黄色膏药，看起来要多惨有多惨。

方如优叹了口气，放柔了动作：“拍个豪门争家产的商业片，你非硬生生搞成悬疑恐怖片，真是一点都不怕死啊？”

“谁知道王珊那么丧心病狂……我不会再对她心慈手软了，就算对小笙很抱歉，也要让她去坐牢。”

“小笙来了。”

“在哪里？”

“跟我一起来的。这会儿大概跟律师一起陪着他妈吧。”方如优放下毛巾，拍了拍手，“行了。可以出去了。”

“就这样？这裙子像个大水桶。”方若好拉了拉连衣裙，总觉得尺码不太合身，这种“不合适”让她浑身难受。

方如优见她都这样了还瞎讲究，气乐了：“是不是还得给你化个妆喷个香水啊？我说你差不多得了啊。这已经是我最小号的衣服了，自己长得矮能怪谁？”

身高一米六五的方若好在心中不平：我这是中国女性的标准身高！

两人收拾完毕，回到大厅时，果然看见了贺小笙。

贺小笙正在跟郑律师说些什么，显得整个人很焦躁，看到方若好时，更是一个箭步冲了过来："若好！你大人有大量……"

方如优立刻用手臂将他跟方若好隔开距离："有话好好说，别动手动脚的！"

"不是，若好，我妈不是故意推你进火海的，她真的没想杀你，她连条鱼都不敢杀，她真的是吓坏了……"

方若好冷冷地打断他："我也吓坏了！我长这么大第一次亲身经历火灾，可我还想着要过去剪断她的绳子！"

贺小笙尴尬地咽了咽口水，才艰难地说："对不起……要怎样你才肯庭外和解？"

方若好叹了口气，心想不管如何，他是老师的孙子，便说道："你知道王女士有男朋友的事情吗？"

"什么？！"贺小笙张大了嘴巴。

看，他果然什么都不知道。

方若好摸出手机，想要打开相册给他看，但眼睛实在不好使，点不上，只好交给方如优："你点开我的相册给他看。"

方如优一头雾水地接过手机，点开一看，顿时变色。

贺小笙等不及，凑上前来，一看到老妈跟男友的亲密合照，急得一把夺过手机仔细辨认。

方如优不止看到了二人的合照，还看到了前面几张贪污的证据照，表情变得很是凝重。

贺小笙却越看越沉默，最后把手机还给方若好，一言不发转身就走。

方如优担心地叫了一句："小笙！"

贺小笙头也没有回，径自离开了。

方如优转头对方若好说："我去看着他，免得他做傻事。还有你……你注意休息，公司的事不着急，我会帮你处理的——如果你信任我的话。"

"嗯。"方若好点点头，忽然一笑，"股价肯定又跌了，记得帮我抬回去啊。"

方如优戳了她的额头一下，这才离去。

颜苏见机走过来："警察说我们可以先走了，郑律师帮我们等着。"

"嗯。"方若好又乖巧地点点头，跟着颜苏上了崔姐的车。

她心里装着担忧，忍不住问颜苏："股票跌了多少？"

颜苏翻出手机看了眼："目前是百分之四点二，主要是贺宅着火又上微博头条了，底下……扑哧！”

“笑什么？”

“网友们都在自发推断整个事件的凶手，先给贺豫换药，再烧贺豫的房子……百分之八十的人都说是陆小奸干的。”

方若好叹了口气：“其实我也一度怀疑是他。”

“现在呢？”

“现在……我觉得更可能是王珊的那个男朋友。赵队长去查了。”着火的时候，王珊也在场，差点被烧死，可见凶手想连她一起干掉。而会知道王珊这个时间点在贺宅的人，只可能是她的亲近之人。

当然，并不排除那位男朋友是陆阿吾的人。

颜苏的目光闪烁着，用手轻轻罩住方若好的眼睛：“对嘛，这些都交给警察去查。你只要养好眼睛。答应我。”

“好。”

“答应我什么？”

“专心养眼睛，其他的再说。”

“乖女孩。”颜苏用手指奖励了她一个吻，然后看了前方开车的崔姐一眼，说，“去我家吧。”

方若好的身体有一瞬的僵硬。

颜苏挑眉：“不愿意？”

“不是……好的。”她只是想到又要面对苏姑婆，有点头疼而已。

廿五
藏锋

方如优开车追着贺小笙的车，但车流拥堵，根本追不上。而这时又来了电话。她一看，是沈如嫣的，连忙接起来："妈妈？"

"你是在收购昭华的股票吗？"

"对。"

"停止这种行为。"

"为什么？"

"有人跟我打了招呼，要扳倒贺氏，希望我们成如不要掺和。我答应了。所以你马上回家，不要再介入昭华。"

方如优抓着方向盘的手有一瞬的僵硬，再看前方，已失去了贺小笙的踪影。她无意识地勾了勾唇，露出一个冷笑，口中却甜甜地说："这样啊，好啊，那我马上回家。等会儿见。"

方如优按了切断键后，摘下耳机，狠狠地丢在了副驾驶座上，然后掉转车头，回家。

回家路过颜家门前，她看到崔姐正开车离开，看来方若好住在了三哥这儿。

方如优的目光闪了闪，径自将车开进自家前院。

她从副驾驶位上拎了个路上买的栗子蛋糕，推门走进大厅，沈如嫣正在跟人通电话：“嗯……好。那就这样。”

方如优等她挂了电话才走过去，将栗子蛋糕放在茶几上：“妈妈，给您带了最爱吃的那家店的蛋糕。饿不饿？我们一起吃个上午茶？”

沈如嫣注视着她，半晌后，坐了下来：“是想从我这儿套消息吧？”

“总要让我明白利害曲直啊。我本还想着趁机捞点昭华的股票呢，看看能不能从小股东变成大股东，谁那么狠，要贺氏死啊？”

“你想玩，可以自己建个公司玩，没必要跟方若好掺和。”沈如嫣并不直接回答她的话，拆开蛋糕盒开始分蛋糕，并让女佣泡了红茶过来。

方如优忙说：“我来我来。”她从女佣手中接了茶壶亲自斟满，递给沈如嫣，“妈，女儿之前不懂事，惹了很多麻烦，让您难过了。喝了这杯认错茶，咱们就翻篇吧？”

沈如嫣微微一怔，半晌后，眼神融化，摸了把她的头说：“一杯茶就想翻篇，想得美！看你表现！”

“我表现我表现！你要我怎么表现？既然要落井下石一口气弄死昭华，那也让我参与呗。”方如优叉起其中一块蛋糕，嫣然一笑，“这么好的一块蛋糕，光看别人动手，自己不来一口？”

沈如嫣失笑：“你这野心勃勃的样，跟谁学的？”

“虎母无犬女，当然是跟妈妈学的。好嘛好嘛，你就给我个机会呗。你们打算怎么对付昭华？我给您当前锋？”

“好了好了，烦人精，给我起来，别在地上蹭灰了。”

“你答应了？”

“你说得对，这么好的蛋糕，没道理光在旁边看着。”沈如嫣悠悠一笑。

方如优将脑袋靠在她的膝盖上，也笑了起来，笑容完美裹住了所有伤痕，让一切看起来其乐融融。

方若好对着镜子努力地睁大眼睛，然而视线还是模糊的。因此，颜苏这个少女气十足的房间，落在此刻的她眼中，就是铺天盖地的粉色。

她必须十分克制，才能忍住不夺门而出的冲动。

房门被礼貌地敲了三声后，颜苏端着水和药片走进来：“来，吃完药睡一觉，没准醒来就恢复视力了。”

“我可以睡客房吗？”

“不可以。”颜苏一口拒绝，然后唇边露出点戏谑的笑来，“好歹也体会一下男朋友这些年的生不如死吧。”

方若好叹了口气，乖乖吃了药。

颜苏给她盖上粉色桃心的小绒毯，却没急着离开，而是握住了她的一只手，若有所思。

方若好虽然看不清他的表情，却猜到了些许什么，问道："想聊聊吗？"

"我有一些疑惑，还没有证实……"

"所以，你还不方便告诉我发生了什么事情，对吗？"

"但我决定告诉你。"

方若好一怔："为什么？"

"因为，你有生命危险。"说到这里，方若好发现——颜苏的手在轻轻地颤抖。

她顿时很内疚："对不起，让你这么担心……"

"我昨天去查了三件事。第一件，贺伯伯的遗体捐赠，虽然是捐给我爸的实验室的，但是太突然了，像是有人急着毁尸灭迹，才弄了个遗体捐赠。于是我去档案室查了捐赠书。"

"有问题吗？"

"没有问题，因为附有视频记录，贺伯伯在视频中言语清楚地表示主动捐赠。"

方若好想了想，说："我觉得这个符合他的性格。"老师确实是那种会捐赠遗体供于科研的人。

"第二件，我派人看着王珊，获知她半夜三更离开家后，便也出发了。这才赶上贺宅的大火。"也幸亏他这么做了，才救了方若好。否则此刻的方若好，恐怕已烧成了一具焦炭。

方若好想到这一点，心头涌起无限感激，主动起身亲了亲他的脸："提鱼哥哥功德无量呀。要以身相许吗？"

颜苏被她逗笑了，捏了捏她的耳朵："别贫，严肃点，说大事呢！"

方若好哈哈一笑，重新躺回柔软的靠枕上。

"我抵达贺宅的时间比你晚一些，但我在山下时，火还没烧起来。我确定——除了屋子里的五个人，加上我，没有第七个人在场。"

方若好脸上的笑容消失了。这句话的意思是——没有第七个人在场。所以，放火的，是六人中的一个。而当时，王珊和她的两个跟班都是被捆状态，她则在楼上找信。只有一个人可以实施纵火行为……

"你怀疑崔姐？"

"我并不想怀疑她。但是刚才在车上，她确实一直全神贯注地听我们说话。”

难怪颜苏在车上什么都不说，只让她好好休息。方若好舔了舔发干的嘴唇，想起了更可怕的事：“我……会去贺宅，也是被她提醒的……”

崔姐在客房发出声音，让她以为她也睡不着，然后再告诉她王珊出轨，让她联想到老师的信，从而做出去贺宅的决定。

“崔姐知道王珊昨晚会去贺宅，所以诱我过去，想把我们一起干掉？”

颜苏抚摸她的手，一下又一下，借此平复她的激动情绪：“那么，你觉得她为什么这么做？”

“我不知道……她、她是李秘书推荐给我的……”方若好越想越心惊，如果这是一个局，从很久前，对方就一点点地开始渗透了，而她毫无所觉。

颜苏微微一笑：“别怕。如果是她，反而好办。我刚才在你的车里放了录音笔。她是否有嫌疑，我们很快就知道了。”

难怪他刚才坚持让崔姐送她上楼，然后又跟崔姐说明天再来接自己，让她离开，原来是故意的。

“下面，我要告诉你第三件事，对你来说，可能也是……最生气的一件事。”颜苏说到这里时，声音变得越发低沉，“昨天我们跟源西一起在医院时，我闻到他身上有股烟味，于是送他离开时，我趁机摸了他的兜，找到了一包烟。”

方若好微惊：“他还在跟不愁吸烟？”

“不愁？”

“其中一个女保镖。”

“那么，你应该好好查一下那个女保镖了。”颜苏说着，点开手机，里面有一张化验单的照片，“那包烟里剩十六根，其中六根都加了料。我从他身上闻到的不是普通的烟味，而是大麻。”

方若好的脸，在一瞬间失去了血色。

她曾试想过无数种敌人对贺源西下手的方式，却没想过对方做得比绑架撕票更阴险——用毒品诱惑一个即将出道的艺人！

“我可怎么跟老师交代？”方若好整个人都在发抖，在颜苏怀中颤不成声，“是我让人给源西安排女保镖的……我、我……”她说着就要下床。

“干什么去？”

“我要找源西谈谈！”

“打草惊蛇吗？”

方若好的脚步僵住，无数个念头冲击着她的大脑，再加上视力还没恢复，在这一刻，她懊恼愤怒到了顶点："是谁？到底是谁？是谁害死老师？是谁要害源西？是谁要害我？"

颜苏没有再说什么，只是静静地看着她。

方若好捂住脸战栗了很长一段时间，才慢慢地平复下来。

颜苏这才起身，去洗手间拧了把热毛巾出来，细致地帮她擦脸："发泄出来就好过一些了，对不对？"

平静下来的方若好做了几个深呼吸后，缓缓开口："我们有内贼。这个人很了解我的一举一动，并且进行了完美渗透。崔姐、女保镖、王珊，都是棋子。对方隐藏在幕后，这次没能杀掉我和王珊，肯定会有下一次进攻。在那之前，我也想做三件事。"

她低声说出了自己的想法。

颜苏听后沉吟了很长一段时间，才点点头："好。我会配合你。"

方如优穿着漂亮的香槟色礼服，挽着沈如嫣的手臂一起走进俱乐部。

这是圈内的一个慈善拍卖会，由唐翎发起为感染艾滋病的小朋友们募集治疗资金，列会者不过三四十人，都是顶级艺人和幕后的老板们。

久不露面的唐翎成功瘦身四斤后，终于穿下了P码的露背裙，并亲手制作了上百个马卡龙，每个人签到后即可领取一盒。

方如优签完名字，拿了一盒打开尝了一个，原本不屑的表情慢慢消失，最后变成了面无表情。

沈如嫣注意到她一直盯着唐翎看，便问："怎么了？"

"妈，她好看还是我好看？"

"你是认真的？"沈如嫣对女儿这种想跟娱乐圈第一美人比美的行径表示了吃惊。

"行了，你不用回答了！"方如优很生气。想她从小到大也是校花，戴着女神桂冠受尽追捧。但娱乐圈是全国最顶尖美人们的聚集地。她的优势到了这里就泯然于众了，尤其跟身为佼佼者的唐翎相比，那腿、那胸……好吧，胸是假的，腿却假不了。明明同样一米七二的身高，唐翎的腿却硬生生比她长了一截。

方如优恨恨地又吃了一个马卡龙，这么好吃，肯定不是她亲手做的！哼！

她正要吃第三个时，一个盒子递到了她面前，正是本次慈善晚会的赠品马卡龙。

方如优抬眼，看见了谢岚。

谢岚把他那份签到赠品递给了她："我这份也给你。"

方如优连忙接过来，却又狐疑地在他和唐翎之间扫了一圈："你舍得？"

"我不吃甜食。"谢岚说着，在她身旁的空位坐下了。

沈如嫣好奇地看了二人一眼，不知想到什么笑了笑，转身去找别人说话了。

一个盒子里只有四个马卡龙，方如优很快吃完了自己的，便拆开谢岚那盒，却发现他的明显不一样——每个马卡龙上都额外贴了翻糖，变成了小猫的脸，分别是生气、开心、蒙圈和睡觉四种状态。

谢岚一僵，神色变得有些不自然。他没想到，他的签到赠品，居然跟别人不一样。

方如优挑了挑眉，把盒子盖回去，推到他面前："看来，是爱心马卡龙啊。"

谢岚沉默了一会儿，生硬地重复："我不吃甜食。"

"是分手后才不敢吃了吧？怕睹物思人。"她才不相信唐翎会不知道谢岚不吃甜食。这么精致的小猫头，一看就是花了心思刻意给他做的。

谢岚看了她一眼，将盒子接了回去。

方如优一口血顿时堵在了心口，心想我到底在干吗？他不承认，我生气；他默认了，我更生气……不都说好了从此远远看着对方、祝福对方就行了吗？为什么要产生交集然后生闷气呢？

都是谢岚不好，这么多位置，为什么非要坐在她身边？

方如优当即起身，准备换个位置坐，却发现这么一晃神间，妈妈不见了。她找了一圈，也没见人，正在迷惑时，唐翎巧笑嫣然地朝她走过来："方小姐，你好。"

"你好。"方如优如临大敌，全身戒备。

"我替小朋友们谢谢你捐赠的胸针。"

这次慈善拍卖会，方如优捐出了一枚海瑞温斯顿的孔雀蓝时计，那是贺小笙当年送她的礼物，她还戴在身上故意气过方若好。现在再看当年真是幼稚得可笑，她便想赶紧眼不见为净地捐掉。

"不客气，应该的。"

唐翎问道："你是在找沈女士吗？"

"你知道她去哪里了吗？"

"她们几个老朋友进了隔壁的一个小花厅叙旧呢……"唐翎的话还没说完，方如优已快步离开了。

唐翎注视着她的背影，若有所思地笑了笑，再一扭身，却发现谢岚不知何时来到了身后。

谢岚皱了皱眉："你对方如优说了什么？"

"我没说什么啊。只是告诉她，她妈妈跟几个老朋友在叙旧……"

谢岚的表情很严肃："你故意的。"

唐翎失笑了一声，"好吧，我就是故意的。怎么了，你为什么那么关心她？"

"我不知道你跟沈如嫣那帮人在搞什么鬼，但别扯方如优进去。她本来在好好地当她的支教教师！"

"扯她回来的好像不是我，是她的前男友。哦，不，或者说，是现男友。"

两人目光相对，最后，谢岚一言不发转身就走。

唐翎忍不住叫住他："我们为什么一见面就要争吵？事实上，我一直在期待今晚跟你见面。"

谢岚一怔，回头。

唐翎走到他面前，深深地凝望着他："我很想你。你呢？你想我吗？"

谢岚沉默了一会儿，回答："我们一见面就争吵，恰恰证明了只适合远距离思念。"然后他便离开了。

与此同时，方如优推开了小花厅的门。

花厅里静悄悄的，根本没有人。

她心里暗骂道：被坑了！正要走，视线被前方的壁画吸引。走近前细看，是爸爸妈妈的合影。也是，成如俱乐部里，出现创始人伉俪的合影太正常不过。那大概是二十多年前拍的，两人都是风华正茂，男俊女俏，对视的眼睛里蕴满深情。

方如优定定地看了一会儿，觉得自己挺无聊的，对幅壁画都会发呆，正要走，外面传来脚步声，有人一边说话一边开门："这边吧。"

说话之人正是沈如嫣。

方如优不知为何，下意识的第一个反应不是跟她相见，而是躲在了一旁的天鹅绒落地窗帘后。而下一刻，她无比庆幸自己的这个条件反射。

因为她听见另一个声音说："你的地盘，你做主。"

那是陆阿吾的声音，含着笑，还带着些许轻佻。

沈如嫣跟陆小奸双双走进花厅，锁上了门。

方如优的心剧烈地跳了起来。

“不等等他？”

“你的宝贝女儿在，他未必来的。没事，咱俩定了告诉他就行。”

谁？他们说的是谁？为什么自己在，那人就不来了？

“我不让我女儿继续插手昭华了，但她不死心。她心心念念想着拍电影。”

“只怕不是为了拍电影，是为了跟方若好继续争吧。”

方如优心中冷笑，看来是她之前跟方若好斗得实在太厉害，在世人看来两人势不两立。

“我告诫过她无数次，让她不要自降身份。跟那种女人争，赢了又如何？”

“方若好挺不错的呀，毕竟是老家伙亲手教出来的。可惜，还是太嫩了点。”

“总之我会看好她，不让她破坏我们的计划。你也给我盯紧了，我不太信任那小子，事成之后，得提防他阴我们。”

陆阿吾呵呵一笑：“放心，有我在，玩阴的，他们都是小孩。”

方如优皱眉：什么计划？他们三个在搞什么？是针对昭华的计划吗？也就是说，除了要落井下石吞掉昭华，他们还跟贺豫之死有关？！

“所以我完全不想跟你做对手，还是合作关系比较开心。”

“好说好说。其实我也对您钦佩得很，能容忍方显成偷腥那么多年，就是不离婚。”

“你能花花公子这么多年，就是不结婚，我也挺佩服的。”

方如优听着两人互相吹捧，心中只觉一阵阵恶心，就在这时，房门被人敲响了。她听见沈如嫣过去开门，然后惊讶地说：“咦？还以为你不来了。”

方如优的心顿时揪在了一起——第三人！第三人来了！是谁？

那人低低地“嗯”了一声，走了进来。

陆阿吾笑道：“恭喜你。王珊进了局子，如优被沈姐叫回来了，贺家那群酒囊饭袋全都六神无主，光方若好一个人根本不顶事……接下去就是我们大展拳脚的时候了。拿下昭华指日可待。”

那人问：“贺源西呢？”

就这么四个字，让躲在幕后的方如优的心沉到了谷底。

紧跟着，罩在她身上的天鹅绒窗帘“唰”地被人掀起，灯光一下子落到了她身上。

她跟第三人打了个照面。

她的脸上露出了极为不可思议的表情。

沈如嫣和陆阿吾看到躲在帘后的方如优，也是一惊。

“你怎么在这里？！”

方如优没有理会她，事实上，她的大脑一团乱，然后，一个念头逐渐浮现——我得告诉若好！

对！我得告诉若好！让她提防……

她扭身刚要跑，第三人拿起一旁的花瓶朝她砸了下来，伴随着沈如嫣的尖叫：“不——”

花瓶砸向了她的后脑勺，方如优倒了下去。

崔姐第二天来到颜家接人时，苏阿姨对她说：“若好半夜发起了高烧，可了不得了，提鱼送她去急诊啦！这会儿还没回来呢！也不知道怎么样了，都不接电话。可怜，太遭罪了……”

崔姐忙问：“请问送到哪家医院了？”

“叫什么王素丽诊所。”苏姑婆报了地址。崔姐连忙赶往该医院，到了才发现是家高端私人诊所，而且人家叫Suri，根本不叫素丽！

崔姐给方若好打电话，依旧无人接听。她只好亲自进去，问前台：“请问有一位方若好小姐来就诊吗？”

“稍等。”前台查了一下电脑记录，“有的，在203房间。麻烦访客做一下登记。”

崔姐当即填写了表格，然后上楼。

她刚走，那边前台就拨了一个内线：“王医生，您叮嘱过的那位特别访客来了，现在正在上楼。”

崔姐来到203房间，透过玻璃看见方若好坐在病床上，眼睛上缠着纱布。

她连忙敲门走进去：“方总，这是怎么了？”

方若好转过头来：“是崔姐吗？”

“你的眼睛怎么了？”崔姐担心地上前握住她的手。

“我也不知道。半夜突然发烧，眼睛疼得不得了。颜苏说他有个朋友擅长眼科，就带我来这里了。这会儿烧退了，眼睛也不疼了，别担心。”方若好反过来拍了拍她的手。

“那……医生怎么说？”

“医生一直在骂咱们昨天去看的那家医院不负责任，耽误了最佳治疗时间，说我的角膜发炎很厉害，先用药，药物要是搞不定就得换眼角膜了。”方若好说到这里，还笑了笑，“没事。颜苏说这是小手术。当时那么大的火，能保住命已经很幸运了。”

崔姐的表情变得有些复杂。

“对了，昨天太乱，忘了谢谢你。幸好当时有你在啊，崔姐。”方若好又拍了拍她的手。

“这、这都是我应该做的……”

“你来得正好，我一个人什么都干不了，正无聊呢。你陪我说会儿话。”

崔姐问：“颜医生呢？”

“大概是去找合适的眼角膜了吧。”方若好的笑容变得苦涩了一些，“我总是给他、给大家添麻烦呢。”

“您别这么说……”

“其实我是个挺不祥的人，你大概听公司的人说起过我的事吧？我妈，是因为我摔下台阶变成植物人的……我最敬爱的老师，也因为我迟迟升不了职称，然后车祸去世了……现在轮到贺老爷子，死得不明不白，到现在也不知道凶手是谁……跟我在一起的人，都会遭遇不幸。”

“这不是你的错！”崔姐低声说。

“但总是谁的错吧？为什么要杀老爷子？他本来就已风烛残年，活不了多久了，为什么连那么点时间都不肯等？那是犯罪啊！就算法律查不到、管不了，难道不怕遭天谴吗？杀人者入地狱！”

崔姐久久没再说话。

方若好做了几个深呼吸，尴尬地朝她笑了笑：“对不起，我太激动了……我不能哭的。医生说我的眼睛涂着药，哭了就更不好了。我得赶紧好起来，我不在，不知道公司那帮股东会怎么闹呢……你帮我去看看吧，跟李秘书说，无论发生什么事都要第一时间跟我联系。”

“好的。”崔姐几乎是落荒而逃。

方若好一直盯着她的背影，直到看不见了，才伸手拉下眼罩。她的眼睛冷如寒冰。

颜苏走了进来。

方若好连忙下床：“拿到了？”

颜苏点点头，从口袋里取出了一支录音笔。方若好刚要听，颜苏已拿了一个笔记本电脑出来：“那样太慢，给我。”

他把录音笔里的数据导入电脑，用音频软件打开，波纹顿时一目了然，直接拖到有波纹起伏的地方开始播放——

一段音乐响了起来，是崔姐打开了车载音乐。

他继续往后拉，拉到一段奇怪的波纹前——

是手机铃声。

车载音乐果然立刻停止了，崔姐接起了电话。

“喂？我刚送方总到颜医生家……对，她这几天会住在他这里……医生说她休息几天，眼睛才能好，但具体几天说不好……对不起，我尽力了……”

然后是一段长时间的沉默。

“那你想怎样？什么叫我的问题？我没有问题！是你没有安排好！你为什么不派人在下面守着？为什么让颜医生上山了？总之你要我做的我都做了，没有成功不赖我！我履行了对你的承诺，你也该履行对我的承诺！把小情还给我！”

“小情是谁？”方若好立刻调出手机邮箱里储存的人事档案，翻到崔柔柔那份，家庭成员一栏写着父母双亡，她本人未婚。

“听这里。”颜苏拉到音波波纹暴涨处。

里面是小女孩的叫声：“妈妈！妈妈！”

“小情！小情你别怕！妈妈会救你的！”崔姐厉声叫道，“你不要动她！我答应你，你希望我接下去做什么？我统统都答应你！”

对方不知道说了什么，崔姐一直在急促地喘气，最后低声说：“行。”

然后电话就被挂断了，波纹再次变成了直线。

颜苏一直往后拖，除了几个短暂的关门开门声外，没有别的声波段。

颜苏转向方若好：“怎么看？”

“崔姐有个女儿，叫小情，落入对方手中了，所以帮着对方引我去贺宅，故意让我撞破王珊在那儿偷东西，让我跟王珊起冲突，然后崔姐趁我上楼纵火，想把我们都烧死？”

“你说她当时解了两个跟班的绳子。一，那两人不重要，活着还能替她做证，所以救；二，那两人很重要，还有别的用处，所以救。至于你去救王珊，应该是出乎她以及幕后真凶的意料的。所以，他们的目的肯定是要王珊死。至于要不要你死，因为没有看到下一步，所以还不能肯定。”

“也就是说，如果我当时没救王珊，这个事件的最终结果是，真凶是王珊，王珊死于意外火灾。可惜，王珊没死，所以……王珊还会有危险？！”方若好连忙去拿电话，与此同时，电话响了起来，却是李秘书打来的。

方若好此刻草木皆兵，对谁都心存怀疑，因此看到“李秘书”三个字时，还吓了一跳。

颜苏立刻按下录音键，然后示意她接起来。

方若好接起电话，没忘记继续扮演“盲人”：“喂？哪位呀？”

“方总！我是李善良！听说你的眼睛看不见了？！”李秘书的声音听起来非常着急。

“啊，对。崔姐跟你说了？”

“这可怎么办啊！方大小姐也不见啦！”

“什么？！”

“方大小姐早上没来上班，我怎么也联系不到她。问沈女士，沈女士也说不清楚……这会儿股东们又来吵吵闹闹，连个主持大局的人都没有……”

颜苏立刻给方如优打电话，电话果然关机。

方若好紧皱眉头，意识到不对劲。方如优答应过帮她看顾公司，不可能突然失踪，她也是个很自律的人，上班期间从不迟到的。

方若好当即想要起床下地，被颜苏按住。颜苏朝她摇了摇头。

这时李秘书又说：“我把贺总叫来了，先让他应付那些股东，您看行吗？”

方若好想贺小笙也挺倒霉的，昨天刚搬着箱子走人，这会儿又要搬着箱子回来救火。但她没有反对。

挂上电话后，她对颜苏说：“如你所料，对方果然开始下一步了。”

公司的混乱，就是下一步。

她拿起纱布，重新戴回到眼睛上，纱布虽然遮挡了她的视线，但令她的心智更加清明。

“Are you ready?”（“准备好了吗？”）

“All set.”（“一切就绪。”）

颜苏扶着蒙着纱布的方若好出现在昭华，引得人人围观。

李秘书快步迎上来：“方总……”

“股东们在哪儿？”

“顶楼的大会议室。”

方若好立刻上楼。李秘书步步紧随：“小贺总来了……”

“搞定了吗？”

“没有。”

意料之中。贺小笙要是有办法搞定那帮牛鬼蛇神，就不用请如优回来了。方若好在会议室门外深吸口气，然后推门——

她的纱布刻意做了打薄处理，因此依稀能看见轮廓。此刻，透明天顶的会议室内坐满了人，可坐在主座上的，不是贺小笙，而是——

贺源西！

方若好一惊，刚想问，手被颜苏一抓。颜苏抢先一步说道："源西，你怎么在这里？！"

方若好暗自警醒了一下，提醒自己现在是"盲人"状态，然后扭头问李秘书："你不是说请贺总来了吗？"

"对啊，现在的贺总是源西啊……"

方若好怒道："贺小笙呢？"

"打不通他的电话，联系不上啊……"

一个两个，关键时刻尽掉链子！更可恶的是李秘书，这种时候把源西叫来应付这些凶神恶煞，什么居心？

方若好心中恨得直咬牙，表面上还不好发作，而这时，始终一言不发玩手机的贺源西起身快步走到了她跟前："你的眼睛怎么了？！"

"没什么……敷几天就好。你回去吧，这里交给我。"

"不。"

"别闹！李秘书，叫……大花和不愁送他回家。"颜苏找了人查大花和不愁，在掌握确切证据前还得装作若无其事，切切不可这个时候节外生枝。

贺源西却沉声又说了一个"不"字。

方若好只好求助于颜苏。

颜苏接到手上的暗示，说道："让他在这儿旁听吧。他迟早要面对这些的。"养尊处优对继承者而言不是什么好事，看被养废了的贺小笙就知道了。

方若好心知他说得对，可还是有点不舍得。

这时在座的众人早已按捺不住，纷纷围上来要说法。

"方小姐，你来得正好，现在这个股权到底怎么交接？我听说遗嘱是假的呀！"

"方小姐，昭华的股票一直在跌，你快想办法啊！"

"方小姐，我们本来定于这个月底上映的那部大片，现在还能不能上了？我可把棺材本都押进去了啊……我听说网上那个什么抵制昭华的运动可越闹越大了啊！"

"方小姐……"

"方小姐……"

方若好想，幸好她戴了眼罩，不用看到如此丑陋的嘴脸。

贺源西怒道："你们有完没完？菜场买菜都讲究一个个来，你们上学时没学过举手发言？"

"你这孩子怎么说话呢，我们也是为了公司着急担心啊！"

"就是就是，你的东西你自己不心疼，我们心疼啊！我们哪像你这么好命，凭空掉下几十亿。我们可都等着业绩分红养家糊口的！"

"现在经济太不景气了，影视行业本就进入冷冬，贺老这一走，所有的业务都停了，这也太无能了！方小姐，你能不能行啊？你要不行，把位置让出来，我们找个能行的！"

"对对对，应该马上召开股东会，选个新CEO出来！"

方若好听到这里，笑了。

她的笑声突兀而尖锐，听得众人一愣，反而安静了下来。

"我今天来，其实就是要跟大家商量换CEO的事的。各位别着急，坐。"方若好几句话将掌控权拿到了手里，等颜苏扶着她走到主席位上时，众人已纷纷回到了自己的位置上。热闹了一上午的会议室总算恢复了秩序感。

"我吧，虽是昭华的老员工了，但就管理而言，还是个新手。目前的镕裁，已经让我分身乏术了，对CEO之职，确实力所不及，再加上眼睛现在这个样子……诸位心中可有合适人选？"

众人彼此对视，突然间又都不说话了。

方若好鼓励道："没关系，大家尽管说。集思广益嘛。"

其中一名小股东的目光闪烁着，举起了手："那我就抛砖引玉。我觉得刘总不错！"

"我也觉得刘总不错！"立刻有人附和。

刘总，指的是经纪部的总经理刘淮，是严维文的上司，但事实上这些年一直身体不好在家休养，具体事务全是严维文在做。此刻第一个被推出来，意图何在？

另一名股东起身说："我觉得袁总更合适，他可是昭华的创始人之一啊！"

大家纷纷推荐自己心中的人选，方若好起先还边听边分析，试图找出怂恿者，后来人选越提越多，看来这帮人要不就是各不服气，要不就是成心添乱，根本不是真的为了争夺CEO之位而来。

就在这时，贺源西忽然开口："我也推荐一个人。"

"什么？你？"众人震惊。

"我有百分之五十一的股份，不是吗？我也可以推荐的吧。"

此言一出，气氛立刻尴尬了起来。

有人小声地嘀咕：“遗嘱不是假的吗？”

贺源西的目光立刻朝他掠了过去：“但在法院判定它是假的之前，我都是名义上百分之五十一股权的拥有者，对吧？”

那人顿时不说话了。

另一人问：“就算你是，可方小姐她的眼睛都这样了，还怎么处理事务？”

“谁说我要选她？”贺源西反问。

众人一惊。方若好也惊讶。

贺源西目光流转，最后看向了李秘书：“我推荐李秘书。”

李秘书整个人一震：“我？”

“李秘书跟着爷爷、伯伯、堂哥三代CEO，经验丰富，忠心耿耿。由他接任，熟门熟路。你们不觉得这个人选比你们推出来的更合适吗？”

李秘书尴尬至极，偏偏所有人的目光都聚焦在他身上，他一边擦汗一边吞吞吐吐地说：“那个、我、我不行的……”

“我说你行，你就行。就这样，我让律师过来，你做好交接。”说到这里，贺源西环视着一屋子的大人，挑衅一笑，“百分之五十一的绝对控股权就是为了用在这个时候的。谁再质疑，叫保安。”

一人勃然大怒，拍桌道：“行啊，老子不干了，老子要退股！”

“根据《公司法》第三十五条规定，公司成立后，股东不得抽资出逃。你现在要退股，行。只能股权转让，卖给其他股东，如果卖给第三方，需要在座过半数人同意，同等价格里，我拥有优先购买权。除此，不符合本回购、减资和解散的任何一条规定。”贺源西冷笑着，又环视了众人一圈，“还有要退股的吗？”

众人面面相觑。

贺源西上前一步，突然重重地拍了下桌子，震得众人心中一“咯噔”：“我说，你们为什么要这样做？这个时候施恩给我，比得罪我，要好吧？”

有几个人顿时吓得起身，连带着椅子都倒了。

“所以，诸位叔叔伯伯阿姨婶婶，消停点。我爷爷死于谋杀，凶手还没找到。你们这个时候跳出来闹，我会怀疑是你们害死我爷爷的。”

“我、我们怎么可能那么做？！”

“我不管。反正你们惹我不痛快，我就先让你们不痛快。大家都可以试试看。”贺源西说着，勾起唇角，邪邪一笑，笑得人不寒而栗。

方若好挺服气的。从某种角度来说，未成年可真是好用的撒手锏。而贺源西小朋友这几个月在H省真是没白待，学了一身匪气回来。

“行……行吧。那我们再观望观望，那个，李秘书，你就走马上任吧。”一人带头拍板，其他人陆续跟上。

反正他们这次来的目的是把方若好搞下台，现在也算目的达成。

李秘书整个人都是蒙的状态，半晌才颤声说：“这、这、这也太……”

方若好在颜苏手心里写了个“问号”，意思是“现在怎么办”，颜苏点了两下她的手心，意思是“再看看”。

眼看局势被控制住了，贺源西转身看着方若好：“这边没事了，你安心养病。”然后又看向颜苏，“她的眼睛……拜托了。”

颜苏正要说话，会议室的门突然被人撞开——一队警察走了进来，还有慌张的前台小姐。

“方总，他们是缉毒大队的……”

所有人都目瞪口呆！

缉毒警察们一走进来就把目光锁在了贺源西身上：“我们接到群众举报，有未成年人非法吸食毒品。请配合我们检查！”

刚刚平静下去的会议室，再次炸开了。

警察们在会议室里没有搜到毒品，便收队撤离，顺便带走了贺源西，理由是从他车里搜到了大麻。从头到尾，他们的目标都很明确，只有贺源西。

方若好连忙追上去，对贺源西说：“我马上给律师打电话！别怕！”

贺源西看了她一眼，嘴唇动了动，似想说什么，却最终什么都没说。

方若好握紧拳头——很好，这一步果然也用上了。

在颜苏告诉她源西的烟有问题时，她就猜到凶手会利用这一点，果然，选择在大庭广众之下揭发，如此一来，好不容易平息了的股东们又要开始作妖。

似乎为了验证她的想法，一名股东叫了起来：“贺源西涉毒，他的话不能作数了吧？”

“对啊，他是不是吸高了过来的？这种情况下不能作数的，咱们得另选！”

“另选另选！”会议室再次陷入沸腾之中。

李秘书颤声问：“方、方总，现、现在怎么办？”

方若好透过眼罩看着会议室里的每个人，最终冷冷一笑：“爱怎么办怎么办，让他们吵，尽管吵，什么时候吵累了再说。我不奉陪了！”

她拉着颜苏转身就走。

“方总！方总……”李秘书追了几步，看看她又看看会议室里的情景，最后不死心地再次拿出手机一通拨，终于，某个电话被接通了——

“李秘书？”贺小笙困惑的声音从电话那头传来。

廿六 幕后之眸

方若好和颜苏抵达公安局时，门口竟已围满了记者。记者们看见她纷纷挤了过来：“方小姐，贺源西吸毒是真的吗？”

“作为昭华未来的继承人，听说他最近参与了一部电影的拍摄？吸毒会对他有什么影响吗？那部电影会被禁播吗？”

“有传言说是贺源西吸毒被贺豫发现，所以他怀恨在心换了贺豫的药剂，你怎么看？”

一个个问题，唯恐天下不乱地抛到蒙着纱布的她面前。

“方小姐，听说你的眼睛是被火烧了的，贺宅的大火真的是王珊放的吗？”

“方小姐，你觉得谁会是杀害贺豫的真凶？”

“方小姐……”

颜苏挡开记者们，高声说：“对不起，我们不接受任何采访。”

两人好不容易进了公安局大门，郑律师已到了：“方总，颜先生。”

“源西如何了？”

“在等尿检结果。他很平静……这边走，因为他未成年，你身为法定监护人，可以跟他短暂交谈。”郑律师将方若好领到某个审讯室门前。

颜苏拍了拍她的肩膀：“进去吧。好好谈，别生气，也别太内疚。”

方若好笑了一下，深吸口气，推开门走进去。

贺源西坐在椅子上，双手平放在桌子上，一盏台灯照着他的手，他就那么注视着自己的双手，发着呆。

方若好摸索着走到他对面的椅子上坐下。

贺源西抬头看见她，立刻收起了双手，坐直了。

方若好冲他笑了笑："在想什么？"

"在想……"贺源西注视着她的脸，眼神突然变得十分哀伤，"对不起。我……很抱歉。"

明明想要保护你。

明明想要像个大人一样。

想成为你的依靠和力量。

但最后的最后，只是添乱……而已。

"愿意谈谈不愁吗？还有大花……"她们是如何引诱你走上这条路的？

"她们两个……"贺源西一直盯着她，目光灼灼，声音却越发低沉，"我没什么好说的。"

方若好从口袋里掏出了那包烟——颜苏从他口袋里顺来的那包加了料的烟，不过里面的烟被拿走化验了，只剩下一个空壳。

贺源西果然面色顿变："怎、怎么会在你这儿？！"

"我昨天发现的，非常紧张、失望、恐惧，不知道该怎么办……"方若好轻声说，"然后我很愧疚。我让你进入娱乐圈，我让你置身于陷阱，我没有关心你，没有及时察觉你的不对劲……这一切都让我很难过。"

贺源西怔了一下，然后，他的唇角慢慢地扬了起来，小小的弧度，藏着不为人知的秘密。

"所以，虽然现在已经晚了，但是，我还是想问问——有什么，想跟我聊聊的吗？"

为什么会去碰大麻？

好奇？刺激？空虚？还是，不为人知的痛苦？

是爸爸的离世，让你寂寞了吗？

是妈妈另有伴侣，让你难过了吗？

还是，纯粹是被美色引诱，一时间行差踏错呢？

方若好静静地等待着，等待贺源西对她打开心扉。

然后，贺源西站了起来，绕过桌子，来到她身边，伸出手，慢慢地握住了她的手。

因为视线模糊，她看不清他的脸，只感觉他俯下身，来到她的耳旁，轻轻地说："我没有。"

呼吸喷在她的耳朵上，她怕痒地歪了下头，却被他贴得更近："我只跟一个人聊心事。那个人，得是我的女朋友。"

方若好一怔，然后眼上一空，竟是眼罩被他摘了下去。

两人目光相对。

方若好从他眼中看到了自己的影子，像被滤镜精修过，因而显得触目惊心的美丽。

方若好突有所悟。

在娱乐圈，众人公认张慕远是最会拍唐翎的人，唐翎在他的镜头下总是美艳不可方物。后来，张慕远公开承认说："因为我爱慕她。"

爱慕，令他能捕捉到她最美丽的模样。

而此刻的贺源西，带着一双会说话的眼睛，那么直勾勾地捕捉她，描绘她，烙印她。

方若好突然推开他，往后退离了两三步。

就在这时，审讯室的门开了，赵队长走了进来，脸上的表情有些复杂："尿检结果出来了……是阴性。"

贺源西的唇角斜斜上提，笑得很有几分妖娆。

方若好只觉自己的心像坐过山车一般忽上忽下，惊悸难言："你……没有吸？"

贺源西挑了挑眉："我可是要当天皇巨星的人，吸毒不是找死吗？"

"那你为什么不早说？"让我白白担心这么长时间啊，可恶！

贺源西伸出手，在她的眼睛上晃了一下，方若好下意识眨眼。贺源西呵呵一笑："你不也隐藏了些什么吗？"

方若好彻底无语，她有些不敢置信地看着贺源西，觉得他好像还是以前那副吊儿郎当的样子，却又觉得他变得不太一样了。

赵队长不只带来了贺源西的尿检结果，还是接着来问话的。

"我们扣押了蒋大花和钱不愁。钱不愁招供车上的大麻是她一个人的，别人并没有碰过。她的尿检结果是阳性。蒋大花对此并不知情。那么你呢？"赵队长严肃地盯着贺源西，开始做笔记。

贺源西双手环胸，跷着二郎腿，坐姿十分不羁："我知道一点。"

"把你知道的都说出来！"

"钱不愁并不吸毒，她的那包烟是为我准备的。我发现不太对劲后，找了个机会跟她的烟调换了。所以她就变成吸毒者了。”

一边旁听的方若好和郑律师对视了一眼，全都满头黑线。

赵队长也很震惊，眯着眼看了贺源西半天：“你小子行啊……这么大的事为什么不报警？”

“我赶着拍戏，报警耽误进度。而且，娱乐圈里这种陷害还挺多的，习惯就好。”

方若好跟郑律师再次彼此无语地你看着我，我看着你。

“那么，你还知道些什么？”

“不愁家贫，有三个弟弟，她一个人赚钱养他们全家，给弟弟们盖房娶妻做生意。所以我想肯定是有人给她钱让她这么做的，但我忙着拍戏，想杀青后再顺藤摸瓜查一下，没想到这么快就东窗事发了。”

“你知道得还真不少呀。”方若好忍不住出言讽刺。

贺源西刻意转头回了她一个灿烂的笑容，这会儿看起来又是个天使少年了，跟刚才邪魅狂狷的模样判若两人。

方若好瞪着他。

“所以，你并不知道她背后的主使者是谁？”

“这个就要你们去查了，警察叔叔。”

“别叫我叔，我没那么老。”

方若好给了郑律师一个眼神，示意他继续盯着，自己开门出去了。她怕再待下去会忍不住掐死贺源西。

这可真是只小狐狸啊。贺豫的智商情商大概都遗传到他身上了。这么小年纪就会扮猪吃老虎了。此前，她真是各种走眼。

还有他那句“我只跟一个人聊心事，那个人，得是我的女朋友”，什么什么搞什么？！

岂有此理！她为他担惊受怕，难过得恨不得自杀谢罪，他却还有闲心在那儿捉弄她！简直了……不愧是恶劣程度排第一的双子座！

方若好正在门外生闷气，看见颜苏过来了，连忙揉了揉脸，换上笑容：“嗨。”

“听说是虚惊一场？”

“是啊……真是不幸中的万幸，源西没碰那玩意。否则，我真是没脸去见天上的老师啊。”方若好见颜苏脸色不太好看，便问道，“你怎么了？”

“始终联系不到如优。”

方若好的心沉了下去。

真凶，继在对她、对源西出手之后，对如优也出手了吗？

可是为什么呢？如优与此事有什么关系？为什么要连她一起对付？

“警察根据之前从贺伯伯保险柜里找出的资料，查证王珊跟一名叫刘幸的男人交往甚密，在刘幸的唆使下，她走上了赌博的道路，欠下巨款后无力偿还……”

“她不是有房子吗？”

“全部输掉了。在她去跟贺伯伯借钱前，已经山穷水尽了。”

方若好一边开车一边皱眉：“那个刘幸呢？”

“目前失踪了。警方正在缉捕。”颜苏在副驾驶座上继续为她讲解，“不愁已被拘留，一口咬定大麻是自己的，没人指使，警察正在追查她给弟弟们盖房的巨款来源；我请的人目前在跟踪崔柔柔，但这种时候，第三人跟她直接见面的可能性不大；还有警方在贺宅水阀旁找到了DNA，正在验证……”

“我怎么觉得一切证据都在指向王珊呢？”

“所以我说了，她是凶手的第二重保障。”

方若好心事重重：“如优那边查到了什么吗？”

“如优昨晚跟她妈妈一起出席了唐翎的慈善拍卖会，但沈如嫣露个面就走了，有人看见如优跟谢岚说了几句话，还跟唐翎说过话。拍卖会开始后就没人再见过她。”

方若好一听，立刻打电话给谢岚，向他打探如优的下落。谢岚机械般的声音里终于带出了点惊讶：“失踪？”

“对。昨天拍卖会后就失去了联系，今天本该来昭华的，手机始终关机。我很担心她。”

“我知道了。有消息会告知你。”谢岚挂了电话。

方若好皱了皱眉：“我本想问昨晚如优有没有异常，没问呢就挂了……还真是一如既往地不爱说话啊……”

颜苏的目光闪烁着，忽道：“先回我家。”

“嗯？”

“如优有可能在她自己家。”

方若好一惊：“你的意思是……”

“既然你都开始怀疑陆阿吾了，为什么不顺带怀疑一下沈如嫣呢？”颜苏沉声说，“陆阿吾应该还没恨你恨到想你死。”

而凶手，是想把王珊跟她一起杀死的！

方若好的手握紧又松开，在方向盘上留下了汗痕：“如优……是因为发现她妈妈的秘密，所以，被软禁了？”

“有这种可能。所以，我们回去核查一下。”

两人开车回到颜家。颜苏则拿了一盒饼干去隔壁方家拜访，方若好透过窗户看见方家的女佣开了门，跟颜苏说了一阵子话，颜苏把饼干交给女佣后回来了。

方若好连忙在门口迎他：“怎么说？”

“原本只有百分之三十的可能，现在有百分之八十。”颜苏看着空了的双手，冷冷一笑，“女佣说她不在家，说不清楚她的行程。她全程没抬头看我，却留下了我带去的那盒咸饼干——所有人都知道，如优不吃咸饼干。”

“女佣很慌张？”

“是。所以——来。”颜苏带她上楼，来到他的房间，打开朝东的窗户，看向隔壁的方家。

二楼第二个房间的窗户紧闭着，垂着窗帘，看不到里面的情形。

方若好目测了一下距离，觉得不可能跳过去，便问：“那是如优的房间？我们怎么过去？”

“谁说我们要过去？”

“那怎么查证她是否在家呢？”

颜苏狡黠地眨了下眼：“等天黑。”

方如优定定地看着天花板，已经这样看了大半天。

自从昨晚撞破第三人，被对方用花瓶砸晕，等她再醒来时，已回到了家里。她头上的伤口被包扎处理过了，沈如嫣坐在床边若有所思地看着她。

见她醒了，便叹了口气：“你怎么会躲在那里？”

“我先到的，妈妈。”她立刻换上委屈乖巧的表情，“听到陆小奸的声音才躲起来的，我烦他，不想见到他。谁能知道你和他会一起进来呢！”

“幸好我在场。否则，你觉得自己能平安出来？”

方如优压下心头的一万句脏话，才能继续保持委屈的表情：“都是因为妈妈什么都不告诉我，我才什么都不知道地瞎闯……以后不敢了。”

“真的？”

“真的真的，一万个真的……”方如优扑入沈如嫣怀中各种蹭头，蹭得沈如嫣十分无奈：“行了行了，知道错就好。这几天你在家待着吧。等那边事情出结果后你再露面。”

“为什么呀？我要帮忙！搞死方若好那么好玩的事，怎么可以不让我加入呢？”

沈如嫣打量着她，半晌，才说道：“他们不信任你。因为你之前出庭帮方若好做证。”

“我那是给三哥面子！三哥来求我，还答应捐楼……”

“总之没几天了，你安分点吧，别再让我难做。”

“妈妈你居然听那两人的。”

“我是听利益的。”沈如嫣说着起身走了出去，门外立了两个人高马大的保安，“你们看着她，没有我的允许，她不可以踏出这道门。”

“不会吧，妈妈？”方如优吃了一惊，连忙跳下床追过去，“你要把我软禁在这么小的房间里吗？”

“因为你之前有离家出走的恶习。想要恢复我们母女间的信任，这次看你表现。”沈如嫣说完，下楼去了。

两个保安将她拦在了门内：“小姐，请留步。”

方如优喊道：“那我要手机、平板电脑！”

“不可以。”楼梯上传来沈如嫣的回答。

“那我多无聊啊！”

“看电视吧。”

方如优气得甩上了门。

下一秒，她冲到了窗户前，想要开窗，却发现窗户居然被钉死了：“这是真把我软禁了！”

一整天，她都在想办法，想着怎么说服妈妈，或者收买保镖好给方若好通风报信，但最后悲哀地发现一条都行不通。

她再一次深刻地意识到：面对母亲，自己毫无反抗之力。

其间方显成曾从门外经过，她连忙打开门叫道：“爸爸！爸爸！”

然而方显成只是回头看了她一眼，那一眼，让她寒彻心扉——那是一个厌恶的、怨恨的，还带着几分嘲讽的眼神。

方如优关上门，慢慢地走到床边，倒了下去。这一倒，直到天黑，都没再起来。

天暗了下来，她没开灯，就那么躺着，感觉自己漂浮在大海之上，因为全身失力连求生的欲望都变得很淡，只想死亡快点来临，好结束煎熬。

就在这个时候，有一束光照在天花板上，一点点，极淡极细，像个裂缝。

然后有节奏地晃了三下，灭了。

两秒后，又亮起，晃三下，灭了。

直到持续到第三次时，方如优才意识到——这是人为的。

她扭头看向光束来源处，是西边的窗户——西窗外，对着的是三哥房间的东窗！

方如优一骨碌跳了起来，冲到西窗拉开窗帘，果然看见了颜苏，还有方若好！

他们正站在窗户前，用一支激光笔往这边照，摇三下，灭掉。

方若好也一眼看见了方如优，顿时松了口气："如优真的在房间里！"

难怪要等天黑，天黑了就能用光束传递讯息了。

只见方如优在窗前扭来扭去，做着一些奇怪的姿势。方若好看不懂，问颜苏："她在比画什么？"

"我也看不懂啊……"颜苏叹气。

"那怎么办？有什么办法传话吗？"

"不能出声，被她家人发现只怕连这样的见面机会都没了……"颜苏想了想，从他满是少女气息的书桌上拉下装饰用的彩色小灯泡，拖到窗前，绕成一个问号的形状，展示给五十米外的方如优看。

方如优看到了，扭头开始寻找，然而，她的房间里并没有这样的道具！

就在这时，门外传来脚步声，方如优连忙"唰"地拉上窗帘，跑回床上躺着了。

方若好看到对面的窗帘被拉上了，不由得一怔："怎么了？"

"大概是有人来了。"颜苏也拉上了自己的窗帘，只留一条缝隙偷看。

方若好叹了口气："感觉跟拍谍战片似的……"

"我感觉如优发现了什么，急着想告诉我们。"

"可是她比画成那样，我是猜不出来。"

颜苏想了想，突然走到阳台边拖出了一个大箱子，开始组装。

"什么东西？"

"望远镜。"

方若好震惊了："你还有这种东西？用来……做什么的？"偷窥如优的吗？！

颜苏戳了戳她的脑袋："别这么龌龊。不是你想的那样。"

望远镜非常专业，具体表现在支架巨大、拼装麻烦，但看得出颜苏挺熟练的，组装得很快。方若好在旁一会儿帮忙，一会儿跑到窗边看，如此过了半个小时，望远镜都快装好了，如优还没打开窗户。

方若好拿起箱子里的一个镜头，发现是破的：“怎么坏了？”

“用不着那个。这个就行。”颜苏说着把另一个镜头装了上去，然后将整个望远镜拖到东窗前。方若好发现支架也是坏的，其中一个脚晃晃悠悠。

“能不能行啊？”

“没事，我托着点。”颜苏又调整了一会儿后，把镜头的位置让给她，“你看看，能看清吗？”

“视野好小……太黑了，看不清什么。”

“等着。”颜苏再次用激光笔召唤方如优。

如此过了好一会儿，方如优才再次拉开窗帘，比了个“暂停”的手势，然后又急急忙忙合上窗帘。

“她那边有情况，看来需要我们等待。”

方若好叹了口气：“还真是谍战片啊……”

突然间，方如优把某样东西贴在了窗玻璃上，再次合上窗帘。

颜苏连忙移动镜头，将视线专注到那样东西上，因为没有光的缘故，依稀只能看到个轮廓。他皱着眉，将激光笔对着那样东西照射过去增亮，再慢慢地调整着镜头角度和参数……

然后，他认出了那样东西。

他的脸色顿时变得非常非常古怪。

方若好注意到了，俯过来看：“什么呀？好像是……一片菜叶？”

方如优贴了一片菜叶在玻璃上。什么意思？

就在这时，颜苏的手机响了，他拿起来点开新邮件，看完后转过头，一个字一个字地对方若好说：“我知道真凶是谁了。”

颜苏收到的邮件里写着：“王珊被律师保释回家后服安眠药自尽了，留下遗书，承认一切都是她做的。”

同一时刻，警察正在王珊家中勘查现场，拍照取证。

贺小笙跟李秘书匆匆赶来，抓着赵队长的手追问：“我妈不会自杀的！我妈怎么会自杀呢？是不是你们？肯定是你们逼供，她受不了……”

赵队长索性将遗书照片递到他面前：“自己看。”

贺小笙拿起照片飞快地看了一遍，脸色由红变白，再从白变灰。

“是你妈的笔迹吗？”

“是……”

“很好，你在这里签个字。”赵队长拿了份口供让他填。贺小笙茫然地签了名字后才一个激灵，反应过来："不是啊，赵队，我妈会不会是被人骗了啊？那个叫刘什么幸的人在哪儿？肯定是他骗财骗色！骗我妈犯下这一系列错，我得找到他！李秘书，你找人帮我找他，我弄死他！"

"行了行了，我们警方会找到他的，不要自己私下乱来。"赵队长警告地看了贺小笙一眼，招呼同事收队。

看着搜查后一片狼藉的房间，李秘书担心地看着贺小笙："贺总，没事吧？"

贺小笙的身体摇晃了一下，颓然坐在了沙发上，半晌后，才有眼泪一滴滴地、毫无声响地滑下来。

李秘书便没再说什么，默默地站在一旁，只是眼底涌动着复杂的思绪，看起来心事重重。

"我该怎么办呢？"贺小笙的声音丧得不行，"李秘书，我接下去该怎么做？"

李秘书谨慎地回答："我觉得……我们应该先处理王女士的后事。"

贺小笙揉了把脸，擦掉眼泪说："行吧……"他摇摇晃晃地站起来，正要朝卧室走，李秘书的手机响了，李秘书接起来"嗯嗯"了一番后，对他说："方总……"

"如优吗？"贺小笙的眼睛一亮。

"不是，是方若好。"

贺小笙的脸瞬间黯淡："哦。她怎么了？"

"她的眼睛恶化了，看来不得不更换眼角膜，安排了明天上午手术。"李秘书说到这里，露出些许为难之色，慎重地看着他，"看来我们，还得处理公司的事情……不打起精神，是不行的，小笙。"

贺小笙默默地注视着前方，浑身战栗。

方若好在颜苏的陪同下换好手术服，来到手术室前。

颜苏拍了拍她的手："别怕。"

方若好点点头，在医护人员的陪同下走了进去。

远远地，贺源西靠墙注视着这一幕，脸上的表情很奇怪。

与此同时，李秘书和郑律师推开昭华顶层会议室的门，在一片嘈杂声中，把贺小笙请了进去。

"宣布两个事：第一个，老爷子的自书遗嘱存在质疑，在法院宣判下来之前，暂不执行遗产分配；第二个事，方若好因病需要疗养一段时间。这其间，昭华的一切事务，将由贺小笙代为处理。”

贺小笙站在门边，双手在西装袖中握紧，再松开，然后深吸口气，走向主席位：“诸位叔叔伯伯婶婶阿姨，昭华现在危机重重，人心惶惶，我知道大家都很担心，我不能向你们保证说我能力挽狂澜，做得跟爷爷在世时一样好，但是，起码不会比现在更糟糕。昭华建立已有三十年，其间经历了很多次风雨，但都挺了过来，至今屹立在业内之巅。靠的不是别的，而是四个字——齐心协力。我们都是姻亲，我们是一个大家族，我们是血缘无法分割的一个整体，现在，我需要你们的帮助。寒冬肆虐，但亦代表着——春天将至。请大家，给我一个机会。谢谢！”

巨大的玻璃墙体外，是一个难得的晴天。

明媚的阳光落下来，照着他的脸，再也不是当年那个在台上叫嚣着说要“引领昭华走向辉煌”的傻白甜。

他仿佛在一夕之间长大了。

方若好平躺在了手术台上。

手术室的灯光照亮她的脸，上面的烧伤依旧青红斑驳，她闭着眼睛，眼皮上全是黄色的药膏。

一名麻醉医师走进来，准备手术前的麻醉。她熟练地打开盒子，取出针管和药瓶，将药瓶中的液体抽出来，确定好剂量后，正要往方若好太阳穴上注射，方若好突然睁开眼睛。

麻醉师的手下意识一抖。

“你不先固定眼球吗？”

“什么？”

“听说换角膜前，要先固定眼球。”

“那个……先麻醉也可以的。别说话了。我要开始了。”麻醉师给她的皮肤做了消毒，再次抬起针管，手术室的门突被撞开，两个男人冲了进来，一人架住她的胳膊，另一人迅速从她手中夺走了针管。

“喂！你们做什么？”麻醉师吓一跳，拼命挣扎。

其中一人从口袋里取出证件：“B市刑警支队三大队队长赵国安，现在怀疑你涉嫌谋杀，请你协助调查。”

“什么？我没有啊！”麻醉师被架出了手术室，撞上走廊里的王栩，忙叫道，“王姐，我没有啊，救救我！救救我……”

王栩一脸惋惜地看着她：“你主动要跟阿祥换班，我就知道有问题。你是不是被冤枉的，等查明针管里装的到底是什么就知道了。”

麻醉师顿时面如死灰。

她被警察带走后，方若好从手术间里走出来，跟王栩握手：“谢谢您，王医生。”

“不客气。颜叔叔给了我很多支持，不然这家诊所也开不起来。”王栩说着，朝另一个房间走出来的颜苏微微一笑。

一个小时后，赵国安从审讯室走出来，疲惫地揉了把脸：“麻醉针剂里添加了过量的琥珀胆碱。麻醉师丁双招供，之前她因为缺钱借了小额贷款，累积下来无力偿还，一个姓李的人帮她全部解决了，只要求她在今天的手术里动点手脚。”

方若好和颜苏对视了一眼：“李？”

“对，一直是电话联系，不知对方姓名。那人自称姓李。我们追踪了电话号码，是非法伪实名黑卡。”

就在这时，一名女警小跑着过来禀报说：“赵队，我们追查钱不愁的资金来源，发现是从一个开曼的海外账户汇出的，注册人是……李善良。”

“我去申请逮捕令，立刻逮捕李善良！”

半个小时后，李秘书被手铐铐到了审讯室。

方若好跟颜苏在监控室内，看着审讯过程。

赵队长将证据一一摊平在他前方，说道：“坦白从宽。”

李秘书仔仔细细地将每张都看了一遍，然后抬起头，推了推眼镜：“我要找律师。”

赵队长盯了他半晌，说了一个字：“行。”

赵队长摔门离开后，方若好走了进去。

李秘书平静无波的脸上终于露出了些许震惊之色：“方、方总……你的眼睛？”

方若好在他对面坐了下来：“我有很多困惑，你能否回答我？”

李秘书垂下眼睛，沉默了一会儿，然后微微地笑了起来：“你不是什么都知道了吗？”

“哦？”

李秘书抬头，直视着她的眼睛：“看到你的眼睛，我就知道，你什么都知道了。”

两人视线相对，正在静默，审讯室的门开了，颜苏走进来：“冯律师来保释他。”

李秘书的目光闪了两下，突然抓起桌上的笔，一把抓住方若好，将笔架在了她的脖子上。

于是，当冯律师听到惊呼声冲进审讯室时，就看见李秘书劫持着方若好正在大吵大闹，几名警察迅速扑了上去，踢飞他手中的笔，将他压在地上铐上了手铐。

赵队长抹了把额头的汗，愤怒地说："此人不允许取保候审！"

冯律师大惊。

而被压在地上的李秘书在他看不到的角度，给了方若好一个意味深长的笑容。

他张着嘴巴，无声地说了四个字："明早十点。"

方若好站在东窗前，望着方如优的房间。

窗户上的菜叶已经没了，窗帘再没打开过，没有灯光，一片漆黑。

颜苏端了杯热牛奶走进来，走到她身旁，用牛奶杯贴了一下她的脸："喝一点。"

方若好点点头，一边喝一边继续盯着对面的窗户："不知道如优怎样了。"

"在此事解决之前，怕是出不来的。"颜苏将桌上的卡通日历随手翻过一页，"再等等，明天就能完结了。"

"明早十点……"方若好咀嚼着李秘书对她说的最后四个字，心中有说不出的惆怅，就像此刻外面的夜空，一片浓霾。

颜苏见她如此低落，想了想，忽问："要不要看11241242星？"

方若好一怔，目光转向一旁的天文望远镜："用这个？"

颜苏从门外取来一个新纸盒，打开后，里面是个新镜头。他把镜头换上后，调了好一会儿，才让位给她："来。"

方若好凑过去，看到一片夜幕，星星像阳光里的粉尘一样，含糊暧昧地浮现着，并不清晰。

"哪一颗是？"

"这边，最中间的那颗。"

颜苏耐心地指导她。方若好端详了好一会儿，才勉强认出来，莫名地有些失望："一点都不亮啊……"

"知足吧。又不是金星。"

也是，要是很亮，早就有名字了，哪里还轮得到她来命名。

方若好盯着所谓的11241242星看啊看，忽然笑了。

“想到什么好玩的了？”

“不是好玩的，就是觉得，其实星星一直在，但有雾霾的话，就看不到了。所以，对人类说来，重要的是天空，不是星星。”

耳边，仿佛回响着一句话——

“星星不代表天空。天空是属于幕后人员的——决策者、企划者、投资者、制作者、推广者……在看不见的黑幕里，我们向世人推出了星星，让他们看见希望。我们，才是天空。”

方若好的眼眶不由自主地湿润了起来。贺豫的音容笑貌仍无比鲜明地铭记在她的记忆中，一切都好像是昨天才发生的一样。

老师……你在天上，若是看到了这几天发生的一切，恐怕会很失望吧。

我也是。

因为，我万万没想到，幕后的真凶，会是……他。

廿七 真相的巨兽

第二天早上十点，是法庭开庭审理贺豫遗嘱是否有效的时间。由于起诉人王珊已经死亡，所以由贺小笙代替她出席。

方若好在颜苏的陪同下走进法庭，跟贺小笙视线相对，贺小笙欲言又止。

而这时审判长已入场。

正如颜苏预测的那样，这起官司基本没有胜率。因为有公证遗嘱在前，后立的遗嘱必须也经过公证才能推翻前一份。所以，审判长当庭宣判自书遗嘱无效，贺豫的财产将按照公证遗嘱的内容执行。

审判长问方若好可有异议，方若好回答无异议。

一行人走出法庭后，贺小笙追了过来："若好，你的眼睛……恢复了？"

方若好停下脚步，点点头，示意颜苏离开，自己要跟贺小笙单独说话。

颜苏看了贺小笙一眼，走去了远处打电话。

贺小笙满面笑容地说："既然你的眼睛恢复了，李秘书被抓，我这边一团乱，你快回来帮我吧！"

方若好低下头，叹了口气，然后抬头，似笑非笑地看着他："你不是请了如优回来救火吗？"

"如优不知道去哪儿了啊！肯定是又离家出走了！"贺小笙烦躁地挠头，"总之，你要是有她的消息一定要告诉我！"

方若好定定地看了他一会儿，突然道："她在家里。"

"什、什么？"

"方如优被软禁在她自己的房间里。现在你知道了，给沈如嫣打电话，让她把如优放出来吧。"

贺小笙震惊地睁大了眼睛。

方若好忍不住想：他的眼睛，跟王珊何其相像，都是漂亮的杏眼，又圆又大，看上去有点天然呆，但又何其不同。

因为王珊是真呆，而这双眼睛的呆，是装出来的。

正当她这么想时，这双眼睛里的震惊果然慢慢地转成了明了，继而浮现出莫名的轻松来——就像卸下千斤画皮后，那种从内而外的放松一样。

贺小笙真的拿起电话，当着她的面给沈如嫣打电话："喂，沈姨，我是小笙。法院判完了，对，您可以放如优出来了，已经没有必要再关着她了。"

贺小笙挂上电话，冲方若好一笑："什么时候知道的？"

"前天晚上。"

"哦……难怪昨天安排换眼角膜的手术。"

"对。等着麻醉师来杀我。"

贺小笙啧啧："李秘书真是太过分了。你放心，我请最好的律师团告他，一定重判，为你报仇。"

"还有源西。"

"对，给你和源西报仇！"贺小笙的笑意加深了几分，看上去又阳光又开朗。

方若好的心却一直一直往下沉："我真不敢相信……"

"相信什么？"

"虽然我前天晚上知道了真凶，但一直到刚才法庭宣判遗嘱无效，都不敢相信真的……是你。"

贺小笙挑了挑眉："你在说什么，宝贝？"

"你安排刘幸勾引你妈，从你妈手里骗走了她所有的房产股票还不够，教唆她找老师借钱。因为你知道，老师肯定会非常生气，跟你妈争吵。这样，你妈就有了谋杀的动机。"

贺小笙面无表情，两手插兜听着，并不反驳，也不回应。

"然后，你给老师换药，让他没能按时服用免疫抑制剂，从而导致急性感染离世。"方若好的手在身侧抖个不停，每说一个字，就像在心上插一刀，偏偏还要极力控制住情绪，才能不在此人面前崩溃。

"你买通冯律师弄了份假的自书遗嘱出来，想让我成为给老师换药害死他，从而谋夺昭华的嫌疑人。可惜警方不是愚蠢的媒体，没有被你的花招蒙蔽，始终把目标对准王珊。于是你打算牺牲你妈，一边提醒她去贺宅偷保险柜里的东西，一边逼崔姐把我也带到贺宅，想趁机一把火烧死我们两个。”

贺小笙的脸，在卸下傻白甜的外表后，呈现出一种难言的冷酷，看着像极了贺豫。

方若好盯着这张酷似贺豫的脸，心头的血流淌得更急：“但你没想到的是，颜苏已经怀疑崔姐了，竟然跟着上山，还救了我。如此一来，我和你妈都没死成。你的计划破灭了。于是，你开始了第二步，一方面把所有的罪证指向你妈，让她背锅；一方面，向警方举报贺源西吸毒，你要毁掉这个分走你百分之十一股份的弟弟，你要独吞昭华！”

贺小笙冷笑了一下，还是一言不发。

“可是你再次失算了，贺源西居然没有上当，没有碰不愁给他的烟。你开始意识到事情有些失控，但是幸好你还有一手准备——因为你用来给不愁和麻醉师汇款的账号都是李秘书的。李秘书百口莫辩，自知落入了陷阱，而且隐约猜到你有问题，所以，宁可劫持我留在公安局，也不愿意被你派去的冯律师保释。”

“此外，你跟你的几个同谋者见面时，不慎被如优发觉，所以你们控制了如优。因为她身份特殊，不能灭口，只能软禁。”方若好说到这里，嘲讽地笑了起来，“我一直觉得你之所以选如优不选我，是出于真爱。但事实上，你只是为了她的身份。娶成如集团的女儿，对你的人生大有帮助。你之所以千方百计地要把如优骗回来，也不过是你跟沈如嫣交易中的一步——她帮你操纵股票，你帮她找如优。”

“我实在不知道你在说什么，也不想继续浪费时间。既然你不愿意回昭华，那就算了。再见。”贺小笙转身要走。

方若好的手在身侧攥紧，几次想要上去揍人，颜苏连忙快步走过来，按住她的肩：“别轻举妄动。”

“我知道，我知道……”方若好自我调整了半天，还是忍不住，一拳捶在了墙上，“我就不信他没留下半点蛛丝马迹！”

“天网恢恢，疏而不漏。只要是犯罪，就一定能查到证据。”颜苏说到这儿，方若好面色突变：“崔姐的女儿会不会有危险？！”

方如优那天在窗玻璃上贴的菜叶是一片生菜菜叶。

她跟送饭的女佣说要吃生菜沙拉，然后挑了最大的一片生菜贴在窗上。正是因为看见了那片生菜叶，颜苏确认了凶手是贺小笙。因为能够用李秘书的账号汇款，还能够操纵王珊写下遗嘱自杀的，除了贺小笙，不可能再有第二人。

方若好当时震惊万分：“怎么可能是小笙？他为什么那么做？”

“因为贺源西。”

方若好一僵。

“想想看，莫名其妙多出来的堂弟，爷爷的亲孙子，而且一心要往娱乐圈发展，最最重要的是——得到了你的支持。贺小笙一开始想用方如优来对付你，没成功，反而让贺伯伯更加器重你，而等贺伯伯去世，谁能得到你的支持，谁就是真正的继承人。”

“所以，他要赶在一切无可挽回之前，干掉我和源西？”

“对。你还记不记得李香兰的账户里莫名其妙多出的十万块钱，是从贺小笙的支付宝走的？”

“记得。”

“这是一步障眼法。如果是我，我也会留这么一条小尾巴，将自己牵涉其中，从另一方面洗脱自己的嫌疑——哪个凶手会傻到用支付宝给人转账，留那么大的证据等人抓？”

方若好点头：“确实。我当时觉得是王珊用贺小笙的支付宝汇钱给李香兰，丝毫没怀疑到贺小笙头上。”

“但王珊会去质问儿子——你为什么要汇钱给李香兰？再联系贺宅的失火，当她的性命也受到威胁时，她会不会发现某些端倪？因为，只有王珊很清楚地知道，自己不是凶手。”

“你的意思是……王珊不是自杀？”

颜苏摇了摇头，沉声说：“不。我认为她是自杀，是为了给儿子顶罪。”

贺小笙输入密码，“滴”的一声，电子锁开了，大门自动弹出。

他走了进去。这是王珊坐落在B城繁华地段的一套四居豪宅，也是她服安眠药自杀的地方。但事实上，这套房子在三个月前，已经被她输给了别人。

只不过，那个所谓的别人，是他。

贺小笙把钥匙放在门庭的盘子里，光着脚走进去。

房子已经打扫过了，每个角落都一尘不染，从落地玻璃窗看出去，正好可以俯瞰B城的整个商贸圈。音乐随着感应灯自动播放，美妙的钢琴声像会跳舞的小光点一样在屋内流淌。

他伸展四肢，倒在了柔软的沙发上，闭着眼睛，聆听乐曲，整个人都无比放松。

“你这个废物！”那人的辱骂声响了起来，但立刻被钢琴声吞噬了。

“你有什么用？让一个女人踩头上！”那人锲而不舍，声音断断续续。

“你以为你爷爷只有你一个孙子就高枕无忧了？告诉你！你有弟弟了！”

贺小笙皱了皱眉，拿起遥控器将音乐声放大了点，想盖住那个喋喋不休的声音，可它还在继续——

“你为什么不听我的话？我让你好好巴结爷爷为什么不听？我让你娶方若好为什么不娶？你为什么要跟沈如嫣和方如优她们搅和？没错，沈家是不错，但老爷子不喜欢她们啊！”

“你这个废物！我怎么会生出你这么没用的东西？念书念不好，运动也不行，半点能力没有，每天就知道玩游戏，玩玩玩，玩游戏能让你继承家业吗？你怎么对得起你死去的爸爸？你怎么对得起我……”

贺小笙的手颤抖地攥紧了，突然狠狠地将遥控器砸了出去！

遥控器撞到玻璃上，反弹回柔软的地毯上，半点没坏。

贺小笙气得跳了起来，冲过去狠狠地用脚踩，直到踩得四分五裂才气喘吁吁地停下来。就在这时，他的手机响了，他余怒未消地接起来：“干吗？”

电话那头的人怔了一下，然后结结巴巴地说：“那个，小、小笙，这个小女孩吵着要妈妈，我陪她在迪士尼玩了两天，实在玩不动了……”

一个小女孩在那儿不停地尖叫：“妈妈！妈妈！我要找妈妈！”

贺小笙的眼睛微眯了一下：“行了，让她回家吧。”

“啊？这就回家？”

“不然呢？你还想绑架撕票吗？”

“不不不！当然不要！我这就送她回去！”那人连忙挂了电话。

贺小笙啐了一句“废物”，刚要扔手机，突然看到玻璃窗里倒映出王珊的模样。他一个激灵，连忙回身，身后是空的。

贺小笙的冷汗一下子流了下来：“不、不用吓我！我、我不怕鬼！”

“吱呀”一声，主卧的门发出一声轻响。

贺小笙整个人都抖了起来：“谁在里面？别装神弄鬼的！出来！”

“儿子……”主卧里传出了一个模糊不清的声音，但落在贺小笙耳中，似惊雷一般，他整个人都跳了起来，摔在地毯上。

“你是谁？”

那个女声清楚了一些：“小笙……”

虽然只有两个字，但确确实实是王珊的声音！

贺小笙整个人顿时都不好了，他惊恐地睁大眼睛，愣愣地盯着开了一线的主卧门。王珊就是在那里服用安眠药睡去的。

她当然不是自杀。她只是不小心吃多了。

因为贺小笙倒给她用来服药的水里也溶化了大量安眠药。

她就那样昏昏沉沉地睡着了，再也不会说出刻薄尖酸的话语，再也不会用长长的指甲掐他，再也不会出去跟年轻的男孩们花天酒地……

那女人是疯子。自他父亲空难去世后，她就疯了。

她再也不是从前那个温柔体贴的妈妈，她满脑子只想着及时享乐，从儿子这里捞钱，以及逼儿子去捞钱。

贺小笙咬着牙，轻轻地问："是你吗，妈？"

主卧里静悄悄的。

贺小笙的眼中突然有了眼泪："你为什么回来？让你去跟爸爸团聚了，不是好事吗？你活得这么痛苦，我替你解脱了，不好吗？你的心愿我已经帮你实现了，不是吗？昭华是我的了，你还有什么不满意的？！"

大概是从前年起，王珊迷上了赌博。一开始还只是玩玩，后来越赌越大。等他发现时，她已把手头的房子输得差不多了。她开始催他，每天回家都催他赶紧接管昭华。他被催得没办法，只好打起精神跟着爷爷学。爷爷给他安排了方若好，他心中不服气。他想他到底有什么不好，为什么大家都觉得他不行？非要塞一个所谓的贤内助给他？

一半是逆反心理，一半是机缘巧合，他在电影院遇到了方如优。他给她递了手帕，就那样像偷情一样地开始交往。

方如优，是方若好同父异母的姐姐。

想想就觉得好解气。尤其是继承典礼上，他不顾一切地宣布要跟方如优结婚，看着台下方若好和爷爷瞬间苍白的脸，只觉人生二十三年，从来没有如此痛快过！

但短暂的痛快之后，则开始了长久的煎熬。

爷爷开始疏远他，重点栽培方若好；方如优每天只盘算着如何才能打倒方若好，对他越来越敷衍；妈妈一边私底下数落他不听话，一边还要对方如优母女巴结奉承……他像生活在旋涡中一般，每天不由自主地跟着忙活，却四面吃力不讨好。

但那时候，一切都还没有绝望。

真正的绝望，是从听到公司的流言蜚语开始的——

"你知道小太孙吗？"

"知道啊，他长得超帅的！听说他要出道啊！"

“是的，方若好亲自给他制定了造星计划，严维文亲自带。严总都多少年没亲自带艺人了，所有的资源全都为他打开，想想就好激动啊！没准将来还会接掌昭华。”

“那贺小笙怎么办？虽然他是个傻白甜，但我还蛮喜欢他的。”

“贺小笙能力太差啦，老爷子对他很不满意的。看着吧，这会儿重用方若好，就是在为将来的小太孙拉班子呢……”

他听着那些风言风语，再回到家中，想要质问爷爷时，却亲耳听到爷爷跟方若好说：“小笙从小被王珊宠溺着长大，养成了一个废物。所谓的废物，就是既没有预知风险的机敏，也没有更改规则的才华，还自我感觉良好。像家养的宠物，看着千般好，一旦放出野外，没有任何生存能力。”

废物……

“你这个废物啊！”母亲骂个不停。

“我要跟你分手！”方如优过河拆桥，毫不留情。

“贺小笙能力太差啦……”连那些拿着他发的薪水的底层员工都敢这么讥讽他！

贺小笙回忆到这里，一步步地朝主卧走了过去：“我不是废物。我，贺小笙，不是废物！你、爷爷、方如优，所有人！都别想叫我废物！”

他用力踹开了门。

门板撞击在墙壁上发出巨响，一个人静静地站在黑暗中，手里拿着一根录音笔，她按一下，里面发出声音“小笙”，再按一下，“儿子”。

“这是你妈当晚在你爷爷家偷东西时，方若好录下的她的话。我截取了一下，选了里面的两句，就是想看看你听见后，会是什么反应。”那人从黑暗中走出来，客厅的灯光照在了她脸上，赫然是——崔柔柔。

贺小笙的瞳孔在收缩：“你怎么会在这里？”

“你找人绑架了我女儿，我当然要来管你要。”崔柔柔说到这里，忽然又笑了，“不过，我刚才听到了你的电话。看在你没想伤害她的分上，此事就此作罢。”她把录音笔丢过来，贺小笙没有接，笔掉到了地毯上。

“我对你们这些豪门恩怨不感兴趣，只要我女儿没事，我就带她离开B城。你的事我不会说出去，你可以放心。”崔柔柔说完要走。

贺小笙盯着地上的录音笔，脸上的表情很古怪：“连你都瞧不起我……对吧？”

“什么？”

“我连威胁人给我办事，都不敢动真格……你听到我刚才的那个电话，是不是觉得很可笑？”

崔柔柔听出些许不对劲来，刚要转身回答，贺小笙抄起茶几上的花瓶冲上去朝她狠狠地砸了下去。崔柔柔始料未及，一下子被砸中后脑勺，但她毕竟久经训练，没有立刻晕倒，而是扭身一把扣住了贺小笙的手。

贺小笙疯狂地挥舞着花瓶，一下又一下，崔柔柔的目光涣散着，最终晕了过去。

“废物！你才是废物！让你放个火都搞不定！还特种部队退役呢，狗屁，连我都打不过！谁说我打不过女人的？谁说的？嗯？”贺小笙又狠狠地踹了几脚，抹了把脸上的血。

就在这时，他的手机响了起来。贺小笙一震，转头盯着手机，来电显示“如优”。他的眼角剧烈地抽动了起来。

方如优一边给贺小笙打电话一边下了车：“王八蛋，不接我电话！心虚吗？”她可没忘记慈善拍卖会那晚，贺小笙用花瓶砸她，到现在她后脑勺还包着纱布没好呢，因此一得到自由就来找他算账。

她心中满腹疑惑，急需解答。车库里的固定停车位停着贺小笙的车，他肯定在家！方如优走进了电梯。

与此同时，贺小笙将满头鲜血昏迷过去的崔柔柔拖进主卧，用绳子把她绑在了一把椅子上。他做这些的时候不知是否有错觉，总觉得妈妈好像依旧躺在床上，静静地看着他。

贺小笙一边流汗一边哆嗦，而外面的手机再次响了起来。

他走到客厅，看见地毯上的血迹，索性把地毯全部卷了起来，拖进储物间。做完这一切时，门铃疯狂地响了起来。

方如优按门铃。里面静悄悄的，无人回应。

方如优挑了挑眉，难道不在家？这时方若好发来短信：“你在哪里？”

“小笙家。”她刚回完一句，房门开了，贺小笙一边用毛巾擦脸一边开门，身上湿漉漉的，只穿了件背心。

“在家为什么不开门？”

贺小笙定定地看着她，神色十分复杂。

方如优索性将他推开，自行走了进去，看到屋内一片凌乱，却也并不意外。她走到沙发上坐下了，冲他冷冷一笑：“我妈什么都不肯说，我只能来问你。为什么？”

“什么……为什么？”贺小笙极为艰难地开口，声音沙哑得厉害。

“你、陆小妍、我妈，三个人在密谋什么？老爷子的死跟你们有关吗？你妈真的是凶手？还有李秘书又是怎么回事？”

贺小笙的眼神变得更奇怪了，似乎很诧异。

方如优睨着他——一如既往，在她和他的恋情中，她是高高在上的女王，是主导者。

贺小笙勾起唇，一点点地笑了起来。

“笑什么？”

“你可真是个自信的人啊，如优。”

方如优意识到不太对劲，下意识地坐直了。

贺小笙靠在门边，笑吟吟地看着她，但那笑容，让她的心莫名一沉：“是什么让你觉得我会告诉你答案？连你妈都不肯对你说，凭什么你认为，我会惯着你呢？”

方如优的面色一白。

“哦，对，是的，我一直是惯着你的，你说什么就是什么，全都听你的……所以，你是不是觉得，现在也可以这样随随便便闯到我家来，对我为所欲为？”贺小笙朝她走了一步。

方如优立刻喝止：“站住！”

贺小笙果然站住了，但一秒钟后，继续往前走。

方如优立刻站了起来，后退了几步。

看见她惊慌的样子，贺小笙“哈”地笑了出来：“你怕了！你怕我吗，如优？”

“老爷子……的药，不是你妈换的，是你，对不对？”

“如果我说是，你如何？”

方如优惊恐地睁大了眼睛，继续后退，结果撞上茶几，茶几上的装饰物“啪”地坠地。

“所以我说，你真是自信啊，如优。都被我打过一次了，还不记教训，单枪匹马地来质问我，你不怕吗？”贺小笙的声音一如既往地柔和，给人一种温暾疏懒的感觉。

“我、我……”方如优下意识地攥紧手心，“我不信你敢对我怎样！”

“哦？”

“你敢动我一根汗毛，我妈不会放过你。”

贺小笙大笑，似听见了这个世界上最好笑的事情一般：“如优啊如优，你可真窝囊啊，口口声声说要脱离家庭反抗父母的你，这种时候，却只能搬出你妈来威胁我，哈哈哈……”

方如优顿觉一股寒气从脚底直蹿上来，浸透了全身。

贺小笙盯着她，轻轻地说了两个字：“废物。”

方如优重重一颤。

“真正的废物，是你。”贺小笙慢条斯理地在沙发上坐下，两人的姿势正好调了个个，如今的主导者，是他。

“真的……是你换了老爷子的药吗？”方如优执着地又问了一遍。

贺小笙的睫毛垂了下去，复又抬起：“对。”

“你怎么敢？！”方如优的眼泪一下子出来了，“那是你爷爷！”

“比起你怂恿人告你爸，我觉得我做的也不算什么。”

“我爸是罪有应得！”

“我爷爷也是！”贺小笙的表情一下子暴怒了起来，尖声道，“我爸，为他鞍前马后，为了公司鞠躬尽瘁，出差途中飞机出事殉职了！结果他是怎么对我们母子的？把我妈从家里赶出去，表面看栽培我，其实暗中培养野种，还重用方若好一个外人，想把我从昭华踢出去！”

“那是因为你无能！”

贺小笙的脸一下子沉了下去，眼眸中绽出了几分戾气：“你，再说一遍。”

“无能无能无能！”

“不要激怒我！我警告你！方如优，你对我说话客气点！”

“我就不客气，你敢动我吗？没错，我确实是个窝囊废，我承认，我除了我妈什么都不行。可光这一点就够了，你敢杀你爷爷，你敢杀我吗？”方如优豁了出去。

贺小笙大怒，朝她走过去，方如优却不退，不但不退，反而迎向他。

贺小笙大喝一声，抬起拳头狠狠砸过去——

方如优没有动。那一拳，擦过她的肩，砸在了一旁的架子上。

贺小笙大口大口喘气。

方如优在近在咫尺的距离里冷冷地看着他，半晌后，一笑：“你果然不敢呢。”

“方如优！你真以为我是怕你妈？是你妈怕我！”

方如优嗤笑了一声。

贺小笙捂着破了的拳头，反而冷静了下来：“我知道你不信，因为你是个傻瓜。你妈这些年干的勾当你都不知道，你全部心思都在你爸身上，却完全不想为什么你爸都渣成那样了，你妈就是不离婚。”

方如优心中一悸："为什么？"

她突然有种不祥的预感，名叫真相的巨兽挟着风暴汹涌而来，要将她活生生吞噬！

方若好不停地按重拨键，但方如优一直没接电话。她在车上急得不行："不行，我们得去找如优！小笙已经疯了，她这个时候去找他太危险了！"

"你开车，我来继续打。"颜苏拍了拍她的手，示意她冷静。

方若好深吸口气，将车掉转方向，飞快地向贺小笙的家驶去。

方如优下意识地摸了摸自己的帽子——她今天戴了一顶很时尚的贝雷帽，显得整个人越发干练。

而与之截然相反的却是她的神情，充满了犹豫。潘多拉之盒摆在眼前，有那么一瞬她想逃，不想打开，但最终还是握了握拳头，沉声问："为什么？为什么我妈不肯离婚？"

"成如俱乐部，国内最高端的俱乐部，玩什么？你不会天真地认为就是玩玩高尔夫、吃吃饭、聊聊天吧？你仔细观察过里面的服务生吗？哪怕门童，都身高一米八，长得巨帅！你觉得，那是偶然？"

方如优的心一点点往下沉，与此同时，她放在帽子上的手也在不停地颤抖。

"为什么这几年想控股影视公司？为了输出，也为了换血。原来那拨人老了，残了，得换批新人进去。有什么地方比娱乐圈更多俊男美女？小艺人想结交权贵找金主，从俱乐部里捧出来的角儿想当明星……就这样，互惠互利。"

"你说——我妈开的是淫媒公司？"

"不不不，人家那叫高级俱乐部。不说卖，卖多俗，讲的是你情我愿。"贺小笙嘲讽地笑了起来，"但我爷爷太老派了，根本不吃她这套。所以她只能把希望寄托在我身上。"

"我妈跟陆阿吾……"

"早就是一伙的。"

方如优咬着唇："那……谢岚呢？"

"谢岚比我爷爷还古板，三句话都打不出一个屁。你妈根本搞不定他，所以第一个撤出了睿天。"

方如优心中莫名一松，像在乱石堆中最终发现了一棵小草，那么一点绿意，就令痛苦全都有了意义。她将按在帽子上的手，慢慢地松了下来，垂在身侧。

“你妈自己就是老鸨，不知道给多少家庭塞了小三、二奶，怎么好意思怪你爸乱搞？所以，你现在知道了，她不可能离婚……”

方如优不说话了。这一瞬间她想起了很多事，很多小时候的事：父母的冷战，妈妈的眼泪，她说的那句“穷人是没有选择的”……

是报应吗？还是现实赤裸裸的讽刺呢？

“我妈为了跟昭华合作，参与谋杀了老爷子？”

贺小笙的目光闪了闪，突然变得十分冷酷：“爷爷是我妈杀的。你最好明白这一点。”

“我只想知道——她到底有没有参与谋害老爷子？！”

“我说了爷爷是我妈杀的！我是清白的，你妈当然也是清白的，我们只是联手想扩大生意！听清楚了吗？你要是敢出去胡说八道……”贺小笙说到这里，主卧突然传出了几声动静。

他面色顿变，眼神开始慌乱。

方如优看向主卧方向，里面又陆续发出了一些声音。

方如优下意识要朝主卧走，贺小笙厉声说：“站住！不许动！”

方如优没有听他的，冲进了主卧——看到了被绑在椅子上满身鲜血的崔柔柔，她不知何时醒了，正在拼命挣扎。

方如优大吃一惊，而这时，贺小笙的声音幽幽地从身后响起：“都说了让你不要乱动，怎么非要这么自信地在我面前为所欲为呢？一个两个，都逼我赶尽杀绝啊……”

方如优汗毛倒立。

方若好飞快地将车停进车位，然后跳下车：“快点，我记得王珊家的门牌号是1602……”一转头，她发现颜苏脸色惨白、满头冷汗地坐在副驾驶座上。

“你怎么了？”

“没事……稍等我一下，很快就好。”颜苏深呼吸，然后慢慢地走下车来，朝她笑了笑，“老毛病，对不起，拖后腿了。”

“是……当年周定撞你留下的？”

“嗯，没事。心理因素作祟，很快就过去了……”颜苏强打精神挽着她走进电梯，忽然不知看到了什么，脚步一顿。

“怎么了？”

“警察。”

“什么？！”方若好顺着他的目光转头，就看见车库的一角停着一辆面包车，她当即冲了过去。

未等她冲到车前，副驾驶的车门开了，里面的人探出头来，眉头紧皱，十分不悦：“你们来干吗？”

“你们在……监视贺小笙？”方若好一眼看到后车厢里有全套的监听设备，两个警察正在操作仪器，电脑里传出了方如优的声音：“谁？”

紧跟着，贺小笙厉声说：“站住！不许动！！”

但方如优显然没有听他的，一串快速的脚步声后，是开门声，紧跟着，方如优发出了一声惊呼：“崔柔柔？！”

方若好一怔，崔姐也在贺小笙家？

“崔姐！”方如优又发出了一连串声音。而在刺啦声中，贺小笙的声音幽幽地从远处传了过来：“都说了让你不要乱动，怎么就非这么自信地在我面前为所欲为呢？一个两个，都逼我赶尽杀绝啊……”

方若好听得汗毛倒立。

一名警察也立刻抬头道：“赵队，方小姐有危险！”

赵队立刻对耳机命令：“山猫组，行动！”

方若好看到这里心神稍定：看来警察跟如优是商量好的，如优出面当饵去从贺小笙那套话。可她还是很担心如优，立刻扭身也朝小笙家冲过去。

卧室里，方如优试图给醒来了正在挣扎的崔柔柔松绑，贺小笙幽幽地说：“都说了让你不要乱动，怎么就非这么自信地在我面前为所欲为呢？一个两个，都逼我赶尽杀绝啊……”

他一边说一边从门后拿了一根棒球棍慢慢地走过来。

方如优不管他，继续解绳子。

贺小笙扬起了棒球棍的瞬间，方如优突然双手一松，大哭起来：“行吧，你杀了我吧，反正我也不想活了！”

贺小笙的动作一停。

“你以为就你很辛苦吗？我有多难受你难道不知道吗？我爸那样子，我妈这样子，我到头也没能斗过方若好，连男朋友对我都不是真心的！”方如优看上去虽然崩溃，却哭得极美，这令她原本中性的打扮重新绽现出曾经的娇俏和甜柔。

贺小笙的目光闪了闪。他忽然想到跟如优定情的那一天——骄傲的公主在电影院独自哭泣。那一刻，他带着几分谋图地走过去递上手帕，但谁能说那里面没有几分真心呢？

“一个两个全都骗我……都不是真心的，假的！假的！”方如优哭得泣不成声。

贺小笙便慢慢地放下棒球棒，从一旁拿了张纸巾，走过去在她身边蹲下，递给了她。方如优抬起头，长长的睫毛被眼泪打湿了，鼻子通红，却异常的楚楚可怜。

贺小笙想，他终究是无法对如优下狠手。

“别哭了，只要你乖乖听我的，等处理完这些事，我帮你搞定你妈。”

“真的吗？”

贺小笙勾起唇，正要笑，方如优身后突然跳起一人，一脚踢在他头上。

贺小笙只觉眼前一黑，整个人顿时啪地栽倒。

方如优一把扶住那人：“快走！”

那人正是崔姐，原来方如优之前已经解开了绳子，崔柔柔就假装再次昏迷，趁着贺小笙被方如优吸引时偷偷蓄力一击。

然而她毕竟失血太多，腿上无力，因此贺小笙栽倒后并没有晕过去，而是很快爬了起来，抄着棒球棍追过来。

与此同时，大门处传来砸门声。

方如优心中一喜，将崔姐往那边一推，回身抄起椅子挡住贺小笙。

方若好拼命按电梯，十六层的距离仿佛用了一个世纪那么久才到，电梯门一开，她就冲了出去。

正好赶上一声枪响，警察打坏门锁，破门而入。门内崔柔柔跌了出来，被一名警察一把抱住，腥红的鲜血顿时沾了他一身。

晚她一步赶来的颜苏走出电梯，见此情形连忙上前扶起她的头开始急救。其他两个警察立刻冲进屋去。

方若好在旁唤道：“崔姐？崔姐！”

崔柔柔缓缓睁开眼睛，因为失血过多而气息荏弱：“救、救方小姐……”

“如优呢？如优呢？！”

门内空空，竟已没了方如优和贺小笙的身影！

警察们撞开其中一个房间的门，惊声说：“这里有电梯！”

方若好顿时想了起来，这个小区当初开盘时就以“主人用人各用电梯，互不打搅”为噱头，标榜自己是高端楼盘。

她连忙冲过去，小小的房间，看布置果然是用人房，地上有拖拽的痕迹——贺小笙拖着如优从这里走了？

警察们按下电梯，电梯从一楼升了回来。

一个警察坐电梯去一楼，另一个目光微闪后却扭身去了别处。方若好跟着进了电梯，看到十七楼的按键上有个很浅的血指印。电光石火间，方若好又走出了电梯，转去了一旁的楼梯间，在那里看见了刚才扭身离开的那个警察。

看来他们两个想到了一起。

如果她是贺小笙，发现有人闯入，而不得不带着如优逃离时，肯定不会正常模式地逃去一层，而是先去别的楼层藏起来，等对方离开后再伺机由别的途径逃脱。

那名警察朝她比了个手势，方若好点点头，屏住呼吸。

警察走楼梯上了十七楼，方若好则蹑手蹑脚地去十五楼。

站在十五楼电梯外的贺小笙看到电梯下去了一层，松了口气，放下了抓着棒球棍的手，转身看向地上被打晕的方如优。

刚才他用棒球棍把她打晕，听见破门声，只好不管崔柔柔，将方如优拖到用人房，从用人专用的电梯下到十五楼，然后按下一楼让电梯继续下行，以迷惑对方。对方果然上当，去了一层。

贺小笙喘着气，打算带方如优去另一边走廊坐主人用的电梯，这时身后一个人扑过来："放开如优！"

贺小笙没防备，被扑倒，棒球棍脱了手。

来人正是方若好，第一时间捡起棒球棍，指向贺小笙："起来！举起手，蹲到墙角去！"然后冲楼上喊，"他在这里！"

那名上十七楼的警察立刻冲下来，将枪指向贺小笙。

贺小笙爬起来，连忙举起手走向墙角。

方若好趁机去看方如优："如优，如优？如优你醒醒！"

方如优迷迷糊糊地睁开眼睛，方若好大喜："如优？你怎么样？别怕，你得救了！"

警察对对讲机说："赵队，需要救护车！"

"已经来了！坚持！"

就在这时，蹲在墙角的贺小笙突然跳起，想要去抢他的枪，警察连忙躲闪，谁知贺小笙却是虚晃一枪，转身冲到方若好身边，抢了她的棒球棍，狠狠朝方若好砸去。

地上的方如优不知从哪儿升起一股力量，一把将方若好抱在怀中转了个身，那一棍就砸在了她的后脑上——旧伤顿时崩裂，鲜血飞溅。

同时掉下来的，还有贝雷帽，和别在她右耳上之前被帽子挡住的监听器。

贺小笙一震。

与此同时，警察冲过来一把夺走棒球棍，用手铐将他铐了起来。

一切都发生得很快，快到方若好觉得自己只是跟如优说了一句话的功夫，什么都变了。她脸上有温热的小虫子缓缓爬过，伸手去摸，摸到的却是血——如优的血。

这时颜苏处理完崔柔柔，从楼上闻声冲了下来，看到这一幕，连忙上前急救止血。而被铐着再也无法动弹的贺小笙直勾勾地看着这一幕，面色苍白不知在想些什么。

方若好怒火中烧，骂了一句王八蛋，上前对他拳打脚踢："疯子！禽兽！如优要是有个三长两短我绝对不轻饶你！混蛋！变态！"

贺小笙任由她打，一点反应也没有。

警察出于职责上前阻止，方若好只好作罢，心中关心如优安危，转身再去看她。只见方如优后脑处的血怎么都止不住，还在不停地流。

"怎么办？颜苏……"

颜苏示意她捧住方如优的头，自己去房间里面找药。

方若好捧着方如优的头，感到温热的血流过自己的手指，心中无比恐惧，不知该如何是好，只能一遍遍地喊："如优？如优！"

方如优的睫毛颤了几下，缓缓睁开了眼睛。

方若好一喜："如优？"

方如优想说话，但一张嘴巴，就冒出许多血沫。

"别动，别说话，没事的，警察来了，救护车也很快就到。还有颜苏在，你不会有事的……"

方如优挣扎着抬起一只手，想要碰触她，方若好连忙将她的手握住。

方如优便露出个笑容来。

这时，用人房内又走出了一个人，那人目光一扫，看清眼前的情形，快步走了过来。方若好一看，竟是谢岚！

"你……怎么来的？"

谢岚回答："不是你跟我说找不到方如优，让我帮忙找吗？我追查她的车过来的……"他的目光落在方如优脸上，表情一紧，"怎么回事？"

"贺小笙……"方若好鼻子一酸，说不下去了。如优是为了救她，本来，挨这一棍的应该是自己才对……

方如优看着谢岚，却是十分惊喜。

就像一个孩子，看见迪士尼的气球一样，脸上洋溢着满满的快乐。

她伸出另一只手。谢岚迟疑了一下，但还是握住了。

方如优张了张嘴巴，血沫仍一个劲地涌出来，可她一点都不感到疼，依旧坚持着发出声音：“好、好……”

“别说话了！”方若好红了眼眶。

“好、好开心呀！”方如优说道。

刚才，我啊，经历了有生以来最可怕的事情。所听见、所看见的每一件事都让我痛苦到了极点。我的妈妈，我的前男友，我的人生……就像被拖到泥潭里一样，淤泥铺天盖地地包裹过来，让我无法呼吸。

可这一刻，我睁开眼睛，看见的却是这两个人……

一个我所喜欢的男人。

一个我所喜欢的女人。

好开心呀……

“我、我……”血沫不停地从她嘴巴、鼻子、耳朵里涌出来，她却笑着，笑得那么那么开心，“我爱你、你们。”

“姐姐……”方若好哭了出来，紧紧抓着方如优的一只手，“姐姐，你没事的，你不会有事的，你坚持一下，救护车马上来了……”

“我好开心啊……”方如优呢喃了一句，缓缓闭上了眼睛。

颜苏从房间里找到了一个急救箱，冲了过来。方若好顾不得哭泣，连忙让出位置，心中一个声音，无限绝望——

不要死，不要死，不要死啊，如优。

我、我还没跟你正式和好呢。

我都叫你姐姐了，可你没回我一句妹妹，不行，这样可不行啊，你得还回来！叫我啊！我们还要一起喝酒的，我们还要一起说爸爸的坏话的不是吗？

你看看谢岚，他在这里，你不是喜欢他吗？只要你醒过来，我帮你一起追他，我一定帮你追到他！

你想要什么？你还想回去当老师吗？我给你捐楼啊！或者，你就留下来，跟我一起拍电影啊。镕裁基金本来就是我们两个人主持的，你忘记了吗？

姐姐、姐姐……

求求你，不要离开我……

方若好再也站不住，慢慢地跪了下去。

廿八
春天的冰

警方其实一直在怀疑贺小笙，但苦于没有证据，就在这时，方如优主动联系他们，表示愿意配合，帮忙引蛇出洞。

赵队长大喜，当即带队跟着她来到王珊家，给方如优佩戴了监听设备后，山猫组两人跟她上楼蹲在门外，其他人车中待命。

如此过了一会儿，颜苏和方若好来了。颜苏敏锐地察觉到了他们，而此时的方如优也陷入了危险，郑队当机立断命令行动。

可布置的再精密的网也有漏洞，而意外之所以叫做意外，就在于它的不可预料。没人想到贺小笙会在被枪指着时还会对方若好发难，更没人想到方如优会为了方若好而替她挡住攻击。

一眨眼的时间，却足够决定命运。

方如优最终没能等到救护车。

她的呼吸永远停止在了那个狭窄阴暗的楼梯间。

警方押着贺小笙下楼时，他梦呓般说："不是我，真的不是我。我没想杀人，我怎么会杀人呢？我可是继承了四十多亿遗产的人，我有大好未来，我有锦绣前程，我不会干坏事的……"

方若好一个箭步冲过去狠狠咬在他的肩膀上。

贺小笙杀猪般叫了起来："警察，她要杀我，她要杀我！"

方若好被警察拉开，一边挣扎一边吼道：“你还如优命来！你还我姐姐命来！”

贺小笙怔了一下，这才如梦初醒般看到一旁的方如优。颜苏没有放弃，还在抢救，可方如优躺在地上一动不动，惨白的脸和猩红的血在她的微笑中对比鲜明。

“如优……”贺小笙瑟缩了一下，怯怯地唤她，“如优？”

“她死了！被你害死的！你推她下楼！她后脑本就有伤！你害死她，你这个禽兽！你还害死老爷子！还害死你自己的亲妈！”

贺小笙整个人如遭雷劈，嘴里反复呢喃着：“不是我，不是我，我没有……”

这个状态一直持续到公安局。

被带进审讯室里时，他依旧否认：“我没有杀人。”

“你盗取李善良的资料在开曼开户，汇钱给钱不愁，让她诱使贺源西吸毒。

“你用李善良的名义帮Suri Wang诊所的麻醉师丁双偿还小额贷款，让她在方若好手术时注射过量的琥珀胆碱，想置她于死地。

“你教唆王珊给贺豫换药，导致贺豫死亡。

“你收买贺豫的律师，制造假的自书遗嘱，企图陷害方若好。

“你绑架崔小小，威胁崔柔柔，让她纵火，想把王珊和方若好一起烧死。

“你对崔柔柔施以暴力，将她打伤。

“你还意图杀害方若好，并间接导致了方如优的死亡……”

贺小笙一直静静地听着，直到最后一项，才动了动嘴唇。

赵队长将台灯灯光转到他脸上：“以上罪行，你认罪吗？”

“警察先生，麻烦您调取物业监控，是崔柔柔事先潜入我家，躲在卧室里意图加害我，我是正当防卫。”

“你绑架了她的女儿。”

“怎么可能？证据呢？那小女孩不是好好地回家了吗？她是怎么说的？”

赵队长语塞。

贺小笙哧哧地笑了起来：“我只是让助理请她去迪士尼玩。她妈妈太忙了，明明答应了却食言。我是善良地满足一个六岁小女孩的心愿！反而是她妈妈私闯民宅，想偷钱被我察觉。我没办法，只好把她打晕绑起来。”

“那方如优呢？”

我不是故意的。我只是太生气了，想给方若好一点颜色看看……我没想杀她，更没想杀如优。如优是我的女朋友，我怎么可能杀她？一切只是意外。”

赵队长气乐了：“那假遗嘱、换药、逼你妈自杀的事，也通通是被冤枉的啰？”

“你们有证据吗？”贺小笙深深地盯着他，“光崔柔柔的口供可不够，她自己的嫌疑还没洗干净呢！警察先生，法治时代，不只要人证，也要物证。你们怎么证明自书遗嘱是我伪造的？你们看着我写了吗？还有李善良，为什么不能是别人盗取了他的资料开户呢？”

赵队长沉默半晌，合上口供本：“行，有你的。只希望你能一直这么嘴硬下去。”

“我不需要嘴硬，因为我会有一个团的律师来帮我跟你们说。”贺小笙说到这里，露齿笑了起来，“谁让我有的是钱呢。”

赵队长注视着他，也笑了：“你是不是觉得自己胜券在握，公司和钱全都是你的了？”

“难道不是？你们还能证明公证遗嘱是假的不成？”

“当然不可能是假的，但是可以失效啊。”赵队长说着走过去，打开了审讯室的门，“比如说——立遗嘱人，没有死的时候。”

一人推着轮椅缓缓走进来。

贺小笙的眼睛一下子睁到最大，从不敢置信到全面崩溃，不过是一瞬间的工夫。

他整个人都抖了起来：“爷……爷爷……”

走进来的两个人，站着的，是李秘书，轮椅里坐着的，不是别人，正是贺豫。

“不可能……怎么可能……你明明、明明……医院、医院……医院敢骗我？！”贺小笙大怒，当即就要起身，被赵队长死死地按在了椅子里。

李秘书叹了口气，说道：“颜盖伦医术过人，把老爷子从生死一线硬生生地救了回来。但老爷子知道自己被换药后，便主动提出假死，好从明转暗，看看到底谁是凶手。”

贺小笙一句话都说不出来。

贺豫坐在轮椅上，气色十分不好，意识却是清醒的，冷冷地盯着他。

李秘书继续说：“老爷子念在骨血的分上，想给你机会，只要你就此罢手，他并不打算追究换药一事。毕竟，这是家事。”

赵队长在旁边不满地纠正了一句：“这是刑事。”

李秘书歉然地朝他笑了笑，再次看向贺小笙：“可你变本加厉，不但想要继承他的遗产，还想铲除方若好和贺源西。你竟派人引诱源西吸毒，还伪造出一份假遗嘱来转移视线，想栽赃给方若好，更放火烧了老爷子的家，想把你妈跟方若好一起烧死……你还陷害我。”

贺小笙摇头，继续否认：“你们没有证据，你们没有证据，我没有罪，我没有！”

“没错，也许我们一时间找不到实证，但起码可以做一件事，就是——剥夺你的继承权。”

贺小笙颤声说：“你说什么？爷爷！你不要听他们胡说！不是这样的，不是他们告诉你的那样。我是你的亲孙子，你得相信我，不能信外人！爷爷，你说句话，你为什么不说话，你是不是被李秘书控制了？对，你其实还神志不清，被他们控制了对吧？”

一直没说话的贺豫终于动了动嘴唇。

贺小笙心中一喜，满是希望：“爷爷？”

然而，薄薄的两片嘴唇间，异常清晰地吐出两个字：“废物。”

贺小笙顿时像被最后一根稻草压垮的骆驼般，发出了绝望的嘶吼：“我不是废物！我不是！我比你们所有人都要厉害多了！我才是贺家的继承人，昭华是我的，是我的！你偏心！你偏心……我不服！我不服——”

然而，贺豫已示意李秘书掉转轮椅走了出去，再没回头看他一眼。

只有他绝望的哭声，在审讯室里久久回荡……

方若好打了一盆热水，熟练地开始给罗娟洗澡。

罗娟很喜欢洗澡，她虽然什么都想不起来，但依旧保持着爱美的天性。因此一边坐着一边咯咯笑。

“妈妈，你知道吗？最近发生了很多事情……”方若好把洗发水揉成泡沫，一点点地清洗着罗娟的头发。

罗娟的头发很短——像方如优一样短。

“我……认了一个姐姐。她有一米七二，很高对不对？她觉得自己是大美女，特别嫉妒唐翎。妈妈你知道唐翎吗？就是你以前贴在墙上的海报里的那个人。唔，我是觉得那个姐姐没唐翎好看，但我不敢说，她要生气的……”

是啊，如优要生气的。

如优总是那么小心眼，记恨她这么多年，欺负她、打压她、羞辱她，欠她那么那么多。

“她酒量挺好的，比我好太多。我还想着以后要是又不开心了，可以继续找她喝酒呢。喝醉酒了，很多话就敢说了。我有好多好多话要跟她说，我想，等到什么时候大家又都喝醉了，就可以很自然地说出来了……可是，我没想到……”

我没想到，已经没有那样的机会了。

方若好的手抖了一下，花洒歪了，热水浇到她头上，她连忙去擦，可是越擦越湿，脸上全是水珠。

花洒哗啦啦地浇着她的头。

她在水中红了双眼，整个人都在抖。

罗娟好奇地拉了拉她的手。

方若好看着罗娟，抹了把脸上的水，强行笑了一笑：“没事。刚才不小心，咱们继续。”

她继续耐心仔细地清洗罗娟，没再说什么。

等方若好收拾完罗娟和自己，走出病房时，已是晚上了。

她在病房外，看到了等待已久的颜苏：“对不起，久等了。”

“没事。我也刚忙完……”颜苏仔细打量着她，“还好吗？”

方若好叹了口气：“有什么好不好的，还有那么多事情要处理呢。”她没有时间伤心烦恼，因为还没有看到凶手被绳之以法。

“我回公司了。”她刚要走，颜苏忽然拉住她的手：“送你一份礼物。”

“现在？”

“嗯。”

方若好虽然一头雾水，但还是点了点头。

颜苏笑道：“那，给提鱼哥哥笑一个。”

方若好吸口气，露出了标准的八颗牙齿的微笑。

“很好。”颜苏打开了另一个病房的门，门里，贺豫正坐在轮椅上，温柔地看着她。

方若好整个人都惊了，半晌，才不敢置信地说道：“老师？”

“说好三天后带你见贺伯伯的，我做到了。”虽然迟了几个小时，但好歹赶在了第三天。颜苏解释说，“此事我也被蒙在鼓里，刚刚知道的。现在想想，难怪当初宣布死亡时大哥让我出来安慰你，拼命把我赶出病房，然后又急匆匆地转院，说什么捐赠遗体……”

方若好仍如做梦一般，又叫了一声：“老师？”

贺豫朝她点点头。

方若好轻轻走过去，蹲下去握住了他的手。手是热的。

颜苏轻轻地说："现在，你可以哭了。"然后他慢慢地合上房门，把空间留给了贺豫和失声痛哭起来的方若好。

贺豫的身体很虚弱，说不了太多话，因此李秘书站在他身旁，耐心地替他向方若好解释。

"老爷子两个月前发现王珊不对劲，派我找人去查，我不但查到王珊跟刘幸交往甚密，还发现刘幸跟小笙也有私下联系。老爷子非常震惊，但他当时并没有想到，小笙会这么丧心病狂，利用王珊来给他换药。"

方若好将头靠在贺豫的腿上，一直哭，眼泪哗啦啦地流下来，怎么也止不住。

"所以，老爷子从医院里醒来的第一件事，就是让人给我打电话，我匆匆赶到医院，他交代我不要打草惊蛇，找颜锐帮忙，以捐赠遗体为名，将他转移。当然，颜盖伦在此事件中功不可没。要没有他，老爷子估计也醒不过来。"

方若好呆呆地想，颜大哥是多么适合撒谎，那样一张脸，撒起谎来天衣无缝。她当时还奇怪他为何会对崔柔柔一见钟情，现在看来，分明是故意演戏，把每句话都说得更令人信服。敢情是个戏精?

"老爷子转到颜锐的实验室后，因为很虚弱，所以没法立刻开始反击。而我能做的，也不过是第一，暗中煽动股东闹事，让小笙以为自己胜券在握；第二，主动向小笙投诚，取得他的信任……但我没想到的是，他连我都阴，早早给我挖了坑，要不是老爷子还活着，我可真是、真是百口莫辩……"李秘书说到这里，显得十分难过，忍不住掏出手帕抹了抹眼角，"我可是看着小笙长大的，他怎么会变成这样？！"

"那……源西知道这事吗？"方若好终于问了进来后的第一个问题。

"老爷子不让说，说大孙子从废物变成了畜生，不知小孙子又是什么货色……"

方若好抬头看向贺豫，贺豫冲她微笑，笑容非常非常温暖。于是方若好也忍不住笑了："源西很棒的！老师！他特别特别像您！"

李秘书感慨道："是啊，虽然还很稚嫩，但有责任有担当，还经受住了毒品和美色的考验，真的是……非常好的一个孩子啊。"

方若好连忙拿出手机："我把他叫来，您亲眼看看！"说着给贺源西发了一个定位，"速来！大礼！"

贺源西的回复漫不经心："哦。"

随即林随安的信息也来了："喂喂喂，大姐你这是要干吗啊，我这儿正拍夜戏呢，男主角急匆匆走了，一问说是你召唤，这是要我开天窗吗？”

方若好拍了张贺豫的照片发过去。林随安整个人都疯了，打了一堆乱码过来。方若好没再理会他，手机放回兜里，继续仰望着贺豫。

李秘书识趣地说：“总之，后面的事您也知道了……那我就先撤会儿？”

“小笙跟陆阿吾和沈如嫣联手的事，您知道了吗？”

“嗯，已经查到了。他们总在吉祥大道的那个成如俱乐部碰头，所以我们特地安排唐翎带人过去在那儿装了摄像头，已经拍到了他们聚会的部分视频，提供给警方了。”李秘书说到这里，长长一叹，“还拍到了小笙用花瓶砸方如优……天网恢恢，疏而不漏啊。我出去了。”

李秘书走了出去，看见颜苏站在走廊那头静静地等待着，便走到他面前。

“辛苦了。”

“辛苦了。”

两人同时开口，说出了同样的话，然后相视一笑。

颜苏忽然问道：“她哭得厉害吗？”

“嗯。从没见她哭过。”

“是啊，她很少哭的。”颜苏说到这儿，转头看向窗外的夜空，“但这一次，恐怕要哭很久了。”

但是没关系的。哭吧。

可以尽情地哭泣了。

因为，你的“父亲”，回来了。

一个月后——

方若好在工作中收到两个消息：

一个是无比坎坷的《滑冰少年》终于杀青了。林随安递交了一堆候选片名，方若好从里面选了《春天的冰》。春冰多指危险的事物和容易消失的东西，这个名字大俗即大雅，看似普通，但十分贴合故事主题。

另一个消息是赵队说有东西要给她，让她去公安局一趟。

方若好刚要出发，贺源西就来了，非要跟着一起去。方若好没办法，只好带上他。

路上，方若好打量贺源西，发现他竟消瘦了一大圈，脸色看起来十分憔悴，想必这个月过得很惨。

“你多久没睡过觉了？”

贺源西别过脸，不想回答这个问题。

方若好便问前方开车的张晌晌："他多久没睡觉了？"

"每天都睡，不过也就两三个小时……"张晌晌顶着贺源西警告的眼神，艰难地回答。

贺源西气得脸都白了，刚要说话，方若好握着他的肩膀将他拉到了自己腿上："这会儿堵车，你补个觉吧。"

贺源西怔了怔，耳朵尖突然红了，当即挣扎着要起来，方若好用手轻轻地捂住了他的眼睛："睡吧。"

黑暗中，她的声音听起来格外温柔。

贺源西便不动了。

车身摇摇晃晃，他感觉方若好偶尔用手指轻轻梳理他的头发，车内播放着轻柔的音乐，他的心本狂跳个不停，但慢慢地，神奇地平静了下来。

可根本睡不着。

怎么可能睡得着?

鼻息间全是方若好的香水味。她是个会根据不同场合喷洒不同香水的女人，总是十分强势地向人宣告她的存在，搞得人心乱如麻，她却浑然不觉。

真是……

贺源西有些烦躁地动了动，结果额头碰到了一块冰凉的东西。他顿时惊觉那是她的手表，一想到这儿，更加火大，立刻推开她坐了起来："不睡了！车开得太差了！"

张晌晌委屈地说："我也不想开开停停，实在太堵车了啊。"

方若好看剩下的路程不远，便对贺源西说："咱们走着去吧。来，戴口罩。"

一个城市经常有雾霾对明星而言其实是有好处的——戴着口罩走在路上时不容易引人注目。

但贺源西还是很抢眼，半年的冰上训练让他看起来越发结实，身材本就很好，又很会穿衣服，冬天不怎么明显，如今快到夏天，单薄的衣衫再也遮不住细腰长腿，走在路上，回头率百分百。

方若好满脸欣慰，颇有种吾家有儿初长成的感慨。这么一想，马上就是他的生日了，正式十八周岁了啊。

"我也是十七岁进昭华的呢。"只不过一个是未来继承人，一个是苦情实习生，两人的起点也太天差地别了。

"我对管理公司没有兴趣。"

"那对什么有兴趣？"

贺源西想了好一会儿，才回答："演戏。"

"真的？"

"嗯，好多情绪，作为我本人，其实是没有办法宣泄的，可是，角色可以，或者说，当角色需要的时候，我也能通过角色来外放这种情绪，那种感觉……很奇妙。"

"哟，你还是个体验派啊。"方若好刮目相看，还以为他是花瓶呢。

贺源西生气地不说话了。

方若好哈哈一笑："等我看了样片，如果达到预期效果，我就送你一份生日大——礼。"

不知为何，贺源西听了这话似乎更生气："你就只会送礼吗？"

"不想要礼物？那想要什么？"

"没什么。"他紧抿双唇，又不愿意交谈了。

方若好一边心中感慨真是喜怒无常的双子座啊，一边微笑着说："我可喜欢收礼物了。因为……我小时候从来没有收过礼物。"

贺源西一怔，专注地看着她。

方若好将双手插在裤兜里，继续云淡风轻地往前走："我人生中赚到的第一笔钱，奖学金不算的话，是当家教得来的。老师帮我找的，给一个初二的男孩子补数学，跟对方家长说我是第一名考进一中的，所以他们愿意雇我。那是个被宠坏的男孩，一点都不愿意念书，对我各种敷衍挑衅，还在我的水杯里放蟑螂……我忍了。因为那时候我已经退学了，不知道下一步该怎么走，妈妈还在医院，还需要很多很多钱……"

这是方若好第一次告诉他自己的故事，贺源西很惊讶。

"大雪天我舍不得花两块钱坐公车，是走着去的，路上还摔了一跤。等我一瘸一拐地赶到对方家里时，那个男孩充满恶意地朝我笑，他说：'我跟我在一中的表哥打听过了，你早被学校退学了，就你这样的还想教我？'"

"他叫什么名字？我去揍他给你出气！"贺源西攥紧了拳头。

"我当时又尴尬又愧疚，转头就跑。我跑了好久好久，天都黑了，我没地方去，不想回医院，又累又冷的时候看到路边有个网吧，就走进去取暖和休息……"

贺源西露出动容之色，他伸了伸手，想要拥抱她，却又不敢，正在犹豫不决时，方若好转过头，朝他灿烂一笑："就在那个时候，我收到了礼物。"

她当时坐在烟雾缭绕的网吧里，习惯性地打开FB时，就看到了提鱼公子的动态在凌晨更新了——

“Happy forever.”（“永远快乐。”）

配图却是一个生日蛋糕，上面插了十八根蜡烛。

他的好友们纷纷留言调侃他：“放错图了吧？这是生日蛋糕！情人节应该放巧克力！”

“这是跟谁甜甜蜜蜜地过节啊……”

可方若好在看见这条动态的第一眼，心就狂跳了起来——这是发给她的！原来今天是二月十四日，她的生日……她自己都忘记了，难怪街上好多人顶着大雪卖玫瑰花……

十八岁的少女对着电脑泪流满面。

这是她这么多年来收到的第一份生日礼物，来自虚拟的网络，遥远的A国。

在她饥寒交迫、受尽委屈、累得只想逃避的时候，这张照片的出现，让她重新得以鼓起勇气回医院。

“礼物，是有力量的东西。”二十六岁的方若好一本正经地对贺源西说，“在古代，礼的本意是敬神，向神纳贡，献上虔诚。备受宠爱的你也许感觉不到那份力量，但也不应该轻视它。”

贺源西的表情变了又变，最后冷哼一声：“我没有轻视，我只是……只是……”他犹豫了半天，终于说了出来，“我也要一颗星星！”

“什么？”

“你送给颜苏一颗星星，不是吗？我也要！”

“你怎么会知道？”

“所有人都知道！”在他还为方若好送他的那块陨石暗暗欢喜，每天都要摸摸看看时，来他房间蹭饮料的林随安随口说了一句：“长公主真是个浪漫的人啊，送你陨石，送她男朋友星星。”

他一怔，错愕抬头：“你说什么？”

“浪漫呀，妥妥的偶像剧套路。”

“什么星星？”

“咦？你不知道吗？我也为给我妈送什么圣诞礼物发愁呢，就去请教李秘书，李秘书说他这些年来听过的最有创意的礼物，就是星星的命名权了。方总刚买了一颗星星的命名权，送给了她的男朋友，好像是他们两个相遇的日期，一串数字……”

林随安叽叽喳喳，听起来好聒噪。他气得当场把他推了出去，连同冰箱里新买的饮料通通扔出去。

林随安在门外骂了半个小时才走。

他则在门内看着陨石生了一晚上的气，最后不得不承认，没有出道的自己就是一块陨石，在对方的心中暗淡无光。

只有亮起来，才会被对方看见。

必须要亮起来。

贺源西直勾勾地盯着方若好，方若好叹了口气："李秘书那个大嘴巴啊……不过你真的要吗？九十九美金就能注册一个了，不值钱的。"

"那也要！"

"好吧。那你想名字吧，我去买。"

贺源西一口血顿时堵在了胸口，整个人都不好了。他问出那句话后其实蛮后悔的，担心自己是不是说得太直白了，搞得跟争宠似的，很担心方若好不答应。她要是不答应，他肯定生气；可她答应得这么随便轻易，他也生气。

"我不要了！"他最后闷闷地说，越过她快步走进了公安局的大门。

方若好一头雾水，最后嘀咕了一句："叛逆期还没过吗？"

但不管怎么说，被贺源西的喜怒无常这么一搅和，本来心事重重的她轻松了许多，坐到赵队长面前时，也平和了许多："您好，请问是有什么证物要给我？"

赵队长将一个纸箱推到她面前："也不算证物。我们搜罗证据时顺便去了趟X村，在方如优任教时住的宿舍里找到了这个箱子，上面写着你的名字，似乎是给你的。我们觉得应该还给你。"

方若好一怔，看着箱子，箱子很沉，上面写着昭华大厦的地址和她的名字，不知为何，却没有寄出。

方若好谢过赵队长，贺源西走过来一把扛起了纸箱。

赵队长眼看方若好要走，忽又急切地说道："贺小笙的案子，明天开审，我们搜罗到了很多铁证，他逃不掉的！你们会来听审吧？"

方若好刚要答应，贺源西已扛着箱子推了她一把："我们不去。走了。"

"为什么不去？"

"你明天要上班。"

"我可以请假。"

"我不同意！"

"喂……"

"总之我不同意，爷爷还在医院养病呢，你得给我看好公司……"贺源西一边说着，一边回眸盯了赵队长一眼，那黑漆漆的眼神，让人有种被看得透透的感觉。

赵队长下意识打了个寒噤。

一旁的女警捂唇直笑。

另一名新警员问："你笑什么？"

"赵队约女孩子的手法好可怕，不约吃饭，不约看电影，居然约人听审判，会成功才怪！"

"哈哈哈哈哈……"公安局里笑成一片。被调侃的对象眼睛一瞪，勃然大怒："都很闲吗？手头的案子查清楚了？今晚继续加班！"

方若好在车上打开纸箱，最上面的是一份手工作业，题目叫《如何通过十个步骤做成一件事》，标注着"××希望小学五年级×××"，看来是方如优给学生布置的作文。

这个孩子写——

"我想当演员，那么我要：一，好好读完小学；二，去少林寺学武功；三，去横店跑龙套；四，磨炼演技认识大哥；五，通过大哥认识导演；六，签公司当实习生；七，训练课程提升演技；八，减肥；九，整容；十，终于可以演戏去啰！"

旁边方如优写了批注："童星一号，以供参考。"

方若好一怔，心想难怪这孩子对流程懂得挺多，可见某人平日里没少给人讲这些。

作业下面，是九个小盒子。

第一个盒子里，有一堆照片，其中就有如优站在大片月季花海前自拍的那张，其他的也都是风景加自拍。照片反面写了字："实景一号，以供参考。"

方若好若有所思，继续往下翻。

第二个盒子里装了一些不常见的手工编织装饰物，写着："道具一号，以供参考。"

第三个盒子里是一个剧本大纲，手写，题目叫《山村女教师》。方若好差点没乐出声，翻了翻，差不多是如优的自传，但全篇都在极尽狗血地赞美自己，写她如何为孩子们鞠躬尽瘁，如何生病还坚持上课，如何走访学生家庭坚持不让学生辍学……稍做修改就能放到杂志上当励志故事看的那种。

旁边备注着："剧本一号，以供参考。"

第四个盒子里有一瓶没有商标的液体，她打开盖子闻了闻，应该是自家酿的米酒，上面写着"酒一瓶"。

第五个盒子里有一盒自制面膜，方若好一边想着这种能用吗，一边找标签，底下果然有张便笺纸，本应该是贴在面膜盒上的，这会儿脱落了，写着“面膜一盒”。

可再往下，就没有了。剩下的四个盒子都是空的。

方若好诧异地又翻了一遍，确确实实是空的。这是搞什么?

贺源西从始至终坐在旁边看着，至此，忽然开口：“不用找了。”

方若好“咦”了一声。

贺源西犹豫了一下，轻声说：“她没来得及准备齐。”

方若好心头一痛，忽然明白了，再看最上面的那份手工作业，上面的标题如针般刺痛她的眼睛——《如何通过十个步骤做成一件事》。

我，也想通过十步，来向一个人传达讯息呢。

我给她推荐一个演员，一处场地，一些道具，一个剧本，然后，再带着酒和面膜，用谈项目的理由去找她，把她再次灌醉，最后，说一句话——

对不起。

对不起啊，妹妹。

我们和好吧。

方若好捧着盒子，怔怔地坐了许久。

贺源西担忧地看着她，可她始终没有哭，她只是紧紧地抱着大纸箱，最后低声回应了一句：“好啊。我答应了。”

我们和好啦，从此之后，只有相爱，再无相杀了，姐姐。

方若好跟颜苏一起去祭拜方如优的那天，是难得的一个晴朗天。

盛夏的阳光照在她的墓碑上，上面放了一束犹带露水的白菊花。

方若好诧异：“有人来看过她了？”会是谁呢？沈如嫣和方显成的成如俱乐部因为涉黄而被查封，两口子一起进了监狱，就某种角度而言，方如优也算心愿达成。此案也牵扯到了陆阿吾，尤其是有人举报他的公司偷税漏税，他被警方带走调查了。故意杀人未遂、过失致人死亡、故意伤害罪等数罪并罚，入狱八年。崔柔柔因为自首，且是被胁迫，纵火之时手下留情，在方若好报警后才开始点火，点的还是较远的厨房，情节较轻，最后以毁坏公私财物罪，被判一年有期徒刑，缓期执行……

对方若好而言，仿佛一切都在朝好的方向尘埃落定，却少了最最重要的一个人。

颜苏从菊花上拈起一根猫毛：“谢岚吧。”

方若好不由得伤感：“我还以为他们会在一起的……”谢岚来她家接方如

优时的情形，还历历在目，那时候的她以为，方如优终于遇到了她考不好的考题，可她还没来得及考完，考试就结束了。

人生如此无常。

我们都不知道下一秒会发生什么事。

那么，这一秒的我们，唯一能做的事情大概只有……

方若好伸出手，与颜苏十指交握："交换期结束了，回A国吗？"

"不。学艺不精，还需磨炼。"颜苏冲她眨了下眼睛，"我要跟父亲和大哥一起留在国内，做更多的手术。"

巅峰娱乐的《我不知道少什么》因为陆阿吾的入狱，宣布撤档。

《录取线》在七月末上映，赶上暑期档，虽然因为是文艺片，票房平平，但评价很好，引发了一系列的热议讨论，权威网站评分八点二分，算是国产片中难得的高分。

许长安成功转型为文艺女导演，立刻马不停蹄地开始了第二部制作。

而《春天的冰》大概延续了林导的霉运，在后期制作中仍状况频出，一直拖到年底才堪堪剪完，安排在圣诞节前夕上映。方若好当时气得都笑了："你怎么不干脆明年春天破冰时上映算了？"

林随安想了想："也不是不行，不如再增加点预算，让我把后期再弄炫一些……"

"滚！"

相比《录取线》的一帆风顺和《春天的冰》的多灾多难，《霾》则四平八稳，一如李明翰的以往作风，按部就班地完成后，送去国外参展，果然引起轰动，获得了最佳外语片的提名。

时间在一部部电影的上映和下档中飞逝而过。

转眼到了十二月二十四日平安夜，方若好和颜苏一起去看《春天的冰》的首映。之前在公司做内部放映时，方若好正陪李明翰在国外参展，分身乏术，便交代李秘书盯着。李秘书事后跟她汇报，《春天的冰》获得了全公司的一致认可，评分七点二分。

方若好便索性来看首映，也好第一时间掌握其他观众的反应。

故事已跟她最初看到的剧本完全不同——

开场，室外溜冰场，两队少年在日常训练。一队蓝衣，一队红衣，对比鲜明。

一开始还是正常的练习，中途红衣队员撞了蓝衣队员一下。

“你瞅啥？”

“瞅你咋——”眼看就要叫骂起来，那人被一名队员捂住了嘴巴：“别扯这些没用的，直接干啊！”

红蓝队员瞬间开战，打作一团。

一个很老的梗，但翻出了新意，瞬间被观影者们抓住，影院里起了一小阵笑声。

镜头拉到远处，最高的看台上，坐着一个人，那人穿着破旧肮脏的羽绒服，戴着帽子，衣领立到嘴巴上方，只露着一双眼睛和鼻子。

镜头慢慢聚焦，一个侧影，睫毛浓密，鼻梁挺直，阳光在冰层上打了个转折射到眼睛上，镀了一层金光。

温暖的金光和冷漠的眼神，形成了鲜明的对比。

他的眉头微皱了一下，低声骂了一句，然后起身走人。刚一扭头，一名身穿蓝色运动服的少年抱着冰鞋从入口处走下来，两人目光相对，彼此一愣。

羽绒服少年很快低下头，径自跟此人擦肩而过，蓝服少年叫他“阿东”，他没回应。

镜头重新切换到远景，阿东独自离开，一跛一跛的，看得出左腿受了伤，身后是宽阔的冰场，红蓝两队仍在斗殴，蓝服少年望着他，就那样一点点走出镜头。

紧跟着一组快镜头：他慢吞吞地走过拥挤嘈杂的菜场，走过布满污水的小路，走过残破没电梯的老楼，走过打架的夫妻，走过尿尿的小孩……他动作很慢，但镜头很快，走过一幕幕生动鲜活的市井画面后，来到一处平房前，刚要进屋，门开了，扔出一双冰鞋——

“滚！”

一个慢镜头，冰鞋的刀擦着羽绒服的帽子飞了过去，将帽子划开，露出了他的脸。

冷漠的眼睛下，消瘦的、苍白的、稚嫩的少年之美，扑面而来。

这是贺源西的第一个正式亮相。

方若好忽然觉得，林随安好会捕捉，贺源西在他的镜头下，竟然可以美得这么惊心动魄！听听影院里一片抽气声和尖叫声就知道了，这种美在光影的加持下直撞人心，真真是让人毫无抵挡之力。

一个浓妆艳抹、体态臃肿的中年妇女冲了出来，骂道：“你咋还有脸回来？我要是你，被国家队退了，早一根绳索麻利地吊死得了，还有脸回来吃我的、喝我的，要我养？”

阿东没回答，捡起冰鞋走进屋，妇女追着他骂，他也充耳不闻，径自进了其中一个屋，关上了门。

妇女在门外继续骂，林随安很充分地展示了一番他的口音是受谁影响。

阿东走进狭小的堆满杂物的房间，坐在单人钢丝床上给自己受伤的左腿换了药，然后躺下，把冰鞋放在了自己的心口上。

这时窗户被人敲了三声，一个七八岁的小女孩，踮着脚把一张饼瑟瑟缩缩地塞进窗户。

阿东瞪着她，冷冷地说："不要。"

小女孩却朝他一笑，露出缺了门牙的牙齿，扭头就跑。

阿东追到窗边，看着小女孩跑走，再看那个又冷又硬的饼，眼神有一瞬的变化，然后他拿起来咬了一口，"咔嚓"一声，崩了半颗牙。

美少年吃瘪的表情又引起了一片笑声。

方若好看到这里，很是惊讶，因为贺源西的演技居然还不错，起码很自然，一点都不尴尬。

第二天，中年妇女也就是他婶，介绍他在饭店当服务员，老板看在他的脸的分上勉强答应了。他端着菜进了一个包厢，对方却突然关上门，将他围了起来——故事正式开始。

省内青少年花滑锦标赛即将开赛，红队失去阿东这么个顶梁柱后，明显不敌蓝队的三番——那个在看台上叫住他的蓝服少年就叫三番，因此红队队友们吃饭时看见阿东，立刻对他进行声讨谴责，最后烦躁的阿东说了一句："不就想赢吗？我让三番不能出场不就行了？"

"怎么不让他出场？"

"以彼之道还之彼身。我的冰鞋比赛前没了，他的冰鞋也应该没一没。"

原来，在上次比赛前夕，被视为种子选手的红队阿东，突然发现没了冰鞋，最后只好穿了别人的鞋子上场，中途摔伤，退出了比赛。医生检查后说他的腿需要钉板，起码半年内不能再运动。就这样，阿东不得不收拾包袱回家，憋了一肚子的委屈和不甘，终于在这一刻爆发。

红队队友们欣然同意，各种出主意。

接下去就是阿东去蓝队那儿偷比赛服的各种剧情，各种倒霉，从不得手到被蓝队队员追着打，满满的黑色幽默。

浑身性格缺陷的小人物的命运，在这样荒诞夸张的剧情中，让人捧腹大笑，又让人唏嘘不已。

每天晚上，他都在心口上捧着冰鞋；每天晚上，那个缺门牙的小女孩都来给他送吃的；一天天，他腿上的伤终于全好了，而在开赛前一天晚上，他终于偷到了三番的衣服！

正要离开时，门开了，三番出现在门口，盯着他和他手上的衣服，说：“那是去年的。”

阿东脸上的错愕和不甘，在那一刻让观众再次哈哈大笑。

紧接着，三番把另一套衣服扔在了阿东面前：“这个才是明天要穿的。来，比一场，赢了就给你。”

方若好听到旁边一个女孩对她的同伴激动耳语：“自古红蓝出CP（配对）！”

方若好意外地扬了扬眉，没想到林随安还会玩这个。

满心不甘的阿东跟三番比了一场，这是全剧的第一个小高潮，林随安将这一幕拍得极尽炫技：激情的音乐，快切的镜头，三番的高难度动作和阿东惊心动魄的美……制造了充满惊喜的画面。

饰演三番的演员是真正的国家队运动员，身法好看极了，可贺源西竟也并不逊色，虽然拍摄手法和光影效果为他加了分，但方若好发现，这一段，他没有用替身。

滑冰本身，就是一种绽放美丽的过程。

而这个过程里的贺源西，实在太光彩夺目，艳惊四座。

颜苏看到这里，凑过来对方若好说：“他要红了。”

方若好想：当然。难怪林随安说，所有剧情都按照为贺源西量身定做的方向走了，每个镜头都在向世人展现这个少年多好看——不是那种硬照里凝固不动的没有瑕疵的精致，而是活动的、跳跃的，每个表情都熠熠生辉的好看。

他的小心眼、不讲理、倔强、软弱，都是那么……让人喜欢。

阿东跳跃，然后摔倒在冰场上。他输给三番的那一瞬，方若好几乎能听到观影的人们心碎的声音。

阿东起身就走，他的腿又跛了，回到家顶着婶婶的辱骂，躺在比他短一截的钢丝床上，窗户响动，小女孩又想偷偷给他塞吃的，他突然暴跳，将她塞进来的饼狠狠扔了出去，骂道：“滚滚滚！不许再出现在我面前！滚——”

小女孩始料不及，吓了一跳，然后僵立了好久，才转身默默离开。

阿东看着她的背影，想起了比赛前一晚，他去买东西时看见几个小流氓欺负这个哑巴小女孩，他转身要走，但不小心撞到一根竹竿，竹竿倒下来砸中了其中一个小流氓，小流氓们以为他是来救小哑巴的，立刻追过来教训他。

他被迫还击，百忙之中拉住小哑巴的手，带她一起逃脱了。

他觉得自己很倒霉，莫名招惹了是非。而更倒霉的是第二天，那几个小流氓潜入更衣室，偷走了他的冰鞋，扔进垃圾桶。而他，因为穿别人的冰鞋不顺脚摔伤了，就此跟冠军失之交臂。医生告诉他要休养半年以上。教练让他回家好好养着。

他无比沮丧地回家时，发现有人跟踪，绕到对方身后准备擒拿，却发现是这个小哑巴。他不耐烦地问："为什么跟着我？"

小哑巴怯生生地从被涂画得乱七八糟的书包里，拿出了从垃圾桶里捡回来的冰鞋——脏兮兮的冰鞋。她的小手甚至在翻找的过程中不小心被冰刀划破了。

阿东注意到了她的手，最终从她手上接回了冰鞋。

影片至此才倒叙交代他的身世：阿东的父亲是前国家队滑冰运动员，但生平没有拿过一个冠军，年纪大了退役后每日借酒浇愁，便把希望全部寄托在儿子身上，对他非打即骂，妈妈来阻止，被醉酒的爸爸拳打脚踢，而当时的他，怯懦得只敢躲在一旁看着。

妈妈倒在地上，头破了，血流了一地，她的眼睛注视着阿东，里面的期待之光一点点熄灭了。

阿东是个懦弱的人，懦弱得连妈妈为了他被打，都不敢出去救她。

第二天，妈妈收拾东西走了，留下父子二人。他站在门口注视着妈妈的背影，哭着说，对不起，妈妈你回来，你回来啊，对不起……

他开始拼命练习，拿了一个又一个奖杯，很快成了红队的种子选手。就在那时，爸爸醉酒后因车祸死了，未成年的他被叔叔收养，婶婶一开始对他百般谄媚，直到他受伤退役回家。

倒叙很快，林随安并没有浪费时间在过去的事情上，回忆到这里的阿东绝望地躺回床上，他长大了，可他没有变化，他骨子里还是个懦夫。

就在这时，家里的电话响了。婶婶骂骂咧咧地去接，却在下一刻，无比惊喜地撞开他的门说："林教练找你啊！"

林教练，是蓝队的教练。

三番将之前跟他比赛的过程让人录了视频，给他的教练看，希望把他挖到蓝队来。林教练也看到了阿东身上的潜质，同意引荐。

人生的转折点就这样猝不及防地来到。阿东走进蓝队时心事重重，然后引发了第二次红蓝大战。

一片混战中，三番拉住阿东的手逃上看台——这个镜头跟开场的镜头奇妙地重合了。可这次，阿东再不是孤独的看客，他成了其中的一员，并且有了新的伙伴。

友谊像光束一样落进他的眼睛里，春冰逐渐消融。

接下去又是一段搞笑的训练日常，轻松的过场后，第二个高潮来了——

马上又是一年一度的花滑锦标赛。阿东这次反复检查自己的衣服和鞋子，决定好好弥补去年的遗憾。三番出来鼓励他的时候，又引得看电影的女孩子们一阵激动。

阿东跟三番一起回宿舍的路上，看到了书包——被涂画得乱七八糟的小哑巴的书包，被扔在垃圾桶旁，里面的书本散了一地。

他心中一惊，下意识要去找人，三番连忙制止他，告诉他不能重复上次的错误。

阿东被说服了，回到宿舍后，闭上眼睛，却全是小哑巴踮着脚往他窗户里塞饼的画面，以及醉酒的父亲打母亲的画面……

林随安在这里穿插了小哑巴被小流氓们欺负的画面。三个场景快速穿插着，伴随着越来越急的音乐声，最后一个爆发，阿东跳了起来，打开门大步走了出去。

他去小流氓们的聚集地，果然看见小哑巴正在被他们欺负。阿东想起母亲当年挨打时的眼神，再也按捺不住，冲上去单枪匹马地开始打架。

这一刻，冠军的奖杯对他来说不再有意义。

他战胜了心中的恐惧。

打到一半，有人加入，他定睛一看，竟是三番。

三番冲他眨了眨眼睛，然后示意他往后看。

他回头，竟然看见红队和蓝队所有队员都来了。

这些平时斗得你死我活的少年，在这一刻同仇敌忾加入战斗，形势顿时逆转，小流氓们四下逃散。

再次追过拥挤嘈杂的菜场，布满污水的小路，残破没电梯的老楼，夫妻打架，小孩尿尿……一片充满希望的鸡飞狗跳。

最后，前方站了一个人——警察。

所有人都被带回派出所，批评教育，错过比赛。

走出派出所时，所有人你看着我，我看着你，最后阿东先笑了起来，三番也跟着笑了，少年们全都笑了。

远方的河岸，冰层破了一个洞，开始出现涔涔的流水。

故事在一片笑声里戛然而止，但是，还有彩蛋——

又一次比赛前夕，阿东走进更衣室，打开柜门，发现冰鞋又没了，吓得冷汗一下子流下来。

银幕黑下去，灯光亮起来，彻底结束了。

方若好在心中给出评价：标准的爆米花商业片，开篇承转高潮每个点都在线，节奏感有效弥补了剧情的单薄，剪辑更是给人耳目一新的爽利感，整个故事积极阳光，看得人心里暖洋洋的。但，最大的惊喜还是——贺源西。

他真是太让人印象深刻了，奉献了无数难忘场面，荡漾起无数少女心，让众人为他魂萦梦绕。

“真是……星星啊。”

方若好跟颜苏手挽手走出影院时，耳中听到的全是人们对贺源西的讨论。

颜苏朝她笑了笑：“看来他不是要红，是已经红了。”

“一切才刚开始而已。”方若好唇角上扬，微微一笑。

“我想站在一个很明亮但又很遥远的地方，让所有人都能看到我的人生轨迹。我要很多很多爱，也要很多很多恨。无论爱恨，我一直闪耀。被看见，被索取，被无法忽视。”

——一语成真。

尾声
多美的星空

《春天的冰》像一匹黑马，在圣诞节众多大片的包围下，以破冰之势一路领先，上映首周票房达到五点一亿，最终下映时，以二十六亿完美收官。

林随安走路都在飘："看到没？看到没？实力！这就是实力！许长安，你看到没？你拍得快，拍得顺，拍得好又如何？连我的零头都没有！我是天才，哈哈哈哈！"

方若好只好安慰许长安："现在的观众压力大，都喜欢看喜剧商业片。不是你的问题。"

许长安给了林随安一个白眼："咱们下部再战。"

"再战就再战，谁怕谁？"林随安一把架住刷手机的贺源西的脖子，"老铁，咱们争取再创辉煌！"

贺源西却推开了他："不。"

"为什么？"

"不想再拍商业片。"

"什么？"

贺源西看向许长安："你的新项目发我看看，有没有适合我的？"

许长安受宠若惊："你认真的？"

林随安目瞪口呆："你认真的？"

“嗯。我想演点不一样的，最好是跟我本人反差很大的。有吗？”

许长安跟方若好对视了一眼，还真拿出了一个本子：“有。确实有个适合你的。”

林随安连忙挤上去一看，本子的标题叫《乡村女教师》，顿时叫了起来：“这啥破剧本啊？就这名字铁定火不了啊！”

贺源西看到这个名字，怔了怔，若有所思地看向方若好：“你真的要拍这个？”

“嗯。里面有个学生的角色，跟你本人反差挺大的，有兴趣吗？”

“当然。”贺源西拍板。

林随安哭了，抱住他的腿：“不要抛弃我，老铁！你可是我的缪斯啊！”

“滚，老子直男。”说到这里，贺源西勾唇，莫名一笑，“而且，姐弟恋，我喜欢。”

方若好心中“咯噔”一下——

当晚，她在颜苏家中，跟他一起看11241242星时，突然想起了贺源西的这个笑容，忍不住问颜苏：“我觉得……源西好像喜欢我……”

颜苏一边调整望远镜，一边回应：“何以见得？”

“他有时候说话怪怪的，管我要手表，要星星，还说喜欢姐弟恋……”

“他喜欢的是大花吧。”

“啊？是吗？”

“嗯。你可以注意观察一下。”颜苏说着招呼她，“调好了，来看吧。”

方若好便忘记了这茬，专心去看星星了。

在此过程中，颜苏一直静静地注视着她，方若好注意到了，回头笑问：“看什么？”

“看星星。”

“星星在天上啊，你看我干什么？”

颜苏便没说话。

方若好想了想，忽问：“跟我在一起……挺累的吧？”

“为什么这么说？”

“我这么忙，时间总是不固定，总是单方面让你将就我；又身在娱乐圈，天天曝光多是非，麻烦的事一桩又一桩……让你跟着担心、紧张、为难，累吗？”

颜苏微微一笑，张开双臂：“抱抱。”

方若好的眼眶红了起来，咬着嘴唇，慢慢地靠了过去，低声说：“一直以来，辛苦你了，提鱼哥哥。”

颜苏低头吻了吻她的发顶：“很多人的麻烦确实是麻烦，带给人的只有无尽的烦躁。可是你不同。因为……”

他直视着她的眼睛，一个字一个字地说：“你总能解决掉那些麻烦，像压路机一样，碾碎一切障碍前行。”

作为幸运的旁观者，他亦在这样的过程中，一次次地从被动共情到主动共情，感受着她的愤怒、悲伤、渴望，再被她的坚毅引领，仿佛自己也得到了无穷尽的力量一般。

星星，是人类的领路者。远古时代，它为人类在黑夜中照明；封建时代，它为人类占卜命运；科技时代，它为人类标记宇宙航道……

人类就这样一点点地走向开化、走向文明。

——对他来说，方若好便是那颗星星。

像11241242星一样，因为被她命了名，而有了与众不同的意义。

若干天后，有一次贺源西跟大花一起来公司，贺源西进录影棚后期配音时，大花无聊地等在外面刷手机。

方若好从她面前走过，突又折返，看着她的手，上面赫然也戴了一块青铜大飞：“这表……”

“什么？”

“没什么。”方若好笑了笑，走了，心中想，源西果然跟大花戴情侣表啊，果然喜欢一米七以上的大姐姐呢。不过得叮嘱张晌晌，看好他们两个，别被拍到什么亲密照才行。

大花则继续刷手机，旁边的秘书小姐凑过来：“大花姐，你的表多少钱？我看小殿下也戴着个一样的呢。”

“哦，这个是中奖得来的。”

“什么？中奖？”

“是啊，我某天经过表行，突然被拉住，说我是他们开店第一百天第一个路过表行的人，送我一份礼物，我一看是这么块表，还挺好看的，就戴上了。”

“怎么可能？这个表超贵的！”

“所以这个是假的啊。”

“啊？”

“假的。我验过了，仿版。小殿下那块才是真的，爱惜得不得了。”

大花说着，刷到一条贺源西的新微博，随手点了个赞。一看粉丝数，已经七千八百五十三万了，名列粉丝关注数排行榜第八。

真是如日中天。

星光闪耀。天幕宽广。

贺豫抬头看着夜空，端起中药轻呷了一口："多美的星空啊……"

【全文完】

后记

若干年前，一个女孩告诉我，她爸爸入狱了，爸爸的小三拿出了很多很多钱，跟她妈妈一起为爸爸奔走，最后把爸爸保释了出来。

在那之前她无比憎恨小三和小三所生的儿子，诅咒那个所谓的弟弟“永远长不高”。可是，经过此劫后，她的心态发生了一些改变。

然而，她还是很痛苦。她成长的时光，因为小三和弟弟，充满了阴霾和痛苦。

于是我就想写一个“出轨者的下一代”的故事。写写出轨在原生家庭和非婚家庭中产生的一系列影响。虽然我把主视角放在了“小三的女儿”身上，但方如优同样重要。

所以，这不是一个孰是孰非的故事。

也不是一个谁赢谁输的故事。

她们的人生，因为父母婚姻中最大的错误，从一开始就已充满了痛苦。

但是，有人在痛苦中沉沦，有人在痛苦中重生。

故事是虚构的，情感是共通的。

看故事的人能因此而有所感悟、警醒，看见所谓的希望，那么，便是一个创作者，最大的收获。

谨以此文，与诸君共勉。